D1150034

ADÉLAÏDE DE KERGOUST

Né en 1913 à Munster, en Alsace, Marcel Haedrich monte à Paris où il est élève de l'Ecole supérieure de Commerce (E.S.C.P.). Fait prisonnier pendant la guerre, il est libéré et crée le journal Libre, *organe du mouvement de résistance des prisonniers. Il crée ensuite un second journal,* Samedi Soir; *cet hebdomadaire non conformiste était le journal de Saint-Germain-des-Prés et connut un gros tirage. Haedrich devient grand reporter à* Paris-Presse *et voyage dans le monde. Il lance, avec Jean Prouvost,* Marie-Claire. *Enfin il devient l'éditorialiste très célèbre d'Europe 1 d'où il sera renvoyé pour irrévérence, après dix ans de collaboration. Par ailleurs, Marcel Haedrich a beaucoup écrit, sur les femmes libres, en avance sur leur temps,* Belle de Paris, Mariorca, *sorte de Pompadour du Kremlin pendant la Révolution soviétique,* Coco Chanel secrète, *sur Dieu,* Une enfance alsacienne, La Bande à Jésus, *qui vient de paraître.* La Rose et les Soldats *suivi du* Patron, *et* Drame dans un miroir *porté à l'écran avec Orson Welles et Juliette Gréco connurent aussi un grand succès.*

Au début du siècle, à l'île Maurice, Louis Girard, le riche planteur de la Grande Plaine, avait élevé sa fille Adélaïde d'une manière originale. Sa femme était morte en couches et ses beaux-parents lui avaient demandé ce qu'il ferait de sa petite fille : « Un grand garçon! » avait-il répondu. Adélaïde en effet était une femme libre, la seule de l'île à se baigner nue, dans la mer, la seule à consulter un gynécologue (elle n'arrive pas à concevoir), la seule à assister au procès Duclézio, la seule enfin à avoir un secret dans sa vie, ignoré de tous. La tante du comte Hubert de Kergoust, la grande Mahaut, mère abbesse de sa congrégation, avait senti cette force d'Adélaïde, si semblable à la sienne. Elle avait arrangé le mariage d'Hubert avec Adélaïde. La richesse et l'énergie des Girard seraient très utiles aux Kergoust dont la merveilleuse propriété, La Nouvelle Hollande, toute blanche dans les palmiers et les bougainvillées, périclitait. L'avenir des aristocrates blancs de l'île devient bien incertain. Comme les dodos, ces oiseaux qui peuplaient Maurice avant l'arrivée des hommes, trop gâtés par une nature paradisiaque, n'ont pu échapper aux dangers de l'homme, leurs muscles atrophiés ne leur permettant plus de s'envoler, ainsi les Blancs à

(Suite au verso.)

l'existence trop facile, entourés d'esclaves, se mariant entre eux, ne résistent pas à l'ascension des indigènes et des Indiens qui, eux, travaillent d'arrache-pied, rachètent les terres, celles du marquis de Chazelles ruiné, par exemple. Le procès Duclézio illustre parfaitement l'évolution de la colonie, un planteur indien, Jaipal Manaz, accuse Duclézio de tricher sur les pesées de canne à sucre. L'esprit de Gandhi, qui a fait escale dans l'île, anime la plaidoirie des avocats : les Indiens sont la majorité, la majorité c'est la démocratie, les Blancs vont devoir composer. Autour d'Adélaïde enceinte (d'un garçon, elle en est sûre), les Kergoust réclament un « Missiémaquis », un petit marquis ! On rencontre Bubu, le comte, qui craint sa femme et aime encore Marlyse de Chazelles, l'avocat libéral et le poète Henry Oudinot, amoureux d'Adélaïde, qui souffre cruellement de son visage imberbe, le jeune médecin, Oliver Campbell, disciple de Freud, la famille de Chazelles, accablée de malheurs, Jézabel et Jéroboam, les esclaves noirs. Au second plan, la guerre de 14-18.

Marcel Haedrich a su une fois encore évoquer un monde balayé de tous les vents, la passion, le progrès, le féminisme, l'émancipation coloniale. L'extraordinaire destin d'Adélaïde, la vérité psychologique et la richesse des autres personnages fascinent le lecteur. Il se souviendra longtemps de ces belles demeures, La Savane, La Nouvelle Hollande, Rosebelle, d'où la vie se retire peu à peu jusqu'à ce qu'elles changent de maître.

MARCEL HAEDRICH

Adélaïde de Kergoust

PIERRE BELFOND

SOMMAIRE

I. LA PAIX

II. LA GUERRE

I

LA PAIX

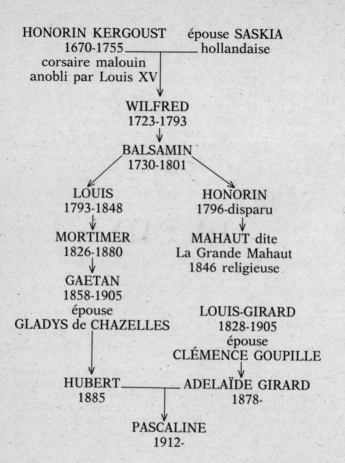

HONORIN KERGOUST   épouse SASKIA
1670-1755 _____ hollandaise
corsaire malouin
anobli par Louis XV

WILFRED
1723-1793

BALSAMIN
1730-1801

LOUIS   HONORIN
1793-1848   1796-disparu

MORTIMER   MAHAUT dite
1826-1880   La Grande Mahaut
                          1846 religieuse

GAETAN
1858-1905
épouse   LOUIS-GIRARD
GLADYS de CHAZELLES   1828-1905
                          épouse
                          CLÉMENCE GOUPILLE

HUBERT _____ ADELAÏDE GIRARD
1885   1878-

PASCALINE
1912-

JEUDI saint, 3 avril 1912, à l'île Maurice. Il faisait anormalement chaud pour la saison, on en parlait beaucoup : certains craignaient un cyclone ; d'autres l'appelaient de leurs vœux. La sécheresse tournait au désastre, aggravant les ravages du *vagabondus*, un parasite venu des Barbades qui s'attaquait aux racines de la canne ; au mieux, on rentrerait une moitié de la récolte habituelle de sucre.

Autre sujet fiévreux de conversation : les élections. Pour la première fois des Indiens se présentaient contre les Blancs, et à égalité. Comme si cela ne suffisait pas à créer une situation explosive si peu de temps après le soulèvement de Curepipe, la Justice acceptait d'instruire une plainte déposée par un planteur indien minable contre l'un des plus importants sucriers de l'Ile, personne d'autre que Sir Duclézio lui-même, conseiller de Sa Majesté. (A Maurice, le titre va avec le nom.)

Par-dessus tout cela, c'était pourtant la naissance imminente d'un héritier Kergoust qui suscitait les commentaires et les ragots les plus passionnés. Les Kergoust étaient déjà installés à la Nouvelle Hollande quand Dufresne d'Arsel avait pris possession de l'Ile au nom du roi de France, en 1715.

Les premiers-nés de la dynastie fondée par le corsaire malouin Honorin Kergoust, six jusque-là, avaient tous été de magnifiques petits mâles blonds aux yeux bleus. Et le septième ? Il se faisait attendre. D'une façon générale, ce sont les filles qui prennent du retard. Alors qu'on pariait à trois contre un pour un garçon avant les Rameaux, la proportion se renversait au profit d'une fille, ce qui réjouissait bien des gens. On n'aimait pas tellement Adélaïde de Kergoust, on ne lui pardonnait pas encore son père, Louis Girard, mort depuis des années pourtant. Un Français de France, c'est-à-dire un étranger, arrivé avec trois sous en poche et qui, cinquante ans plus tard, possédait la Grande Plaine, où il produisait entre 10 et

12 p. 100 du sucre de Maurice, autant sinon plus que Sir Duclézio. Il s'était permis, à un âge plus qu'avancé, d'épouser la rose de Maurice, encore en bouton, Clémence Goupille, qui, par sa mère, remontait à l'intendant Poivre ; seize ans, adorable. Louis Girard l'avait tuée en lui faisant Adélaïde, tout de suite.

Elle tenait de lui, celle-là, pas pour la beauté et le charme qu'elle devait à sa mère, mais pour le reste, l'orgueil, l'acharnement à triompher, l'âpreté, les remarquables qualités d'administratrice dont elle témoignait, l'ambition, toujours plus, toujours mieux, oui, tout cela c'était du Louis Girard et plutôt deux fois qu'une. Tout lui était dû.

Si elle *pondait* une fille alors qu'elle attendait un garçon... Est-ce que l'enfant ressemblerait à son père, le comte Hubert ? On percevait la question sous certains ragots. Après six années de mariage, et elle n'était plus une gamine, elle allait avoir trente-deux ans, la comtesse s'était embarquée pour Londres afin de consulter un gynécologue dont la femme du gouverneur affirmait qu'il faisait des miracles. Le voyage avait fait d'autant plus jaser que la comtesse n'avait pas emmené son mari. Pour des raisons d'économie ! La lutte contre le *vagabondus* coûtait cher ! Piètre prétexte pour une femme si riche. Elle avait tout. La Nouvelle Hollande lui appartenait aussi, les Kergoust allaient vendre quand le mariage s'était fait, cette surprenante union entre la fille de Louis Girard et le sixième comte de Kergoust, le gentil Bubu.

Bubu. Le surnom convenait bien au comte, un bon garçon, moins rond sans doute qu'il ne le paraissait, formidable mangeur, grand chasseur, le meilleur fusil de l'Ile, c'était admis. Pas un aigle, encore qu'il eût réussi, après deux ans de préparation, à entrer à Cambridge. Il avait six ans de moins que sa femme, une différence d'âge qui ne choquait pas du tout quand on les voyait. Avec sa silhouette d'adolescente et son visage mobile, la comtesse faisait plutôt plus jeune que le comte. Evidemment, quand on regardait de plus près, on découvrait que le comte, en dépit de sa calvitie et de ses favoris, conservait quelque chose d'enfantin, une innocence, de la candeur, une gourmandise des lèvres toujours humides comme celles d'un nourrisson à la quête du sein. Il était moins facile de déchiffrer le visage de la comtesse. Aimait-elle son mari ? On était convaincu qu'elle l'avait *acheté*, pour avoir la Nouvelle Hollande. De là à insinuer qu'elle le trompait... Rien ne permettait de lui prêter un amant. A

Maurice, du moins. Mais en Angleterre ? Quand elle consultait ce... Comment dites-vous ? Gynécologue. Il l'avait examinée ? Il avait tout regardé ? Vraiment ? Quel courage, moi, jamais, jamais...

Les neuf mois, quoi qu'il en soit, y étaient bel et bien. Qui pouvait se flatter de connaître Adélaïde de Kergoust ? Pas le pauvre Bubu. Il s'était laissé acheter, eh bien, il payait maintenant.

La comtesse de Kergoust se réveilla aux chants d'oiseaux, suivant une habitude qui lui restait des années au couvent et aussi de l'éducation reçue de son père, toute petite. A la Savone, leur maison, la première chose qu'elle voyait en ouvrant les yeux, c'était un beau jeune homme avec des ailes, un ange avec une étoile sur le front qui survolait les champs et les prés en répandant des gouttes de rosée puisées dans une corne d'abondance. Une gravure allemande, avec des couleurs crues, que Louis Girard avait punaisée sur le papier peint. Elle illustrait un dicton qu'il répétait volontiers, *Morgenstund hat Gold im Mund*, l'aurore a la bouche pleine d'or, les seuls mots d'allemand qu'il connaissait. Il ne s'était jamais donné la peine d'apprendre l'anglais. En revanche, dès son installation à Maurice, il avait jargonné le créole, jusqu'à se convaincre qu'il le savait depuis toujours. Sur la gravure allemande, une hirondelle volait au-dessus de l'ange répandeur de rosée, comme pour le guider. On ne voyait que rarement des hirondelles à la Nouvelle Hollande, alors qu'il y en avait beaucoup autour de la Savone ; des petites, qui n'émigraient pas, donc, disait Louis Girard, pas des vraies.

> Si vole bas l'aronde
> Attend que la pluie tombe
> Hirondelle volant haut
> Le temps sera chaud.

La comtesse souffla sa veilleuse, dans une conque nacrée. La chambre sortait de la pénombre. La clarté qui coulait par-dessous les contrevents faisait briller les torsades d'ébène soutenant le baldaquin du lit. Avant que la comtesse ait eu le temps de sonner, Jézabel apparut avec une tasse de thé sur un plateau d'argent.

« Madame la comtesse a bien dormi ? » demanda-t-elle en tirant les mousselines du baldaquin.

C'était une vieille négresse dévouée par essence, plus liée à ses maîtres qu'à ses enfants et à son mari. Elle portait un boubou à dominantes bleues. Un foulard vert cru noué sur le devant à la créole.

« Madame la comtesse ne sent toujours rien ? »

Depuis trois nuits, Jézabel dormait dans la salle de bain sur un lit de camp.

« Regarde sous le drap si tu crois que le bébé est arrivé », dit la comtesse.

Elle subissait Jézabel ; elle n'avait pas osé la remplacer quand elle s'était installée à la Nouvelle Hollande.

« Je le saurais s'il était là ! dit Jézabel en riant.

– Parce que tu m'aurais entendue crier, hein ? »

La comtesse n'arrivait pas à cacher son inquiétude sous une hargne qu'elle se reprochait.

« On a très mal, n'est-ce pas ? demanda-t-elle presque humblement.

– On oublie tout de suite, affirma gaiement Jézabel, c'est le mal joli, madame la comtesse. »

La comtesse sortit ses jambes du lit ; elle palpait son ventre à travers sa chemise :

« Touche, dit-elle à Jézabel, il me semble que ça devient encore plus dur. »

Déjà elle regrettait sa proposition, elle voyait avec dégoût les mains noires de Jézabel à plat sur... Sur lui ! Son fils !

« On entend le petit cœur », souffla la vieille négresse.

Elle s'empara d'une main de la comtesse pour la placer sous la sienne :

« Toc, toc, est-ce que madame la comtesse...

– Lâche-moi », dit la comtesse.

Le contact de la main de Jézabel lui devenait insupportable ; pourtant la négresse l'accoucherait ; déjà elle l'examinait ; cette patte noire d'araignée ; pourquoi d'araignée ? La comtesse se frottait doucement le ventre autour de son nombril agressivement imprimé dans la soie de sa chemise.

« J'ai l'impression que mes os s'allongent, dit-elle.

– Dans votre ventre ? » s'étonna Jézabel.

La comtesse reprit sa tasse ; en sirotant son thé, elle s'admirait à la dérobée dans la glace de Venise montée sur la cheminée. L'éclairage encore atténué lui était favorable, elle se plaisait, tout en gémissant qu'elle se trouvait laide à faire peur, et qu'elle en avait assez, assez, vraiment assez d'être grosse et déformée. Jézabel riait aux éclats.

« Je ressemble à un escargot, dit la comtesse en dressant ses index au-dessus de son front bien bombé. Ne ris pas toujours, Jézabel. Je suis une vilaine escargote. Tu n'as jamais vu d'escargot ? »

La comtesse appuya un index sur son nez :

« J'ai un nez de perroquet, regarde.

– Madame la comtesse, riait Jézabel en se tenant les côtes, madame la comtesse.

– Tu te moques de moi, Jézabel, méfie-toi, je suis méchante, plus méchante qu'un aspic, je suis hargneuse comme une punaise. »

La comtesse s'était rapprochée de la glace, elle multipliait les grimaces ; elle s'amusait, c'était un bon moment, elle riait rarement. Avec qui ?

« Je laisse la porte ouverte ? » demanda Jézabel.

La porte-fenêtre, qui donnait sur la pelouse, et dont elle venait de repousser les contrevents.

« En grand ! » lança la comtesse.

On voyait le ciel bleu, des lauriers et la file des cocotiers qui allait vers la Pointe aux Piments. Un rayon de soleil atteignait la glace, aussitôt moins complaisante. Escargote, vieille escargote, tu as trente-deux ans.

« Les talipots ? » cria la comtesse.

Événement extraordinaire, les cinq palmiers talipots de la Nouvelle Hollande allaient fleurir ; cela n'arrivait qu'une fois tous les cent ans, disait-on. S'il avait fallu un signe pour convaincre la comtesse qu'elle aurait un fils, celui-là eût suffi. Les grappes tombaient sur les troncs, pas encore écloses.

« Demain peut-être, après-demain sûrement, dit Jézabel.

– S'il naît pour dimanche, comment l'appellerons-nous ? » demanda la comtesse.

Bouleversée par la question, Jézabel restait bouche bée.

« Pascal, grosse bête, dit la comtesse. C'est Pâques, dimanche, tu le sais bien. »

Jézabel se signa en murmurant Jésus-Marie et Sacré-Cœur.

« Suis-je vraiment très grosse ? demanda la comtesse.

– Est-ce que madame la comtesse voit ses pieds ?

– Naturellement ! »

Pas du tout ! Elle ne les voyait plus !

« Quand on est très grosse, reprit la comtesse, c'est qu'on va avoir une fille, n'est-ce pas ? »

Son ton indifférent ne trompa pas la négresse :

« Ce sera un *missiémâquis* », dit-elle avec force.

Après son anoblissement par Louis XV, en 1732, le corsaire Kergoust avait soulevé son fils unique à bout de bras ; il l'appelait Wilfred.

« Toi, mon gars, avait-il décidé, tu seras marquis. »

C'était la légende. La prophétie ne s'était pas réalisée, mais il restait le surnom que l'on donnait au premier-né de chaque génération : *Missiémâquis*.

« J'ai rêvé que j'avais perdu une dent », reprit la comtesse.

Elle souleva une lèvre devant la glace pour vérifier qu'il n'en était rien. Pourquoi est-ce que je raconte mes rêves à la vieille sorcière ? se demandait-elle.

« C'est bon, affirma Jézabel, une dent perdue, c'est bon.

– Et des perles ? demanda la comtesse, malgré elle. J'ai rêvé que j'en trouvais.

Jézabel ne réagit pas.

« Tu ne dis rien parce que les perles, c'est mauvais, dit la comtesse, avec de l'agacement. Je sais que les perles annoncent la mort.

– Pas du tout ! protesta Jézabel. Pas toujours !

– Ça m'est égal, je n'ai pas peur de mourir en couches comme ma mère. Et pourtant je lui ressemble. »

Elle toucha ses hanches. Elle restait troublée par un autre rêve qu'elle faisait avant de se réveiller. Elle allait en ville. A cheval ? Peut-être, elle ne savait plus. La route était coupée, il fallait faire un détour. Du chemin qu'elle suivait pour contourner la coupure, elle voyait bien la route, elle voyait aussi la ville, mais comme elle n'arrivait pas à rejoindre la route elle ne parvenait pas à gagner la ville. Qu'est-ce que cela signifiait ? Un serpent s'était soulevé sur sa queue, devant elle, un cobra.

« Tu as déjà vu un cobra, Jézabel ?

– Je serais morte, madame la comtesse.

– Il avait des yeux sans paupières, soudés l'un à l'autre.

– Un serpent, c'est très bon, affirma Jézabel.

– Ses yeux brillaient comme de l'or, reprit la comtesse.

– L'or aussi, c'est bon. »

La comtesse ne pouvait pas raconter la suite. Le serpent s'était enroulé autour de ses hanches. Elle n'avait pas peur. Elle ne le voyait plus. Elle le sentait. Elle s'accordait à ses mouvements. Elle s'était réveillée à regret.

Il eût fallu un cyclone pour empêcher Adélaïde Girard de se baigner aux premières heures du jour quand, devant la barre ourlée d'écume, la mer hésitait entre les turquoises et l'émeraude. Une habitude qu'elle tenait de son père, et dont elle faisait maintenant une sorte de culte. Louis Girard ! Le Géant ! Le Parfait ! Elle l'aimait comme, enfant, elle craignait Dieu, et d'autant plus passionnément qu'elle se reprochait de l'avoir fait mourir. A six ans, elle nageait déjà mieux que lui, vieux phoque acharné, arrogant, qui prétendait rester jeune. Pour le prouver, il s'aventurait trop loin ; jusqu'à ce qu'il se fût trouvé nez à nez avec un requin qui avait contourné la barre.

« Il a filé plus vite que moi », ricanait-il quand il le racontait.

N'empêche qu'il avait eu la frousse.

Des milliers de poissons minuscules se dispersèrent sous ses pieds quand elle entra dans l'eau, dont elle n'aurait pas soupçonné la présence, tant ils étaient translucides, si le soleil n'avait projeté leur ombre sur le sable blanc. Elle conservait sa chemise. De savoir ce que l'on pensait de ses bains ajoutait à son plaisir. Déjà qu'elle fût la seule femme de l'Île à nager... mais enceinte, de surcroît ! Sur le point d'accoucher ! Ne fallait-il pas qu'elle soit folle ? Folle, moi ? Le sourire énigmatique de la Joconde. Adélaïde de Kergoust défiait les commères de Maurice et de tous autres lieux.

Immobile comme un lac protégé du vent, la mer prenait sa profondeur insensiblement. Elle paraissait un peu plus fraîche quand l'eau enveloppait les genoux. Lorsqu'elle arrivait au ventre, la comtesse se laissait couler sur le dos en frémissant de volupté. L'ange répandeur de rosée lui souriait dans une buée. L'aurore, à la bouche remplie d'or. La paix. Le bonheur ? Presque. En tout cas, un moment de bonheur, et parfait. Flottant dans sa chemise, la comtesse changeait d'univers, elle savourait l'éternité de l'instant. Les nuages qui se bousculaient dans le ciel en s'étirant et en changeant de formes lui rappelaient des gravures de ses livres, Neptune levait son trident, qui devenait un couteau dans la main d'Abraham, et puis Dieu apparaissait, le Père ? le Fils ? C'était le Père, il ressemblait à Louis Girard. Elle sentait la main de son père sous sa nuque comme lorsqu'il lui apprenait à nager. L'homme de sa vie. Elle lui présentait la Nouvelle Hollande, éclatante de blancheur dans le soleil levant : c'est à vous ! c'est à vous ! Il était mort sans savoir qu'elle épouserait Hubert de Kergoust comme il le souhaitait. Le mariage se serait-il fait s'il avait vécu ?

Il me voit, pensait Adélaïde, de là où il se trouve il me regarde et me protège. Au paradis ? Elle l'imaginait quelque part dans le ciel ; mais ne songeait pas à le retrouver. Plus tard, peut-être ; elle se sentait encore éternelle à son âge et, plutôt que d'aller le rejoindre, elle pensait, parfois, qu'il reviendrait, lui. Ah ! si elle pouvait l'accueillir à la Nouvelle Hollande ! C'est à vous, à vous ! Et ce sera à lui, à lui ! A lui, le fils qu'elle attendait pour le donner à son père ; pour ressusciter Louis Girard, c'était ce qu'elle ressentait plus qu'elle ne le pensait. Êtes-vous content de moi, père ? Est-ce que (chut ! très bas) vous m'avez pardonné ? Pardonné quoi ? Père, père, ô père, vous savez, vous savez... Elle se référait constamment à Louis Girard parce que, à la Nouvelle Hollande, sur laquelle elle régnait pourtant en maîtresse absolue, elle se sentait perdue dans une solitude d'orpheline, entourée de Kergoustiens hostiles. On avait peur d'elle, c'était son argent qu'on aimait.

Après le bain, interminable et trop vite terminé, elle se doucha sous un tonneau rempli d'eau douce dissimulé dans un massif de mimosas sauvages. Jézabel la débarrassa de sa chemise collante ; pendant quelques instants, elle resta nue. L'eau ruisselait sur ses seins gonflés. Avant sa grossesse, sa poitrine marquait à peine ses robes, même ajustées ; elle devenait somptueuse, des veinules délicates couraient en bleuâtre sous la peau mate. Jamais Bubu, lui, n'avait posé ses lèvres sur ses seins ; ou ailleurs. Là nuit des noces, après avoir remonté la chemise d'Adélaïde, il avait regardé son ventre et s'était mis à rire. De sa chambre de jeune homme, il eût suffi qu'il repoussât les volets pour l'apercevoir sous le tonneau. Il dormait. Comment pouvait-on rester au lit alors que le soleil écrêtait déjà les cocotiers de la Pointe aux Piments ?

Depuis qu'elle se savait enceinte, la comtesse avait condamné sa porte ; par prudence, affirmait-elle, parce que le gynécologue le lui avait conseillé. Mensonge. Elle ne supportait plus le pauvre Bubu sur elle, agité, impatient, soufflant, ahanant, et si vite immobilisé, écrasé, pesant, soufflant plus fort encore, et satisfait comme s'il avait accompli un exploit herculéen. Quel ennui, l'amour ; celui-là ; quelle vulgarité. Pauvre Bubu. Souffrait-il d'être privé d'elle ? Il boudait. Il aimait surtout manger. Adélaïde lui en voulait de ne pas perdre l'appétit. S'il insistait... S'il insistait... Pourtant elle décourageait ses avances quand il lui arrivait de se plaindre. Pas souvent. Pas assez souvent. Elle ne lui pardonnait pas de lui être par trop supérieure.

Des moineaux et un martin compassé s'aventuraient sous la douche pour se désaltérer. Pauvres martins, Louis Girard les appelait corbeaux ; il les détestait, il les donnait pour cible à sa fille quand il lui apprenait à tirer à la carabine, alors qu'elle n'avait pas dix ans. Quelqu'un lui avait expliqué qu'on les avait acclimatés des Indes pour exterminer les sauterelles.

« Dans la nature, en avait-il déduit, tout sert à quelque chose.

– A quoi servent les sauterelles ? » avait demandé Adélaïde.

Quand elle le mettait ainsi dans l'embarras, Louis Girard exultait : la gamine ne se laisserait pas prendre de court, elle saurait tirer son épingle du jeu de la vie. *Ma petite gonesse.* L'émotion se traduisait chez lui par des recours au vocabulaire lyonnais. Plus tard, pour exprimer l'admiration un peu scélérate qu'il éprouvait pour sa fille, il l'appelait parfois : *ma toute sale*, ce qui la mettait en fureur. Si elle avait vécu moins seule, elle aurait pensé moins souvent à son père.

Elle regagna sa chambre, affamée. Le breakfast l'attendait. Les œufs grésillaient sous une cloche d'argent ; le parfum du bacon lui souleva le cœur.

« Enlève ça ! » lança-t-elle à Sansonnette, une gamine qui venait d'apporter le plateau.

Exception faite pour Jézabel qui s'habillait en négresse, les femmes de chambre portaient des robes noires aux chevilles, col et manchettes blancs, avec un bonnet blanc pour contenir les cheveux, la tenue que Louis Girard exigeait chez lui, à la Savone, et que sa fille avait imposée à la Nouvelle Hollande.

« Ah ! tu ne vas pas te mettre à bêler ! dit la comtesse, en voyant le visage de Sansonnette se friper. Montre tes mains ? »

Propres ; les ongles aussi. L'une des manchettes, en revanche...

« Il faut les laver tous les soirs », rappela Jézabel avec sévérité.

Des larmes giclaient sur les joues de Sansonnette comme si on avait pressé sur le caoutchouc d'un compte-gouttes ; elle étouffait les sanglots, c'était assez drôle à voir, la comtesse ne put s'empêcher de sourire.

« Allons, dit-elle, laisse-moi les œufs, je les mangerai pour te faire plaisir. »

L'odeur du bacon s'était dissipée ; le plat était appétissant. Qu'est-ce qu'il me prend ? se demandait la comtesse. Elle attribuait ses sautes d'humeur à son état et se les pardonnait. Tandis qu'elle dévorait, Jézabel séchait ses cheveux, mèche par mèche. Dénoués, ils tombaient jusque sous les omoplates. Jézabel retenait les mèches dans la saignée du coude pour les tresser ; çà et là, elle posait des touches d'une crème odorante.

« Pas trop ! Ne me parfume pas trop, sorcière », dit la comtesse.

Pourquoi *sorcière* ? Le mot lui avait échappé. Pour le corriger, elle ajouta :

« Tu ne me donnerais pas le secret de tes crèmes, n'est-ce pas ? »

Question posée avec indifférence, elle se moquait de la composition des cosmétiques de Jézabel.

« Madame la comtesse doit manger pour deux, remarqua Jézabel, quand la comtesse commença à beurrer ses tartines. Est-ce que je fais le chignon ou la couronne, madame la comtesse ? »

Cela dépendait de la tenue. Que vais-je mettre ? La comtesse n'avait plus aucun choix, elle portait la même robe depuis qu'elle avait renoncé au corset, en faille grise, froncée à la taille (Jézabel disait *frippée*) dont on déplaçait les boutons, et qui devenait de plus en plus courte devant. Pouvait-elle se montrer au tribunal dans cette horreur ? Devant tous les hommes qui assisteraient au procès ? Elle, seule femme présente ?

« Apporte mon corset, Sansonnette.

– Madame la comtesse veut mettre son amazone ? demanda Jézabel, stupéfaite.

– Pourquoi pas ? Je l'ai mise avant-hier, et je suis montée à cheval.

– Madame la comtesse n'aurait pas dû », murmura Jézabel.

Puis :

« Et madame la comtesse a failli étouffer. Madame la comtesse l'a dit.

– Tu me laceras moins serrée. S'il le faut, on reculera quelques agrafes.

– Bien, madame la comtesse, fit Jézabel, je fais donc la couronne. »

Elle enroula la natte de la comtesse autour de son front, en la fixant avec des épingles.

La séance d'habillage fut longue et drôle, la comtesse se trouvait comique dans son corset. La taille, mon dieu, la taille. Postée devant la glace, les mains sur les hanches. Elle pensait à... Chut ! Ses mains. Il avait fait tomber le corset sur ses pieds, elle en était sortie comme une fleur qui s'ouvre, avait-il murmuré.

La comtesse s'apprêtait à partir quand la Grande Mahaut fit irruption dans sa chambre. Oh ! elle avait frappé, mais pourquoi eût-elle attendu une réponse ? Elle se trouvait partout chez elle à la Nouvelle Hollande, mieux : la Nouvelle Hollande, c'était elle. La comtesse ne cachait pas sa contrariété en lui tendant son front à baiser.

« Je ne me trompe pas, ma petite fille, dit la Grande Mahaut, vous avez mis votre amazone ? Allez-vous encore monter à cheval ?

– Je le pourrais, ma mère, répondit froidement la comtesse.

– Je n'en doute pas, vous pourriez même sauter la rivière. »

Grand-tante du comte Hubert, la Grande Mahaut avait pris le voile à seize ans. Son père, le cadet Kergoust de la quatrième génération, l'avait laissée à son aîné et à sa belle-sœur avant de s'embarquer pour la Californie où il suffisait de se baisser pour ramasser l'or ; c'était en 1841. Mahaut avait grandi comme Cendrillon, sa tante Henriette ne vivait que pour son fils Mortimer, le futur bâtisseur de la Nouvelle Hollande. En devenant sœur Marie-Agathe, Mahaut s'était sentie libérée, enfin quelqu'un l'aimait, pensait-elle en levant les yeux vers le Christ ou vers la Vierge. Dix ans plus tard, elle se trouvait à la tête de la Congrégation. On allait avoir besoin d'elle à la Nouvelle Hollande où les crises se succédaient, familiales ou financières. Elle aimait Bubu comme un fils.

« Vous savez bien, ma mère, que je dois assister au procès Duclézio, reprit la comtesse.

– Vous ne parlez pas sérieusement, ma petite fille ? trancha la Grande Mahaut. Vous avez mené votre grossesse à bon port avec l'aide du Seigneur, vous n'allez pas tout compromettre maintenant. »

Elle en imposait dans une robe blanche immaculée, un voile noir sur les cheveux. Elle jouait avec le crucifix (ébène et ivoire) accroché à sa ceinture tressée. Elle se déplaçait à grands pas, on voyait ses pieds nus dans des sandales pour grenadier. Ce n'était pas pour rien qu'on l'avait surnommée la Grande Mahaut dès qu'elle s'était mise à marcher. Un garçon manqué, répétait tante Henriette, qui trouvait le sien beaucoup plus réussi. L'âge lui conférait une noblesse qui faisait d'elle un personnage pour Le Greco, on la voyait avec une fraise ; elle gardait la tête haute, le menton soutenu par le col officier de sa robe.

« Qu'arrive-t-il donc à Sir Duclézio ? demanda-t-elle, en appuyant ironiquement sur le Sir.

– Un Indien l'accuse de tricher sur les pesées de cannes, expliqua la comtesse.

– En quoi est-ce que cela nous concerne. Pour ma part, je m'en soucie comme de colin-tampon.

– Nous sommes tous solidaires, ma mère, répliqua vivement la comtesse.

– Ta-ta-ta-ta ! Vous, ma petite fille, vous devez d'abord penser à votre enfant.

– Puisque je vous dis que je me porte comme un charme ! »

La comtesse tapota sur son ventre :

« Je ne sens rien, absolument rien, ma mère.

– Il ne faut pas commettre d'imprudence, ma petite fille. Vous êtes sortie à cheval l'autre jour encore, on est venu me le raconter.

– Les gens ont bien du temps à perdre », dit la comtesse avec humeur.

Elle soutenait le regard de la Grande Mahaut, non sans se reprocher d'être insolente, mais ne devait-elle pas affirmer son point de vue ?

« Louis Girard assisterait au procès », lança-t-elle.

Ce qui signifiait, en clair : si le pauvre Bubu se montrait à la hauteur de sa tâche, il nous représenterait. La flèche blessa la mère. La comtesse exploita son avantage :

« Tout le monde sera au tribunal.

– Eh bien, remarqua la mère, si tout le monde y va vous pouvez rester chez vous, on ne remarquera pas votre absence.

– Vous me laisserez juge, ma mère », dit la comtesse.

Deux puissances s'affrontaient, deux époques, le passé et la Nouvelle Hollande contre la Grande Plaine et l'argent. La mère ne pouvait que céder. Elle avait fait le mariage entre Adélaïde et Bubu. Elle l'avait fait, hum... En réalité, c'était Adélaïde qui avait décidé d'épouser Bubu, et quand elle avait quelque chose dans la tête...

« Ta-ta-ta-ta ! » dit encore la mère, plus faiblement.

Parfois, pour exprimer de la contrariété, elle disait du même ton : con-con-con, ce qui, pour elle, correspondait à des coups marqués sur une table par l'index replié, une sorte de rappel à l'ordre. On lui avait fait comprendre à l'évêché qu'il valait mieux renoncer à cette onomatopée, sans lui expliquer pourquoi. Elle utilisait d'autres mots et formules tombés en désuétude et que l'on comprenait par l'intonation qu'elle leur donnait ou par les mimiques qui les accompagnaient ; elle était assez grimacière.

« Détrape », ordonna-t-elle à Sansonnette, en lui montrant le plateau du déjeuner.

Enlève ! Sansonnette ne se le fit pas répéter.

« Je vous ai apporté quelque chose », dit la mère, avec un sourire pour amadouer Adélaïde.

Elle tira des bracelets d'or de son aumônière, six en tout ; chacun marquait la naissance d'un héritier Kergoust. Seul le plus ancien présentait une certaine originalité, le corsaire l'avait martelé lui-même avant de l'offrir à sa jeune femme, Saskia, une Hollandaise ; il avait également gravé maladroitement le prénom de son fils, Wilfred, suivi d'un *m*. Pour marquis ? C'était admis. Plus classiques et plus anodins, les autres étaient de plus en plus lourds, si bien que les comtesses régnantes, les jugeant encombrants, ne les passaient au poignet que lors des accouchements, pour se conformer à la tradition. Cela constituait une sorte de talisman, qu'il fallait posséder pour *pondre* un petit mâle.

« Le grigri familial, ironisa la comtesse en déposant les bracelets sans les regarder sur une soucoupe chargée de bagues.

– Vous ne les mettez pas ? s'étonna la Grande Mahaut.

– Il le faut, ma mère ? » demanda la comtesse, d'un ton mordant.

N'empêche qu'elle les passa à son poignet.

« Regardez celui-là », murmura la Grande Mahaut en reprenant le bracelet du corsaire, en or rouge, facile à reconnaître.

Elle le tenait devant son nez, en cherchant l'inscription.

« C'est vraiment Honorin qui l'a gravée ? » demanda la comtesse.

Honorin ! L'appeler Honorin, lui, l'ancêtre, et de cette voix, ce ton de persiflage.

« Que représente-t-il pour vous, ma mère ? »

Que voulait-elle insinuer ? Que la mère attachait de l'importance aux vanités terrestres ?

« Si j'avais été un homme, murmura la mère, j'aurais navigué. »

Elle changea de voix :

« Le prénom, ma petite fille ? »

Si l'héritier s'était présenté pour les Rameaux comme on s'y attendait, on l'aurait appelé Hugues, c'était prévu.

« Pascal vous plairait ? suggéra Adélaïde.

– Pascal ?

– Vous n'aimez pas, ma mère ?

– Ce serait très bien, surtout si Monseigneur vient le baptiser.

– Il viendra ?

– S'il peut, dit la mère, ce n'est pas tout à fait sûr. En tout cas, dimanche, nous aurons quelqu'un pour dire la messe à la chapelle. Si Monseigneur ou l'abbé de Courtrai étaient empêchés, j'emmènerais l'aumônier. »

La comtesse passa le bracelet du corsaire par-dessus les autres :

« Il faut que je les garde tous ? demanda-t-elle.

– Personne ne vous y oblige, ma petite fille, dit la mère. Pour le tribunal, vous n'en avez pas besoin.

– Puisque je les ai mis », décida la comtesse.

La mère leva une main : comme vous voudrez.

« J'aime beaucoup Pascal, avoua-t-elle.

– On gardera Hugues », décida la comtesse.

Le premier-né Kergoust avait droit à six prénoms. Le cadet, ce n'était arrivé que trois fois, se contentait de celui du corsaire, Honorin.

« Deux papes se sont appelés Pascal, se souvint la mère.

– Deux papes et un anti-pape.

– Vous savez cela, ma petite fille ?

– Je l'ai appris au couvent, ma mère. »

Durant huit années, Adélaïde Girard avait été la plus brillante, et de loin, des élèves du pensionnat de la Compassion créé pour les jeunes filles des bonnes familles ; on accueillait aussi quelques orphelines qui ne payaient pas, mais qui se rendaient utiles. Pour Adélaïde, pas de problèmes d'argent, Louis Girard ajoutait au prix de la pension une somme plus rondelette chaque année. On ne le voyait jamais à l'église, mais personne ne contribuait aussi généreusement que lui à la construction de la cathédrale alors que, pour la plupart, les sucriers devenaient sourds quand on leur parlait des fondations à remonter.

« Il sait dépenser son argent », disait Mgr de Louis Girard.

En ajoutant :

« C'est cela qui fait sa force. »

L'argent Girard avait-il plus mauvaise odeur qu'un autre ? Adélaïde raflait les premiers prix, même en broderie. Quoi qu'elle fît, il fallait qu'elle le fasse mieux. Servie par une mémoire prodigieuse, elle n'oubliait rien de ce qu'elle avait lu deux fois ; elle récitait *Athalie* et *Esther* du premier au dernier vers ; hélas ! elle connaissait par cœur d'autres tragédies moins édifiantes, on l'avait entendue déclamer *Marion de Lorme* au dortoir. Son père lui permettait de faire venir de Paris tous les livres qu'elle désirait lire, et il ne fallait pas compter sur son Anglaise, sa Miss, pour écarter l'ivraie.

En bougonnant ainsi dans son for intérieur, la mère grignotait des bringelles frites que Sansonnette avait oubliées dans une assiette. Elle se léchait les doigts avant de les essuyer au peignoir de bain que la comtesse avait jeté sur le lit. Ces bains ! Une comtesse de Kergoust, nue, ou quasiment, devant des domestiques ! L'Américaine aussi se montrait nue aux négresses et pis, quand il lui arrivait de se baigner au cours d'une promenade parce qu'elle avait chaud, elle laissait son cheval au palefrenier qui l'accompagnait et retirait ses vêtements devant lui, comme s'il n'existait pas. Elle était tellement riche, cette Janet Lindsett que Mortimer de Kergoust (le cousin germain de la Grande Mahaut) avait *pêchée* à Londres... Que restait-il de son argent à la mort de Mortimer ? Il jouait. Bubu avait hérité de lui le goût des cartes. Grâce au Ciel, il n'y touchait plus. Promis ; juré.

Après avoir renvoyé Jézabel, la comtesse sortit d'un tiroir deux traites que le comte avait fait escompter par un usurier chinois, Li-Heu ; depuis quelque temps déjà, cette canaille se prétendait banquier à Port-Louis.

« Je les ai réglées hier, lança la comtesse à la Grande Mahaut.

– Il avait pourtant... »

La mère tentait de faire front. Elle aimait son Bubu, il n'avait pas eu de mère ; elle le remplaçait même quand elle vivait encore à la Nouvelle Hollande.

« Oh ! Bubu ne joue plus, dit la comtesse ; s'il jouait cela coûterait encore plus cher, et je me serais déjà vue contrainte de prendre des dispositions. »

Après un petit sifflement méprisant, elle ajouta :

« Il estime qu'*on* ne lui donne pas assez d'argent. »

Il fallait l'entendre prononcer cet *on*.

« Naturellement, j'ai prévenu ce Chinois que s'il reparaissait ici avec d'autres billets je le ferais jeter dehors. Je crois qu'il a compris que ma signature est indispensable.

– Il le savait certainement, murmura la Grande Mahaut, visiblement accablée.

– Naturellement, dit la comtesse, mais il spécule sur... »

Elle fit un geste des mains : sur tout ça, sur la Nouvelle Hollande, sur vous, sur moi, sur le nom des Kergoust.

« Si Bubu... »

La mère n'osa pas poser sa question : si Bubu recommençait ? S'il signait d'autres traites ? Vous le laisseriez aller en prison, ma petite fille ?

« Il voulait un fusil, expliqua Adélaïde, il va l'avoir ; je pense qu'il sera plus sage, pour le mériter. »

Elle cherchait à réconforter la Grande Mahaut.

« Il va peut-être se montrer plus raisonnable, dit-elle, je lui ai parlé des dépenses que nous engageons pour lutter contre le *salopardus*. »

Un lapsus que Louis Girard aurait pu commettre, mais qu'il n'aurait pas rattrapé comme Adélaïde :

« ... je voulais dire le *vagabondus*. »

Le régisseur de la Grande Plaine mobilisait hommes, femmes et enfants pour collecter les parasites dans les plantations.

« On les ramasse à la main, ma mère, il en naît mille quand on en tue dix, et savez-vous combien nous payons pour chacune de ces sales bestioles ? »

Silence.

« Jusqu'à 10 *cents*, ma mère. Avez-vous une idée du nombre qu'on détruit jour après jour ?

– Nous n'en avons pas à la Nouvelle Hollande », dit la Grande Mahaut.

Elle avait récupéré. Du moment que Bubu ne s'était pas parjuré en reprenant les cartes... Qu'il ait envie d'un fusil... Si le comte de Kergoust ne pouvait pas s'offrir le fusil de son goût... Elle n'osait pas aller au bout de sa pensée : pourquoi épouser une Girard ?

La réaction de la Grande Mahaut fit sortir la comtesse de ses gonds. Que voulait-elle insinuer ? Que le parasite épargnait la Nouvelle Hollande parce que les Kergoust la tenaient de Dieu alors que Dieu n'approuvait pas du tout la façon dont Louis Girard avait acquis la Grande Plaine à la force du poignet ?

Depuis que les ravages du *vagabondus* s'étendaient à travers l'Île, on priait davantage, on processionnait, Dieu punissait les Mauriciens de leurs péchés comme du temps de Moïse il avait châtié Pharaon en lui envoyant des sauterelles et des grenouilles. Qui l'avait offensé en péchant ? Dans l'esprit de la Grande Mahaut, et la comtesse le percevait bien, la question concernait aussi la naissance de l'héritier Kergoust. Si par malheur ce devait être une fille, cela signifierait que Dieu restait réticent à l'égard de l'héritière Girard ?

La Grande Mahaut n'avait pas approuvé le voyage à Londres, et d'autant moins qu'Adélaïde n'avait pas jugé bon d'emmener son mari. Bubu, bien entendu, se sentait humilié. Sa femme était restée absente près de six mois. Le gynécologue avait prescrit une cure à Spa. Au Cercle, les plaisanteries fusaient. Autrefois, plaisantait l'un ou l'autre, quand les dames de qualité prenaient les eaux à Spa, elles se confessaient à des prêtres jeunes et vigoureux ou rencontraient des moines paillards qui, que, etc. Bubu n'était pas heureux. Non qu'il eût perdu confiance dans sa femme, mais, mais, mais... Kergoust n'était plus charbonnier à la Nouvelle Hollande.

Tout est bien qui finit bien. Dès qu'Adélaïde s'était trouvée enceinte, cela s'était su à travers l'Ile, et Bubu, ma foi... il pavoisait. La Grande Mahaut aussi, c'était à la fois comique et touchant, elle s'était très vite persuadée que le gynécologue et la cure avaient eu moins d'importance que ses prières, amplifiées deux fois par semaine par celles de la Congrégation. Qui avait fait l'enfant ? Le Seigneur ou la Science ? On oubliait la participation de Bubu. En revanche, Adélaïde, la comtesse ! Très forte, cette petite personne, elle arrivait toujours à ses fins. Mais, mais... aurait-elle un garçon ? Pour la Grande Mahaut, un garçon viendrait comme un *quitus*, en confirmant que Dieu l'approuvait d'avoir « goupillé » un mariage qui avait choqué beaucoup de bien-pensants. Il paraissait bien disposé à son égard puisqu'il n'envoyait pas de *vagabondus* sur les plantations de la Nouvelle Hollande, voilà, c'était cela qu'elle exprimait en le signalant. Adélaïde ne pouvait pas le comprendre ainsi.

« Les parasites seront chez vous demain si je ne les arrête pas », lança-t-elle.

Chez vous. Après sept ans, elle ne se sentait donc pas encore chez elle à la Nouvelle Hollande, où pourtant elle régnait.

« J'ai fait labourer plus de douze cents acres, pour détruire les larves. Savez-vous ce que cela représente, ma mère, comme perte sèche ? »

Elle avait tenté tout aussi vainement déjà d'émouvoir son mari en lui donnant les mêmes chiffres. Il s'était contenté de hocher la tête comme la Grande Mahaut, le visage fermé comme celui de la mère. Ah ! l'inconscience des Kergoust !

« Vous ne me demandez pas, ma mère, pourquoi Bubu ne nous représente pas au procès ? » lança Adélaïde.

Comme la religieuse restait sans réaction :

« Il dort, ma mère. »

Elle se retint d'ajouter qu'elle l'avait entendu rentrer au petit matin, faisant autant de bruit qu'une escouade de gendarmes, cela ne regardait pas la Grande Mahaut, et puis elle aurait beau jeu de demander pourquoi il ne dormait pas dans le lit conjugal. N'était-il pas surprenant, au demeurant, qu'elle ne l'ait jamais relevé ?

« Louis Girard disait qu'on ne peut pas compter sur les gens qui voient le monde à travers leurs draps, lança la comtesse.

– Paix à son âme », dit la mère, avec plus que de la froideur.

Jézabel passa la tête dans l'entrebâillement de la porte pour prévenir la comtesse que la voiture l'attendait.

« Vous allez vraiment faire cette folie ? demanda la Grande Mahaut, avec une anxiété si sincère qu'elle toucha la comtesse.

– Je vous assure, ma mère, que je ne prends pas le plus petit risque.

– Vous allez être affreusement secouée dans votre automobile. Une telle imprudence, maintenant... »

Elle articulait les syllabes d'au-to-mo-bi-le pour traduire la répulsion que lui inspiraient ces voitures sans chevaux. Elle se redressa :

« Eh bien, ma petite fille, je t'accompagnerai. »

Elle aurait dit du même ton : mourons ensemble. Le tutoiement traduisait la gentillesse irrévocable de la décision, et la comtesse le comprit. Elle installa la religieuse avec de grands soins, en déployant un voile qui lui permettait de protéger son visage de la poussière.

La voiture, une Speedwell, avait été livrée un an après la mort de Louis Girard qui l'avait commandée lors de son dernier voyage à Londres ; personne n'y pensait plus quand on l'avait déposée sur un quai à Port-Louis. On utilisait encore, quoique rarement, comme un jouet, le fiacre motorisé que Louis Girard avait rapporté de l'Exposition universelle de Paris, et que l'ingénieur Serpollet avait bricolé spécialement pour lui. Il l'avait conduit quelquefois autour du grand bassin, devant la Savone, en le poussant *plein full*, comme il disait, jusqu'au bout de l'allée des *green oaks*, des arbres somptueux qu'il révérait mais auxquels, on ne sait pourquoi, il refusait de donner leur nom français, intendants, probablement parce qu'il ne voulait connaître qu'un intendant, Dietr von Buchkowitz dont il avait rêvé comme gendre.

« L'automobile ne sera jamais rien d'autre qu'un jouet rigolo », prophétisait-il.

Il croyait aux tracteurs, en revanche ; il conduisit le premier à pétrole, qui pétarada sur une plantation de Maurice. Après avoir vu la Rolls du gouverneur, il changea d'avis sur les voitures, et, faute de pouvoir se procurer la même, il s'était rabattu sur la Speedwell. Poon, un Tamoul, qui lui servait de factotum et que la comtesse avait emmené à la Nouvelle Hollande, apprit au comte Hubert à la conduire. Pour véhiculer la comtesse, Poon remplaça la capote par un dais en chanvre grège monté sur quatre colonnes de camphrier. Il endossait une tunique bleue à liséré rouge, la livrée Kergoust, qu'il portait avec un pantalon blanc bouffant et un turban. Il s'inclina devant la Grande Mahaut, les mains jointes sous le menton.

« Où l'ai-je vu ? demanda-t-elle.

– A la chapelle sans doute, dit la comtesse. Il sonne la cloche. »

Louis Girard l'avait ramassé dans la rue pendant l'épidémie de malaria ; il le croyait mort ; il devait avoir cinq ou six ans.

« Mon père l'a élevé, ajouta la comtesse.

– Vraiment ? s'étonna la mère.

– Il l'avait donné à des gens de Mondésir, il s'est toujours intéressé à lui. »

Avec un sourire complexe, Adélaïde ajouta que Louis Girard n'était pas encore marié et qu'elle n'était donc pas née.

« Poon est peut-être le fils d'un prince indien », reprit la comtesse, d'une voix amusée. Louis Girard avait remarqué le bracelet qu'il portait autour de la cheville. Il l'a toujours, et c'est le même.

La Grande Mahaut calculait : cinq ou six ans lors de l'épidémie de malaria, Poon devait donc approcher de la cinquantaine. Il ne paraissait pas vieux, sec et glabre, les yeux vifs. Il conduisait avec une extrême prudence, pour éviter les cahots.

La malaria. Les médecins ne savaient pas ce que c'était ; ils avaient fini par comprendre qu'il s'agissait de paludisme et que l'on pouvait guérir cette maladie avec de la quinine. Il y en avait un peu dans l'Ile. Du jour au lendemain, tout avait été raflé par des spéculateurs, par un spéculateur en fait : Louis Girard. On ne se gênait pas pour le nommer, mais que faire contre lui ? Il aidait ! Il sauvait ! On commençait à parler de lui, il avait déjà considérablement agrandi le lopin qu'il possédait au départ. Il prêtait à des taux usuraires aux petits planteurs indiens. La loi du plus fort ; d'autres l'appliquaient. La quinine, c'était plus grave. Si l'on voulait prémunir sa famille, il fallait passer par lui. Personne ne s'en souvenait mieux que la Grande Mahaut ; elle dirigeait déjà la Congrégation de la Compassion, qui avait perdu dix religieuses durant l'épidémie. Plus de 20 000 victimes à Port-Louis. On n'arrivait plus à enterrer les morts. On jetait les cadavres à la mer, les requins les déchiquetaient dans des bouillonnements sanglants, des images cauche-mardesques que la mère confondait avec celles de l'enfer. Les chiens errants remplaçaient les fossoyeurs. Lorsqu'on avait enfin reçu la quinine de l'Inde et d'Europe, la malaria s'était installée à l'état endémique ; elle faisait des victimes tous les ans. Parce que Louis Girard avait spéculé sur la mort ? La mère se troublait en remontant dans le passé. Dieu eût-il béni les entreprises de Louis Girard, eût-il donné la Nouvelle Hollande à sa fille si vraiment il avait eu tant de malheurs sur la conscience ? Elle s'empara de la main d'Adélaïde pour la presser en lui demandant, au fond d'elle-même, de lui pardonner d'avoir accusé son père de tant de noirceur.

« Je vous assure, ma mère, que tout ira pour le mieux, dit la comtesse, ne vous faites plus de souci pour moi. Vous n'êtes pas bien dans cette voiture ?

– C'est amusant », admit la Grande Mahaut.

Elle se souleva pour laisser le vent fouetter son visage bistre.

« Regarde, ma petite fille. »

On découvrait Baie Bleue, la Pointe aux Piments et la mer, la mer, la mer.

« C'est la Chine, par là, n'est-ce pas ? » demanda la religieuse.

Elle admirait la Nouvelle Hollande dans les palmes. Construite en 1852, c'était une réplique de la résidence du général Washington à Mount Vernon, avec six piliers de véranda seulement au lieu de huit. Janet Lindsett, cinquième comtesse de Kergoust, fille unique d'un cotonnier du sud des États-Unis, rêvait d'un palais pour jouer à la souveraine. Un camarade d'enfance, architecte à La Nouvelle-Orléans, lui avait édifié la Nouvelle Hollande. A peine venait-elle de s'y installer que le comte Mortimer qu'elle comprit que c'était l'ami d'enfance qu'elle aimait. Elle repartit avec lui, laissant à Mortimer le fils qu'elle lui avait *pondu* (verbe consacré par l'usage

Kergoust), avec un nombre impressionnant de millions. Quand elle pensait à Janet Lindsett, il arrivait à Adélaïde de chiffrer le prix de sa liberté avec beaucoup moins de générosité ; de toute façon, elle n'abandonnerait pas aux Kergoust le petit-fils de Louis Girard !

« C'est beau, n'est-ce pas ? »

La Grande Mahaut faillit ajouter : c'est à toi, ma petite fille, est-ce que tu en as conscience ?

Le soleil était haut déjà. Marquée par l'écume la barre verrouillait la baie.

« La passe se trouve là-bas, je crois ? » demanda la comtesse.

Bien entendu, elle connaissait le passage par lequel le corsaire Kergoust s'était faufilé entre les coraux pour échapper aux deux frégates anglaises qui le poursuivaient depuis les Seychelles. La quille de son *Trident* raclait les fonds. Il avait fait haler le bateau par les esclaves qu'il comptait vendre à Java.

« Honorin de Kergoust a servi Dieu et le roi à Maurice », murmura la mère.

Quelque chose se passa entre les deux femmes, elles se sentaient poussées l'une vers l'autre ; pour lui transmettre le relais Kergoust, la mère supérieure cherchait chez la comtesse à la fois de la confiance et de la complicité ; de son côté, la comtesse désirait sortir de sa coquille Girard ; bref, elles s'adoptaient réciproquement. La Grande Mahaut attira Adélaïde pour la baiser au front, c'était comme si elle paraphait un pacte secret : je suis vieille, tu prendras ma succession, la Nouvelle Hollande compte désormais sur toi. Un sacre, d'une certaine manière, et la comtesse le comprenait ainsi, elle avait conscience de la solennité de l'onction que la mère lui donnait devant le ciel et devant la mer. Elle pensa à Reims. Jeanne d'Arc avec son étendard, près du roi. Des images.

La Grande Mahaut reprit un peu de champ, sans lâcher les mains d'Adélaïde.

« Ça ne vous fait pas mal, ma petite fille ? »

La comtesse libéra ses mains pour les ramener sur son ventre.

« Je vous assure, ma mère, que...

– Je ne vous parle pas de ça, mais de ça ! »

Elle pointait un index sur les yeux de la comtesse qui soulignait de bleu le bord de ses paupières ; elle n'utilisait pas d'autre fard.

« Comme les caqueuses », soupira la mère.

Au Moyen Age, en Bretagne, on appelait *caqueux* les juifs et les lépreux. A Maurice, le mot désignait les intouchables indiens ; il ne servait plus guère.

La comtesse fripa son nez, en tentant de faire comprendre à la religieuse par une grimace qu'il ne fallait pas trop lui en demander. Elle plaida ironiquement :

« Les Kergoust n'ont-ils pas l'œil bleu ? »

Elle demanda à Poon de s'engager dans la descente vers Port-Louis. De Belle Vue, où il avait arrêté la voiture pour permettre aux passagères d'admirer la vue, on voyait le port dans une buée. Un voilier croisait un steamer.

« Quelle ville ! dit la mère, c'est tellement grand, tous ces gens qui vivent là comme des fourmis.

— Si vous voyiez Londres, ma mère, ou Paris, dit la comtesse.

— Je n'y tiens pas », soupira la religieuse.

Un gynécologue. Adélaïde s'était déshabillée devant un homme. C'était difficile à accepter. Et maintenant, ce procès ! Elle serait la seule femme présente au tribunal, naturellement. Toujours *différente*. Les bains. La mer. Enfin, cela lui passerait peut-être quand elle aurait son enfant. Un fils, oui, ce serait un garçon. La mère égrenait son chapelet, *Notre Père, Je vous salue Marie.* On la reconnaissait dans les faubourgs. Elle n'était pas mécontente. Une voiture sans chevaux, qui pouvait imaginer cela ? Ce n'était pas si mal, après tout. Elle en parlerait à Monseigneur. Monseigneur dans une au-to-mo-bile !

— Qu'est-ce qui vous fait rire, ma mère ? » demanda Adélaïde.

Sans répondre à la question, la mère pria la comtesse de la retrouver au couvent, pour le déjeuner.

« Ne vous inquiétez pas, ma petite fille, nous ne déjeunerons pas au réfectoire.

— Vous ne me tutoyez plus, ma mère ?

— Je voudrais te poser une question, ma petite fille. »

Poon venait d'arrêter la voiture devant une poterne qui donnait dans le parc du couvent, près de l'angle formé par le mur d'enceinte qui longeait la rue des Moricauds et celui qui jouxtait les jardins de l'Évêché et dans lequel se trouvait coincé une sorte d'observatoire qu'on appelait le « guettali », comparable à une échauguette de château fort. La mère s'en réservait l'usage, elle seule y avait accès.

« Que voulez-vous savoir, ma mère, demanda la comtesse tandis que la mère cherchait dans son aumônière la clef de la poterne.

« – Pourquoi n'étais-tu pas mariée à... (vingt-six ans, allait dire la Grande Mahaut. Elle atténua :) quand tu es venue me trouver, ici ? »

Décontenancée par une question très imprévue, en fait imprévisible, Adélaïde demeurait muette.

« Tu ne me comprends pas ? insista la mère.

– Si, ma mère, je vous comprends bien. »

Silence. La religieuse engagea la clef dans la serrure :

« Et alors ? Tu ne veux pas répondre à ma question ?

– J'avais une bonne raison, fit Adélaïde, sèchement.

– Je m'en doute, dit la Mère. Tu ne veux pas me la faire connaître ?

– Je veux bien, fit Adélaïde, si vous me dites, vous, pourquoi vous avez pris le voile à seize ans. »

Ce fut au tour de la religieuse d'être interloquée. Elle capitula :

« Tu as une tête de mule, tu as toujours eu une tête de mule, dit-elle, en prenant le visage de la comtesse entre ses mains.

– J'aimerais moi aussi vous poser une question, ma mère, reprit la comtesse.

– Que tu as sur le cœur ? demanda la religieuse avec un bon sourire. Depuis longtemps ?

– Ces bracelets que vous m'avez donnés ce matin... (la comtesse les fit tinter à son poignet) pourquoi les aviez-vous ?

– Comment cela ? bredouilla la Grande Mahaut.

– J'aurais compris que la mère de Bubu les ait conservés, mais pourquoi vous ?

– Ils sont à toi, maintenant, grommela la mère, sans cacher sa contrariété.

– Et les perles ? » demanda la comtesse.

La mère en resta bouche bée.

« Les perles ?

– Le collier de l'infante, ma mère ? Est-ce aussi vous qui l'avez ? Il me revient.

– Je ne l'ai pas, gronda la mère. Elle l'a conservé. »

Elle, la mère de Bubu, Gladys la scandaleuse.

« Vous croyez qu'elle l'a toujours ?

– Que voulez-vous dire ?

– Elle a pu le vendre. »

La comtesse précisa son soupçon :

« Il a pu la contraindre à le vendre. »

Alors qu'elle approchait de la quarantaine, Gladys de Kergoust était partie avec un amant qui avait l'âge de Bubu.

« Pourquoi me parlez-vous de cela ? murmura la mère, visiblement accablée. Je ne sais rien, je sais seulement qu'elle a emporté le collier.

– Avec ce qu'il restait de sa dot », remarqua encore la comtesse.

Elle remonta dans la voiture, aidée par Poon.

« Tu viendras déjeuner ?

– Si je peux, ma mère. »

Ni l'une ni l'autre ne tenaient à se revoir si vite, ce qui ne les empêchait pas de se sentir, enfin, d'une famille.

Qui lui a parlé du collier ? Pourquoi, si brusquement, en fait-elle état ? La porte du parc refermée derrière elle avec des soins de geôlière, la mère supérieure ne se dirigea pas vers le couvent mais vers le guettali. Elle suivit l'automobile des yeux jusqu'à ce qu'elle eût disparu au bout de la rue des Moricauds. Que voulait Adélaïde ? Que préparait-elle ? Oh ! il n'était pas surprenant qu'elle connût l'existence du collier de l'infante, les perles de la couronne Kergoust en quelque sorte, tout le monde en avait entendu parler. Le corsaire Kergoust les avait enlevées du cou d'une infante sacrifiée par la raison d'Etat à un prince maure qui l'attendait à Agadir. La tempête avait séparé le galion royal de son escorte. Le corsaire s'en était emparé sans combat : après un coup de semonce on avait hissé le drapeau blanc. Il avait déposé l'infante aux Canaries, en conservant ses bijoux, sa dot, les présents de mariage des rois et princes d'Europe, que l'on retrouvait dans la chambre de la comtesse, la grande glace offerte par les doges, la commode, l'argenterie, le dessus de cheminée en porcelaine de Dresde, cadeau du roi de Prusse, sans parler du lit à baldaquin, c'était celui de l'infante. Est-ce que le corsaire y avait dormi avec l'infante ? Selon la légende Kergoust, elle avait quitté son bord à contrecœur.

Pourquoi Adélaïde n'était-elle pas mariée à vingt-six ans ? Elle, si jolie, si riche. Si convoitée. Elle n'avait qu'à choisir.

C'était là, dans le guettali, que la mère l'avait reçue, peu après la fin inattendue de Louis Girard. Non qu'il ne fût pas en âge de mourir, il avait plus de soixante-dix ans. On le croyait indéracinable, et il était parti en quelques heures, foudroyé comme un chêne, une mort dramatique qui, à vingt-quatre heures, suivait celle, tragique, de Gaétan de Kergoust, abattu à bout portant par un braconnier dans les joncs de la Mare aux Songes. L'époque la plus sombre sans doute de la vie de la Grande Mahaut. Gladys venait de choisir le déshonneur en s'enfuyant avec un gamin, non sans emporter tout ce qui pouvait se mettre dans une mallette, les bijoux, le collier naturellement, l'argent qu'elle avait pu retirer de la banque. Il ne restait rien, rien. Pas même de quoi payer l'enterrement de Gaétan auquel, pour un peu, on eût refusé Dieu. On avait d'abord cru qu'il s'était suicidé. Tout en même temps. Bubu venait d'être admis à Cambridge, et pas de nouvelles du cadet, Honorin, qui s'était embarqué comme mousse. Tant mieux, avait pensé la Grande Mahaut en l'apprenant. Avec tout cela sur les épaules, que pouvait-elle pour Adélaïde Girard ? Lui céder la Nouvelle Hollande avant qu'elle soit mise aux enchères publiques ? Elle savait que Louis Girard la convoitait ; pour lui, l'étranger, le parvenu, cela correspondait à un sacre, c'était Versailles : en s'y installant il serait devenu roi. Quoi de plus normal qu'une fille songeât à accomplir l'ultime souhait de son père ? N'empêche, pensait la Grande Mahaut, qu'elle aurait pu attendre une ou deux semaines de plus. Car elle ne doutait pas, en accueillant Adélaïde dans le guettali, qu'elle venait pour soumettre une offre. Comme le vieux Duclézio aussi était preneur, elle se disposait à répondre qu'elle devait réserver la décision jusqu'au retour de Bubu. Il s'agissait bien de cela !

La chaleur était accablante. Comment aurait-elle pu oublier ? Adélaïde à ses pieds ! En sanglots ! Elle ne l'avait pas revue depuis qu'elle avait quitté le couvent avec une couronne de lauriers en bronze doré sur ses cheveux noirs en nattes. Et voici qu'elle suppliait la mère de l'admettre dans sa communauté ! La fille de Louis Girard devenant religieuse ! Etait-ce croyable ? La mère restait muette.

« Il n'y a plus de place pour moi dans le monde, sanglotait Adélaïde, accrochée à sa main.

– Qu'est-ce que tu racontes, ma petite fille ? »

Pour commencer, la mère avait attribué le désespoir de son ancienne pensionnaire au chagrin que lui causait la mort de son père. Il était normal qu'elle se sentît perdue. Louis Girard l'avait élevée. Il n'avait pas songé à se remarier. Quoi qu'on pût penser de son comportement en affaires (et pendant l'épidémie de malaria, mais était-ce bien vrai ce que l'on disait de lui ?), il s'était montré un père exemplaire trop indulgent, trop coulant certes, mais attentif à tout, d'une conduite exempte de critique ; il ne buvait pas, il ne fréquentait pas les maisons où l'on rencontre des personnes faciles, il n'allait même pas au Cercle. Sa seule passion : il chassait, surtout chez lui, et dès qu'elle avait su tenir un fusil, il avait emmené Adélaïde. En vérité, il formait avec elle un couple très touchant, on en était convenu assez vite, après sa disparition.

Cependant, en faisant parler Adélaïde, la mère avait dû se rendre à l'évidence : ce n'était pas la perte de Louis Girard qui la désespérait.

« Pourquoi n'es-tu pas mariée, ma petite fille ? »

La mère prévoyait la réponse : parce que Louis Girard avait besoin de moi. Non.

« Je ne peux pas épouser l'homme que j'aime. »

Avait-elle dit : je ne peux pas ? Ou : je ne pouvais pas ? Ou encore : je ne pourrai pas ? A l'époque, la Grande Mahaut avait opté pour le présent quand elle avait réussi, assez facilement, à extirper à son ancienne pensionnaire le nom de celui qui... Elle avait déjà passé en revue tous les possibles que Louis Girard avait dû récuser parce qu'il détestait ces grandes familles mauriciennes qui le snobaient encore après sa réussite, alors qu'il avait le pouvoir de les écraser. On avait beaucoup parlé d'Henri Oudinot parce que Louis Girard chassait chez lui, sur sa terre de Bombay partiellement enclavée dans la grande Plaine ; il la convoitait. Malheureusement, le pauvre Oudinot, physiquement... Non qu'il fût mal conformé ; au contraire, de belle taille, bien pris, et d'une intelligence remarquable, mais pas un cheveu, pas un poil, ni barbe, ni cils, ni sourcils, rien, un visage complètement nu. Pour une jeune femme...

Il ne s'agissait pas d'Oudinot. D'ailleurs, pourquoi n'aurait-elle pas pu l'épouser, celui-là ? Il s'agissait de Bubu ! *L'homme que j'aime* ! Bubu, ! Incroyable. Qu'est-ce qu'elle raconte, se demandait la Grande Mahaut, et pourquoi ? Première pensée : elle veut la Nouvelle Hollande sans la payer. Qu'est-ce qui pouvait plaire à Adélaïde Girard chez ce gentil garçon ? Il portait ses premiers pantalons longs quand il s'était embarqué pour l'Angleterre à dix-sept ans. Il se serrait contre sa vieille tante :

« Mahaut, ma Mahaut... »

Elle entendait : maman, ma petite maman. Elle remplaçait sa mère, c'était vrai, et pourtant il adorait Gladys. Quelle femme, quel monstre, celle-là ! Si merveilleusement belle, si totalement inconsciente. Elle ne supportait pas que ses fils grandissent. Honorin n'était pas de son mari, on ne pouvait pas l'ignorer, il ressemblait tellement à son père. Mahaut l'avait toujours détesté le pauvre Honorin. Ce soulagement, quand il était parti... Un miracle. Merci, Seigneur. *Notre Père qui... Je vous salue Marie.* Un visage d'enfant pouvait-il vraiment incarner le péché ? Il arrivait à la mère de rappeler la Grande Mahaut à l'ordre évangélique ; pas souvent. En tout cas, pour le mariage de Bubu, la Grande Mahaut avait eu le dessus. Trop facilement ?

Ni Mahaut ni la mère ne pouvaient croire qu'Adélaïde Girard voulût prendre le voile parce qu'elle était trop vieille pour épouser Bubu. C'était déjà un vieillard, à dix-sept ans, Bubu, si innocemment, si prodigieusement égoïste ; la Grande Mahaut se sentait plus jeune que lui. Il s'imposait par ses caprices parce qu'il n'était ni très fort (encore que...) ni très intelligent (pas bête non plus, puisqu'il avait réussi à se faire admettre à Cambridge après deux années de préparation). Où Adélaïde l'avait-elle connu ? Depuis quand l'*aimait-elle* ? Pourquoi aurait-elle prêté attention à Bubu, avant son départ ? Une ombre de moustache, il ne se rasait pas. Mais déjà bien rond, se souvenait Mahaut avec un sourire indulgent. Son appétit ! Gladys se plaignait de lui quand elle lui donnait le sein ; une bonne mère pour ça, admettait la Grande Mahaut. Il ne me lâche plus, soupirait Glaldys quand Bubu tétait. Avait-il mangé de plus en plus pour retrouver le bien-être qu'il ressentait, nourrisson, contre la poitrine de sa mère ?

« Vous connaissez Bubu depuis longtemps ? Est-ce que vous vous rencontriez souvent ? Se doute-t-il que vous l'aimez ? Lui avez-vous écrit ? Et lui ? »

Toutes ces questions se pressaient naturellement sur la langue de la mère. La Grande Mahaut ne les posait pas. Tout à coup, les choses lui étaient apparues dans une clarté providentielle. Les voies du Seigneur ne sont-elles pas impénétrables ? Il lui envoyait Adélaïde pour sauver la Nouvelle Hollande, cela lui semblait d'une vérité aveuglante. Pour préparer Bubu, elle lui avait écrit à l'escale de Port-Saïd en le renseignant sur la situation catastrophique dans laquelle se trouvait la Nouvelle Hollande. Se souvenait-il d'Adélaïde Girard ? Elle ne faisait pas partie des jeunes filles auxquelles il devait lui arriver de penser à Cambridge. En fait, il semblait destiné à sa cousine, Marlyse de Chazelles. Hélas ! pour redorer le blason de la Nouvelle Hollande, on ne pouvait pas compter sur les Chazelles, d'autant moins que le père de Marlyse jouait, ou, plus exactement, *spéculait*, un verbe mystérieux qui effrayait la Grande Mahaut encore plus que jouer.

Ai-je eu raison ? Ce n'était pas la première fois que la mère s'interrogeait sur le mariage arrangé par elle, et si vite ! Trois mois après le retour de Bubu, c'était expédié, Adélaïde Girard s'installait à la Nouvelle Hollande. Ouf ! La Grande Mahaut ne doutait pas alors d'avoir correctement interprété la volonté du Seigneur. Malheureusement, il fallut déchanter quand il apparut que l'union n'était pas *bénie*. Le temps qui passait si vite n'arrangeait rien, Adélaïde ne rajeunissait pas. Aucun héritier à trente ans, rien à trente et un ans, vraiment rien, pas la moindre espérance, jamais.

Qui avait fait remarquer à la mère que si Adélaïde avait pris le voile sa fortune serait revenue à la Congrégation ? Hypothèse que la Grande Mahaut balayait d'un revers de la main, ce n'était pas sérieux, jamais Adélaïde n'avait songé à... Oui, mais alors ? Pourquoi ? Pourquoi n'était-elle pas mariée à vingt-six ans ? Et pourquoi avait-elle exigé Bubu ? Certains ricanaient qu'elle l'avait acheté. Car personne n'avait compris ce mariage. J'ai fait passer la pilule, admettait la Grande Mahaut. Pourquoi ? Pourquoi ? En vérité, elle ne tenait pas aux explications. Elle priait. *Notre Père qui...* Rarement elle s'était sentie aussi lasse, comme si une force l'avait abandonnée lors de cette étrange transmission des pouvoirs à Adélaïde dont elle avait pris l'initiative. Qu'est-ce qui l'y incitait ?

Elle pensait à la mort assez souvent, elle en parlait avec sérénité, répétant que le Seigneur pouvait la rappeler quand il le jugerait bon, qu'elle se tenait prête. Pourtant, pour la première fois sans doute, elle découvrait qu'elle n'était pas immortelle. Les comptes à rendre. Elle pria plus haut, plus vite, sans parvenir à modifier le cours de ses pensées. Pourquoi avez-vous pris le voile à seize ans ? La question d'Adélaïde la poursuivait. Elle se sentait alourdie, écrasée. Seize ans. Son cousin Yves de Saint-Ageste venait de disparaître dans le naufrage de *la Roquebrune*. S'il était revenu ? Après s'être assurée que personne n'approchait du guettali, elle se déboutonna sur le devant pour dégager un coussinet de senteur qu'elle portait sous sa robe. Elle en tira une feuille de papier, grasse et jaunie par des fleurs de patchouli, sur laquelle Yves avait noté les ultimes recommandations de son père : Éviter toute dispute pendant le voyage. Ne pas être témoin de celles qui pourraient éclater. Ne pas découcher du vaisseau à l'escale de Saint-Denis. Au cap de Bonne-

Espérance descendre à terre si le capitaine le permet. Un brouillon qu'Yves avait laissé sur son pupitre et que sa mère, Xaverine, avait donné à Mahaut de Kergoust, une grande fille maigre qui rougissait pour rien quand elle venait fêter l'anniversaire d'Yves.

Après une courte hésitation, la religieuse déchira le papier, qu'elle dispersa dans la rue en petits morceaux. Depuis qu'on lui avait coupé les cheveux, elle n'avait plus de larmes.

Le procès

L'AUDIENCE était ouverte lorsque la comtesse arriva au tribunal. Le très honorable O'Molley, robe rouge, perruque blanche, occupait son pupitre en teck. Les boiseries étaient du même bois. Au-dessus du juge, une tache rouge et or, les armes de l'Angleterre, la Licorne et la devise *Honni soit qui mal y pense*. On avait rabattu les volets parce que le soleil tapait sur les vitres ; la salle était plongée dans une pénombre religieuse. La comtesse avança sur la pointe des pieds, comme à l'église lorsqu'elle était en retard. Son apparition souleva une rumeur ; les têtes se tournaient vers elle. Le plus jeune des Duclézio, Maxime (elle avait joué au croquet avec lui), la mena jusqu'au premier banc réservé au public, où son père gardait une place pour elle.

« Il était sûr que vous viendriez », dit-il.

La comtesse reconnaissait les autres, Humphrey, Saint-Ageste, Chamarel, Lousteau, Marck, Pinet, Poincelet... Tous. Poincelet l'avait demandée en mariage, Antoine du Pinet aussi, ainsi que le petit Chamarel. Quel célibataire à peu près présentable n'aurait pas voulu la conduire à l'autel ? Elle baissait les yeux avec modestie sous les regards, en se félicitant d'avoir mis son amazone. Pourtant, par moments, elle respirait difficilement. *Il* devait se sentir serré, lui aussi, *il* donnait des coups de pied. Pascal. Pascal. Elle s'y habituait. Elle souleva sa jupe pour se glisser près du vieux Duclézio. C'est un sacre, disait de lui Louis Girard. Il parlait de l'oiseau de proie, symbole de la rapacité. The most honourable Sir Duclézio de mes fesses, disait-il aussi, en ricanant. Il le détestait. Pas seulement parce qu'il était aussi riche que lui (quasiment), il lui en voulait d'avoir été anobli par le roi d'Angleterre tout en se prenant pour un gentilhomme français.

« Qu'est-ce qu'ils veulent, tous ces dodos ? »

Avant d'être investie par les Hollandais – quelques-uns, une poignée –, l'île Maurice appartenait à un oiseau inconnu ailleurs, une sorte de gros pigeon ou de petit dindon, il tenait des deux, lourd, pataud, savamment appelé *Raphus cucullus*, à titre posthume hélas ! puisque l'espèce s'était éteinte quand les naturalistes la recensèrent. Pourquoi ? Les dodos vivaient trop bien, tout leur tombait dans le bec, pas de contestataires musclés ou griffus pour leur disputer vers, graines ou fruits, rien qui les menaçât, pas de serpents ou de rapaces pour convoiter leurs œufs. Ils élevaient leurs poussins avec négligence, sans leur apprendre à voler. Pourquoi cultiver des muscles et entretenir des craintes instinctives inutiles ? Avec le temps, leurs ailes s'étaient atrophiées ; elles ne servaient plus. Aussi, quand les Hollandais débarquèrent avec des fusils et des chiens... Combien de fois Adélaïde avait-elle entendu de la bouche de son père l'histoire des pauvres dodos exterminés, avec tous les commentaires dont il l'embellissait ? Les dodos, c'étaient les Français de Maurice qui vivaient trop bien et qui allaient se faire manger les uns après les autres, et tant mieux, ils ne méritaient pas autre chose ! Pour qui se prenaient donc ces farceurs ?

Sir Duclézio ne s'était pas levé pour laisser passer la comtesse ; il lui baisa la main avec désinvolture quand elle fut assise près de lui.

« Merci d'être venue, dit-il, votre père aussi serait là. »

Une voix à la fois chevrotante et rogue. Quel âge avait-il ? Il vit encore ? demandait Louis Girard quand il voyait son nom dans les journaux ; pourtant Duclézio n'avait guère qu'un ou deux ans de plus que lui. Il tenait bon. Vêtu d'une sorte de houppelande soyeuse et moirée, en alpaga, qu'il portait sur un gilet de satin boutonné sous la cravate, un jabot blanc. La comtesse pensait à Voltaire, elle le voyait avec la perruque du seigneur de Ferney, ou avec son bonnet de nuit ; il avait le même masque ravagé et creusé. Au couvent Voltaire était à l'index ; cela n'empêchait pas Adélaïde de traduire *Candide* en anglais avec sa Miss. Pauvre Miss Barrett, complètement décatie ; elle était très malade, on s'attendait au pire. La comtesse se reprochait de ne pas avoir répondu aux appels de détresse qu'elle lançait. Elle la supportait de plus en plus difficilement.

« J'irai vous embrasser avec Hugues dès qu'il sera là », avait-elle promis.

C'était encore Hugues qu'elle attendait. Elle irait donc à la Savone avec Pascal, promis encore. Un sourire. Elle se demandait lesquels de ses amis de l'assistance pariaient toujours pour un garçon. En s'asseyant, elle faillit se signer. Quand elle assistait à la messe à la cathédrale, le dimanche, elle voyait les mêmes têtes, avec celles des épouses en plus.

Avant de replier son journal, Sir Duclézio montra le titre de l'éditorial à la comtesse : « Unissons-nous contre l'ennemi commun. »

« Il faut les briser, gronda-t-il. Si nous leur permettons de prendre des ongles, ils les enfonceront dans notre table.

– Chut ! »

Sir Duclézio parlait haut, sans doute parce qu'il entendait de plus en plus mal, mais aussi parce qu'il lui revenait de diriger les débats ; du moins le pensait-il. En réalité, il était assigné, lui !, par un misérable Indien que l'on voyait entre ses avocats, un petit bonhomme insignifiant, du nom de Jaipal, flottant dans une veste de coton blanc. Il avait porté plainte contre la sucrerie Duclézio. Quand il livrait cent kilos de cannes, on lui remettait un bulletin de pesée de soixante-dix kilos, voire moins, osait-il affirmer. Sous serment ! Que valait la parole d'un Indien ?

« C'est une infamie attentatoire à mon honneur », grondait Sir Duclézio.

Il entendait remettre de l'ordre dans les institutions. Où allait-on si un Indien pouvait traîner un propriétaire (blanc) en justice ?

« J'ai un pied dans la tombe, dit-il à la comtesse, toujours d'une voix aussi forte, je ne tarderai pas à y mettre les deux...

– Chut ! Chut ! fit le greffier.

– Vous comprenez bien, chère amie, poursuivit Sir Duclézio, que des accusations de ce calibre aggravent le froid que je ressens déjà. »

La comtesse se sentait embarrassée. Une odeur bizarre émanait de son voisin. Le poivre ? Le patchouli ? La lavande ? Un mélange, très aigre. Il faisait chaud dans la salle.

« Ça traîne, ça traîne », bougonna Sir Duclézio.

Le très honorable O'Molley ajustait ses lunettes en jetant des regards irrités dans sa direction. Le greffier baragouinait des formules qu'on n'écoutait pas. Est-ce que Louis Girard serait venu ? se demandait la comtesse. Elle n'en était plus sûre, non seulement parce qu'il détestait Sir Duclézio (de mes fesses, quelle horreur ! Voici qu'elle le *pensait* aussi) mais surtout parce que... Depuis qu'elle voyait Sir Duclézio s'agiter à côté d'elle, la comtesse se persuadait qu'il ne pouvait pas avoir raison parce que, lui semblait-il, il n'avait plus sa tête ; ou plutôt, parce qu'il était d'une autre époque, celle de sa houppelande en alpaga et de son gilet à boutons de satin. Sir de mes fesses, elle pouffa en pensant à Louis Girard qui, pour marquer son mépris (envieux ?) des honneurs royaux, accentuait certaines attitudes de sans-culottes complètement usurpées car on ne pouvait trouver moins révolutionnaire que lui ; pour le conservatisme il rivalisait avec *Sir de...* et tous les siens. Si sa jeune femme avait vécu, l'adorable Clémence Goupille, Louis Girard se serait sans doute fondu avec elle dans la société mauricienne. Par les femmes, les Goupille remontaient aux Poivre [1], arrivés avec La Bourdonnais, le père de la colonie. Pour Louis Girard, le mariage avec Clémence avait été le sacre de Napoléon à Notre-Dame. Pauvre Clémence, on la surnommait Iphigénie. Quand elle avait dit oui à Louis Girard, il possédait déjà les neuf dixièmes de la Grande Plaine ; il aurait pu jeter les Goupille à la porte de la Savone car les poussières qui leur restaient... Et il l'eût fait si on lui avait refusé Clémence. Après la mort de leur fille, les Goupille étaient repartis pour la France, non sans avoir supplié Louis Girard de leur confier Adélaïde :

« Que ferez-vous d'une petite fille ?

– Un grand garçon », avait-il répondu.

Un Girard, ce qu'Adélaïde comptait faire du petit Kergoust qui se rappelait à son attention en lui donnant des coups de pied. Elle n'avait pas renoué avec les cousins et petits cousins qui n'intéressaient pas son père ; comme lui, elle demeurait à l'écart, dans une sorte de mépris injustifié pour tous les dodos. Au tribunal, de se trouver parmi eux la mettait mal à l'aise ; et pis que cela, elle se demandait, confusément encore, s'ils pouvaient, ensemble, défendre une bonne cause.

« Vous l'avez vu, là-bas ? demanda Sir Duclézio avec un geste vers Jaipal, l'Indien qui l'accusait de tricher. Vous ne le reconnaissez pas ? »

Henri Oudinot ! Impossible de s'y méprendre, même quand on le voyait de dos. Son crâne nu.

« Puant, n'est-ce pas ? » gronda Sir Duclézio.

Le très honorable O'Molley donne un coup de marteau pour réclamer le silence. Henri, que la rumeur publique lui avait destiné pour mari, défenseur de cet Indien qui,

---

1. Le créateur du Jardin des Pamplemousses. Au péril de sa vie, il introduisit la culture des épices à Maurice.

en portant plainte contre Sir Duclézio, mettait en péril l'ordre mauricien ? Jaipal avait un second avocat, un Indien celui-là, un gros bonhomme vêtu à l'européenne, qui donnait l'impression d'être sûr de lui. Pourtant, entre ses défenseurs, Jaipal ne se sentait pas en sécurité. On voyait frissonner ses mains jointes sur ses genoux. Des poignets fragiles. Il battait constamment des paupières. De toute évidence, il avait peur. Cependant, n'était-ce pas étrange, les autres aussi avaient peur. Même Sir Duclézio. Puant ! Il haïssait Oudinot, parce qu'il avait peur d'un Indien tremblant. La comtesse l'enregistrait très inconsciemment. Elle regrettait d'être là, il lui semblait que Louis Girard ne se serait pas comporté comme eux, les dodos.

Si Henri avait été différent... Normal ? Oh ! Henri Oudinot n'était pas un monstre. Une fois habitué à son visage... Il n'était pas aussi riche qu'Adélaïde, mais suffisamment pour elle. Un âge convenable, huit ans de plus qu'elle. Une situation sociale et mondaine parfaite. Il dirigeait la banque Oudinot que son père avait fondée et dans laquelle la banque Morgan avait pris des intérêts. Cet étrange physique. Pas un cheveu, pas un poil. Non, pensait Adélaïde, on ne s'y habituait pas. Elle avait pourtant entretenu avec lui des rapports très amicaux, elle admirait son intelligence. Il se passionnait pour les religions indiennes, qu'il avait découvertes à Oxford. On avait tenté de le retenir à Oxford en lui proposant d'enseigner les civilisations orientales. Il était rentré avec un doctorat en droit. A cause de moi ? s'était demandé Adélaïde. Louis Girard avait un faible pour lui, même s'il lui reprochait parfois d'être le plus dodo des dodos :

« Il a de la chance que sa banque capitalise pour lui », remarquait-il avec une ironie indulgente.

Il ne comprenait pas que l'argent ne l'intéressât pas. Un poète ! Il en riait. Oudinot écrivait effectivement des poèmes, en français, en anglais et en amateur, précisait-il pour se moquer de lui-même. Il connaissait par cœur plus de vers qu'Adélaïde. Ils s'amusaient à se relancer :

« Mourez donc, et gardez un silence inhumain,
– Mais pour fermer vos yeux, cherchez une autre main.
– Quoiqu'il vous reste à peine une faible lumière,
– Mon âme chez les morts descendra la première. »

Louis Girard, en les écoutant, ne savait contenance prendre. S'encombrer l'esprit de ces futilités ! Il le supportait pour Adélaïde et parce qu'il convoitait les 1 500 arpents de Bombay qui mordaient sur son royaume, la vallée du sucre. C'était surtout de la Mare aux Songes qu'il avait envie pour irriguer les plantations en terrasses du Vert Paradis. La technique chinoise, disait-il. Il avait édifié les premières terrasses de ses mains. Il montrait ses grosses pattes, ses paluches : celles-là ! Quand il parlait d'irrigation, Henri Oudinot décrivait les oiseaux qui vivaient sur les trois étangs de la Mare aux Songes, les perdrix pintadées en robe beige à pastilles brunes, les pique-pique vert olive avec du blanc autour des yeux, la pintade sauvage avec une tête bleu et rouge, les sarcelles avec leurs pattes et leur bec de canard, les canards sauvages, les tourne-pierres, les poules d'eau noires à bec sanglant, les coqs des bois rouges, les petits hérons avec une houppe noire sur la tête.

Louis Girard s'attendrissait ; avec Oudinot, remarquait-il, on a parfois le sentiment de passer à côté de la vie. Comment réagirait-il en le voyant à côté de Jaipal ?

« Vous le connaissez bien, vous ? » insinua Sir Duclézio pour rappeler à la comtesse qu'on avait parlé de mariage entre elle et lui.

Elle se hérissa, partagée entre des sentiments contradictoires qu'elle n'avait pas le temps de préciser. Aurait-elle épousé Oudinot s'il avait été physiquement *possible* ? Défendait-il Jaipal contre Duclézio parce qu'il était *laid* ? En clair : parce qu'elle l'avait *rejeté* ? Occuperait-il la même place au tribunal si elle était devenue Mme Oudinot ? Un vague sentiment de culpabilité la poussait à admirer le courage d'Oudinot, et, dans le même temps, elle lui en voulait de la mettre en état d'infériorité vis-à-vis de Sir Duclézio. Tout cela, qui restait très confus, la remuait et l'énervait ; elle sentit le sang à ses pommettes. Si, grâce à Henri, l'accusation invraisemblable de Jaipal n'était pas retournée contre lui par une condamnation pour diffamation... Elle restait solidaire des Duclézio et consorts, sans toutefois se sentir pareille à eux. Quoi de commun entre Louis Girard et Sir de mes fesses ? Mon dieu, pensait-elle, je deviens horrible. Cette question : vous le connaissez bien, vous ! Et cette odeur bizarre à laquelle elle ne s'habituait pas. Si elle se trouvait mal ? Il faisait de plus en plus chaud. La Grande Mahaut avait raison, elle n'aurait pas dû venir.

« Vous vous appelez Jaipal Manaz, vous avez trente-deux ans, vous habitez Quartier Militaire où... »

C'était l'avocat indien de Jaipal qui l'interrogeait après l'avoir fait asseoir sur la chaise des témoins, au-dessous de l'avocat de la Couronne. Vraiment gros, ce Mawillal, un bouffi, il suait beaucoup et ne cessait de s'éponger le front. Une goutte de sueur au bout du nez, en permanence. Pourquoi ne l'essuie-t-il pas ? se demandait la comtesse. Elle tombait sur sa grosse lèvre ourlée, soulevée par trois dents de cheval.

« C'est Gandhi qui nous l'a envoyé », gronda Sir Duclézio.

La comtesse se souvenait d'avoir entendu parler de Gandhi par Louis Girard. Cela remontait assez loin, elle était encore pensionnaire. Gandhi revenait d'Afrique du Sud. Le gouverneur l'avait reçu au Réduit, avec tous les honneurs.

« Ces Anglais sont fous, vitupérait Louis Girard, ils réchauffent les serpents contre leur sein. »

Gandhi avait prononcé un grand discours pour encourager les Indiens de Maurice à prendre leur destin entre leurs mains. La comtesse n'en avait retenu qu'un seul point, qui n'intéressait pas tellement Louis Girard : Gandhi recommandait à ses compatriotes d'envoyer leurs enfants dans les écoles, afin qu'ils apprennent à lire et à écrire. Pour lire quoi ? Pour écrire quoi, et à qui ? s'était demandé Adélaïde Girard. Il lui paraissait impossible que les gosses à moitié nus, si maigres, si primitifs, sournois et voleurs qu'elle apercevait autour de la Savone et dans les villages qu'elle traversait pussent arriver à épeler, à tracer des bâtons, à former des lettres. Et voici qu'à cause de ce gros avocat de Bombay ce souvenir lui revenait non sans éveiller en elle une gêne, parce que, pensait-elle, Oudinot n'approuverait pas sa réaction. Quel âge avait-elle à l'époque ? Avait-elle évolué ? Beaucoup ? Elle se *savait* de la même essence humaine, théoriquement, que les Indiens et les Noirs, mais, en fait, elle se sentait différente, l'idée ne l'effleurait pas, à la messe, à la cathédrale, que même ceux qui se signaient derrière elle et qui communiaient après elle et les siens, pussent vraiment relever du même Dieu qu'elle ; et la conscience qu'elle en prenait, au tribunal, très confusément, ajoutait au malaise éveillé par Sir Duclézio, par la découverte d'Oudinot auprès de Jaipal, le tout amplifié par son état. Jaipal avait un visage de crapaud aplati, pensait la comtesse. Sir Duclézio, lui, avait une tête de vieux chat fâché.

Mawillal menait son interrogatoire en se promenant autour de Jaipal. Il donnait de petites tapes à la lavallière accrochée à son col de celluloïd. La comtesse ne pouvait pas ne pas remarquer une grosse émeraude qu'il portait à l'annulaire gauche. Riche ? Comme Henri ? Pourquoi s'intéressaient-ils à un caqueux ?

« Voulez-vous rappeler les faits ? »

Mawillal posait les questions et donnait les réponses. Il se référait à une pesée de cannes pour laquelle on avait délivré un reçu à Jaipal, qu'il tenait à la main et qu'il ne cessait d'agiter devant le tribunal. Jaipal avait livré 970 livres de cannes, on lui avait donné crédit pour 550 livres.

« Comment pouviez-vous savoir que vous livriez très précisément 970 livres de cannes ? demanda le très honorable O'Molley.

– J'avais pesé le chargement, répondit Jaipal par la bouche de Mawillal.

– Vous aviez donc une bascule ?

– Nous avons utilisé une balance romaine, expliqua Mawillal, avec quelques gestes pour mimer une pesée. Il nous a fallu un certain temps car nous ne pouvions peser plus de trois ou quatre cannes chaque fois. »

Jaipal hochait la tête en signe d'approbation. Il ne ment pas, pensa la comtesse. Elle mesurait ce qu'il lui avait fallu comme courage pour affronter Sir Duclézio en l'imaginant devant Louis Girard : Sir, vous m'avez volé ! Louis Girard l'eût aplati d'un coup de poing. Mais Louis Girard ne trichait pas. Sir Duclézio non plus, de toute évidence. Il *couvrait* un sirdar, quelle absurdité ! Louis Girard aurait puni son contremaître après avoir rossé le plaignant.

Un agent de police jovial remplaça Jaipal sur la chaise des témoins, le sergent George André Louis qui, en enregistrant la plainte de Jaipal au commissariat de Quartier Militaire, avait mis l'horlogerie judiciaire en mouvement.

Pourquoi ? Pourquoi avait-il transcrit les déclarations de l'Indien sur son registre ? Posée par maître Duclos, l'avocat de Sir Duclézio, la question signifiait :

« Pourquoi n'avez-vous pas tout simplement jeté à la rue ce minable qui se permettait de mettre en cause l'honorabilité d'un conseiller royal ?

– Répondez à la question, demanda le juge O'Molley.

– Je suis tenu d'enregistrer toutes les déclarations que l'on vient faire.

– Les calomnies aussi ? » gronda Sir Duclézio.

L'honorable O'Molley donna un coup de marteau. Maître Duclos se tourna vers son client :

« S'il vous plaît, laissez-moi faire.

– Je ne vous ai pas présenté mon avocat, maître Duclos, dit Sir Duclézio à la comtesse. Il a écrit l'éditorial du journal. »

Toujours de sa voix rogue et dominatrice, comme s'il se trouvait chez lui, entouré de gens à son service ou à sa dévotion. On l'entendait bourdonner et soudain il aboyait :

« Que dirait Louis Girard, hein ? »

Le juge laissa retomber son marteau. Maître Duclos revint vers le policier.

« Vous êtes sergent, n'est-ce pas ?

– Oui, monsieur.

– Si quelqu'un se présentait au commissariat pour vous lire un poème ?

– Un poème ?

– Vous savez ce que c'est ?

– Comme Victor Hugo ? demanda le sergent, plutôt perplexe.

– Exactement. Vous connaissez un poème de Victor Hugo ?

– *Oceano Nox* ? répondit le sergent, après une courte hésitation.

– Très bien. Supposez qu'on vous lise *Oceano Nox*.

– Où ? demanda le sergent.

– Au commissariat, dit l'avocat.

– Vraiment ? fit le sergent.

– Est-ce que vous transcririez le poème sur votre registre, sergent ? »

Sir Duclézio s'agitait sur son banc :

« Qu'est-ce que cela veut dire ? »

L'honorable O'Molley s'interrogeait aussi. Maître Duclos répéta sa question :

« Est-ce que vous écririez le poème dans votre registre ?

– Si c'était important, oui, finit par bredouiller le sergent, qui ne souriait plus.

– Parce que les ragots d'un caqueux sont importants ! » lança Sir Duclézio.

Il n'en pouvait plus, il écumait, il tendait le bras vers le sergent. L'honorable O'Molley menaça de faire sortir les personnes du public qui entravaient le cours serein de la justice.

« Parfait, sergent, reprit maître Duclos, on vous lit *Oceano Nox*, vous transcrivez le poème sur votre registre, très bien, très bien, mais ensuite, qu'est-ce que vous en faites ?

– Ce que je fais toujours, répondit le sergent, je transmets à mon supérieur. »

Faute de trouver une réplique, maître Duclos leva les bras. L'honorable O'Molley souriait, il appréciait l'humour, fût-il involontaire. Les dodos étouffaient quelques rires, mais tout de suite le silence se rétablit, à entendre marcher une fourmi. Henri Oudinot s'était levé pour questionner le sergent.

« Traître ! » gronda Sir Duclézio.

Le juge lui donna un dernier avertissement.

« C'est moi que l'on mettra en prison, c'est parfait », fit Sir Duclézio, mais à voix basse.

Il allait beaucoup souffrir.

« Sergent, demanda Oudinot au policier créole, lorsque vous avez enregistré la déposition de M. Jaipal... (L'effet de ce *Monsieur* Jaipal)... comme c'était votre devoir, enchaîna Oudinot, pensiez-vous porter atteinte à l'honneur de Sir Duclézio ?

– Objection ! » protesta maître Duclos, avant que le sergent ait eu le temps de répondre.

Le très honorable O'Molley pria Oudinot de s'en tenir au procès.

« Il me semble, Votre Honneur, que précisément ce procès est né d'un malentendu. Personne ne songe à contester l'intégrité de Sir Duclézio.

– Qu'est-ce qu'il lui faut ! rugit Sir Duclézio.

– Silence ! » demanda le juge, en frappant du marteau.

Il rendit la parole à Mawillal qui demanda à réentendre Jaipal. En interrogeant le prévenu, l'avocat brossa un tableau de la condition des Indiens pauvres à Maurice.

« Est-ce que Votre Honneur connaît le nom que l'on donne au dépôt où sont accueillis les immigrants indiens ? demanda-t-il au juge.

– Objection ! » gronda maître Duclos.

Le juge fit signe à l'avocat indien de poursuivre.

« On l'appelle le bagne, Votre Honneur. Il me faudrait le talent de votre grand peintre Hogarth, l'auteur génial de *L'Opéra des gueux* [1] pour me permettre de vous en donner une idée. Hogarth, ai-je besoin de le rappeler, Votre Honneur, est devenu le peintre de Sa Majesté le roi d'Angleterre, qui estimait que ses critiques, et les plus virulentes, contre les mœurs dépravées de l'époque servaient le royaume de Grande-Bretagne. »

_____

1. Il s'agit en réalité non de l'auteur, mais de l'illustrateur de *The Beggar's Opera* de J. Clay.

Une courte pause :

« Et l'Empire », ajouta Mawillal, en coulissant un regard complexe à son collègue Oudinot.

On l'écoutait avec passion.

« Au bagne, Votre Honneur, on promettait la lune aux immigrants. Les *sirdars*, des Indiens, je le souligne, surenchérissaient les uns sur les autres pour les attirer vers leur habitation [1]. On allait jusqu'à leur verser une avance sur leur salaire.

– Plus élevé qu'en Inde ! cria maître Duclos.

– Effectivement », admit Mawillal, en essuyant son front ruisselant.

Et la goutte, la goutte au bout du nez ? Celle-là tomba sur la lavallière.

« Une fois engagés, poursuivait Mawillal, ils se trouvaient à la merci de maîtres pénétrés de l'esprit esclavagiste. »

Maître Duclos se dressa, tout en empêchant d'une main Sir Duclézio de se lever.

« Objection, Votre Honneur, objection, ce n'est pas le procès.

– Peut-être que si, murmura le très honorable O'Molley en faisant signe à Mawillal de poursuivre.

– Je voudrais donner au tribunal une idée de l'horaire d'un travailleur indien sur une habitation, reprit Mawillal. Il est debout à quatre heures, pour répondre à l'appel. Il part à la plantation en emportant un repas préparé par sa femme, levée avant lui. Le travail commence à cinq heures trente. Les moindres retards sont punis de coups de bâton, Votre Honneur.

– C'est une plaisanterie », hoqueta Sir Duclézio.

Il étouffait. La comtesse pensait à un sanglier blessé.

« Une heure pour déjeuner, poursuivit Mawillal, entre dix et onze heures généralement. En principe, le travail prend fin vers trois heures, à condition que la tâche assignée soit terminée. Sinon, on continue. »

Maître Duclos, debout depuis un long moment, et qui avait de plus en plus de mal à maîtriser Sir Duclézio, s'étonna, avec une gravité qui portait, que le juge permît à son honorable collègue, dans une enceinte de justice, de lancer des accusations qui mettaient en cause non seulement son client, mais également l'administration de l'Ile et, au-delà, le gouvernement de Sa Majesté. Mawillal ne cachait pas sa satisfaction. Il atteignait l'objectif qu'il

---

1. Nom donné à l'île Maurice aux plantations.

visait. Oudinot, semblait-il à la comtesse,
marquait un certain embarras. Les débats se politisaient.

« L'audience est suspendue », trancha l'honorable
O'Molley.

Il quitta la salle dans un grand brouhaha. Qu'allait-il se
passer ? La comtesse craignait que Sir Duclézio et les siens
se jettent sur Oudinot pour le mettre en pièces. Louis
Girard, elle en était persuadée, se serait porté vers lui pour
le gifler ; il est vrai, corrigea-t-elle, qu'il ne se serait pas mis
dans la situation sans issue dans laquelle Sir Duclézio
entraînait les dodos. Que pourrait Henri, seul contre tous ?
Il n'y avait qu'un policeman au fond de la salle. Et voici
qu'Henri s'avançait vers elle, un grand sourire aux lèvres :

« Adélaïde, comme je suis content. »

Depuis son mariage, il n'avait guère revu Adélaïde dont
pourtant il avait été le témoin ; en revanche, et cela faisait
jaser, il était l'intime du comte, avec lequel on pouvait
penser qu'il n'avait que peu d'atomes crochus. Pendant
le voyage d'Adélaïde, ils étaient devenus inséparables ; ils
dînaient presque tous les soirs au Cercle, où Oudinot avait
pris une chambre parce qu'il ne se décidait plus à rentrer
chez lui, dans sa maison de famille, de l'autre côté du
Jardin de l'Intendant, à une centaine de pas. Le mausolée,
disait-il, quand il parlait de sa maison. Il entraîna Adélaïde
vers le fond de la salle, vers les *autres*, qui s'écartaient
devant lui comme devant un pestiféré. Elle n'aurait pas
osé l'abandonner.

« Il faut que je vous parle, Adélaïde. »

Une porte interdite au public donnait accès à une
varangue, réservée aux magistrats et aux avocats ; on y
respirait un air qui, même par les grandes chaleurs,
paraissait frais quand on sortait de la salle des audiences.

« Vous m'en voulez, Adélaïde ? »

Prise de court, elle s'apprêtait à répondre qu'elle ne se
reconnaissait pas le droit de le juger, mais déjà il se lançait
dans des explications fiévreuses, qu'il débitait avec sa
rapidité habituelle qui exigeait toute l'attention des
interlocuteurs.

« Connaissez-vous quelqu'un de plus bête que Sir
Duclézio, Adélaïde. Sir de mes... »

Il riait :

« C'était votre père qui le disait.

– Qu'est-ce qu'il disait ? demanda-t-elle avec innocence.

– Vous le savez bien, dit-il. Il le disait devant vous aussi,
sinon je n'aurais pas osé... »

Il s'inquiétait :

« Vous n'êtes pas fatiguée ? Vous êtes heureuse, Adélaïde ? Moi, en apprenant que vous alliez avoir un enfant...

– Un fils, corrigea-t-elle.

– Naturellement, dit Oudinot, qui ajouta : vous me la donneriez, si c'était une fille ? »

Elle changea le cours de la conversation.

« A votre avis, Henri, Louis Girard n'aurait pas porté plainte contre ce pauvre... »

Elle cherchait le nom.

« Jaipal ? C'est un brave homme, dit Henri Oudinot, cela fait trois générations qu'ils s'échinent pour avoir un lopin de terre, on leur a vendu au triple du prix un champ qui ne contenait que des pierres, mais ils y sont arrivés. Vous savez, ces Indiens, ils réussiraient à produire du sucre sur du granit. Jaipal est très gentil, il se donne un mal inouï pour sortir de la misère, pour donner à manger à ses enfants, il en a déjà huit.

– Pourquoi en font-ils tellement ? demanda la comtesse.

– Vous voudriez qu'on les noie ? demanda Oudinot, légèrement, sans méchanceté.

– Je le trouve courageux, ce... »

Elle cherchait encore le nom.

« Jaipal, reprit Oudinot. Vous avez raison, il est courageux. Affronter le lion dans son antre ! Les lions... Retournez-vous pour le regarder, Adélaïde. Pourquoi ne comprennent-ils pas que je les défends ?

– Vous, Henri ?

– Je défends Duclézio, je défends vos propriétés, Adélaïde, la Grande Plaine et la Nouvelle Hollande, je défends Chamarel, et Marck, tous. »

Il triturait l'une des mains de la comtesse.

« Vous l'avez compris, Adélaïde.

– Moi ?

– J'ai senti votre approbation.

– Qu'est-ce que vous racontez ? »

Elle se souvenait des impressions contradictoires qu'elle avait enregistrées après l'avoir reconnu, pour lui, contre lui. En tout cas, sur un point il avait raison, jamais Louis Girard n'aurait engagé son prestige contre un petit planteur indien. Et devant une cour anglaise !

« C'est monstrueux, n'est-ce pas, Adélaïde, ce procès pour une pesée faussée par un contremaître indien, et pour cette bêtise on engage tout ce qui s'est fait à Maurice, par nous, par eux, par leurs pères ; hélas ! ils n'en sont pas conscients, ils se prennent pour ce qu'étaient leurs pères. Supposez que Jaipal obtienne une décision... On ne lui donnera pas raison, cela me semble impossible. Mais peut-on le débouter en le condamnant comme Sir Duclézio le demande ? Les temps sont passés où chacun de nous pouvait rendre sa justice. Il faut composer avec les Indiens parce qu'ils sont la majorité, Adélaïde. La Majorité, c'est la démocratie, sommes-nous démocrates ? (Il se pencha vers elle.) Sommes-nous chrétiens ? Jaipal est notre frère, Adélaïde. »

Il riait comme un enfant, sans prétendre la convaincre, mais en cherchant tout de même à l'entamer.

« Je vais vous expliquer pourquoi j'ai accepté de défendre Jaipal avec Mawillal.

– Il est odieux celui-là », dit la comtesse.

Elle pensait à la goutte de sueur suspendue à l'extrémité de son gros nez charnu.

« Je n'étais qu'un gamin lorsque mon père m'a montré la prison », reprit Oudinot.

Il désignait un mur, haut d'une cinquantaine de pieds.

« Avant d'être banquier, mon père était avocat et il souhaitait que je le devienne, c'est pourquoi j'ai fait le droit. Je crois qu'il est content de moi, aujourd'hui. »

Maître Anthelme Oudinot, le père d'Henri, avait cessé de plaider après la condamnation d'un jeune Indien qu'il se reprochait d'avoir mal défendu. Accusé du meurtre d'un médecin blanc, l'adolescent protestait de son innocence.

« Qui l'écoutait ? murmura Oudinot. Plusieurs témoins l'accablaient, et puis... C'était en 1855, une date plus importante pour mon père que Waterloo pour mon grand-père. Vous comprenez, Adélaïde. »

Oudinot pressait la main d'Adélaïde.

« Mon père était un homme très croyant, mais un Indien... On l'avait commis d'office. La justice n'allait pas perdre de temps pour une affaire aussi simple. L'instruction avait été bâclée, et mon père l'avait admis. Pourquoi prendre des formes pour un assassin de couleur ? Mon père assista à la pendaison, c'était une obligation professionnelle. Il me semble que l'on revenait à la corde ; pendant assez longtemps on avait décollé les condamnés à mort à la hache, vous imaginez cela ?

– Quelle horreur, dit Adélaïde.

– Horrible, horrible en effet ! Mon père était donc présent quand le jeune Indien monta sur le gibet. L'aumônier l'avait converti durant la nuit. Il lui tendait le crucifix à baiser. Le jeune Indien répétait qu'il était innocent. Il refusait la cagoule. Il insista pour se mettre lui-même le nœud autour du cou, du moins mon père l'affirmait ; il n'est pas impossible qu'il ait, si je puis dire, embelli les choses, pour ma part j'ai du mal à croire que... »

Il soupira en levant les mains.

« C'est sans grande importance, reprit-il. Après l'exécution, mon père était parti avec l'aumônier.

– Le père Laval ? demanda la comtesse.

– Naturellement, dit Oudinot. Avant lui aucun prêtre ne s'était intéressé aux condamnés, ni aux prisonniers.

– Votre père l'a connu ?

– Ils sont restés amis, jusqu'à la mort du père, pas très longtemps, le père Laval est mort en 1861, je crois.

– Vous pensez que c'est un vrai saint, Henri ? demanda la comtesse.

– Qu'appelle-t-on un saint ? Un vrai ? En tout cas il avait bouleversé mon père en lui disant après la pendaison : « Si cet enfant ne va pas au ciel personne n'y entrera. »

– L'Indien ? L'assassin du docteur ?

– Songez à cela, Adélaïde, un prêtre ouvrant le paradis à un Indien.

– Pourquoi pas, demanda la comtesse, s'il l'avait converti ? S'il était devenu catholique ?

– Vous le pensez, Adélaïde ? »

Oudinot plongea dans les yeux de la comtesse son regard bizarre, si étrangement nu, pas facile à soutenir :

« Si Jaipal était catholique, pourrait-il porter plainte quand on le vole ? demanda-t-il. Sans que cela suscite cette émotion ? »

Il reprit la main de la comtesse :

« C'est de la folie, mais il n'est peut-être pas trop tard. Ne pourriez-vous faire comprendre à Sir Duclézio qu'il a tort d'engager son armée contre... contre... (Il cherchait :) contre une patrouille, contre un avant-poste, contre une pauvre sentinelle d'ailleurs épouvantée. Vous avez remarqué comme ce malheureux Jaipal a peur ?

– Et vous, Henri, vous n'avez pas peur ?

– Si », avoua-t-il.

Puis :

« Pouvons-nous laisser une sentinelle tenir une armée en échec ? Sir Duclézio a déjà fait échouer le projet de la coopérative indienne. Il ne peut arrêter le temps.

– Que voulez-vous, Henri ? Que je demande à Sir Duclézio ? »

Elle hésitait. Que pouvait-on expliquer à ce vieillard buté ?

« S'il indemnise Jaipal convenablement, tout s'arrangera, nous retirerons notre plainte aussitôt, dit Oudinot.
– Et votre collègue ? demanda la comtesse. Croyez-vous qu'il sera d'accord ? Il veut ce procès pour faire scandale, n'est-ce pas ? »

Oudinot baissa la tête.

« Vous l'aidez, Henri, remarqua la comtesse. Il se sert de vous, n'est-ce pas ? »

On annonça la reprise de l'audience. La comtesse eut le sentiment qu'on lui battait froid. La place de Sir Duclézio restait vide.

« Je l'ai renvoyé, expliqua maître Duclos. Il démolissait mon travail. »

La comtesse hésitait : devait-elle parler de la suggestion d'Oudinot ? Elle était troublée. Maître Duclos se méfiait d'elle, lui semblait-il. Quant à Sir de mes... (ô père !) il était sûrement parti pour ne pas se retrouver à côté d'elle, puisque son fils ne le remplaçait pas.

Elle ne s'était pas trompée en prévoyant que Mawillal ne se souciait que de donner aux débats une ampleur politique. L'honorabilité d'un riche sucrier ne l'intéressait en rien, il entendait plaider la cause des Indiens pauvres, exploités par une caste esclavagiste. Quelques libéraux apportèrent de l'eau à son moulin, le notaire Levieux pour commencer qui expliqua au tribunal que l'on retenait deux jours de salaire aux travailleurs contraints pour maladie à s'absenter un jour.

« Va-t-on recommencer ici l'enquête de la Commission royale ? demanda maître Duclos [1]. Toutes les mesures préconisées pour améliorer le sort des bons travailleurs (il appuya sur *bons*) sont appliquées. Que cherche donc mon honorable collègue de Bombay ? Ses compatriotes resteraient-ils à Maurice s'ils pouvaient vivre mieux dans leur pays d'origine ? »

Il se tourna vers le notaire :

« Savez-vous que nombre de travailleurs indiens envoient régulièrement de l'argent chez eux, en Inde ?
– C'est possible », murmura le notaire.

Maître Duclos consulta une note :

« Au cours des cinq dernières années, ils ont transféré 50 000 roupies en Inde. Je vous étonnerai aussi, je le

---

1. La Commission avait siégé en 1872, entendant 63 témoins, visitant 51 habitations. Elle avait limité le travail à neuf heures par jour et deux heures le dimanche, avec un contrôle sanitaire obligatoire.

crains, en vous disant qu'ils ont des dépôts considérables dans nos caisses d'épargne. »

Il s'adressa au juge :

« Si Votre Honneur le souhaite, le montant de ces dépôts n'est pas difficile à connaître.

– Ne sommes-nous pas loin du procès ? intervint Henri Oudinot.

– Pas du tout, protesta son collègue Mawillal. Si l'on connaissait ce chiffre, pour des centaines de milliers de travailleurs indiens, on pourrait le comparer au total des comptes en banque de... »

Le doigt de Mawillal désignait les amis de Sir Duclézio.

Forçant le ton pour couvrir la rumeur hargneuse qui s'élevait dans la salle, Mawillal ajouta :

« Grondez ! Messieurs, grondez comme ces chiens de jardinier qui montrent les crocs quand on touche aux choux que pourtant ils ne mangent pas. »

Rappelé à l'ordre, Mawillal présenta des excuses au tribunal. La tension allait encore monter pendant la déposition du docteur Campbell, un jeune médecin anglais en mission dont on parlait énormément. Dès qu'elle le vit apparaître, le cœur de la comtesse battit à se rompre. Si elle avait été sincère avec elle-même, elle serait convenue qu'elle assistait au procès pour le revoir ; c'était difficile à admettre. Elle l'avait aperçu la semaine précédente, alors qu'elle arrivait à la Savone à cheval pour rendre visite à son ancienne institutrice, Miss Barrett, frappée d'insolation sur une plantation. C'était pour elle que venait le docteur. Il se trouvait à Eucalyptus, par hasard, pour une séance de vaccination, quand on l'avait conduit auprès de Miss Barrett qui venait de s'effondrer. Après lui avoir donné les premiers soins, il avait surveillé son transport jusqu'à la Savone. Alors qu'il s'apprêtait à repartir, en demandant que Miss Barrett soit confiée à son médecin habituel, l'institutrice avait retrouvé ses esprits :

« Il faut que vous reveniez, docteur. »

Elle parlait encore, mais, déjà, elle ne pouvait plus remuer ses jambes.

« Je n'ai pas de médecin », avait-elle murmuré.

C'était vrai, depuis vingt-cinq années qu'elle vivait à Maurice, elle ne s'était jamais sentie assez malade pour consulter. Le docteur Jollygood prenait son pouls quand il passait à la Savone pour Louis Girard : tout allait toujours pour le mieux. Malheureusement, cela changeait, d'après ce que la comtesse savait, elle ne se remettrait pas avant longtemps, si... Il faut que j'aille la voir absolument, se promit-elle encore. Dès que Pascal sera né, dès que je pourrai.

Elle ne se souvenait pas d'un homme aussi beau que le docteur Campbell, grand et mince, athlétique pourtant, large d'épaules ; son torse était mis en valeur par une tunique blanche quasi militaire, boutonnée jusque sous le menton, avec un col officier agrafé par-dessus un collet amidonné. On ne lui donnait pas ses trente ans. Un visage limpide, un archange soupirait la comtesse plus qu'émue. Elle pensait au semeur de rosée et voyait une étoile sur son front. Elle n'avait pas poussé jusqu'à la Savone, quand il l'avait dépassée sur sa motocyclette, un engin assez effrayant dont les grondements avaient épouvanté son cheval qu'elle avait eu du mal à tenir. Le docteur s'était arrêté, pour s'excuser. Incapable de répondre quoi que ce soit, la comtesse avait alors tourné bride, ce qu'elle s'était reproché aussitôt. Pourquoi ne pas l'avoir accompagné ou suivi à la Savone ? Quoi de plus normal puisqu'elle venait prendre des nouvelles de Miss Barrett ? La stupidité de son comportement la faisait rougir.

Elle entendait tout ce qui se chuchotait sur le docteur derrière elle :

« Pourquoi l'a-t-on exilé à Maurice ?

– Il paraîtrait qu'il a une sale histoire sur les bras, à Londres.

– Avortement ?

– Peut-être.

– Vous m'étonnez, j'ai entendu dire qu'il est ici en mission officielle. Il aurait même le bras long, et c'est bien pour cela qu'ils l'ont cité à comparaître.

– Mon cher, c'est à Gandhi que nous devons tout.

– C'est vrai, il a envoyé ce Mawillal.

– Pas seulement cela, vous comprenez, il prend tellement d'importance en Inde qu'on se croit obligé, à Londres, de prêter attention à ses revendications, et comme on ne veut pas lui donner satisfaction là-bas, en Inde, cela coûterait trop, eh bien, on s'arrange sur notre dos en accordant des concessions ici.

– Exact ! C'est à nous qu'on empoisonne la vie.

– On joue Gandhi contre les Français de Maurice, c'est clair.

– Pensez-vous que ce docteur soit de l'Intelligence Service ?

– Probable.

– Il faudrait tout de même que ces gens, à Londres, finissent par comprendre que le mal qu'ils nous font ne leur fera aucun bien, à eux. »

Derrière les oreilles, le docteur avait quelques cheveux blancs, dans une tignasse drue et sombre. La comtesse rencontra son regard. Il la reconnaissait. Elle rougit. Elle n'aurait pas pu se lever, les jambes lui eussent manqué. Jamais elle n'avait ressenti quelque chose de comparable, d'aussi violent.

« Je ne suis pas un médecin ordinaire, expliquait le docteur Campbell au très honorable O'Molley, je ne suis pas ici pour me créer une clientèle, Votre Honneur, on m'a confié une mission d'étude, je suis chargé d'établir un rapport sur l'état sanitaire des travailleurs immigrés dans leur ensemble, Votre Honneur. »

Il baissa légèrement la voix :

« Il n'est pas très bon, Votre Honneur. La mortalité parmi les Indiens est anormalement élevée. Ceux qu'on dirige sur l'hôpital arrivent très affaiblis, souvent ébranlés par la cachexie paludéenne ; les soins leur ont manqué et, surtout, la nourriture. Ils sont presque tous sous-alimentés.

– Il vous arrive souvent de soigner des malades, fit remarquer Oudinot.

– Il m'est difficile de refuser dans certains cas, expliqua le docteur.

– On vous alerte notamment après des accidents provoqués par des crises d'éthylisme, je crois ? »

Tourné vers le juge, Oudinot précisa :

« Des crises de delirium tremens.

– On nous fait perdre notre temps, protesta maître Duclos.

– Voulez-vous dire au tribunal ce que vous avez découvert, docteur, alors que l'on venait de distribuer du rhum aux travailleurs qui s'apprêtaient à revendiquer des conditions de travail plus humaines ?

– Objection ! hurla maître Duclos.

– Retenue », approuva l'honorable O'Molley.

Maître Duclos attaqua le docteur :

« Il semble donc que vous vous spécialisez dans le traitement des ivrognes, docteur, c'est une vocation comme une autre. Cependant, pourriez-vous nous dire depuis combien de temps vous êtes à Maurice ?

– Depuis cinq mois. »

Et je ne le connais pas, pensa la comtesse.

« Combien de cas de delirium avez-vous traités ? demanda maître Duclos.

— Il faudrait que je consulte mon livre, répondit le docteur.

— Docteur, reprit l'avocat, je voudrais vous dire quelque chose que vos collègues, installés dans notre belle Ile depuis plus longtemps que vous ne démentiraient certainement pas. Nous avons eu, hélas ! quelques épidémies dans notre Ile. Qui soignait les Indiens ? Qui les soignera encore si la maladie devait reprendre l'offensive ? Les Blancs, docteur, les Blancs, seulement les Blancs. Pour ma part je n'ai jamais vu un Indien se porter au secours d'un autre Indien, malade. Avez-vous entendu parler du père Laval, docteur ? Connaissez-vous les sœurs de la Compassion ? Pendant l'épidémie de malaria dix d'entre elles ont donné leur vie aux pauvres, aux Indiens. Quant au père Laval...

— Commencez-vous à plaider, maître ? » demanda le juge.

S'il était déconcerté, le docteur Campbell n'en montrait rien. Le juge lui marquait une considération qui donnait de l'importance à sa présence, sans relation pourtant avec l'affaire.

« Vous pouvez vous retirer, docteur, dit-il, ou, si vous souhaitez rester, prendre place dans la salle. »

Le cœur de la comtesse battait la chamade. S'il venait s'asseoir auprès d'elle, à la place laissée par Sir Duclézio ? Devait-elle lui adresser un signe ? Ici, voyez, une place est disponible. Il la regardait en souriant. Mon dieu, pensait-elle, on va penser que je le connais, comme Henri ; que je suis bien avec lui aussi. Elle baissa la tête, non sans observer le docteur du coin de l'œil, par-dessous ses paupières presque closes. Il passa près de son banc en gagnant le fond de la salle où, peu avant, pendant la déposition du docteur, la comtesse avait repéré Dietr von Buchkowitz, son intendant à la Grande Plaine. L'arrivée de celui-ci avait suscité une rumeur. Tout le monde le reconnaissait, c'était facile, il portait une sorte de bandeau de pirate depuis que l'explosion du réservoir du premier tracteur de Louis Girard avait déchiqueté le côté gauche de son visage, lui arrachant un œil et la moitié de l'oreille. La comtesse avait compris qu'il ne venait pas pour le procès mais pour prier le docteur de se rendre au chevet de Miss Barrett qui, sans doute, se trouvait au plus mal. Elle n'osait pas se retourner. Le procès ne l'intéressait plus. Était-il encore là ? Parti avec Dietr ? Il fallait qu'elle s'en aille. Elle *devait* se rendre à la Savone. Absolument, absolument. Pauvre Miss. Oh! elle avait bien changé depuis la mort de Louis Girard, elle buvait, buvait, de plus en plus, elle perdait la tête, elle se négligeait, elle s'habillait comme une chiffonnière, désolant, incroyable. Elle avait grossi, ses pauvres jambes étaient devenues énormes, elle les montrait en relevant sa robe :

« Regardez ! Plaignez-moi ! »

Elle attachait ses bas avec des lacets sous les genoux, et même avec des ficelles. Pour faire des économies ! Car elle était sentencieuse, elle jugeait, elle conseillait, avec des airs d'impératrice infaillible, persuadée de détenir la sagesse de Louis Girard, son expérience ; la dépositaire de sa pensée, pauvre folle. On la surnommait la Baronne. A plaindre, certes, mais tellement insupportable. De plus en plus. Que pouvait penser le docteur ? D'elle ? De la Savone, surtout de Louis Girard qui restait si présent à la Savone. Et de moi ? se demandait la comtesse. Avait-il compris qu'elle n'était pas comme *les autres* ? Pas tout à fait. Pas du tout. Qu'elle ne partageait pas leurs idées, leurs préjugés. Qu'elle n'assistait pas au procès comme à un hallali. Pourquoi suis-je venue ? se demandait-elle. Elle remuait sur le banc. Tant pis. Elle se retourna. Le docteur était sorti avec Dietr, naturellement. On la regardait. Quoi ? Quoi ? Qu'est-ce que j'ai ? Pourquoi est-ce que je reste ? se demandait-elle. L'église. On ne quitte pas son banc avant la fin de la messe. Ici, je peux faire ce que je veux. Pourquoi est-ce que je ne le fais pas ? Parce que je suis une femme ? Une femme, une femme ! Elle connaissait par cœur la définition du gros dictionnaire de son père, le seul livre qu'il ouvrît :

« La femme a communément les cheveux longs et flexibles, une peau blanche et délicate, une chair tendre et molle, des formes arrondies, le contour des membres gracieux et les hanches larges, les cuisses grosses, les extrémités petites. »

Souvent, le matin, devant sa glace, elle se récitait ces couplets pour s'amuser. Elle s'interrogeait à haute voix :

« J'ai des hanches larges ? J'ai de grosses cuisses ? »

Jézabel ne savait pas si elle se plaignait d'avoir des hanches étroites et des cuisses fines et longues comme un adolescent. Elle hochait la tête en répétant :

« Oh ! Madame la comtesse ! Oh ! Madame la comtesse ! »

« La femme a le tronc plus long que l'homme, mais les bras et les jambes sont plus courts. Elle a en partage une taille svelte, remarquable surtout chez les jeunes négresses...

– Les jeunes négresses ont la taille plus fine que moi ? »

Jézabel se gardait de répondre ; elle se contentait de rire.

« La femme est timide, bonne, douce, pudique, chaste, hardie, effrontée, audacieuse, impudique, belle, jolie, laide, affreuse, charmante, constante, inconstante, légère, volage, pieuse, charitable, vertueuse, impie, capricieuse, vicieuse, coquette. »

Rien que des adjectifs qui définissaient la femme par rapport à l'homme. Pour lui. Belle ou laide pour l'homme. Fidèle ou volage pour lui. Douce ou effrontée. Pudique ou audacieuse.

« Les parures, les bijoux, les caprices d'une femme, la grâce d'une femme, aimer les femmes, tromper, séduire une femme, foi de femme est plume sur l'eau, les femmes ne peuvent pas comprendre qu'il y ait des hommes désintéressés à leur égard. (Vauvenargues). »

Et de quoi traite-t-on un homme qui manque de virilité ? De femmelette. La comtesse s'énervait, suçotait ses ongles. Elle n'entendait plus ce qui se disait. Les interventions d'Oudinot ne l'intéressaient plus. Quelle absurdité ce procès, inconsciemment Louis Girard... Jamais, jamais. Ce vieux sacre de Duclézio. Si j'avais été un homme, se disait la comtesse, je lui aurais ouvert les yeux. Pourquoi n'avait-elle pas rapporté la suggestion d'Henri Oudinot à son avocat, maître Duclos ? Si j'avais été un homme, je lui aurais parlé, et comment ! Les femmes étaient donc *opprimées* ? Comme les Indiens pauvres ? Elle ressassait ça, inconsciemment, en s'excitant intérieurement, furieuse de se soumettre (en restant assise à sa place) à un ordre qui tout à coup la dérangeait. Pourquoi n'avait-elle pas quitté le tribunal au bras du docteur ? Elle, prenant son bras, devant tout le monde. Une image très fugace, est-ce qu'elle se formait vraiment ? C'était quelque chose qui aurait pu devenir une image, un halo de pensée, un arc-en-ciel de l'imagination.

Sir O'Molley annonça enfin que le tribunal mettait son jugement en délibération.

MORT D'UN CHIEN

Le comte Hubert n'arrivait pas à se lever. Les Kergoust sont paresseux, il l'admettait avec un bon sourire quand on le lui reprochait. Son père ne se tirait pas du lit. Vous allez réveiller votre papa, grondait la nénène de Bubu quand il faisait une colère le matin. Dans une des lettres les plus anciennes des archives familiales, datée de 1780, le troisième Kergoust, Balsamin Furcy, avait écrit en parlant de ses deux fils :

« La seule querelle que j'aie avec eux, c'est de les faire lever le matin, ils sont paresseux au lit comme leurs père et grand-père. »

Le goût de dormir remontait donc au corsaire, fondateur de la dynastie. Descendre d'un corsaire avait valu à Bubu, à l'école, un prestige difficile à soutenir car par nature il était obéissant et serviable, anxieux de plaire, cajoleur et embrasseur dans ses jeunes années ; une vraie fille, remarquait parfois son père, qui était froid et facilement sarcastique.

Quand il ne s'écroulait pas sur son lit ivre mort, le comte dormait en chemise de nuit. Il se réveillait affamé. On lui apportait un plateau pour Gargantua, de la volaille froide, des œufs, du poisson, du jambon, du porridge ; il avalait tout en mitonnant dans son bain à peine tiède, après quoi il faisait allumer son premier cigare par Sansonnette, une jeune négresse délurée qu'il allongeait sur son lit quand l'envie lui en venait. Pas ce matin. Il parlait à son chien, Braco, un très vieux chien dont son père lui avait fait cadeau pour son douzième anniversaire en l'emmenant à la chasse. C'était la première fois, et cela n'arriva plus souvent. Gaétan de Kergoust, le père du comte Hubert, n'avait pas la fibre paternelle. Encore moins conjugale.

« Ecoute ça, mon vieux Braco, dit le comte à son chien, ouvre bien les oreilles, on apprend à tout âge. Tu ne t'appelles pas Braco parce que tu es un satané braconnier, ce que tu n'es d'ailleurs pas car tu as toujours marqué l'arrêt parfaitement, tu as un nom celte, c'est rigolo, tu ne trouves pas ? Celte ! Gaulois si tu préfères. Tes ancêtres aussi étaient des Gaulois. Braco signifie chien, en celte, chien pour lever le gibier. »

Il se référait à un livre qu'il avait parcouru en mangeant dans son bain.

« Chien pour lever, reprit-il avec un gloussement. Tu ne lèves plus grand-chose, hein, mon pauvre vieux ? »

Braco remuait la queue de son mieux pour confirmer l'amour du maître qui noyait son œil ouvert, le droit, l'autre était aveuglé par une infection. C'était un braque noir piglé de blanc, avec un poitrail blanc.

« Ecoute, Braco, écoute un peu les noms qu'*ils* ont trouvés pour les chiens de chasse : chiens allants, chiens trouvants, chiens batteurs, chiens babillards, pour babiller tu savais te faire entendre, Braco, chiens à belle gorge, chiens menteurs, chiens vicieux, alors ça, jamais, jamais Braco, tu n'as fait preuve de vice. »

Il grattait Braco sous son collier en lui présentant son visage rond à lécher, et tout à coup, fatigué de ses coups de langue, il lui souffla la fumée du cigare dans la gueule.

« Chiens coiffés, butés, reprit-il en se référant encore au livre, chiens épointés, chiens ergotés, montre ta papatte, Braco, tu as de l'ergot, hein ? Tu as tout ce qu'il faut, brigand, disons que tu avais tout, car tu plaisais, voyou, tu en as fait des corniauds, hein ? Hé ! mon petit bonhomme, ça passe, ça passe. »

Le comte s'assit lourdement devant une coiffeuse en acajou, avec une glace ovale qui s'inclinait à volonté ; elle avait appartenu à sa mère. Il utilisait les mêmes brosses qu'elle, ses limes, ses ciseaux, placés selon un ordre méticuleux. Il disposait aussi d'une glace grossissante dont sa mère se servait et qu'il promenait lentement sur son visage en se triturant la peau. Il se rasait dans le bain mais n'hésitait pas à reprendre le rasoir, un sabre à manche en écaille, pour ratiboiser un poil oublié dans le sillon d'une ride, d'un côté ou de l'autre du menton. Parti imberbe pour l'Angleterre à dix-sept ans, il était revenu avec des favoris et des moustaches. Après son mariage, il s'était laissé pousser la barbe, par gentillesse, par affection, par amour pouvait-on penser, puisqu'il cherchait à se vieillir. Pendant le voyage d'Adélaïde en Angleterre, il avait coupé sa barbe ; elle lui mangeait le menton.

En se regardant dans la glace ovale, il se massait les tempes, les joues, les commissures des lèvres et les narines comme il voyait sa mère le faire quand, gamin, il parvenait à se faufiler dans sa salle de bain alors qu'elle était à sa toilette, ce qu'elle ne lui permit plus quand il eut six ans. La somptueuse Gladys de Kergoust (née de Chazelles) ne supportait pas de voir grandir ses fils, et particulièrement Hubert, l'aîné. Il en gardait un sentiment de frustration, empoisonné par le comportement scandaleux de sa mère, partie à près de quarante ans avec un amant de l'âge de ses fils. Le comte se trouvait en Angleterre à l'époque, il venait d'entrer à Cambridge. Il conservait pourtant une photographie de sa mère, en mariée. A Londres, il l'avait placée à côté de celle de sa sweetheart, Marlyse de Chazelles, une cousine lointaine, qu'il aimait depuis l'enfance. Marlyse en communiante. Elle ressemblait à sa mère. Plus belle encore, pensait Bubu, quand il s'attendrissait. Après son mariage il avait déchiré la photographie de Marlyse ; il ne pouvait pas la conserver. Aurait-il dû détruire aussi celle de sa mère ? Il ne s'y était jamais décidé. Pourtant, il avait souffert (et souffrait encore ?) de la préférence qu'elle ne cachait pas pour Honorin, le cadet, qui n'avait de Kergoust que le nom. Gladys l'avait eu de Gupta Raja, son amant indien, métissé, de père indien et de mère anglaise ; richissime, le thé Raja. Quant il était petit, Bubu l'adorait ; il arrivait les bras chargés de cadeaux. Il emmenait ses parents sur son yacht, un bateau de rêve, que Bubu revoyait en fermant les yeux, se balançant au-delà de la barre, mais sur lequel il ne montait pas. Il restait à la maison avec Jézabel, sa nénène. Il étouffait ses larmes en embrassant sa mère. Elle sentait si bon. La douceur de sa poitrine. Et mon père ? Il acceptait ? La question s'était posée plus tard seulement. Gupta Raja. L'oncle Johnny, on l'appelait Johnny. Honorin était son portrait craché, aussi sombre de teint, front bas, cheveux de jais, yeux noirs ; et de tout cela aussi Bubu n'avait compris le sens que plus tard. Si incroyablement tard. Tout le monde sauf lui... Qu'est-ce que cela pouvait signifier, pour lui ? Il fondait quand sa mère l'embrassait.

Aurait-il épousé Adélaïde si Gladys de Kergoust n'avait pas quitté (fui ?) la Nouvelle Hollande ? En l'apprenant, à Cambridge, par une lettre de la Grande Mahaut, Bubu avait pensé à mourir. Comment ? Ah ! s'il avait pu, comme ça, en le souhaitant, pfuit ! Plus de Bubu, la vie ne l'intéressait plus ; Marlyse ne répondait pas à ses lettres. Huit jours après la lettre de Mahaut, un télégramme : son père mort, abattu par un braconnier qu'il avait surpris.

Un Indien. Il avait eu le temps de le tuer, en riposte. Bizarre, son père ne chassait plus. Il avait donné ses deux fusils à Bubu. Evidemment, il pouvait les reprendre, Bubu ne les avait pas emportés en Angleterre. Où pourtant il lui arrivait de tirer le faisan, et même la grouse. Son camarade de chambre, le douzième vicomte de Throngtwistle, l'avait emmené dans le nord de l'Angleterre, chez ses parents, ils avaient été invités ensemble à chasser la grouse en Ecosse, tout près.

Plus de mère. *Eloped*. Comment traduire ? Enlevée ? Elle était partie avec joie, on l'accusait plutôt, elle, d'avoir enlevé son jeune amant, un gamin, attaché au cabinet du gouverneur, fou de bateau. Gladys avait acheté le voilier sur lequel ils avaient filé. Pendant assez longtemps, on avait cru qu'ils s'étaient perdus au cours du typhon qui s'était déchaîné après leur départ.

Plus de père non plus. Le comte de Kergoust responsable de la Nouvelle Hollande, désormais, c'était lui. Il se rasait deux fois par semaine. Hélas ! il perdait ses cheveux, son front ne cessait de s'agrandir. Il avait de si jolies boucles quand il était enfant. Il portait des robes, comme tous les petits garçons de bonne famille. On le prenait pour une fille. Ma petite Huberte, murmurait Gladys de Kergoust en le chouchoutant ; quand cela arrivait encore. Il pressait une joue contre la poitrine de sa mère. Mamina, mamina. Plus de mamina, plus de père. Père, il avait toujours dit père.

Quand Bubu avait pris congé de lui lors de son départ pour l'Angleterre, Gaétan de Kergoust s'était inquiété :

« Mais, Hubert ? Je ne me trompe pas ? Vous pleurez ?

– Je ne suis pas très heureux, père, avait sangloté Bubu.

– Il ne manquerait plus que cela, avait ironisé Gaétan, que vous soyez heureux à votre âge ! »

Pendant son séjour en Angleterre, son père ne lui avait pas écrit plus de trois ou quatre fois. La dernière lettre lui était parvenue à Cambridge. Il le félicitait d'y avoir été admis, et précisait la somme d'argent qu'il pouvait consacrer à son éducation.

« Je fais plus pour vous que mon père n'a fait pour moi, avait-il écrit, et mon père était riche. »

Il parlait du comte Mortimer, le bâtisseur de la Nouvelle Hollande. Il apprenait aussi à Bubu, tout à fait incidemment, qu'Honorin s'était embarqué comme mousse pour courir le monde. Revenant aux problèmes matériels, il annonçait à son fils qu'il consacrait 500 arpents des meilleures terres de la Nouvelle Hollande à la culture du thé dont, prévoyait-il, on tirerait bientôt plus de profits que de sucre. Insensible aux motivations qui incitaient son père à faire du thé (comme Gupta Raja !), Bubu avait retenu que pour la première fois il le traitait en fils, en adulte, en le tenant au courant d'une décision qui engageait l'avenir de la Nouvelle Hollande. Hélas ! peu après...

« Est-ce que tu m'as monté le journal, Sansonnette ?
– Bien sûr, monsieur le comte.»
Le compte passait une brosse sur le matelas de cheveux qu'il entretenait sur sa nuque. Sur son crâne rose et luisant, presque plus rien. Un petit toupet. Il se lima les ongles avec une application d'orfèvre, en repoussant les peaux sous les lunules avec des bâtonnets d'ivoire dont sa mère se servait. Le décolleté de sa mère. Le doux gonflement coupé par l'étoffe de la robe, cette gorge comprimée, le creux dans lequel il posait ses lèvres. Souvenir des tétées ? Il ne creusait pas, n'analysait pas les sensations éveillées par ses souvenirs. Devant la glace ovale, il respirait toujours le parfum de sa mère.
« On a aussi apporté ça, monsieur le comte », dit Sansonnette.
Un avis de Johnson et Fitzbarry : le Purday qu'il attendait depuis si longtemps enfin arrivé ! On le tenait à sa disposition depuis l'avant-veille. Les imbéciles ! Il était passé plusieurs fois chez eux pour leur demander de l'alerter au Cercle. Son Purday ! Son Purday ! Il en rêvait depuis que son camarade de Cambridge, le douzième vicomte de Throngtwistle l'avait emmené chez l'armurier Purday, à Londres. Il serait passé devant la boutique sans la remarquer.
« Quand on peut s'offrir un Purday, avait expliqué Andrew, on sait qu'il se trouve à l'intérieur. »
Inside. A l'époque, pas question pour un Kergoust de se payer un Purday. Est-ce que le Purday avait (aussi) contribué à rallier le comte à l'idée du mariage avec Adélaïde ? Possible. Probable. En épousant Adélaïde il aurait assez d'argent pour s'offrir un Purday, une voiture, oui, oui, cela avait dû jouer ; pourtant, pour le Purday, le comte avait dû patienter, jusqu'à s'impatienter. Adélaïde lui avait permis de le commander une fois sûre d'être enceinte. Six mois de plus pour la livraison. Enfin ! Tout de même ! Il allait l'avoir ! Il l'avait !
« La voiture !

– Poon a conduit madame la comtesse en ville.

– Je sais », bougonna le comte.

Il l'avait vue alors qu'elle partait avec la Grande Mahaut. Tant mieux, avait-il pensé. Il redoutait l'explication qui l'attendait. Li-Heu, vieille canaille, avait présenté ses deux traites à la comtesse. *So what* ! L'argent ! L'argent ! Et moi ? grommelait le comte. Qu'est-ce que je dois faire, moi ? Mendier ? Sansonnette riait parce qu'il tendait la main comme un mendiant.

Il s'était habillé avec sa coquetterie habituelle, pantalon de flanelle et blazer, l'uniforme, l'écusson et la cravate de Trinity College où il n'avait passé que trois mois, mais quoi ? Il ramait. On le voyait sur une photo à la deuxième rame d'un quatre barré. Pourquoi n'aurait-il pas passé sur un huit ? Et ramé éventuellement contre Oxford ? Il s'habituait à croire que le meurtre de son père l'avait privé de cet honneur. Il était plus musclé qu'on pouvait le penser ; il portait sa graisse avec la légèreté des jeunes obèses. Au tennis il se déplaçait avec une rapidité qui surprenait. A la chasse personne n'épaulait plus vite que lui. On comparait les jolies femmes dodues à des cailles ; il était cela, dodu comme une caille.

Il s'était installé dans sa chambre de jeune homme pendant l'absence de la comtesse. Un geste, un défi : elle part ? Tant mieux ! Moi, je retourne chez moi. L'enfance. La coiffeuse de sa mère, ses brosses, les souvenirs... Il la haïssait, si elle était revenue à la Nouvelle Hollande, il lui aurait fermé la porte au nez, mais... Il se glissait dans son lit comme un enfant chercherait à rentrer dans le ventre de sa mère. A l'abri ; retranché ; presque heureux ; il n'avait besoin de personne ; le drap ramené sur les yeux clos, dans un noir rassurant.

Après le retour d'Adélaïde... Ils avaient dîné ensemble, naturellement. Au champagne. Elle, plus belle que jamais dans une très jolie robe achetée à Paris où elle s'était arrêtée en se rendant à Spa. Ils avaient fait une promenade sous la lune, jusqu'à la Pointe des Piments. Devant sa chambre, il avait pris sa main pour la baiser.

« *Darling*, vous devez être très fatiguée. »

Il voulait le dire. Il allait le dire. Il avait parlé de sa chambre pendant le dîner en laissant entendre que... Elle l'avait devancé :

« Je serai prête dans un quart d'heure. Le temps pour vous de finir votre cigare, avec un verre de xérès. »

La saillie ! J'aurais dû... J'aurais dû... Furieux, furieux. Il ne voulait pas. Puisqu'elle était partie toute seule, eh bien, qu'elle... Suis-je un étalon qu'on amène à la jument ? Il avait allumé un autre cigare. Rempli un autre verre. Pourquoi ne suis-je pas parti ? Le Cercle.

« Demain on ne vous verra plus ? avait ironisé le petit Chamarel. La comtesse sera de retour. »

Une façon de dire « la comtesse » qui signifiait : la patronne, elle a l'argent, hein, elle revient, elle siffle, et le comte rapplique, à votre disposition, darling, pour tout ! Pour tout !

Elle sentait bon. Elle portait une chemise transparente. Avant son mariage, pour ébloui qu'il fût, Bubu, par moments, s'était demandé s'il ne se faisait pas piéger. Ne lui faisait-on pas endosser quelque chose, qui sait ? Sinon une paternité, du moins une bêtise, une folie commise par Adélaïde ? Quoi, à son âge ? Qu'elle ait eu un amant... Si elle n'est pas vierge, avait-il décidé, je la chasserai. Elle l'était. Elle avait saigné beaucoup, sans se plaindre. Au contraire. Prête à recommencer. Sensuelle, amoureuse, avec des audaces qui laissaient son jeune mari perplexe. Avant elle, Bubu n'avait guère couché qu'avec des négresses du kraal dont il ne se souciait pas. Une seule Blanche, sur le bateau, au retour de Cambridge, une femme d'officier qui allait rejoindre son mari à Saïgon ; il l'avait *perdue* à Djibouti, en changeant de bateau, il était temps, depuis Suez il se considérait comme fiancé. Celle-là, prénommée Emerantienne, complètement folle de ça, elle l'entraînait dans sa cabine après le déjeuner. Le comte s'était souvenu d'elle cette nuit du retour d'Adélaïde, parce que Adélaïde prenait des initiatives comme Emerantienne, allant jusqu'à enlever sa chemise. Et puis...

« Si maintenant, Hubert, vous vouliez... »

Elle l'avait renvoyé ! Renvoyé ! Il lui avait montré comment il avait arrangé sa chambre, les photos de Cambridge, sa batte de cricket, un avertissement, pensait-il, *darling*, voyez, je peux très bien, moi aussi, me passer de vous... Renvoyé ! Puisque vous dormez bien dans votre lit de garçon, moi, de mon côté... Elle prenait ses aises dans le lit conjugal, elle l'expulsait, quoi. Incroyable. Alors qu'entre ses bras elle paraissait heureuse, vraiment satisfaite de leurs retrouvailles, d'ailleurs lui aussi y prenait plaisir. Et hop ! à la niche, mon gros toutou. Il était parti furieux. Quand vous me reverrez, madame... Il était revenu. Et revenu. Au coup de sifflet, oui, comme un chien, exactement comme un bon chien qu'on siffle.

« Vous dînez là, ce soir, Hubert ?

– Naturellement. »

Pas tous les jours. Tous les trois ou quatre jours. Et puis : « Je dîne avec vous, Adélaïde ? »

Non. Demain ? Non. Non. Ce ne serait pas prudent. Quoi ? Pourquoi ? L'enfant ! Le fils ! Quelle farce, non mais quelle farce ! Farce peut-être, mais la porte restait interdite. Incroyable. Alors que le comte retrouvait pour sa femme un goût qu'il avait perdu avant son absence à cause de ses exigences. Jamais assez ! Ah ! elle en voulait pour son argent. L'argent ! L'argent ! L'argent n'est pas tout, darling, dormez bien, bonsoir. Au début, oui, au début l'argent le stimulait, il voulait remplir son contrat. Mais il s'était lassé, elle demandait beaucoup ; trop ; et pas d'enfants, donc pas de répit. Laissez-moi tranquille, darling, puisque vous êtes incapable de pondre un héritier. Et voici que sous prétexte qu'elle se trouvait enceinte... Incroyable ! Incroyable ! Que pouvait-il faire ? Bouder. Et commander son Purday. Signer une traite ou deux. Et qu'elle ne m'embête pas, hein, qu'elle ne m'embête pas, car je lui dirai... Il ne disait rien, il boudait. Si elle l'avait trompé ? Si l'enfant n'était pas de lui ? Si elle accouchait six ou sept mois après son retour ? Il ne faudrait pas qu'elle raconte que... Je la chasserai, je divorcerai. Par moments le pauvre Bubu en avait eu gros sur le cœur. Sans jamais perdre l'appétit, malgré tout.

« Est-ce que monsieur le comte n'oublie pas qu'il doit choisir le mouton ? » demanda Sansonnette.

Le mouton pascal, sacrifié pour le déjeuner. Le comte avait eu cette idée de faire du mouton sur les prés qui bordaient Rivière Bleue à l'embouchure. En fait, il s'agissait d'une suggestion de Dietr von Buchkowitz, l'intendant de la Grande Plaine ; il en avait parlé après une sorte d'inspection des terres de la Nouvelle Hollande qu'il avait faite à la demande de la comtesse. A l'agacement de la Grande Mahaut, qui n'aimait pas Dietr, l'Allemand, disait-elle. Peu lui importait que, par ses méthodes, l'Allemand améliorât constamment le rendement de la Grande Plaine, la Nouvelle Hollande était Kergoust, et non Girard. Elle le répétait à Bubu pour éveiller en lui un intérêt de propriétaire. Vainement. En apprenant qu'il s'occuperait de moutons, sur une suggestion de l'Allemand, ma foi, la Grande Mahaut avait passé sur l'Allemand. Soucieuse de valoriser tout ce que son cher Bubu entreprenait, elle vantait son élevage comme une chose considérable, appelée à prendre plus d'extension encore. En réalité, il se limitait à une vingtaine de bêtes plutôt maigrichonnes soignées par un Indien.

« Viens, Braco, viens, on va au corral. »

Quand le chien sortait dans la cour, il se précipitait en aboyant vers les cuisines, au sous-sol, à la poursuite de l'un ou l'autre des chats qui traînaient toujours par là. C'était un rite. Hélas ! le malheureux n'avait plus ni force ni voix. Le chat qu'il prétendait poursuivre le considéra avec un dédain royal, sans bouger de sa place. En se traînant péniblement, Braco suivit son maître jusqu'au chenil où, la tête entre ses pattes, les yeux clos, avec du pus sous les paupières, il entendait japper les braques de la meute, qui sautaient contre le grillage en se bousculant et en se mordant pour lécher la main du comte.

Pour arriver au corral, il fallait passer la rivière sur une pirogue attachée dans les joncs. Braco ne se risquait plus à sauter dedans ; le comte le laissa sur la berge. Il suffisait de quelques coups de pagaie pour atteindre l'autre rive où paissaient les moutons.

« Amène les plus gros », dit le comte au berger.

Il les palpait aux reins. Ils bêlaient lamentablement, l'Indien les tirait par les pattes arrière pour les présenter au comte.

« Celui-là ! » décida le comte.

L'Indien le lâcha.

« Tu le reconnaîtras ? »

L'Indien hocha la tête, certainement. Le mouton restait d'ailleurs sur place, il ne courait pas rejoindre les autres, comme ceux dont le comte n'avait pas voulu.

« On va te mettre en broche », dit le comte.

Le mouton s'avança pour lécher ses mains.

« Tu es beau », dit le comte, en tirant sa laine, au cou. Attendri par la confiance du mouton, il en désigna un autre pour le sacrifice. Le rescapé l'accompagna jusqu'à la pirogue. Braco haletait dans les joncs. Il s'était approché de l'eau au plus près.

« Tu te demandais si j'allais revenir, hein, mon pauvre Braco, dit le comte. Tu es usé, mon pauvre vieux, tu n'as plus de force. »

Il le porta à travers les champs d'oignons et d'artichauts, jusqu'au kraal.

« Tu n'as pas faim ? » demanda-t-il en déposant le chien.

Il fit mine de courir vers le château. Braco haletait derrière lui. Même quand il mangeait seul, le comte se faisait servir dans la salle à manger, à la grande table. Jéroboam, le mari de Jézabel, lui présentait les plats et changeait les assiettes en livrée, culottes à la française, bas et gants blancs. Lui aussi devenait bien vieux, il cassait beaucoup, il ne fallait pas être pressé. La comtesse le surnommait « oncle Tom ». Pourquoi ? s'était étonné le comte. Il n'avait pas, comme Adélaïde, versé des flots de larmes en lisant le roman d'Harriet Beecher, *La case de l'oncle Tom*. Il n'avait pas ouvert plus de cinq livres non scolaires, parmi lesquels *Les trois mousquetaires* et *Vingt mille lieues sous les mers*.

« Qu'est-ce que tu me donnes à manger, Job'am ? »

Quand il était petit, le comte n'arrivait pas à prononcer les *r*.

« Une bonne langouste, *Missiémâquis*. Pêchée par Poon, *Missiémâquis*.

– Et ensuite ?

– Le pintadeau que nous avons tué l'autre jour, *Missiémâquis*.

– Il faut que je mange rapidement, expliqua le comte, parce que j'attends un ami. Un grand ami, Job'am. Tu ne devines pas qui ? »

Il parlait aussi gentiment au vieux nègre qu'à son chien, et il n'en attendait pas davantage de réponse.

Jéroboam dépliait une serviette en damassé qu'il étala sur le parquet et sur laquelle il déposa une écuelle en faïence bleu et blanc (des jésuites) qui contenait la pâtée de Braco.

« Tu n'as pas mis d'os dedans ? demanda le comte. Ça le constipe, tu le sais.

– Il ne mange plus grand-chose, *Missiémâquis*.

– Il faudra que tu l'emmènes aux herbes, reprit le comte.

– Il ne peut plus se traîner, *Missiémâquis*, je le porte pour monter l'escalier. »

Il éclata de rire :

« Moi, *Missiémâquis*, qui me portera ? »

Redevenant grave et douloureux :

« Le pauvre Braco, il a une grosse boule dans le ventre. Quand on le touche là...

– Il sent mauvais, fit le comte qui, penché sur Braco, ajouta : Tu sens très, très mauvais, pauvre vieux. Tu n'as plus envie de vivre, hein ?

– Il ne bouge plus la queue, *Missiémâquis*.

– Apporte-moi mon fusil, Job'am », dit le comte.

Il prit le chien entre ses bras. Jéroboam le suivit avec une pelle. Ils gagnèrent un taillis d'arbres coqueluche, aux abords de la chapelle, près des tombes des ancêtres éparpillées dans un désordre rassurant, comme si chacun d'eux avait choisi son coin à l'ombre. Des oiseaux colorés pépiaient dans les tamariniers. Le corsaire dormait sous un bloc d'ébène très finement veiné de rouge ; les autres places étaient marquées par des pierres, les plus anciennes à peine taillées. Sur celle de son père, Hubert avait fait graver : VIᵉ comte de Kergoust. Il serait le septième. Le chiffre, lui semblait-il, ajoutait quelque chose à sa vie. Lui donnait un sens ?

Quand Jéroboam eut creusé un trou convenable, il proposa au comte de tuer Braco.

« Non, je dois le faire moi-même », trancha le comte.

Jéroboam lui avait appris à chasser. A dix ans le comte tirait des poules d'eau et des perdrix pintadées à la carabine. Il ne fermait pas les yeux au départ du coup, le canon se relevait à peine. Son père lui offrit un calibre 32 après sa communion. Il rata son premier cerf, un trois cornichons. Pour le consoler Jéroboam lui dit qu'il s'était trompé de cartouche en le chargeant.

« Je ne te le pardonnerai jamais, avait hurlé le jeune comte en se ruant sur son cher Job'am pour le frapper.

— Tu t'en souviens, Job'am, demanda le comte, du premier cerf ? »

Il posait la question sans regarder Jéroboam. Il caressait son chien sous la gueule. Braco bavait, le pus coulait de son œil clos.

« Je ne peux te laisser comme ça, mon pauvre Braco », murmura le comte en se redressant.

Il prit le fusil des mains de Jéroboam, qui pleurait.

« Ça te fait de la peine ? grommela le comte.

— Ça vaut mieux pour lui, *Missiémâquis*, bégaya Jéroboam. Il ne remue plus la queue.

— Salue ! » fit le comte en faisant signe à Jéroboam de porter sa main à la tempe.

Le pauvre Braco tressauta à peine en recevant la charge. Jéroboam essuya sa gueule ensanglantée avec son mouchoir avant de le descendre dans le trou. Le comte tint à jeter la première pelletée de terre.

« Dépêche-toi, dit-il à Jéroboam, je vais manger la langouste. »

Il regarda l'heure. Pourquoi la comtesse n'était-elle pas de retour ? Il attendait la voiture pour chercher son Purday.

« Tu ne m'as pas demandé quel ami j'attendais, dit-il. Est-ce que tu l'as deviné ? »

Après un silence :

« J'attends Mister James, tu le connais bien ?

– Pour sûr, *Missiémâquis*, je le connais, je le connais.

– Tu ne le connais pas du tout. Qui est-ce ?

– C'est votre ami, fit Jéroboam en riant. Je sais que c'est votre ami.

– Tu ne sais rien du tout, essaie de deviner.

– Oui, *Missiémâquis*.

– Il y en a un qui fera bien de se méfier, Job'am, quand Mister James sera des nôtres. Tu sais qui ?

– Pour sûr, *Missiémâquis*, pour sûr.

– Non, tu ne le sais pas. Je te parle de Sir White Deer.

– Le grand cerf blanc ? demanda Jéroboam, en roulant les yeux.

– Le garde de M. Oudinot l'a vu, dit le comte.

– Ah ! oui, il fera bien de se méfier, le grand cerf blanc.

– Je ne sais pas si je t'emmènerai, fit le comte, tu souffles tellement fort qu'on t'entend à cent yards. Redonne-moi du pintadeau. »

Il fallait voir le comte manger. Il ne dissimulait pas son plaisir.

« On prendra l'affût à la Mare aux Songes, reprit-il, la bouche pleine. Et tout à coup, Job'am, qu'est-ce que nous voyons ?

– Le grand cerf blanc, *Missiémâquis* !

– Attention ! tu verses le vin à côté de mon verre. Il faudra bientôt que je te mette du plomb dans la tête à toi aussi, hein, vieille bête ?

– Pour sûr, *Missiémâquis*.

– Nous voyons Sir White Deer entouré de ses femelles, ouvre tes yeux, tu les vois ? Sais-tu combien Sir White Deer a de biches dans son harem ? Au moins cinquante, peut-être soixante, mon pauvre Job'am, soixante femmes, aïo maman !

– Aïo, *Missiémâquis*.

– Naturellement, il en pousse une devant lui par prudence, pour savoir si la route est libre, mais nous n'allons pas tirer sur elle, nous attendons qu'il se montre en personne, lui, Sir White Deer. À ton avis, d'où viendra-t-il ?

– De la forêt, *Missiémâquis*.

– Évidemment, de la forêt du Sombre, mais par où ?

– Par la Grand-Halle, *Missiémâquis*. »

Le comte éclata de rire :

« Qu'est-ce que tu racontes, mon pauvre Job'am, il ne peut pas sortir de la forêt puisqu'il vient du grand territoire des bisons. Il n'existe pas, vieil idiot ! Sir White Deer est un dieu des Indiens, pas ceux d'ici, les Peaux Rouges.

– Pour sûr, murmura Jéroboam déconcerté. Il n'existe pas, pour sûr.

– Quand on le voit, reprit le comte, on peut lui demander n'importe quoi, tout ce que l'on veut.

– Tout, fit Jéroboam.

– Moi, sais-tu ce que je lui demanderai ? »

Sans attendre de réponse :

« Je lui demanderai de revoir mon père.

– M. Gaétan était bon, murmura Jéroboam.

– Vieil imbécile, gronda le comte, mais gentiment.

– Je vous apporte le café à la bibliothèque comme d'habitude, *Missiémâquis* ?

– Bien chaud », dit le comte.

La bibliothèque, au premier, donnait sur les pentes qui grimpaient à Belle Vue, là où le comte Gaétan avait planté du thé. Il venait bien, très parfumé, mais on n'avait pas réussi à en vendre une livre. Les compagnies anglaises contrôlaient le marché avec férocité. Le comte Gaétan revenait au sucre, non sans d'énormes difficultés, quand il avait été abattu. La malheureuse expérience avait ruiné son crédit ; les banques ne lui prêtaient plus un sou. Il restait un petit arpent de thé tout près de Belle Vue, particulièrement bien exposé, tout le reste avait été reconverti par des fermiers indiens, tous truqueurs, râlait le comte Hubert. La comtesse aurait voulu tout donner à exploiter à Dietr von Buchkowitz, mais le comte se cramponnait aux dernières parcelles de sa souveraineté.

Il prenait le café à la bibliothèque. Pendant son court séjour chez les Throngtwistle, le comte avait été ébloui par le rite du fumoir, les hommes laissant les femmes ensemble pour tirer sur leur cigare, verre de xérès à la main. Quand il avait des invités, le comte faisait apporter du xérès. Seul, il préférait la fine Napoléon.

Il s'impatientait parce que la comtesse ne revenait pas. Aurait-il dû l'accompagner au tribunal ? Quel procès absurde. Évoqué en peu de lignes à l'intérieur du journal, il était en revanche commenté par un éditorial flambant en première page : Unissons-nous contre l'ennemi commun. L'ennemi commun, quelle grandiloquence ! pensa le comte.

« Pourquoi n'accompagnes-tu jamais ta femme quand elle inspecte vos plantations ? » remarquait souvent la Grande Mahaut.

Comme si elle ignorait qu'Adélaïde n'y tenait pas du tout.

« Puisque tout est à elle ! Tout ! Même la Nouvelle Hollande ! » bougonnait-il.

Et l'enfant ? À elle aussi ? Pardon ! Qui l'avait fait ? Il ricanait :

... priez donc monsieur le comte de descendre pour la saillie.

Pourquoi est-ce qu'elle ne revenait pas ? Le comte prit un livre dans un rayon, *L'esprit des lois*, en plusieurs volumes. Qui peut lire ça ? Pourquoi lire ? Et quoi ? En composant la bibliothèque, l'Américaine (il s'agissait de Janet Lindsett, l'épouse du comte Mortimer) avait acheté plus de livres anglais que français, Defoe, Swift, Fielding, les poèmes de Pope, de Shelley et de Byron. Le comte avait ouvert *Les voyages de Gulliver* en croyant retrouver son enfance. Il ne comprenait rien au texte non illustré.

Il lui arrivait de parcourir l'un ou l'autre des dossiers laissés par son père. Celui-ci écrivait une Histoire de Tippoo Sahib, un Indien qui avait recherché l'alliance de la France révolutionnaire pour libérer son pays de la domination anglaise.

« L'Inde serait française si on lui avait fourni quelques canons et quelques navires. »

Bubu entendait encore son père le répéter, évoquant les actions fulgurantes de Surcouf dans l'océan Indien.

« Napoléon avait pourtant compris qu'il fallait frapper l'Angleterre en Inde », soupirait le comte Gaëtan.

Les notes difficiles à déchiffrer qu'il avait laissées n'incitaient pas son fils à la lecture. *So what*, quelle importance. Tippoo Sahib avait laissé son nom à une marque de rhum ; on le représentait sur l'étiquette, coiffé d'un turban vert, moustaches en croc et sourcils aussi épais que les moustaches.

Est-ce que mon père voulait vraiment écrire un livre ? se demandait le comte Hubert quand Oudinot parlait de lui : un don juan, le plus beau sourire de l'océan Indien. Qu'Oudinot ait pu devenir intime avec son père, le comte n'en revenait pas. Qu'avaient-ils en commun ? Il ne savait pas grand-chose de son père parce qu'il préférait ne pas se poser de questions sur lui. Pourquoi accompagnait-il sa femme sur le yacht d'oncle Johnny ? L'oncle Johnny ! Je l'embrassais, se souvenait Bubu avec embarras. Tu sens maman, lui avait-il dit un jour. Il avait ri, avec elle, Gladys, la mère du comte.

Le rite du cigare, café et fine à la bibliothèque permettait au comte d'entretenir l'illusion de régner sur la Nouvelle Hollande. Il s'ennuyait, mais il était le maître. Il semait des cendres en arrangeant le passé et l'avenir. Quelle erreur d'avoir voulu faire du thé, il fallait se lancer dans l'élevage, le mouton commençait à rendre, pourquoi pas des vaches aussi ? Le comte se parlait, donnait des instructions à Dietr von Buchkowitz, et s'il vous plaît, mon cher Dietr, vos histoires, gardez-les pour la comtesse, moi elles ne m'impressionnent pas.

Bien qu'il n'en disposât pas, l'argent Girard réveillait les certitudes kergoustiennes assoupies avant le mariage quand, à la Nouvelle Hollande, on comptait *cent* par *cent*. À Cambridge, il comptait penny par penny. Que vais-je devenir, se demandait-il en grimpant sur le bateau du retour. Son correspondant, un jésuite apparenté aux cousins Courtrai (éloignés), lui avança l'argent du voyage avec quelques livres en plus pour faire le jeune homme. Et tout à coup, à l'escale de Suez, cet éblouissement, la lettre de la Grande Mahaut : Adélaïde Girard avait jeté son dévolu sur lui ; c'était l'expression utilisée par la mère, plutôt bizarrement. Elle restait, en écrivant, sous le coup de l'émotion, et cherchait à se convaincre que le Seigneur voulait ce mariage incroyable pour la Nouvelle Hollande.

Bubu, lui, ne se souvenait pas d'Adélaïde, pas très bien en tout cas. Comment était-elle ? Brune ? Blonde ? Grande ? Petite ? Belle, écrivait la Grande Mahaut, sans parler de son âge, toutefois. Pour Bubu, elle était *vieille*, adulte déjà quand il n'était qu'un enfant. Elle n'entrait pas dans le cercle de ses « contemporains ». Sa première réaction avait été de refus. Il ne pouvait pas se marier avec une autre que Marlyse (de Chazelles) ; la Grande Mahaut ne le savait-elle pas ? Il s'était confié à Émerantienne, la femme d'officier qui le saturait d'amour, sur le bateau.

« Tu vas être riche, mon petit Bobo, quelle chance. » Pourquoi l'appelait-elle Bobo ? Elle ignorait son surnom. Peut-être disait-elle Beau-Beau ? Il était mignon, on le cajolait avec plaisir, il aimait l'être et se laisser dorloter, encore ne fallait-il pas trop, trop... Pas trop tirer sur la ficelle, disait-il, innocemment. Eût-il aussi facilement renoncé à Marlyse s'il n'avait pas rencontré Émerantienne sur le bateau ? Elle avait nettement plus de trente ans. Après tout, hein ? D'ailleurs Marlyse ne répondait plus à ses lettres. Donc, de son côté, probable-

ment... Pourtant il avait parlé d'elle à la Grande Mahaut,
en débarquant.

« Ta-ta-ta-ta ! »

Elle l'avait bousculé jusqu'à la Savone, un souvenir
presque surréaliste, il *voyait* Adélaïde en mousseline
blanche et en organdi rose, sur le double escalier de
l'entrée, absurde, insensé, elle portait le deuil de son père,
je déraille, je divague, se disait Bubu. Mais il était sûr
qu'elle lui avait tendu la joue :

« Embrassez-moi puisque nous allons nous marier. »

Ou était-ce Mahaut qui l'avait dit ? En vérité, tout s'était
brouillé parce qu'il s'était raconté des tas d'histoires à
lui-même pour se donner un meilleur rôle. Il s'était engagé
sans restrictions parce qu'il devenait riche ; très riche. Il
ne ressentait pas pour la Nouvelle Hollande la même
passion viscérale que la Grande Mahaut, mais n'imaginait
pas de vivre ailleurs. Si elle avait été vendue, il serait resté
en Angleterre. J'aurais travaillé, se disait-il. Sans
conviction.

LA SAVONE

La comtesse demanda à Poon d'arrêter la voiture sur le pont qui franchissait la rivière des Pirates, à la sortie de Grand Sable. On découvrait la Grande Plaine, la vallée Girard, la vallée du sucre, c'était comme une corne d'abondance ouverte sur la mer, avec les salines en plus dans la presqu'île sur laquelle la Savone était construite parmi les filaos. Vue grandiose, émouvante pour la comtesse ; elle avait la gorge serrée et des larmes aux yeux, partout la présence de Louis Girard dans ces champs de cannes qui, à perte de vue, par les flancs du Sombre, montaient à l'assaut du ciel. Le soleil et l'ombre se disputaient les feuilles effilées comme des sabres, avec les mêmes contrastes que la lumière sur la mer, dans les vagues qui se poursuivent. Tout en haut, sous les falaises du volcan, le lopin de Vert Paradis, avec les terrasses que Louis Girard avait montées lui-même ; ensuite Beausoleil ; ensuite Falaise aux Biches et Borne Rouge ; après quoi la Grande Plaine des Goupille s'était détachée d'elle-même, donnant son nom à l'ensemble, au total 10 p. 100 du sucre de Maurice, au moins.

« Roule », dit la comtesse à Poon.

À peine sortie de la ville, elle avait regretté sa décision absurde, infantile. Se faire conduire à la Savone pour... revoir le docteur ? Non, elle ne se l'avouait pas. Miss Barrett allait mourir, lui avait dit Dietr von Buchkowitz. En ajoutant :

« Elle comprendra que vous ne soyez pas à son chevet, naturellement elle le comprendra. Elle vous attendait hier et avant-hier, mais elle a compris, elle a compris... »

Dietr avait à peu près le même âge que la comtesse, un an de plus ou un an de moins. Un superbe garçon, quand Louis Girard l'avait ramené de Chicago où il avait visité une exposition agricole. Fils cadet d'un hobereau prussien, Dietr était devenu ingénieur agricole, une nouveauté. Quasiment américanisé, il vivait aux États-Unis. Que lui avait promis Louis Girard pour l'attirer à

Maurice ? Il ne cachait pas qu'il le souhaitait comme gendre. Il tranchait sur les dodos. Est-ce qu'Adélaïde l'aurait épousé s'il n'avait pas été défiguré par l'explosion du premier tracteur utilisé sur la Grande Plaine (donc, à Maurice) ? Elle avait songé à se marier avec lui, par pitié ; ou plus exactement pour acquitter une dette morale contractée envers lui par Louis Girard. Il n'y aurait pas consenti si Adélaïde avait alors précisé ses intentions, et pour bien montrer qu'il n'attendait rien d'elle il avait quitté la Savone, où il vivait jusque-là, pour s'installer seul à Eucalyptus. Seul. Façon de parler.

« Pourquoi ce garçon n'aime-t-il que les négresses ? » s'étonnait Louis Girard.

Une Chinoise aussi. Il entretenait un petit harem, souvent renouvelé, il *les* voulait jeunes, de plus en plus. Pourquoi n'était-il jamais reparti ? Qu'est-ce qui le retenait à Maurice ? Il avait une passion pour son bateau, un voilier sur lequel il n'admettait personne. La comtesse lui accordait la même confiance que son père. Les rendements qu'il obtenait à la Grande Plaine suscitaient l'envie de tous les sucriers.

La comtesse préférait la Savone à la Nouvelle Hollande ; il lui arrivait de l'affirmer, en tout cas ; une véritable demeure coloniale dans le style de Maurice, presque aussi ancienne que Monplaisir, l'habitation que La Bourdonnais avait rachetée en 1735 à un sieur de Maupin, aux Pamplemousses. Dix ans après l'arrivée des premiers colons on construisait déjà ces merveilleuses demeures, c'était cela qui touchait la comtesse. Son père y était moins sensible, il se souciait surtout des aménagements de confort, et dans ce domaine il avait innové, sans hésiter à faire tomber des murs qui gênaient. Il avait converti l'oratoire en salle de billard.

Rien n'était plus beau aux yeux de Louis Girard que l'allée des intendants qui menait à l'entrée, les *green oaks*, disait-il ; ils lui rappelaient les chênes de France, plus tordus, avec plusieurs troncs enchevêtrés, semblait-il, comme tressés les uns autour des autres. Les branches formaient une voûte sous laquelle régnait une fraîcheur qui ranima la comtesse. Elle n'en pouvait plus. Si elle accouchait à la Savone ? La Grande Mahaut devait le craindre, qu'elle *ponde* l'héritier dans un autre lit que celui de l'infante, consacré par la tradition. Pourquoi ne resterait-elle pas à la Savone ? Si le docteur le demandait ? S'il l'exigeait ? Il n'était pas encore arrivé ; pendant tout le trajet la comtesse s'attendait à entendre sa formidable machine pétarader derrière la voiture.

« Mon fils... »

Elle maintenait son ventre entre ses mains pour atténuer les secousses et parfois, dans les passages difficiles, elle se soulevait sur ses bras qui servaient d'amortisseurs supplémentaires. Elle n'avait pas prévenu la Grande Mahaut qu'elle ne déjeunerait pas avec elle ; elle n'y avait pas pensé. Après le départ du docteur, elle ne songeait qu'à quitter le tribunal pour courir à la Savone. N'était-ce pas ridicule ? Moi, déformée, si laide... Elle souriait, elle ne se trouvait pas tellement grosse.

La maison du père. Elle ressentait toujours la même émotion quand elle arrivait à la Savone. Père. Du latin *pater*. Le père est celui qui a engendré un ou plusieurs enfants. Un bon père, un tendre père, un père cruel. Aimer, respecter, honorer son père et sa mère. Les leçons du couvent. Vous n'avez qu'un père qui est Dieu, Lamennais. Le père du Tertre dit que les nègres sont camus parce que leur père et leur mère leur écrasent le nez. Cela faisait rire la classe chaque fois qu'on le récitait. La religion protestante ordonne aux pères et aux mères d'étrangler leurs enfants s'ils veulent se faire catholiques. La classe se tournait vers Eulalie Rossfeld, fille d'un assureur. Avant d'être protestante, elle était quoi ? demandait Louis Girard. Il se méfiait des juifs, bien qu'il se défendît d'être antisémite comme les autres, les dodos. Ah ! les dodos ! Pour parler des vrais Français, il disait les Français de France. Comme lui. Les nègres créoles, de quelque nation qu'ils tirent leur origine, ne tiennent de leurs père et mère que la couleur et l'esprit de servitude. Bien vrai, approuvait Louis Girard. Qui l'avait dit ? Buffon.

Nos pères ont péché, nos pères ne sont plus
Et nous portons la peine de leurs crimes.

Racine ? Oui, de Racine.

Fille d'Agamemnon c'est moi qui la première,
Seigneur, vous appelai de ce doux nom de père.

Racine encore. Les Pères de l'Église, saint Justin, saint Irénée, saint Cyprien, saint Clément d'Alexandrie, saint Athanase, saint Basile, saint Grégoire de Manziance, saint Jean Chrysostome, saint Jérôme, saint Augustin. Pourquoi est-ce que je me souviens de tout cela ? se demandait la comtesse. En même temps qu'elle se récitait le passé, elle s'interrogeait sur le présent : avait-elle bien fait de venir ?

Rentré par la montagne avec son étalon, Dietr attendait la comtesse devant le perron.

« Pas trop lasse ? »

Elle avait grand-soif mais refusa de manger.

« Tout est prêt. »

Il l'appelait Adélaïde autrefois, Louis Girard en avait ainsi décidé lors de son arrivée. Depuis son mariage, il ne lui donnait ni prénom ni titre.

« Comment va Miss ? demanda la comtesse.

— Reposez-vous d'abord, suggéra Dietr, vous la verrez ensuite. »

Elle se renfrogna :

« Elle est dans sa chambre ? »

Dietr tenta encore de la retenir.

« Vous tenez vraiment à la voir ?

— Puisque je suis là pour ça, Dietr ! »

On lui avait apporté un verre de citronnade, qu'elle sirotait à petites gorgées, assise sur un fauteuil d'osier que Dietr avait avancé.

« Qu'allait-elle faire sur les plantations ? » murmura-t-elle.

Miss Barrett avait été frappée d'insolation alors qu'elle se trouvait à Borne Rouge, près d'Eucalyptus. Depuis que la lutte était engagée contre le *vagabondus*, jour après jour elle se faisait traîner en carriole sur les champs où l'on ramassait les parasites à la main, une collecte répugnante et pathétique, dérisoire : pour dix *vagabondus* noyés dans du pétrole, il en naissait cent ou mille. Miss Barrett comptait les cadavres, qu'elle payait cinq ou six *cents* l'unité, parfois davantage, cela dépendait du nombre des collecteurs ; on allait jusqu'à dix *cents*. Que pouvait-on faire d'autre en attendant que les pulvérisateurs utilisés en France contre le doryphore soient livrés ? Ils se trouvaient quelque part sur la mer Rouge. Aide-toi et le ciel t'aidera, répétait Louis Girard. Du pont de la rivière des Pirates, la comtesse avait aperçu les lignes des collecteurs qui passaient entre les plants pour les épouiller ; c'était déprimant, comme si on peignait la forêt, comme si on distribuait des petites cuillères à des soldats en leur demandant de vider la mer. Pauvre Miss, elle avait mené cette guerre. Pour jouer son personnage, parce qu'elle prétendait assumer les responsabilités de Louis Girard depuis sa mort.

« Vous voulez vraiment la voir ? » demanda encore Dietr quand la comtesse se leva de son fauteuil.

Elle se contenta de hausser les épaules sans répondre.

« Vous ne me reprocherez pas de ne pas vous avoir prévenue », dit-il.

Elle hésita tout à coup. Elle devinait. En vérité, elle avait deviné depuis longtemps, mais pouvait-elle en convenir ? Quand Miss Barrett s'était mise à parler de Louis Girard en l'appelant par son prénom, Louis. Lewis, en fait ; elle prononçait Liou-iss. Il eût fallu la renvoyer immédiatement. Pas facile. La comtesse avait proposé de lui servir une rente, plus que convenable, en Angleterre, pour lui permettre de finir sa vie dans le Surrey, d'où elle venait.

« *Later perhaps.* »

Plus tard. C'était dit avec une fermeté qui agaçait la comtesse d'autant plus qu'elle était sans appel.

Elle ne voulait pas plus d'argent.

« *My home now is here.* »

Je suis chez moi ici, désormais. On verra par la suite, avait pensé Adélaïde. Elle bâclait son mariage avec Bubu, en restant habillée de noir, avec des voiles sur le visage à la messe. Pourquoi tant de hâte ? avait demandé Miss Barrett.

« *Please, mind your business.* »

Mêlez-vous de vos affaires. Jamais la comtesse ne l'avait rembarrée aussi cruellement ; mais sans plus ; elle en était restée là ; pas d'explications ; plus tard, plus tard. À la Nouvelle Hollande, la Grande Mahaut s'étonnait :

« Vous gardez l'Anglaise ? Elle ne part pas ?

– On verra, on verra, bientôt. »

Pouvait-on oublier le rôle que Miss avait joué à la Savone ? Adélaïde avait six ans quand elle était entrée dans sa vie, après avoir répondu à une petite annonce du *Times* :

« Veuf approchant de la soixantaine propose 10 livres par mois à une jeune femme (young lady) pour surveiller l'éducation de sa fille unique, six ans, dans une grande demeure coloniale à l'île Maurice. Vie avec la famille. Équitation, tennis. »

Le salaire était considérable. Miss Barrett s'était expatriée pour payer l'éducation et le trousseau de son frère cadet qui *devait* entrer à Sandhurst, afin de devenir officier comme son père (disparu bizarrement aux Indes, devait-on apprendre).

On ne pouvait imaginer quelqu'un de plus conforme à l'image d'une vraie jeune fille anglaise que Miss Barrett, rose, blonde, un teint de pêche, légèrement duvetée sur les joues bien rondes, des dents qui avançaient à peine bien qu'elle prononçât le *th* avec une perfection oxfordienne, des yeux verts ; avait-elle du sang irlandais ? Elle arriva avec un harmonium qui ne prenait guère de place ; elle chantait avec conviction et faisait admirablement le thé.

Il n'était que temps que l'on s'occupât d'Adélaïde, une sauvageonne. Elle se baignait avec son père, pas seulement dans la mer, elle partageait la baignoire avec lui, nus l'un comme l'autre, et elle le retrouvait au lit quand un cauchemar la réveillait. Miss Barrett mit fin à ces habitudes choquantes. Ses rapports avec Adélaïde furent difficiles au début. Louis Girard comprit qu'il devait passer les rênes. Il ne levait jamais les punitions de Miss, qu'il avait installée à la Savone naturellement, en lui laissant deux chambres au premier étage, l'extrémité sud, où arrivaient les odeurs du vesou de la sucrerie de Grand Sable, déjà équipée de presses à vapeur. Tout ce que Miss décidait et imposait lui paraissait indispensable. On lui présentait les plats quand Louis Girard était servi. Elle servait Adélaïde avant de prendre sa part. Sous des dehors angéliques, elle cachait une volonté d'amiral, expression de Louis Girard, devenu sur le tard un admirateur de Nelson, malgré Trafalgar, et bien qu'il eût laissé son oncle Marceau croupir sur un ponton de Southampton où le malheureux avait perdu une jambe, attaquée par la gangrène.

L'oncle Marceau faisait partie de l'univers Girard dans lequel, en tête-à-tête avec son père, Adélaïde avait passé ses premières années. Elle le voyait assis sur un banc, devant la maison Girard à Charbonnières, près de Lyon, tétant une pipe à fourneau de porcelaine en faisant chauffer son pilon au soleil. Il avait surgi dans la vie de Louis Girard alors que celui-ci venait de quitter l'école : comme il avait une très belle écriture, son père, Amédée Girard, clerc de notaire, l'avait fait embaucher comme saute-ruisseau par son patron, maître Horlipot, un veuf sans enfant, qui l'aimait comme un fils. Son avenir paraissait magnifiquement assuré, d'autant que chez les Girard on mettait de côté, depuis toujours, avec l'espoir de reprendre l'étude pour Louis. Pourquoi avait-il fallu que l'oncle Marceau se pointe à Charbonnières ? Pour revoir sa petite sœur, pleurnichait-il. Il s'était incrusté ; sans doute touchait-il une petite pension, Louis Girard s'en disait certain, sinon Amédée, son père, eût jeté l'invalide à la rue. Il racontait au gamin Girard des histoires fantastiques, il avait bourlingué autour du monde, il avait fait naufrage, tiré le canon en Chine, découvert des îles et, affirmait-il, épousé une reine, qui lui avait donné une grande terre, quelque part dans l'océan Indien.

« Où crois-tu qu'elle se trouvait ? demandait Louis Girard à sa petite fille quand il lui racontait l'histoire comme un conte de fées vrai.

– Ici, pop, ici. »

Pourquoi l'appelait-elle pop ? Miss Barrett l'avait obligée à dire *dad*, ou *daddy*, ou papa.

Pour prouver qu'il ne fabulait pas, l'oncle Marceau sortait de sa sacoche un parchemin jauni avec le sceau du notaire d'Eucalyptus. Car son histoire était un peu vraie. Une escale à Port-Louis l'avait bloqué à Maurice alors que les Anglais allaient contraindre le gouverneur Decaen à capituler. Démobilisé, il s'était marié avec une créole très noire, qui, suggérait Louis Girard, descendait peut-être d'un roitelet du Mozambique où l'on se ravitaillait en esclaves. Le bois d'ébène ! Comment était-elle entrée en possession d'une centaine d'arpents au lieu-dit le Paradis Vert ? Avait-elle épousé l'oncle Marceau dans l'espoir de faire reconnaître des droits concédés au lit par un fils de famille dévoyé ? Ou, à l'inverse, avait-elle acquis l'oncle Marceau grâce à sa propriété ? Elle ne l'avait pas gardé longtemps. Il s'était embarqué pour les Indes avec d'autres aventuriers pour chercher un trésor, ou pour soutenir un rajah, et il avait été fait prisonnier par les Anglais. Quoi qu'il en soit, après la mort de l'oncle Marceau, Louis Girard s'était embarqué pour Maurice, maudit par son père, mais, n'était-ce pas étonnant, encouragé par le vieux notaire, maître Horlipot, et même par sa mère, une paysanne, qui avait toujours rêvé d'une terre à elle et faisait confiance à son frère. Quand il racontait son histoire, avec force mimiques, Louis Girard mettait la main à sa ceinture comme pour s'assurer qu'on ne lui avait pas volé les pièces d'or avancées par maître Horlipot.

« Tu me feras une part », disait-il.

Une part de quoi ? De pierres ? Il n'y avait que ça sur le lopin qu'on voulut bien lui reconnaître, mais, avec sa courte expérience de chattemite, il comprenait qu'on le volait, et il avait décidé de plaider. En attendant que la bataille judiciaire s'engage, il s'attaquait à son coin, il arrachait les pierres au sol rouge, pour les plus grosses il monta un treuil, il se faisait aider par un colosse noir qu'il appela Matifou, le nom d'un héros de Jules Verne. Quand ils avaient dégagé de quoi tracer un sillon, ils plantaient des cannes. Une allée de sucre, une allée de pierres. On les prenait pour des fous. Ils habitaient dans une cabane aussi primitive que celles des plus misérables travailleurs indiens.

« Des bœufs n'auraient pas fait ce que nous faisions », racontait Louis Girard.

Il ne voulait pas lâcher.

« Tu réussiras », avait prévu le notaire de Charbonnières en l'encourageant, contre son père.

Sur le registre paroissial d'Eucalyptus il retrouva trace du mariage de l'oncle Marceau avec une négresse de case. Après plus de deux ans de chicanes, les gens qui contestaient ses droits, pourtant partiellement reconnus puisqu'ils avaient lâché un lopin incultivable, cherchè-rent un arrangement ; qu'il accepta. Matifou l'avait abandonné. Il se trouvait à bout de souffle. Mais c'était gagné.

« J'avais mis les ongles », disait-il, en plaçant ses mains sur la table, les doigts recroquevillés.

Quoi de vrai dans ces images d'Epinal de lui-même que Louis Girard coloriait et recoloriait pour sa petite fille durant leurs soirées d'amoureux ? Certains, à Maurice, soutenaient qu'il était arrivé comme mousse ; d'autres qu'il avait déserté en Indochine. En vérité, personne ne s'était intéressé à lui pendant les dix ou quinze premières années de son irrésistible ascension, et, quand il était apparu brusquement sur le devant de la scène, après la spéculation sur la quinine (dont Adélaïde ne savait rien), il était trop tard pour fouiller dans son passé, il s'imposait au présent, et comment ! Il pouvait se composer des souvenirs de jeunesse à convenance, fût-ce d'après les romans feuilletons qu'il suivit dans *le Cernéen* jusqu'à la fin de sa vie, et dont beaucoup étaient repris du *Matin*. Les gens qui ont une légende deviennent souvent leur légende, c'était vrai pour Louis Girard. A la Savone, Adélaïde retrouvait celle de son père, tout était lui et tout était vrai. Au-delà des salines survolées au ras par des oiseaux de mer, la presqu'île, couverte de filaos vert tendre et d'eucalyptus plus foncés, se fondait dans les jades et les émeraudes de la mer, c'était comme une toile de fond romantique pour une demeure classique et raffinée rachetée par une sorte d'ogre qu'Adélaïde menait par le bout du nez, une fillette cornaquant un éléphant. Au bout de la presqu'île, un canon de fonte restait scellé sur un socle de laves noires. Les pirates se retrouvaient sous les filaos, on venait de Port-Louis pour marchander les prises jetées sur les herbes. Pendant des années les pirates avaient fait vivre l'Ile grâce à ce marché en plein vent, qui attirait des négociants d'Amérique, si bien que Washington dut envoyer un consul pour veiller à la régularité des transactions, seul point de l'histoire mauricienne qui intéressât Louis Girard, un consul pour surveiller les pirates, cela le faisait rire à gorge déployée ; et dans son passé fantastique, l'oncle Marceau devenait borgne, avec un bandeau noir sur un œil crevé lors d'un abordage.

Dietr avait prévenu la comtesse : vous aurez un choc. « Miss, ô Miss. »

Quel était son prénom ? Adélaïde l'avait toujours appelée Miss. Louis Girard aussi.

« On ne la reconnaît plus », souffla Dietr.

Gonflée, énorme, presque répugnante, oui, répugnante ; Adélaïde ne se décidait pas à l'embrasser. Ce visage bouffi. La couperose. Le gin.

Elle vidait sa bouteille par jour, les derniers temps, avait précisé Dietr.

A moitié folle, complètement folle ? Complètement par moments, délirante, de plus en plus impériale, elle régnait sur la Savone. Elle fumait des cigares, les mêmes que Louis Girard.

« Elle me transmettait les instructions de Louis Girard, murmura Dietr.

– *Dietr, Lewis wants you to know...* »

Dietr, Liou-iss me charge de vous faire savoir que... Non contente de s'incruster à la Savone, elle avait agrandi son domaine, annexant la salle de billard (l'ancien oratoire) et une lingerie. Elle continuait de manger *en bas* comme du vivant de Louis Girard, en se faisant servir plus cérémonieusement au fur et à mesure qu'elle se clochardisait. On l'appelait la Baronne, dans son dos, par dérision, mais on lui obéissait.

« Est-ce pour elle que vous conservez le même train à la Savone ? » demandait la Grande Mahaut quand Adélaïde se plaignait des dépenses de Bubu.

Un diplomate voulait louer la Savone. La comtesse retardait sa réponse. Impossible de renvoyer Miss. Pouvait-on oublier ce qu'elle avait apporté à la Savone ? A moi, à moi ? se disait la comtesse. Dans ses jeunes années elle l'adorait autant qu'une mère. Si jolie, si charmante. Elle aurait pu se marier, et très bien. Pourquoi décourageait-elle les prétendants ? Quand Adélaïde passait les trois quarts de l'année au couvent on avait moins besoin de Miss à la Savone. Bien des gens s'étonnaient d'ailleurs que Louis Girard ne la renvoyât pas en Angleterre. Une créole ou une négresse auraient pu tenir sa maison, à meilleur compte. Est-ce que par hasard ? Evidemment, on y pensait. Une liaison. Louis Girard, cette force de la nature, et cette blonde aux yeux verts qui vivait avec lui... Non, non, non, d'une certaine manière cela peut paraître extraordinaire, mais finalement, à Maurice, exception faite pour quelques esprits tordus, personne ne suspectait Louis Girard de coucher avec Miss Barrett. N'empêche qu'après sa mort, parce qu'elle restait à la Savone, Miss Barrett acquit une sorte de légitimité Girard. Les domestiques admettaient son autorité. Plus d'une fois, en déjeunant à la Savone, la comtesse avait eu l'impression irritante d'être son invitée. Le temps fortifiait son assurance. Elle disposait de meubles, de photographies de Louis Girard. Quand la comtesse lui demandait des explications, elle se contentait de sourire, d'un sourire énigmatique qui laissait croire qu'elle avait ses raisons. Et plus : que Louis Girard lui reconnaissait des droits sur la Savone.

Pauvre Miss, elle agonisait dans des souffrances infernales, elle étouffait, elle cherchait un peu d'air, les mains au cou, elle respirait avec un bruit terrifiant.

Tout en se penchant sur elle, sans se résoudre à toucher avec ses lèvres sa peau autrefois si fraîche, si tendre, la comtesse ne pouvait s'empêcher d'inventorier tout ce que Miss avait pris (dérobé ?) dans l'appartement de son père entretenu comme un musée ; les photos d'abord, la grande, dans un cadre ovale, fixée au mur ; une plus petite, Louis Girard devant la tour Eiffel, sur sa table de nuit, à côté du dentier de Miss, plongé dans un verre d'eau trouble. La cravache. Les éperons de Louis Girard, posés sur une couronne de fleurs d'oranger, sous cloche. Effarant. Effrayant. Si, si... Si Miss... Si l'Anglaise... Si la garce avait épousé Louis Girard ?

Depuis qu'elle se trouvait dans la chambre de Miss Barrett, la comtesse avait *compris*. En fait, elle *savait* ;

elle se *doutait* ; mais quoi ? Elle se doutait de quoi ? Elle savait quoi ? Non, non, c'était impossible, Louis Girard n'allait pas la retrouver dans son lit alors qu'il venait de l'embrasser dans le sien ! Oh ! que cela faisait mal. Elle ! Celle-là ! Si hideuse, boursouflée, si grosse, avec ses yeux gluants, quand elle soulevait les paupières on se demandait si les yeux n'allaient pas couler sur les joues, horreur, mais quelle horreur ! C'est moi qui suis un monstre, pensa la comtesse. Elle souleva la main de Miss pour la baiser.

Le coffre était là, bien entendu, la malle des Indes, disait Louis Girard, il y tenait plus qu'à tout, plus qu'à la maison, c'était la seule chose qu'il possédait en arrivant, rappelait-il, un coffre extrêmement banal, mais... Il contenait ses rêves quand il entassait des cailloux pour édifier les terrasses de Paradis Vert. Ah ! les mains, les formidables mains de Louis Girard !

« Miss ! Vous m'entendez ? Je suis là, moi, votre petite Ada. »

Si elle avait épousé Louis Girard, si c'était cela son secret, l'explication de son sourire ? Un mariage comme celui de Mme de Maintenon avec Louis XIV ? Morganatique. Au couvent, l'adjectif créait le décor d'un conte magique en transportant Adélaïde dans les palais sous-marins de la fée Morgane ; elle découvrait le sens qu'il avait pour les contemporains du Roi-Soleil, mariage d'intrigante et de voleuse, escroquerie conjugale, mauvais coup. Non que la comtesse se souciât d'une part d'héritage qui aurait pu lui échapper, pour cela elle ne craignait rien, Louis Girard avait trop conscience de ses responsabilités familiales pour morceler son bien. Mais le mensonge. La tromperie. Volée. Louis Girard se rengorgeait quand on lui disait que sa fille avait une passion pour lui. Et pourtant, pourtant...

« Miss ! Regardez-moi, c'est Ada, votre petite Ada. »

Miss Barrett souleva ses paupières engluées, un regard filtra, impératif : approchez ! approchez, Ada ! Elle tentait de soulever sa main vers la table de nuit. Dietr comprit qu'elle voulait prendre une clef, près du portrait de Louis Girard et du verre qui contenait son appareil dentaire. C'était bien la clef qu'elle désirait, la clef de la malle des Indes de Louis Girard. Ses paupières retombèrent, elle était épuisée.

« Ada, Ada dear... »

La comtesse essuyait son front avec son mouchoir humecté d'eau de lavande, il y en avait un grand flacon sur la commode. L'odeur et la fraîcheur de la lavande contre la puanteur et la poisse de la mort. Miss, si jolie, si gracieuse, la lumière verte dans ses yeux, ses grâces de danseuse quand elle se hissait en selle ; elle montait bien. Et c'était devenu ça. De tout ce qui plaisait à Louis Girard... Ce qu'il serrait contre lui pendant l'amour... Non ! La comtesse étouffa une plainte sauvage.

« Je vous avais mise en garde », murmura Dietr.

Louis Girard sentait la lavande, après son bain. Toute petite, Adélaïde léchait le sel sur ses bras, quand ils sortaient de la mer. Et elle, celle-là...

Miss Barrett était parvenue à dégrafer un collier de corail rouge, sans valeur, qu'elle avait au cou, son seul bijou. Adélaïde l'avait confectionné pour le lui offrir à Noël.

« Christmas », râla-t-elle.

Elle retint la main de la comtesse, quand elle lui eut remis le collier, elle la ramena vers le lit, avec une force qu'on ne lui aurait plus prêtée. Avec l'autre main, elle caressa le ventre d'Adélaïde, comme si elle bénissait son enfant. Que voulait-elle donner à entendre ? se demandait la comtesse. Que mon fils lui revient, à elle, qu'elle est sa grand-mère ? Pauvre folle ! Jamais ! Jamais !

« Il s'appellera Pascal », murmura la comtesse, malgré elle.

Pour faire plaisir à Miss Barrett, qu'elle haïssait, ou par superstition inconsciente, pour conjurer un sort qu'elle aurait pu, la mauvaise fée, jeter à son fils ? La puérilité de cette crainte traduisait la panique qui s'était emparée de la comtesse lorsque Miss Barrett avait saisi sa main. Horrible contact.

La clef de la malle des Indes. Fallait-il l'ouvrir ? On entendit pétarader la motocyclette du docteur. Enfin il arrivait ! La comtesse s'affola encore. Fuir ! Pourquoi suis-je là ? Que va-t-il penser de moi ? Que pense-t-il d'elle, de Miss Barrett ? Il avait sans doute compris, lui. Tout le monde *savait*. Les domestiques notamment. Pourquoi obéissaient-ils à Miss Barrett si naturellement ? Elle était la maîtresse de la Savone, ils le reconnaissaient. Elle allait mourir, ouf ! Pourquoi réclamait-elle encore le docteur ?

Il venait par solidarité britannique. Miss Barrett était perdue, il le savait. Il salua la comtesse :

« Nous nous sommes vus au tribunal. »

Il rectifia, avec l'esquisse d'un sourire :

« Aperçus. »

Il tenait le poignet de Miss Barrett pour prendre son pouls. Est-ce qu'elle l'avait reconnu ? Elle râlait plus faiblement. La comtesse observait le docteur à la dérobée, mais avec de la voracité. Elle se souvenait mot pour mot de sa déposition, bien qu'elle eût ressenti comme une attaque contre Louis Girard ce qu'il disait sur l'alcoolisme entretenu par les planteurs pour conserver barre sur les travailleurs.

« Quand ces gens proclament qu'ils ont soif de liberté, ricanait Louis Girard, il faut leur tendre la gourde. »

Il conservait comme un trophée la canne (historique, pensait-il, et jusque-là Adélaïde aussi le croyait) avec laquelle Jules Lavocquer (un dodo pourtant !) avait rossé un planteur allemand, von Plevitz, qui regroupait les petits propriétaires indiens contre les gros Blancs. Simplement inculpé de désordre sur la voie publique alors qu'il avait laissé von Plevitz à moitié mort sur le pavé, Lavocquer avait été condamné à une amende dérisoire, quelques livres que Louis Girard avait versées aussitôt, pour avoir sa canne. Elle figurait dans une des panoplies du hall, avec des sabres, une cuirasse et des pistolets d'arçon.

« C'est fini », murmura le docteur.

Il abaissa les paupières de Miss barrett qui, au moment de trépasser, avait ouvert ses yeux en grand, comme pour revoir une dernière fois tout ce qu'elle laissait.

« Elle est morte ? » souffla la comtesse.

Morte devant moi, dans cet instant ? Elle demeurait foudroyée. Le docteur sortit la prothèse dentaire de Miss Barrett du verre dans lequel elle baignait et la remit dans la bouche de la défunte. J'aurais dû le faire, pensa la comtesse. Le pauvre visage de Miss se rassérénait, comme reconstruit et déjà apaisé par la mort. La comtesse ne put retenir ses larmes, elle pleurait en silence, en proie à des remords complexes. Quelle importance que Miss Barrett eût été la maîtresse de Louis Girard ? Elle redevenait l'ange gardien passionnément aimé de son enfance. Elle revivait dans un tourbillon les années enfuies, les leçons d'anglais et de tout, comment se laver, se peigner, la révérence, tout, tout, tout, comment tenir son couteau et sa fourchette. Louis Girard ne lui avait rien appris, que savait-il ? Il prenait les mêmes leçons, de presque tout.

La comtesse essuya sur les tempes de Miss Barrett la sueur de la mort qui perlait encore. La présence du docteur modifiait l'ambiance de la chambre. Les reliques de Louis Girard ne choquaient plus, on était touché par leur puérilité, les éperons sur une couronne de fleurs d'oranger, le gant que Miss Barrett avait coincé derrière un crucifix.

« C'était une femme extraordinaire », dit la comtesse.

Elle referma une boîte de cigares. Louis Girard fumait les mêmes. A sa surprise, la comtesse prononça pour le docteur un éloge dithyrambique de Miss Barrett si belle, si intelligente, si compréhensive, si dévouée.

« *Indeed* ? »

Vraiment ? murmurait le docteur. La comtesse s'éloigna du lit quand on déshabilla Miss Barrett pour permettre au docteur de l'examiner. Pourquoi regardait-il encore une fois ce corps déformé que Louis Girard avait caressé ? Moi, je suis si laide... Elle se reprochait de ne rien savoir de Miss Barrett qui lui eût permis d'étonner le docteur, en lui prouvant qu'elle l'aimait et la regrettait.

Le docteur s'installa devant l'harmonium pour rédiger le certificat de décès ; la table et le secrétaire étaient surchargés de choses disparates. Il devinait que la comtesse détestait Miss Barrett ; elle ne pensait rien du bien qu'elle disait d'elle. Cela s'expliquait, estimait le docteur, elle venait de découvrir que Miss Barrett avait été sa rivale dans le cœur de son père, et elle était très déçue. *Poor girl, poor countess*, il la plaignait. Il avait conscience de l'effet qu'il produisait sur elle, et cela l'amusait de plaire à une femme enceinte jusqu'au cou, c'était comique ; dans le même temps cela le flattait plutôt, la comtesse n'était pas une femme comme les autres, elle avait quelque chose d'exceptionnel, et puis, qu'elle fût *comtesse*. Il savourait par avance l'étonnement d'Elvira, sa mère, qu'il appelait par son prénom :

« Vous connaissez une comtesse, Oliver ? Où l'avez-vous rencontrée ? Comment ? Racontez-moi tout ! Comment est-elle ? Une vraie comtesse ? Distinguée ? »

Il sentait le regard de la comtesse sur lui. Elle le détournait quand il levait le sien vers elle. Elle entendait son sang aux tempes, comme de gros flocons qui crevaient sous la peau. Quel âge avait le docteur ? Trente ? Trente-deux ? Cette force, ce naturel, un homme ! un homme ! Comme Louis Girard et tellement différent, à l'opposé de Louis Girard, sa force n'était pas physique, pas seulement physique, cette lumière dans ses yeux, de quelle couleur ? Gris ? Gris-vert ? Il avait soulevé le couvercle de l'harmonium, après avoir tourné les pages de la partition posée sur le porte-musique. Que jouait-elle ? Jouait-elle encore ?

Dietr s'approcha pour plaquer les premiers accords de la Marche nuptiale de Mendelssohn.

« Elle la jouait tous les soirs, dit-il.

– Vraiment ? »

Le docteur regarda la comtesse dans l'attente d'une explication.

« *Funny.* »

Elle comprit : drôle, en fait, il pensait : étrange. Allait-il vraiment repartir ? Déjà ? Comment le retenir ? Une tasse de thé ? Je suis hideuse, pensait-elle, en boutonnant la veste de son amazone. Elle brûlait, en imaginant qu'il la voyait nue et déformée mais, en même temps, elle aurait voulu se mettre à sa merci : docteur, occupez-vous de moi, je vais avoir mon enfant. Hélas ! rien, rien, pas le moindre tiraillement dans le ventre.

Elle l'accompagna jusque dans la cour ; en fait, elle le suivait à un pas, sans mot dire, les yeux au sol. Que veut-elle me confier ? se demandait le docteur. Il ressentait un malaise, qui grandissait en le rendant plus impatient d'une minute à l'autre. Que cherche-t-elle ? Il partit en mettant les gaz, pour ne pas entendre l'invitation qu'il redoutait. Il ne souhaita pas la revoir, quelque chose en elle l'effrayait soudain, une lumière inquiétante dans les yeux. Que s'était-il passé entre elle et Miss Barrett ? Le docteur s'était brusquement convaincu qu'un secret liait ou opposait les deux femmes ; pourquoi la comtesse avait-elle toléré si longtemps dans sa maison une personne qu'elle haïssait ? La jalousie ? Une jalousie rétrospective ? Une grande déception ? Le sentiment d'avoir été trahie ? Non, rien de tout cela n'expliquait la férocité des regards que la comtesse posait sur la morte dont elle chantait les louanges. Drôle de pays, drôles de gens, pensait le docteur. Il lui arrivait de se pincer : que fais-je ici ? Il savait qu'il reverrait la comtesse.

Le docteur disparu au bout de l'allée des intendants, la comtesse découvrit qu'elle avait faim. Elle mangea avec Dietr, qui parla des dispositions à prendre pour l'enterrement de Miss Barrett.

« Vous ne viendrez pas, naturellement, dit Dietr.

– Naturellement pas.

– Vous ne voulez pas voir ce qu'elle a laissé dans le coffre ? »

La clef, en effet, la clef de la malle des Indes. Le café avalé, la comtesse retourna chez Miss Barrett, endormie sur son lit, les mains jointes, dans une pénombre qui sentait la lavande ; heureusement. Parmi les objets qu'*elle* s'était appropriés, la comtesse remarqua encore un vase

Ming et un fauteuil Louis XV qui venaient de sa mère. Le coffre contenait l'habit de Louis Girard et une grande enveloppe.

« Le soir, quand elle jouait de l'harmonium, murmura Dietr, elle dépliait l'habit sur ce fauteuil. »

Le fauteuil Louis XV ; au grand salon, Louis Girard s'asseyait toujours dessus. Elle ? Comment s'habillait-elle ? En mariée ? Robe blanche ? Chemise de nuit ? La comtesse n'osa pas le demander, et Dietr, devinant les questions, préférait n'y pas répondre. Quelle scène, la *mariée* jouant la Marche nuptiale pour son *époux*.

« Elle était devenue... »

Dietr cherchait un mot moins cruel que *crazy*, folle. Il parlait anglais avec la comtesse, du moins depuis la mort de Louis Girard, qui lui imposait le français ; il n'arrivait pas à en maîtriser la prononciation ; en anglais, son accent germanique était moins choquant.

« *Piccilated* », dit-il.

Cinglée ? Non, c'était moins méchant, follette, dérangée.

« Elle savait ce qu'elle faisait », trancha la comtesse.

Elle se sentait comme étrangère chez elle. Tout le monde lui mentait. Pouvait-elle reprocher aux autres d'avoir joué un jeu auquel elle-même prenait part ? Un homme seul et cette jeune femme, jolie, qui refusait tous les hommages alors qu'on cherchait à la courtiser... Elle avait donné infiniment plus qu'elle ne pouvait prendre, Adélaïde en avait conscience, mais pouvait-elle en convenir ? Accablée et lasse, elle hésitait à ouvrir l'enveloppe sur laquelle Miss Barrett avait calligraphié en capitales d'imprimerie : *For the countess Kergoust after my death*. Si elle exigeait d'être enterrée à côté de Louis Girard ? Il était entendu avec Dietr qu'elle serait inhumée au cimetière anglais de Port-Louis. Dietr préviendrait le révérend Callaghan, qui connaissait Miss Barrett ; elle ne pratiquait pas mais elle assistait à la Cène, le Vendredi saint. Curieux, qu'elle fût partie juste avant de communier une dernière fois.

Que contenait l'enveloppe ? Pas les économies de Miss Barrett, elle avait son argent à la banque, elle était certainement l'une des rares femmes de Maurice à signer parfois un chèque, notamment celui qu'elle donnait chaque année au révérend Callaghan.

« Vous voulez ouvrir, Dietr ?
– Pourquoi moi ? »

Il prit l'enveloppe qu'elle lui tendait, mais la lui rendit :

« C'est à vous qu'elle la laisse, à vous. »

L'enveloppe ne contenait qu'un livre, un roman de Marcel Prévost, *Les demi-vierges*. Le sang afflua au visage de la comtesse.

« Qu'est-ce que c'est ? Qu'est-ce que cela veut dire ? » balbutia-t-elle.

Deux jours avant sa mort, Louis Girard était entré dans sa chambre, sans frapper, il aurait enfoncé la porte si elle avait été fermée ; hors de lui ; écumant, il tenait le roman à la main. Où l'avait-il trouvé ? De toute façon, il n'allait pas se mettre à surveiller les lectures de sa fille alors qu'elle avait coiffé Sainte-Catherine. Qui lui avait donné le roman dont Adélaïde n'avait pas remarqué la disparition de son chevet ?

« C'est lui ! Dis-le ! Réponds ! C'est lui ! »

Il montrait la dédicace, en page de garde, un vers de *L'École des femmes* :

> *NON !*
> *Vous ne m'aimez pas autant que je vous aime.*

La disposition, très particulière, les lettres du NON calligraphiées en gros caractères et suivies d'un point d'exclamation avaient un sens capital pour... Sans parler de la signature : Tippoo Sahib !

« Répondras-tu, sale p... »

Une scène atroce, effrayante. Après avoir giflé sa fille, pour la première fois, jamais il n'avait porté la main sur elle, Louis Girard était parti épouvanté par sa colère, il avait claqué la porte, qu'Adélaïde avait aussitôt fermée à clef.

« Jamais je ne vous pardonnerai ! Vous ne me verrez plus ! »

Elle avait décidé de partir. Avec Gaétan, il était libre, sa femme avait abandonné le domicile conjugal en faisant scandale.

Louis Girard s'était lui aussi enfermé dans sa chambre, accablé par l'évidence. Tippoo Sahib ! Ce vieux beau. Qui l'avait éclairé ? Miss Barrett. En lui donnant le livre, dérobé à Adélaïde :

« Vous ne me croyez pas ? Regardez. »

Elle avait récupéré la pièce à conviction après la mort de Louis Girard. Garce, la sale garce !

Dietr ne cachait pas sa surprise : l'enveloppe ne contenait qu'un livre ? Qu'est-ce que cela signifiait ?

« Il n'y a pas autre chose ? Un testament ?

– Regardez vous-même », dit la comtesse en lui passant l'enveloppe.

Que savait-il ? Faisait-il l'âne pour avoir du son ? Il avait trouvé Louis Girard en train de râler au pied de son lit. Il s'étonnait qu'il ne fût pas debout, ils devaient descendre à Beau Sable, à la nouvelle raffinerie. Pourquoi a-t-il prévenu Miss Barrett avant moi ? se demandait Adélaïde. Louis Girard parlait encore, très difficilement, mais il avait dit quelques mots.

« Il vous réclamait, avait-il juré à Adélaïde.

– Moi ? Moi seulement ? »

En allant la prévenir, Dietr avait rencontré Miss Barrett. C'était du moins ce qu'il avait expliqué à l'époque. Et si solennellement ! Donc il mentait, en déduisait la comtesse à retardement. Donc il était au courant de tout. Pourquoi, dès lors, feignait-il de ne pas comprendre l'importance du livre pour Miss Barrett ? Aussi longtemps qu'elle le détenait, pouvait-on la chasser de la Savone ? Il lui suffisait de l'apporter au comte Aubert.

« Pauvre Miss Barrett, soupira la comtesse.

– Elle m'avait fait jurer que personne d'autre que vous n'ouvrirait l'enveloppe », dit Dietr.

Il n'a pas compris, pensa la comtesse, avec soulagement.

« Elle était folle, vous avez raison. Comment disiez-vous ?

– *Piccilated*.

– Vraiment folle, je pense », fit la comtesse.

Elle m'espionnait, se disait la comtesse, elle me suivait quand... Impossible, je l'aurais remarquée, à cheval sur mes traces. Elle me faisait suivre. Par qui ? Pourquoi avait-elle alerté Louis Girard ? Si tard. Alors que *cela* durait depuis plusieurs années. La comtesse se souvenait de certaines allusions de Miss Barrett, faites sur un ton de complicité, ou presque. Elle la prenait pour son alliée. Elle m'aimait, se disait-elle. Pourquoi, tout à coup, ce changement, cette trahison ? Pourquoi avait-elle montré le roman à Louis Girard ? La preuve ! Il refusait certainement de la croire. Regardez, Liou-iss, ouvrez vos yeux ! Pourquoi l'avait-elle renseigné ? Une seule explication : elle devait exiger qu'il l'épouse et il refusait :

« Que dirait Adélaïde ?

– Adélaïde ne se soucie pas de vous, elle !

– Qu'est-ce que vous racontez ?

– Regardez ! Elle a un amant ! »

Un amant, et quel amant ! Gaétan de Kergoust, un homme de plus de quarante ans, nettement plus, quarante-cinq peut-être, ou davantage, elle était donc folle ? C'était pour ce vieux beau, ce faux don Juan, ce cocu, sa femme venait de l'abandonner, le second de ses fils n'était pas de lui, quant au premier... Et pour ça ! pour ça ! Adélaïde ne reconstituait que trop aisément l'explication entre son père et Miss Barrett, qu'elle avait réussi jusque-là à ignorer. Grâce au Ciel, Louis Girard n'avait pas encore rendu son dernier soupir quand elle s'était jetée sur lui, il avait eu la force de presser sa main en la regardant, il pardonnait, il avait pardonné, elle avait lu dans ses yeux qu'il partait rassuré. Heureux ? Puisqu'elle promettait de réaliser son rêve.

« Si elle ne laisse pas de testament, remarqua Dietr, je demanderai au notaire d'Eucalyptus de régler sa succession. »

La comtesse ne réagit pas.

« Elle doit avoir de l'argent, reprit-il, elle n'a jamais rien dépensé.

– Que voulez-vous que cela me fasse ! » siffla la comtesse.

Dietr en resta bouche bée :

« Mais, Adélaïde... »

Le prénom. Elle lui lança un regard qui signifiait : je vous en prie, plus de ça entre nous. Il comprit qu'elle était blessée par une flèche qu'il n'avait pas entendue siffler ; l'avait-il décochée sans en être conscient ? Quand il était arrivé avec Louis Girard, elle l'avait tout de suite appelé Dietr, c'est joli, disait-elle, ça chante comme les oiseaux, dietr, dietr... Se seraient-ils mariés s'il n'avait pas été défiguré ? Possible, mais... Ce personnage entre eux, Louis Girard, ce poids écrasant sur eux.

« Il faut que je rentre, murmura la comtesse.

– Vous êtes sûre que vous n'êtes pas trop fatiguée ? demanda Dietr. Vous n'avez pas beaucoup mangé... Si vous vous reposiez ? Vous pourriez repartir demain matin très tôt, avant la chaleur. »

Passer la nuit à côté d'elle, quelle horreur ! Sous ce toit ! La comtesse ne se sentait plus chez elle à la Savone ; elle vendrait, c'était décidé ; elle aurait traité sur-le-champ si un acheteur s'était présenté. Accoucher là ! Pourtant, elle y pensait sérieusement en venant, pour affirmer son indépendance Girard ; son fils s'appellerait Kergoust, il n'en serait pas moins Girard. Mais à l'idée d'être prise par les douleurs si souvent décrites par Jézabel à la Savone, une panique.

« Je passerai par la Cambuse », décida la comtesse.

C'est-à-dire par la montagne. Il eût été plus raisonnable qu'elle reprenne la route par laquelle elle était venue, le long du littoral jusqu'à Port-Louis, et, ensuite, la grimpée en douceur vers Belle Vue ; cela représentait deux fois plus de distance que par la montagne.

« Les chemins sont très secs, dit-elle, pour prévenir les objections de Dietr, il n'est pas tombé trois gouttes d'eau depuis des semaines. D'ailleurs, quand je suis venue la dernière fois... »

Elle se mordit les lèvres. Elle avait fait demi-tour au moment d'arriver à la Savone parce que le docteur allait l'y précéder. Que pensait Dietr du docteur Campbell ? Il le trouvait sympathique et compétent, très sérieux.

« J'aurais confiance en lui pour me soigner, le cas échéant. »

La comtesse de soupirer intérieurement : et moi donc ! Dietr s'était-il rendu compte qu'elle se conduisait comme une gamine en présence du docteur ? Il demanda qu'on selle son étalon. Il voulait suivre la voiture :

« Jusqu'à la Mare aux Songes, dit-il.

– Vous êtes gentil, Dietr, mais c'est inutile. »

Il comprit qu'elle ne tenait pas à sa présence.

« Il fait encore très chaud, remarqua-t-il. Si par hasard vous rencontriez des difficultés...

– Qu'est-ce qui pourrait m'arriver ? » demanda-t-elle en riant.

Elle avait remis le roman dans l'enveloppe de Miss Barrett, qu'elle jeta avec une indifférence étudiée sur la banquette de la voiture, à côté d'elle.

« J'ai complètement oublié de vous demander ce que vous avez pensé du procès, ce matin ?

– C'est idiot, grogna Dietr, Louis Girard aurait tout réglé en deux temps trois mouvements.

– Les temps ont quand même changé », murmura-t-elle, malgré elle.

Elle pria Poon de ralentir sous les ombrages de l'allée des intendants.

« Je n'ai vu nulle part d'aussi beaux arbres », lui avait dit le docteur Campbell avant de démarrer.

Elle les admirait davantage, par lui. Enfant, elle se faisait deux images de Dieu, celle du Père Tout-Puissant, infaillible et sévère, dont il fallait accomplir la Volonté sans hésitation ni murmure, et celle du Fils tout amour, tendre, *câlin*, auquel on cherchait à plaire parce qu'on se sentait bien près de lui. Une relation équivalente s'établissait entre les sentiments que la comtesse éprouvait pour Louis Girard et pour le docteur Campbell. Attirée par le docteur, le Fils, elle s'éloignait de son père, le Père, et si vite que déjà ses façons de voir et de comprendre s'étaient modifiées, sans qu'elle en fût consciente. Elle ne savait pas qu'elle n'était plus la même qu'au réveil.

Henri Oudinot avait vainement cherché la comtesse après la fin de l'audience.

« Elle est partie avec Dietr von Buchkowitz, dit le petit Chamarel. Je crois qu'elle se rend au chevet de son ancienne institutrice, cette Anglaise, Miss... Miss...

– Miss Barrett ? Elle est mourante ?

– Une insolation, paraît-il », dit Chamarel.

Il était au courant de tout ce qui se cancanait à Maurice, le vrai et le moins vrai.

« Vous êtes content ? demanda-t-il à Henri Oudinot.

– De quoi ? »

Chamarel secouait la tête, une mimique qui signifiait : de tout ce qui vient de se passer.

« Pourquoi défendez-vous ces caqueux ?

– C'est vous, c'est nous que je défends, lança sèchement Oudinot.

– Nous sommes tous assez grands », bafouilla Chamarel en postillonnant.

Henri Oudinot rejoignit Mawillal pour quitter le tribunal avec lui. Le procès avait rassemblé une foule assez nerveuse. Oudinot se souvenait du soulèvement, un peu pompeusement baptisé la révolte des oligarques, qui, l'année précédente, s'était traduit par des pillages et des combats de rues à Curepipe et à Port-Louis. L'imprimerie du *Cernéen* avait été saccagée, la gare investie et incendiée ; elle n'était pas terminée depuis si longtemps. Pour exciter la foule, on avait fait courir le bruit de l'assassinat du docteur Laurent, le chef du parti démocrate.

« Les oligarques l'ont abattu ! »

Que pouvait signifier ce mot, les oligarques, pour les misérables qui s'étaient aussitôt rassemblés pour dresser des barricades. En pillant les magasins en même temps, et particulièrement les boutiques qui vendaient de l'alcool.

« Une plaisanterie, ricana Mawillal, il n'y a pas eu de mort. »

Oudinot évoquait la révolte pour le rappeler à la prudence.

« Il faut du sang pour les révolutions, dit encore Mawillal du même ton sarcastique. Louis XVI n'aurait pas été guillotiné si l'on n'avait pas mitraillé la canaille à la Bastille.

– Vous êtes odieux, fit Oudinot. Qu'est-ce que vous voulez ?

– Tout ! explosa Mawillal. Mais si on allait d'abord manger ? J'ai trouvé un petit restaurant chinois magnifique, près du journal. Je vous emmène, et vous m'invitez, comme d'habitude. »

Il voulut passer à l'hôtel Oriental, pour troquer la veste noire et le pantalon rayé qu'il portait au tribunal contre une tenue indienne, redingote et pantalon blancs, turban assorti. Il transvasait méticuleusement ce qu'il fourrait dans ses poches, notamment une grosse montre qu'il remonta en bavardant.

« Nous aurons de l'orage avant longtemps, remarqua-t-il, le remontoir, regardez Henri, il glisse entre mes doigts.

– C'est un signe ?

– Absolument, fit Mawillal, en riant. J'ai les doigts trop gras, ils glissent. Je suis trop gras, n'est-ce pas ? »

Il paraissait encore plus gros qu'il n'était parce qu'il était petit.

« J'ai cessé de grandir à quatorze ans, expliqua-t-il à Oudinot. Je ne vous ai jamais dit pourquoi ? Il faudra que... »

Il fourra des papiers dans un tiroir.

« Et Jaipal ? demanda Henri Oudinot.

– Jaipal ? »

Mawillal levait ses sourcils aussi haut qu'il pouvait, pour marquer son étonnement. Pourquoi diable se soucier de Jaipal ?

« Qu'est-ce qu'il va devenir ?

– Il rentre chez lui.

– Comment ?

– A pied, évidemment, avec sa femme. Vous l'avez aperçue ? Elle se tenait au fond de la salle, debout, elle n'osait pas s'asseoir à côté de vos messieurs ! »

Mawillal éclata de rire.

« J'aurais dû la réconforter, murmura Oudinot.

– Qu'est-ce que vous racontez ?

– J'admire beaucoup son mari, je le lui aurais dit, ça l'aurait...

– Vous croyez ! s'esclaffa Mawillal. Elle n'avait qu'une hâte, l'emmener loin du tribunal et le plus discrètement possible.

– Elle n'avait pas tort, Mawillal. Malgré tout, nous progressons, hein ? Voyez, on n'a pas rossé Jaipal comme le pauvre Plevitz.

– C'était un Allemand, remarqua Mawillal, *von* Plevitz, un type très bizarre, pourquoi s'intéressait-il aux petits propriétaires indiens, vous le savez, vous ?

– L'esprit de justice, Mawillal.

– *Don't joke.* »

Ne plaisantez pas.

« En tout cas, il a fallu du courage à Jaipal pour signer la plainte que vous avez rédigée pour lui.

– Il défendait son lopin, fit Mawillal, légèrement.

– Et vous ? demanda Oudinot un peu agacé, qu'est-ce que vous défendez ? »

Mawillal leva les bras et avec une grimace atroce postillonna :

« La liberté ! L'égalité ! La fraternité ! »

Il prit Oudinot par les épaules :

« Allons manger, et ne m'en veuillez pas, personne n'a le sens de l'humour ici, il faut bien que je plaisante de temps en temps. Je suis anglais. »

Oudinot était content d'avoir revu Adélaïde et plus encore d'avoir senti qu'elle le comprenait. Les autres... Isolé par son physique, il n'avait eu ni camarades ni amis, à l'exception de Gaétan de Kergoust, n'était-ce pas extravagant ? Qui aurait prévu ? Sans compter que Gaétan avait douze ans de plus que lui. Ils avaient gagné ensemble le championnat de tennis de doubles, et c'était Gaétan qui lui avait proposé de *partnershiper*. Pourquoi ? Personne ne jouait avec lui. Il payait le professeur. Et tout à coup le plus brillant des membres du Dodo Club, venant à lui :

« Vous êtes le fils d'Anselme Oudinot ? Je sais qu'il est mort. J'aimais votre père. Voulez-vous faire quelques balles avec moi ? »

Extraordinaire personnage, au moins aussi difficile à comprendre et à accepter que Mawillal. Il serait furieux, pensa Oudinot, s'il savait que je le compare à Mawillal. Quoique... Là où il se trouvait, le pauvre. Il avait aimé Adélaïde, c'était sûr. Elle ? Qui pouvait-elle aimer ? A part elle-même ? Pourquoi penses-tu ça, Henri Oudinot ? Elle a du cœur. La preuve, au tribunal, ce matin, elle t'a accompagné sur la varangue. Malgré les autres.

« Savez-vous, Mawillal, que Gandhi a logé dans cette chambre que vous occupez ? »

Oudinot montra le lit :

« Il dormait là.

– Vous l'avez vu dormir ici ? plaisanta Mawillal.

– Presque, fit Oudinot en riant.

– Quand est-il venu à Port-Louis ? demanda Mawillal. En 1901, je crois ?

– Je revenais d'Angleterre, dit Oudinot.

– Tiens, remarqua Mawillal, j'y étais encore. Moi, j'ai connu Gandhi là-bas, en Angleterre.

– J'avais apporté des fleurs, dit Oudinot.

– Comme c'est gentil, ironisa Mawillal. Il n'a pas été surpris ? Vous n'étiez plus un petit garçon, Henri ! Vous avez à peu près son âge.

– J'ai un an de moins que lui.

– Quelle impression vous a-t-il produite ? Qu'avez-vous pensé de lui ?

– C'était un gentleman. »

Mawillal explosa de rire :

« Parfait ! Un gentleman ! Comment s'habillait-il ? Je vous pose la question parce qu'il attachait une extrême importance au costume. Je me suis engagé comme mousse sur un clipper, quand je suis allé en Angleterre. Il a fait la traversée en première classe.

– Moi aussi, murmura Henri.

– J'ignore comment vous êtes habillé pour le voyage ; lui, votre cher Gandhi, il avait emporté une tenue pour débarquer à Southampton, devinez ! des pantalons de flanelle blanche et un blazer bleu, comme les gentlemen du polo, à Bombay. Il voulait faire anglais, être anglais.

– C'est plutôt touchant.

– Il s'est trouvé ridicule.

– Et il est devenu révolutionnaire ! plaisanta Oudinot.

– Vous n'y comprenez rien », dit Mawillal.

Ils avaient quitté l'hôtel, ils descendaient vers le port par la place d'Armes.

« C'est grâce à un Mauricien que Gandhi a lancé la non-violence. J'allais dire : grâce à un de vos compatriotes, Henri. Vous ne me l'auriez pas pardonné, il s'agit d'un Indien, Thambi Naïdo, il était venu à Maurice parce qu'il crevait de faim aux Indes, il n'a pas trouvé à manger, il est allé plus loin, en Afrique du Sud.

– Où il a retrouvé Gandhi ? demanda Oudinot.

– Savez-vous ce que Gandhi allait faire en Afrique du Sud, mon cher Henri ? Plaider un procès. Non, laissez-moi finir, pas contre le gouvernement oppresseur des Boers qui interdisait aux travailleurs indiens de sortir de leurs villages sans permission, sans passeport, pas du tout pour ça : il était engagé par un Indien riche pour plaider contre un autre Indien riche.

– Il y en avait donc ?

– Et ici, mon cher ? Pourquoi les Indiens, comme les autres, ne s'enrichiraient-ils pas des pauvres ?

– Tout de même, Mawillal, Gandhi a fait de la prison. Pas pour son client indien et millionnaire ! A-t-il gagné son procès ? Il devait être bon avocat ?

– Pas tellement. Les bons avocats de Bombay n'allaient pas perdre plusieurs mois pour plaider à Durban. On a fait appel à Gandhi parce qu'il était disponible. »

Mawillal riait :

« Vous me comprenez, cher maître ? Disponible parce qu'il n'avait pas de clients ! »

Ils arrivaient au port. On chargeait un steamer propulsé par une roue à aubes qui tournait à l'intérieur de la coque. Il appartenait à une compagnie de Bombay, créée par un jeune Indien avec lequel Mawillal travaillait sur les docks de Londres. Il avait réussi, plus tard, à racheter ce bateau déclassé pour une bouchée de pain, et, réussite plus glorieuse, à le ramener à Bombay, avec une première cargaison. Depuis, cela remontait à plus de dix ans, avec ce rafiot, il assurait une navette presque régulière, il arrivait à Port-Louis avec du riz et repartait avec du sucre.

« Il a mon âge, il était aussi pauvre que moi, rigolait Mawillal, il est riche et il exploite les pauvres.

– Vous voyez bien que vous croyez à la liberté, à l'égalité et à la fraternité.

– Si vous n'aviez pas inventé la machine à vapeur, dit Mawillal, l'Inde resterait dans ses chaînes pour toujours. »

Il leva un bras :

« Et Gandhi voudrait retourner au rouet ! Dites-moi... (Il pressa le bras d'Oudinot :) Vous ne m'avez pas répondu. Comment était-il habillé, le gentleman Gandhi ?

– A l'européenne, répondit Oudinot, un gros veston sombre...

– Coupé à Saville Row, hein ?

– Vous croyez ?

– J'en suis sûr.

– Je le trouvais plutôt un peu russe, boutonné jusque sous la cravate, une grosse cravate.

– Tolstoï, murmura Mawillal, Tolstoï l'a beaucoup influencé, c'était un boyard, un gentleman lui aussi, si vous préférez. Comme vous, Henri. A Londres, je vous l'ai dit, je travaillais sur les docks, mais le soir j'allais à l'école. N'est-ce pas un processus fascinant ? L'oppresseur instruit l'opprimé pour l'inciter à se rebeller. »

Oudinot s'était fait la même réflexion au tribunal. Les mécanismes policiers et judiciaires mis en place pour maintenir les choses en l'état, sans pour autant être déréglés, fonctionnaient à l'inverse. Celui qui veut tout garder perdra tout. Oudinot rappela cette parole du Christ à Mawillal, en ajoutant que Gandhi lisait les Évangiles.

« Moi aussi, avoua Mawillal, mais je ne les place pas au chevet de mon lit. De tout ce que j'ai lu, j'ai retenu un poème d'un tisserand indien qui vivait au XVe siècle. Il n'avait reçu aucune éducation scolaire. Il s'appelait Kabir.

– Je n'ai pas entendu parler de lui, avoua Oudinot.

– Je vous traduis le poème, de mon mieux, bien grossièrement. »

Mawillal tourna vers le ciel ses yeux globuleux striés de rouge :

> *Le parfum rêve d'être fleur*
> *La fleur rêve d'être parfum.*

« Magnifique », dit Oudinot.

Mawillal leva la main : attendez la suite :

> *Le mot voudrait être...*

Il corrigea :

« Il vaudrait mieux dire *le verbe*.

> *Le verbe voudrait être l'idée*
> *L'idée voudrait être le verbe.*

Après avoir quêté et obtenu l'approbation d'Oudinot, Mawillal enchaîna :

> *La forme rêve d'être la vérité*
> *La vérité rêve d'être...*

Comme il hésitait, Oudinot proposa :

« La loi ! D'être la loi ! La vérité rêve d'être la loi.

« – Peut-être, fit Mawillal, sans doute, oui, c'est cela, la vérité rêve d'être la loi. Pour vous, cela semble évidemment admirable. La vérité pour tous, obligatoire ! Mais moi, Henri, je hais la loi. »

Je hais la loi, c'était dit avec une grimace qui fit penser Oudinot au baiser qu'une araignée donnerait à une mouche.

« Vous, Gandhi, le Christ, Tolstoï, vous tous les bons riches nantis et gras... »

Il riait :

« Gras comme moi qui suis pauvre... »

Son ventre tressautait sous sa redingote blanche.

« La loi, moi, je vous la laisse, dit-il presque doucement. Je veux tout brûler. Le feu Henri ! Un formidable incendie. Rome, Néron ! Tout détruire pour que le monde renaisse. »

Retrouvant sa voix normale, il conclut :

« Je reconnais que je suis absolument fou. »

Qu'est-ce que je fais avec lui ? se demandait Oudinot. Il l'avait connu en suivant une affaire qui, déjà, opposait l'establishment sucrier aux Indiens. Il s'agissait de la coopérative de planteurs indiens dont Sir Duclézio ne voulait pas ; il avait obtenu satisfaction, contre Mawillal qui, envoyé par Gandhi, se défendait comme un beau diable ; en pure perte. C'était trop tôt, il allait trop vite.

Après les débats, Oudinot avait rejoint Mawillal alors que la salle s'ébrouait, quelque chose le poussait à le féliciter, ostensiblement, devant les autres. Il pensait à son père. Il lui semblait que son père se trouvait à l'origine de son amitié pour Mawillal ; qui l'aimait bien, il en était sûr. Mawillal ne l'avait jamais regardé avec de l'étonnement parce qu'il n'avait ni cheveux ni poils. Était-ce moins surprenant pour un Indien que pour un Blanc ?

Oudinot s'était attaché à Mawillal bien qu'il n'eût pas grand-chose en commun avec lui. Il admirait son courage, et le lui avait dit lors de leur première rencontre.

« Moi ? Courageux ? avait ricané Mawillal. Vraiment ? Vous le pensez ? Je n'en ai aucun mérite, en tout cas ; je suis protégé par Gandhi. Pour le neutraliser en Inde on me laisse embêter les Français ici. Vous l'aviez compris ? »

Quelque chose avait poussé Oudinot à proposer à Mawillal de s'installer chez lui.

« Je ne vous ferai pas cela, avait répondu Mawillal, mais vous me touchez. »

Il était moins gros. Combien de kilos avait-il pris depuis son arrivée à Maurice ? Il s'y morfondait.

« Mais là-haut (en Inde, à Bombay) je les gêne. »

Il parlait de ses amis qui aspiraient à l'indépendance. Nombreux, de plus en plus nombreux, affirmait-il. Oudinot pensait que du fait de sa race, de ses origines aussi dont il ne savait pourtant rien, il ressentait un malaise permanent (des démangeaisons) comparable à celui qu'il devait, lui, à son physique particulier. L'un comme l'autre, ils se savaient supérieurs à ceux qui les tenaient à distance.

« Vous ne sauverez rien de ce que vous cherchez à défendre, expliquait Mawillal à Oudinot. La raison ne fait rien progresser. L'émotion est la seule force révolutionnaire. »

Ils étaient arrivés au restaurant chinois où Mawillal avait sa table.

« Vous buvez du vin ? demanda-t-il à Oudinot. Tant pis, on n'en a pas ici, la prochaine fois que nous viendrons j'en apporterai. Mais c'est très bon. Vous aimez le... »

Oudinot ne mangeait rien, ou presque.

« J'ai mal entendu sans doute, dit-il. Vous disiez tout à l'heure que vous êtes anglais ?

– Je m'étonnais que vous n'ayez pas réagi, remarqua Mawillal. De naissance, naturellement, je suis indien, totalement. Mon père était certainement un harijan, ce que vous appelez un intouchable, je n'en suis d'ailleurs pas très sûr, je ne l'ai pas connu, je n'ai aucun souvenir d'une famille, d'un père, d'une mère, je ne sais pas comment j'ai grandi, c'est un peu comme si, après une crue, j'avais été laissé sur la berge, sans rien, si, avec une vague conscience d'exister. Vous comprenez ? Ma vie commence avec moi, je ne me souviens que de moi. Vous avez le souvenir des visages qui vous rassuraient, des gens qui vous aimaient et vous protégeaient, moi, rien, j'ai grandi dans la rue comme les chiens de Bombay ; comme ceux d'ici aussi. Ils vivent par bandes, vous l'avez remarqué ? Pas de votre côté, pas au centre, mais dans les faubourgs, regardez, observez les chiens, il y en a toujours quatre ou cinq, autour d'un plus gros, le maître, ils écument les rues ensemble. C'est ce qui m'est arrivé. Vous avez des chasse-chiens devant vos maisons. Ils m'auraient écarté du pied.

Il riait.

– Oubliez vos bons sentiments, Henri, je trouve que j'ai eu beaucoup de chance d'avoir été chien, à Bombay. Après... »

Il se grattait en grimaçant, il promenait un index boudiné dans l'une ou l'autre des rides qui reliaient ses narines aux commissures des lèvres.

« Je vous ai dit que j'ai cessé de grandir à quatorze ans. En fait, je n'avais peut-être que treize ans, car naturellement je ne pourrai jamais vous inviter à fêter mon anniversaire. »

Il était devenu le boy d'un employé du chemin de fer, le sous-chef d'une grande gare.

« Il s'appelait Smith, Alexander Smith, c'était un Anglo-Indien, de père anglais, de mère indienne. Son père l'avait reconnu, ce qui n'était pas fréquent, en lui laissant ce qu'il possédait, notamment une petite maison à Clacton-on-Sea, vous connaissez ? Un port charmant, assez couru en été, une sorte de Brighton pour les *civil servants* moins payés. Une assez jolie maison, dont la moitié m'appartient. »

Il se frottait les mains : Alexander Smith l'avait adopté, avant de se remarier, là-bas, en Angleterre, avec une veuve mère d'une fille.

« Une institutrice, très gentille, elle s'appelle Smith elle aussi, elle me nourrissait à Londres, souvent, souvent, elle habitait Clapham Common, j'étais abonné à la bibliothèque, je lisais pendant une partie de la nuit, en rentrant de mes cours du soir. Ça sert à quoi de lire tout ce fatras, Henri ? Si j'avais lu autant que d'autres, je n'en saurais pas plus. »

Puis, après avoir ri :

« Vous n'êtes pas surpris ? Vous ne me demandez pas pourquoi Alexander Smith, dont je porte officiellement le nom, grâce auquel j'ai un passeport anglais... »

Il hésitait.

« J'étais tout pour lui. »

Plus bas :

« Vous me comprenez ? »

Après un silence :

« Vous comprenez pourquoi j'ai cessé de grandir ? »

Oudinot avait conscience de la gravité de la confidence sans cependant réaliser ce qu'elle signifiait au juste. A plus de quarante ans il n'avait du plaisir sexuel que des notions solitaires, confuses, angoissantes parfois jusqu'à la douleur. Cela venait pendant le sommeil. Il se réveillait anéanti. Avait-il rêvé ? Des traces gluantes confirmaient qu'il s'était passé quelque chose. Il n'approfondissait pas. Pourquoi eût-il cherché à en savoir plus ? C'était extrêmement rare. Son physique le coupait des femmes. Il ne se marierait pas et n'aurait pas d'enfants. Que se passe-t-il dans un lit conjugal ? Comment fait-on les enfants ? Il éludait tout cela puisqu'il n'était pas tourmenté par le désir. *Tout, j'étais tout pour lui.* Bien, bien, Oudinot hochait la tête avec gravité et même commisération, mais... Tout. Bien. Et il avait cessé de grandir.

« Vous alliez à l'école ? » demanda Oudinot.

Mawillal ne comprenait pas le sens que son ami attachait à la question.

« A l'école, reprit Oudinot, vous étiez inscrit sous quel nom ?

– Sous son nom, naturellement, dit Mawillal, et cela n'arrangeait rien. Ai-je une tête de Smith, hein ? »

Il souffla :

« Nous n'étions que quelques Indiens. Les autres ne nous voyaient pas. Et moi, les miens m'ignoraient. »

Il se remit à rire. Il mangeait avec de l'allégresse. Ses épreuves d'adolescent avaient formé son caractère, il s'en félicitait. Son père adoptif l'aidait à combler ses retards scolaires.

– J'apprenais facilement, je retenais tout, tout germait là-dedans.

Il tapait sur son front :

« C'était de la bonne terre, presque vierge, hein ? Il suffisait de semer. Mais je n'y tenais plus. »

Il s'était embarqué, comme mousse, en laissant un mot à son père adoptif pour lui promettre de donner de ses nouvelles. Il ne l'avait pas revu. Il avait appris sa mort par le notaire de Clacton.

« Il était rentré, murmura-t-il.

– Pour vous retrouver ? » demanda Oudinot.

Mawillal baissa la tête sans répondre.

« Je lui avais écrit deux ou trois fois, murmura-t-il. C'était un drôle de type. »

Il souffla :

« Pas heureux, pas heureux. »

Puis, rayonnant :

« Savez-vous comment Shiva a mis le monde en marche ?

– En dansant, répondit Oudinot.

– Tiens, vous le savez. »

Une hésitation :

« Vous croyez en Dieu, Henri ?

– Je pense que vous parlez du mien ? demanda Oudinot, qui redoutait un piège.

– Le vôtre, naturellement, le Dieu des riches, car c'est le même pour tous les riches, Gandhi trouvait dans les Évangiles tout ce qu'il cherchait pour se rassurer.

« – Dites-moi que Dieu est un social traître », plaisanta Oudinot, avec de la sévérité.

Ils se rendirent à l'imprimerie, où Mawillal faisait imprimer le journal qu'il avait créé : *The Hindustani*. Il paraissait sur deux pages, en anglais et en français, pas très régulièrement, généralement deux fois par semaine. Un jeune créole, Augustin Louis Napoléon, le composait à la main. Il alignait les caractères avec une rapidité qui émerveillait Mawillal.

« Voilà l'arme la plus efficace que l'Angleterre nous a donnée », dit-il, en puisant une poignée de caractères dans un casier.

Il avait embrassé le typographe, qu'il appelait Napo.

« Bientôt tu sauras l'anglais mieux que je ne sais le français, lui dit-il. Nous sommes doués pour les langues parce que nous n'avons pas le cerveau encombré par des études inutiles. »

Oudinot rédigeait un compte rendu du procès.

« N'en faites pas trop, lui recommanda Mawillal, j'ai quelque chose d'intéressant à raconter moi aussi.

– Vous parlerez de Jaipal ? demanda Oudinot.

– Non, de Gandhi, *votre* Gandhi. Une épidémie avait décimé le cheptel bovin quand il est arrivé à Maurice, une peste animale qu'on appelle le *sura* ; il ne restait plus de bœufs pour charrier les cannes chez ces MM. Duclézio et autres, vos amis, Henri...

– Demandez-leur si je suis leur ami ! protesta Oudinot.

– Vous les défendez, grommela Mawillal.

– Vous parliez de cette épidémie...

– Tous les bœufs ayant crevé, les braves Indiens les ont remplacés.

– Les petites créoles aussi, dit Napo, gaiement. On tirait et on poussait aux roues.

– Pour rien ! reprit Mawillal, pas un *cent* de plus !

– Les cannes auraient pourri sur place, remarqua Oudinot. Elles perdent un tiers de leur sucre quand on les laisse un après-midi au soleil.

– A votre avis, Henri, Gandhi a-t-il entendu parler de cette épidémie ? A-t-il fait quelque chose ? Organisé une marche de protestation ? »

Il leva les mains :

« Un gentleman, pensez donc, un gentleman ! »

Au retour, il entraîna Oudinot dans une cabane-paillote qui servait de logis à une famille de dix, le père, la mère, huit enfants :

« Huit pour le moment », précisa le père, avec de la fierté.

Pas de meubles, pas même de table. La mère cuisinait dehors sur un feu entretenu entre quelques pierres. Une marmite de fonte et des boîtes de conserve vides qui servaient de casseroles.

« Croyez-vous que Gandhi ait vu ça ? gronda Mawillal.

— Pourquoi le détestez-vous ? Il fait plus que vous pour votre cause, grommela Oudinot.

— Vous posez les questions et vous donnez les réponses », ricana Mawillal.

D'une autre voix :

« Je vous parle avec mon cœur, Henri. Ces misérables qui végètent là, c'est par eux que je reconstitue mes premières années. j'ai survécu comme ces enfants squelettiques. »

Un formidable éclat de rire :

« Ça leur laisse une bonne chance de peser 250 livres, hein, à mon âge ! »

Redevenant grave :

« Vous êtes un homme honnête, Henri, vous allez réfléchir à ce que je vais dire, vous comprendrez peut-être mieux que moi, vous êtes très intelligent, et savant !

— Assez, fit Oudinot.

— Envoyez vos enfants à l'école, recommandait Gandhi, oui, à ces minables qui n'ont pas même un langouti pour couvrir le derrière de leurs gosses... (Ricanement.) ni le devant. Mais dès qu'ils peuvent marcher on les met à la canne, Henri, pour qu'ils rapportent quelques *cents* à la maison...

— Pas si petits, souffla Oudinot.

— A huit ans ! Ils y sont à huit ans ! A quelle école les envoyer ? Quel destin, n'est-ce pas ? Un espoir, oui, une espérance, vous avez raison, ils auront un jour droit à ça, le rhum ! Ah ! c'est admirable, Henri, quand vous, je parle des Blancs, quand vous avez aboli l'esclavage ici, à Maurice, savez-vous ce que l'on a fait dans toutes les habitations ? Du rhum, tous les planteurs ont distillé pour récupérer les salaires qu'ils se trouvaient contraints de payer aux esclaves.

— Ecoutez !

— Laissez-moi finir, Henri. C'est l'argent qui affranchit les pauvres, ce n'est pas Dieu comme vous, Tolstoï et Ghandi voulez en rester convaincus. Tenez. J'ai appris ça hier en lisant quelque chose sur le canal de suez. La construction avait été arrêtée parce que Ismaïl Pacha refusait de fournir les 20 000 travailleurs que son prédécesseur, l'ami de Lesseps...

– Saïd Pacha ?

– Je crois. Celui-là mettait les travailleurs à la disposition de son ami pour rien. Qui s'en souciait, à Paris ? Qui y pensait dans les villages français ? La corvée ! Eh bien savez-vous ce qui s'est passé ? Pour que le canal soit achevé, Napoléon III a décidé que l'on paierait les travailleurs. Vous imaginez les conséquences d'un tel décret ? De l'argent chez ces milliers de misérables, très peu, oui, très peu, mais peut-être de quoi envoyer à l'école les gosses dont cet imbécile est si fier. »

Mawillal adressa un sourire au père, qui le salua en inclinant la tête.

« Vous me comprenez, Henri ? Personne ne me comprend, et souvent je ne me comprends pas moi-même, pourtant je sais que j'ai raison. En faisant payer les travailleurs de Suez, Napoléon III s'est montré plus révolutionnaire que... que... »

Il cherchait.

« Comment accède-t-on à Dieu, Henri ? Par la propriété. Les pauvres ne possèdent que leurs enfants. Ils ont Dieu par leurs enfants, n'est-ce pas de la folie ? Regardez ça ! Regardez ce monde dans lequel on laisse éclore des larves humaines ! Etiez-vous déjà entré dans l'un de ces taudis ?

– Pourquoi regarder ? On sait, on imagine ce que l'on va découvrir. On le croit. Henri, nous vivons comme des aveugles. »

Ils rentrèrent en ville ; parfois Mawillal explosait :

« Le rouet ! Revenir au rouet ! Chacun de nous tirant sa chèvre derrière lui ? Vous n'avez pas faim ? Quand les steamers ont pris le pas sur les voiliers, qu'est-ce qu'on a fait, Henri ? On a conçu et construit les clippers. Quels bateaux, hein ? »

Oudinot approuvait. Il avait pris un clipper pour son premier voyage en Angleterre par le cap de Bonne-Espérance, avec une escale à Sainte-Hélène qu'il devait à son grand-père, pensait-il, le colonel Oudinot, décoré par l'Empereur à Wagram. Sainte-Hélène... C'était aussi une façon pour un Mauricien, de traduire son attachement viscéral à la France.

« On a dépensé beaucoup d'argent pour les clippers, poursuivait Mawillal, et pourquoi ? Pour retarder une échéance. La voile a tenu un peu plus longtemps, combien de temps ? Une cinquantaine d'années.

– Il reste de nombreux voiliers en service, Mawillal !

– Jusqu'à quand, hein ? N'aurait-il pas été plus rentable de consacrer tout ce qu'on a dépensé comme argent et comme intelligence pour les *prolonger* au perfectionnement technique des steamers. »

Mawillal retint son ami à l'ombre d'un badamier, pour s'éponger.

« On ne réfléchit pas, reprit-il. Qu'est-ce qui change ? Henri, qu'est-ce qui est complètement modifié par la vapeur ? »

Après avoir attendu la réponse d'Oudinot, il repartit :

« Le temps, Henri, le temps ! C'est-à-dire Dieu, le vôtre comme le mien. Quand vous avez pris votre clipper, le temps... il ne comptait pas, n'est-ce pas ? Ou très peu. En montant à bord, vous vous mettiez entre les mains de votre Dieu.

– Vous aviez donc le même quand vous serviez comme mousse ?

– Et maintenant ? Quand nous voyageons par steamer ? Nous nous confions à la machine, Henri, à la vapeur, voilà notre nouveau Dieu. »

Un rire gigantesque :

« Et nous sommes, nous devons être ses prophètes ! »

Il marcha plus vite, devançant Oudinot de deux ou trois pas, comme si, soudain, sa présence lui pesait. Bientôt, il ralentit :

« N'est-ce pas mystérieux, demanda-t-il, ces misérables dans leur cabanon, hein ? Le père, ce sourire jusqu'aux oreilles ! S'il nous avait reçus au paradis, je parle du vôtre, il n'aurait pas montré plus de satisfaction. Pour nous, le paradis, c'est l'âge d'or du roi Rama, tout était béatitude dans l'empire sur lequel il régnait.

– Qu'est-ce qui a changé ? demanda Oudinot.

– Une révolution, probablement ! Mais pourquoi s'en effrayer ? Qui nous donne la vapeur ? Dieu, qui nous donne le feu et l'eau. La révolution vient de Dieu. »

Il s'était arrêté et il retenait Oudinot par le bras :

« Et elle se fait contre qui, Henri ? Contre Dieu aussi. »

Il rapprocha son visage de celui d'Oudinot :

« N'est-ce pas que je suis fou ? »

Devant l'hôtel Oriental, il retira sa bague de l'annulaire, une superbe émeraude :

« Je l'ai volée, dit-il. Vous devinez à qui ? Oui, à Alexander Smith, mon père adoptif. Il l'avait volée aussi, à qui ? A l'Inde ? A un maharaja vaincu probablement, qui, lui, l'avait volée à ses sujets. Je voudrais vous la donner, Henri.

– Vous devenez vraiment fou, Mawillal ? »

Mawillal laissa retomber ses paupières sur ses yeux globuleux qu'il levait vers Oudinot avec une angoisse, une avidité de quémandeur.

« Vous êtes riche, murmura-t-il, c'est vrai. »

Il remit la bague à son doigt.

« A bientôt, dit-il, je vais lire un peu.

– Les Evangiles ? demanda Oudinot ironiquement.

– La *Baghavad Gita*, répondit Mawillal.

– C'est beau, admit Oudinot.

– Deux princesses discutaient de la valeur de la *Baghavad Gita*, c'est une vieille histoire, vous la connaissez ? Le livre était encore écrit sur des feuilles de palmier. Une princesse l'a placé sur un des plateaux de sa balance, sur l'autre elle a mis ses trésors, ses perles... (Il tournait son émeraude.) ses émeraudes, ses diamants, que sais-je, tous les trésors du royaume.

– Et la *Baghavad Gita* pesait plus lourd », dit Oudinot.

Il s'éloigna, très troublé. La vapeur-Dieu ! Les paradoxes de Mawillal l'aidaient à définir des vérités qui fermentaient en lui. *J'étais tout pour lui*. Que voulait-il dire ? Que pouvait-il être d'autre ou de plus qu'un fils pour ce *père* qui l'avait sorti de la rue ? *J'ai cessé de grandir*. Comment était-il à quatorze ans ? Et ses attaques contre Gandhi ! Ses ricanements. Les pantalons de flanelle. Le rouet. A Londres, affirmait encore Mawillal, Ghandi prenait des leçons de danse.

« Il passait une heure tous les matins devant sa glace pour se coiffer et pour nouer sa cravate. »

Vrai ? Qu'en savait-il ? Avait-il vécu dans l'intimité de Gandhi ? Jamais ! Jamais ! Gandhi ne mangeait pas de viande. Il s'était réveillé en sursaut, d'un cauchemar : pour devenir fort comme un Anglais, il avait mangé de la viande. En rêve. Et cette viande saignait, *dedans*, en lui, expliquait Mawillal en se tordant. Qui d'autre que Gandhi lui-même avait pu lui faire cette confidence ?

Et l'empereur Napoléon III, émancipait les travailleurs du canal en les convertissant en salariés. Une révolution ! hurlait Mawillal. Il n'avait pas tort. Il avait raison, se disait Oudinot. Il parlait en marchant dans la rue, on le regardait. Il ne prêtait pas attention à la curiosité qu'il soulevait, habitué qu'il était à la provoquer par son physique. Il se sentait heureux, content de sa journée, l'amitié biscornue de Mawillal le rassurait sur lui-même, il n'était pas seul et, parfois, il était utile.

En passant par la montagne, la comtesse gagnait du temps mais prenait le risque qu'un orage transformât les chemins en fondrière.

« Il ne pleuvra pas », estimait Dietr.

Jusqu'à Paradis Vert on suivait la route aménagée par Louis Girard à travers ses plantations, sa voie romaine, disait-il. Construite sur un fond de pierres noires, elle résistait aux érosions. En roulant à travers les champs de cannes, avec le nez sur les ravages du parasite, la comtesse les trouvait moins catastrophiques que du pont de Beau Sable, d'où l'on voyait comme autant de plaies purulentes les parcelles labourées.

Une agitation insolite régnait à Aripur, un petit village indien après Eucalyptus. Des enfants couraient à côté de la voiture. Poon dut s'arrêter, des jeunes filles dansaient la ronde sur le chemin.

« C'est la marche du feu », expliqua-t-il.

Une crainte qu'elle n'avait jamais ressentie s'empara de la comtesse. Je suis seule au milieu d'eux. Eux ! Elle pensait au procès *autrement*. Le docteur s'était-il trouvé à *leur* merci, lui ? Que pourrait-elle faire, si... Qui la défendrait ? Poon ? Oui, Poon la protégerait, mais que pourrait-il tout seul ? Jamais *ils* n'approchaient d'aussi près quand Adélaïde traversait le même village, ou un autre, avec Louis Girard. La canne de Lavocquer, la gourde. La force. Tout cela reprenait son sens. Poon parlementait.

« Les gens du village se sentent très honorés par la visite de madame la comtesse. Ils croient que madame la comtesse vient assister à la marche sur le feu. »

Un sourire :

« Peut-être pour faire un vœu, pour son fils. »

Elle écoutait mal, insensible à la gentillesse avec laquelle Poon la préparait à descendre de la voiture, bloquée près du moulin à sucre. Le zébu efflanqué et le vieil âne qui le faisaient tourner habituellement broutaient des herbes jaunes en bordure d'un jardin. Leurs licols pendaient aux balanciers. Personne ne travaille donc? ne put s'empêcher de penser la comtesse. Est-ce que Dietr le sait? Est-ce que cela se passait de la même façon du vivant de Louis Girard? On jetait quelques fleurs vers elle, tandis qu'un brahmane les dirigeait, Poon et elle, vers une sorte de tapis de braises autour duquel tout le village semblait rassemblé, les femmes en saris de fête, agressivement mauves, jade et orangés, les enfants presque nus, accroupis devant leur mère, et les hommes à l'arrière-plan, enturbannés, émaciés, presque tous d'une maigreur de fakir.

Le brahmane marquait des égards à Poon. A cause du bracelet qu'il porte à la cheville? se demandait la comtesse. Pour Louis Girard, qui l'avait ramassé dans la rue, cela ne faisait aucun doute, Poon était un fils de prince. La preuve, il comprenait la mécanique! Il était capable de réparer un moteur et de conduire une automobile! Pour achever de se rassurer, la comtesse le faisait fils de rajah, voire de maharaja. Elle le tenait au coude, en marchant à côté de lui.

« Madame la comtesse n'est pas trop fatiguée? »

Elle invoquait le petit Indien innocent pendu sous les yeux du père d'Oudinot, et auquel le père Laval avait ouvert les portes du paradis. Il ne permettra pas lui, puisqu'il est près de Jésus, que ces païens me fassent du mal, se disait la comtesse, pour se rassurer. Un raisonnement de l'enfance, elle en avait conscience. Elle protégeait son fils en plaçant les mains sur son ventre. On lui apporta une chaise et, bien qu'on l'eût installée à l'ombre d'un badamier centenaire, on ouvrit un vieux parapluie au-dessus de sa tête. Qu'est-ce qui changeait? Louis Girard ne se serait pas arrêté; d'ailleurs *ils* ne l'auraient pas arrêté, lui. Est-ce parce que je suis une femme qu'*ils* ont moins peur? L'Indien du tribunal, comment s'appelait-il? Elle ne retrouvait pas son nom... Jaipal! Jaipal! Tiens, je m'en souviens, pourquoi retenir le nom d'un Indien qui n'est pas à votre service? Jaipal, lui, osait assigner Sir Duclézio. Pourquoi n'aurait-il pas assigné Louis Girard? Réflexions désordonnées et contradictoires qui ramenaient la comtesse au docteur Campbell, dont le visage, parfois – était-ce imaginable? – se confondait avec celui d'Oudinot. Il faut que je parte, il faut que je parte! Elle se sentait perdue. Jamais elle ne s'était mêlée d'aussi près à des Indiens. Du peuple. Des intouchables? Peut-être. Elle demanderait à Poon. Que savait Poon?

Était-il tamoul ? Louis Girard l'avait fait baptiser, il communiait, et quand on disait la messe à la chapelle, il sonnait la cloche ; c'était celle du *Trident*, que l'aumônier du corsaire Kergoust lançait à la volée pendant les abordages, quand il ne faisait pas le coup de feu.

La comtesse se serrait dans son amazone. Elle craignait les attouchements. Les femmes. Leurs yeux qui convergeaient sur elle. Que pensent-elles ? La comtesse remonta sous la manche les bracelets que la Grande Mahaut lui avait remis et qu'elle avait glissés à son poignet pour lui être agréable. Grâce au Ciel, elle n'avait pas d'autres bijoux sur elle. Si on lui arrachait les bracelets ? Si on la tuait pour la voler ? Crainte absurde. Ces pauvres. Ces misérables. Elle fermait les yeux. Si certains étaient lépreux sous leurs loques ? A l'époque de sa communion, elle se promettait de soigner les lépreux. Se dévouer. A Dietr ; elle avait songé à consacrer sa vie à Dietr défiguré ; presque lépreux, comme lépreux, en quelque sorte. Mais des lépreux indiens, intouchables ? Au paradis, tous ceux-là ? Heureux les affamés, heureux ceux qui souffrent car ils entreront dans le Royaume. La comtesse pensait à la promesse du Christ aux pauvres. Le père Laval donnant la croix à baiser au jeune Indien innocent qui passait lui-même le nœud coulant autour de son cou, en pardonnant au bourreau et à ses juges : pardonnez-leur, car ils ne savent pas ce qu'ils font.

« Je voudrais boire un peu d'eau », murmura la comtesse.

On courut lui en chercher. Un homme s'avança vers le parterre de feu, c'étaient des braises noircies sur le dessus, mais rougeoyantes sitôt qu'on les attisait ou qu'on les remuait.

« Il va marcher sur le feu, madame la comtesse », souffla Poon.

Soutenu par le brahmane, l'homme tenait des feuillages à la main. Une longue aiguille traversait ses joues ; sa langue aussi ? La comtesse regardait malgré elle, fascinée. Dès que l'homme mit un pied sur le tapis de feu, un halètement hystérique monta de la foule, comme si tous respiraient et souffraient avec lui. Souffrait-il ? Non, il ne sent rien, le feu ne le brûle pas, affirmait Poon.

« S'il a dit la vérité à Parmeshwar », ajouta-t-il.

Dieu. L'homme franchit le tapis en quatre pas, après quoi il se tint pendant un moment dans un bassin rempli d'eau et de lait. La plante des pieds brûlée ? La comtesse se retenait pour ne pas aller voir de près. Déjà un autre Indien lui succédait, qui portait un bébé sur chacun de ses bras.

« Il avait promis de marcher sur le feu si Dieu lui donnait un fils, expliqua Poon. Il en a eu deux. »

Moi, pensa la comtesse, j'avais promis un fusil à Bubu. En souriait-elle ? Non, trop émue, trop intriguée par le rite, elle ne pouvait entrevoir les prolongements qu'il avait dans ses superstitions les plus puériles. D'ailleurs, quel rapport entre son Dieu, le vrai, et celui auquel ces (pauvres) païens confiaient leurs espérances ; en pure perte, évidemment. Elle avait moins peur ; en fait elle n'avait plus peur du tout. Elle emmagasinait des impressions et des réflexions. Oudinot lui avait expliqué le sens religieux de la marche sur le feu. Elle s'en souvenait mal, cela remontait assez loin, quand ils se voyaient souvent. Une histoire qu'il rapprochait de celle d'Abel et de Caïn, deux frères, le méchant avait tué le bon, dont on allait enterrer la femme vivante avec lui, selon l'usage. Son fils aussi ? Pour échapper aux bourreaux, il fallait traverser un parterre de feu. Parmeshwar avait alors jeté son voile sur le brasier, afin que les fugitifs passent sans dommage.

« Pourquoi n'avait-il pas protégé Abel ? avait demandé Adélaïde.

– Et pourquoi Dieu, le nôtre, a-t-il laissé crucifier son fils ? » avait répondu Henri Oudinot.

Elle avait des conversations passionnantes avec lui. Ah ! si...

Alors qu'elle regagnait la voiture, un Indien s'approcha d'elle, plus solide, plus étoffé que les autres, et, détail qu'on ne pouvait pas ne pas remarquer : il avait des yeux verts, qu'il tenait sans doute d'un marin irlandais ou breton.

« Vous avez regardé, madame ? »

C'était la première fois qu'un Indien adressait la parole à la comtesse sans qu'elle l'eût questionné.

« Je ne marche pas sur le feu, moi, dit-il, je pourrais le faire, mais je suis chrétien. Dieu ne veut pas que je le fasse.

– Laisse madame la comtesse », dit Poon, en l'écartant.

On jetait encore des fleurs vers la comtesse, des bénédictions montaient vers elle, on appelait les grâces des Sept Ciels sur son enfant. Poon la préservait de son mieux des attouchements. Une charrette décorée avec des fleurs et traînée par des mules couvertes de clochettes entrait dans le village, pour un mariage. La comtesse se trouva portée vers une chaumière aux murs de boue et de bouse, couverte d'un toit en paille de sucre. Elle n'était jamais entrée dans une paillote ; elle n'avait jamais songé à visiter les cabanons du kraal, où vivaient les serviteurs de la Nouvelle Hollande.

Accroupie sur un *pira*, un tabouret dont les pieds ne mesuraient pas plus de cinq centimètres de haut, la mariée leva la tête vers elle. Une enfant, avec d'immenses yeux noirs, joliment vêtue d'un sari vert pâle. Elle s'appelle Dayananda, dit Poon en expliquant à la comtesse qu'elle faisait un beau mariage ; elle devenait l'épouse d'un veuf, commerçant établi, et bien, à en juger par les victuailles que l'on sortait de la charrette pour les porter sous une tente dressée sur la place. L'époux n'était pas arrivé ; il ne viendrait qu'à la nuit.

« Elle le connaît ? demanda la comtesse.

– Elle ne l'a jamais vu », répondit Poon.

On les installerait de part et d'autre d'un rideau écarlate, le brahmane lirait les textes sacrés, après quoi, réunis, main dans la main, ils jetteraient des graines de manzanèque dans le foyer.

Si j'étais née à Aripur ? Cela traversa l'esprit de la comtesse, comme une lueur d'orage éclaire les horizons gris et mauves de l'océan Indien. S'identifiait-elle à Dayananda pendant un instant parce qu'elle la trouvait belle ? Une biche au couteau, elle y pensa ; la mariée paraissait aussi effrayée. En même temps qu'elle souriait à Dayananda, la comtesse regardait le décor dans lequel elle avait grandi, si incroyablement primitif, le foyer entre trois pierres noircies, avec une flamme jaunâtre qui léchait le karaï, une grosse marmite de fonte sans pieds. Une caisse renversée servait de table ; un seau rempli d'eau moirée. Où eût-on monté un lit ?

Si j'étais née là... Cela revint. Comme si elle devait se racheter d'être née *heureuse*, la comtesse ressentit le besoin impérieux de donner quelque chose à Dayananda. Elle dégagea l'un des bracelets du talisman Kergoust, au hasard. Si elle avait eu un diamant elle l'eût retiré de son doigt, plutôt que ce bracelet dont elle appréciait la valeur symbolique pour les Kergoust, mais puisqu'elle n'avait emporté que les bracelets. Un grigri, se disait-elle.

Dayananda avait trois bracelets d'or, très fins, l'un au-dessus du coude, l'autre au-dessous, le troisième au poignet. Des cadeaux du fiancé, dit-on à Poon. Pouvait-elle vraiment accepter...

« Mais oui », dit la comtesse.

Elle passa elle-même le bracelet au poignet de Dayananda, par-dessus l'autre, qu'on ne voyait presque plus.
Dayananda suffoquait de reconnaissance et d'émerveille-
ment. Ce gros bijou! Pour elle! Elle baisa la main de la
comtesse, bouleversée. Dans la pénombre, un vieil
homme accroupi contre le mur picorait du riz dans un
bol, en l'introduisant grain après grain dans sa bouche
édentée.

« Partons », dit la comtesse à Poon.

On fit lever une femme qui épouillait un enfant sur le
seuil de la porte. Des fillettes couraient derrière la
comtesse pour lui apporter une tranche de gâteau béni.
Il faisait encore chaud, la comtesse avait hâte de se
retrouver dans la forêt, sous les ombrages.

« Nous nous arrêterons à Bombay », décida-t-elle.

Elle expliqua à Poon qu'elle demanderait une tasse de
thé au gardien de la propriété d'Henri Oudinot, elle
oubliait son nom, ah! tous ces noms indiens...

« Il s'appelle Oji, dit Poon.

— Tu le connais? demanda la comtesse.

— Un peu, dit Poon.

— Il n'est pas tamoul, remarqua la comtesse.

— C'est un Malabar », fit Poon.

C'est-à-dire un Indien musulman.

« Tu le vois souvent? demanda la comtesse.

— Comme ça, fit Poon.

— Où?

— Ça dépend », dit Poon, évasif.

Il lui vendait du poisson qu'il pêchait en principe pour
la Nouvelle Hollande, il ne tenait pas à le préciser. La
comtesse, elle, se demandait si Oji lui avait parlé de ses
visites à Bombay, du temps de Gaétan. Oh! pas nombreuses, trois en tout et pour tout, une par an à peu près,
mais la dernière... Le comte Gaétan avait été tué après
cette rencontre. Elle venait de le quitter pour rentrer à
la Savone avant l'aube; il était parti de son côté vers la
Nouvelle Hollande. Quelques minutes après, il était mort.
Abattu par un braconnier? Est-ce que Poon le croyait?
C'était la version officiellement admise. Qu'avait raconté
Oji à Poon? Oji ne pouvait pas admettre la version
officielle. Il savait que le comte Gaétan n'avait pas emporté
le fusil, retrouvé près de lui et avec lequel, selon le rapport
du coroner, il avait tué le braconnier bien qu'il fût déjà
blessé à mort, et agonisant.

« Oji sera muet, il ne dira rien. »

Henri Oudinot était sûr de lui. Sans Henri Oudinot, le

merveilleux Henri, quel tour aurait pris l'enquête du coroner ? Au tribunal, en le découvrant près de l'Indien qui osait défier Sir Duclézio (et *nous tous* à travers lui), Adélaïde, tout de suite furieuse contre lui (dépitée, ne comprenant pas), s'était souvenue, heureusement, de ce qu'il avait fait à l'époque pour obtenir que la tragédie soit classée, juridiquement. Pour elle, rien de plus douloureux que d'évoquer ce passé sur lequel, depuis plus de six ans, elle jetait pelletée de terre après pelletée de terre sans parvenir à l'enterrer. Louis Girard avait tué Gaétan de Kergoust, cela ne faisait aucun doute pour elle et pourtant, en se cramponnant à la version officielle... Pourquoi pas ? Pourquoi pas le braconnier ?

Elle n'en pouvait plus. Dans la forêt, dont elle attendait les ombrages, une chaleur moite l'empêchait de respirer. Elle avait dégrafé sa jupe. Folie, folie, ce retour par la Savone. Si... si ça venait ? Si elle accouchait au bord du chemin ? Avec Poon ! *Il* remuait, et comment ; elle, non, rien de spécial, rien qui fût différent de ce qu'elle ressentait la veille et l'avant-veille. Le temps, le temps, est-ce encore loin Bombay ? Si elle arrivait à Bombay elle serait quasiment *sauvée*, on pourrait alerter le médecin, le docteur Campbell, il arriverait sur sa motocyclette.

Le chemin était mauvais, Poon oscillait entre les fondrières. Une guenon assez imposante l'obligea à freiner brutalement, en traversant à quelques mètres du capot fumant. Elle progressait sur trois pattes, les deux jambes, un bras ; avec l'autre bras elle serrait un petit singe contre sa poitrine. Comme l'Indien qui avait marché sur le feu avec ses deux fils ; un dans chaque bras, lui. L'instinct animal et... la tendresse humaine ? La guenon, l'Indien sur les braises. La comtesse cherchait à comprendre ce qui la troublait depuis qu'elle avait croisé le regard de la guenon. Des yeux tout ronds, assez petits, très noirs ; avec du vert ? Non. Du gris. L'Indien. Dayananda. Ont-ils une âme ? Comme l'innocent pendu auquel le père Laval avait donné un crucifix à baiser. Du thé, un peu de thé, une petite tasse. Des réflexions, des impressions très insolites se bousculaient dans sa tête et dans son cœur, en changeant de sens, comme les nuages qu'elle regardait en flottant sur la mer changeaient de formes. On ne voyait plus le ciel. Pour ardent qu'il fût encore, le soleil ne traversait pas les branchages entrecroisés. On entendait des appels d'oiseaux. Les pneus patinaient sur les herbes. Par moments le moteur s'étouffait ; le bruit extravagant de ce moteur...

Enfin Poon amorça la descente vers la Mare aux Songes. « Ne rate pas l'entrée », cria la comtesse.

On découvrait Bombay quand on avait le nez dessus. Un cube de verre et d'acajou, mahogany disait Henri Oudinot. On voyait au travers ; à l'inverse, de l'intérieur, et de la varangue qui le ceinturait on admirait l'Ile dans tous les azimuts. Sans doute alerté par le bruit de la voiture, Oji, le garde, se tenait à l'entrée du passage qui menait au pavillon enfoui dans les lauriers blancs et roses et dans un massif de lis des bois en fleur toute l'année. Il salua la comtesse, les mains jointes sous le menton. Elle l'observait, pour surprendre éventuellement un échange de complicité avec Poon. Ils s'ignoraient, ils servaient.

Louis Girard rêvait d'avoir Bombay, une enclave dans sa Grande Plaine dont on voyait les dernières plantations au-delà de Grand Sable. On pouvait repérer le toit de la Savone dans les filaos, comme de l'autre côté, vers l'ouest, on arrivait à découvrir le toit et les cheminées de la Nouvelle Hollande, dans les cocotiers. Joindre les deux terres en un même royaume, ç'avait été le dernier vœu, l'ultime souhait de Louis Girard, pas formulé, il ne pouvait plus parler ; il l'avait transmis à Adélaïde en pressant sa main : je te pardonnerai si...

Elle mesurait le mal qu'elle lui avait fait.

La première fois qu'elle était venue à Bombay avec son père, Henri Oudinot leur avait présenté les deux Kergoust, Gaétan, don Juan, le séducteur dans la superbe de ses trente-cinq ans, l'aisance, l'assurance, prétentieux comme il n'est pas possible grondait Louis Girard ; et Hubert, Bubu, ce surnom qui lui allait tellement bien, Adélaïde ne lui avait pas accordé la moindre attention, un gamin, pataud, sans intérêt, dix-huit ans, il partait pour l'Angleterre. Mais il avait plu à Louis Girard ! Oudinot les avait placés à la même chute :

« Le meilleur tireur de l'Ile ! Tu devrais le voir épauler ! Il ne rate rien, s'il décide de toucher un cerf au galop dans une harde à l'œil gauche, il le tire là où il l'a annoncé. »

Du jamais vu, pour Louis Girard. Et un coup de fourchette, ah ! il ne fallait pas lui en promettre à ce garçon, ça faisait plaisir à voir, quelqu'un qui sait se tenir à table, etc. Le soir, en ramenant sa fille à la Savone, Louis Girard n'avait parlé que du jeune Kergoust.

« Il ne te plaît pas, Adélaïde ? »

Elle devinait ce qu'il avait en tête. D'ailleurs, il ne s'en était pas caché.

« Un enfant ? Un gamin ? Il va avoir vingt ans. Quand il reviendra d'Angleterre il les aura, largement, il pourrait revenir sans aller au bout de ses études, qu'est-ce qu'il peut apprendre là-bas qu'il ne saura pas mieux en travaillant avec nous, hein ?

– Vous n'y pensez pas sérieusement, père ? »

Il repartait à l'attaque : un chasseur, un mangeur, et rudement bien *baraqué*, c'était une de ses expressions qui lui restait de l'armée, ou de la marine ; avait-il servi dans l'une ou dans l'autre ? Pour le passé, il s'en tenait à la saga de l'oncle Marceau.

« Je suis beaucoup trop vieille, père ! »

Précisément. Louis Girard adorait Adélaïde, mais qu'elle puisse coiffer Sainte-Catherine, elle, la plus jolie fille de l'Ile, et probablement la plus riche, est-ce que cela tenait debout ?

« Est-ce que tu me caches quelque chose ? demandait-il parfois à Adélaïde, en fronçant les narines comme s'il s'apprêtait à souffler du feu.

– Je suis heureuse à la Savone, père, avec vous. Je n'ai aucune envie de vous quitter. »

Allez répondre à ça quand c'est envoyé avec une œillade à transpercer les quatre mousquetaires. Elle ressemblait tellement à sa mère au demeurant que si Louis Girard avait dû la conduire à l'autel il aurait eu le sentiment de perdre sa femme une seconde fois. Tout cela plaidait pour le jeune Kergoust. Il partait ; dix-huit ans ; le danger n'était pas immédiat, Louis Girard pouvait, sans risquer gros, le pousser dans les bras d'Adélaïde.

Elle était éblouie par Gaétan. Oudinot l'avait prévenue : c'est Valmont, le séducteur des *Liaisons dangereuses*. Elle avait lu le roman de Choderlos de Laclos. Elle avait tout lu, plus de livres qu'Oudinot et pourtant, celui-là... Elle connaissait autant de vers qu'Oudinot. Est-ce que Gaétan en connaissait moins qu'Henri ? Quelle importance, il les disait tellement mieux.

« Qu'est-ce qu'il pouvait te raconter », bougonnait Louis Girard.

A son déplaisir, Oudinot avait placé Adélaïde près de Gaétan de Kergoust, pendant le déjeuner. Le sixième comte de Kergoust avait déplu à Louis Girard au premier regard, de la quintessence de dodo, inutilisable dans une plantation et sur le terrain, et ça se croit sorti de la cuisse de Jupiter !

Il était difficile d'imaginer un père plus différent de son fils que Gaétan l'était de Bubu. Plus grand, pas tellement, mais comme il était mince et qu'il se tenait très droit, on le voyait avec une tête de plus. Un visage sans un gramme de graisse, des traits précis ; Bubu avait un nez charnu qu'il voyait bourbonien, Gaétan l'avait assez grand mais sec. Une petite moustache. Ridicule, pensait Louis Girard qui se rasait tous les jours avec des soins extravagants parce qu'il se souvenait de son époque-pionnier quand sa barbe poussait en tout sens ; il ne consacrait pas un *cent* à ce genre de choses, savon, rasoirs, et pourquoi pas du parfum comme pour les bonnes femmes ?

Gaétan de Kergoust était très lié avec Oudinot, ce qui paraissait assez bizarre, ils étaient si différents. Il s'installait à Bombay quand il le voulait, pour travailler. Comme s'il n'avait pas de place à la Nouvelle Hollande ! s'esclaffait Louis Girard. Ce *chiqué*, une de ses expressions aussi, pour écrire quoi ? L'histoire de Tippoo Sahib, qui ne pouvait intéresser personne :

« Mais père, Tippoo Sahib, si on avait...

– Je sais, j'ai entendu ce qu'il racontait, pas tout, parce qu'il m'ennuyait plutôt, ton Kergoust, sans parler de sa façon de raconter la Lorelei. »

On avait parlé de nymphes ; on était parti des nénuphars, superbes, qui fleurissaient sur la Mare aux Songes.

« Dans l'Antiquité, avait rappelé Gaétan, une jeune femme célèbre pour sa beauté était appelée une nymphe, tout simplement. »

Il regardait Adélaïde avec une insistance qui eût été embarrassante au cours d'un repas un peu cérémonieux ; c'était un déjeuner de chasse ; on bâfrait ; on buvait ; on avait beaucoup tué. Plus de six cents cerfs se perpétuaient en se multipliant sur les quelque 1 500 arpents de savane, de bois, de prés qui dépendaient de Bombay. 800 hectares, cela faisait soupirer Louis Girard, il convertissait en sucre ce qu'il en aurait sorti. Des cerfs, qu'est-ce que cela rapporte ? Sans parler de l'eau des étangs. Je l'aurai, je l'aurai, pensait-il pendant le déjeuner. Il voulait aussi la Nouvelle Hollande. Pourquoi la laisser à *celui-là* ? Il observait le comte Gaétan à la dérobée, une façon de parler, par moments il le dévisageait sans dissimuler ce qu'il pensait de lui. Il savait tout, ce farceur ! L'Antiquité. La cuisine. Une nymphe dédaignée par Hercule s'était noyée dans une fontaine, les dieux, compatissants, l'avaient changée en nymphéas, en nénuphar.

« Les Égyptiens mangeaient les racines de nénuphars », avait ajouté Gaétan de Kergoust, cette fois en regardant Louis Girard.

Et d'ajouter :

« Bien cuites, ou parfois en salade, avec de l'huile, beaucoup d'huile. »

Est-ce qu'il se fout de moi ? se demandait Louis Girard. Il le haïssait, bien qu'il le connût à peine, parce qu'il cherchait à plaire à Adélaïde, et elle, l'idiote, qui l'écoutait en se pâmant quand il affirmait que par certaines nuits de haute lune (cette façon de parler, hein ? haute lune ! comme si... ah ! s'il pouvait aller se faire sucre, celui-là !) des nymphes peignaient leurs cheveux d'or dans la cascade des Singes.

« Est-ce que par hasard vous ne confondriez pas ces sirènes pour nos singes avec la Lorelei du Rhin ? » avait alors lourdement ironisé Louis Girard.

Sans réaliser que le comte Gaétan donnait rendez-vous à la cascade à la nymphe Adélaïde.

Elle trouva un prétexte pour faire seller sa jument après le déjeuner, en pleine chaleur, pas le lendemain, elle savait qu'il serait là tous les jours jusqu'à ce qu'elle vienne, il s'était arrangé pour qu'elle le comprenne. Est-ce que Henri Oudinot le comprenait aussi ? Elle le craignait. Elle résistait. Non. Je n'irai pas. Un homme marié, qui aurait pu être son père. Qui avait deux fils. Dont l'aîné eût convenu à Louis Girard comme gendre. Jamais ! non, jamais ! Et puis...

Personne à la cascade, ouf ! il ne venait pas tous les jours, il mentait, tant mieux, ou bien il s'était lassé. De quand datait le rendez-vous ? De trois semaines au moins. Il faisait tellement chaud qu'elle était entrée dans la cascade, comme elle le faisait quand, enfant, elle suivait Louis Girard sur son poney. Elle s'habillait de la même façon, en chinoise, une tunique en kadhi, du coton blanc, par-dessus un pantalon noir retenu à la taille par un élastique, sa tenue de sauvage, qui faisait jaser. Pouvait-on la soupçonner de partir pour un rendez-vous d'amour ainsi fagotée ? Pour galoper le long des chemins de la forêt, rien de plus pratique, n'est-ce pas ? En dessous ? Pas grand-chose, presque rien. Elle se collait aux rochers pour boire à grandes goulées l'eau sulfureuse de la cascade. Le soufre ! Le péché ! Gaétan l'avait portée sur l'herbe pour lui donner le premier baiser qu'elle recevait sur la bouche. D'un homme du moins. Au couvent, Lydia de Fontseigne, une nuit... Que voulait cette idiote ? Simplement jouer à maman et à papa, soufflait-elle dans le cou d'Adélaïde. A la cascade, Adélaïde comprenait enfin pourquoi Lydia l'avait rejointe au lit, alors que les autres dormaient. Gaétan l'avait portée sur les herbes, il retira sa tunique, pour la sécher ; le pantalon noir aussi. Elle laissait faire. Elle qui dormait si paisiblement avant de le connaître ne trouvait plus le sommeil depuis le déjeuner à Bombay. Tout ce qu'elle lisait dans ses romans changeait de sens. Elle lui laissait sa bouche. Ses mains ! Ses mains ! Elle sentait encore les paumes, si douces, sur le bout de ses seins. Il pouvait faire d'elle ce qu'il voulait, elle attendait, elle espérait.

NON !

Vous ne m'aimez pas autant que je vous aime.

Pendant près de trois années, il l'avait refusée, parce qu'il l'aimait plus qu'elle ne l'aimait, disait-il, répétait-il. Combien de fois avaient-ils pu se retrouver ? Si rarement, si rarement à la Cascade ; trois fois à Bombay, deux fois dans la journée, après le déjeuner et la troisième, la dernière fois...

Rien n'avait changé. Oji, le garde d'Oudinot, servit le thé sur la grande table de camphrier poli. Une odeur de renfermé. Oji alluma un bâtonnet de santal. Parmi les trophées fixés au-dessus des immenses panneaux de vitre sur les lattes d'acajou, le cerf de 35 pouces que Louis Girard avait tiré de la chute qu'il partageait avec Bubu. Oudinot l'avait fait naturaliser et monter pour l'honorer. Quand Gaétan allongeait Adélaïde sur le bat-flanc recouvert de peau de daim, elle voyait le cerf en ouvrant les yeux ; elle les gardait fermés. Les mains, les mains de Gaétan sur son corps. Je suis folle, pensait-elle, en se reprochant d'être revenue ; mais il le fallait, il le fallait si elle voulait pour toujours exorciser le passé.

Le temps était clair ; on apercevait dans un bouillonnement de clarté l'écume, les récifs sur lesquels le *Saint-Gérans* s'était brisé, avec Virginie à bord. Après avoir lu le roman de Bernardin de Saint-Pierre, une gamine encore, Adélaïde avait exigé qu'on la conduise au Jardin des Pamplemousses (où elle se sentait comme chez elle ; n'avait-il pas été aménagé par l'intendant Poivre ?) pour s'attendrir sur sa tombe. Cela faisait rire Gaétan, une fillette cherchant sous les ombrages la tombe de personnages de roman !

« Nous, nous existons ! »

Il la reprenait dans ses bras :

« Le monde, c'est toi et moi. »

Des échos flottaient dans l'air poussiéreux, mais sonnaient faux, pas vraiment faux, une résonance théâtrale, ai-je vécu tout cela ? L'ai-je rêvé ? se demandait Adélaïde.

Un rêve qui avait fini en un cauchemar qu'elle osait affronter parce que son passé était mort, vraiment mort depuis que... Le visage du docteur Campbell remplaçait celui de Gaétan, qui s'estompait. Elle revoyait le docteur remettant la prothèse dans la bouche de Miss Barrett. Elle le connaissait mieux par ce geste qu'elle n'avait pas réussi à comprendre Gaétan en trois ans, lui semblait-il.

Gaétan. Elle se sentait attirée par sa mélancolie sarcastique. Il souffrait d'une blessure secrète, se persuadait-elle. Elle pouvait le guérir en le rendant heureux. « Du roman », murmura-t-elle.

Elle *sippait* son thé brûlant ; un verbe à elle, de l'anglais *to sip*, boire à toutes petites gorgées.

« J'ai bien fait de venir », murmura-t-elle encore.

Elle ne pensait pas du tout à Bubu, il ne comptait pas, elle l'avait pris pour avoir la Nouvelle Hollande, comme promis à Louis Girard. L'enfant ? *Mon fils*, pensait-elle. Du fait de l'initiative si hardie qu'elle avait prise de consulter un gynécologue, elle avait le sentiment de l'avoir fait entièrement, seule. L'apport de Bubu ? Négligeable. L'idée qu'il revienne partager sa couche lui paraissait insupportable depuis que... Le docteur, oui, depuis le docteur. Pauvre Bubu, si gentil d'une certaine manière. Elle se reprochait de le maltraiter.

« Qu'y puis-je ? »

Que venait-il faire dans sa vie ? Elle se leva pour repartir. Son regard glissait sur les horizons, la Chine très loin, vers l'ouest, la Malaisie, l'Orient, les mystères ; et à l'est l'Afrique des innocents superstitieux. La mer n'avait pas les mêmes couleurs sur les deux côtés ; à l'ouest le monde fondait dans du bleuâtre, à l'est dans de l'émeraude. Elle se sentait importante, seule au centre et capitale, avec un destin ; pour lui ! Elle ramena les mains sur son ventre. Il bougeait.

Une harde paissait dans une clairière. Une biche léchait son faon dans les fougères. Le temps des naissances commençait dans la forêt. Les ruts, bientôt. Les cerfs avaient bramé, cette nuit-là. Sept ans, déjà. La lune inondait le pavillon. Bientôt tu seras à moi, gémissait Gaétan. Bientôt. Pas ce soir encore. Il allait divorcer puisque Gladys, sa femme, avait abandonné le domicile conjugal. Si Louis Girard s'opposait au mariage ? Elle avait vingt-six ans. Les années filaient si vite, avec ces semaines et ces mois vides, sans bonheur. Le bonheur d'attendre le bonheur. Elle était décidée, en repartant, elle imposerait sa décision à Louis Girard. Oji avait retrouvé le comte Gaétan au petit jour, la tête fracassée dans les roseaux. Il avait entendu deux coups de feu. Que pense-t-il ? se demandait la comtesse, sans oser le regarder. Elle n'avait pas emporté d'argent, elle lui aurait donné une fortune.

Quel néant, du jour au lendemain. Louis Girard foudroyé par une attaque, vingt-quatre heures après le meurtre de Gaétan, c'était trop, elle perdait les deux hommes de sa vie. Deux pères, le vrai, un père-mère, et l'autre, le père-amant... Dont le souvenir, maintenant, la contrariait. *Pater noster qui es in cœlis.* Seul Louis Girard pouvait le voir, du haut du ciel. Le père de famille. Un bon père. La litanie scolaire se mêlait à la prière. Hérodote est le père de l'histoire. Homère est le père de la poésie lyrique. Corneille est le père de la tragédie. Le diable est père du mensonge. J'ai menti ! Je mentais !

Avait-elle crié ? Dietr se tenait devant elle, ébaubi.

« Tout va bien ? demanda-t-il avec une angoisse qui ne paraissait pas feinte.

– Le soleil est le père du jour, murmura la comtesse, en souriant.

– Je voulais m'assurer que vous n'auriez pas de difficultés pour franchir la digue. »

Le chemin passait sur un barrage construit avec des pieux, des planches et des pierres pour régler la sortie de l'eau au dernier des trois étangs de la Mare aux Songes.

« Tout va bien, reprit Dietr, je vous conseille pourtant de passer à pied.

– Vous avez peur que j'accouche en route ? »

La comtesse s'étonnait d'utiliser sans la moindre gêne le verbe accoucher devant un homme. Comment vivait Dietr ? Elle se souvenait de l'effet qu'il avait produit sur elle lors de son arrivée à Maurice. Blond comme on l'est sur la Baltique. Si elle était tombée amoureuse de lui comme Louis Girard le souhaitait ? Elle n'avait pas encore de corps. Et maintenant ? Ce corps déformé, monstrueusement... Elle se caressa rapidement les hanches. Est-ce que le docteur pouvait l'imaginer comme elle était ? Normale ? Avec un effort pour rester impassible, elle demanda à Dietr s'il était monté à Bombay après le meurtre du comte de Kergoust.

« Pourquoi ? demanda-t-il. Que serais-je venu faire ? »

Que savait-il ? Elle continua à jouer avec le feu :

« La curiosité, Dietr. Le drame a attiré des gens, vous le savez bien.

– Une farce, bougonna Dietr. Le comte n'a pas été tué, il s'est suicidé, tout le monde le savait, on a camouflé ça en meurtre pour pouvoir l'enterrer. »

Il ne parlerait pas sur ce ton, si abruptement, avec cette indifférence hargneuse, s'il savait que j'étais à Bombay, se dit la comtesse. Donc Miss Barrett n'avait pas fait de confidences.

« Vous n'avez jamais songé à retourner en Europe, Dietr ? » demanda la comtesse.

Il ne cacha pas son étonnement : pourquoi une telle question, soudain ?

« On ne fait pas toujours ce que l'on veut », dit-il avec un petit rire.

Depuis l'audience, à son insu, un mécanisme mental s'était déclenché dans le cerveau de la comtesse, dont Dietr aussi accélérait les effets. Elle ne vivait pas seule, elle n'était pas seule au monde, entourée d'*autres* qui n'avaient d'importance que par rapport à elle ; ils existaient indépendamment d'elle, même les Indiens comme Oji.

« Je vous assure, Dietr, que vous n'avez pas besoin de nous accompagner.

– Jusqu'à la digue », trancha-t-il.

Elle en ressentit une contrariété, parce qu'elle comptait jeter le roman dans l'étang. Elle rougit en se souvenant de l'importance que ce roman avait eue pour elle.

« ... cet amour inachevé dispensé à leurs élus par des vierges savantes et plus poignant, cent fois, que les faciles et complets bonheurs des amours ordinaires. »

En marge de ce passage, Gaétan avait écrit *prétendus*, en reliant l'adjectif à *complets bonheurs*. Ils se voyaient depuis plus d'un an (mais combien de fois ?) quand il avait remis le livre à Adélaïde. *Les demi-vierges*. Elle avait rougi en comprenant que, dans le livre, elle trouverait ce qu'il essayait de lui faire comprendre. Les vierges savantes. Savantes. Moi, je ne sais rien, avait-elle murmuré contre sa bouche, lors de la rencontre suivante. Il avait alors guidé sa main, et plus tard... Mon dieu ! Elle brûlait. Elle avait fait tout ce qu'il désirait, bouleversée par le plaisir qu'elle donnait. Heureuse de le rendre heureux. Persuadée de vivre un amour prodigieux, exceptionnel. Elle avait tout raté.

Poon arrêta la voiture avant d'aborder la digue, comme Dietr le lui avait demandé. Dietr avait déjà sauté à terre. Il franchit la digue avec Adelaïde, en tenant son bras au coude. Elle respirait plus vite. Des gouttes de sueur perlaient sur ses tempes.

« Personne ne travaillait à Aripur, ne put-elle s'empêcher de lui dire. Personne n'était à la canne. Ils étaient
tous au feu.

– Vous avez vu la marche sur le feu ? s'étonna Dietr.
Je n'ai jamais pu y assister.

– Cela se pratique donc depuis longtemps ? Déjà du
temps de Louis Girard ?

– Depuis que leur dieu est leur dieu, remarqua Dietr.

– Vous étiez au courant, Dietr ? » demanda la comtesse.

Bien qu'elle eût changé de voix, Dietr crut qu'elle parlait
encore du rite du feu.

« Naturellement, dit-il.

– Je vous parle de Miss Barrett, Dietr. »

Elle s'apprêtait à remonter dans la voiture.

« Miss Barrett et Louis Girard, Dietr ?

– Que voulez-vous savoir ? »

Elle se retint à l'un des montants qui soutenaient le dais
de la voiture.

« Ça ne va pas ? s'affola Dietr.

– Je crois que je dois rentrer au plus vite. »

Elle s'installa sur la banquette, et n'ouvrit plus la bouche
que pour demander à Poon de rouler plus vite.

Il allait naître ; elle n'en doutait plus. Non qu'elle eût
mal ; pas encore ; elle savait qu'elle allait avoir mal ; pour
de bon. Pascal. Elle était déjà habituée au prénom. Pascal !
Pascal ! Elle le répétait. Sage, Pascal. Oui Pascal, bientôt.
Elle serrait les dents pour ne pas crier. D'ailleurs, c'était
supportable. Elle était contente de souffrir. Pour Louis
Girard d'abord. Père, ce sera votre fils. Bubu comptait si
peu. Elle *donnait* Pascal à Louis Girard. Je vous l'avais
promis, père. Pascal serait Girard, Girard, maître de la
Grande Plaine et autres lieux parmi lesquels la Nouvelle
Hollande. Je ne voulais pas vous offenser, père. Si elle
avait épousé Gaétan, divorcé, leur fils eût été Kergoust,
certes ; pas complètement, pas normalement, un demi-
frère de Bubu et de l'autre, l'Indien, bougonnait Louis
Girard. Bubu, le pauvre, si falot, ne donnait que le nom.
Pour le reste, pour tout : Girard, Girard. Pour son père,
elle refusait de se plaindre. En acceptant la souffrance,
elle se montrait Girard, digne de lui. Elle pensait à la
vallée royale qu'elle venait de remonter, du Vert Paradis
jusqu'à la Savone, des cannes, des cannes ! Son œuvre,
grandiose. La comtesse savait dans quel état il avait repris
nombre de parcelles aux petits planteurs indiens, dans
le haut de la vallée où il n'y avait que des pierres qu'ils
contournaient avec leurs charrues dérisoires parce qu'ils

n'avaient pas les moyens de retirer les plus grosses. Que faisaient-ils pousser ? Des plants misérables, des cannes qui se desséchaient avant d'avoir fleuri. Louis Girard avait dépierré avec ses tracteurs, il avait amené de l'eau, engraissé le sol.

« Je rends la terre amoureuse », disait-il.

Il devait au hasard l'un des secrets de sa réussite. Les grands du sucre fertilisaient leurs plantations avec du guano, importé du Chili. Trop cher pour Louis Girard, même quand il commença à respirer. Lors d'une partie de pêche un coup de vent l'avait poussé sur une petite île où seuls quelques pêcheurs indiens mettaient parfois les pieds. Des oiseaux migrateurs en avaient fait un dépôt de phosphates naturels, d'une importance limitée, certes, mais pendant plusieurs années Louis Girard en avait tiré son engrais, pour rien. Au début, il le cherchait la nuit.

Comment les morts survivent-ils ? Par la propriété. La fortune matérialise l'éternité. La comtesse le ressentait, plus qu'elle ne le comprenait. Elle se cramponnait aux montants du dais.

« Plus vite, Poon. »

Elle ne pouvait plus étouffer ses cris. Elle passa près de la cascade des Singes sans la voir. Elle allait renaître, avec son fils. Purifiée. Pure. Libre aussi. Libérée. Le docteur. Elle le voulait. Elle exigerait qu'il vienne. Un docteur, ma petite fille ? Oui, ma mère, un homme ! Un homme !

QUE fait-elle ? Que fait-elle ? Le comte se rongeait les ongles en attendant sa femme. Inquiet ? Sans doute, mais surtout impatient d'avoir la voiture pour aller chercher son Purday en ville. Il ne voulait pas s'y rendre à cheval ; il tenait aussi à se trouver là quand la comtesse rentrerait pour qu'elle sache combien il s'était fait de souci. Vous n'aviez pas le droit, *dearest*, de vous absenter si longtemps alors que... Mettre l'héritier Kergoust en danger ? Le comte s'échauffait sans se convaincre, sa fibre paternelle n'était pas très tendue. Son fils ? Il ne doutait pas de sa femme, encore que, lorsqu'elle était revenue... Il désirait une explication, qu'elle refusait. Au lit ! Au lit tout de suite ! Parfaitement, la saillie, la saillie de l'étalon Kergoust. Il haussait les épaules en bougonnant. Son chien lui manquait.

Il réclama *Le Cernéen* que Jéroboam lui apporta sur la véranda, devant la pelouse et devant la mer. Il n'était pas sensible aux paysages. La mer, à qui est la mer ?

En cherchant dans le journal ce que l'on disait du procès, il eut l'œil accroché par la course défi que deux de ses amis avaient disputée à bicyclette entre Vacaos et Curepipe. Brousse avait couvert la distance en quatorze minutes, Poupard n'avait mis que treize minutes et demie. Le comte perdait cinq livres.

Le procès était annoncé en peu de lignes. Le comte ne remarqua pas l'éditorial qui lui était consacré. Les éditoriaux étaient toujours trop longs. Aurais-je dû assister au procès ? se demandait le comte. *Elle* n'y tenait pas, sinon elle l'eût fait réveiller, n'est-ce pas. Elle préférait y paraître seule. L'argent ! L'argent, c'est moi ! Il regarda sa montre : si Poon la ramenait avant cinq heures il arriverait chez Johnson et Fitzbarry avant la fermeture. Pourquoi ces crétins ne l'avaient-ils pas fait prévenir au Cercle, il aurait le Purday. *My wonderful shooting range*. Cela ne pouvait se dire qu'en anglais. Merveilleux fusil. Un Purday. Mon Purday.

Que fait-elle ? Où est-elle ? Si elle n'arrive qu'après cinq heures et demie, ce sera juste. Obligé d'attendre jusqu'à demain.

Le journal : une partie de la flotte française appareillait de Toulon pour une démonstration navale dans les eaux turques. *So what* ? Pourquoi lire les journaux ? Le comte flâna assez longuement sur les annonces de la première page : BŒUFS ! BŒUFS ! Un troupeau de bœufs de Madagascar mis aux enchères après débarquement à Port-Louis. Quand ? Ce matin. Trop tard. De toute façon, les bœufs ! On verra ce que donneront les moutons. COGNAC ! LIQUEURS ! Un arrivage limité, avis aux amateurs. On avait fait la même réserve pour le vin des Pères Blancs, d'Alger, il n'y en aurait pas pour tout le monde, et voilà, on cherchait encore des clients. Tant que l'argent reste dans ma poche, messieurs, vous ne l'avez pas. Gardez votre vin des Pères Blancs. Que les pères s'occupent de leurs ouailles.

Un bruit de moteur ? Non. C'est tout de même incroyable, bougonnait le comte, on ne sait même pas où elle est. Le procès est sûrement fini depuis longtemps.

Journal : un cas de peste, encore un, le cadavre n'avait pas été enlevé, on l'avait laissé devant le théâtre, bravo ! Qu'est-ce qu'on joue ? *Bob et son pion*. Le nom du pion : Longuasperge. C'est drôle, admit le comte. L'auteur ? Bataille. Je le connais, pensa le comte, j'ai vu quelque chose de lui, mais quoi. Mlle Dufresny était irrésistible dans un monologue : *La ceinture de chasteté*. Une cochonnerie, probablement. Le comte ne tenait plus en place. Il se rendit au chenil. Parmi les jeunes chiens, lequel pourrait remplacer Braco ?

Un bruit de barrique sur un escalier attira le comte vers les cuisines, auxquelles on accédait en descendant une dizaine de marches qui débouchaient dans un massif de tamariniers. Josué, le commodore de la grande bouffe comme le surnommait le comte, faisait descendre de marche en marche une tortue d'une cinquantaine de livres, retournée sur sa carapace. Un gamin disposa une échelle sous la carapace. Ligotée sur l'échelle, que Josué dressa contre le mur, la tortue agitait ses ailerons. Quand elle sortait la tête, placée vers le bas, le gamin cherchait à la prendre dans un nœud coulant ; il n'y parvint qu'après plusieurs essais.

« Bien, cria le comte, intéressé par l'opération. Tire dessus ! Plus fort ! »

La tortue résistait.

« Attends, ma vieille, dit Josué, on va s'occuper de toi. »

Il attacha au nœud coulant une fonte qui servait aux grosses pesées ; elle faisait cinquante-cinq livres, le poids d'un sac de farine. Avec cette masse fixée au nœud coulant, le cou de la tortue s'étira monstrueusement, sans se rompre pourtant. Josué aiguisa un couteau à découper.

« Tranche d'un coup ! » demanda le comte.

Du sang gicla sur la poitrine du gamin qui ne portait pour tout vêtement qu'un pantalon rapiécé, à mi-mollet. Il avait entre six et sept ans, un garçon superbe, assez foncé de peau mais pas noir ; il n'avait aucun des traits de la négritude, ni les lèvres ourlées, ni le nez épaté, des yeux certes noirs mais sans tellement de blanc autour de la prunelle ; ses cheveux n'étaient pas crépus, il les portait assez longs avec des mèches sur la nuque et sur les oreilles.

« C'est Poon qui a pêché la tortue, dit Josué au comte. Absalon était avec lui. »

C'était le nom du gamin. En s'établissant à Maurice, le corsaire Kergoust avait ramené dans ses cales près d'une centaine de Noirs du Mozambique qu'il comptait vendre à Java. Il les utilisa pour les cultures abandonnées par les Hollandais. Il leur avait donné à tous des prénoms bibliques, Adam, Noé, Jéroboam, Abraham, Josué, Job, Moïse, Samuel, pas de Caïn, ni de Judas, pas de Jésus non plus, ni de Marie, des Esther, des Judith, des Davidienne, des Sansonnette. Tous ces noms continuaient à se transmettre à la Nouvelle Hollande, par-dessus les patronymes de l'état civil ; c'était comme des titres de noblesse. On n'était pas mieux payé à la Nouvelle Hollande qu'ailleurs, plutôt moins bien, et il arrivait qu'on ne le soit pas du tout, mais on se sentait différent, d'une essence plus relevée. Les femmes de chambre qu'Adélaïde Girard avait emmenées après son mariage n'avaient pas pu rester, victimes d'un phénomène de rejet contre lequel la nouvelle comtesse se sentait impuissante. Louis Girard, lui, ne se serait pas résigné à la tyrannie des nègres ; ils sont d'une race inférieure, disait-il, tout juste bons pour soigner les chevaux. A son estimation, un Indien valait trois nègres (Depuis qu'elle vivait à la Nouvelle Hollande, le jugement de la comtesse s'était nuancé.)

Le comte avait lancé une pièce de monnaie à Absalon, qui le remercia d'un sourire touchant ; il lui manquait deux dents sur le devant.

« Tu laisseras la tortue saigner pendant cinq heures, dit le comte à Josué. Tu sais détacher le plastron ? Tu engages le couteau entre les jointures. Attention aux ailerons. Il faut récupérer soigneusement la graisse sur la carapace. Elle arrive à point nommé, cette tortue. Tu feras un potage pour dimanche, avec les chairs maigres.

– C'est Absalon qui a vu la tortue », remarqua Josué, après avoir regardé la pièce que le gamin tenait dans la main.

Dix *cents*. Pour une tortue ? Ça valait mieux.

« Il faudra au moins quatre poulets pour le potage, dit Josué et du jarret.

– Tu feras cuire les os et les nageoires à part, dit le comte, et avant de servir tu ajouteras une tasse de sherry, avec une pincée de marjolaine, une pincée de basilic, et du thym, bien pilé, hein, commodore ?

– Je mettrai de tout comme d'habitude, monsieur le comte. »

Josué prit les dix *cents* pour les regarder de plus près.

« Je t'apporterai une bouteille de sherry, dit le comte, agacé par la mimique du cuisinier. Vous boirez le reste.

– Absalon, il est trop petit, monsieur le comte. »

Le comte remit la main au gousset et, cette fois, lança une roupie au gamin.

« Oh ! merci, *Missiémâquis*, dit-il, tremblant de plaisir.

– Appelle-moi monsieur le comte. »

Absalon était son fils (si l'on peut dire). Il l'avait fait en revenant d'Angleterre à Saülette, la fille, la dernière, de Jézabel et de Jéroboam. Elle avait quinze ans, déjà une vraie bonne femme, jolie, ronde et gaie. Le comte la retrouvait parfois à Port-Louis, chez Madame Rose, au Trianon Parisien, où elle se faisait appeler Paulina.

Il entra dans la cuisine pour voir où en était le poupeton Kergoust, un pâté que l'on servait pour le déjeuner pascal et que la tradition familiale faisait remonter au corsaire. Sa préparation demandait plusieurs jours, avec un lièvre, plusieurs lapins, des pigeons, du lard, quantités d'épices, des clous de girofle, de l'anis, sans parler des ris de veau et des crêtes de poule, tout cela mitonné par cuissons successives, repris, amélioré, arrosé de fine champagne.

« Voilà votre lièvre, monsieur le comte, dit Josué en soulevant le couvercle d'une terrine.

– Je l'ai eu grâce à Braco », dit le comte.

Il raconta la dernière chasse de son vieux chien pour lui rendre hommage. Le lièvre, le capucin disait le comte, avait rompu sa trace que deux autres chiens, jeunes et fringants, recherchaient vainement dans un cercle d'une quinzaine de pieds de rayon.

« Ils avaient l'air bête, mon bon Josué, ils me prenaient à témoin : on ne le retrouve pas, monsieur le comte, vous pouvez nous botter les fesses, on n'y peut rien, il a dû s'envoler. »

Avec ses mains, le comte faisait battre les oreilles des chiens. Braco s'était traîné vers la rivière.

« ... la tête entre les pattes, hein ? Comme s'il marquait l'arrêt. Qu'est-ce qu'il pouvait voir du côté de l'eau ? »

Le lièvre s'était aventuré sur le tronc d'un badamier penché sur la rivière et il se cachait dans les feuilles. Braco l'avait repéré.

« Moi, disait le comte, je me moquais de lui : mon pauvre Braco, voilà que tu cherches un lièvre sur un arbre, tu es vraiment vieux. »

D'une autre voix :

« Tu sais que je l'ai abattu. Je n'aurai plus de chien comme lui. »

Revenant au poupeton :

« Combien pesait-il ? demanda-t-il à Josué.

— Huit livres et demie, monsieur le comte.

— J'aurais cru neuf livres », murmura le comte.

Il ne descendait jamais aux cuisines sans penser à sa mère. Elle s'y rendait pour surveiller les progrès du pudding de Noël. Il la suivait déjà quand il marchait en titubant, il se tenait à sa robe. Les domestiques adoraient sa mère. Pouvait-il parler d'elle à Josué ? A personne. En fait, si elle réapparaissait... Je lui fermerai la porte au nez, se disait le comte. Qu'elle ait pu aimer ce, ce... Walter Elliott, fils du commandant Elliott. Le comte évitait de prononcer son nom pour ne pas le *voir*. Ils avaient été à l'école ensemble, jusqu'à quinze ans. Walter, toujours le dernier de la classe, ne fichait rien, rien. Le sport, le tennis, la bicyclette et le bateau. Il naviguait sur une pirogue. Le comte ne savait même pas où et comment sa mère l'avait connu, il ne se souvenait pas de l'avoir invité à l'une de ses *birthday parties*. Qu'importait. Oublions. Effaçons. Si je le tenais, ce petit salaud. On les avait crus perdus, leur petit yacht (le *Samouraï*) avait sombré dans le typhon de 1905, cela se chuchotait derrière le cercueil de Gaétan de Kergoust, le jour de son enterrement. La comtesse ignorait donc le meurtre de son mari. Elle serait libre maintenant. Bubu avait entendu ça. Ah ! tout ce qui se raconte pendant un enterrement ! Effaçons. Oublions.

« Ma montre n'est pas arrêtée ? demanda le comte à Josué.

Quand il fut sorti de la cuisine, Josué récupéra la roupie d'Absalon.

« Je veux la donner à nénène, balbutia le gamin, très déçu.

– Tu lui donneras l'autre pièce », dit Josué, grand seigneur.

Les dix *cents*.

Le comte entendit la trompe de la voiture. Mais... Ça provenait du kraal ? Elle ne revenait pas de la ville ? Où avait-elle été ? Et que se passait-il ? Poon n'arrêtait pas de presser la trompe, sans doute pour éloigner les enfants et les chiens du kraal. Il roule trop vite, pensa le comte, en se souvenant de l'état où se trouvait sa femme. Depuis qu'ils étaient sortis de la Cambuse, Poon, effectivement, avait accéléré autant que la route le permettait ; elle n'était pas mauvaise, les diligences y passaient avant la construction du chemin de fer.

La comtesse se tenait debout, cramponnée à l'une des colonnes qui soutenaient le dais ; en fait, elle se soulevait seulement en continuant à s'appuyer des fesses sur la banquette. Elle avait eu une deuxième contraction, alors qu'elle apercevait enfin le ciel et la mer au bout du chemin.

« Vite, vite, Poon. »

Elle se soutenait le bas du ventre avec la main gauche quand elle pouvait se retenir de l'autre, c'est-à-dire quand les cahots devenaient moins nombreux et moins violents. Enfin le pont sur Rivière Bleue.

« Nous arrivons, madame la comtesse », répétait Poon.

La Nouvelle Hollande devenait un havre de grâce ; le paradis. Son lit ! Le lit de l'infante, la Grande Mahaut serait satisfaite, encore que celle-là...

« J'ai mal, Poon, j'ai mal. »

Elle criait. Ouf ! On allait prendre soin d'elle. Elle apercevait Jézabel sur le perron. Et Bubu près d'elle. Gentil, merveilleux Bubu, qu'elle malmenait souvent si injustement. Elle serra avec reconnaissance la main qu'il tendait pour l'aider à descendre. Il se passa alors quelque chose d'horrible, elle ne comprenait pas ce qui lui arrivait, Jézabel ne l'avait pas prévenue qu'elle perdrait les eaux. Elle crut qu'elle ne se contrôlait plus. Abomination ! Que personne ne la voie ! Elle rejeta la main de Bubu :

« Partez ! » cria-t-elle.

Le malheureux demeurait tout interdit, quoi ? Elle souriait et tout à coup...

« Qu'est-ce qu'il y a ? » demanda-t-il.

Furieux. Jézabel soutenait sa maîtresse.

« Pas maintenant, *Missiémâquis* », dit-elle écartant le comte.

Persuadée de laisser des traces, humiliée jusqu'à l'âme, la comtesse se laissait entraîner par Jézabel.

« On me chasse ? » bégaya le comte.

On. Elle ! C'était fou, tout de même ! Parce que, enfin, après sept ans, elle pondait un enfant... *So what* ? Toutes les femmes... Toutes...

« Puisque c'est comme ça, grogna-t-il, je m'en vais.

– C'est cela, monsieur le comte, faites un petit tour », lança Jézabel en égrenant un rire.

Resté seul sur le perron, le comte tira sa montre : en partant immédiatement il arriverait chez Johnson et Fitzbarry avant la fermeture.

« Remplis le réservoir », dit-il à Poon.

Il aperçut l'enveloppe que la comtesse avait oubliée sur la banquette. *For the countess after my death*.

« D'où venez-vous donc ? demanda-t-il à Poon.

– De la Savone, monsieur le comte. »

Le comte ouvrit des yeux exorbités :

« Elle est allée là-bas ? Mais pourquoi ?

– Miss Barrett est morte, dit Poon.

– Tant mieux, hurla le comte. Bon débarras ! »

Il détestait l'Anglaise parce qu'*on* acceptait de dépenser pour elle de l'argent dont il aurait eu meilleur usage. Pourquoi l'avait-*on* gardée à la Savone ? Une seule explication : elle avait été la maîtresse du père Girard. Dans l'esprit du comte, père Girard n'était pas péjoratif. Bien qu'il n'eût rencontré Louis Girard qu'une seule fois, lors d'une chasse à Bombay, il éprouvait pour lui une admiration affectueuse normalement filiale. Encore que s'il n'était pas mort... Aurait-il épousé Adélaïde et son père ? Aurait-il osé *affronter* le père Girard ? Le père Girard à la Nouvelle Hollande ! Face à la Grande Mahaut ! Un sourire rajeunissait le comte. Quel duel, zut, oh là là ! Mahaut lui aurait demandé pourquoi l'Anglaise s'incrustait à la Savone. Un soupir. C'était fini, ça, bonne nouvelle, pour Mahaut aussi, se dit le comte.

L'enveloppe n'était plus fermée. Le comte s'apprêtait à la porter à sa femme ; à la déposer dans l'entrée, du moins, sur le plateau du courrier. Que contenait-elle ? Il ne résista pas à la curiosité. Un livre ! Incroyable, Adélaïde avait dû sortir des papiers (ou de l'argent ?) que l'Anglaise lui avait laissés. Un livre. *Les demi-vierges*. Qu'est-ce que ça signifiait ? On peut l'être à moitié ? Pourquoi pas, hein ! Des souvenirs. Les parties de cache-cache avec Marlyse. Elle lisait des trucs comme ça, l'Anglaise ? Ou Adélaïde avait-elle glissé dans l'enveloppe vide ce roman, retrouvé à la Savone ? Car elle ne l'avait pas acheté à Port-Louis. Pas de cachet de libraire. En tournant les premières pages, le comte tomba sur la dédicace :

NON !
Vous ne m'aimez pas autant que je vous aime.

Une fadaise qui l'eût fait sourire si aussitôt son intérêt n'avait été capté par la signature : Tippoo Sahib. Le surnom qu'Honorin et lui donnaient à leur père parce qu'il racontait, autrefois ! autrefois ! quand ils étaient petits, la saga du héros qui rêvait de donner l'Inde à la Liberté française.

Le comte referma le livre, embarrassé par la certitude de commettre une indiscrétion qui pourrait lui valoir des ennuis. Il conservait de l'enfance une crainte touchante des fautes-péchés à éviter.

Tippoo Sahib. *Les demi-vierges*. Il rejeta l'enveloppe sur la banquette. On verra, on verra. Est-ce que Poon avait remarqué qu'il avait sorti le livre de l'enveloppe apportée par la comtesse ? Oh ! il s'en moquait, mais si Adélaïde demandait à Poon de la lui apporter ? Si elle s'apercevait qu'elle l'avait oubliée, avec son contenu ?

« Le réservoir est plein ? Et le bidon de réserve aussi ? »

Le comte s'installa au volant. Il adorait conduire. Il tenait le volant comme le corsaire Kergoust devait tenir la barre. Oh ! il ne s'identifiait pas à Honorin Kergoust, le fondateur de la lignée, qu'il reléguait dans un passé presque aussi lointain que la création du monde et le paradis terrestre. L'Histoire ; il ne lui arrivait jamais de se mettre à sa place, par l'imagination, pour prendre une frégate anglaise à l'abordage.

« Ah ! on me chasse ! »

Le comte bougonnait pour entretenir une mauvaise humeur qui le réhabilitait. Sa place, il ne le savait que trop bien, était à la maison, auprès de sa femme, et ma foi, si elle se montrait un peu nerveuse, quoi de plus normal ? Mais le Purday ? Il s'absolvait : puisqu'on souhaite que je m'en aille, puisqu'on préfère que je disparaisse... Il poussait le moteur *plein full*, une expression qu'il devait à Adélaïde, qui l'avait retenue de son père. Combien de temps pour monter la côte ? Il tenait le volant d'une main, son chronomètre de l'autre. Et qu'on ne vienne pas se plaindre ! Me reprocher d'être parti comme on me l'a demandé, hein ? Et de quel ton ! L'heure. Non, ils n'auront pas fermé. Le Purday ! Le Purday.

« On l'appelle l'ami James », avait dit à Bubu son ami de Cambridge, le vicomte de Throngtwistle (le douzième).

L'ami. Un ami. Mon ami. J'aurai un ami. Un vrai. Un Purday. Le comte bouscula le vieux Johnston qui minaudait derrière son comptoir :

« Monsieur le comte ! Nous allions fermer ! Voyons ! Voyons ! que puis-je faire pour votre service ? »

Un doigt sur le front :

« Naturellement, le Purday ! »

Il n'en finissait pas de sortir le fusil de son emballage de protection.

« *Such a wonderful shooting range* », soupirait-il.

Le comte lui arracha littéralement des mains l'écrin, cuir et bois, qui contenait le Purday.

« Vous l'emportez sans le regarder, monsieur le comte ? » geignarda le vieux bonhomme.

Le premier, le seul Purday livré à Maurice. Il rêvait de le tenir en main. Depuis que le comte en parlait.

« Je suis très pressé, aboya le comte, vous m'avez mis en retard. »

Où aller ? Il souhaitait d'être seul pour ouvrir l'écrin, la longue boîte qu'il serrait sous son bras, avec autant d'amour qu'un virtuose quand il emporte son stradivarius après un concert. Au Cercle ? Il tomberait sur d'autres voyeurs. Rentrer à la Nouvelle Hollande ? Il n'en avait pas envie. Et puisqu'on l'avait chassé, hein ? Il donna un coup de pied à un chien galeux qui léchait l'odeur de Braco sur le bas de son pantalon. Un bras décharné sortit d'un amas de loques tassées contre la base d'un cocotier de la place d'Armes ; une vieille qui demandait l'aumône ; comment se replie-t-elle sur elle-même pour prendre si peu de place ? se demanda le comte en cherchant une pièce dans son gousset. Un Kergoust se devait de donner aux pauvres. Une odeur de mélasse sortait de l'entrepôt d'un shiphandler chinois. Des pigeons se disputaient des grains de maïs. Trois ou quatre *fainéants* se tenaient à quelques pas du comte en guettant la pièce qu'il donnerait à l'un pour tourner la manivelle de sa voiture, que tout le monde connaissait sur la place d'Armes. Il la ramena lentement vers le Jardin de la Compagnie, où se trouvait le Cercle, dont la varangue était ombragée par un baobab ventripotent. Il n'y aura encore personne, espérait le comte. Au moment de s'arrêter, alors que le chasse-chiens, casquette à la main, s'apprêtait à ouvrir la portière, le comte accéléra pour se diriger vers la rue Royale. Il s'arrêta à deux blocs du Trianon Parisien. Madame Rose n'ouvrait qu'en fin d'après-midi, vers sept ou huit heures, selon ses humeurs et selon la clarté des jours. Bienvenu à n'importe quel moment, le comte connaissait l'entrée privée, par la Queen'street.

« Bubu ! »

Rose était seule dans une pénombre qui lui convenait. On voyait briller ses grands yeux. Verts ! affirmait-elle en riant, si ! si ! regardez bien, le vert se trouve au fond. On ne pouvait être plus gaie qu'elle, elle ne disait pas trois mots sans éclater de rire, et si naturellement, que loin d'agacer elle donnait envie de rire avec elle. Encore belle, elle avait été magnifique. Ses deux grands-pères étaient blancs, ce qui expliquait qu'elle fût à peine teintée. Quel âge avait-elle ? Trente-cinq ? Quarante ? On ne savait plus. Depuis qu'elle présidait au destin du Trianon Parisien, elle grossissait ; parce qu'elle buvait ; des liqueurs surtout ; elle en arrivait à une bouteille de chartreuse pour la nuit. Elle se flattait (elle le pouvait !) d'avoir dépucelé la plupart des Mauriciens qui comptaient, français ou anglais, amenés par leurs pères :

« Et même deux Indiens », assurait-elle.

Pas Bubu. Il venait chez elle pendant l'absence de la comtesse, attiré par Saülette. Il cherchait de la famille, disait Rose en riant, quand elle en parlait. Elle l'avait mis dans son lit, une nuit qu'il avait beaucoup bu. Il n'en avait jamais parlé. Elle y pensait, parfois, en s'attendrissant ; il était câlin ; un enfant ; mais sa barbe piquait ! et comment !

« Bubu ! C'est toi ! »

Elle le tutoyait parce qu'elle l'aimait bien.

« Justement, dit-elle, j'ai un peu de champagne au frais. »

La chartreuse, c'était après minuit. Le comte plaça l'étui du Purday sur une table :

« Qu'est-ce que c'est, Rose ? Devine ! »

– Ton fusil, dit-elle, sans hésiter. Ton ami James ! »

Elle portait une robe-peignoir à ramages verts et bleus, avec des colliers de coquillages qui s'entre-choquaient. Deux marins secouaient le loquet de l'entrée.

« Tu seras mieux en haut pour faire la connaissance de ton ami James », dit Rose.

Elle allait ouvrir ; un fusil dans le bar... Malgré les protections dont elle bénéficiait (toujours plus cher payées !), elle ne tenait pas à tenter le diable.

« Tu trouveras quelqu'un là-haut qui s'y connaît en bons fusils, ajouta Rose dans un rire, et qui apprécie le tien. Saülette est là. Au 3.

– Ce n'est pas le jour, dit le comte en se laissant bousculer vers l'escalier.

– Tu seras plus tranquille avec ton ami », dit Rose en lui tendant l'étui.

Saülette ne parut pas surprise quand le comte poussa la porte de sa chambre ; seul un habitué protégé, comme lui, pouvait monter sans être accompagné, et sans qu'elle ait été prévenue.

« C'est gentil de venir me voir », dit-elle.

Elle sortait du lit, encore défait. Assise devant une petite coiffeuse, en corset et en pantalons, elle se brossait les cheveux. Elle se tourna vers le comte, la bouche en cul-de-poule :

« Bonsoir, chéri.

– Je ne viens pas pour ça », bougonna le comte.

Il ouvrit l'écrin et demeura en contemplation devant son fusil, écrasé par l'admiration, accablé par le bonheur, inquiet, je ne rêve pas, non ! Il est là ! Il est à moi ! Il le dégagea avec des gestes de prêtre, le tenant devant lui comme un calice ou comme une hostie, avec autant de gravité, avant de poser les lèvres sur un canon et puis l'autre.

« *Double rifle* », dit-il avec extase.

Il fit jouer l'ouverture automatique :

« *Self opening.* »

Il épaula, il prenait un cerf dans sa mire, le suivait et, clac ! un claquement de bec :

« C'était un trois cornichons », dit-il à Saülette.

Elle s'était assise sur le lit, elle regardait le comte, un doigt dans la bouche, avec des roucoulades dans les yeux.

« Mon corset me pique », dit-elle, en s'allongeant à plat ventre.

Elle tirait sur les lacets avec ses mains ramenées dans le dos, en feignant de ne pouvoir les nouer.

« Je n'y arrive pas... »

Elle mourait d'envie de le tutoyer, comme les autres : tu ne veux pas, s'il te plaît. Cela ne venait pas. Elle n'osait pas non plus, comme Rose, l'appeler Bubu.

Elle se trémoussait, son pantalon garni de dentelles glissait sur sa peau sombre, découvrant le début de la fente entre les fesses qu'elle avait dodues et fermes. Elle se mit à geindre dès qu'il posa la main sur ses reins ; une plainte impatiente, qui déformait le tutoiement : viens, viens, cela donnait quelque chose d'indistinct mais de familier. Monsieur le comte. Elle ne pouvait plus l'appeler monsieur le comte. Elle évitait de s'adresser directement à lui. *Le corset me pique. Je n'y arrive pas.* Cela signifiait : viens donc m'aider à le retirer, ce corset, espèce de trois cornichons, ce n'est pas ton Purday qui m'intéresse, moi. Quels étaient ses sentiments pour le comte ? Difficile à savoir, même pour elle ; surtout pour elle. Elle ne voyait pas souvent Absalon. Il *appartenait* à ses parents, à Jézabel et à Jéroboam, c'était leur enfant plus que le sien. Un lien entre elle et le comte ? Parfois cela traversait son esprit. Si elle allait parler d'Absalon à la comtesse ? Elle n'y pensait pas sérieusement. Absalon n'était pas vraiment le fils du comte, un petit nègre comme les autres, voilà ce qu'il était, moins noir, certes, et sans doute irait-il à l'école. On l'aiderait probablement à s'établir dans la vie, en tout cas, Madame Rose en était persuadée :

« S'il le faut, promettait-elle, j'en parlerai à Bubu.

— Non ! Jamais ! » criait Saülette, malgré elle.

Madame Rose l'avait recueillie quand elle s'était sauvée, après la naissance d'Absalon. Elle ne voulait pas rester à la Nouvelle Hollande. Madame Rose ne lui avait rien demandé ; pas tout de suite, en tout cas ; c'était plutôt elle, Saülette, qui s'était proposée, afin de mettre un peu d'argent de côté ; un jour elle reprendrait Absalon et ils partiraient. Ça la soutenait de se le répéter, au début. Mais l'argent filait aussi facilement qu'il était (en général !) vite gagné.

« Tu me remplaceras », promettait Madame Rose.

Une vraie promesse ? Peut-être y pensait-elle. Les années avaient passé. Depuis que Saülette revoyait le comte, il y avait quelque chose de changé entre eux. Il était gentil ; bien plus gentil qu'à la Nouvelle Hollande, où il n'était pas heureux, elle le comprenait. La comtesse lui menait la vie dure. De temps en temps, il passait la nuit avec Saülette. Elle le regardait dormir. L'amour avec lui, pas de complications, ce n'était pas son genre, il aimait se faire dorloter. Quand il ne se sentait pas *surveillé* par la comtesse, c'est-à-dire quand il restait maître de son temps ; depuis six mois, cela arrivait plus souvent. Il avait dit à Saülette que la comtesse et lui faisaient chambre à part. Il parlait. Il avait besoin de se confier à quelqu'un. Il disait même des choses sur la comtesse qu'il n'aurait pas dû...

« Elle a grincé des dents. »

C'était après son voyage, quand elle ne fermait pas encore sa chambre à clef. Elle avait besoin de lui, il voulait que Saülette le sache ; à qui d'autre aurait-il pu le confier ? Il n'avait jamais pris une autre fille, chez Madame Rose, ça la frappait, Rose.

« C'est toujours toi, hein ? »

Il avait retiré sa veste.

« Pas le pantalon ? » demanda Saülette.

Elle s'était retournée sur le dos, pour l'accueillir, elle le serrait fort. Elle remontait sa chemise, tandis qu'il ouvrait son pantalon. Elle voulait sentir sa peau sur la sienne, sa peau si douce, une peau de fille, de blanche, comme la femme du captain (jamais de noms ! Saülette) qui, le premier lundi de chaque mois, la demandait chez elle, pour le thé. Le thé. Elle tirait sur le pantalon du comte, pour le baisser.

« Le pantalon, ce serait mieux de l'enlever. »

Elle se mordait les lèvres pour ne pas dire : Bubu, Bubu, ou : *tu* ne crois pas que... Il poussa un grognement et cessa de haleter, écrasé sur Saülette.

« C'était du rapide », souffla-t-elle.

Il se releva et sonna pour demander le champagne que Rose avait mis au frais.

« Il faut que je parte, dit-il en se rajustant, le dos tourné au lit.

– Madame la comtesse accouche », siffla Saülette, avec, dans la voix, un venin qui le surprit.

On frappait. Le champagne.

« Ça fait du bien par où ça passe », murmura le comte. Il avait empli une coupe pour Saülette.

« J'espère que ça sera un garçon », dit-elle.

Elle le regardait drôlement, avec du défi, du moins en avait-il l'impression.

« A ta santé, Saülette. »

Elle leva sa coupe :

« A la santé de *P'timâquis*.

– Laisse tomber, s'il te plaît », demanda le comte, sans colère, plutôt humblement.

Il mit de l'argent sur la table.

« C'est pour toi », précisa-t-il.

Ce qui signifiait qu'il réglerait Rose, qu'elle pouvait tout garder. Comme habituellement. Elle tendait ses lèvres en marmouillant des baisers humides et sonores. Assez, suffit ! pensait le comte. Il ferma la porte brutalement.

« Elle n'a pas été gentille ? demanda Rose en l'accueillant au bas de l'escalier.

– Parfaite », dit le comte, en pressant un billet dans sa main.

La nuit était tombée. Rose l'accompagna jusqu'à la porte ; il tenait son Purday entre les bras, devant lui, comme un enfant.

« Fais attention à lui ! dit Rose.

– A qui ? » bougonna le comte.

Il était encore un peu dans le vague ; il ne se relevait jamais si vite.

« A ton enfant, dit Rose.

– Qu'est-ce que tu veux dire ? » bégaya le comte en pâlissant.

Elle comprenait trop tard qu'elle avait fait une bévue bien involontairement.

« Je parle de celui-là, dit-elle, avec une petite tape sur le Purday.

– Celui-là s'appelle James », grogna le comte, très sombre.

Pourquoi continuait-il à voir Saülette, se demanda Rose, une fois de plus. Qu'est-ce qui le ramenait vers elle ? Quel drôle de bonhomme. Bah ! tous les hommes sont bizarres, tous, sans exception. Elle riait, et riait. Elle pensait aussi à la nuit que Bubu avait passée dans son lit. Pauvre petit. Il avait bu. Pas aussi simple qu'on pouvait le croire. Elle retint encore le comte devant la porte :

« Vraiment ? Elle n'a pas été désagréable ? Il faudrait me le dire.

– Qui ? grogna le comte.

– Tant mieux, très bien », conclut Rose.

Elle embrassa le comte sur les deux joues :

« Tu sais bien qu'à moi tu peux tout raconter. »

Décidé à rentrer, il passa au Cercle pour faire allumer les lanternes de la voiture par le chasse-chiens. Un prétexte. Il n'avait aucune envie de se retrouver chez lui. L'étreinte bâclée avec Saülette ranimait l'humiliation subie au retour d'Adélaïde. Pourquoi s'imposerait-il à des gens qui ne voulaient pas de lui ? Elle accouche. Elle a peut-être accouché. Sans doute. Il s'attendait plus ou moins à voir Jéroboam sur le péristyle du Cercle, bavardant avec le chasse-chiens. Idiot. Avec le tilbury, il fallait une petite heure pour venir. Et puis c'était long, en général, un accouchement. Sa mère avait été dans les douleurs pendant trois jours. Pour lui. Pour moi. Pas pour Honorin, qui ne pesait que cinq livres. Il en faisait huit, lui.

Le comte pensait à l'accouchement de Saülette. Long et difficile. Le bébé était très gros, huit livres aussi ; comme le comte. Comme moi. Depuis quatre mois, le comte était marié. Plus question de revoir Saülette. Est-ce qu'Adélaïde se doutait de quelque chose ? C'était avant elle. Avant vous, *dearest*, avant, avant, vous ne pouvez rien me reprocher. Elle ne devait rien savoir. Qui lui en aurait parlé ? Personne, pas à la Nouvelle Hollande en tout cas, où tous les Kergoustiens formaient le hérisson, contre elle, pour l'empêcher d'introduire ses gens dans la maison. Évidemment, ailleurs... Tout se sait, hélas ! et ce genre de choses alimente les ragots ; de quoi se mêlent les gens ?

« Voulez-vous voir le gros garçon de Saülette, *Missiémâquis* ? »

Jézabel s'était arrangée pour l'alerter sans que la comtesse se doutât de quoi que ce soit, et il avait trouvé un prétexte pour se glisser jusqu'au kraal après le dîner, la jument qui devait mettre bas aux écuries, quelque chose comme ça, en fait la jument allait crever, mais seulement quelques jours plus tard.

« Tout a bien marché ? » avait demandé Adélaïde lorsqu'il était revenu.

Question qui l'avait bouleversé. Elle savait donc ?

« La jument ? » avait insisté Adélaïde.

Ouf !

« Ce n'est pas pour cette nuit, *darling*. »

C'était encore l'époque des darling. La lune de miel. Il faut manger le miel avec un doigt, minaudait Adélaïde. Elle avait rapporté un grand bocal de miel de sapin de Spa, qu'elle réservait à ses petits déjeuners. Il arrivait au comte de passer un doigt dans le bocal, quand il mangeait avec elle ; c'était déjà rare. La lune de miel ; la seconde ; déjà tout était changé ; très changé. La saillie de l'étalon, on ne lui en demandait pas plus. Alors que pendant la vraie lune de miel... Elle m'aimait, elle m'aimait, se disait le comte. Lui, en extase devant Adélaïde, aussi petit garçon que devant sa mère, Gladys. Qu'est-ce qui n'avait pas collé entre eux ? Si nous avions eu un enfant tout de suite, se disait le comte, tout serait différent. Elle ne voulait qu'un enfant. Pourquoi ? Le livre. Le roman. *Les demi-vierges*. Pourquoi l'avait-elle rapporté de la Savone ? Bon sang, grogna le comte, pendant qu'il était chez Rose, l'enveloppe traînait sur la banquette. N'importe qui aurait pu la piquer.

« Tu allumeras les lanternes, dit le comte au chasse-chiens. Pas tout de suite.

– Dans cinq minutes, monsieur le comte ?

– Quoi, dans cinq minutes ? »

Le comte paraissait absent. L'accouchement d'Adélaïde. Celui de Saülette. Pourquoi avait-il vu Saülette ? Le bébé était affreux, mais elle, tout à fait charmante, pathétique, elle avait baisé sa main. On lui avait proposé un excellent mariage, sur l'habitation des Mallet. Ou était-ce chez les Duclézio ? On appelait ça les mariages par échange, ils dataient de l'esclavage et se pratiquaient toujours : donne-moi ta fille grosse, je te passerai une vierge (disons une demoiselle). Saülette avait refusé cette chance qu'on lui offrait, tout à fait exceptionnelle, un garçon honnête, qui se contentait d'un dédommagement normal alors que, de plus en plus, on vous demandait des sommes énormes pour ces choses. On n'avait pas jeté Saülette à la rue, ce n'était pas le style Kergoust. D'ailleurs, ses parents, Jézabel et Jéroboam, seraient partis, alors qu'on avait grand besoin d'eux, de Jézabel surtout, pour contenir l'influence d'Adélaïde.

« Tu sais les allumer ?

– Les lampes, monsieur le comte ? Je le fais souvent. »

Deux lampes à acétylène en cuivre montées sur les pare-boue.

« Je te préviendrai, fit le comte. Je vais peut-être dîner là. »

Le chasse-chiens se précipita pour le débarrasser du Purday.

« Ne touche pas à mon ami James, malheureux ! »

Le chasse-chiens resta pantois.

« Prends ça, lui dit le comte, avec un regard vers l'enveloppe, et suis-moi. »

Il y avait du monde au bar. Après les débats au tribunal, Sir Duclézio avait retenu ses amis chez Rouletabille, un nouveau restaurant français dont on disait plus de bien qu'il n'en méritait, c'était du moins l'avis de Sir Duclézio, qui s'était retiré avant le café ; il avait l'habitude d'une longue sieste. Son fils avait commandé du champagne. Les discussions se poursuivaient au Cercle, tout le monde parlait haut, de sorte qu'au début personne ne prêta attention au comte. Maître Duclos, l'avocat, suçait un crayon à encre en corrigeant l'éditorial qu'il allait faire porter au *Cernéen* et qu'il venait de lire en produisant grand effet.

« Le titre ? Quel titre ? demanda-t-il à la ronde.

– Mobilisation, proposa Antoine du Pinet.

– Excellent, approuva l'avocat. La mobilisation n'est pas la guerre.

– Personne ne peut rien contre nos droits », affirma le petit Chamarel en bombant le torse.

Il se hissait sur des talonnettes pour gagner quelques centimètres.

« On dirait, mon cher, que vous ne connaissez pas encore les Anglais, remarqua Pinet. Nos droits, ils se les mettent où je pense.

– La perfide Albion ! ironisa Chamarel.

– Vous n'en êtes pas convaincu ? fit Saint-Ageste.

– Tu as le *Standard* ? » demanda maître Duclos au barman.

Il voulait retrouver une déclaration de l'avocat indien, dont il refusait de retenir le nom.

« Guettez ça ! » dit-il.

Il lut une déclaration de Mawillal, montée en épingle :

« Je ne viens pas pour tuer l'industrie sucrière.

– Vraiment ! explosa Pinet.

– Voyez-vous ça ! fit Chamarel.

– Et on imprime ce genre de choses, soupira le fils Duclézio. C'est insipide. »

C'est-à-dire : insupportable.

« De toute façon, reprit le fils Duclézio, il ne reste plus grand-chose à tuer. »

Il déplia un papier :

« Savez-vous ce que nous a déjà coûté la lutte contre le *vagabondus* ?

– À vous, Duclézio ? Ou à nous tous ? demanda Chamarel.

– Je vous donne le total des dépenses de la caisse alimentée par tous les planteurs : 1 367 186 roupies. »

Il rapprocha le papier de ses yeux :

« Et cela représente exactement 1 milliard, 16 millions 620 mille et 701 parasites collectés.

– Tués par conséquent ? demanda Pinet.

– Noyés et brûlés, confirma Duclézio junior.

– Votre père... il s'est escamoté, remarqua Poincelet. Il ne se sentait pas malade.

– Pas du tout, il avait simplement gagné sommeil. C'était son heure. »

Le comte de Kergoust s'était assis à sa table habituelle, dans un box en acajou, sous le trophée du cerf qu'il avait tué le jour de ses quinze ans. Il sortit le Purday de sa boîte pour l'admirer derechef, en espérant qu'on allait le remarquer. Il mettait en joue. Il massacrait des cerfs superbes. Les autres s'approchaient, plutôt réservés, ironiques, sarcastiques, sans parler de l'envie qui se lisait dans certains yeux, un Purday, certes, c'était quelque chose, mais se le faire offrir par une femme qui vous a acheté, pauvre Bubu, s'il croyait en imposer avec ça, pas fier le bonhomme ; évidemment si c'était ce genre de choses qu'il attendait de la vie, elle au moins, la comtesse, elle se battait, elle était venue au procès, elle eût été mieux inspirée en se montrant plus réservée envers Oudinot, celui-là !

« Mes amis, je suis heureux de vous présenter mon ami James. »

Le comte de Kergoust vivait un grand moment de son existence.

« Voulez-vous me faire l'honneur et le plaisir de boire à sa santé ? »

Pourquoi pas ? Kergoust offrait toujours le meilleur champagne. La girardisation comportait des avantages.

« Votre fils n'est pas né encore, Hubert ? demanda Samuel Heller. Attention ! J'ai cinq livres sur lui.

– Je parie pour une fille », souffla Duclézio junior.

En soulevant sa coupe, pour trinquer à l'ami James, Alain de Chamarel aperçut Oudinot qui arrivait.

« Ouvre la fenêtre, cria-t-il au barman, ça sent mauvais.

– Ça pue », renchérit Pinet.

On avait beaucoup parlé d'Oudinot pendant le déjeuner chez Rouletabille. Sir Duclézio souhaitait qu'entre autres sanctions prises contre lui on le radiât du Cercle. Difficile, estimait maître Duclos, les statuts ne prévoyaient pas son cas.

« On lui fera comprendre que sa présence n'est plus souhaitée », avait annoncé Pinet.

Il se porta effectivement vers Oudinot et lui arracha le journal qu'il tenait à la main, l'*Hindustani* de Mawillal.

« Nous ne voulons pas de ce torchon ici », gronda-t-il.

Antoine de Pinet mesurait près de deux mètres, c'était un colosse, avec une crinière et des favoris roussâtres, une moustache qui enveloppait sa lippe, on ne pouvait imaginer un visage plus différent de celui d'Oudinot, lisse, nu, des lèvres minces, les yeux abrités par les paupières toujours en alerte puisqu'ils n'étaient pas protégés par des cils.

« Permettez », dit Oudinot.

Il reprit le journal, en laissant un bout dans la main crispée du colosse.

« Ton journal est un torche-cul ! » hurla Pinet.

Il écumait. En le voyant prêt à frapper Oudinot, le comte de Kergoust s'interposa :

« Voyons, mes amis... »

Il réclama un verre au barman pour Oudinot. Pinet le repoussa assez brutalement. Nullement troublé, du moins en apparence, Oudinot lut la devise de l'*Hindustani*, imprimée sous la manchette :

« Liberté des individus, fraternité de l'homme, égalité des races. »

Il avait appuyé sur liberté, égalité, fraternité.

« Est-ce avec ça, Pinet, que tu te torches ? »

On empêcha Pinet de se ruer sur lui.

« Veux-tu que je te lise notre éditorial ? Il paraît que vous n'arrivez pas à arranger le vôtre ? »

Il lut, non sans emphase :

« Chacun a le droit d'agir selon son choix à condition de ne pas empiéter sur la liberté d'autrui. Si dans chaque être humain se reflète la nature de Dieu... »

Il ne put poursuivre, Pinet se ruait sur lui. Ils roulèrent au sol. Oudinot n'avait pas la moindre chance contre Pinet, qui pesait deux fois son poids et qui le frappait à coups redoublés. Les autres suivaient la correction avec trop d'excitation pour entendre le comte armer le Purday. Il tira dans le plafond. Un silence dramatique suivit la détonation. Agenouillé sur Oudinot, Pinet levait la tête vers le comte en tentant de deviner ses intentions.

« J'ai un second coup », dit le comte, d'un ton déterminé.

Pinet se releva et commença à s'épousseter. Il se trouvait ridicule. Les autres le désavouaient, maintenant qu'ils étaient dégrisés. Le comte tendit la main à Oudinot pour l'aider à se relever. Il saignait de la bouche et du nez.

« C'est absurde, murmura Duclézio junior.

— C'est de sa faute, lança Chamarel avec un geste vers Oudinot. Pouquoi veut-il jouer les Mirabeau ?

— Les Mirabeau ? demanda Heller. Qu'est-ce que le serment du Jeu de paume vient faire avec notre procès ?

— Pourquoi Mirabeau siégeait-il avec le Tiers État ? expliqua Chamarel. Parce que la Noblesse l'avait rejeté, comme représentant.

— Vous n'allez pas recommencer, dit le comte, en entraînant Oudinot vers sa table.

« – Tu es un héros, Bubu, dit Oudinot en se tamponnant.

– Ils deviennent fous ? » demanda le comte, assez doucement.

Les autres tenaient un conciliabule, près du bar. L'air sentait la poudre ; la fumée se dissipait par la fenêtre ouverte sur le baobab du Jardin de la Compagnie. Au bout d'un moment, Pinet s'approcha d'Oudinot, la main tendue :

« Je me suis emporté, dit-il. Je le regrette.

– Ça va, bougonna Oudinot.

– Je te présente mes excuses.

– N'en parlons plus. »

Oudinot s'éclipsa pour se changer. Sa chemise et son gilet étaient tachés de sang. On remarquait ses gilets, sur lesquels il faisait broder des dragons par une Chinoise ; il en avait de toutes les couleurs.

« Nous dînons ensemble, dit-il à Bubu. Je suis de retour dans cinq minutes. »

Ils étaient devenus inséparables pendant l'absence d'Adélaïde. En le voyant toujours seul au bar, le comte était allé vers lui, pour lui parler de son père dont il avait été l'ami. Il lui rappela que, lorsqu'il jouait au tennis avec Gaétan, lui, Bubu, ramassait les balles. Pas un mot sur Adélaïde qui, pourtant, les rapprochait. Même si Oudinot avait été le témoin à son mariage, Bubu se sentait un peu coupable à son égard. Je lui ai pris sa femme. Pauvre vieux. Il le plaignait, d'une certaine façon, tout en l'admirant. Pourquoi n'a-t-il pas d'amis ? se demandait-il. Il buvait beaucoup, avec Oudinot. Trop. Oudinot tenait admirablement le coup. Pourtant, il ne mangeait presque rien. Le comte essayait de le convertir à la bouffe.

« Quand on boit, il faut manger. »

Qu'est-ce qui rapprochait Oudinot de son père ? Un jour, peut-être à propos de son cher Tippoo Sahib, Gaétan de Kergoust avait demandé à son fils s'il serait prêt, plus tard, à mourir pour la patrie.

« Je préférerais mourir pour un ami », avait balbutié Bubu, toujours très intimidé par son père.

Pourquoi ce lointain souvenir remontait-il du fond de sa mémoire ? Parce qu'il venait de *sauver* Oudinot ? Sauver ! Quel grand mot. Personne ne voulait le tuer. Que cherchent-*ils* donc ? se demandait le comte, en observant les autres qui poursuivaient leurs discussions au bar. Il s'approcha pour boire avec eux. Didier Poincelet parlait de l'actrice qui jouait *Le pion*.

« Pas farouche, affirmait-il. Comme toutes les comédiennes, hein ? Une question d'argent. Il suffit de mettre le prix. Même pour les plus grandes. Sarah Bernhardt elle-même...

— Vous êtes fou ! lança Saint-Ageste. Pas Sarah Bernhardt.

— Mon cher, elle comme les autres, seulement c'est deux cents louis, au lieu de dix.

— Il paraît qu'elle avait accepté de passer la nuit avec un bonhomme ridicule, affreux, qui posait comme condition...

— Des conditions ?

— Il avait doublé le tarif.

— C'est une blague.

— Il exigeait de fumer une cigarette après chaque... chaque... Vous me comprenez ?

— Après chaque passe, dites-le.

— Il voulait fumer la cigarette sur le balcon. Après la cinquième passe...

— La cinquième ! aïo maman !

— Qu'est-ce qu'elle disait ?

— Enchantée naturellement, mais étonnée, un peu surprise. Quand il a voulu recommencer, après la cinquième cigarette, elle a dit : « dis-moi, Jacob, tu es « extraordinaire. »

— Jacob ! Jacob ! C'est une histoire juive, c'est une blague, je le disais bien.

— Jacob a répondu : je ne suis pas Jacob, Jacob est en bas, et il vend des billets.

— Qu'est-ce qu'il faisait, Jacob ? A qui vendait-il des billets ? Des billets de quoi ? »

Alain de Chamarel prit le comte à part :

« Vous pouvez écouter des idioties pareilles ? La vulgarité de Poincelet est insondable. Sarah Bernhardt ! Deux cents louis ! J'ai envoyé une pièce à Sarah Bernhardt, sur Charlotte Corday. Nous sommes apparentés aux Corday. On se gardait de me le dire quand j'étais petit. Une femme qui avait poignardé Marat ! La famille en avait honte naturellement. A mon humble avis, Charlotte, ma grand-tante, fut la seule véritable héroïne de la Révolution. Quel personnage ! Tout à fait pour Sarah Bernhardt.

— Elle joue votre pièce ?

— Ce n'est pas fait, pas encore. »

Humphrey parlait de Dieu avec Marck.

« Il faut de la religion, expliquait-il, elle aide les pauvres à supporter leur misère.

– Elle rend l'homme meilleur, c'est un fait », admit Marck avec gravité.

On revenait au procès. Le comte regagna sa table.

« Monsieur le comte reste pour le dîner ? demanda Azok, le maître d'hôtel qui le servait habituellement.

– J'attends M. Oudinot.

– Très bien.

– Tu peux mettre trois couverts. »

Le comte montra la boîte qui contenait le Purday :

« Mon ami James dîne avec nous. »

Il installa le fusil sur une chaise. Azok disposa un couvert devant lui. Il était habitué aux fantaisies du comte ; personne n'était plus généreux que lui.

« Remplis son verre, dit le comte, je vais trinquer avec Mister James en attendant M. Oudinot.

– On fait rôtir un cochon de lait pour vous et pour M. Oudinot, dit Azok.

– Un seul pour nous deux ? » plaisanta le comte.

Un peu interloqué, Azok retrouva le sourire en faisant remarquer que M. Oudinot mangeait très peu.

La table était éclairée par une lampe de cuivre suspendue par trois chaînes aux lattes d'acajou du plafond. Pour allumer ou rallumer ses cigares, le comte prenait du feu au-dessus du verre de la lampe. Comme on le laissait seul, il en profita pour reprendre *Les demi-vierges* dans l'enveloppe de Miss Barrett. Tippoo Sahib. Il rêvassait. Les pages tournaient sous ses doigts. Parfois un passage marqué par un trait de crayon dans la marge :

« Alors il l'attira, la serra, moulée contre lui, caressant des lèvres sur l'étoffe du corsage le gonflement de la gorge, le sillon mystérieux de l'aisselle puis, remontant de l'aisselle jusqu'au col, jusqu'aux yeux, jusqu'aux joues les baisers qu'elle lui rendit longuement lorsqu'ils effleurèrent sa bouche. »

Aio Maman ! Le comte lisait lentement, la phrase se déroulait mal, difficilement. Les demi-vierges. Il pensait aux parties de cache-cache à la Nouvelle Hollande ou chez les Chazelles, avec Marlyse. Elle n'avait pas froid aux yeux. Ni ailleurs !

« ... elle lui cédait en quelque sorte le provisoire de sa vie, elle ne s'accorda qu'à moitié. »

Quand Marlyse le cherchait, il se glissait dans la penderie de sa mère, entre ses robes dont les parfums le troublaient avant même que Marlyse n'arrive en feignant de le chercher :

« Où se cache-t-il, ce vilain Bubu ? Où se trouve-t-elle, la grosse bête ? »

Elle le palpait entre les robes.

« La grosse bébête, la grosse bête qui monte, qui monte. »

Il défaillait. A Cambridge, dans son lit, la lampe soufflée, lorsqu'il croyait sentir la main de Marlyse sur la grosse bête son plaisir n'était pas entièrement solitaire, Marlyse était là, elle respirait plus fort elle aussi. La bête, la bête.

On les cherchait partout :

« Où êtes-vous, les enfants ?

– Nous sommes là, maman », criait Marlyse, nous jouons.

Menteuse, elles mentent toutes, pensait le comte. Tippoo Sahib. Son père ? Avait-il offert le roman à Miss Barrett ? Pourquoi pas ? Elle ne devait pas lui déplaire. Il avait toutes les femmes qu'il voulait, tout le monde le savait. Pour... Il hésitait : pour Gladys... Sa mère... Pour maman ce n'était pas drôle. Avait-il couché avec Miss Barrett ? Mais la dédicace ? *Vous ne m'aimez pas autant que je vous aime. So what*, bougonna le comte. Fadaises. Il était intrigué ; et mal à l'aise ; même malheureux. Qu'est-ce que je fiche ici ? Si mon fils était né ? On me préviendrait. Il s'énervait. *On* m'a chassé, je ne suis pas parti. Si je rentre, si je me couche tôt... Il pourrait se lever et tirer un cerf. Avant les ruts ? Pourquoi pas. L'Anglaise était jolie. Tippoo Sahib. Adélaïde m'expliquera... Pourquoi je me suis permis de ? Mais Adélaïde, l'enveloppe était ouverte, vous l'aviez laissée sur la banquette, le livre avait glissé, il fallait l'emporter, votre enveloppe, *dearest*, moi, les romans, hein ?

« Bubu en train de lire, remarqua Oudinot en prenant place à côté du comte. On aura tout vu, ce soir.

– Tu connais ça ? demanda le comte, en lui montrant la couverture.

– *Les demi-vierges* ? On en a parlé, c'est un roman qui a fait scandale. Marcel Prévost, l'auteur, n'en est pas moins entré à l'Académie française. Bonheur à celui par qui le scandale arrive.

– Qu'est-ce que tu chantes ? Écoute ça, Henri. »

Le comte lut d'une voix appliquée :

« – Les lèvres jointes ils défaillirent ensemble contre
« cette couche fermée que Maud avait frôlée de sa robe deux
« fois en quatre ans, lui si vite anéanti par cette « étreinte
« que cette fois encore elle n'eut point à se refuser. »

« Que veux-tu que je comprenne ? demanda Oudinot.

– Ça doit être l'amour à la parisienne, ironisa le comte.

– Fais voir ton bouquin.

– C'est trop idiot », décida le comte, en remettant le roman dans l'enveloppe et l'enveloppe sous ses fesses.

Azok servait l'entrée, des crabes à la chinoise.

« Sais-tu, Azok, ce qu'il y a de commun entre un crabe et une femme ? demanda le comte.

– Je voudrais bien l'apprendre, monsieur le comte », dit Azok.

Il entendait l'histoire tous les jours.

« Quand tu crois que la femme avance, elle recule, dit le comte.

– Comme le crabe, naturellement, dit Azok en riant, pas plus qu'il ne fallait.

– Tu ne veux plus de ça ? » demanda le comte en montrant le plat à Oudinot.

Il le vida dans son assiette, après avoir reniflé ce qui restait.

« Avec les Chinois, tu ne sais jamais ce qu'on te donne, ça peut être merveilleux et ça peut être infect.

– Sais-tu pourquoi les crabes n'avancent pas droit devant eux ? demanda Oudinot. Ils ont le corps si large qu'ils ne peuvent pas bouger leurs pattes comme nous, d'arrière vers l'avant.

– Tu sais tout, grommela le comte.

– Je lis, murmura Oudinot. Je n'ai rien d'autre à faire. »

Le comte le regarda par-dessous les paupières : se plaignait-il de lui ? D'avoir pris sa femme ? Ce qui le contraignait à passer ses nuits à lire ? D'un autre, il n'aurait pas cherché d'allusion personnelle dans un propos aussi anodin. Oudinot le déconcertait en le maintenant en alerte permanente contre les sous-entendus. Il avait souvent la dent dure, Oudinot, il disséquait les gens avec la férocité (l'indifférence ?) des naturalistes qui répertorient les oiseaux, ou les insectes. Son physique l'isolait, c'était entendu. Pourquoi ne portait-il pas de perruque ? Je me suis habitué à moi, raillait-il, aux autres d'en faire autant. Impuissant ? Cela se chuchotait, et, à dire le vrai, le comte se posait souvent la question, à cause d'Adélaïde naturellement. Aurait-il pu l'épouser, éventuellement ? Pourquoi ne l'avait-il pas fait puisque l'on disait que le mariage était probable ? Avait-il demandé la main d'Adélaïde au père Girard ? Combien de fois le comte n'avait-il pas commencé à interroger Adélaïde qui, le voyant arriver dans ses gros sabots, réagissait avec ses nerfs dès qu'il parlait d'Oudinot. Ton ami Henri. Ton inséparable. Peux-tu me dire ce que tu lui trouves de tellement remarquable ? Que cachait l'agressivité avec laquelle elle s'attaquait à Oudinot ? Un secret entre eux ? *A skeleton in the cupboard,* un cadavre dans l'armoire ? L'expression faisait sourire le comte. Lui qui ne s'interrogeait sur personne se posait quantité de questions sur Oudinot, son seul ami.

Plusieurs fois, il avait entraîné Oudinot chez Rose. Il l'incitait à monter. Sans insister. S'il était impuissant ? Comment savoir ? S'il avait suivi Saülette, elle aurait parlé ensuite, elle aurait dit au comte ce qui s'était passé avec lui. Cependant, dans le même temps qu'il le souhaitait, le comte appréhendait qu'Oudinot prenne Saülette. Qu'elle monte avec d'autres... C'était son métier. Avec Oudinot... Ah ! que c'était bizarre, biscornu tout cela. Qu'est-ce que cela peut me faire qu'il soit impuissant ou non ? Le comte s'énervait, son amitié pour Oudinot s'empoisonnait, Oudinot se moquait de lui. Il me prend pour un... Le comte admettait la supériorité intellectuelle d'Oudinot, sur ce plan il se montrait modeste ; d'ailleurs il n'était pas prétentieux, même s'il était imprégné d'une supériorité Kergoust naturelle (pas de quoi se vanter, par conséquent).

« Quand tu jouais au tennis avec mon père, demanda le comte, est-ce qu'il te parlait de Tippoo Sahib ?

– Je ne m'en souviens plus. Il en parlait souvent plus tard, quand il écrivait son histoire.

– A-t-il écrit beaucoup ?

– Ses papiers doivent être chez vous.

– Je crois que Mahaut en a brûlé, murmura le comte.

– Son manuscrit ? Pourquoi ? »

Un silence se prolongea entre eux.

« J'ai quelque chose pour toi », reprit Oudinot.

Il sortit une coupure de journal de sa poche.

« Tiens, je l'ai découpée hier dans le *San Francisco Chronicle*. Ça date de trois semaines. »

Le *Chronicle* annonçait la naissance du second fils du comte Honorin de Kergoust.

« Ça ne m'intéresse pas, gronda Bubu.

– Son fils aîné doit avoir trois ans, hein ? »

Oudinot insistait assez méchamment.

« Je n'ai pas de frère, grommela Bubu.

– Regarde ta belle-sœur, la *comtesse*. »

Il appuyait sur comtesse. Le *Chronicle* publiait sa photo à côté d'Honorin.

« Fiche-moi la paix !

– Elle est jolie, un peu chinoise, d'accord, pas tellement d'ailleurs, sa mère est italienne, la grande diva, je ne connais qu'elle, rappelle-moi son nom...

– Maria Bellini, fit le comte, malgré lui.

– Evidemment son père est chinois. *Etait* ; il est mort.

– Je ne veux pas le savoir ! protesta le comte.

– Il faut que tu le saches, dit Oudinot, avec force, parce que son grand-père, bien vivant...

– Puisque je ne veux pas savoir !

– Si ! Tu dois ! C'est Li-Heu. »

Le compte pâlit.

« Li-Heu ? souffla-t-il.

– Ne lui emprunte pas trop d'argent », murmura Oudinot.

Le comte avait baissé la tête.

« Je ne lui dois plus rien.

– Parfait, fit Oudinot. Tu te doutes de la joie que tu lui procurerais, à lui et à Honorin, si tu t'endettais jusque-là, chez lui. »

Oudinot avait placé sa main à la hauteur de son cou.

« Je trouve ça assez drôle, remarqua-t-il.

– Quoi ? grogna le comte.

– Qu'une comtesse de Kergoust chinoise puisse, un jour...

– Assez ! » fit le comte, en serrant les poings.

Oudinot éclata de rire :

« On ne va pas se fâcher, Bubu ! Un si beau jour ! Tu m'as sauvé la vie. »

Il me déteste, pensa le comte.

« Tu n'en veux pas ? demanda Oudinot en repliant la coupure du *Chronicle*.

– Si, dit le comte, laisse-moi ça. »

Il fourra l'article dans sa poche, puis, l'ayant ressorti, le défripa pour le glisser dans son portefeuille.

« Honorin n'est pas mon frère, dit-il.

– C'est vrai, dit Oudinot, mais toi tu ne peux pas le dire. Il s'appelle Kergoust.

– Va te faire sucre ! » gronda le comte.

Il se levait pour partir. Azok apporta le cochon de lait, avec une brochette en travers des cuisses, que le comte retira lui-même.

« Donne-moi ton couteau », dit-il à Azok.

Il tâta le fil, avec le pouce.

« Apporte-moi un fusil. »

Il affûta le couteau avec des soins émouvants. Il ne

pensait plus à Honorin, ni à Li-Heu, le cochon de lait sentait trop bon, rôti à point.

« Il n'a été nourri qu'avec le lait de sa mère, dit le comte, cela se voit à la chair qui est bien rose. Sais-tu, Henri, comment on tue un cochon de lait ? Tu ne sais pas ? Voilà donc quelque chose que tu ne sais pas. Ce n'est pas si facile. »

Il recula sa chaise en écartant les jambes, entre lesquelles il serra un petit cochon qui gigotait, on le voyait gigoter :

« Ce n'est pas encore très fort, dit-il mais ça ne se laisse pas faire, crois-moi, Azok et pour l'empêcher de gueuler... Regarde ! On serre le groin dans la main gauche. Le corps est bien coincé entre les genoux. On place alors le couteau là... »

Il situa l'emplacement à la base de son cou.

« Un couteau assez long, très effilé. On l'enfonce tout droit. »

Il enfonça le couteau.

« On arrive au cœur. On dit : le petit cœur. C'est le cœur, bien entendu.

– Bien entendu, fit Oudinot. Tu m'as coupé l'appétit, merci.

– Les rognons, Azok ? »

Le comte cherchait sur le plat : où sont les rognons ? On ne les avait pas servis.

« Je les veux ! Et je veux ceux de ce petit cochon-là, hein ? Sinon tu peux tout remporter.

– Qu'est-ce qu'on boit ? demanda Oudinot. On reste au champagne ? »

Gavé, repu, le comte alluma un cigare.

« Je dois rentrer », dit-il.

Sa langue s'alourdissait.

« Pas tout de suite », dit Oudinot.

Oudinot n'avait pas sommeil. Tous le soirs la même angoisse l'étreignait à l'idée de dormir chez lui, dans sa grande demeure vide.

« Mon fils est peut-être né, murmura le comte.

– On viendrait t'avertir, affirma Oudinot.

Il donnait le change, avec un ton hypocritement bon enfant ; en fait, il éprouvait une jouissance assez perverse à la pensée qu'il retenait Bubu loin d'Adélaïde.

« Tu sais que mon garde a vu Sir White Deer ? demanda-t-il.

– Tu me l'as dit hier. »

Le comte haussa les épaules.

« Sir White Deer.

– Il paraît qu'il existe vraiment », affirma Oudinot.

Lui aussi parlait plus lentement.

« Tu as connu Constant Devaux ? demanda-t-il.

– Qui ?

– Tu n'as pas pu le connaître, tu n'étais pas né. Moi non plus, je ne l'ai pas connu. On m'en a parlé.

– Qui ?

– Mon père.

– Tu l'aimais ?

– Naturellement, fit Oudinot, c'était un homme merveilleux que j'ai malheureusement perdu quand je n'avais que douze ans.

– Le mien ne m'aimait pas, bredouilla Bubu.

– Qu'est-ce que tu racontes ?

– Ça ne fait rien, dit le comte. Continue. Qui était-ce, ce Constant Devaux ?

– Un grand chasseur, dit Oudinot. Il chassait à cheval. Il avait un cheval tout blanc, originaire de Madagascar, mais qui ressemblait à un arabe, disait mon père.

– Tu l'aimais vraiment, ton père ? reprit le comte.

– Il s'appelait Caliban.

– Le cheval blanc ?

– Habitué à voir des troupeaux de cerfs, il ne bronchait pas quand son maître épaulait.

– Car son maître s'approchait assez près, à cheval ? J'aurais voulu voir ça, fit le comte.

– On a raconté que Caliban, le cheval blanc de Constant Devaux, sortait la nuit pour frayer avec les biches. On a prétendu que des biches auraient succombé à son charme.

– Il aurait *frappé* des biches ? Un cheval ? Ce cheval blanc ? Aio ma mère, fit le comte, d'une voix pâteuse. Ton père le croyait ? »

Il mit sa main sur celle d'Oudinot :

« Tu l'aimais vraiment, ton père ? »

Il se leva en portant la main à son front.

« J'ai trop chaud », dit-il.

Il sortit de la table, en tanguant légèrement.

« Tu es soûl, dit Oudinot, c'est lamentable.

– J'ai soif, protesta le comte, j'ai très soif, j'ai soif à boire dans une ornière.

– Champagne ! cria Oudinot.

– Tu sais ce qu'on va faire ? demanda le comte.

Il choqua son verre contre celui de Mister James, imperturbable entre les deux ivrognes.

« Nous allons prendre l'affût.

– L'affût ? s'étonna Oudinot. Où ?

– A Bombay, chez toi ! lança le comte. Puisqu'il vient boire à la Mare aux Songes.

– Mister White Deer ? fit Oudinot en éclatant de rire. Tu n'y crois pas.»

Le comte souleva le Purday et épaula :

«Je lui mettrai une balle là ! »

Il posa un index entre ses sourcils.

«Tu sais, reprit-il, que lorsqu'on tue Sir White Deer, on peut lui demander tout ce qu'on veut.

– Idiot, ricana Oudinot, c'est une légende des Peaux Rouges.

– Moi, dit le comte, vraiment très ivre, je sais ce que je demanderai.

– Un fils, suggéra Oudinot, gentiment.

– Non, gronda le comte. Le fils, je vais l'avoir.

– Alors quoi ? demanda Oudinot.

– Je lui demanderai à voir mon père, hein ? Tu me comprends ? Tu l'aimais bien ton père, toi. Moi j'ai quelque chose à demander au mien. Quelque chose d'important. »

Il rangea son Purday dans l'étui, au soulagement d'Azok, qui se souvenait de l'avoir vu mettre une cartouche dans chaque canon, alors qu'il n'en avait brûlé qu'une.

«Viens, viens, dépêche-toi, il faut que nous soyons là-haut avant l'aube », reprit le comte en entraînant Oudinot.

Il était plus de minuit. Ils restaient les derniers au Cercle.

«Il ne faut pas que j'oublie ça. »

Le comte ramassa l'enveloppe qui contenait *Les demi-vierges*.

«Donne-nous une bouteille pour la route, dit-il à Azok.

– Deux, corrigea Oudinot.

– Une balle là, là », bafouillait le comte, en titubant d'une marche à l'autre.

La nuit sur le kraal

La comtesse s'était abandonnée à Jézabel avec soulagement ; elle avait besoin d'une mère, ce ne pouvait être Jézabel, elles n'étaient pas de la même essence, mais l'instinct la poussait contre elle (comme il porte des singes nouveau-nés, enlevés à leur mère, à se serrer contre des mannequins de chiffons tièdes). Elle avait moins mal depuis qu'elle était couchée. Elle se recroquevillait en chien de fusil.

Jézabel avait tiré la mousseline du baldaquin. Les contrevents étaient placés avant la nuit mais il arrivait qu'un moustique se mît en embuscade dans la chambre avant que les fenêtres fussent fermées. Jamais la comtesse ne se serait baignée en fin d'après-midi quand les moustiques commençaient à voler ; une piqûre, et l'on attrapait la malaria.

« Ce sera un garçon, n'est-ce pas, Jézabel ? »

La comtesse posait et reposait la même question inlassablement.

« Un gros garçon, madame la comtesse. »

Jézabel disait gros pour beau. Devant un nouveau-né, elle réagissait comme une femelle qui constate que ses petits sont viables. Pour elle, la notion du beau restait liée à la fortune et à la puissance. La comtesse était belle parce qu'elle était riche. Les curés, les évêques étaient *beaux* (oh ! il ne s'agissait pas d'un appel physique !) parce qu'ils représentaient Dieu. Le roi était beau aussi, bien entendu, encore que le roi d'Angleterre à la Nouvelle Hollande...

Aimait-elle la comtesse ? Moins que la comtesse Gladys, mais elle la servait de la même façon, avec le même dévouement *brut*. Quand elle nageait, Jézabel marchait sur la plage comme une poule qui voit un caneton de sa couvée s'aventurer sur l'eau. L'instinct. Sa grand-mère avait été esclave, Jézabel le rappelait parfois avec un effroi qui, en vérité, ne correspondait à rien car la vie qu'elle menait n'était en rien différente de celle de sa grand-mère. Pouvait-on être mieux traitée qu'à la Nouvelle Hollande ?

Nulle part ailleurs on n'aurait trouvé d'aussi bons maîtres. La liberté ne représentait pas grand-chose pour Jézabel. Disposer de soi pour faire quoi ? Elle se signait quand elle pensait à sa Saülette, sa dernière fille. Déchéance ? Le mot ne signifiait pas grand-chose pour elle, elle ne situait pas Saülette sur une échelle sociale ; si une demoiselle du château s'était perdue, comme Saülette, Jézabel en eût souffert davantage, et se serait sentie plus humiliée. L'idée ne l'avait jamais effleurée de comparer ses enfants à ceux des maîtres. Qu'avaient de commun les enfants des dieux et ceux des esclaves attachés aux vignes sur les bas coteaux de l'Olympe ? La distance restait celle-là entre les héritiers de la Nouvelle Hollande et les enfants qui naissaient au kraal.

Construites en rondins, les cases du kraal dataient des Hollandais établis à Maurice pour exploiter les bois précieux. Ils avaient quitté l'Ile vers 1700 ou 1710 parce que leur commerce n'était plus rentable. Les marchands d'Amsterdam se ravitaillaient à meilleur compte en Amérique du Sud et en Afrique. A Baie Bleue, ils avaient abandonné leurs installations et leurs cultures au corsaire Kergoust d'autant plus volontiers qu'il avait pris pour épouse, et selon leur rite réformé, la fille de leur *opperhofd* prénommée Saskia. C'était elle, la véritable fondatrice de la dynastie. Elle avait mis les esclaves aux cultures. Les Hollandais plantaient de la canne pour se distiller de l'eau-de-vie. Saskia avait compris que le sucre valait son pesant d'or dans l'océan Indien ; elle en vendait même aux Anglais, à Madagascar. Tout un trafic aboutissait à Baie Bleue. On pouvait s'enrichir honnêtement, découvrait le corsaire.

Son portrait et celui de Saskia étaient accrochés au grand salon, au-dessus de la cheminée, au milieu des autres Kergoust mâles et femelles qui avaient transmis son nom et sa gloire d'une génération à l'autre. Jusqu'à celui de Mortimer et de Janet Lindsett, la richissime Américaine qui avait financé la Nouvelle Hollande, tous les portraits étaient faux, réalisés de chic par un copiste d'Amsterdam auquel l'Américaine les avait commandés. Inspiré par son prénom, le copiste, pour Saskia, avait pris modèle sur la femme de Rembrandt (peinte avec un chat noir). Le corsaire Honorin, lui, ressemblait à Charles Ier selon Van Dyck.

Jézabel voulait rentrer au kraal, non pour y dormir ni même pour préparer le dîner de Jéroboam, Absalon et lui se débrouillaient sans elle, mais parce qu'elle n'avait pas le droit d'utiliser les cabinets du château et qu'il fallait absolument... La comtesse ne la lâchait pas :

« J'ai trop mal, geignait-elle, je vais mourir.

– Madame la comtesse ne va pas mourir du tout, protesta Jézabel avec de la sévérité. Pas même un petit peu. »

Elle lui présenta une cuillerée de sirop de pavot.

« Pour calmer la douleur. »

Quand la comtesse fut assoupie, la laissant à la garde de Sansonnette, Jézabel se faufila rapidement jusque chez elle. Au kraal, on se réveillait au jour et on s'endormait à la nuit. Dans la journée, le kraal faisait penser à un village africain. Les cabanes en rondins avaient été modifiées, agrandies, on avait ajouté des varangues, des cuisines, des étables pour des chèvres, des poulaillers. Les animaux domestiques et les enfants en bas âge se traînaient entre les habitations, on cuisinait au grand air, on faisait bouillir du linge, on le séchait sur des fils tendus entre deux cocotiers. On retrouvait au kraal les déchets de tout ce qui arrivait à la Nouvelle Hollande, les emballages, bois, zinc, carton, les fûts vides, les bouteilles, les boîtes de conserve, tout servait pour rapetasser un toit, boucher une haie, soutenir une pousse.

Jézabel et Jéroboam occupaient la plus grande des cases du kraal, celle de *l'opperhofd*, dans laquelle Saskia, la première comtesse de Kergoust, avait grandi. Ils n'en étaient pas peu fiers. Autre source de bonheur : les cabinets, pour eux seuls, à côté de la maison, fermés à clef, Jézabel avait la clef, Jéroboam aussi ; pas Absalon, qui la demandait parfois, mais, en général, il se débrouillait en allant dans la nature, n'importe où. Pour Jézabel c'était un grand bonheur, avant d'entrer dans la maison, de s'arrêter là, sur le trône, elle le disait en riant, c'était véritablement un trône ; au kraal, personne ne disposait de quelque chose d'équivalent. Elle s'attardait, elle rêvassait, elle pensait à Saülette. Pour la retenir, elle lui avait dit qu'en ville elle ne trouverait pas ça, des cabinets *pour nous*. Combien de fois Jézabel avait-elle été à Port-Louis ? Pas dix fois, toujours pour des raisons religieuses. La première fois pour la mort du père Laval. Elle se signait (fût-ce aux cabinets) quand elle pensait au père Laval.

Jéroboam se balançait sur un fauteuil à bascule grossièrement rafistolé en tétant une pipe bourrée avec les mégots des cigares du comte.

« Le petit n'est pas couché ? »

Jézabel avait vu de la lumière à la cuisine.

« Il va dormir, fit Jéroboam.

– Vous avez mangé ? » demanda Jézabel en se penchant pour l'embrasser sur le front.

L'aménagement de la plupart des cases était des plus frustes, à peine moins primitif que celui des paillotes indiennes autour des champs de cannes. Jézabel avait réussi à faire de la sienne un véritable intérieur avec toutes les vieilleries rejetées par le château, et qui lui revenaient en priorité. Elle avait plutôt trop de meubles, des rideaux aux fenêtres, du linoléum par terre, une toile cirée sur la table. On est bien chez soi, soupirait-elle quand elle se laissait tomber sur une chaise. Au château elle ne s'asseyait pas. Son « suite-homme » ; une déformation du *sweet home* qu'elle entendait au château. Elle s'affaissait chez elle, elle paraissait tout à coup plus vieille. Ses épaules s'arrondissaient. Fatiguée, mais différente. Libre ? La liberté c'était quoi ? C'était merveilleux de refermer la porte derrière soi. Je suis chez moi. Nous sommes chez nous. Un bien-être. Un apprentissage aussi, qu'elle faisait à son insu.

Absalon épelait le catéchisme du père Laval sous la lampe.

« Tu devrais être couché. »

Il attira Jézabel, pour l'embrasser. On ne lui résistait pas. Elle tenta de le soulever dans ses bras. Il devenait trop lourd.

« C'est Jeudi saint, nénène », dit-il.

Jézabel s'assit auprès de lui. Elle ne savait pas lire mais elle connaissait le catéchisme par cœur et elle l'avait répété si souvent qu'elle le récitait en suivant les mots avec un doigt. Elle commença :

« La veille de sa mort, le Jeudi saint au soir, Notre Seigneur Jésus-Christ étant à souper avec ses apôtres...

– Combien d'apôtres, nénène ? » demanda Absalon.

C'était un jeu, l'un et l'autre, à tour de rôle, ils se questionnaient sans chercher à se prendre en défaut, au contraire, pour se prouver qu'ils étaient incollables.

« Douze apôtres », dit Jézabel.

Elle continua de *lire*, en poussant l'index d'un mot à l'autre :

« ... quand le souper allait finir il prit dans ses mains un morceau de pain, puis il dit une parole sur ce morceau de pain-là ; dès qu'il dit cette parole, le pain qu'il tenait dans la main est devenu lui-même : son corps, son sang, son âme.

– Et sa divinité », ajouta Absalon, avec une gravité bouleversante.

Lui aussi pointait le doigt sur des mots qu'il ne savait pas encore lire, bien qu'il commençât à épeler. Il sollicitait des yeux l'approbation de Jézabel : j'ai bien dit, nénène ? Elle le serra contre elle avec un bras passé autour de sa taille et mit un baiser dans ses mèches salées par la mer avant de poursuivre :

« Lui-même tout entier, ça ressemblait toujours à du pain mais ce n'était plus du pain, c'était Jésus-Christ lui-même. »

Sa voix avait changé ; mais pas seulement sa voix. Les mots la transformaient, elle sortait de sa condition, elle accédait à un univers supérieur, c'était pourquoi, se sentant différente, meilleure, ou plutôt réévaluée, elle parlait autrement, avec gravité, comme les *personnes*. Habituellement, elle n'était pas une personne ; elle en devenait une, par les mots dieux.

« Nénène, demanda Absalon, quand le prêtre mange et boit à la fin de la messe, le pain et le vin c'est Notre Seigneur Jésus-Christ ?

– Tu le sais bien.

– Mais ça ressemble à du pain et à du vin ? »

Il posait les questions du catéchisme, et Jézabel répondait, non sans fierté, pour le catéchiste :

« Ça ressemble à du pain et à du vin mais c'est Notre Seigneur Jésus-Christ.

– Qu'est-ce que c'était avant la messe ?

– C'était un peu de pain et de vin.

– Mais comment un peu de pain et de vin a pu devenir Notre Seigneur Jésus-Christ ?

– Par la volonté et la toute-puissance du Bon Dieu.

– Dans les mains de qui le Bon Dieu fait-il devenir le pain et le vin Notre Seigneur Jésus-Christ ?

– Dans les mains du prêtre.

– Comment ? »

Absalon repoussa l'index de Jézabel avec le sien.

« Je voudrais le dire, dit-il. Je peux le dire, nénène ? »

Elle hocha la tête : va ! Troublée par sa ferveur, elle se demandait si Absalon pourrait devenir prêtre. Elle se signa, parce qu'elle pensa aussitôt à Saülette. Les péchés de Saülette apparaissaient plus cruellement parce qu'ils pourraient, peut-être, peut-être, faire du tort à Absalon.

« Au milieu de la messe, récitait Absalon, la tête inclinée, le prêtre prend un petit morceau de pain blanc dans ses doigts et il dit sur ce pain une parole que Notre Seigneur

Jésus-Christ a donnée ; comme il dit cette parole, le Bon Dieu fait devenir le pain qu'il tient dans sa main Notre Seigneur Jésus-Christ ; tout de suite après que ce pain est devenu Notre Seigneur Jésus-Christ, il... »

Absalon se laissa glisser sur ses genoux avant de poursuivre :

« ... il se met à genoux, adore Jésus-Christ et le lève en l'air. »

Absalon faisait les gestes.

« ... on sonne la cloche et tout le monde baisse la tête pour l'adorer. »

La voix d'Absalon faiblissait. Agenouillée à côté de lui, Jézabel le recueillait contre elle, il s'endormait. Cette peau si douce. Elle promenait les mains sur son torse frais. Il devenait lourd. Il rouvrit les yeux soudain, les écarquilla et, le regard fixe, interrogea encore :

« Quand on casse en deux une hostie consacrée, est-ce qu'on casse... »

Sa tête tomba contre la poitrine de Jézabel, qui la souleva, difficilement, difficilement, afin de le porter jusqu'à son lit. Elle répondait encore :

« Chaque morceau est Jésus-Christ. »

Comme Jéroboam apparaissait à la porte, Jézabel lui fit signe : viens m'aider. Ils portèrent Absalon sur un grabat, dans un recoin contre leur chambre où Saülette dormait autrefois.

« Lave-toi les mains et les pieds avant de te coucher », dit Jézabel à Jéroboam.

Il parut surpris :

« Tu dors là ?

– Tu sais bien que non.

– C'est pour cette nuit ? demanda Jéroboam.

– Peut-être, fit Jézabel en se signant, si le Seigneur le veut. »

Jéroboam esquissa un signe de croix. Jézabel avait refermé le catéchisme, un petit livre à couverture cartonnée auquel elle accordait un pouvoir miraculeux. Lorsque le père Laval était mort [1], sa grand-mère l'avait emmenée à Port-Louis pour lui dire adieu. Quel âge avait-elle ? J'étais petite, se souvenait-elle. Des dizaines de milliers de Noirs se bousculaient pour voir le père une dernière fois dans son cercueil exposé dans une grande pièce, au presbytère. On touchait son corps avec des

_____
1. Le 9 septembre 1864. Il fut officiellement béatifié en mai 1979 par le pape Jean-Paul II.

médailles, avec des rosaires, avec des crucifix. La grand-mère de Jézabel avait posé le catéchisme sur ses mains jointes, pendant un instant. Lorsque Jéroboam souffrait de ses douleurs, Jézabel plaçait le catéchisme sur ses reins ; elle le mettait sur le ventre d'Absalon quand il avait des coliques. Elle ? Jamais malade. Je ne peux pas être malade, gémissait-elle parfois.

« Il faut envoyer Absalon à l'école, dit-elle, en se rasseyant.

– *Missiémâquis* l'a dit ? » demanda Jéroboam.

Ils élevaient Absalon comme leur enfant, et comme s'il devait vivre au kraal ; en même temps, confusément, ils sentaient qu'il ne leur appartenait pas et que son destin ne dépendait pas d'eux. Leurs sentiments pour Absalon devaient être ceux des bergers qui recueillirent Œdipe, en pressentant que les dieux le leur enlèveraient. Ils parlaient rarement de lui ensemble, et naturellement ils se gardaient de lui rappeler qu'il était le fils de *Missiémâquis*. Ce qui ne les empêchait pas, l'un comme l'autre, de lui reconnaître, malgré eux, un peu de la supériorité essentielle (d'essence) du comte. Ils le trouvaient beau, lui, alors que leur fille Saülette, ma foi, jolie, oui, jolie, cela allait de soi, on ne s'émerveillait pas, pas plus jolie que d'autres alors qu'Absalon était la merveille des merveilles ; on se gardait de le dire trop souvent. Jézabel n'avait pas cajolé Saülette autant qu'Absalon, avec la même tendresse. Quand elle serrait Absalon contre elle, quand elle mettait ses mains sur sa peau, comme elle venait de le faire alors qu'il s'endormait sur elle, elle tirait de ses caresses un plaisir mental dont elle n'avait pas conscience, c'était la peau du comte Hubert qu'elle caressait ; si elle l'avait compris, elle se serait gourmandée. Le comte Hubert, *Missiémâquis*, quand il grandissait avec ses premiers enfants (Saülette était venue tard), était beau, alors qu'ils étaient gros. Ses maladies la troublaient davantage que celles de ses enfants. Qu'elle ne voyait presque jamais, le garçon son aîné, il travaillait au chemin de fer, son autre fille était mariée à Curepipe. Jézabel ne connaissait que quelques-uns de ses petits-enfants, qui ne lui manquaient pas, Absalon lui suffisait. Elle n'était pas surprise du tout qu'il apprenne à lire presque seul ; il savait épeler ; il connaissait ses lettres, toutes. Et tellement beau quand il servait la messe, jamais il ne se trompait, pour rien.

Quand elle souffla la lampe, le visage de Jézabel demeura pendant un instant buriné en jaune dans l'ébène de la nuit. Elle avait grandi dans les jupes de sa grand-mère, comme Absalon dans les siennes. Sa mère plaisait au comte Mortimer, comme Saülette au comte Hubert. Était-elle la fille du comte Mortimer ? Pourquoi pas ? On ne le lui avait pas dit, elle ne l'avait jamais pensé, elle était la fille de sa mère comme Absalon était le fils de Saülette, cependant, pour Absalon, *on savait*, certains en parlaient parfois. Pour elle, motus, bouche cousue, le comte Mortimer était plus *sacré* (plus proche de Dieu) que le comte Hubert. Le temps avait un peu nivelé les écarts.

Jézabel avait plus de mémoire que Jéroboam ; elle était plus intelligente que lui. Jéroboam ne conservait que peu de souvenirs de ses jeunes années. Jézabel en gardait davantage, dont certains qu'elle s'était fabriqués et qui se mêlaient authentiquement aux vrais à force d'avoir été remâchés. Elle s'était persuadée ainsi que le père Laval, dont elle prononçait le nom avec autant de piété que celui de la Sainte Vierge, lorsqu'il était venu dire la messe à la chapelle de la Nouvelle Hollande, en avait fait sortir le comte Mortimer parce qu'il manquait de respect à sa mère, devant l'autel :

« Dehors, l'impureté ! » avait tonné le père.

Elle aurait donné sa tête à couper que sa grand-mère le lui avait raconté. En fait, un incident analogue s'était déroulé à la cathédrale de Port-Louis où le père Laval, du haut de la chaire, avait tonné contre un godelureau, qui n'était pas Mortimer de Kergoust, et qui prétendait faire sortir de son banc une jolie négresse parce qu'elle lui plaisait. Le père avait la jeunesse dorée contre lui. On menaçait de rosser *la grosse bête noire* qui enseignait la vertu aux jolies négresses, pour les garder ! sifflait-on. De ses souvenirs vrais ou surajoutés, Jézabel dégageait une comparaison très floue entre l'aventure de sa mère et celle de sa fille, mais, s'il lui était facile de noircir le comte Mortimer qu'elle n'avait pas connu, elle ne découvrait pas malice chez Bubu, qu'elle avait mis au monde.

Le père Laval avait marié ses grands-parents au cours d'une cérémonie collective, pendant l'épidémie de choléra en 1845. Émancipés depuis 1835 seulement, les anciens esclaves noirs accédaient à la liberté par le baptême. La communion les faisait égaux des Blancs, ils le sentaient confusément, et se bousculaient pour *manger le Bon Dieu*, surtout lorsque le choléra ou la malaria faisait des centaines, voire des milliers de morts chaque jour. *Mourir chrétienne*. Jézabel entendait encore sa grand-mère le dire et il lui en restait une faim et une soif de messe et de communion. Mourir chrétienne, et, par conséquent, si le Bon Dieu lui pardonnait, entrer au paradis. Quel paradis ? Y retrouverait-elle les Kergoust morts à la Nouvelle Hollande ? La comtesse Adélaïde et Bubu iraient-ils dans le même paradis qu'elle ? Questions qu'elle ne précisait pas, elles ne se trouvaient pas moins posées dans cette espérance confuse qui la soutenait vers sa mort. Pouvait-elle imaginer un seul instant que Bubu rôtirait en enfer parce qu'il avait péché avec Saülette ? Saülette, elle, grillerait dans les flammes, Jézabel priait pour elle ; elle n'aurait pas osé prier pour le comte de Kergoust.

« Qu'est-ce qu'il y a ? »

C'était Sansonnette, haletante d'avoir couru.

« Madame la comtesse est réveillée ? demanda Jézabel.

— Elle réclame le docteur », répondit Sansonnette, consternée.

À L'AFFÛT DU GRAND CERF BLANC

LA Speedwell tomba en panne d'essence un peu avant la digue de la Mare aux Songes, à un demi-mile de Bombay. La nuit était sublime, avec une lune qui éclairait comme en plein jour. Accroché à l'un des montants du dais, Oudinot déclamait avec emphase :

« Ô déesse de la nuit, fille du ciel et de la terre, tu portes ta robe semée d'étoiles, ô épouse d'Achéron, mère des Furies !

— La déesse de la nuit te dit sucre », rigolait le comte.

Il essayait de vider le bidon de réserve dans le réservoir. Un essaim de papillons s'agglutinait sur la lampe qui restait allumée.

« Passe-moi la bouteille, hoqueta le comte, j'ai bu du pétrole. »

La bouteille qu'ils avaient emportée était vide.

« Je veux rentrer, gémit le comte. Je veux savoir si j'ai un fils. »

Cela revenait comme un leitmotiv dans les propos d'ivrogne qu'ils tenaient tous deux depuis qu'ils avaient quitté le Cercle, non sans mal. Le comte était parti en marche arrière, après quoi, parce qu'il avait le pied lourd, il avait fait avancer la voiture par saccades, par bonds de grenouille de concours, rigolait Oudinot. Le vacarme réveillait les gens du quartier qui se mettaient aux fenêtres. Le comte voulait s'arrêter au Trianon Parisien.

« Et Sir White Deer ? hoquetait Oudinot.

— Tu as peur des femmes, hein, avoue que tu as peur des femmes ? » gueulait le comte.

A Belle Vue, nouvelle séance bouffonne. Le comte voulait redescendre à la Nouvelle Hollande.

« J'ai un fils ! J'ai un fils !

— Tu le sauras bien assez tôt, ricanait Oudinot. Est-ce que, oui ou sucre, tu veux tuer Sir White Deer ? »

Ils avaient obliqué vers Bombay.

« On n'y voit pas plus que dans le cul d'un nègre »,
hurlait le comte.

Une lampe s'était alors éteinte, faute d'acétylène.

« Qu'est-ce qu'on tient !

– Viens, fit Oudinot en entraînant le comte vers la
digue. »

Il se remit à déclamer :

> *La nuit règne et partout sur la terre*
> *Verse aux corps fatigués sa fraîcheur salutaire.*

« Verse quoi ? » bégaya le comte.

Il voulut encore rentrer.

« Viens, viens », répétait Oudinot.

Avec le pouce à la bouche, il imita un clairon :

« Ya d'la goutte à boire là-haut.

– J'ai faim. »

Ils titubèrent à travers la digue, protégés par le dieu
des ivrognes.

« C'est par là qu'il viendra, bredouilla le comte en
désignant le Sombre dont le cratère se découpait en indigo
sur le ciel laiteux.

– Si tu continues à gueuler, dit Oudinot, on préviendra
Sir White Deer que tu l'attends et il ne se montrera pas.

– Il viendra ! protestait le comte, je te dis qu'il viendra. »

Il ramena sa main sur son front :

« Je lui mettrai une balle là, entre les yeux. »

Un cri de désespoir :

« Sucre ! James ! Mon ami James ! »

Il avait oublié son fusil dans la voiture.

« Je vais le chercher », dit Oudinot.

Il lâcha le comte, qui se retrouva assis dans l'herbe, et
retourna à la voiture. Le Purday se trouvait sur la
banquette arrière, avec l'enveloppe qui contenait *Les
demi-vierges*. En voyant le roman entre les mains de Bubu,
Oudinot avait flairé qu'il contenait une explication du
drame de *cette nuit-là*. Il l'ouvrit à la page de garde. Tippoo
Sahib ! La dédicace était de Gaétan, Tippoo Sahib, c'était
lui. Bubu avait dû le comprendre.

« Je demanderai à Sir White Deer de revoir mon père. »

Pour lui demander s'il avait été l'amant d'Adélaïde ?
Situation cornélienne, pensait Oudinot. D'ailleurs la
question lui faisait mal, à lui aussi ; et il connaissait la
réponse. Pourquoi en souffrait-il ? Gaétan ne lui avait rien
pris. Gaétan obtenait toujours tout ce qu'il voulait. Quand
on exige le meilleur, ironisait-il, on finit par l'avoir. Il

existait. Il *était*. Il disposait de. Moi, qui suis-je ? se demandait Oudinot, et qu'est-ce que je veux ? La disposition de la dédicace l'intriguait :

NON !

Vous ne m'aimez pas autant que je vous aime.

De *L'École des femmes*. Mais qui refusait ? Qui disait NON ? Elle, le NON étant alors chargé de reproches : avec vous c'est toujours non, et non ! Ou lui, NON, pas vous, vous êtes trop pure, je n'ai pas le droit de...

Les demi-vierges. Oudinot, pour indifférent qu'il restât aux appels physiques de l'amour, comprenait que le roman fournissait la clef des rapports entre Gaétan et Adélaïde. Que se passait-il entre eux ? Des moitiés d'amants ? *Anéanti par cette étreinte.* Quand Bubu lui avait lu ce passage il avait pensé aux sensations du petit matin qui, parfois, alors qu'il se trouvait dans une semi-conscience... *L'anéantissaient* ?

A Oxford, une nuit d'été, on étouffait, il était rentré tard ; son compagnon de chambre nu sur son lit ; haletant ; que faisait-il ? Oudinot avait tout de suite détourné son regard.

Won't you join ? avait proposé l'autre.

Cette voix de mendiant, une voix de délire aussi. Oudinot avait fait mine de ne pas entendre. Il avait ensuite oublié. Il fallait oublier, cela ne le concernait en rien. Parfois l'image revenait. Plus nette, de plus en plus nette, quand *ça* se produisait, quand, dans la somnolence de l'aube... Quoi ? Qu'est-ce qui lui arrivait ?

Bubu s'était relevé et titubait vers lui, sur la digue.

« Qu'est-ce que tu fichais ? Tu ne revenais plus. »

Et de recommencer ses jérémiades, il fallait qu'il rentre, il voulait voir son fils. Il reprit l'étui, avec le Purday. Oudinot ricana :

« Tu veux descendre à pied à Bombay ? Vas-y tout seul. »

Il prit le comte par les épaules :

« Allez, viens, je te ramènerai demain matin, quand tu auras tiré un cerf.

– Sir White Deer », hoqueta le comte.

Il caressait l'étui du Purday.

« C'est mon ami, mon ami. »

Le chemin montait dur vers Bombay. Une lumière vint bientôt à leur rencontre. En entendant leur raffut, Oji, le garde, s'était levé pour se porter au-devant de son maître. Il n'était pas rare qu'Oudinot arrivât à Bombay au milieu de la nuit, à cheval et toujours seul. Oji lui apportait à boire et à manger. Il vidait la bouteille sans toucher au repas. Oji le retrouvait sur un bat-flanc, moins endormi qu'assommé, hébété. Il desserrait sa ceinture et le recouvrait d'une peau de daim. Oudinot repartait quand il pouvait se tenir debout, souvent en pleine chaleur.

« Je ne peux rien faire pour vous, sahib ? demandait Oji.

– Rien, répondait Oudinot. Qu'est-ce que tu pourrais faire, hein ? Dis-le-moi ? »

Un matin, en ouvrant les yeux, Oudinot avait découvert une gamine penchée sur lui.

« Ta fille ? avait-il demandé à Oji. Laisse-la chez toi. »

Il parlait l'hindoustani avec Oji, il l'avait appris avec lui, pour l'essentiel. Les rudiments, la base théorique, il les avait rapportés d'Oxford.

« La dame est venue, sahib », lui dit Oji.

Adélaïde ? À Bombay ? Elle s'était rendue à Bombay après avoir quitté le tribunal ? Pourquoi ? Oudinot sentait son cœur battre plus vite. Pour le voir, lui ? Il n'y avait pas la moindre chance qu'il montât à Bombay. Alors ? Un pèlerinage ? Il ignorait qu'elle arrivait de la Savone, où Miss Barrett était morte.

« Elle n'est pas restée longtemps, reprit Oji. Elle a demandé du thé.

– Qu'est-ce que vous baragouinez tous deux ? bredouilla le comte.

– Oji va nous préparer des écrevisses », mentit Oudinot, avec de la nervosité.

Adélaïde. En la retrouvant au tribunal, inchangée, si naturelle, en lui parlant avec son cœur, comme avant son mariage, il avait compris qu'il ressentait toujours la même amitié pour elle. Amitié ? Autre chose ? Quoi ? Pourquoi avait-elle épousé Bubu ? Après Gaétan ! Il s'était juré de ne pas le lui pardonner. Pourquoi, en fait ? Il était jaloux de Gaétan. Beaucoup moins de Bubu. Pauvre Bubu. Oudinot n'avait pas la moindre estime pour Bubu, et c'était sans doute pourquoi il en avait tellement voulu à Adélaïde lorsqu'il avait appris, par elle, qu'elle l'épousait.

« Vous devez être le premier à savoir ! »

Elle souriait, à la Joconde :

« Que pensez-vous de lui ? »

Il n'avait plus de voix.

« Vous le trouvez trop jeune pour moi ? »

Trop vide ! Trop inexistant ! avait-il envie de hurler.

« Il est si gentil, n'est-ce pas ? »

172

Gentil ! Oudinot bousculait le comte vers Bombay :

« Allez, avance, tu vas avoir à boire et à manger, un effort ! »

Que se passait-il dans la tête de cet innocent ? *Parler à mon père.* Il ne lui parlait pas de son vivant, Gaétan s'en plaignait : Bubu a peur de moi, disait-il. Mais tout ce que racontait Gaétan... Un égocentrique parfait, en quoi Bubu tenait de lui, mais l'égoïsme de Bubu était plus *animal*, moins mental, moins cérébral, il voulait les meilleurs morceaux, son dû Kergoust. En revanche, il ne se prenait pas pour... Pour quoi, pour qui se prenait Gaétan ? *Les demi-vierges*. Adélaïde. Une demi-vierge ? Quoi ? Quoi ? Une excitation insolite s'emparait d'Oudinot. Une envie de botter les fesses de Bubu, ce gros cul, à son âge, allez, avance ! avance !

« Qu'est-ce qui te prend ! gronda le comte, tu me pousses ! »

Il portait le Purday dans ses deux bras, repliés devant lui. Ils arrivaient. Enfin ! Oji avait placé une bouteille de whisky sur la table en camphrier poli ; le comte prit une goulée bruyante, avant de la tendre à Oudinot.

« Plus tard », fit Oudinot.

Il respirait le parfum d'Adélaïde ; il le croyait, en fait, c'était l'odeur de santal qui flottait encore dans l'air, mais il avait si fort le sentiment de la présence d'Adélaïde qu'il se persuadait que Bubu se rendait compte qu'elle avait passé par là. Il souffla la lampe qu'Oji avait déposée sur la table. On voyait comme en plein jour.

« Viens, Bubu. »

Il entraîna le comte dehors, sur la varangue, pour lui montrer l'Ile sous la lune, du Point de Mire au nord jusqu'à Mahébourg au sud.

« Regarde, Bubu, le cap Malheureux que le *Saint-Gérans* n'a pas pu doubler, avec Virginie à son bord.

— Cette histoire, grommela le comte.

— Tu n'es pas bouleversé par les noms, Bubu ? La pointe des Canonniers, l'anse du Trou aux Biches, la passe de la Bête à Mille Pieds, la pointe des Deux Cocos.

— J'aurais dû rentrer », grommela le comte.

Au-dessus des étangs de la Mare aux Songes, le Sombre prenait de l'ampleur et de la force. Plus loin on voyait le Pietr Booth avec sa pointe en téton arrogant, la montagne du Chat et du Rat, la Tête de Chien, la montagne des Trois Mamelles, la rivière des Aiguilles.

« Baie Bleue, fit Oudinot, et Rivière Bleue.

— Quelle heure est-il ? demanda le comte.

– Oublie le temps », murmura Oudinot.

On entendait bramer des cerfs. L'aube n'était plus loin. « Tu en as combien ? demanda le comte.

– Des cerfs ? Cinq cents, six cents, je pense, répondit Oudinot. Mon père estimait qu'on pouvait en faire mille sur Bombay.

– Facilement, admit le comte.

– Ils vont venir quand ils verront de la lumière, dit Oudinot. Ils me connaissent.

– Tu dors souvent ici ?

– Je ne dors pas, souffla Oudinot. Les biches mettent bas. On voit déjà des faons. »

Il rêvait devant la mer scintillante de reflets.

« Un jour, Bubu, n'est-ce pas fantastique, on a vu des voiles, par là, dans la rade de Port-Louis. La mer était aussi calme que maintenant, un lac. Le soleil se levait derrière le Pietr Booth comme il ne tardera pas à le faire. C'était le vingtième jour du mois de septembre 1715. Poussé par une petite bise, *le Chasseur* entrait dans la rade, sous les ordres de Guillaume d'Arsel.

– Il n'était pas le premier, bougonna le comte, mon aïeul était là.

– Qui ne le sait, fit Oudinot un peu ironiquement. Mais sais-tu qu'avant eux un autre Français était venu aux Mascareignes, un Rouennais, François Cauche, sur un bateau de trois cents tonneaux. Trois cents tonneaux, Bubu ! C'était en 1600 et quelque [1]. Ça ne te fascine pas ? Regarde, là-bas ! Trois cents tonneaux ! Une coquille de noix. Combien jaugeait *le Trident* du corsaire Kergoust ?

– Je ne sais pas, admit le comte, plutôt désolé. Je l'ai su, quand j'étais petit, les histoires de corsaires me passionnaient. François Carosin de la Landelle a eu les deux jambes coupées par un boulet, il s'est fait caler dans un tonneau rempli de sable pour continuer à commander, et puis...

– Car il en a fait davantage ? demanda Oudinot, ironiquement.

– Quand il a compris que sa frégate allait sombrer, il n'avait plus que deux hommes vivants, il a pris son pavillon entre les dents avant de se précipiter dans la mer.

– En marchant sur les mains, je suppose, dit Oudinot.

– Tu ne crois jamais rien, grommela le comte.

– Je pense que la vérité est plus belle que les histoires. »

---

1. 1638. Parti de Dieppe le 15 janvier, François Cauche planta le drapeau du roi en juin sur l'Ile.

Oji avait apporté un plat de daim fumé, et une bouteille de vin du Rhin.

« Et les écrevisses ? demanda le comte.

– Dans quelques minutes, sahib, dit Oji, elles cuisent. »

Il habitait un cabanon caché dans les lauriers et les lis des bois, avec des chiens et un singe.

« Tu ne manges pas ? » demanda le comte à son ami.

Oudinot ramassa une lichette de viande, qu'il grignota lentement.

« Ils avaient de la chance, murmura-t-il.

– Qui ? demanda le comte, la bouche pleine.

– Ton ancêtre, Guillaume d'Arsel, François Cauche. Les premiers navigateurs étaient portugais parce que le pape Eugène IV leur avait accordé en 1438 ce privilège d'explorer le monde. N'est-ce pas fabuleux ? Et Guillaume d'Arsel est parti d'Arabie, du port de Moka, pour prendre possession de notre Ile.

– *So what* ? souffla Bubu.

– Il cherchait du café. On lui a remis une lettre du roi : Monsieur d'Arsel, allez planter le drapeau à fleur de lis sur une île qui se trouve quelque part vers l'est. Cela ne te semble pas extraordinaire ?

– Pourquoi ? demanda Bubu.

– Une lettre partie de Versailles, souffla Oudinot, signée par Louis XIV, peu avant sa mort. »

Il jouait avec une pièce d'or.

« Un double louis, dit-il, je l'ai acheté parce qu'il porte la date de 1715. L'année de Guillaume d'Arsel.

– Honorin de Kergoust était déjà...

– Qui est venu à Maurice avec ce double louis dans sa poche ? demanda Oudinot. Un louis de vingt livres. En général, c'étaient des louis de dix livres. »

Il tendit la pièce au comte :

« Regarde, tu ressembles à Louis XIV.

– Pas du tout, fit le comte avec sérieux, je ressemble à Louis XVI. »

Il se tourna pour montrer son profil.

« Il faut me voir avec une perruque, dit-il.

– Un louis d'or voulait régner, un homme en or qui s'appelait Louis.

– Qu'est-ce que tu chantes ? demanda le comte.

– C'est un poème, expliqua Oudinot.

– De toi ? Et la suite ?

– C'est tout », dit Oudinot.

Il retourna à l'horizon :

« 1715 ! Le bateau de Guillaume d'Arsel s'appelait *Le Succès*. Il n'était pas seul, *Le Chasseur* du capitaine de Grangemont était déjà au mouillage. Ils se sont couverts de flammes en déployant leur étendard fleurdelisé et les équipages, rassemblés sur le pont, ont crié trois fois : Vive le roi !

– Vive le roi ! » reprit le comte.

Il soupira :

« C'est beau, tu as raison. Le passé était plus beau.

– Tu ressembles assez au roi serrurier, admit Oudinot.

– Tu dis ça ! s'exclama le comte. Tu le méprises, le roi serrurier ?

– Pourquoi lui a-t-on coupé la tête ? demanda Oudinot. C'était un brave type, mais les Français ne pouvaient plus le supporter. »

Il remplit son verre.

« A quoi servons-nous, Bubu ? »

Le comte demeura bouche bée.

« Ici, c'est de nous qu'on ne veut plus », reprit Oudinot.

Après un silence :

« On nous aurait guillotinés en 93, et toi avant moi, sans doute. »

En riant :

« Tu aurais peut-être voté la mort de Louis XVI !

– Va te faire sucre », bougonna le comte.

Il se souvenait de l'insinuation lancée par Saint-Ageste au Cercle. Ou par Pinet ? Est-ce que Oudinot songeait vraiment, comme Mirabeau, à s'appuyer sur la canaille contre les siens ? Où voulait-il en venir ? Que désirait-il ? Ah ! s'il était marié... Difficile vu son physique. Mais qu'est-ce qui l'empêchait de monter, chez Rose ? Les filles le prendraient tel qu'il était. Hé ! précisément. Tel qu'il était ! S'il ne pouvait pas ? Hein, si vraiment il était impuissant ? Qui l'avait dit ? McKay ? Ils étaient ensemble à Oxford. McKay n'était pas le seul de cet avis, et il fallait bien se rendre à l'évidence, depuis que le comte et lui étaient pour ainsi dire inséparables, jamais, jamais. Pourtant le comte lui avait plus d'une fois proposé de passer chez Rose. Zéro. Pas d'intérêt. Curieux tout de même. Évidemment cela expliquait tout ce théâtre qu'il se faisait en permanence, les poèmes, le passé, fou ce qu'il savait sur le passé de Maurice, mais quoi, le passé est mort, non ?

« Regarde ! cria Oudinot, une étoile filante ! »

Le comte ne tourna pas la tête :

« On regarde toujours trop tard, remarqua-t-il avec indifférence, et puis quoi ? C'est la même chose chaque fois.

– Tu aurais pu faire un vœu. »

Oudinot se mordit les lèvres ; pourquoi lui rappeler qu'il souhaitait (en tuant Sir White Deer) revoir son père.

« Je voudrais... »

Oudinot invita le comte au silence avec un doigt impérieusement placé sur ses lèvres. Une biche avait sauté sur la varangue pour lécher la fraîcheur d'avant l'aube sur les panneaux vitrés entre les montants d'acajou. Oudinot plaça sa main devant son museau, elle ne réagit pas.

« Crois-tu qu'elle me voit, Bubu ? souffla Oudinot, avec de l'émotion.

– Elle te reconnaît, c'est sûr, ricana le comte. Tu devrais me la présenter. »

La biche resta un instant en alerte, avant de sauter dans les buissons.

« Tu n'a jamais chassé ? demanda le comte.

– Un peu, répondit Oudinot, ça ne m'amusait pas.

– Ce n'est pas amusant, grogna le comte, c'est, c'est... »

Il allait dire : c'est la guerre ; il se souvenait des évocations historiques d'Oudinot, et notamment de la lente progression des explorateurs portugais qui, sur leurs coquilles de noix, reculaient les horizons du monde.

« C'est chaque fois comme si on découvrait tout, dit-il, est-ce que tu me comprends ? On recommence quelque chose. »

Il hésitait :

« La vie, hein ? On recommence peut-être la vie. »

Il se trouvait solennel.

« Mon père s'est arrêté de chasser, reprit-il d'une autre voix, quand il a constaté que je tirais mieux que lui.

– Tu plaisantes, Bubu.

– Comme au tennis, reprit le comte. Il n'a plus touché une raquette quand je l'ai battu.

– Allons donc ! »

Le comte restait la bouche ouverte :

« Sucre ! gronda-t-il, j'ai oublié le livre.

– Quel livre ? » fit Oudinot, avec une hypocrisie aveuglante.

Il avait caché l'enveloppe sur un rayon de l'armoire-toilette entre deux serviettes.

« Tu parles de ce roman que tu feuilletais au Cercle ?

– Je l'ai laissé dans la voiture, grogna le comte.

– Sûrement pas, lança Oudinot, avec plus d'assurance. Je l'aurais vu en prenant le fusil.

– Derrière ? demanda le comte. Sur la banquette ? Je suis sûr de l'avoir mis là avec le Purday.

– Tu en es sûr, Bubu, tu dis que tu en es sûr. Moi je n'étais pas sûr de grand-chose quand nous sommes partis. »

Oudinot souffla :

« Ça va mieux, heureusement. Tiens, voilà les écrevisses.

– Je n'en veux pas », dit le comte, en faisant signe à Oji de reprendre le plat, magnifique, déposé sur la table.

Comme il paraissait décidé à chercher le livre, Oudinot envoya Oji à la voiture :

« La lune va se cacher, remarqua-t-il, il fera noir, tu ne trouverais pas ton chemin.

– Dépêche-toi », dit le comte à Oji.

Oudinot expliqua à Oji, en hindoustani, qu'il avait pris le livre et qu'il était par conséquent inutile qu'il se dérange.

« Qu'est-ce que tu lui racontes ? siffla le comte.

– Je lui dis de garder les écrevisses au chaud », mentit Oudinot.

Il avait récupéré son calme.

« Ce roman n'a pas d'intérêt, dit-il.

– Mon père l'a dédicacé à une femme, grogna le comte.

– Tu en es sûr ? »

Le comte baissa la tête.

« Tippoo Sahib, en tout cas, c'est lui.

– Je ne me souviens absolument pas d'avoir vu ton livre sur la banquette, affirma Oudinot. Tu l'as certainement laissé au Cercle. »

Le comte marchait de long en large.

« Tu devrais te reposer un peu, suggéra Oudinot. Allonge-toi sur un bat-flanc, je te réveillerai.

– Pourquoi est-ce que mon père venait ici ? demanda le comte.

– Pour être tranquille, pour écrire.

– Il aurait pu écrire à la bibliothèque.

– Je suppose qu'ici il se sentait inspiré. La vue, tout ça... »

Il montrait les paysages qui se diluaient dans l'obscurité, les montagnes fondues les unes dans les autres, marquées par les crêtes sur le ciel assombri.

« Tu l'aimais, mon père ? demanda le comte. Pourquoi ? Il était...

– Tu peux le dire, Bubu. Il était beau. Et moi, hein ?

« – Je voulais simplement dire qu'il était plus âgé que toi. »

Les silences qui s'établissaient entre eux devenaient embarrassants. Qu'est-ce qu'il a compris ? se demandait Oudinot en épiant le comte. Il parla de Gaétan, avec fébrilité, en se moquant de l'admiration qu'il éprouvait pour lui quand il était son partenaire de double.

« Je lui ai montré mes premiers poèmes », dit-il.

Est-ce que Bubu l'entendait ?

« Il était mon directeur de conscience, reprit Oudinot. Je lui écrivais une fois par semaine, pendant mes premières années d'Angleterre. Je n'avais plus personne. Mon père était mort. »

Est-ce que Gaétan conservait ses lettres ? Il avait toujours les siennes, oh ! pas très nombreuses, et quelle déception quand il en reprenait une pour la relire. Ce manque de naturel, cette écriture prétentieuse, dans sa forme aussi, des fioritures, du superflu ; on ne le lisait pas facilement. Il cachait sa vie de la même façon derrière des enjolivements dont le temps eût accentué le ridicule s'il n'avait pas eu cette fin tragique. On peut avoir toutes les femmes que l'on veut, disait-il à Oudinot, encore gamin, quinze ans, pour qui les femmes, même s'il en avait rêvé... Avec de la patience et de la présence, expliquait-il, et beaucoup de gaieté.

« Est-ce que ton père riait beaucoup ? demanda Oudinot.

– Pas avec moi », répondit Bubu.

Le plus beau sourire de l'océan Indien. Le cœur d'Oudinot, adolescent, battait plus vite quand il avait rendez-vous avec Gaétan au tennis ; ils ne se voyaient pas ailleurs. Son admiration pour lui s'était effritée, et plus, détériorée quand il l'avait revu après huit années en Angleterre. Il connaissait trop bien ses trucs, ses tics, tous les morceaux de bravoure qui émerveillaient Adélaïde pendant le déjeuner de chasse. Le vieux Girard ne s'y trompait pas : du vent, de la crème battue en neige. Et qu'Adélaïde se laissât prendre ! Une alouette au miroir. Cette personne si lucide en général, si sévère dans ses jugements, et qui voyait si juste, qui pesait si bien les qualités et les défauts de chacun d'après des références littéraires, ce que celle-là avait de Rosine, et celle-ci de Célimène... N'aurait-elle pas dû dépouiller aisément Gaétan de ses fanfreluches ?

Elle l'aimait. L'aimait-elle encore à travers Bubu ? Voulait-elle retenir quelque chose de lui en épousant Bubu ? Qui ne lui ressemblait en rien, pas même comme une caricature à son modèle. Et maintenant, grommelait Oudinot, la caricature, c'était plutôt Gaétan. S'était-il détaché de lui en Angleterre ? Il lui en avait voulu de ne pas entretenir une correspondance suivie. Il trouvait ses lettres admirables, jusqu'à baiser la première, selon une impulsion romantiquement innocente. Si les suivantes l'avaient moins ému, la déception s'était surtout accentuée au retour. Par Adélaïde.

« Vous la connaissez bien, Henri ? Vous connaissez son père, cet étonnant personnage ? »

Gaétan avait demandé à Oudinot d'organiser le déjeuner piège. Pourquoi avait-il accepté ? Des motivations complexes qu'il n'avait pas approfondies. Se convaincre qu'Adélaïde n'accorderait aucune attention à Gaétan, auquel il en voulait de la convoiter. Parce qu'elle l'attirait, lui ? Ou parce que Gaétan lui échappait ? Mais qu'est-ce que cela signifiait au juste ? L'inexpérience sexuelle d'Oudinot, son ignorance faussaient ce qu'il percevait, malgré lui, par ses sens endormis (incultes ?). Comment eût-il pu se reconnaître jaloux de Gaétan à cause d'Adélaïde, ou l'inverse, alors qu'il n'avait pas conscience d'un appel physique de l'un ou de l'autre ?

A Oxford, le professeur Robert Augustus Clarke dont il était l'élève favori en botanique l'avait invité à prendre le thé pour le sonder. *The girls* ? Les filles ? Il devinait quelque chose et cherchait à comprendre, pour aider. Il lui avait parlé *scientifiquement* de cette bizarrerie, pas de cheveux et pas même un poil, pas un seul, ni sur le visage ni ailleurs... *Impotency.* Impuissance. Il avait pris la peine de consulter l'*Encyclopædia Britannica*. Elle renvoyait à *nullity of marriage*, avec des précisions pour les juristes. Que dire ?

« Et là-bas, à l'île Maurice, je suppose qu'une jeune fille vous attend ? Vous lui écrivez ? »

Oudinot n'avait pu s'empêcher de rougir en pensant à Gaétan.

Le professeur Clarke éprouvait de l'affection pour Oudinot, qui lui rendait de grands services en recherchant dans la correspondance de Jean Nicolas de Céré [1] des renseignements uniques, irremplaçables, sur l'implantation et l'acclimatation de la flore mauricienne. Chose

---

1. L'adjoint de l'intendant Poivre, qui lui avait confié sa formidable création, le Jardin des Pamplemousses, en le chargeant de l'embellir. La correspondance manuscrite de Jean Nicolas de Céré avec l'intendant Poivre (cinq volumes) était alors conservée au ministère des Colonies à Londres. On allait par la suite la renvoyer à Maurice.

curieuse, en explorant ces textes pour son professeur, Oudinot était tombé sur une information qui avait accéléré et infléchi son évolution morale et politique. L'intendant Poivre avait laissé à Jean Nicolas de Céré un jardinier indien qui n'avait pas son pareil, affirmait-il, pour soigner les plantes. D'ailleurs, il l'avait affranchi. Il s'appelait Raman. Jean Nicolas de Céré avait annoncé sa mort à l'intendant :

« Une très grande perte, le jardin s'en ressentira. »

Un jardinier esclave. Un Indien. Oudinot s'était-il politiquement engagé pour compenser son indifférence sexuelle ? Personne ne pouvait l'éclairer. S'il avait connu un spécialiste, il ne l'aurait pas consulté, comme Adélaïde son gynécologue. Le remarquable, c'était qu'il eût songé à recopier la lettre de Jean Nicolas de Céré sur le jardinier indien Raman comme s'il pressentait qu'il aurait l'occasion de la faire paraître dans l'*Hindustani* de son ami Mawillal.

« Tu n'as jamais regardé les papiers que ton père a laissés ? reprit Oudinot pour rompre le silence. »

Il se demandait si, par hasard, Bubu n'aurait pas lu l'une ou l'autre de ses lettres (ridicules !) d'Oxford. Gaétan n'avait pas dû les garder.

« Tu crois que ça peut m'intéresser ? bougonna Bubu.

– Il disposait d'une carte extraordinaire, dit Oudinot, la seule reproduction de la première carte de l'Ile dressée à la demande du gouverneur d'Arzac de Ternay.

– Furcy de Kergoust a épousé une d'Arzac, remarqua Bubu.

– Qui ne cousine pas à Maurice, hein ? Cela passionnait ton père. Il avait recensé les nobles établis à Maurice à la Révolution, des cadets de grandes familles pour la plupart qui cherchaient fortune. On retrouve leurs noms sur les concessions qui leur avaient été accordées. Beaucoup de noms se sont éteints. Les fortunes aussi. »

Oudinot sentait que le comte ne l'écoutait pas. Il va parler, prévoyait-il. Il redoutait ses questions, et pourtant, s'il avait tellement insisté pour l'entraîner à Bombay...

« Je croyais que mon père s'était suicidé, dit le comte, d'une voix indifférente.

– Je l'ai cru aussi, admit Oudinot, très tendu.

– Je ne le crois plus. »

Silence.

« Plus du tout », reprit le comte.

Puis :

« Pourtant, hein, il aurait eu de bonnes raisons ? Ma mère partie avec ce voyou.

– Bubu ! protesta Oudinot, mollement.

– Et elle, cette garce...

– Je t'en prie, j'aimais beaucoup ta mère, je l'aime toujours, on ne peut pas savoir ce qui...

– Assez, gronda le comte. Tu sais qu'elle a emporté l'argent. De sa dot, soi-disant ! L'autre, ce petit voleur, tu penses, hein ! il n'allait pas la prendre sans rien.

– Je te demande...

– Elle a même volé le collier. Les perles Kergoust, tu sais ce que ça représente, pas seulement comme valeur. Le collier ne faisait pas partie de sa dot, hein ! mais pour lui, évidemment...

– Tu ignores ce qu'il y avait de convenu entre ton père et ta mère. Ils avaient chacun leur vie, tu le sais.

– Je le sais puisque Honorin n'est pas mon frère et que maintenant, là-bas, lui qui est indien, marié à une Chinoise... »

Il bafouillait, il était blême, il postillonnait :

« Le comte de Kergoust ! » hurla-t-il.

Il souffre, pensa Oudinot ; c'était une révélation.

« Naturellement, mon père ne s'est pas tué à cause de ma mère. »

Le comte éclata d'un rire atroce :

« De chagrin ! Tu parles ! Quant à l'humiliation... Évidemment ça n'a pas dû être facile à digérer, mais tout le monde était pour lui. »

Après un silence :

« Ses affaires allaient au plus mal, je ne te l'apprends pas. Il avait misé sur le thé et il s'était trompé.

– Sur le fond il avait raison, plaida Oudinot. Il faudra bien qu'on produise autre chose que du sucre à Maurice.

– Les Anglais l'ont étranglé. Il n'a pas pu vendre une livre de son thé. Si jamais, un jour...

– Pourquoi remuer tout cela, Bubu, dit hypocritement Oudinot, pour relancer la confidence.

– Mon père ne s'est pas tué non plus parce qu'on allait vendre la Nouvelle Hollande.

– Ne se serait pas, corrigea Oudinot. Ne se serait pas tué. Il ne s'est pas suicidé. Oh ! tout le monde le croyait. On ne voulait pas l'enterrer.

– Alors, qui l'a tué, Henri ?

– Tu le sais, répliqua Oudinot vivement, en haussant les épaules. Un braconnier indien qui s'appelait Otuwal Jari. »

Le comte se remit à marcher de long en large.

« Il ne revient pas, remarqua-t-il.

– Oji ? Je parie que tu regrettes les écrevisses.

– C'est vrai, admit le comte.

– On lui demandera de les rapporter.

– Je veux le livre d'abord. »

Le comte s'approcha d'Oudinot et plaça son poing sous son oreille gauche :

« Mon père a été touché là, à bout portant.

– Il a été touché là, c'est vrai, dit Oudinot avec un calme judiciaire, mais par un coup tiré d'assez loin, de dix mètres, sans doute.

– Et qui aurait laissé des traces de brûlures sur la peau ?

– C'est admis par le coroner.

– Cela ne tient pas debout ! gronda le comte. Rien ne tient debout. »

Il remit son poing sous l'oreille d'Oudinot :

« Mortellement atteint, là ! Ici ! Il aurait riposté ? Il aurait tué son agresseur ? Le braconnier ? Tu es sérieux, Henri ?

– Oji a entendu les deux coups de feu, tu pourras lui demander de le confirmer.

– Ne te moque pas de moi, Henri ! Je sais bien qu'il y a eu deux coups de fusil. Mais je sais aussi que mon père ne chassait plus. D'ailleurs, son vieux fusil n'est pas sorti de la maison.

– Il en avait pris un au râtelier, là ! Pourquoi veux-tu recommencer l'enquête ?

– Pour moi, grogna le comte. J'ai besoin de savoir. On n'a pas retrouvé le fusil que mon père aurait... (Il regarda longuement Oudinot :) aurait emporté, selon toi.

– C'est un fait. Un fusil manquait ici, au râtelier. On ne l'a pas retrouvé parce que les complices du braconnier l'ont pris.

– En laissant leur ami sur le terrain, avec une arme à côté de lui, dont personne ne s'est soucié de retrouver le propriétaire ?

– Ils ont été dérangés par Oji, voyons, Bubu, c'est logique, ils ont filé quand Oji est arrivé.

– Ils auraient pu le tuer, non ? Pourquoi ne l'ont-ils pas tué ? Combien étaient-ils ? Est-ce qu'Oji les a comptés ?

– Il ne les a pas vus.

– Tout est faux, cria le comte, et tu le sais.

– Écoute, Bubu, dit Oudinot sévèrement, si Oji ne les avait pas fait fuir, s'ils avaient pu emporter le corps de Jari, moi, vraiment je ne sais pas comment on aurait obtenu de l'encens et de l'eau bénite pour ton père.

– Tu restes donc persuadé qu'il s'est suicidé ?

– Il m'arrive de m'interroger.

– De quoi serait mort *votre* Jari ? Il se serait suicidé aussi, le pauvre ?

– C'est idiot, admit Oudinot.

– Mon père aurait pu le tuer et ensuite... »

Le comte avait sorti le Purday de son étui. Il le coinça sous le bras gauche, l'orifice des canons sous l'oreille. Il cherchait la détente avec le pouce.

« C'est facile, hein ? D'autant plus facile pour mon père qu'il n'était pas gaucher, tu le sais. »

Bubu introduisit les canons dans sa bouche :

« Il se serait fait sauter comme ça ! dit-il, en déposant le fusil.

– Tu m'ennuies, grommela Oudinot.

– Votre histoire de braconnier ne tient pas debout, reprit le comte, d'une voix moins agressive. Ces gens ne tirent pas, ils se sauvent, ils filent, et si tu n'as pas de chien, tu peux courir pour les rattraper. Mon père n'avait pas de chien. Les miens ont levé un six cors qui faisait le rouge, c'est-à-dire qui ruminait, à côté du chemin en plein midi, l'autre jour. C'était chez Samuel Heller, derrière Mondésir, à Forêt Basse. Le cerf est parti droit. J'ai hésité et puis, taïaut ! D'ailleurs, comment les aurais-je retenus ? Le cerf était suivi par son écuyer, un superbe brocard qui s'est pris dans un filet, à l'orée de la forêt. Les chiens se sont arrêtés pour le déchiqueter. Le cerf a filé. De toute évidence, les braconniers le guettaient. Ils avaient découvert qu'il venait faire sa sieste là, vers midi. Ils s'apprêtaient à l'égorger, lui ou son écuyer. Ils n'ont pas réagi. Je n'ai rien vu. On ne les voit jamais ! »

Le comte prit Oudinot par le revers de sa veste :

« Qui a tué mon père ?

– Sucre ! » gronda Oudinot, en cherchant à se dégager.

Le comte le tenait ferme :

« A qui mon père a-t-il dédicacé le livre ?

– Lâche-moi », fit Oudinot.

Il tapa sec sur la main du comte. Les deux hommes s'affrontaient quasiment aux crocs, gueule à gueule.

« Je ne sais rien, je n'ai pas vu la dédicace, tu ne me l'as pas montrée. Qui te l'a donné, ce livre ?

– Adélaïde l'a rapporté de la Savone.

– De la Savone ? Quand ?

– L'Anglaise est morte, Adélaïde est passée à la Savone en revenant du tribunal. Tu as dû la voir ?

– Naturellement », fit Oudinot, sèchement.

Bubu faiblissait, il se décomposait, de toute évidence il n'était pas heureux comme il disait quand il cherchait à se faire plaindre.

« Tu crois que mon père aurait pu donner le livre à l'Anglaise ? »

Oudinot cacha difficilement sa stupeur.

« Pourquoi à elle ?

– Elle n'était pas mal, autrefois ? Plutôt jolie ? Elle aurait pu plaire à mon père ? »

Il renifla :

« Tippoo Sahib. »

Bon dieu, pensa Oudinot, il va pleurnicher. Pour se donner le change à lui-même ?

– Après la mort du père Girard, *ils* auraient pu se voir ici ?

– Pourquoi pas ? souffla Oudinot, stupéfait.

– Elle aurait pu venir à cheval ? »

Bubu avait compris et refusait de l'admettre ; dans un sens, c'était assez bouleversant. Mais d'une tristesse...

« Il ne t'en a jamais parlé ?

– Qui ?

– Oji ! Ton garde.

– Jamais », murmura Oudinot.

Ajoutant aussitôt :

« Il est très discret.

– Il met du temps, pour revenir. »

Le comte, accablé, remplissait son verre.

« Je suis sûr, Bubu, que tu n'as pas emporté le livre, tu l'as oublié au Cercle.

– Je m'en fous », bougonna le comte.

Avec une lumière dans les yeux :

« S'il rapportait les écrevisses, hein ! J'aimerais mieux ça, maintenant.

– Il ne tardera plus, dit Oudinot, intrigué par le revirement de Bubu. Pourquoi est-ce que tu ne t'allonges pas pour dormir un peu ?

– Et toi ? »

Oudinot haussa les épaules. Il étala une peau de daim sur le bat-flanc :

« Repose-toi, je te réveillerai. »

Oudinot souffla la lampe. Pendant quelques minutes il ne vit plus rien. Bubu défaisait son col et sa cravate.

« Je crois que tu as raison », fit-il, en s'étendant.

Dans le ciel noir Oudinot repéra Mercure, l'étoile qui se lève une heure avant le soleil, le coq du firmament expliquait son père en lui montrant les constellations.

Était-ce bien Mercure ? Oudinot alluma un cigare. Pendant quelques instants, le visage de Bubu apparut dans la lumière jaunâtre du tison. Endormi. Un enfant. Il avait déboutonné sa chemise. Une touffe de poils noirs. Oudinot avança la main malgré lui, pour les toucher. La douche avec Gaétan. Il avait des poils dans le dos aussi, et sur les épaules.

« Tu es bien fait, petit, avait-il remarqué, tu es bien proportionné. »

Une gentillesse, parce qu'il voyait Oudinot en admiration, béat. Embarrassé ? Un peu ? C'était après leur première partie de tennis.

Oudinot tirait sur son cigare, en se penchant sur le comte endormi. Le bout incandescent mettait du rouge sur les poils. Bubu. Gaétan. Les deux visages se confondaient.

Que sait Bubu ? se demandait Oudinot. A peu près tout, puisqu'il refusait de comprendre. Mais tout quoi ? Que Louis Girard fût le meurtrier de Gaétan, c'était à peu près certain. Pas complètement. Adélaïde aurait pu... Pourquoi pas ? Humiliée, parce que Gaétan refusait de divorcer alors que sa femme, pourtant, l'avait quitté ? Un Kergoust ne divorce pas. *Ils* avaient pu se quereller, *cette nuit-là*. La dernière. Que s'était-il passé entre eux ? Mais l'Indien, le prétendu braconnier ? Adélaïde ne l'aurait pas tué comme Louis Girard, pour supprimer un témoin. Restait un autre suspect possible, dont personne n'avait parlé : Dietr von Buchkowitz. Ses mobiles ? N'était-il pas l'âme damnée de Louis Girard ? Si Girard lui avait demandé d'abattre Gaétan, ce misérable dodo, ruiné, auquel il s'apprêtait à prendre la Nouvelle Hollande pour la donner à sa fille ? Qui l'humiliait ! Une demi-vierge ! Ou pis encore. C'était peut-être fait ?

Et pourquoi Dietr n'aurait-il pas agi seul ? Pourquoi ? Par jalousie, pourquoi pas par jalousie ? Qui pouvait savoir si *elle* (garce) n'avait pas été sa maîtresse ? Restait sa maîtresse ? Le trompait avec Gaétan ?

Oudinot tirait encore sur son cigare. Le visage de Bubu endormi, apaisé. Jamais il n'avait vu Gaétan dormir. Où ? Quand aurait-il pu le voir ? Les poils. Il ouvrit un bouton de la chemise de Bubu. Cette toison noire sur sa poitrine.

Non, pas Dietr, c'était bien Louis Girard qui avait tué Gaétan de Kergoust. On l'avait averti. Qui ? On lui avait sans doute remis ce roman pour lui ouvrir les yeux. L'Anglaise ? Sûrement elle. Pour lui prouver qu'il ne pouvait se passer d'elle. Qu'elle seule l'aimait vraiment.

Que sa fille mentait, lui cachait une vie secrète, une sale vie, une vie sale.

Le coroner était aussi de cet avis : aucun doute, pour lui, c'était Louis Girard. Il ne le formulait pas en clair, pour ne pas se coincer lui-même. Mais ses façons de tourner autour du pot :

« On ne peut tout de même pas penser que... »

Louis Girard bafoué par la seule créature qu'il aimait. Pas facile, pas facile pour lui. Pourquoi détruire sa mémoire alors que la Providence, dans sa sublime compréhension, non seulement le châtiait pour ainsi dire la main dans le sac (le doigt sur la détente !) en le foudroyant le lendemain de son crime ; mais sacrifiait par surcroît un misérable Indien connu de la Justice. Otuwal Jari sortait de prison, n'était-ce pas miraculeux ?

Oudinot posa doucement une main sur le front de Bubu ; avec l'autre, depuis un long moment, il se caressait la cuisse.

Un fil rouge marquait l'horizon, à l'est, en indiquant (sembla-t-il à Oudinot) l'arrondi de la terre.

« Debout, Bubu », souffla-t-il d'une voix maternelle.

Le comte ouvrit les yeux.

« Il faut y aller », reprit Oudinot, de la même voix.

Le comte se redressa en posant ses pieds par terre ; ils avaient gonflé, ses chaussures lui faisaient mal. Oudinot lui fit signe de refermer son col et de reboutonner sa chemise.

« Tiens, ça te réchauffera. »

Il tendit à Bubu un verre de whisky rempli à ras bord ; il vida le sien d'une longue goulée, la tête rejetée en arrière.

« J'emporte la bouteille », dit-il.

Il faisait bon dehors, on respirait un air revivifié. Quelques étoiles tremblaient encore dans le ciel pâlissant. Une touche de rose sur le cratère du Sombre.

On descendait vers les étangs à travers des lauriers et des lilas sauvages, en s'accrochant à une main courante en fils de laiton tressés. Le comte suivait Oudinot avec prudence, en serrant le Purday contre lui.

La chute, une plate-forme de planches à peine équarries, était aménagée sur les basses branches d'un multipliant centenaire qui, par-dessus les roseaux, envoyait ses ramifications noueuses et filandreuses le long de la berge, en les soutenant avec des racines extérieures, comme autant de ponts appuyés sur des arches.

Le comte n'arrivait pas à se hisser sur la chute en grimpant les échelons cloués sur le tronc. Pris d'un accès de fou rire, il se laissait pousser aux fesses par Oudinot.

« Sir White Deer, rigolait-il, je vais tuer Sir White Deer. »

Il s'affala sur la chute où il resta assis avec le Purday entre les jambes, riant de plus belle :

« Papa, papa, je vais parler à papa.

– Cesse de faire l'idiot », gronda Oudinot.

La lumière réveillait la forêt avec tendresse, les volumes et les distances reprenaient leurs proportions.

« Viens, Bubu ! Regarde ! »

Oudinot se penchait sur l'étang.

« Bubu ! Bubu ! »

Une biche se dégageait de la forêt et progressait délicatement vers l'eau en posant un sabot devant l'autre avec des grâces de danseuse.

« Viens voir !

– Je vais voir mon père, pouffa le comte.

– Idiot ! C'est lui ! Sir White Deer ! »

Oudinot n'en croyait pas ses yeux. Un cerf somptueux suivait la biche, encadré par d'autres biches et des cerfs de moindre importance. Pas vraiment blanc, doré par l'aube. Il leva sa tête lourdement couronnée pour bramer.

– « Bubu ! »

Une biche approcha son museau de la gueule du cerf blanc qui s'éleva sur elle, pour la couvrir. Elle ployait avec extase. Dans la tête d'Oudinot un tumulte, quantité d'images en même temps. Il avait souvent assisté à des ruts. En quoi est-ce que cela le concernait ? Quel rapport ? Et voici qu'il était le cerf, qu'il était la biche. Gaétan sous la douche. Les poils qui sortaient de la chemise de Bubu. Adélaïde. Sa main sur sa cuisse. Oxford. Son compagnon nu sur le lit avec cette chose dans sa main. Et la sienne, qui durcissait. Ça venait ! Ce qui lui arrivait, parfois, si rarement, dans une semi-conscience... Une angoisse. Une souffrance. *Won't you join* ? Si le cœur t'en dit, approche. Viens, Bubu ! Sa chemise déboutonnée et les poils. Le compliment de Gaétan : tu es bien bâti. Les poils dans le dos de Gaétan. Sa lettre, qu'il avait baisée. Pourquoi ? D'autres souvenirs, d'autres images. Des attentes. Des peurs. Et tout en même temps, en vrac, lui tombant dessus. Et alors que le cerf, la gueule grande ouverte, bramait de plaisir. Le désir. Un désir. De quoi ? Viens, Bubu ! Oudinot se penchait sur le rut. Les yeux exorbités. Tremblant. Effrayé. Inconscient, ou quasiment. Fou. Le sang aux tempes. Ça frappait. Bubu ! Bubu ! Il avait ouvert son pantalon. Pourquoi ? Il ne savait pas ce qu'il faisait. Il pensait à Mawillal aussi, parlant de son « père ». J'étais tout pour lui, vous comprenez, Henri ? Tout quoi ? Quoi ? Il défaillait, il gémissait. Regarde, Bubu. Il éprouvait ce formidable besoin de montrer. Regarde ! Ça ! Dans sa main ! Incroyable ! En même temps il souhaitait, pourquoi ? pourquoi ? la main de Bubu avec la sienne.

« Bubu ! » gémit-il.

Il se tourna vers le comte. Regarde ! Viens !

« Bubu ! »

Plus de voix. Tout se dissipait, tout était différent, monstrueux, ignoble.

« Salaud ! »

Le comte avait engagé les canons du Purday dans sa bouche. *Si mon père avait voulu*... Il allait se tuer.

« Pourquoi est-ce que tu ne prends qu'une cartouche ?
– Ça suffira. »

Il avait cligné de l'œil. Le doigt entre les yeux. Je n'ai rien compris, se reprochait Oudinot, dans une panique folle, tout allait encore plus vite que l'instant d'avant. Se tuer, ce crétin, parce qu'il avait compris que son père et sa femme... Nom de dieu ! Oudinot se propulsa sur le comte pour lui arracher le Purday. Le coup partit, la balle passa entre eux. Le tonnerre de la détonation, répercuté à tous échos, renvoyé par les flancs du Sombre, dégringolant vers l'embouchure de Rivière Bleue comme les rouleaux d'écume courent sur la barre. Plus de cerfs, plus de biches. Plus de miracle. Des caquetages affolés dans les joncs. Des cercles dans l'eau grise et dense comme du mercure.

« Salaud ! » souffla Oudinot en se reboutonnant.

Le comte saignait de la bouche. En tirant sur le Purday, Oudinot avait déchiré ses lèvres, à la commissure, à gauche.

Vendredi saint. Comme d'habitude, Poon se réveilla avant le jour. Il n'allumait qu'exceptionnellement sa lampe, des plus primitives, une mèche trempée dans un encrier rempli d'huile de tortue. La comtesse l'avait imposé au kraal où il disposait d'une case avec une pompe à eau sur l'évier, comme Jézabel ; moins grande que celle de Jézabel, et beaucoup moins confortablement installée. Quelques meubles rudimentaires, une table, deux escabeaux. Il dormait sur une paillasse, à même le sol. Avant de remettre son turban, il se passa le crâne sous l'eau. Il se le rasait une fois par semaine avec un sabre dont Louis Girard lui avait fait cadeau. Il disposait d'un réchaud pour sa cuisine.

Que se passait-il dehors, du côté des écuries ? Attiré par le bruit, Poon sortit sur sa varangue. Jéroboam attelait pour apporter un mot de la comtesse au docteur Campbell.

« Hue dia ! »

A la lumière d'une lanterne posée par terre, Jéroboam faisait reculer son cheval entre les brancards, le vieux Madagascar, aussi vieux que moi, gémissait Jéroboam, tout blanc comme lui, court jointé comme lui, avec le chanfrein enfoncé, comme lui aussi, après tout ce qu'il avait coltiné sur son dos, le brave Jéroboam. De surcroît, Madagascar faisait autant de bruit que lui en respirant, il avait un trou dans les naseaux que l'air traversait à chaque inspiration et à chaque expiration.

Jéroboam enflamma une feuille de sucrier séchée pour la frotter contre les mèches des lanternes du tilbury.

« Le jour ne va pas tarder, remarqua Poon.

– C'est vrai », fit Jéroboam.

Il réduisit la feuille en cendres, entre ses gros doigts blanchis aux extrémités et devenus insensibles. Il portait sa livrée bleue à parements rouges. Poon était torse nu, en pantalon, comme il avait dormi. Pour lui c'était l'heure heureuse de la journée, quand il partait sur la barre pour pêcher. Il emmenait Absalon depuis quelque temps ; cela ne plaisait guère à Jéroboam, mais le moyen de refuser quelque chose à ce gamin quand il le demandait en vous mettant les bras autour du cou ?

« Fais attention à lui », bougonna-t-il avant de toucher la croupe de Madagascar avec la ficelle de son fouet.

Poon décrocha le casier qui contenait ses appâts et qu'il fixait, pendant la nuit, à la gouttière au-dessus de la varangue de sa case, hors d'atteinte des chats. Une chauve-souris restait collée contre le grillage, qu'il dégagea avec prudence et douceur afin de ne pas abîmer ses ailes déployées.

Le ciel pâlissait, on ne voyait plus que de rares étoiles. Absalon ne dormait plus, il avait vu son grand-père partir. Seul à la maison, il entendit le premier appel de Poon qui, pour l'alerter, imitait le cri des perdrix pintadées : donne la soupe, papa ! donne la soupe !

« Comewattelou », fit Poon quand Absalon l'eut rejoint.

Ce n'était pas de l'hindoustani mais une onomatopée que Poon tenait d'un chirurgien auquel Louis Girard l'avait prêté pour quelque temps quand il avait douze ou treize ans. Le chirurgien avait fait ses débuts à Waterloo. Avant d'opérer, il s'encourageait :

« Comme à Waterloo. »

Il prononçait à l'anglaise. Poon entendait com'wat'lou ; cela remontait à près d'un demi-siècle. Poon se souvenait d'avoir enterré des bras et des jambes dans le jardin de l'hôpital, mais comment s'appelait le chirurgien, comment était-il ?

« Prends ça », dit-il à Absalon en lui passant le casier aux appâts.

Il souleva les brancards de sa brouette pour la pousser à travers le champ d'oignons et le champ d'artichauts jusqu'au bois de filaos, à l'embouchure de Rivière Bleue, en face du corral. Il amarrait sa pirogue à un ponton pourri à côté de la barque du berger, que le comte utilisait quand il allait voir les moutons.

Des frémissements dans les roseaux.

« Un rat », expliqua Poon, qui attaque le nid d'une cane. Un coup de feu retentit.

« Ça vient de la Mare aux Songes », murmura Absalon. Des braconniers ? Les chiens jappaient au chenil.

L'aurore coulait sur la mer comme une lave. Absalon donna la voile triangulaire à la bise du matin, tandis que Poon repoussait la pirogue dans le courant de la rivière. Il s'était incliné devant le soleil levant :

« Shiva haray jijam et mille grâces Jésus-Marie.

– Mille grâces Jésus-Marie », répéta Absalon.

Poon lui passa une rame :

« Raconte-moi, Jonas », dit-il.

Absalon lui répétait les histoires du catéchisme, Adam et Ève au paradis, Abel et Caïn, le Déluge, le sacrifice d'Isaac et d'autres encore que Poon ne se lassait pas d'entendre. Pour vérifier s'il les retenait, Absalon lui posait des questions ; il contrôlait de la même façon les connaissances de Jézabel sur la communion.

« Jonas dormait dans la cale et n'entendait pas la tempête, dit-il. Avait-il payé sa place ?

– Oui, dit Poon.

– Les marins saisis de crainte criaient vers Dieu, reprit Absalon. Criaient-ils vers le vrai Dieu ?

– Chacun criait vers son Dieu.

– C'étaient des païens », trancha Absalon.

Il tirait sur la rame.

« Jonas dormait, poursuivit-il. Qui l'a réveillé, Poon ?

– La tempête, suggéra Poon.

– Non, corrigea Absalon, le capitaine. Il voulait qu'il monte sur le pont. Pourquoi ?

– Pour qu'il crie vers son dieu, lui aussi.

– Jonas avait le vrai dieu, précisa Absalon.

– Parmeshwar, fit Poon.

– La tempête continuait à souffler parce que quelqu'un du bateau avait offensé Dieu. Pas Jonas. Il servait Dieu.

– Le capitaine peut-être, suggéra Poon. En jurant ?

– On a tiré au sort. Pourquoi ? »

Poon ne répondant pas, l'enfant enchaîna :

« ...pour savoir qui serait sacrifié et le sort a désigné... »

Absalon attendait la réponse de Poon :

« Qui a-t-il désigné, le sort ?

– Jonas, dit Poon.

– Oui, reprit Absalon, et Jonas a demandé aux autres de le jeter à la mer.

– Dans les flots », corrigea Poon.

Absalon le regarda par-dessous ses paupières :

« Tu me jetterais dans les flots pour apaiser la tempête ?

– La baleine ne te verrait pas, dit Poon en souriant. Tu es trop petit.

– Elle n'a pas avalé Jonas pour le manger, expliqua l'enfant, elle voulait le mettre à l'abri parce que Dieu le protégeait. Qu'est-ce qu'il a pu manger dans l'estomac de la baleine pendant trois jours ? »

Pour les questions concrètes, Absalon s'en remettait à Poon.

« Ça ne manquait pas de petits poissons, dit Poon, sûrement pas.

– Il ne pouvait pas les faire cuire », observa Absalon.

Ils approchaient du chenal qui traversait la barre, toujours difficile à franchir parce que la marée amortie par le lagoon s'écoulait par là avec des remous.

« Comewattelou ! »

La pirogue, en remontant le chenal, disparaissait sous l'écume, mais, ce passage franchi, ô bonheur, doux Jésus et sainte Vierge Marie, on se trouvait dans le jardin de lotus de Shiva avec les plus beaux poissons de Parmeshwar, des mulets, des dorades, des cordonniers, des vieilles rouges, des gueules pavées, des chirurgiens avec leur scalpel, des perroquets bleus, jaunes, rouges, violacés, de tout, de tout, et de toutes les couleurs, mais rien n'étonnait Poon, c'étaient des poissons.

« Si nous ne les prenons pas, d'autres les pêcheront », remarquait-il.

En réalité, personne ne venait dans son jardin, peut-être parce que l'on redoutait le monstre qui, affirmait-il, avait son palais dans les coraux, une baleine qui renversait les barques d'une chiquenaude de sa queue, beaucoup plus grosse que la baleine de Jonas.

« On la verra ? demanda Absalon, avec un frisson.

– J'espère que non, répondit Poon.

– Toi, tu l'as vue ?

– Pas de près, dit Poon. Il vaut mieux la voir de loin. »

Tandis qu'il préparait ses lignes, Absalon se laissa couler dans le lagoon. Il nageait admirablement. Dans sa promenade sous-marine, il emportait des coques et des argonautes pour une murène qui mangeait dans sa main et faisait dos rond sous ses caresses. Elle vivait dans un décor somptueux et fantastique, auquel Absalon ne prêtait aucune attention, avec des nénuphars de pierre étagés les uns par-dessus les autres comme des toits de pagode, avec des bouquets pétrifiés de lavande bleue ou rose, avec de fausses fougères tranchantes comme des lames, avec des chevelures blondes qui dévoraient, des mousses qui aspiraient, avec des conques qui se refermaient sur leurs proies. Des poissons sereins et dédaigneux sortaient des moindres anfractuosités du récif. La baleine ? Un mérou, sans doute. Absalon cherchait l'entrée de son palais, le cœur battant. Il avait peur, mais puisque Poon connaissait les dieux des eaux et des poissons. De faux dieux, certes, qu'il valait mieux avoir avec soi au fond de la mer.

Avec Poon, Absalon n'apprenait pas seulement à pêcher et à lire le ciel, il s'imprégnait, par osmose, d'une liberté que ses grands-parents ignoraient. Poon ne le traitait pas en petit garçon. Ils vivaient en partenaires égaux le temps qu'ils passaient ensemble, en se prêtant réciproquement la même attention et la même considération ; des liens semblables auraient pu s'établir entre un vieil ours et un jeune chiot. Ils avaient autant à se donner l'un que l'autre.

Comme tout le monde, au kraal, Poon savait qu'Absalon était le fils du comte Hubert. Le fils ? Non. Le comte était son père ? Non plus. Absalon existait par le comte mais... Qu'est-ce que cela pouvait faire ? Encore que... Poon ne s'intéressait à aucun gamin du kraal comme à Absalon. Il lui reconnaissait, inconsciemment, des privilèges mentaux, ce qui expliquait l'attention qu'il accordait à ce qu'il disait. Absalon n'était pas un enfant comme les autres.

La pêche terminée, miraculeuse comme d'habitude, ils remirent le cap sur la Nouvelle Hollande. Un nuage bistre se diluait au-dessus du château comme une tache de lavis sur du papier de riz. Pour le retour, ils contournaient le récif afin de profiter d'un courant qui ramenait vers le fond de la baie. On voyait scintiller le sable blanc sur lequel *le Trident* raclait sa quille quand le corsaire Kergoust le faisait haler à travers la passe par ses esclaves, en narguant les Anglais contraints de croiser au large.

Un thon se débattait au fond de la pirogue. Poon conservait dans un seau quelques pièces de choix pour le comte. Quand il déjeunait seul, le comte faisait grésiller son poisson sur un réchaud à pétrole posé sur la table, afin de voir ses couleurs changer dans la poêle.

Tandis que Poon amarrait la pirogue au ponton, Absalon se dépêchait de charger leur pêche sur la brouette, que Poon poussait jusqu'aux cuisines ; les plus belles de l'Ile. L'Américaine les avait fait construire d'après les plans du chef français du duc de Farnsborough dont les gourmets du Café de Paris disaient qu'il avait le palais assez exercé pour décider si le blanc de poulet qu'il savourait provenait ou non du côté du fiel. Janet Lindsett avait failli l'épouser.

Les cuisines s'étendaient sous le salon et sous la salle à manger, où l'on envoyait les plats par un monte-charge. Les fourneaux venaient de Niederbronn, en Alsace. On mettait vingt poulets à la broche en même temps, ou deux chevreuils.

Poon et Absalon furent accueillis par les pépiements de sœur Marguerite-Rose venue comme chaque matin remplir ses paniers pour le couvent, avec des légumes, des fruits, des œufs, des poulets, des bas morceaux de chevreuil, tout ce qu'on lui donnait.

« Pour mes enfants, pour mes enfants. »

Elle avait l'âge de la Grande Mahaut, à un ou deux jours près ; on ne connaissait pas sa date de naissance exacte. Elle avait été déposée au guichet du couvent enveloppée dans un lange magnifique. En l'abandonnant, sa mère inconnue, mais *née*, tenait à bien la présenter au Seigneur. Parfaitement normale au physique, en revanche, intellectuellement, elle demeurait une enfant. Elle n'avait jamais pu prononcer ses vœux. Pendant les hymnes on l'entendait chanter *Au clair de la lune*, très joliment. Ses yeux brillants donnaient le change, on avait le sentiment qu'elle comprenait tout. Hélas ! Elevée par les jardiniers, un couple d'anciens esclaves, elle leur avait succédé ; elle s'occupait du potager.

« Qu'est-ce que tu me donnes aujourd'hui, pour mes enfants ? »

Elle babillait sans s'arrêter, des propos incompréhensibles.

« On vient faire son marché, ma petite sœur ? demanda Josué, en lui présentant un thon d'une bonne vingtaine de livres.

– Va le porter sur la carriole de sœur Marguerite-Rose », dit-il à Absalon.

La sœur retint Absalon :

« Tu sais que tu vas avoir un petit frère ? demanda-t-elle.

– Elle ne comprend rien mais elle a compris ça ! » s'esclaffa Josué.

Il se mordit la langue : la Grande Mahaut venait d'apparaître sur le seuil de la porte. En la saluant, Josué faisait signe à Absalon de s'escamoter ; déjà le gamin avait disparu derrière la cuisinière. Sœur Marguerite-Rose tomba aux pieds de la mère, pour baiser sa robe, en lui demandant pardon.

« Pardon de quoi ? grommela la mère. Vous n'êtes qu'une godiche. Relevez-vous. »

Elle avait entendu. Elle avait vu. Elle préférait ignorer. Une fois de plus elle regrettait d'avoir toléré qu'Absalon grandisse au kraal, mais le moyen de l'éviter ? Non contente de refuser le garçon qu'on lui avait déniché, Saülette s'était sauvée en laissant son bébé à ses parents.

Pouvait-on se séparer de Jézabel alors qu'il fallait contenir l'influence d'Adélaïde ?

« Où en est-on pour le poupeton ? demanda la religieuse à Josué, encore à la recherche de son souffle.

– Il sera parfait, madame supérieure, bafouilla-t-il.

– Monseigneur vient déjeuner », lança la Grande Mahaut.

Cela résonnait comme un cri de victoire.

Monseigneur avait aperçu la mère alors qu'elle descendait de l'automobile quand la comtesse l'avait ramenée au couvent, la veille.

« Comment se sent-on dans ces bolides ? avait-il demandé.

– Très bien, très bien », avait gazouillé la mère.

Comblée, heureuse, elle venait de faire sa paix avec Adélaïde en lui transmettant le flambeau, et Monseigneur lui annonçait la bonne nouvelle qu'elle attendait depuis six ans : il acceptait son invitation. A moins que... Sa santé... Il avait un rhume. Rien de grave. Cela devrait s'arranger. De toute façon, s'il se voyait contraint, à son extrême regret... Il enverrait l'abbé de Courtrai pour le représenter. Et pour baptiser l'héritier.

« Il sera arrivé ?

– Certainement, monseigneur, sûrement. »

Ouf ! Quel soulagement, la page était tournée. Si Adélaïde avait pris le voile, sa fortune... Oui, oui... En principe... Elle serait revenue à la Congrégation, mais avant qu'Adélaïde Girard (et dans son for intérieur la religieuse appuyait sur Girard) ait prononcé ses vœux... Bubu ! Elle ! Aimer Bubu. Enfin, puisque c'était fait, et bien fait, et puisqu'elle allait (tout de même) donner un héritier à la Nouvelle Hollande... Evidemment, si elle avait une fille... Pourquoi est-ce que cela traînait tellement ? Une fille. Tout à recommencer. A son âge. Avec son caractère. Qu'Adélaïde n'ait pas pris la peine de la prévenir qu'elle ne viendrait pas déjeuner avec elle après le tribunal. Pour se rendre à la Savone. Folie, et qui avait failli mal se terminer. La mère avait entendu parler du retour en catastrophe de la comtesse. Elle savait toujours tout ce qui se passait à la Nouvelle Hollande.

« Est-ce que monsieur le comte a goûté le poupeton ? » demanda-t-elle.

Elle souriait en pensant aux mines de Monseigneur, gourmand comme un chanoine :

« Ce pâté chaud, ma mère, est-ce qu'on en servira dimanche ? Je n'en ai mangé qu'à la Nouvelle Hollande, il me semble que le goût m'en reste sur la langue. »

Le poupeton Kergoust !

« Monsieur le comte est passé hier, bredouilla Josué.

– Pas aujourd'hui ? Un poupeton il faut le suivre ! Voyons, Josué, vous lui en ferez porter avec son déjeuner. C'est très important ! Allez-y vous-même, il doit encore dormir, tant pis, il faut le réveiller. »

C'est ainsi que la Grande Mahaut apprit que le comte n'avait pas passé la nuit à la Nouvelle Hollande. Mon Dieu ! Un accident ! Cette voiture sans chevaux ! Elle chassa ce pressentiment qui la contrariait par trop. Bubu s'était rendu en ville pour chercher son nouveau fusil, apprit-elle. On avait entendu un coup de feu, du côté de la Mare aux Songes. Le comte avait sans doute voulu essayer son Purday. Chez qui d'autre que chez son ami Oudinot ? Son ami ! La mère n'aimait pas Oudinot, qu'elle soupçonnait (inconsciemment) de faire le siège de Bubu pour lui enlever Adélaïde. Mais quelle inconséquence de la part de Bubu. Chasser alors que...

L'héritier n'était pas né encore, elle le savait. Avant de se rendre aux cuisines elle avait vu Jézabel, à la porte de la chambre d'Adélaïde.

« Tout va bien ?

– Pas tellement, madame supérieure. Madame la comtesse est assez misère. »

Jézabel n'avait pas osé dire à la mère supérieure qu'on attendait le docteur Campbell, ce qui, d'ailleurs, la contrariait aussi.

« C'est pour aujourd'hui ? »

La Grande Mahaut calculait : le 4 avril, un jour avant none, cela pouvait aller, mais s'il se faisait attendre jusqu'au lendemain, le cinquième jour d'avril ? None ! Néfaste [1]. Pourquoi ? La religieuse n'aurait su l'expliquer, pas plus qu'elle n'aurait pu dire d'où lui venait cette superstition qu'elle refoulait parce qu'elle la savait païenne. Qu'*il* se décide pour ce vendredi, ou alors qu'il attende dimanche. Dimanche avant l'arrivée de Monseigneur !

----

1. None : jour néfaste, consacré aux mânes chez les Romains. C'était le 7e jour de mars, de juillet et d'octobre. Les autres mois, none tombait le 5. On ne se mariait pas pendant les nones.

La mère trouva Adélaïde épuisée, anormalement nerveuse et agressive. Laquelle des deux avait à se plaindre de l'autre ? Elle la baisa au front.

« Alors, ma petite fille ?

– Je n'en peux plus, ma mère, gémit la comtesse.

– Ennuyeusement, ma petite fille, remarqua la mère avec désinvolture, toutes les femmes...

– Pas vous ! » cria la comtesse.

La Grande Mahaut en resta interdite. Elle se mordit les lèvres pour ne pas remarquer qu'il n'avait tenu qu'à elle de s'épargner les douleurs de la maternité en prenant le voile comme elle en avait manifesté l'intention. Comédie, comédie, à quoi rimaient ces manifestations théâtrales ? Tu enfanteras dans la douleur. Si Adélaïde avait souffert du foie, ou de l'estomac, si elle avait été déchirée par la tuberculose, la religieuse l'eût plainte de tout cœur, mais un enfantement ! Voulu par Dieu ! Accordé par lui !

Elle ne connaissait pas l'une des femmes de chambre.

« Comment t'appelles-tu ?

– Judith, madame supérieure.

– Va me chercher mon chocolat. Tu diras à Josué que c'est pour moi. N'oublie pas. »

En proie à une contraction, la comtesse se tordait sur son lit sans se soucier de retenir ses plaintes.

« J'ai trop mal.

– Vous l'oublierez, ma petite fille, dit la mère, vous l'oublierez vite.

– Pourquoi le docteur n'est-il pas encore là ?

– Le docteur ? »

La mère n'en croyait pas ses oreilles.

« Madame la comtesse a envoyé Jéroboam chez le docteur Campbell, expliqua Jézabel, à voix basse.

– Un homme ! » souffla la religieuse.

Encore ! Elle ne pouvait pas ne pas penser au voyage à Londres, qu'elle n'approuvait pas. Une comtesse de Kergoust se déshabillant devant... Examinée par... Pouvait-on le lui reprocher puisqu'elle allait avoir un enfant ? L'héritier. Le fils tant attendu. Le devait-elle au gyné... Comment ? Gynécologue ? Le devait-elle à sa cure à Spa ? On avait *aussi* prié pour elle. La religieuse se signait, et se signait encore. Un médecin de Londres, passe, c'était très loin, Bubu n'avait aucune chance de se trouver nez à nez avec lui. Mais un médecin de Port-Louis, et celui-là, surtout !

« Le docteur Campbell ! gémit la comtesse. Je veux le docteur Campbell. »

La Grande Mahaut avait entendu parler de ce médecin anglais, en ignorant cependant qu'il avait déposé au procès Duclézio. Que disait-on de lui ? L'impression qu'elle gardait n'était pas bonne. Qu'Adélaïde, à la rigueur, fasse venir le vieux docteur Jollygood... Il avait coupé les amygdales de Bubu.

« Vous connaissez ce docteur anglais, ma petite fille ? Depuis quand ?

– Il soignait Miss Barrett.

– Ah ! »

Un anglican pour une anglicane, parfait. Le docteur Jollygood était catholique. Adélaïde ne voulait pas de lui. Campbell ! Campbell ! Jézabel soulevait le drap pour un toucher.

« Si madame la comtesse veut bien ramener ses talons vers les fesses.

– Je ne veux plus que tu me regardes, sorcière, je ne veux plus de tes mains noires, je veux le docteur.

– Madame la comtesse se fatigue », soupira Jézabel.

Elle avait relevé la chemise sur le ventre. La Mère supérieure se détournait. Le ventre ! Jamais elle n'avait regardé le sien. Le péché s'embusquait là, un peu comme (comparaison sacrilège, qui lui venait malgré elle) Dieu dans le tabernacle. Le mystère du ventre. Du feu. Des serpents. Des oiseaux de nuit griffus, avec des becs monstrueux. Des cadavres couverts de pustules. Une sarabande d'images moyenâgeuses. Un dragon, celui que saint Antoine extirpait de la bouche d'un jeune homme, long de soixante-dix coudées, qui s'était traîné jusqu'à la mer Rouge pour s'y jeter, ses écailles sonnant sur la pierraille comme de l'airain. Les nonnains de Kentorp qui s'entremordaient et s'entregriffaient sur le sol. Les religieuses dont le diable cachait le vase de nuit pour qu'elles mouillent leur lit. Saint François se roulant dans la neige. D'autres fantasmes que la mère n'arrivait pas à balayer en disant son chapelet. *Pater noster.*

La petite Judith rapporta le chocolat. Avant de déjeuner, la mère, avec son aide, déplia devant le lit un paravent chinois somptueusement laqué, incrusté de nacre. Pour montrer à Judith comment il convenait de procéder, elle versa elle-même l'eau fumante sur la poudre de chocolat au fond d'une grande tasse en porcelaine des jésuites, en *touillant* avec une spatule en bois.

« Très lentement, très lentement, tu entends, Judith, tu regardes bien ? Est-ce que tu aimes ton travail ?

– Oh ! oui, madame supérieure !

– C'est bien, c'est bien. Voilà, il faut que tout le chocolat se dissolve, tu comprends ? C'est encore mieux quand on peut le préparer la veille. »

Judith hochait la tête ; elle n'en avait jamais goûté. La mère prit un grain d'ambre dans une boîte tirée de son aumônière et le déposa dans le chocolat ; pour le *réconforter*, expliqua-t-elle.

« Je vais mourir, gémissait la comtesse, derrière le paravent.

– Ta-ta-ta-ta ! fit la Grande Mahaut, en dégustant son chocolat.

– Vous serez bien contente si je meurs, ma mère ! siffla la comtesse. Vous serez tous contents ici. »

Jézabel épongeait la sueur sur son visage.

« Il ne faut pas, madame la comtesse...

– Où avez-vous mal ? vint demander la mère.

– Partout ! » hurla la comtesse.

Elle se sentait dans le même temps déchirée et prise dans un étau. La douleur l'enveloppait en la broyant.

« Je veux le docteur Campbell ! » gémit-elle en retombant sur l'oreiller.

La Grande Mahaut aperçut les bracelets d'or déposés dans une soucoupe.

« Vous ne les portez pas, ma petite fille ? »

Elle les compta machinalement. Les recompta. Et encore une fois en énumérant les prénoms des héritiers dont ils avaient marqué la naissance : Wilfred, Balsamin-Furcy, Louis, Mortimer, Gaétan, Hubert... Mais... Il en manquait un !

« Vous ne l'avez pas perdu, ma petite fille ?

– Je l'ai donné ! cria la comtesse.

– Donné ! bredouilla la Grande Mahaut. Qu'est-ce que vous dites, ma petite fille ? Donné ? Donné à qui ?

– J'en rachèterai un, gronda la comtesse. Laissez-moi ! J'en rachèterai dix ! Vous savez bien que cela ne vaut rien. »

Lequel des six bracelets avait-elle donné à Dayananda ? Elle se le demandait avant l'arrivée de la Grande Mahaut, après les avoir retirés. Pourvu que ce ne soit pas le plus ancien, celui que le corsaire avait frappé et gravé lui-même pour Saskia, le seul qui fût irremplaçable. Éventuellement elle le reprendrait à Dayananda en lui en apportant un plus beau. Elle se faisait suppliante :

« Laissez-moi, ma mère, j'ai trop mal, je suis morte.

– Vous l'avez donné ? »

La mère en perdait le souffle, elle se ratatinait de stupeur et de chagrin, au point que la comtesse s'inquiéta d'avoir véritablement commis un sacrilège impardonnable. Déjà elle s'en trouvait punie.

« Elle était si jolie, ma mère, souffla-t-elle.

– Qui cela ?

– Elle me regardait avec des yeux de biche au couteau. »

Elle délire, pensa la mère.

« De qui me parlez-vous, Adélaïde ? »

Un bracelet Kergoust au poignet d'une caqueuse ! Lequel manquait ? Celui de Bubu. Effacé, le pauvre Bubu. Adélaïde n'avait pas prononcé son nom, il ne comptait plus pour elle. Elle s'en moquait, qu'il ait découché. S'il avait eu un accident ? S'il était blessé ? Mort ? La mère se retenait pour ne pas apprendre à Adélaïde que son mari n'était pas rentré. Ne devrait-elle pas le savoir ? Mais lui, lui... Ne devrait-il pas être là, près du lit ? Quelle inconséquence, chez ce pauvre Bubu. Quand prendrait-il conscience de ses responsabilités ? Jamais, jamais. Toujours, tout lui mâcher, même, oui, même l'enfant. (Elle souriait, malgré elle, en le pensant.)

« Je vous ai fait de la peine, ma mère ? »

Une larme détachée d'un œil de la Grande Mahaut venait de s'écraser sur la main d'Adélaïde.

« Pardonnez-moi, ma mère, je ne pensais pas que cela avait tellement d'importance. Il me semblait que je devais absolument donner quelque chose à cette... »

Elle cherchait : Indienne, mariée, innocente...

« Une caqueuse », murmura la Grande Mahaut, malgré elle.

La comtesse se rembrunit :

« Est-ce qu'*ils* ne nous valent pas devant Dieu, ma mère ? »

Qu'est-ce qu'il me prend ? se demandait-elle.

La mère haussa les épaules.

« N'en parlons plus, ma petite fille, dit-elle. J'apporterai un autre bracelet demain. Il est inutile de le raconter, n'est-ce pas ? »

Elle rejeta les mousselines pour s'asseoir sur le lit de l'infante, comme il lui arrivait, autrefois, dans la chambre de Bubu, de s'installer près de lui pour lui raconter le saint du jour.

« Vous croyez vraiment, ma petite fille, que ce docteur Campbell... »

La comtesse leva la main ! S'il vous plaît, ma mère. Elle claquait des dents, elle frissonnait.

« Allume le feu, Jézabel, j'ai trop froid.

— Mais, ma petite fille, on étouffe. »

Les contrevents n'avaient pas encore été repoussés.

« On va vous faire une bonne flambée, madame la comtesse », dit Jézabel.

La comtesse se jeta vers la religieuse.

« J'ai péché, ma mère », souffla-t-elle.

Elle pensait à Gaétan. Le roman, *Les demi-vierges*, oublié dans la voiture, elle n'avait pas osé le réclamer ; d'ailleurs, quand elle s'en était souvenue, Bubu était déjà reparti avec la voiture, tant pis, quelle importance, Bubu ne comptait pas, mais...

« J'ai péché, j'ai péché, ma mère. »

Elle se cramponnait à la main de la Grande Mahaut. Une angoisse de mourir. Et pourtant, non, non ! elle ne mourrait pas !

« Ce n'est pas si grave », murmura la mère, gentiment. Elle ne pensait qu'aux bracelets. Voyant Adélaïde en perdition, elle prenait peur. Pourquoi le docteur n'arrivait-il pas ?

« Ne vous inquiétez pas, j'aurai le bracelet, demain, ma petite fille, maintenant il faut vous calmer.

— Il faut que madame la comtesse garde ses forces pour pousser, remarqua Jézabel.

— Maman, ma petite manan », gémit la comtesse, en mordant son oreiller.

La Grande Mahaut se releva : le docteur ! Vite.

« Il va sûrement arriver », souffla Jézabel.

Elle n'en était plus fâchée.

UN DOCTEUR A LA NOUVELLE HOLLANDE

LE docteur Campbell habitait près du champ de courses, une maison coloniale grise avec un assez grand jardin. Il n'était pas chez lui. Jéroboam reconnut la négresse qui avait ouvert ; quand elle servait à la Nouvelle Hollande, du temps du comte Gaétan, elle s'appelait Rachel ; elle avait changé de nom : Corinthe.

« Tu ne veux pas me laisser le pli, vieux hibou hollandais ?

— En main propre, dit Jéroboam, en s'installant sur la varangue. J'attendrai.

— Si tu me le demandais gentiment, je te dirais que le docteur est au manège, expliqua Corinthe.

— Merci, beauté », dit Jéroboam.

Il n'était pas facile d'acheter un cheval à l'île Maurice. On avait proposé au docteur un demi-sang récusé par les jockeys à cause d'un réflexe qui le rendait impropre aux courses. A la moindre surprise et quelle que fût la vitesse à laquelle il se trouvait lancé, il plantait ses avants comme des épieux en déportant l'arrière d'un quart de tour vers la droite. Tom Harrisson, l'entraîneur du manège, n'avait pas réussi à le corriger ; le docteur s'en tirait mieux, Marc hennissait de plaisir quand il l'entendait siffloter en approchant de l'écurie et le bousculait des naseaux lorsqu'il se permettait de donner une carotte à sa voisine de box. C'était un bai râblé, luisant, dur à l'éperon, la bouche encore délicate et qu'il fallait éviter de mettre sur les dents.

Après avoir lu le message de la comtesse, le docteur expliqua à Jéroboam qu'il ne faisait pas de clientèle.

« Il faut demander un autre docteur. »

Jéroboam demeurait planté devant lui :

« You, mister doctor ! » dit-il avec force, en pointant l'index sur Campbell.

Après tout, pensa le docteur. La comtesse l'intriguait. Conscient de l'effet qu'il avait produit sur elle à la Savone (et déjà au tribunal), il n'était pas autrement surpris

203

qu'elle le réclamât. Mais, mais, mais... Un accouchement : était-il qualifié ? La comtesse avait écrit la lettre elle-même, il ne semblait donc pas qu'il y eût des complications exceptionnelles à redouter.

« Ramène-moi à la maison », dit le docteur à Jéroboam.

Sa récréation hippique était terminée ; un lad allait rentrer Marc à l'écurie. Il voulait l'avis de sa mère, qu'il appelait Elvira. Elle lisait la Bible sous le badamier du jardin. Vendredi saint ! Et moi en tenue de cheval, pensa le docteur. Il était sorti avant que sa mère soit levée.

« Asseyez-vous », Oliver, dit-elle en lui montrant une chaise, préparée pour lui.

Il écouta la fin de la lecture avec un agacement grandissant. Elvira changeait de voix pour « parler-dieu ». Elle se leva pour prier. Elle n'était pas aussi grande que lui, très grande cependant pour une femme. Le docteur ne lui ressemblait guère mais sa présence à côté d'elle accentuait ce qu'elle avait de masculin ; on la voyait plutôt père que mère, un visage sculpté, des traits nets, rien de rond, rien de doux, sauf le regard quand elle le posait sur Oliver. Elle avait été belle ; pas jolie ; pas *française* pour deux sous, une femme pour Viking, blonde, des yeux bleu-vert. Elle avait inspiré une passion au docteur Balfour, l'éminent neurologue anglais, conseiller du Premier Ministre, dont elle avait été la collaboratrice irremplaçable (sacrée !) pendant plus de dix ans. Pourtant, quand elle annonça son départ... Marié, père de trois enfants, Balfour allait être anobli. Il proposait à Elvira de l'installer en province. Il s'engageait à prendre soin de l'enfant qu'elle attendait. Elle partit pour la Suisse sans laisser d'adresse, et il se passa des années avant que, par des biais compliqués, elle reprît contact, oh ! très indirectement, avec l'illustrissime Balfour. Dans l'intérêt d'Oliver. Auquel elle ne disait rien. Quand il aura vingt ans ! Depuis sa majorité, *il savait*.

Elvira détaillait le *Notre Père* avec des inflexions de révérend, les yeux clos. Oliver ne joignait pas les mains sans embarras, conscient de participer à un rite qui non seulement ne l'intéressait pas mais l'obligeait en outre à prendre des attitudes ; qu'il s'imposait pour Elvira ; qui savait parfaitement qu'il ne priait pas vraiment avec elle ; à quoi est-ce que tout cela rimait ? Amen.

Elvira remarqua tout de suite la couronne gravée sur la carte de la comtesse de Kergoust. Elle restait abonnée au *Times* qu'elle recevait avec six semaines de retard pour suivre la chronique de Buckingham Palace et des *nobilities*. Le *Times* publiait aussi la meilleure rubrique médicale.

« Les Kergoust sont ces gens dont Hennery nous a parlé ? » demanda-t-elle.

Il s'agissait d'Oudinot, grand ami du docteur Campbell et qu'Elvira accueillait volontiers pour le thé ; trop rarement, se plaignait-elle. Elle ne fréquentait personne, par orgueil. Sa faute ! Que quelqu'un se permette de la regarder de haut ! Une de ces personnes qui, parce qu'elles ont la bague au doigt, jugent les autres sans indulgence alors que leur vie privée, souvent... Elle ne mettait pas non plus les pieds au temple, pour la même raison. Si le pasteur demandait des nouvelles du père d'Oliver ? Pas facile à vivre tous les jours. Elle tirait son miel de la solitude et des épreuves. Le docteur Balfour, devenu Sir Arthur, n'eût demandé qu'à l'aider ; il s'arrangeait au demeurant pour lui procurer (à Genève quand elle élevait son fils) des traductions médicales bien payées ; encore ne pouvait-il intervenir qu'en se cachant derrière son ami Robert (Augustus) Clarke, le botaniste mondialement connu, professeur à Oxford. Combien de fois, en pensant à l'avenir d'Oliver, s'était-elle reprochée d'être trop fière ? On ne pouvait pas la changer ; égoïstement elle s'imposait les ronces, la voie étroite, les sentiers rocailleux, condamnée par sa nature au rachat perpétuel.

« Pensez-vous, Elvira, que je puisse être de quelque utilité à cette dame ? demanda le docteur.

— C'est elle qui *doit* avoir un fils, n'est-ce pas ? demanda Elvira avec un sourire.

— Oui, dit le docteur, elle le *doit*, absolument. Pour la dynastie. Hennery nous l'a expliqué. »

Arrivé seul à Maurice, en précurseur, le docteur apportait une lettre du professeur Clarke, pour Oudinot. Il n'enseignait plus à Oxford mais il siégeait dans la Commission royale qui finançait les missions médicales et scientifiques comme celle dont le docteur Campbell était chargé à Maurice. Oudinot l'avait retenu chez lui jusqu'à l'arrivée d'Elvira, et Campbell disposait encore de sa chambre, pour ses nuits de jeune homme. Il faisait le désespoir d'Elvira quand il ramenait une femme à la maison.

« Vous connaissez la comtesse depuis quand ? demanda Elvira. Vous ne m'avez pas parlé d'elle.

— Je l'ai vue hier au chevet de Miss Barrett.

— Comment est-elle ?

— Timide, dit le docteur. Timide et agressive. »

Il égrena un rire assez suffisant :

« Avec moi. »

Puis :

« Ces Kergoust sont un peu les rois de l'Ile. Ils le croient.

– Et vous intimidez cette personne ?

– Qu'est-ce que je dois faire, Elvira ?

– Elle a sans doute besoin de vous, puisqu'elle vous réclame. »

Avec un sourire :

« Alors qu'elle vous connaît à peine.

– Un accouchement, Elvira...

– C'est une question de confiance, vous le savez bien. »

Le docteur grimpa chez lui, au premier, pour consulter sa bible médicale. Il retrouva des notes prises lors d'une conférence faite au King's Hospital, à Londres, par un médecin de Whitechapel, le docteur Grantly Dick Read, accoucheur occasionnel (comme moi ! se dit Campbell). On l'avait appelé dans une masure adossée contre le remblai du chemin de fer. Une jeune femme étendue sur un sac de pommes de terre mettait son bébé au monde en présence d'une maquerelle qui tenait une bougie. Dickens, avait écrit Campbell, en soulignant le nom de l'écrivain. Le souvenir de la conférence restait gravé dans sa mémoire pour une raison particulière. Il avait pour voisin un médecin un peu plus âgé que lui qui s'appelait Balfour. Le fils de son père. Donc son demi-frère. Bien entendu, il s'était gardé de se faire connaître. Campbell ! cela ne lui disait rien, à Balfour junior, pas antipathique encore que... Trop bien habillé, trop bien blanchi, trop bien limé, trop poli, *un cigare, Campbell* ? Affranchi par Elvira depuis deux ans (il avait vingt-trois ans), Campbell se souciait alors de son père comme d'un sifflet de deux sous et voici que... Ce gandin, tiré à quatre épingles. Incroyablement sûr de lui. Il avait déjà son cabinet dans Piccadilly. Psychiatre. C'était nouveau. Très payant.

Qu'est-ce que je fais ici ? se demandait Oliver, une fois de plus. Oh ! il ne regrettait pas d'avoir accepté sa mission à l'île Maurice, non seulement Elvira pouvait enfin se reposer, mais son enquête sur la santé des travailleurs indiens lui laissait le temps de creuser sa grande idée dérivée du darwinisme : le rôle de la mémoire dans l'évolution de l'espèce humaine, une intuition géniale lui avait dit le professeur Clarke.

Il revint à ses notes.

Le docteur Read avait proposé à la parturiente de l'endormir. Il avait du chloroforme dans sa trousse[1] :

« Vous ne souffrirez plus.

– Mais, docteur, ça ne doit pas faire mal. »

Avait-elle dit : ça ne doit pas ?... ou ça ne devrait pas ? Pour Read, en tout cas, l'illumination. Il en avait déduit sa théorie sur l'accouchement sans crainte.

« Les femmes souffrent en accouchant parce qu'elles ont peur d'accoucher », soutenait Read.

Dans les notes de Campbell, soulignée, la malédiction d'Ève : tu enfanteras dans la douleur. *Pourquoi* ? avait-il écrit. *Idiot*. A quelle nécessité, sociale ou autre, correspondait la malédiction ? Question qui ramenait Campbell à ses idées sur l'importance biologique de la mémoire, qu'il n'arrivait pas à préciser. Ne tenait-il pas un fil à suivre ? A supposer que Read ait vu juste, pour l'accouchement sans crainte, en admettant que sa théorie soit appliquée dans les hôpitaux, admise par l'ensemble des médecins et des sages-femmes, et que l'on explique aux femmes ce qui se passe en elles quand elles mettent leur enfant au monde, pendant combien de générations faudrait-il répéter, ressasser qu'elles ne doivent pas avoir mal pour qu'elles cessent vraiment de souffrir ? Le physique modifié par le mental.

« Je vous ai préparé une tasse de thé, dit Elvira à son fils, quand il redescendit.

– Je crois que je vais aller là... »

Le docteur agitait la carte de la comtesse.

« Cela fera sans doute plaisir à Hennery, remarqua Elvira.

– Vous croyez qu'il est amoureux d'elle ?

– Elle est mariée, Oliver ! » protesta Elvira.

A Port-Louis où elle ne se trouvait que depuis trois mois, comme à Genève où elle avait passé près de vingt années avec Oliver, ou comme à Paris où ils avaient vécu deux ans pour permettre à Oliver d'approfondir à la Salpêtrière les ouvertures de Charcot sur les maladies nerveuses[2], Elvira avait reconstitué le décor dont sa *faute* l'avait exilée, l'appartement middle-class type, avec ses meubles bien à elle mais qui ne valaient pas le coût des déménagements, une table en acajou ronde et branlante

---

1. C'est en 1902 que Read fit connaître la théorie sur l'accouchement sans crainte.

2. Il en avait eu connaissance par un livre sur l'hystérie publié par deux médecins viennois, Breuer et Freud, dont Elvira avait traduit l'essentiel à la demande du docteur Balfour.

sur un pied, avec un chemin en dentelle, des chaises Queen Ann à dossiers droits et hauts avec des pieds qui se terminaient en lions « sphinxifiés », une horloge à balancier de cuivre, une bergère, un fauteuil de cuir, un pouf marocain recouvert d'un châle persan, un éléphant en ivoire et, au-dessus de la cheminée postiche, le portrait à l'huile du taureau de l'oncle Shackleton ; il s'appelait Wallace. L'oncle, célibataire, sans enfants, laisserait sa ferme à Oliver, c'était garanti. S'il ne se marie pas, soupirait parfois Elvira. Un fermier de Sa Majesté, établi dans le même comté que l'oncle Shackleton, retenait les saillies de Wallace.

« Il faut que je me change », dit le docteur.

Il pria Corinthe de renvoyer Jéroboam.

« Je passerai en fin de matinée à la Nouvelle Hollande. »

La mémoire. Le développement de la mémoire chez les Blancs, chez les Noirs, chez les Jaunes. Et, chez les Blancs, comme chez les autres, les différences de conditions, d'éducation, d'alimentation. Tout jouait, tout, absolument.

« Je n'ai plus fait d'accouchement depuis mon stage au King's Hospital, remarqua le docteur, avec un regard à sa mère qui traduisait de l'angoisse.

– Laissez faire la sage-femme, dit Elvira. Les négresses sont remarquables.

– Qui vous l'a dit ? »

Elle avait traduit d'innombrables communications médicales, à Genève, quand elle élevait Oliver sans aucune aide ; surtout rien de lui, le père ! Elle traduisait aussi facilement du français que de l'allemand ; pour l'italien, elle peinait davantage, c'était rare qu'on lui demandât quelque chose publié en Italie. Personne ne connaissait mieux qu'elle le vocabulaire des spécialistes. De surcroît, elle avait un cerveau admirablement organisé, avec une mémoire d'une efficacité exceptionnelle ; elle se souvenait de tout ce qu'elle avait lu, c'est-à-dire ce qui occupait les esprits les plus avancés. Assez curieusement, elle n'en dégageait rien pour elle, un peu comme si, disposant des matériaux les plus modernes, elle eût continué à vivre, dans une paillote, sous prétexte qu'elle y était née. Tout changeait, tout évoluait, pas elle.

« S'il y avait des complications ? demanda encore son fils.

– *You are the doctor*, dit-elle, en esquissant une petite révérence ironique. Tout ira bien, Oliver. Je vous rappelle une chose qui pourrait vous être utile dans ce cas particulier : il ne faut jamais annoncer le sexe de l'enfant à sa mère avant qu'il soit... (Elle ne voulait pas dire : *sorti*. Après une hésitation :) avant qu'il soit *là*. »

Un sourire :

« Surtout quand la mère a son idée, comme cela paraît être le cas. Mais vous le saviez mieux que moi, n'est-ce pas ? »

Le docteur Campbell reconnut la Grande Mahaut qu'il n'avait jamais vue. Elle l'accueillit sur le perron. Henri Oudinot lui avait parlé d'elle. Comique, bizarre, mais impressionnante, se dit-il. En vérité, et il en avait pris conscience en route, il était curieux de connaître les Kergoust. Un dimanche après-midi, aux courses, Oudinot (Hennery) lui avait présenté le comte, qu'il trouvait anodin, un bon gros, encore qu'il fallût se méfier de ces physiques arrondis, il l'avait appris à ses dépens à Paris, pendant son stage à la Salpêtrière (une autre histoire). La religieuse n'était pas du même bois. Un personnage. Quel âge ? Sans âge, en fait. C'est-à-dire que pour elle l'âge n'avait pas d'importance, elle n'avait jamais dû être jeune, se dit le docteur. En se rappelant aussitôt à l'ordre : pourquoi pas ? Pourquoi n'aurait-elle pas eu vingt ans ? Elvira aussi avait eu vingt ans, et jamais, jamais je ne l'ai compris, se reprochait le docteur. Elvira était nettement plus jeune que la religieuse, au moins de quinze ans.

« Je vous remercie d'être venu si vite », dit la Grande Mahaut.

Le docteur comprit qu'elle l'attendait avec de l'impatience. Parce que les choses se compliquaient ? Il regrettait de s'être dérangé. Quelle mouche l'avait piqué ? La curiosité, uniquement la curiosité. Et peut-être l'envie de faire plaisir à Elvira. Une comtesse. Ça la réhabilitait, que son fils (sans père !) soit appelé au château.

La religieuse lui tendait le bout de deux doigts, en l'examinant de son plus haut, la tête rejetée en arrière, comme à travers un face-à-main. Un docteur ? Un officier de lanciers, ou un lieutenant de vaisseau ! Il avait laissé sa mécanique devant le perron. On ne pouvait pas lui demander de la ranger ailleurs. Le bruit de ça !

« Par ici... (Après une interminable hésitation :) docteur, par ici. »

Lui aussi, il hésitait.

« Je vous suis... »

Comment l'appeler ?

« Mad'm », dit-il.

Le décor aussi l'impressionnait, le château, cette réplique de Mount Vernon, si extraordinaire. Il l'avait déjà vu, de loin. De près c'était autre chose. Du *vrai*. Absolument vrai. Du marbre rose dans l'entrée. Des appliques torchères en marbre noir. Une Vénus merveilleusement blanche. En albâtre ? Ils étaient très riches, ces Kergoust, plus riches qu'on ne le pensait quand on se trouvait devant le comte, ce bon gros, ce gros lard, *bacon king*, disait Elvira pour ce genre de personnes, elle l'avait dit de Fournier, l'interne de la Salpêtrière quand il l'avait ramené à la maison (autre histoire).

On ne voyait rien dans la chambre de la comtesse quand on arrivait du dehors. Les contrevents. Les fenêtres fermées. Et du feu. Du feu ! Des lampes, somptueuses. Une veilleuse dans une conque nacrée au chevet du lit. La comtesse se soulevait, tendue vers Campbell comme une fleur se tourne vers le soleil levant. Belle ! Oui, belle, dramatique, *dévorée*, les yeux dans des cernes affolants.

« Vous avez trop chaud », dit-il en prenant son pouls. Comment l'appeler, elle aussi ?

« On ouvre, n'est-ce pas ? »

Hésitation :

« Mad'm. »

Elle approuvait, rayonnante : oui, on ouvre. Et comme Jézabel hésitait :

« Dépêche-toi ! »

La Grande Mahaut n'en croyait pas ses yeux. Adélaïde ressuscitée ! Le visage qu'elle offrait au docteur la faisait penser à Marie-Madeleine regardant le Christ alors qu'elle versait sur ses pieds le nard, si cher ! si cher ! Le rapprochement accentua sa nervosité. Elle enregistrait que le docteur incarnait pour Adélaïde ce que Monseigneur représentait pour elle : l'Infaillibilité. Ouvrez ! Fermez ! Très bien. Adélaïde n'avait plus ni chaud, ni froid, elle dépendait de ce... Le docteur en imposait à la Grande Mahaut. Sa tenue blanche. Il avait remis à Jézabel sa bombe recouverte de tissu beige clair.

« Un peu de fièvre ? »

Il lâcha le poignet de la comtesse pour toucher son front.

« C'est normal, dit-il.

– J'ai tellement mal, docteur, souffla la comtesse.

– Maintenant ? »

Elle rougit.

« C'était une souffrance nécessaire, Mad'm, reprit le docteur, une bonne souffrance. »

Elle ne semblait pas mal en point du tout. Un formidable besoin d'être rassurée. Ah ! pourquoi lui répétait-on depuis deux mille ans qu'elle devait accoucher dans la douleur ? Il lança un regard chargé de fiel à la religieuse, en pensant : celle-là s'en moque, évidemment.

« Je vous le disais, ma petite fille, il faut accepter cette souffrance, voulue par Dieu. »

La Grande Mahaut regretta d'être intervenue. Alors qu'elle trouvait le docteur raisonnable, plutôt bien, il la pria de sortir.

« Je voudrais rester seul avec Mad'm », dit-il.

Il retint Jézabel :

« Vous pouvez rester... (Il hésita encore, moins longuement que pour la Grande Mahaut et pour la comtesse.) Mad'm.

– C'est Jézabel », souffla la comtesse.

La Grande Mahaut restait comme pétrifiée :

« Vous désirez que... Vous désirez que... »

Le docteur la ramena vers la porte, avec une familiarité autoritaire.

« Ce sera mieux, Mad'm, beaucoup mieux. »

Elle resta derrière la porte, suffoquée, à se répéter : il m'a mise dehors !

Le docteur resta auprès de Jézabel, à l'écart du lit.

« Alors ? »

La dilatation se faisait lentement, expliqua Jézabel.

« Avec une lenteur anormale ?

– Cela se fait souvent plus vite, dit Jézabel, mais pour madame la comtesse... »

Elle passait ses mains sur ses hanches. Hé oui, la comtesse n'était pas très large du bassin.

« C'est le premier », souffla Jézabel.

Le docteur ne pouvait pas ne pas comprendre ce qu'elle voulait dire : la comtesse n'avait plus vingt ans. Comment se présentait l'enfant ? Par le siège, on pouvait le craindre. Le retourner ? Jézabel avait tenté, mais...

« Vous, docteur, sans doute.

– Oh ! non, dit-il en souriant, vous êtes sûrement plus capable que moi.

– Voulez-vous voir, docteur ? demanda Jézabel.

– Pas maintenant, pas tout de suite. »

Il s'assit sur le lit pour bavarder avec la comtesse.

« Tout est magnifique dans votre maison », dit-il, en caressant l'un des montants du lit.

Il admirait. La glace de Venise. Le paravent. Il arborait un petit rictus sarcastique, pour donner à comprendre que les signes de la fortune ne lui en imposaient pas. Sa rencontre pourtant si courte avec son demi-frère Balfour avait éveillé en lui une hargne qui inquiétait parfois sa mère en le poussant à des attitudes provocantes. Qu'avait-il besoin, par exemple, de se mettre en avant pour ce procès plaidé par Hennery, se demandait Elvira. Ses réactions d'écorché vif la déconcertaient.

Il se pencha sur les bijoux de la comtesse déposés à son chevet, dans une soucoupe nacrée, après quoi il tira sur l'un des bracelets à son poignet :

« Vous mettez tout cela ? demanda-t-il. Il le faut ? »

Elle souriait sans comprendre ce qu'il demandait.

« Tous les jours ? ironisa-t-il encore.

– Les bracelets ? »

Elle expliqua qu'il s'agissait d'une sorte de talisman, chacun d'eux marquant la naissance d'un premier-né Kergoust.

« Moi aussi j'aurai un garçon, docteur ?

– Je ne sais pas, Mad'm, pas encore, mais... »

Elle trancha :

« Il le faut absolument.

– Eh bien, fit le docteur avec un geste des mains qui signifiait : Que votre volonté soit faite. »

Il retenait un bracelet entre ses doigts, le plus ancien, en or rouge, frappé par le corsaire Kergoust. La comtesse le dégagea pour lui permettre de l'examiner :

« Il en manque un », dit-elle, en retirant les autres.

Elle surveillait le docteur par-dessous ses paupières abaissées.

« Je l'ai donné, dit-elle. A cause de vous.

– A cause de moi ?

– A une Indienne qui se mariait. Hier, je l'ai donné hier après... »

Silence ; après vous avoir quitté à la Savone. Elle se mit à rire, quelques gloussements bizarres, déconcertants.

« Elle s'appelait Dayananda.

– Vous avez retenu son nom ?

– Elle était si jolie, docteur. »

Les mines de la comtesse embarrassaient le docteur.

« Elle était très jeune ?

– Très jeune, docteur, c'est un scandale, n'est-ce pas, de donner des petites filles à des...

– C'est leur coutume, Mad'm. »

Il comprenait qu'elle cherchait à lui plaire en plaignant Dayananda. Elle l'attendrissait, cette pauvre femme déformée, sur le point d'accoucher et qui... Etait-ce normal ? Il se souvenait de ses confidences (anodines, fausses) sur Miss Barrett, elle parlait pour ne rien dire, de plus en plus vite, pour retenir son attention. De toute évidence, son père avait eu beaucoup d'importance pour elle. Le complexe d'Œdipe ? Il y pensa.

« J'aurai quand même un garçon, docteur ? »

Elle tenait ses bracelets de la main droite. Devait-elle les remettre au poignet ? Elle les déposa sur la soucoupe, à son chevet avec ses autres bijoux. Les yeux brillants, extraordinairement : voyez, docteur, je fais tout ce que vous voulez.

« Un garçon ? »

Suspendue aux yeux et aux lèvres du docteur :

« Vous le sauriez, docteur, si vous... »

Si vous m'examiniez, si vous me faisiez un toucher, elle n'arrivait pas à le dire, mais le docteur ne s'y méprenait pas.

« Tout à l'heure, bougonna-t-il. Tout à l'heure, Mad'm.

– Appelez-moi Adélaïde, souffla-t-elle. (Plus bas, très bas :) Vous ne voulez pas, docteur... »

Elle descendait le drap. Puis se mit à rire.

« Regardez, dit-elle très bas.

– *Don't be stupid* », bougonna-t-il.

Ne soyez pas idiote. Elle parla de son voyage à Londres, de ses visites au gynécologue, très vite, plus vite, avec des rires, et puis des plaintes soudain. Et des mines, et des mines ! Le docteur Campbell connaissait le gynécologue de nom et de réputation :

« Vous ne l'avez jamais rencontré ? Il est très beau, docteur. Il posait des questions très indiscrètes, je ne savais pas quoi répondre.

– Il le fallait, Mad'm.

– Appelez-moi Adélaïde, docteur, il m'appelait Adélaïde, lui, il voulait tout savoir, mes rapports avec mon mari, souvent ? Combien de fois ? Et la durée, c'était très gênant, une minute ? Davantage ?

– Mais c'était nécessaire, Mad'm, c'était sûrement nécessaire.

– Adélaïde, s'il vous plaît, appelez-moi Adélaïde. »

Le docteur s'inquiétait : allait-elle demander son prénom ?

« Il voulait savoir si j'avais un amant. »

Elle se cacha le visage sous le drap, en gloussant. Elle est folle, pensa le docteur. Plus exactement : hystérique, elle est hystérique. Était-elle vraiment enceinte ? La question lui traversa l'esprit. Jézabel ne pouvait s'y tromper, non, pas de grossesse nerveuse. Il passa un gant de caoutchouc. Jézabel rejeta le drap pour découvrir la comtesse qui se recroquevilla tout à coup, ou plus exactement se ferma, elle croisait ses jambes ; elle les serrait avec de la rage :

« Non ! Non ! Ne me touchez pas ! »

Elle sanglotait. M'a-t-elle appelé Gaétan ? se demandait le docteur. Elle paraissait inconsciente, elle écumait. Crise affolante, de courte durée, heureusement, remplacée par une nouvelle contraction, normale, naturelle. Elle s'accrochait à la main du docteur.

« J'ai mal, j'ai mal, j'ai tellement mal. »

Et toujours :

« Appelez-moi Adélaïde. »

Il céda, pour l'apaiser.

« *Keep quiet, Adl'aïd'. Don't be so frightened [1]*. »

Hystérique ? Non, non, affolée par la souffrance, par la peur, tu enfanteras dans la douleur, quelle sottise ! Et de penser qu'on s'était acharné, au nom de Dieu, et pendant des siècles, à inscrire cette peur absurde dans les cerveaux, à l'« instinctiviser » en quelque sorte. Est-ce qu'une jument a peur de mettre bas ? Ou une guenon ? Pourquoi pas ? Pourquoi pas, hein ? Mais pourquoi les femmes oublient-elles si vite les douleurs de l'enfantement ? Parce qu'elles sont artificielles. Mentales.

« *All right, Adl'aïd* ? »

Il lui parlait en anglais quand il l'appelait par son prénom pour ne pas choquer Jézabel. Il n'était pas normal d'appeler une malade par son prénom. Il le faisait pour aider la comtesse. Quelque chose ne tournait pas rond dans cette tête. Ces confidences, par gynécologue interposé, sur ses relations conjugales. *Take a lover.* Elle l'avait dit en anglais. Prenez un amant. *You should.* Vous devriez. Et le plus extraordinaire c'était qu'il émanait une sensualité invraisemblable de cette femme si...

La Grande Mahaut fit irruption dans la pièce :

« Docteur ! Il faut que...

– Chut ! » fit le docteur.

La comtesse récupérait après une contraction particulièrement éprouvante, et ce n'était pas fini, hélas ! Jézabel avait raison, la dilatation ne se faisait pas, avant qu'elle ait la dimension convenable, l'équivalent d'une demi-couronne en argent...

_____

1. Calmez-vous, n'ayez pas peur.

« Que puis-je, Mad'm, pour vous ? demanda le docteur à la Grande Mahaut, en se dégantant.

– Le comte est blessé », souffla la religieuse.

La comtesse ouvrit ses paupières.

« Ce n'est rien, ajouta très vite la Grande Mahaut. Ne t'inquiète pas, Adélaïde. Ne pense qu'à toi. Mais si le docteur pouvait jeter un coup d'œil ? »

Elle levait ses mains décharnées :

« Si vous pouvez, docteur, si c'est possible, je ne pense pas que ce soit urgent. »

Elle semblait désemparée.

« Je vais voir », dit le docteur.

La blessure du comte, comme elle était sans gravité, arrangeait plutôt les choses. Elle avait désarmé la Grande Mahaut pour commencer. Elle attendait son Bubu toutes griffes dehors : abandonner sa femme sur le point d'accoucher sans dire où l'on va ! Passer la nuit dehors ! Et avec qui ? Avec *cet* Oudinot, qui et que... Elle avait ravalé tout cela. Pauvre, pauvre Bubu, mais que s'est-il passé ? Qu'est-il arrivé ?

« Rien, rien du tout », bougonnait le comte en maintenant un coton sur le coin de sa bouche.

Bien que le comte eût beaucoup saigné, la déchirure n'était probablement pas assez importante pour mériter un point de suture.

Bubu se trouvait déjà dans son bain quand Judith fit entrer le docteur dans sa chambre. Il s'inquiéta d'abord de l'extrême pâleur d'Oudinot.

« Qu'est-ce qui ne va pas, Hennery ?

– C'est lui, c'est lui », balbutia Oudinot, en montrant le comte.

Pour se débarrasser de la mousse dont il avait le visage recouvert, le comte se laissa couler au fond de l'eau. Il reparut le crâne ruisselant, les cheveux alignés sur la nuque et derrière ses grandes oreilles. Le docteur, curieusement, pensait aux phoques du Jardin des Plantes.

« Mon fils n'est pas encore arrivé, docteur ? » bougonna le comte.

Sans répondre, le docteur se pencha sur lui, pour voir la déchirure de près.

« Ouvrez ! »

Le comte ouvrit la bouche en grand, comme chez le dentiste, en grognant : a, a, a. Le docteur explora l'intérieur avec deux doigts.

« Qu'est-ce qui est arrivé ? demanda-t-il.

— C'est lui, grommela Bubu, avec un regard plutôt sournois vers Oudinot.

— Quoi ? » fit Oudinot, stupéfait.

Le comte expliqua qu'ils se trouvaient à l'affût à la Mare aux Songes. Avant de tirer sur le grand cerf blanc, de l'immoler, précisa-t-il, il avait soufflé dans le canon de son fusil, une habitude de chasse, une sorte de baiser si vous voulez, docteur...

« Qu'est-ce que tu racontes ! explosa Oudinot.

— Ne parlez pas trop, dit le docteur.

— Je ne sais pas ce qui s'est passé dans le cerveau de celui-là, reprit le comte, il s'est jeté sur moi pour m'arracher le fusil et il m'a fait ça...

— Pourquoi ? demanda le docteur à Oudinot. Vous aviez peur que...

— Oui, j'avais peur que le coup parte, bougonna Oudinot d'une voix lugubre. C'était idiot.

— Je ne te le fais pas dire », ricana le comte.

Oudinot ne pouvait s'empêcher d'admirer sa faculté de récupération. Avait-il vraiment voulu se tuer ? Il jurait déjà que non, à Bombay, alors qu'Oudinot le déshabillait sous la douche, en le traitant de tous les noms. Depuis, il avait mis au point sa petite explication. Le baiser du chasseur ! Une superstition ! Tous les chasseurs, les bons chasseurs... Il expliquait qu'il ne voulait brûler qu'une cartouche... Un pari avec lui-même. Un vœu. Et quoi encore, râlait Oudinot dans son for intérieur.

Enveloppé dans un peignoir de bain, Oudinot attendait qu'on lui rapporte ses vêtements et ses chaussures, donnés à nettoyer. Bubu l'avait éclaboussé de son sang. Sans perdre son appétit pour autant. Dégrisé, réveillé par la douche, il avait réclamé les écrevisses d'Oji. Oudinot n'aurait pas pu avaler un grain de riz. Bon dieu ! Si le coup était parti avant que... Le comte Hubert de Kergoust retrouvé, le crâne fracassé, à peu près au même endroit que son père ! Pas de braconnier indien, cette fois, à sacrifier pour l'honneur de la famille. Tout serait remonté à la surface. Bubu s'en moquait.

« Tu n'as pas un petit peu de quelque chose d'autre ? » avait-il demandé à Oji, après avoir broyé la dernière écrevisse. (Tu n'en veux vraiment pas, Henri ? Tu as tort, grand tort, mais on ne va pas la laisser, hein ?)

Sorti de l'eau en s'ébrouant, le comte s'attablait devant le plateau monté par Judith.

« Mangez des choses faciles à avaler », conseilla le docteur.

Il montrait les œufs.

« A votre place, je laisserais la saucisse. »

Il mastiquait à vide pour montrer au comte comment les mouvements de la mâchoire intéressaient sa blessure.

« Mangez-la, suggéra le comte.

– Pourquoi pas. »

Le docteur trouvait le comte moins inexistant que lors de leur première rencontre. Elvira, pensait-il, serait sensible à l'atmosphère anglaise de sa chambre. Partout où il allait, le docteur regardait ce qui plairait à sa mère.

« Vous avez ramé pour Cambridge ? demanda-t-il en regardant la photographie avec un quatre barré.

– Je ne suis pas resté assez longtemps, expliqua le comte, modestement.

– Quand vous aurez fini de déjeuner, dit le docteur, je vous mettrai quelque chose sur le coin de la bouche.

– Je pourrai manger ? » demanda le comte.

Le docteur feuilletait l'album sur les chiens qui se trouvait encore sur la table de chevet.

« Vous aimez les chiens, je suppose ? »

Il ne posait pas la question en toute innocence, persuadé que le comte attachait plus de prix et donc plus d'importance à sa meute qu'à son personnel, en quoi il se trompait, naturellement ; sans pourtant se tromper tout à fait.

« J'ai tué Braco hier, dit le comte à Oudinot.

– Tu ne m'en as pas parlé », s'étonna Oudinot.

Le comte haussa les épaules.

« Vous n'avez que des chiens de race, naturellement ? » demanda le docteur, d'un ton ambigu.

Le comte hocha la tête.

Obsédé par le problème des bâtards, le docteur poussa ses investigations :

« Avant que les chiens soient apprivoisés, domestiqués... (Il se tourna vers Oudinot) avant qu'ils soient civilisés, en quelque sorte, ils vivaient sans doute par clans, comme les loups ?

– C'étaient des loups, non ? demanda le comte.

– On trouve toujours des bandes de chiens sauvages, affirma Oudinot.

– Est-ce qu'ils se mélangent aux loups ? » demanda le docteur.

Comment le savoir ?

« Je suppose que non, reprit le docteur, sinon ils perdraient leur... (La bouche en cul-de-poule :) leur pureté raciale. »

Le comte fronça les sourcils.

« Où voulez-vous en venir, Oliver ? demanda Oudinot.

– Au fond, reprit le docteur, la race, ce serait... »

Il s'arrêta ; il allait dire : ce serait l'état sauvage. Il changea de direction :

« Quand une chienne de race se fait couvrir par un corniaud, demanda-t-il au comte, est-elle vraiment, comme je l'ai entendu dire, *abîmée* pour toujours ? »

Il insista :

« Il paraîtrait qu'après une portée de... Comment dit-on ?

– Des corniauds, intervint Oudinot. C'est bien ça.

– Il paraîtrait qu'après cela elle ne pourrait plus avoir de chiots *purs*, c'est-à-dire de sa race.

– C'est possible, dit le comte. On s'arrange pour que cela n'arrive pas. »

Le docteur se mit à rire :

« Ce serait ennuyeux si c'était vrai pour les hommes. Je veux dire : pour les femmes. »

Où veut-il en venir ? se demandait toujours Oudinot qui, pensant à la liaison de la mère de Bubu avec Gupta Raja (Johnny !), s'inquiétait de voir le comte se renfrogner. Campbell, lui, se souvenait de son demi-frère Balfour, si suffisant et si sûr de lui. La noblesse, la famille, à quoi est-ce que cela rimait, en vérité ? Un comte ! Ou un Balfour ! Que suis-je, moi ? Vous voulez un cigare, Campbell ? Il l'avait accepté, hélas ! Prenez la saucisse, docteur ! Il l'avait mangée. Oh ! ce comte n'était pas méchant bougre, plein de soupe, comment pouvait-il se prendre pour un comte, avec son physique ? Au physique, Balfour, son demi-frère, était mieux. Mieux ? Moins gros, certes, plutôt étriqué, pas très grand, sa mère devait être petite, il tenait sans doute de sa mère, il ne ressemblait pas à son père qui avait de la gueule, celui-là.

« Les mélanges, reprit le docteur, en fin de compte, c'est la civilisation. »

Il s'adressait à lui-même parce qu'il flairait quelque chose d'utilisable pour sa thèse sur l'importance de la mémoire, un argument qu'il cherchait à préciser pour ne pas le perdre : la race n'exigeait-elle pas une mémoire particulière pour se maintenir sans se détruire ? Le comte le regardait par en dessous : que voulait-il insinuer ? Il se versa du thé.

« En voulez-vous une tasse, docteur ?

– Volontiers.

– Il n'y a pas de secret pour préparer le thé, dit le comte, c'est une question de temps, il ne faut pas le laisser infuser trop longtemps. Mais suffisamment, suffisamment... »

Tandis qu'il parlait, le docteur se penchait vers sa bouche :

« Je devrais peut-être, malgré tout... »

Mais n'était-il pas un peu tard pour un point de suture ? « On posera un sparadrap », décida-t-il.

Il s'approcha de la coiffeuse :

« Elle est très belle. »

Il ne dissimulait pas l'admiration, hum ! l'étonnement éveillé en lui par les brosses, les limes, la formidable panoplie de beauté rangée sous la glace ovale. Le comte lui montra son Purday.

« Vous ne retournez pas auprès de la comtesse, Oliver ? » demanda Oudinot.

Le docteur le regarda sous le nez :

« Vous êtes sûr, Hennery, que tout va bien ? »

Oudinot frissonna. Si Bubu s'était fait sauter ? Alors que lui... Le pantalon ouvert et... Qu'est-ce qui m'arrivait ?

« Mais non, Oliver, je n'ai rien, tout va très bien. »

Il avait hâte de partir. Il *voyait* encore le cerf blanc sur la biche ployée. Il fallait qu'il se retrouve seul. Si *cela* revenait ? Non plus dans le mystère du sommeil ? Sa main caressait sa cuisse.

« On peut voir la comtesse, docteur ? demanda-t-il.

– Naturellement.

– Ce sera encore long ? demanda le comte.

– Probablement assez long », dit le docteur.

Après un moment :

« Pas avant ce soir, je pense. Cette nuit, peut-être. Peut-être seulement demain. »

Il regarda le comte :

« N'en dites rien à votre femme, monsieur.

– Vous pensez que je dois...

– N'allez pas la voir quand elle souffre, dit le docteur. Jézabel vous dira.

– Mais vous, docteur ?

– Ma présence n'est pas utile, pour le moment », dit-il.

Il avait une séance de vaccination à Mondésir, à quelques miles seulement de la Nouvelle Hollande. On l'attendait pour le déjeuner. Il regarda sa montre. Déjà deux heures.

« Je repasserai, promit-il. Si par hasard on avait besoin de moi, faites-moi prévenir à Mondésir... (Il regarda le comte :) *Monsieur*, ajouta-t-il.

– C'est long, bougonna le comte, c'est long. Pensez-vous que ce sera un garçon, docteur ?

– Je ne peux rien dire, lança le docteur en sortant. Si c'est une fille, ma foi, vous aurez un garçon la prochaine fois. »

La prochaine fois ! Quel idiot, grommela le comte, sitôt la porte refermée. Il pensait à l'accouchement de Saülette. Tout s'était bien passé. Pas d'histoire. Et un garçon. Il avait fait un garçon, lui ! Absalon ne comptait pas, mais c'était un garçon. Un pressentiment. Plus que cela, une certitude : Adélaïde allait pondre une pisseuse. Tout recommencer ? Ah ! non ! ah non ! A moins que... Il faudrait tout de même savoir si, oui ou non, à la Nouvelle Hollande, le comte de Kergoust était chez lui !

« Qu'est-ce que tu grommelles ? » demanda Oudinot.

Dès qu'Oudinot eut récupéré ses vêtements, le comte le poussa chez sa femme, qu'il préférait ne pas affronter seul. Il tenait son pansement contre la bouche et feignait d'avoir du mal à parler. Pendant un moment, après l'irruption de la Grande Mahaut, la comtesse avait ressenti plus d'inquiétude qu'elle ne voulait le laisser paraître. Si c'était grave ? S'il était vraiment arrivé malheur à Bubu ? La mort. Comme elle refusait de penser à la sienne, celle de Bubu lui paraissait possible. La mort. Il est plus facile de l'affronter que de la craindre, soutenait Louis Girard. Qu'en savait-il ? Jusque-là, pour Adélaïde, la mort ne concernait que les autres. Si Bubu mourait ? Elle aussi pourrait... Des impressions, des sensations qu'elle rejetait sans chercher à les préciser. N'empêche que l'idée de la mort lui restait. Mort douce, naturelle, violente, prompte, lente, douloureuse, tragique, funeste, déplorable, imprévue, soudaine, précipitée, prématurée, mort glorieuse, mort sainte. Toute cela dansait dans sa tête. Qui, quelle sainte regardait la mort comme une consolation et la vie comme un supplice ? Maman, ma petite maman. Est-ce que la douce Clémence s'était vue mourir alors qu'elle lui donnait la vie ? Elle revenait au point de départ, qu'elle refusait : non, non, pas moi !

Elle était contente de voir Oudinot. Bubu aussi.

« Je vous ai cherchée au tribunal », dit Oudinot en lui baisant la main.

Il se sentait très ému ; pour la première fois, il prenait conscience de la gravité d'une naissance. Ce drame, cette émotion sur le petit visage d'Adélaïde. Il l'aimait. Non, ce n'était pas une garce. Des remords lui remontaient à la gorge comme des hoquets, de l'avoir accablée, à cause de Gaétan, à cause de Bubu, alors que lui... Il rougissait de confusion en se souvenant de ce qu'il avait osé sur la chute.

« J'ai compris beaucoup de choses, Henri », murmura la comtesse.

Elle tapotait la joue de Bubu, au-dessus du sparadrap :

« Alors, Bubu, quand on vous quitte des yeux, vous vous faites du mal. »

Un ton maternel, dont l'indifférence frappait Oudinot. Qu'était donc Bubu pour sa femme ? Sûrement pas son mari. Il n'avait presque pas revu Adélaïde après son mariage. Ce mariage... Et pourtant un enfant allait naître, là, dans ce lit, d'une heure à l'autre, dans quelques heures du moins puisque le docteur semblait dire... Cela paraissait presque incroyable. Un nouveau-né.

« Vous n'avez pas de nouvelles de Sir Duclézio ? » demanda Adélaïde.

On devinait de l'inquiétude au fond de la question. La comtesse ne se sentait pas certaine d'avoir raison, en condamnant Sir Duclézio. Oudinot voulut la rassurer :

« Jamais l'aveuglement dû à la fortune n'a été plus grand que chez ce... »

Il cherchait un mot.

« Ce sacre ! souffla la comtesse. C'est à un sacre que Louis Girard le comparait.

— Un oiseau de proie ? demanda Oudinot. Un sacre ? Vraiment.

— Ça vole plus vite que la plupart des oiseaux de montée », intervint le comte, oubliant qu'il avait du mal à parler.

Ça se passe bien, pensait-il avec soulagement. Les traites de Li-Heu, son absence... Évidemment s'il se trouvait en tête-à-tête avec elle, les questions tomberaient dru, comme la grêle. Ça la changera peut-être d'avoir son enfant, pensa-t-il.

Elle souriait, elle le regardait avec indulgence. Pendant l'instant durant lequel elle avait imaginé sa mort, elle avait pris conscience, oh ! dans un grand flou, de la négligence avec laquelle elle le traitait. Il n'existait pas vraiment pour elle, elle n'avait jamais été seule avec lui dans le lit conjugal, il y avait toujours eu quelqu'un entre eux, Louis

Girard ou Gaétan, l'un ou l'autre de ses deux pères, qui l'éclipsaient avec une cruauté aveuglante.

« Ne rongez pas vos ongles », dit-elle à Bubu.

Un enfant, une sorte d'enfant bizarre, gros et lourdaud, pas méchant, très timide, aussi timide que moi, pensait-elle parfois. Pourtant, au début... La lune de miel. Le miel se prend avec un doigt. Il ne le savait pas. Il ne cherchait pas à comprendre. Cette masse, et si rapidement inerte, écrasée. Les silences de Bubu, après, et puis ses ronflements. S'il avait été différent, est-ce que... Non, c'était voué à l'échec, au passé. Elle le prenait pour lui substituer son fils. Pour girardiser les Kergoust. Un croisement. Un travail d'étalon, c'était bien cela, et rien de plus. Naturellement, la comtesse n'en pouvait pas convenir, elle laissait tout dans le vague. Par moments, c'était le cas durant ces minutes que Bubu passait à son chevet, elle avait le sentiment de lui devoir quelque chose. Qu'elle éliminait aussitôt grâce à une réaction très Louis Girard : j'ai payé pour... Réaction atroce, très fugace, aussitôt reniée. N'empêche qu'il en restait une empreinte :

« Vous avez votre fusil ? demanda Adélaïde.

— Magnifique, bafouilla Bubu.

— Il l'a étrenné ce matin, fit Oudinot, en montrant le pansement.

— Quoi ? demanda la comtesse en pâlissant.

— Il a manqué le grand cerf blanc », ironisa Oudinot, pas mécontent de mettre Bubu mal à l'aise.

Salaud, pensa le comte, tu me le paieras.

« On va vous laisser, murmura Oudinot.

— Déjà ? » soupira la comtesse.

Jézabel lui avait dit que le docteur ne reviendrait pas avant plusieurs heures. Tant pis. Tant mieux. Elle épuisait le plaisir de l'attendre. Elle ne se sentait plus aussi impatiente qu'avant son passage. Il avait pris son sort en main. Oh ! elle ne pensait pas à l'accouchement, pour cela Jézabel ferait tout ce qu'il fallait, elle en était sûre. Mais après ? Elle sentait bien qu'elle l'avait *maillé*, son docteur. Déjà qu'il soit venu, et si vite. Elle l'intéressait, elle l'intriguait. Qu'attendait-elle de lui ? Elle n'aurait pu le préciser. Elle l'attendait, lui, cela suffisait, elle avait ce but en elle, à la fois très vague et très précis, le revoir, le revoir. On verrait par la suite. Quand elle serait *libérée*. C'était très confus. Il lui semblait qu'après la naissance de Pascal tout serait différent. Elle n'aurait plus d'obligations envers personne. Ni envers les Kergoust. Ni envers Louis Girard. Qu'est-ce que cela signifiait au juste ? Il ne fallait pas lui demander d'analyser les impressions qui la conditionnaient, à travers les souffrances de l'accouchement. Elle devait réparer pour disposer d'elle, voilà en gros ce qu'elle ressentait dans le plus profond de son être. N'ayez plus peur, répétait le docteur, la peur vous fait souffrir. Elle n'avait plus peur.

« Nous l'appellerons Pascal, dit-elle gentiment au comte. Est-ce que cela vous convient ?

– Parfait, bougonna-t-il, parfait. Et Hubert, je suppose ?

– Cela vous ferait plaisir ?

– Puisqu'il a droit à six prénoms, fit Oudinot, avec de la gaieté.

– On pourra aussi l'appeler Henri, enchaîna la comtesse.

– En dernier », dit Oudinot.

La comtesse changeait de visage.

« Jézabel, souffla-t-elle.

– Il vaut mieux partir maintenant, *Missiémâquis* », murmura Jézabel, en poussant le comte vers la porte.

NAISSANCE DE PASCALINE

LE docteur Campbell était attendu à Mondésir par un Indien du Service de Santé qui organisait les séances de vaccination. Il s'appelait Prem, il avait à peu près l'âge du docteur, c'était un homme solide, râblé, des yeux de diamant noir pour couper les glaces entre les gens. Virilisé par une barbe à l'assyrienne. Il vivait à Mondésir dans une des rares vraies maisons du village qui comptait une centaine de paillotes.

« Je l'ai héritée de mon oncle », expliqua-t-il au docteur en l'installant dans un fauteuil, sur la varangue.

Il n'avait pas connu ses parents. Son père, venu à Maurice parce qu'il crevait de faim aux Indes, avait émigré avec sa famille vers l'Afrique du Sud.

« J'avais huit frères et sœurs, m'a-t-on dit, moi, on m'a laissé à l'oncle, qui n'avait pas d'enfants. J'étais à peine sevré. Mon oncle s'est enrichi en vendant du rhum. Gentiment il a attendu mon retour pour mourir.

– Et votre famille ?

– Je ne crois pas qu'ils soient arrivés en Afrique du Sud, répondit Prem. Mon père n'a jamais donné de nouvelles. »

Il leva les mains :

« Quand un de ces bateaux d'émigrants se perdait dans un typhon, personne n'en parlait », dit-il.

A treize ans il s'était embarqué pour Durban comme mousse, au désespoir de son oncle.

« Il avait cru devoir me parler des miens, ricana Prem, j'ai voulu les chercher. »

Il ne regrettait rien.

« Vous connaissez Magdalena, docteur ? »

Il avait épousé une Suissesse laiteuse et blonde, plus grande et plus large que lui, qui, pour un Indien, était plutôt étoffé. Elle l'avait sauvé du choléra dans un hôpital de Marseille où, affirmait-il en le racontant, on le laissait crever, en quarantaine.

« Elle m'a sauvé pour m'épouser ! ajoutait-il avec un sourire qui découvrait ses dents, superbes.

– C'est lui qui m'a empêché de rejoindre l'homme de ma vie ! » ripostait-elle, aussi gaiement.

A Montrond, un charmant village du canton de Vaud où elle grandissait, un dimanche, au temple, elle avait entendu le pasteur parler d'un médecin qui soignait les lépreux en Afrique, et qui réclamait de l'aide. Il s'agissait du docteur Schweitzer. Magdalena comprit que Dieu lui demandait de le rejoindre. Elle n'avait pas d'argent mais le travail ne l'effrayait pas. Elle s'occupait des vaches et de la vigne. Malgré le respect qu'ils éprouvaient pour les appels du Seigneur, ses parents ne voulaient pas la laisser partir. Elle attendit sa majorité pour se mettre en route avec, pour tout viatique, le contenu de sa tirelire. Elle gagnait sa vie d'un hôpital à l'autre, infirmière de bonne volonté, ne rechignant devant rien, planchers ou derrières à laver. Elle en parlait comme d'une aventure normale, presque banale. A Marseille elle économisait de quoi payer son passage vers l'Afrique.

« Elle ne savait pas où elle allait ! » affirmait Prem.

Elle cherchait le nom en riant :

« Lamba ou Mamba quelque chose.

– Lambaréné.

– Je savais que c'était au Gabon, chez les Allemands, j'avais été me renseigner au consulat. »

Elle souleva la bouteille :

« Encore un verre, docteur ? Plus ? Alors on peut passer à table.

– J'espère que vous avez faim, docteur », dit Prem.

Depuis la veille il mitonnait un *dumphakat* au bain-marie, dans une amphore en terre cuite non vernissée.

« C'est un lièvre en daube, expliqua Magdalena, cuit avec beaucoup de légumes et beaucoup d'épices. Plus les tours de main de grand-maman Prem, naturellement. »

Elle avait emmené les hommes à l'intérieur, dans une pièce dont les volets restaient clos. Un ameublement européen, petit, vraiment petit-bourgeois, pensa le docteur.

« Ma mère et mon père », dit Prem, en plaçant une photo jaunie devant lui.

L'oncle avait posé avec eux ; pas leurs enfants.

« Il aurait fallu un plus grand appareil », plaisanta Prem.

Il contempla longuement la photographie avant de la remettre en place, sur le bahut recouvert d'un châle violacé à longues franges jaunes.

« Vous savez, docteur, dit-il, que je suis toujours étonné quand je la regarde. Que mes parents et mon oncle aient pu être photographiés... Vous comprenez ce que je veux dire ? Grâce à ça... (Il montra la photographie.) je peux me souvenir de ma mère, que je n'ai pas connue.

– Votre père non plus...

– Oui, mais lui, intervint Prem, c'est autre chose, j'avais mon oncle qui le remplaçait.

– Et pas de tante ?

– Non, elle est morte tout de suite, je ne me souviens pas d'elle, alors que... (Il hésitait, il était ému :)... alors que je me souviens, oui, je me souviens de ma mère ! Et j'avais deux ans, quand elle est partie.

– Ça m'intéresse énormément ce que vous me dites », fit le docteur.

Il avait sorti un bout de papier et un crayon pour noter : importance de la photographie pour la mémoire, faux souvenirs. Il raya faux, pour remplacer l'adjectif par rapportés. Souvenirs rapportés. Inventés. Et pourtant vrais.

Magdalena n'avait mis que deux couverts. Elle restait debout, derrière Prem, pour servir les hommes.

« Vous vous habituez à la vie ici ? demanda le docteur.

– Par moments, avoua-t-elle, j'ai la nostalgie de la famille. La dernière lettre de ma mère date de Noël. »

Une ombre passa sur son visage.

« Mon père m'en veut toujours », murmura-t-elle.

Le sourire revenu :

« Ils ont vendu les vaches, c'est mieux, ils ont bien assez de travail avec la vigne. »

Elle se mit à rire :

« C'est tout de même drôle que je me trouve ici, au milieu de l'océan Indien, avec celui-là... (Elle désignait Prem en riant de plus belle.) un sauvage, n'est-ce pas ! En Suisse, aujourd'hui, tout le monde est habillé de noir. Le Vendredi saint ! Souvent, il neige. Et Prem ne sait pas ce que c'est, la neige. Il n'a pas dépassé Marseille, et c'était l'été, il se plaignait de la chaleur. »

Combien de chances avaient-ils, Prem et Magdalena, de se rencontrer ? Et moi, se demanda le docteur, qu'est-ce que je fiche ici, hors du monde ? Et pourtant il fallait qu'il vienne à Maurice. Comme il avait fallu que Darwin s'embarquât sur le *Beagle* et fît escale aux Galapagos. N'était-ce pas extraordinaire ce qu'il venait d'entrevoir grâce à Prem ? L'importance de la photographie pour le développement de la mémoire. Qui songeait à cela ?

« Vous ne trouvez pas que c'est un peu amer ? » demanda Magdalena.

Le docteur mangeait sans prêter attention à ce qu'il avalait.

« Prem tenait à ajouter de la margause.

– Il le faut, bougonna Prem.

– C'est un légume d'ici que je trouve un peu amer, pour ma part, continua Magdalena. On ne vous en a jamais donné à goûter, docteur ? »

Elle paraissait très inquiète.

« C'est merveilleux, dit le docteur, c'est très très bon.

– Vous n'avez pas entendu parler du temps margause ? demanda Magdalena. Les créoles disent ça, pour évoquer le passé.

– L'esclavage, précisa Prem.

– Je me régale », dit le docteur.

Il imaginait la tête des parents de Magdalena en la voyant attentive au bien-être de son seigneur et maître indien.

« C'est très simple à préparer, dit Prem.

– Les gens du village en mangent ? demanda le docteur.

– Il faut de la viande, remarqua Magdalena. On peut faire le dumphakat avec tout. Avec un faisan, c'est très bon aussi.

– Ça se trouve, ajouta Prem.

– On braconne ? Tout le monde ? demanda le docteur.

– Pas tout le monde, dit Prem. Il ne faut pas se faire prendre, c'est tout de suite des années de prison. »

Le docteur se souvint d'un passage des *Confessions*, un livre pieusement décortiqué au lycée de Genève : alors qu'il revenait de Paris (ou s'y rendait ?) Jean-Jacques Rousseau, très jeune encore, avait demandé l'hospitalité à des paysans qui avaient partagé avec lui une maigre pitance, un brouet au pain noir. L'équivalent de la poignée de riz dont se nourrissaient les Indiens de Mondésir dans leurs paillotes. Les soldats leur prenaient tout, se plaignaient-ils. Rassurés par le charmant visage de Jean-Jacques, ils avaient bientôt ouvert une trappe qui donnait accès à une cave où ils cachaient du pain blanc, du jambon, des œufs. Est-ce que les Indiens pauvres et exploités disposaient de caches semblables ? Prem n'en croyait rien.

« Ils n'ont pas appris à dissimuler, conclut le docteur.

– Vous le pensez ? s'étonna Magdalena.

– Il faut une mémoire développée pour utiliser le mensonge, dit le docteur, toujours emporté par son idée fixe.

« – Cela dépend, remarqua Magdalena, le mensonge est plus ou moins compliqué et donc plus ou moins difficile à retenir. On serait sans doute surpris si on soulevait les couvercles de leurs *karai*.

– Les marmites », traduisit Prem.

Magdalena apprenait l'hindoustani.

« C'est intéressant de parler à ces gens, dit-elle. (Elle éclata de rire :) Vous ne savez pas ce que je leur conseille, docteur ? De manger les singes.

– Tu ne leur dis pas cela ! protesta Prem, épouvanté.

– Il paraît que c'est très bon, reprit Magdalena. Les Chinois les mangent bien. Ils volent tout. Ils entrent dans les maisons. Tenez, docteur ! »

Un singe s'aventurait sur la varangue, très jeune.

« C'est une guenon, dit Magdalena, elle vient tous les jours pour ramasser les miettes quand nous mangeons dehors. Elle était minuscule lors de ses premières visites. Maintenant, elle va faire des petits.

– Vous le voyez ? demanda le docteur.

– Elle a du ventre, regardez ! »

La guenon sautillait sur place, en appelant.

« Je lui montre le balai, dit Magdalena, et elle se sauve.

– Vous ne la frappez pas ? demanda le docteur.

– Jamais ! protesta Magdalena, elle est trop mignonne, vous ne trouvez pas ? Les yeux, hein ? Elle rit, elle rit. Parfois elle pleure, mais sans larmes, elle me regarde pour me faire comprendre qu'elle est malheureuse.

– Une pauvre fille séduite, plaisanta le docteur.

– Magdalena lui montre le balai, après quoi elle lui lance une banane, dit Prem.

– Si elle avait plus de mémoire », commença le docteur...

Il s'arrêta, il se trouvait ridicule.

« Je crois qu'elle en a plus que vous ne le pensez, dit Magdalena. Elle sait qu'elle a droit à sa banane. »

Elle en prit une, sur le plateau, et la jeta à la guenon.

« J'ai essayé de la faire approcher pour prendre la banane.

– En l'obligeant à dire merci », ricana Prem.

Il se tourna vers le docteur :

« Il faut peut-être se mettre au travail, docteur ?

– Tout de suite ? protesta Magdalena. Tu oublies quelque chose. »

Prem avait acheté une bouteille de cognac.

« Si vous buviez dehors ? suggéra Magdalena. Je pourrais débarrasser et nourrir les petites qui vont se réveiller. »

Ils avaient deux jumelles de six mois. Magdalena porta les verres et le cognac sur la varangue.

« Les singes sont sacrés aux Indes », expliqua Prem, en servant le docteur.

Magdalena réprima un petit rire :

« Il ne sait rien de sa religion, dit-elle. Il ne connaît pas sa langue.

– On m'a appris le créole et l'anglais, bougonna Prem.

– Tu pourrais faire un effort.

– Ils sont tous tamouls dans le village ? demanda le docteur.

– Il y a différentes sectes, dit Prem.

– Qu'il ne connaît pas ! lança Magdalena.

– Si tu t'occupais des petites ? bougonna Prem.

– Ils croient tous en Dieu ? demanda le docteur.

– Quels dieux ! remarqua encore Magdalena avec vivacité. Je leur pose des questions. Ils ne me répondent pas.

– Parmeshwar, grogna Prem.

– Le brahmane ne va pas chez les intouchables, reprit Magdalena, ils n'ont pas droit à Dieu, ils sont trop misérables.

– Qu'est-ce que tu racontes ! fit Prem, de plus en plus agacé.

– Ils n'ont pas non plus le droit de puiser au village, ils sont obligés de chercher leur eau très loin. Des dieux comme ça, Prem, tu ne crois pas qu'il faudrait les changer un peu ? »

Prem ne cachait pas sa contrariété :

« Les choses ne sont pas si simples, docteur. Nous avons des castes. En Europe, vous en avez aussi, n'est-ce pas ?

– Absolument, admit le docteur, en pensant à son demi-frère Balfour.

– Les Indiens ne croient pas comme nous, reprit Magdalena. Ils ont peur de leur dieu ou de leurs dieux comme, dans le village, les gens ont peur du propriétaire. Dieu et le propriétaire, pour eux, c'est la même chose, c'est le travail, c'est la punition, les coups de bâton.

– Qu'est-ce que tu racontes ? » gronda Prem.

Les réflexions véhémentes de Magdalena apportaient de l'eau au moulin du docteur. La mémoire ! Dieu, la représentation que l'homme se fait de lui, évolue avec sa mémoire. Au paradis biblique, Adam, le premier homme symbolique, en était, pour son Dieu, au même point que les Indiens de Mondésir : il le craignait comme eux redoutaient le patron. Qu'avait-il dans la tête ? Qu'est-ce qui était déjà inscrit dans sa mémoire ? Magdalena, les bras croisés sur sa blouse bleu pâle, écoutait avec passion le docteur raisonner et poser ses questions.

« A la fin de sa vie, dit-elle en riant, Adam se souvenait probablement du péché originel qui lui coûtait une vie bien tranquille au paradis.

– Le péché, fit le docteur, le péché originel, quelle absurdité ! »

Il pensa pendant un instant à la comtesse, la pauvre, en proie aux douleurs de l'accouchement. Tu enfanteras dans la douleur ! Pourquoi gravait-on cela dans les mémoires ?

« Quelle connaissance essentielle Adam, je le prends symboliquement, bien sûr, a-t-il pu transmettre à ses fils, soit par des mots qu'il leur apprenait, soit par des réflexes de raison ? » reprit le docteur.

Magdalena ne cachait pas sa perplexité :

« Evidemment, souffla-t-elle, Adam et tous ceux-là ne parlaient pas comme nous.

– Il fallait tout apprendre, dit le docteur, chaleureusement, et retenir, tout retenir. Retenir tout ce que les animaux ne savaient pas d'instinct, est-ce que vous me comprenez, Magdalena ? »

Elle hochait la tête.

« Et vous, Prem ?

– Comment vous le trouvez, ce cognac, docteur ? demanda Prem. J'aurais voulu du Hennessy mais...

– Excellent », dit le docteur.

Il jubilait, il fallait qu'il vienne à Mondésir pour comprendre que l'évolution de l'homme, son enrichissement cérébral, se faisait par Dieu, par les dieux pour commencer, par la pierre-dieu, par le dieu-feu, par le dieu-lune, ou serpent, ou rivière, par les dieux des récoltes et des tempêtes, que tous ces dieux avaient façonné sa raison, son intelligence, chacun apportant sa contribution particulière, ah ! Darwin ! Darwin ! En pensant Darwin, il pensait Campbell. L'intelligence ! Celle des intouchables de Mondésir n'était pas assez développée pour s'améliorer par un dieu invisible, abstrait. Le nôtre, le dieu des juifs et des chrétiens, présent partout parce qu'on ne le voit pas ! Est-ce que Prem pouvait digérer ce dieu sans réalité aussi naturellement que sa femme, ce colosse suisse, mais charmante, et tellement... Tellement intelligente ? Non, mais d'une extraordinaire simplicité. Attention ! La simplicité de l'intelligence. Le docteur se rappela à l'ordre, il divaguait, c'était bon, il comprenait, il créait. Campbell après Darwin. L'évolution, donc la survie de l'homme assurée par la mémoire. Sa thèse. Il l'avait exposée au professeur Clarke (Robert, Augustus) pour étayer sa candidature à la mission à Mauritzius, dont il avait eu connaissance par le *Times*. En fait, c'était Elvira qui avait attiré son attention sur les candidatures sollicitées par la Commission royale. Non sans le contrarier, au départ. Il n'avait pas tellement envie de s'expatrier. La vie à Londres lui plaisait. Hélas ! son salaire de stagiaire au King's Hospital... Elvira contrainte de poursuivre ses traductions. Elle serait heureuse à Maurice, enfin un peu de repos, elle s'était documentée sur la vie dans les Seychelles.

Le professeur Clarke avait admirablement réagi. La thèse de Campbell faisait vibrer ses fibres darwiniennes. Nous ne sommes qu'au début du darwinisme, répétait-il à ses étudiants. L'évolution ! L'évolution ! Oui, même Dieu évolue, et pourquoi pas ? Il l'insinuait d'une voix sourde, dans le privé, quand il discutait avec l'un ou l'autre de ses préférés. Il avait dû le laisser entendre à Oudinot en son temps. Campbell l'avait conquis. Une impression de le connaître.

« C'est le portrait craché de Sir Arthur, avait remarqué sa femme, après le départ de Campbell.

– Of course ! »

Naturellement ! Voilà pourquoi son ami Balfour lui avait fait porter une chaleureuse recommandation du jeune Campbell. C'était son fils ! Le professeur Clarke se rappelait la secrétaire de Balfour, cette perle, avec un cerveau prodigieusement organisé, dont il chantait si lyriquement les mérites.

« Vous l'avez laissée partir ? »

Qu'avait-il répondu, l'ami Balfour ? Le professeur Clarke ne s'en souvenait plus. Pourquoi chercher midi à quatorze heures ? Une liaison entre ces deux-là ? Aussi... Aussi quoi ? L'un que l'autre ? On ne les voyait pas dans un lit, vraiment pas. Le professeur riait en y pensant. Grâce au ciel le petit Campbell avait quitté son bureau. Absolument charmant, ce garçon. Le professeur lui avait détaillé l'histoire du pinson des Galapagos qui se trouve à l'origine des thèses darwiniennes.

« Vous n'en avez pas entendu parler, *young man* ? Ah ! Je ne le répéterai jamais assez, on n'a pas encore compris Darwin, on ne fait rien pour développer ses thèses, qui sont capitales. Écoutez bien, jeune homme, c'est parce que Darwin, aux Galapagos, s'est rendu compte que ce pinson qui vit sur les îles, et qu'il connaissait, il l'avait étudié sur le continent, parce qu'il a remarqué que, sur les îles, le pinson avait le bec un peu plus long que sur le continent, qu'il en a déduit que les espèces s'adaptent, pour survivre. Pourquoi en irait-il autrement pour l'homme, *young man* ? »

Après avoir baissé la voix :

« Et pour Dieu, *young man* ? »

Un petit rire aigre, qui exprimait plus d'angoisse que de gaieté :

« Il faut aussi que Dieu survive, hein ? »

Il se frottait les mains :

« Vous ignoriez l'histoire du pinson, *young man* ! »

Campbell, bien entendu, la connaissait depuis longtemps.

« Pourquoi son bec s'était-il allongé sur les îles ? » demandait le professeur.

Une merveilleuse lumière de joie dans ses yeux enfouis sous des plis de peau.

« Tout simplement pour lui permettre de picorer le cœur d'un cactus entre les piquants, c'était la seule nourriture qu'il trouvait sur les îles. »

Campbell hochait la tête : pas possible ! comme c'est étonnant ! En fait, le pinson arrachait les piquants pour les décortiquer car il trouvait ce qu'il cherchait à l'intérieur de ces piquants. Du moins était-ce ce que soutenait un Américain dont Elvira avait signalé une communication résumée par le *Times*. Merveilleuse Elvira, elle allait pouvoir se reposer. Vivre pour elle. Quelle bonne inspiration elle avait eue en l'envoyant chez le professeur Clarke, une vieille baderne, mais sympathique, et même une émouvante vieille baderne. Extra-ordinaires, les gens de cette génération, qui cherchaient quoi, au fond ? Qu'est-ce qui les intriguait ? Dieu, probablement Dieu seul. Ils tournaient autour.

« Est-ce que vous lisez la Bible, *young man* ? avait demandé le professeur Clarke, à Campbell, avant de le lâcher.

– Non, Sir, mais si vous me le conseillez...

– Absolument ! Absolument ! »

Et comme il avait raison ! La misérable histoire d'Adam, si absurde quand on la prenait à la lettre... Le premier homme modelé par Dieu, un enfantillage, à vous détourner de Dieu quand on vous l'imposait à la lettre. Mais on racontait ça à des enfants, précisément, à des gens plus que simples, plus simples encore que les Indiens de

Mondésir formés, quoi qu'on pût penser d'eux, par des générations de *croyants*, croyants à leur manière évidemment mais...

Que la lumière soit ! L'homme descend du singe. Simple formule, certes. Il n'empêche que... Cette petite guenon repartie avec la banane de Magdalena... Un vertige, le docteur titubait au bord d'un gouffre, mais c'était magnifique, il découvrait la lumière de Dieu, il ne restait qu'à la capter. Jamais il n'avait ressenti à ce point la certitude de son destin. « De l'importance de la mémoire pour la survie des espèces. » Non : « ... pour la survie de l'homme. » Pour les espèces animales la mémoire est instinctive, pas raisonnée, pas ajoutée, pas enseignée comme chez l'homme. Si un pinson parvient à modifier son bec pour survivre, pourquoi l'homme ne transformerait-il pas sa réflexion, ses raisonnements, pour se perpétuer, lui aussi, en s'adaptant aux nécessités de son temps ? Quand il en parlait avec Oudinot, Campbell comparait la mémoire à un classeur avec d'innombrables casiers, les uns garnis par l'hérédité, d'autres par l'éducation.

Prem tira le docteur de sa rêverie :

« Si on commençait ? »

Il poussait vers lui un garçon d'une dizaine d'années.

« C'est un vague cousin à moi, expliqua-t-il, je lui ai donné un canif pour le décider. Du coup... »

Un geste vers d'autres garçons, trois ou quatre, qui se tenaient à distance, mais qui avançaient vers la varangue, attirés par l'espérance.

« Tu as peur ? » demanda le docteur, au premier volontaire.

Sans attendre de réponse, il lui ouvrit la bouche, pour examiner ses dents.

« Tiens, prends ça, dit-il, en lui donnant une brosse. Tu feras ça tous les matins, hein ? »

Il montrait comment on se brossait les dents. Prem répétait en créole ce que le docteur disait en français. Il avait préparé le vaccin. Le docteur fit les incisions.

« Tu n'as rien senti du tout, dis-le aux autres. »

Le gamin tirait sur son bras pour le dégager de la main du docteur.

« Regardez ça, hein », murmura le docteur.

Ses deux doigts contre le poignet du garçon faisaient plus d'épaisseur que le poignet.

« Cette fragilité, Prem. »

Prem regarda ses poignets, pas tellement plus gros.

« C'est solide », affirma-t-il en riant.

Il donna un bonbon au gamin, en le renvoyant.

« Approche », dit-il au suivant.

Ils firent six vaccinations.

« On passera dans les cases, docteur, si vous voulez bien. Quand Magdalena sera prête. »

Elle arriva avec les jumelles installées dans une sorte de harnais qu'elle passait par-dessus sa tête, pour les porter l'une sur le devant, l'autre dans son dos.

« Elles s'appellent Bopha et Bophana, dit-elle au docteur en les lui présentant. Cela veut dire fleur et petite fleur dans l'un de ces idiomes indiens que Prem ne veut pas connaître. »

La tournée du village. Ils entraient dans les cases. Magdalena montrait les marques du vaccin sur les bras de ses bébés. Elle et Prem expliquaient ensuite que les enfants qui grouillaient dans la pénombre ne tomberaient plus malades quand le docteur aurait laissé sur eux les mêmes empreintes de protection. Le docteur attendait sur le seuil.

« Pourquoi riez-vous, docteur ? demanda Magdalena.

– Je pense à vos parents, avoua-t-il.

– Oui, reconnut-elle, c'est étrange que je sois ici. Dieu le voulait.

– Le mien en tout cas, dit Prem, gentiment, Parmeshwar.

– Qu'est-ce que ces gosses peuvent attendre de la vie ? demanda le docteur en distribuant des bonbons.

– Le bonheur », souffla Magdalena.

En ont-ils conscience ? se demanda le docteur. Qu'est-ce que cela peut être, le bonheur, pour eux ? Le ventre plein ? Un accouplement ? Combien de générations formées mentalement par combien de dieux avant que l'on soit passé du bonheur animal au bonheur cérébral ? Celui qu'éprouvait Magdalena en consacrant sa vie à Prem et aux Indiens de Mondésir ? Il ne pouvait s'empêcher d'admirer cette géante suisse de bonne volonté, il ne la trouvait plus trop grosse, trop athlétique, elle était belle à sa façon, rayonnante de vitalité et de force utile. Le bonheur ! Qu'elle l'ait découvert à Mondésir... Parviendrait-elle à l'apprivoiser ? A le conserver ? Et moi, se demandait le docteur, qu'est-ce que je cherche ici ? Il se rassurait : j'ai un but, je le poursuis. Et ailleurs ? Pourquoi faudrait-il qu'il renonce à son but s'il retournait en Angleterre ?

Son oncle fermier lui avait offert pour l'un de ses Noël

d'autrefois un jeu pour enfant seul, qui le passionnait, avec de petites billes à faire entrer dans des niches qui valaient plus ou moins ; quand elles étaient toutes logées, on additionnait les points donnés par chaque niche. Suis-je dans la bonne ? se demandait le docteur. Dans celle qui vaut le plus ? Et ces deux-là, Prem et Magdalena ?

Un zébu fourbu et un dromadaire aveugle, avec des yeux blancs, faisaient tourner les cylindres de la sucrerie artisanale de Mondésir.

« Elle fait 4 à 5 000 livres par jour », expliqua Prem.

Des femmes et des gamins introduisaient les cannes entre les cylindres.

« C'est primitif », remarqua le docteur.

Le vesou coulait dans un bassin en zinc d'où on l'amenait vers les chaudières, quatre, plus ou moins chauffées avec la bagasse [1]. A peine tiède dans la première, *la grande*, le vesou se couvrait d'écume dans la seconde, *le flambeau*, où la température montait. Le *sirdar* y jetait des poignées de chaux pour saponifier les graisses. On enlevait avec des écumoires les croûtes qui surnageaient.

« Voilà ce que mon oncle rêvait de faire de moi », ricana Prem, en montrant le *sirdar*.

On l'avait envoyé à l'école. On commençait à instruire les enfants, ceux dont les parents voulaient bien se séparer dans la journée.

« Mon oncle me disait que j'avais beaucoup de chance, raconta Prem. De son temps, l'instruction se transmettait... (Il souffla :) ou ne se transmettait pas, comme cela se trouvait, ceux qui savaient lire le *Ramayana* l'apprenaient aux autres.

– C'est un très beau poème en sanscrit, expliqua Magdalena, qui raconte les exploits de Rama, une des incarnations du dieu Vichnou, vous le savez, docteur ?

– Mondésir appartient à l'habitation du vieux Heller, reprit Prem. Il finançait l'école, il payait l'instituteur. Il passait souvent. »

Avec un ricanement sarcastique Prem ajouta que le vieux Heller aimait *assez* les jeunes garçons.

« Il m'avait remarqué, dit-il.

– Naturellement ! » gloussa Magdalena.

---

1. Ce qu'il reste des cannes pressées. On distillait une partie de ces résidus dans certaines habitations.

Sait-elle de quoi il retourne ? se demanda le docteur.

« Il devait penser que je ferais un *sirdar* convenable, plus tard, reprit Prem.

— Mais Prem a préféré partir pour le tour du monde, enchaîna Magdalena. A treize ans, docteur ! »

Prem reprit ses explications. Dans la quatrième chaudière, *la cuite*, la plus chauffée, le sirop déjà concentré dans la troisième, se grumelait, du moins lorsqu'on le laissait refroidir ; c'était le sucre. On le secouait dans des paniers en aloès pour l'essorer.

« Le premier moulin a été monté par un Français qui s'appelait Magon de la Villebague, dit Magdalena. Je le sais parce que c'est imprimé sur le calendrier dont M. Heller nous a fait cadeau.

— Vous le voyez toujours ? s'étonna le docteur.

— Prem cherche quelque chose, expliqua Magdalena. Vous savez ce qu'on lui donne pour vos missions, docteur ? »

Sans attendre la réponse du docteur qui cachait difficilement son embarras, elle enchaîna :

« Vous avez dit tout à l'heure que vous veniez de la Nouvelle Hollande. Vous connaissez bien la comtesse de Kergoust ?

— N'embête pas le docteur avec ça, marmonna Prem.

— Son intendant cherche quelqu'un, reprit Magdalena, de plus en plus vite, pour la sucrerie de Grand Sable, c'est la plus moderne de l'Île. Prem pourrait très bien...

— Tu n'en sais rien », grogna Prem.

Il se tourna vers le docteur, en plaidant :

« Magdalena s'imagine que je peux faire n'importe quoi, mais...

— Il pourrait voir l'intendant, n'est-ce pas ? C'est un Allemand, il s'appelle... »

Magdalena ne retrouvait pas le nom de Dietr von Buchkowitz.

« Je le connais, dit le docteur.

— Vraiment ?

— Je l'ai vu hier, par hasard.

— Tu vois, lança Magdalena à Prem, si tu en avais parlé au docteur, il aurait pu demander de quoi il avait besoin, au juste.

— Je vais arranger ça, promit le docteur. Je vous aurai un rendez-vous, Prem.

— Et vous le recommanderez, docteur, n'est-ce pas ? suggéra Magdalena avec intensité.

— Très chaudement, faites-moi confiance.

– J'aimerais habiter près de la mer », murmura Magdalena.

Elle sert à table, pensa le docteur, mais elle mène la barque. Jusqu'où emmènerait-elle Prem ? Et moi, se demandait-il, à quoi aboutirai-je ? Quelque chose le rapprochait de Prem. Une ambition ? Une volonté de conquête ? Un Indien. Il l'examinait à la dérobée. Prem gardait la tête baissée. Il laissait parler Magdalena, mais, mais...

Le docteur buvait une tasse de thé avant de repartir pour la Nouvelle Hollande lorsqu'il vit reparaître devant lui le Noir en livrée bleue qui, le matin même, l'avait cherché au manège.

« Madame la comtesse est très misère », bredouilla Jéroboam.

Debout dans le tilbury dont il sortait, un gamin tenait les rênes.

« *The son of count Kergoust* », glissa Prem au docteur.

Quoi ? Le fils du comte ? Ce petit Noir. Pas très noir, en fait, et des traits tout à fait...

« Il est superbe, dit le docteur, il faudra que nous le vaccinions, Prem.

– Vous partez, docteur ? » demanda Magdalena.

Il comprit le sens de la question.

« Je penserai à Prem, je vous le promets, Magdalena. »

En passant près du tilbury pour aller vers sa moto, le docteur s'arrêta un instant pour examiner la dentition du gamin.

« Comment t'appelles-tu ?

– Absalon, monsieur docteur.

– Tu me connais ? »

Absalon remua la tête.

« Pour sûr, monsieur docteur.

– Il vous a vu sur votre motocyclette, expliqua Jéroboam.

– Veux-tu que je te ramène ? Ça te ferait plaisir ? »

Absalon en perdit la respiration. Il regardait Jéroboam.

« Il peut rentrer avec moi, docteur, bougonna le vieux nègre.

– Puisque ça lui fait plaisir, décida le docteur. Allez, viens. »

Absalon ne se décidait pas à sauter à terre. Il tendait les rênes devant lui, vers Jéroboam, qui ne paraissait pas pressé de les reprendre.

« Monsieur docteur pourrait le déposer avant le pont sur Rivière Bleue ? demanda Jéroboam.

– Il a peur qu'on voie le gamin avec vous, docteur, expliqua Prem.

– Je comprends », murmura le docteur.

Extraordinaire, pensait le docteur, ce gamin à moitié nu, nu-pieds... Le fils du comte de Kergoust, qui le laissait grandir avec ses serviteurs. Que savait Adl'aïd ? Elle n'ignorait probablement pas que son époux avait fait un enfant à une des négresses qui la servaient. Un garçon. Important, pensa-t-il. Si Adl'aïd' avait une fille. En le questionnant sur le sexe de son enfant, elle ne se souciait pas uniquement de l'avenir de la dynastie. Quels gens étonnants, ces Kergoust. A quelle époque vivent-ils ? La comtesse pourtant... Très différente du comte. Beaucoup plus intelligente. Mais ses impatiences. Sa nervosité. Ses rires plutôt absurdes. Intempestifs. Et puis des crises de larmes. Elle voulait plaire. Absolument. A tout prix. Elle s'accrochait. Incroyable, si jeune, si jeune, Hystérique ? Qu'est-ce que cela signifiait ? Rien. Rien. Le docteur se promettait de consulter sa bible médicale. Hystérie. Non, pas elle. Miss Barrett, celle-là était hystérique. Incontestablement. Elle n'avait pas eu la même existence que la comtesse. Rien de commun, non, absolument rien.

« Alors, gamin ? Tu viens avec moi. »

Jéroboam fit un signe à Absalon : va ! Le docteur avait rouvert sa trousse pour donner une brosse à dents à Absalon.

« Tu feras ça tous les matins, hein ? »

Il faisait mine de se brosser les dents.

« Oui, monsieur docteur », promit Absalon, les yeux brillants.

Il ne savait quoi faire de la brosse, il la tenait serrée dans son poing parce qu'il craignait que Jéroboam la prenne. D'ailleurs le brave Jéroboam s'approchait du docteur, la bouche grande ouverte :

« Qu'est-ce que tu veux, grand-père ? » demanda Prem.

Il se tourna vers le docteur :

« Il voudrait une brosse, dit-il en riant.

– Pour quoi faire ! » s'esclaffa le docteur.

Il fit signe à Jéroboam de refermer la bouche.

« Il a toutes ses dents », dit-il à Prem.

A Jéroboam :

« C'est bien, c'est bien comme ça. »

Lui aussi, Jéroboam le faisait penser au vieil oncle Tom.

« Il a été esclave » ? » demanda-t-il à Prem.

Il ne s'adressait pas directement à Jéroboam pour ne pas le tutoyer.

« Son père, probablement, dit Prem, lui... »

Il demanda à Jéroboam l'âge qu'il avait.

Jéroboam hocha la tête :

« Soixante ans ? Soixante-dix ? »

Il continuait de hocher la tête. Le docteur grattait le crâne d'Absalon, à travers ses cheveux. Pas crépus comme ceux de Jéroboam, il le remarqua :

« Tu sais ton âge, toi ?

– Je vais avoir sept ans, monsieur docteur. »

La mémoire des chiffres. De quand date-t-elle ? Qui savait compter au paradis d'Adam ? Façon de parler, évidemment. La Bible ! Grâce à la réflexion de Magdalena sur les rapports entre Adam et Dieu, tout l'éclairage biblique se trouvait modifié pour le docteur. C'était énorme, il exultait. Extraordinaire journée. Le bonheur qu'il ressentait le rapprochait d'Absalon, dont la condition de bâtard, sans qu'il en fût conscient, l'avait attendri. Bâtard d'un comte, pas de n'importe qui, pas d'un autre domestique du château, non, bâtard du maître. Quand il le raconterait à Elvira...

Le soleil se rapprochait de l'horizon, en faisant virer au rose et à l'orangé un nuage d'un gris violet posé sur la mer.

« Tiens-toi bien », recommanda le docteur à Absalon, en démarrant.

Il roula au pas jusqu'à la route. Jéroboam faisait trotter Madagascar derrière la moto.

« Il nous suit, murmura Absalon.

– On va le semer, dit le docteur, tu veux ? »

Absalon secoua la tête. Ses yeux brillaient de plaisir. Vite ! Plus vite ! Il n'osait pas le demander, mais le docteur le devinait et s'interrogeait : la notion (la mémoire) de la vitesse, de qui tient-il ça ? De son père, évidemment. Il imaginait un formidable travail de recensement des mémoires, que savaient les Noirs, que retenaient-ils, qu'est-ce qui continuait à les marquer qu'on leur avait inculqué pour servir les maîtres quand ils étaient esclaves ? Et les Indiens... Que retenaient-ils, ceux-là, des siècles de Vichnou, de Rama ? Dieu, les dieux. Qu'est-ce qui avait été changé par le Christ dans les cerveaux des Blancs ?

« Est-ce que tu vas à l'école, Absalon ?

– J'irai bientôt, monsieur docteur. Je connais les lettres.

– Vraiment ? Qui te les a apprises ?

– Ma mère.

– Qu'est-ce qu'elle fait ?

– Elle est en ville, monsieur docteur. »

Le père ? Le docteur se garda d'en parler, naturellement, encore que la question le titillât : que fait ton père ? Il essayait de se souvenir : à l'âge d'Absalon, comment réagissait-il quand on lui posait des questions sur son père ? Son père ne lui manquait pas. Et maintenant ? Sir Arthur. Et surtout ce demi-frère, Balfour junior, qui avait déjà pignon sur rue à Piccadilly. Si je ne réussis pas, moi ? Je dois à Elvira de faire mieux que lui, se disait Campbell ; en fait, il pensait à lui.

Absalon récitait ses lettres : A, B, C, D...

« Quand tu mets un A après le B qu'est-ce que cela donne ? » demanda le docteur.

Absalon le regarda de ses grands yeux. Il avait ralenti.

« B et un A ensuite, reprit le docteur, B, A, répète avec moi, B, A, B, A.

– B, A, répéta Absalon.

– Tu n'entends pas le son ? Ça donne BA. B, A, écoute bien, dis-le vite, plus vite, B, A, BA.

– BA, fit Absalon.

– Et avec un I, continua le docteur, B, I, ça donne...

– B, I... »

Absalon cherchait, les yeux rivés à ceux du docteur, qui faisait avancer la moto au pas.

« Allons, Absalon, B, I, écoute bien, B et I, B...

– BI, fit Absalon.

– Très bien ! Avec un O ça fait ?

– BO !

– Et avec un U ?

– BU ! Est-ce que je sais lire, monsieur docteur ?

– Presque, dit le docteur, tu apprendras vite. »

Il se sentait ému. Si c'était mon fils ? Interrogation assez fugace. Il couchait avec des Noires que lui envoyait Madame Rose, une bonne femme assez rigolote qui tenait le Trianon Parisien : une sorte de maquerelle en fait. C'était commode. On payait. A Paris, Campbell avait ramené une fille à la maison. La tête d'Elvira. Jamais plus. A Londres, il fréquentait une infirmière, d'une (bonne) trentaine d'années, une Irlandaise qui entendait vivre libre ; ça aussi c'était commode. Il n'avait pas de temps pour les femmes. Les bonnes femmes, disait son (faux) ami Fournier, stagiaire comme lui à la Salpêtrière. Celui-là (histoire classée, le passé)... Si je ramenais ce gamin à la maison ? Le docteur ne put retenir un rire : *Elvira I want you to meet my son*. Mon fils, Elvira ! Aio maman, comme cela se disait à Maurice. Absalon riait avec lui.

240

« Pourquoi est-ce que tu ris, Absalon ? »

Question plutôt méchante, le docteur en avait conscience, le gamin riait par communion avec lui, parce qu'il se sentait heureux, par lui. Décontenancé, tout de suite les yeux mouillés, Absalon craignait d'avoir déplu. L'héritage de l'esclavage, son passé du côté maternel.

« Tu n'as rien fait de mal, Absalon, lui dit le docteur très gentiment, tu n'as donc pas à t'inquiéter. Est-ce que je te fais peur ?

– Oh ! non, monsieur docteur.

– Il ne faut pas avoir peur, Absalon. Tu es un homme, tu le comprends ? »

Absalon secouait la tête pour traduire de la perplexité. Un roulement de tonnerre assourdi arrivait du large. Absalon se signa.

« Pourquoi ? » demanda le docteur.

Le gamin se recroquevilla encore, parce qu'il craignait de mal répondre.

« C'est Vendredi saint, finit-il par expliquer, les méchants ont cloué Notre Seigneur sur la croix. »

Ils arrivaient au pont. Le docteur s'arrêta. Absalon montrait la croix qu'il portait au cou :

« Je suis catholique », dit-il, en se signant derechef.

Le docteur sourit. On avait dû prévenir Absalon qu'il ne l'était pas, lui.

« Tu attendras ton... »

Comment s'appelait-il, l'oncle Tom ?

« C'est mon pépé, expliqua Absalon. Les autres l'appellent Jéroboam. *Missiémâ*... »

Il se mordit la langue :

« Je veux dire monsieur le comte l'appelle Job'am. Moi aussi je l'appelais Job'am quand j'étais petit.

– Tu es grand maintenant ?

– Oui, monsieur docteur. Je veux apprendre. »

A sa surprise, le docteur le souleva à bout de bras :

« C'est bien, c'est bien. »

Alors qu'il le ramenait vers le sol, Absalon se colla contre lui, un instant, et l'embrassa.

« Ne bouge pas d'ici, dit encore le docteur, et ne fais pas de bêtises. »

A-t-il jamais embrassé son père ? Sûrement pas, se dit le docteur. Quelle bizarrerie. Il entra dans le château avec plus d'assurance que le matin, comme s'il y avait des habitudes. La comtesse se désespérait, sans s'impatienter. Elle baisa la main du docteur avec une humilité qui le bouleversa. Il se reprocha de s'être attardé à Mondésir.

Il avait demandé à Jézabel de ne pas le faire chercher avant que la dilatation soit suffisante, l'équivalent, à peu près, d'une pièce d'une guinée. Les choses étaient plus avancées, l'enfant déjà engagé dans le col, par le siège malheureusement, oh! ce n'était pas un drame, on le chercherait avec les fers et voilà tout. Sous l'effet euphorisant de l'après-midi, le docteur réconfortait la comtesse avec une chaleur presque tendre, qui la revivifiait. Elle souffrait, on ne pouvait en douter.

« Je vous endormirai, Adl'aïd', et tout sera fini, vous ne vous en souviendrez plus. »

Il sortit un forceps et du chloroforme de sa trousse. Comme il souhaitait garder Jézabel près de lui (sait-on jamais?), il mobilisa Sansonnette pour maintenir le tampon d'ouate sous le nez de la comtesse quand il l'aurait imprégné.

« Ne craignez rien, Adl'aïd'.

– Je suis si laide », gémit-elle.

Elle se tordait, en proie à un spasme violent, elle recroquevillait ses jambes.

« Oh! » fit Jézabel.

Le docteur versa le chloroforme.

« *Elle* arrive! » souffla Jézabel.

Elle! Une fille! Le docteur avait appliqué le tampon mais... Qu'avait entendu la comtesse? Elle n'était pas endormie. Laissant à Sansonnette le soin de tenir l'ouate, le docteur plaça ses mains sur les genoux de la comtesse pour l'empêcher de les rapprocher, ce qu'elle tentait de faire avec une force dont il ne l'aurait pas crue capable. *Une fille*. Elle la refusait. Elle voulait l'étouffer. Sa résistance, heureusement, faiblissait rapidement. Le docteur fit signe à Jézabel : Allez-y, sortez le bébé! Il ne se sentait pas capable de manier le forceps. *Vidé*. Il regardait. La chose entre les jambes. Il frissonnait. Elle voulait, oui. Et s'il ne s'était pas souvenu de l'avertissement d'Elvira : Ne jamais annoncer le sexe, avant... Il avait eu un pressentiment. Jézabel allait... Il l'avait deviné, parce qu'il appréhendait la réaction de la comtesse. Quelle folie! Étouffer. Étouffer. La chose. Des images défilaient. La petite guenon de Mondésir, sautillant sur place, avec son ventre rebondi. L'homme descend du singe. La chose entre les jambes d'une guenon. La guenon souffrait aussi. Pendant, seulement pendant. Pas avant. On ne lui répétait pas depuis des millénaires que Dieu exigeait qu'elle souffre. Elle subissait. L'immédiat. Ensuite. Fini. Plus de rapport. Pas de mémoire. La mémoire complique donc l'enfantement ? Parfaitement, parfaitement ! Parce qu'elle est mal préparée. Changer la mémoire des femmes. Elles n'auront plus peur. Elles retrouveront le naturel. D'autres images, différentes. La chose, c'était lui, entre les jambes d'Elvira. Jamais il n'avait songé à cela, qu'Elvira s'était elle aussi trouvée écartelée. Par lui, forçant le passage.

« Une si jolie demoiselle », souffla Jézabel.

Elle avait sorti la chose. La fille. Parfaitement bien sortie. Admirablement bien sortie. A peine marquée au front et sous une fesse. Elle la tenait par les talons, avec sa grosse tête en bas. Cette énorme tête. Le torse plus long de les membres. La routine d'une naissance. Le cordon tranché. La chose devenue indépendante. Vivante. Par l'air. L'invisible remplissant le vide. Il *voyait* les poumons se déplier sous les côtes, qu'ils soulevaient. Il pensait à un accordéon. Le miracle. Une résurrection. Le cri. La chose vivait grâce à lui. Grâce à Elvira. Quel désastre évité de si peu. Si le bébé était mort. Il frissonnait, il avait froid. Elle vivait ! Elle vivait ! Le circuit du sang sous la peau plissée, douze secondes pour un parcours complet. Le temps qu'il mettait pour courir le cent yards. Extraordinaire, tout paraissait extraordinaire.

L'ouate ! Le chloroforme ! Sansonnette avait retiré le tampon. Jézabel avait dû le demander. Le docteur, lui, n'y pensait pas. Crevé, mort de fatigue.

« Ça vous fera du bien, docteur », dit Jézabel en lui montrant une carafe.

Sansonnette emporta le bébé, enveloppé dans une serviette, pour lui donner le premier bain. Le docteur examina rapidement la comtesse. Tout allait bien. Pas trop de sang. Presque pas de sang. Il n'osait plus la toucher. Jézabel s'occupait d'elle. Très bien, tout était très bien. Il lampa une goulée de cognac.

De quoi se souviendrait-elle, Adl'aïd' ? *Poor* Adl' aïd', si elle se souvenait... Non, non, elle aurait oublié. Si elle en parlait, on lui mentirait. Qu'est-ce que vous racontez, qu'est-ce que vous allez chercher ? Ce serait plus embêtant si elle ne parlait pas. Si elle retenait tout, comme elle retenait l'enfant, peut-être à son insu, parce qu'elle *savait* que ce serait une fille ; et n'en voulait pas.

Il se rendit à la salle de bain pour se laver les mains. La défaillance était surmontée. Sansonnette tamponnait le bébé avec autorité, en poussant des cris d'extase.

« Et *Missiémâquis* ? »

Elle regardait Jézabel : ne faut-il pas le prévenir. La comtesse se réveillait. Apparemment, elle n'avait pas retrouvé ses esprits. Elle gardait ses yeux grands ouverts. Voyait-elle le docteur penché sur elle :

« Une très jolie petite fille, Adl'aïd'. »

Il tapotait ses mains en les tenant entre les siennes. Avait-elle souri ?

« Il faut prévenir monsieur le comte, n'est-ce pas ? demanda Jézabel au docteur, très doucement.

– Bien sûr, bien sûr. »

Le comte dînait. En surgissant à la porte, il avait encore sa serviette autour du cou ; il la défit en entrant dans la chambre.

« C'est une jolie demoiselle, *Missiémâquis*, souffla Jézabel, comme si la comtesse ne devait rien entendre.

– Je le savais, fit le comte, aussi bas.

– Elle est très fatiguée, dit le docteur, avec un geste vers le lit.

– Allez, *Missiémâquis*. »

Jézabel le poussait vers le lit.

« Qu'est-ce que je dois lui dire ? demanda le comte.

– Remerciez-la, *Missiémâquis*.

– La remercier ? » bafouilla-t-il.

Il maintenait le sparadrap pour le recoller contre la commissure des lèvres. En mangeant, il ouvrait trop grand la bouche, la déchirure s'était remise à saigner un peu. Il se pencha sur le lit.

« C'est une fille, murmura-t-il, mais ça ne fait rien, ça ne fait rien. »

Il se demandait si Adélaïde l'entendait. Elle avait les yeux ouverts mais que voyait-elle ? La déception. Bubu la plaignait sincèrement.

« Merci », bredouilla-t-il encore.

Il souleva la main de la comtesse pour la baiser. Comme inerte. Les taches de rousseur sous les yeux, que l'on voyait à peine habituellement tant elles étaient pâles, beaucoup plus brunes. Il remarquait ça. Pourquoi ne disait-elle rien ?

« Allez voir Pascaline, souffla Jézabel.

– Pascaline ? »

Jézabel grimaça pour étouffer un rire. Puisqu'*il* devait s'appeler Pascal ! Le comte s'interrogeait : le prénom avait-il été choisi par sa femme ? Pascaline... Ça lui plaisait, mais à elle ? Le docteur intervint :

« Il faut qu'elle se repose. »

Jézabel emmena le comte dans la salle de bain où Pascaline dormait déjà dans son berceau.

« C'est un ange, n'est-ce pas, *Missiémâquis* ? »

Le comte la trouvait affreuse. Il cherchait à entrouvrir les langes, au bout.

« Vous voulez voir ses pieds, *Missiémâquis* ? »

Il hocha la tête, oui. Jézabel défit une épingle. Le comte prit l'un des pieds entre deux doigts. Minuscule. Incroyablement petit. Jézabel crut qu'il voulait l'embrasser. Elle avait oublié qu'après la naissance d'Absalon le comte avait remarqué que la plante de ses pieds était plus claire que le dessus, qui n'était pas très foncé pourtant. Le pied de Pascaline était aussi blanc dessus que dessous. Il s'en alla en riant. Il pensait à l'argent qui allait changer de portefeuilles au Cercle. Maxime Duclézio avait parié pour une fille quand tout le monde misait encore sur un garçon. Il touchait un sacré bâton, l'animal !

« Prends la fille ! »

Le comte l'avait conseillé à Oudinot, quand elle était encore à trois contre un. Il ne jouait pas, l'idiot, et lui-même ne pouvait pas miser, on l'aurait accusé de fausser la cote. Oudinot était parti sans mot dire. Escamoté. La preuve qu'il ne se sentait pas... Le comte le suspectait d'avoir pris le roman, *Les demi-vierges*. Il était sûr de ne pas l'avoir laissé au Cercle. On en parlera, se promit-il. Il ne pensait plus à Oudinot, mais à Adélaïde. Une fille, une pisseuse. Et maintenant ?

SI ELLE MOURAIT ?

SAMEDI saint, 5 avril 1912. Très tôt. Après une nuit pourrie par des rêves cauchemardesques, le comte se leva, décidé à exiger des explications de sa femme. Tippoo Sahib. La dédicace. Sans parler du roman. La demi-vierge de son père. Oudinot aussi l'avait compris. Il le savait d'ailleurs. Il savait tout. Salaud. Assis sur son lit, en chemise de nuit, le comte se frottait le bras gauche avec la main droite. Son dernier rêve lui laissait la chair de poule. Il marchait sur un mur, assez large d'abord, mais qui devenait de plus en plus étroit. Au bas du mur, Braco, le poil hérissé, croc à croc avec un bâtard qui le défiait. Le comte se serait rompu les os s'il avait sauté du mur pour botter le bâtard. Mais la hauteur se réduisait progressivement, et le comte avançait plus vite, quoique plus difficilement parce que l'équilibre devenait plus délicat à maintenir.

« Viens par là, mon bon chien », disait-il à Braco.

D'un bond formidable Braco avait sauté sur l'autre qui, sale chien ! s'était aplati, à disparaître dans la terre, de sorte que Braco avait passé par-dessus lui. En retombant, il avait dû se casser une patte. Il jappait lamentablement. Il ne pouvait plus se battre. L'ignoble bâtard le prenait à la gorge et Braco demandait grâce ! Lui ! Le bâtard le fourrait dans un sac, le sac dans lequel Job'am l'avait mis avant de l'ensevelir. Comble de l'horreur, en éventrant le sac pour dégager Braco, le comte avait trouvé Adélaïde, morte.

Si elle mourait ? Il n'avait pu s'empêcher d'y penser en la découvrant dans son lit, si blanche ; les taches de rousseur qu'on distinguait à peine d'habitude, il fallait savoir qu'elle en avait, et elles ressortaient, si brunes, hein ! Brunes comme du teck, comme... comme...

Si elle mourait. L'argent. Jamais, jusque-là, l'idée ne l'avait effleuré qu'il pourrait un jour se trouver à la tête des millions de Louis Girard. L'argent, c'était Adélaïde. Pour toujours. Immortelle, comme lui-même. Contraire- ment à ce que tout le monde avait cru, il ne l'avait pas épousée pour l'argent. Je l'aimais. Il le bougonnait. Il ne bougonnait pas : Je l'aime. En la conduisant à l'autel – pourquoi s'en souvenait-il, pourquoi fallait-il que ça lui revienne ? – oui, devant l'autel, il avait pensé à son père. Avec du défi. C'est moi qui l'ai. Il se doutait donc de...

L'argent.

Je l'aimais. J'ai essayé, se répétait le comte. Pendant quelque temps il avait accompagné Adélaïde sur les plantations, dans les sucreries. Celle de Grand Sable, que tout le monde venait admirer. Un modèle. La chaux dans le vesou dosée scientifiquement. Les explications de Dietr. L'ennui ! L'ennui ! Et par-dessus l'ennui, l'odeur suave du vesou qu'il ne supportait pas mieux que celle de l'encens.

Pourquoi n'avaient-ils pas réussi à former un couple normal ?

« C'est *sa* faute. »

Depuis longtemps, le comte imputait la responsabilité de l'échec à sa femme, oubliant les bouderies qu'il entretenait à l'état endémique pour se défendre contre son autorité d'argent. Il lui manquait malgré tout une explication, qu'il avait maintenant : ils ne pouvaient pas rester heureux puisque Adélaïde, depuis le début, n'avait pas cessé de lui mentir. Avaient-ils été véritablement mariés ? Jamais, bougonnait le comte, pas un instant. Et maintenant la pisseuse, cette fille, Pascaline ! Il n'en voulait pas. Ce n'est pas moi ! Il ne bougonnait pas : elle n'est pas de moi.

Pas un bruit dans le château, tout le monde dormait encore. Personne chez la comtesse quand le comte entra dans sa chambre en chemise de nuit, nu-pieds ; il laissa ses pantoufles devant la porte, les semelles de cuir gémissaient sur la marqueterie de palissandre et d'ébène.

Elle dormait. Aussi blanche que la veille. Les taches de rousseur moins brunes. Est-ce qu'elle dormait vraiment ? On ne l'entendait pas respirer. Adélaïde ! Adélaïde ! Je suis venu pour... Bien entendu le comte ne parlait pas tout haut, il ne voulait pas réveiller sa femme, pour rien au monde, qu'elle dorme, qu'elle récupère. Il lui parlait dans son cœur. Vous ne vous en tirerez pas comme ça, Adélaïde. Je veux des explications. Je les exige. Dans le même temps, d'une autre voix, également secrète, le comte se parlait à lui-même : idiot, qu'est-ce que tu cherches à savoir ? Est-ce que tu ne le savais pas quand tu l'as épousée ? Est-ce que tu n'avais pas compris, pendant le déjeuner de chasse, qu'elle plaisait à Tippoo Sahib et que Tippoo Sahib la voulait ! Quand tu jurais de la renvoyer si tu découvrais qu'elle n'était pas vierge, à qui pensais-tu ?

Si elle mourait ? L'argent. Les millions. Des millions ! « *Missiémâquis* est debout ? »

Le comte n'avait pas entendu Jézabel entrer. Elle ne s'était pas absentée longtemps. Bien après minuit, elle se trouvait encore au chevet de sa maîtresse dont l'apathie l'inquiétait. Tout s'était si bien passé, pourtant. Qu'est-ce qui n'allait pas ? Pauvre madame la comtesse, elle devait avoir honte, c'était la seule explication.

Elle n'avait pas dit un mot depuis la naissance de Pascaline. Rien mangé, rien bu, pas même une goutte de thé froid.

« Il faut aller vous recoucher, *Missiémâquis*, il est trop tôt pour vous lever, il n'y a encore personne aux cuisines. »

Le comte se jeta dans ses bras.

« Nénène, ma nénène, murmura-t-il en se laissant bercer, comme autrefois.

– Il ne faut pas s'inquiéter, *Missiémâquis*, murmura Jézabel, le Bon Dieu veille sur madame la comtesse. »

Après avoir repoussé le comte, elle tira le catéchisme du père Laval d'une poche de son boubou.

« On va le mettre là, *Missiémâquis*, dit-elle en le glissant sous l'oreiller de la comtesse.

– Pourquoi ? Elle est très mal ? souffla le comte.

– Un peu fatiguée, *Missiémâquis*. Si le père Laval le veut, elle sera debout tout à l'heure. Il faut prier. »

Elle récita un *Je vous salue Marie*.

Le comte passa à la bibliothèque. La veille, avant de se coucher, il avait ouvert le gros dossier en carton toilé dans lequel on conservait les cahiers et les papiers de son père. Il contenait aussi des cartes postales, des lettres, un paquet à part avec celles qu'Oudinot lui adressait d'Oxford, des photographies, un portrait de Johnny que Bubu voulut déchirer, et dédicacé ! à mon ami Gaétan ; pourquoi gardait-il ça ? Un diplôme, signé par Neptune, qui datait d'un passage de l'Equateur. Et la carte dont Oudinot avait parlé ; de 1775 ; un relevé cadastral, en fait, avec les concessions accordées au nom du roy aux cadets de grandes familles venus à Maurice pour faire fortune. Si Bubu avait feuilleté rapidement le cahier dans lequel Gaétan de Kergoust écrivait la vie de Tippoo Sahib, il s'était attardé davantage sur un carnet, qu'il souhaitait reprendre : le journal que son arrière-grand-père, le comte

Louis, tenait sous la Révolution. En l'ouvrant, il était tombé sur un nom calligraphié, en majuscules, comme tous les noms propres : celui de Marat. Au Cercle, s'était souvenu le comte, Alain de Chamarel avait parlé de Charlotte Corday, apparentée aux Chamarel et dont il avait fait l'héroïne d'une tragédie pour Sarah Bernhardt. Le 29 novembre 1793, le comte Louis avait assisté à Port-Louis à une « apothéose funéraire » pour le repos de l'âme de Marat. La cathédrale était éclairée par 1 200 bougies. Un catafalque tricolore avait été dressé dans la nef. L'abbé qui disait la messe de requiem à la demande de la Société populaire des sans-culottes avait exigé et obtenu que les sans-culottes se signent et s'agenouillent au passage du saint sacrement. Tout le monde était présent, avait noté le comte Louis. Les Chamarel aussi, en déduisait Bubu. Ils ne se vantaient sûrement pas de leurs liens familiaux avec Charlotte Corday ! J'en parlerai à Alain, se promit le comte. Ça l'amusait et, c'était nouveau, il se situait mieux dans la dynastie Kergoust. Si, pour lui, le comte Louis s'estompait encore dans la nuit des temps, son propre père en avait sûrement entendu parler par son père à lui, Mortimer, que le comte Louis, quand il ne tenait pas son journal, faisait sauter sur ses genoux. Comme c'était proche, la Révolution !

Il trouva dans le journal du comte Louis une lettre de son épouse, la comtesse Henriette, née de Sénechelles ; datée de mars 1843, adressée à Mortimer, le futur bâtisseur de la Nouvelle Hollande qui, à l'époque, vivait à Londres.

« Vous l'avez connu, Mortimer ? » demanda Bubu à la Grande Mahaut.

Elle le cherchait depuis qu'elle était arrivée à la Nouvelle Hollande pour lui remettre le bracelet commémoratif de la naissance de Pascaline.

« Mais, ma tante... »

La Grande Mahaut s'attendait aux objections qu'il soulevait sans avoir besoin de les formuler : pourquoi un bracelet d'héritier pour une fille qui ne serait pas comtesse de Kergoust ? Elle l'avait apporté parce qu'elle voulait croire qu'Adélaïde ne pouvait avoir qu'un fils. Elle s'était décomposée en apprenant, par Jézabel, qu'elle avait, en fait, *pondu* une fille. Elle n'avait pas encore embrassé Pascaline. Non qu'elle ne s'intéressât pas à elle, mais...

« Tu as vu ta femme, Bubu ? demanda-t-elle, sans cacher l'angoisse qui l'étreignait.

– Elle dormait encore », répondit Bubu.

Ils se regardaient en silence.

« Jézabel m'a assuré que tout allait bien, reprit le comte.

– Elle n'a pas de fièvre », murmura la Grande Mahaut.

Ils pensaient tous deux à la même chose : si elle mourait ?

« Vous avez choisi Pascaline ? » fit la Grande Mahaut.

Bubu resta bouche bée.

« C'est bien, c'est bien, fit la religieuse, je pense que cela conviendra à Monseigneur.

– Il viendra ? demanda Bubu.

– Il avait un peu de température hier soir, dit la mère. Éventuellement, c'est l'abbé de Courtrai qui le remplacera. »

Une fille. Elle soupira. Pour une fille, on ne pouvait pas tellement insister auprès de Monseigneur. Elle avait remplacé le bracelet qui manquait au poignet d'Adélaïde. Dormait-elle ou bien ? Ce bras inerte. Ce n'était pas normal. Qu'elle ait été déçue, on pouvait facilement le comprendre. De là à s'abandonner à... à... Évidemment, en donnant un bracelet à une caqueuse, elle avait rompu le charme, jamais elle n'aurait dû. En fait, il s'agissait de quelque chose de plus grave. Le Seigneur n'avait pas vraiment approuvé le mariage, sinon il l'eût béni plus rapidement, et complètement. Pourtant, Il n'envoyait pas de parasites dans les champs de canne de la Nouvelle Hollande.

« Qu'est-ce que vous avez retenu, comme autres prénoms ? » demanda-t-elle à Bubu.

Il ne réagit pas ; elle enchaîna :

« Adélaïde voudra sûrement Clémence, pour sa mère. Moi j'aimerais Xaverine.

– Vous aimez vraiment Pascaline ? demanda le comte.

– C'est bien », confirma la Grande Mahaut.

Elle secoua le comte :

« Tu ne vas pas rester en chemise de nuit toute la journée ? Qu'est-ce que tu cherches ? On se demandait où tu étais passé, personne n'a pensé que tu pouvais être à la bibliothèque. »

Elle se pencha sur la carte :

« Qu'est-ce que c'est ?

– C'est l'île Maurice. Regardez, Mahaut : voici Port-Louis en 1775.

– Qu'est-ce que tu racontes ?

« – Et voici la Nouvelle Hollande.

– Ça ? s'étonna la religieuse.

– Le château n'existait pas encore, expliqua le comte.

– Je le sais bien, dit Mahaut, vivement, je l'ai vu construire. »

Intriguée par les rectangles qui marquaient les limites des concessions, elle cherchait à déchiffrer les noms inscrits à l'intérieur : Huet de Froberville, L'Héritier de la Bastie, Chevreau de Monléhu, Cochard de Grandval.

« C'est tout petit, remarqua-t-elle.

– Comment cela ? protesta Bubu. Il faut voir les terrains à l'échelle, Mahaut. Regardez le rectangle de la Nouvelle Hollande, vous savez ce qu'il représente.

– Je suis une vieille bête », dit-elle en souriant.

Elle releva encore un nom :

« Desfontaines ? Il s'agissait des Roland de Desfontaines alliés aux Saint-Ageste. Pourquoi la particule ne figure-t-elle pas sur la carte ?

– La particule n'a jamais été une preuve de noblesse, remarqua le comte. C'était une indication de propriété.

– Vraiment ?

– Jean Racine était noble, expliqua le comte, et Jean de La Fontaine ne l'était pas.

– Tu en sais des choses », s'étonna la Grande Mahaut.

Elle soupira :

« Qu'est-ce que tout cela pèsera au paradis ?

– Regardez, Mahaut, dit le comte, regardez la Grande Plaine. »

Elle allait demander : pourquoi veux-tu me la montrer ? Elle ne dit rien. Elle avait compris.

« Tout en haut, Mahaut, c'est Vert Paradis, où Louis Girard a commencé. C'était... »

Il éprouva un peu de mal pour déchiffrer le nom, écrit très fin parce qu'il était assez long :

« C'était à... c'était aux du Mont, Herbereau du Mont. Beau Soleil était à Volbert du Barry, Borne Rouge à Hugues de Vieuxmoutiers.

– C'est considérable, murmura la Grande Mahaut, c'est immense, je ne me rendais pas compte, si on compare à... »

Elle montra le rectangle de la Nouvelle Hollande.

« Eucalyptus avait été donné à Piggeot d'Omblay, repartit le comte, Falaises aux Biches à Salignac du Rouret.

– Il faudra que tu me montres tout cela un jour », murmura la Grande Mahaut.

Elle déposa un baiser sur la joue de son Bubu.

« Et ça continue, dit-il, avec emphase, c'est la vallée Girard, la vallée du Sucre. »

Si elle mourait.

« Tu descendras, Bubu, dépêche-toi de t'habiller.

– Elle se remettra, n'est-ce pas ?

– Il faut prier », souffla la mère, en prenant son chapelet.

Pater noster... Le comte avait joint les mains. Il retint encore la religieuse :

« Tante Henriette, vous disiez que vous l'avez connue, Mahaut ?

– Naturellement, bougonna la religieuse, elle m'a élevée. »

Elle n'avait que deux ans quand son père l'avait confiée à son aîné, le comte Louis, avant de s'embarquer pour l'Amérique.

« Pour faire fortune, soupira la Grande Mahaut. On n'avait qu'à se baisser pour ramasser de l'or. Ma pauvre mère venait de mourir. »

Elle avait grandi à la Nouvelle Hollande, en Cendrillon. Pouvait-elle se plaindre ?

« Tante Henriette était une sainte femme.

– Je viens de lire une lettre d'elle, dit Bubu, écrite à son fils.

– Mortimer, soupira la religieuse. Il était amoureux des 11 000 vierges.

– Vraiment ? fit Bubu en souriant. De vous aussi, peut-être ?

– Ne dis pas de sottises, Bubu.

– Il avait une vraie mère, lui, soupira le comte. Écoutez, Mahaut, ce qu'elle écrivait... »

Il lisait comme un écolier appliqué :

« N'oublie pas que le sein de ta mère est l'asile sacré de ta confiance et de tous tes sentiments. Ne perds pas l'habitude d'y déposer tes peines et aussi tout ce qui t'arrivera d'heureux. »

« Mortimer était à Londres, expliqua la Grande Mahaut. Il n'a pas cru devoir prévenir sa pauvre mère quand il a décidé d'épouser l'Américaine. »

Le comte poursuivait :

« C'est aujourd'hui le jour de ta naissance. Il y a trente ans, à sept heures du matin, je sentis le bonheur d'avoir un fils. »

« Un fils, reprit le comte, avec un sanglot dans la voix.

– Tante Henriette était une femme admirable, murmura la Grande Mahaut, touchée par l'émotion de son Bubu. Pendant l'épidémie de choléra, alors que la plupart des gens mouraient de peur, elle avait transformé la Nouvelle Hollande en hôpital. L'ancienne, qui était moins grande. Le père Laval est venu pour elle dire la messe à la chapelle. J'avais cinq ans. Je faisais ce que je pouvais. A la grâce de Dieu. »

Elle se signa.

« Si j'avais attrapé le choléra, reprit-elle avec un sourire, ma bonne tante n'aurait pas eu à verser de dot à la Congrégation quand j'ai pris le voile. »

Elle se rembrunit :

« Elle a gardé les bijoux de ma mère. Mon père les lui avait confiés, pour moi. »

Tant pis, c'était lâché, elle l'avait sur le cœur depuis qu'elle avait prononcé ses vœux. Elle aurait tant voulu se présenter au Seigneur Jésus avec des mains mieux remplies.

« Elle aimait son fils, remarqua Bubu, d'un ton chargé de reproches.

– Mortimer ne serait sans doute jamais revenu si l'Américaine ne l'avait pas ramené pour jouer à la châtelaine, lança la Grande Mahaut, très froidement.

– Comment était-elle ? demanda le comte.

– Grande, fit Mahaut.

– On pourrait l'appeler Janet ? suggéra le comte.

– Qui ? Pascaline ? Pourquoi pas. Tu demanderas l'avis d'Adélaïde. »

Ils se regardèrent encore. « Si. Si.

– Ton ami Oudinot reste le parrain ? demanda la Grande Mahaut.

– Pourquoi pas ? »

Il la comprit : laisserait-il Bombay à une fille ? Car on lui avait proposé d'être parrain avec cette arrière-pensée que, peut-être, s'il ne se mariait pas et s'il n'avait pas d'enfants, comme c'était probable, il pourrait, puisqu'il n'avait aucune famille à Maurice... Trop tard, de toute façon, pour changer les dispositions prévues. Pourvu qu'Oudinot n'ait pas oublié qu'on l'attendait pour porter l'héritière sur les fonts baptismaux, avec Nicole de Courtrai, la marraine, la très jeune sœur de l'abbé.

« Je pense, dit la Grande Mahaut, que tu ne veux pas donner à Pascaline le prénom de ta mère ?

– Jamais ! hurla le comte.

– Ne crie pas, Bubu, je devais te poser la question. Mais Gaétane ? Tu pourrais l'appeler Gaétane ?

– Je n'ai plus ni père ni mère », grommela le comte.

La Grande Mahaut leva ses sourcils : que voulait-il insinuer sur son père ? On lui avait peut-être raconté des choses ?

« N'oublie pas Xaverine, hein ? Pour moi. C'est joli ? »

Le prénom de la mère d'Yves de Saint-Ageste auprès de laquelle elle trouvait l'affection qui lui était mesurée par tante Henriette. Que lui restait-il d'Yves ? Elle regrettait d'avoir déchiré le papier sur lequel il avait inscrit les instructions de son père avant de s'embarquer.

« Dépêche-toi, Bubu », dit la Grande Mahaut.

Son petit garçon d'autrefois. Elle était attendrie.

« Regardez, ma tante.

– Quoi donc ? »

Il passait sa main sur le matelas de cheveux qui recouvrait sa nuque.

« Vous me disiez, tante Mahaut, que le Bon Dieu connaissait le nombre de mes cheveux et qu'il les recomptait chaque soir. »

Elle l'embrassa. Elle le voyait dans ses robes à col de dentelle, avec des boucles jusqu'aux épaules.

« Il n'en a plus pour longtemps, maintenant, à les compter, soupira le comte.

– Grand dadais », murmura-t-elle, avec affection.

Ils avaient partie liée. Enfin ! pensait-elle. Elle trouvait Bubu très mûri, tout à coup.

« Tu as vu ta petite fille ? demanda-t-elle.

– Naturellement, dit-il.

– Comment la trouves-tu ?

– Affreuse, avoua-t-il. Et vous ?

– J'y cours », dit-elle, en ramassant les plis de sa robe pour partir à grands pas.

Un garçon, elle se serait précipitée pour le découvrir tout de suite. Une fille... Elle comprenait la déception de Bubu. Pourquoi avait-il perdu ses cheveux si jeune ? Même avec sa barbe il restait un bébé. Il avait bien fait de la couper. Si Adélaïde... Elle la revoyait dans son lit, blanche, si blanche, oui, comme une morte, et ses yeux, ses grands yeux noisette pailletés d'or... L'or ne brillait plus. Non, ce n'était pas possible. Elle priait en marchant plus vite. Une fille ! Pourquoi, Seigneur, pourquoi ? Mais que Votre Volonté soit faite, naturellement.

Installée pour Gaétan la nursery n'avait pas servi pour ses fils. Pour volage et légère qu'elle allait si vite se montrer, Gladys (née de Chazelles, une tante de Marlyse, le béguin de Bubu) tenait à garder ses enfants dans sa chambre. Elle avait allaité Bubu près de six mois ; pour Honorin, elle n'avait pu que le commencer. Quelle merveilleuse épouse elle eût fait si elle avait été moins femme, soupirait parfois la Grande Mahaut (elle pensait : moins femelle), si chaleureuse, si naturelle, spontanée, généreuse. Pourquoi avait-il fallu qu'elle rencontre cet Indien ? La Grande Mahaut y pensait parce que, à la bibliothèque, le cher et gentil Bubu, si touchant dans sa chemise de nuit, lui avait montré la coupure du *San Francisco Chronicle* qui annonçait la naissance du deuxième fils du comte Honorin de Kergoust.

« J'avais un frère indien, râlait Bubu, j'ai des neveux chinois.

– Ne sois pas méchant, tu ne sais pas.

– Vous me connaissez mal, ma tante. »

S'il était plus dur que je ne le pensais ? Elle se sentait moins touchée que lui par l'usurpation du titre. Honorin n'était pas *le comte* de Kergoust. Il ne pouvait pas l'être. Cependant, comme la loi particulière des Kergoust imposait aux cadets de tout laisser à l'aîné, sans compensation, il était admis qu'à l'étranger, si le titre pouvait les aider...

Il avait suffi de laver la nursery à grande eau pour qu'elle paraisse neuve ; la peinture laquée avait résisté au temps. Du blanc, lumineux, avec une frise multicolore de chiens et de chats.

Pascaline dormait dans son berceau, on ne voyait que le bout de son nez et sa bouche, avec une petite peau qui se détachait.

« Elle a pris un biberon d'eau sucrée », dit Jézabel.

Elle se signa, après la mère, et marmotta un *Je vous salue* avec elle.

« Vous avez vu ses cheveux en or, madame supérieure ? » demanda Jézabel.

Quelques cheveux seulement, et qui pouvait prétendre qu'ils étaient blonds ?

« La nourrice vient d'arriver », annonça Jézabel.

Elle présenta à la mère une négresse souriante et rebondie :

« Voici Rose Manonlescaut, madame supérieure.

– C'est l'abbé Villegrain qui t'a envoyée, ma fille ? demanda la religieuse.

– Oui. »

La nourrice hésita : devait-elle dire ma mère, ou madame supérieure ? Elle opta pour la seconde appellation.

« Personne au kraal n'avait de lait, expliqua Jézabel, mais Rose a ce qu'il faut. »

Elle déboutonna le corsage de la nourrice pour montrer sa poitrine à la mère. Elle pressa les tétons :

« Ils ne sont pas trop durs, dit-elle, mais tout de même il faudra que Mlle Pascaline tire dessus.

– Tu habites Curepipe ? demanda la mère.

– Oui, madame supérieure.

– Pendant que tu nourriras Mlle Pascaline, tu n'y retourneras pas.

– C'est bien d'accord, madame supérieure », dit Jézabel.

Elle précisa en riant que le mari de Rose était marin.

« Oh ! Madame supérieure, regardez, regardez... »

Pascaline s'éveillait. Jézabel la sortit du berceau pour la tendre dans ses langes à la mère supérieure.

« Que nous sommes belle ! » s'extasiait Jézabel.

La religieuse la tenait ferme, en oubliant toutefois de soutenir sa nuque. Jézabel ramena sa main sèche sous le bonnet de Pascaline. Avec son pouce, la Grande Mahaut sentait battre le cœur du bébé. L'héritière. Il se passa quelque chose. Elle s'identifia inconsciemment à la petite fille qui venait de naître. Elle non plus, on ne la désirait pas. Son père serait-il parti s'il avait eu un fils ? Elle renaissait, elle recommençait avec Pascaline, c'était très vague, elle n'y était pour rien, cela lui tombait dessus comme une grâce confuse mais impérieuse qui lui imposait des calculs de douairière responsable d'un royaume à transmettre. Les parcelles de la Grande Plaine découvertes sur la carte de Bubu seraient pour Pascaline. Oh ! bien sûr, ce n'était pas aussi précis, en tout cas, la mère n'en serait pas convenue, pas même au plus secret d'elle-même ; il n'empêche qu'elle comprenait qu'elle devait vivre désormais pour Pascaline. Cela s'était mystérieusement décidé en elle, en l'espace de quelques moments.

« Pascaline. »

Elle regardait Jézabel qui, avec l'aide de la nourrice, changeait ses langes. Les pointes. L'odeur des couches. Pascaline, Pascaline, la religieuse métamorphosée, remuait ses mains devant les yeux encore aveugles du bébé en chantonnant de sa voix rocailleuse :

Ainsi font, font, font, font
Ainsi font les marionnettes.

Jézabel poussa la nourrice du coude :

« Guette ça !

– Une grande-mère ganache », souffla Rose.

C'est-à-dire une grand-mère gâteau. Avant de la recoucher elle-même, la Grande Mahaut nicha Pascaline contre sa poitrine aride. Je t'aimerai, moi, promettait-elle. Le pressentiment qui l'avait envahie au chevet d'Adélaïde la troublait moins. Si Adélaïde devait mourir (que Ta Volonté soit faite, Seigneur), elle serait là, elle, Mahaut, je resterai avec toi, toujours, ma fille, ma petite fille. Très confusément, tout cela. Mais bien décidée à assumer le destin de Pascaline. Le sien, le sien.

« Il faut que je me sauve », dit la mère.

Sœur Marguerite-Rose décorait la chapelle pour la messe du dimanche. Elle arrangeait très bien les bouquets et les guirlandes, encore fallait-il vérifier qu'elle ne prenne quelque initiative saugrenue.

« Monseigneur viendra probablement, lança la religieuse à Jézabel.

– Il baptisera Pascaline, madame supérieure ? On lui mettra la robe ? »

La robe de dentelle des héritiers ? Une question analogue se posait pour la chemise de nuit de l'infante : Adélaïde la porterait-elle pour recevoir les compliments des visiteurs ? En principe (protocolairement !) on la réservait pour l'héritier.

« Oui, trancha la mère, tu sortiras la robe. »

Après une hésitation :

« Prépare aussi la chemise de nuit. »

La chapelle, liée à l'histoire des Kergoust, datait des Hollandais, qui pratiquaient la religion réformée. Une planchette, servant d'étagère dans la cuisine de Jézabel, marquée aux armes des Provinces-Unies, portait l'inscription *Christianos Reformados* en lettres noires gravées au fer rougi. Elle était restée pendant près d'un siècle clouée au-dessus de la porte de la chapelle, peu utilisée. On entretenait un chapelain qui disait les messes à l'oratoire, pour les maîtres. Les esclaves ignoraient Dieu. Ils n'avaient pas d'âme. On baptisait quelques privilégiés.

Les Hollandais avaient construit la chapelle comme les maisons du kraal avec des rondins de teck grossièrement équarris. Elle avait une dizaine de mètres de long sur environ sept de large. Le fils du corsaire, Wilfred, l'avait flanquée d'un clocheton où l'on avait hissé la cloche du

Trident. On avait rajouté une varangue du côté de l'épître. Pour les obsèques du corsaire (1740) auxquelles le gouverneur La Bourdonnais avait assisté, cela faisait une petite église qui n'avait pas grand-chose à envier à celle que La Bourdonnais faisait édifier à Port-Louis, deux fois plus grande certes, mais moins fignolée.

Pour la Grande Mahaut, la chapelle commençait avec le père Laval, venu la reconsacrer lors de l'épidémie de choléra. Le passage du père restait marqué par deux candélabres en fer-blanc qu'il avait apportés. Hideux. On ne pouvait pas les enlever. Et par une fresque touchante peinte derrière l'autel par un Indien converti qui ne manquait pas de talent. Elle représentait le père Laval à genoux, donnant la communion à un moribond. Le Christ se tenait légèrement en retrait, en tunique blanche, auréolé de jaune. Malheureusement la peinture s'écaillait. Aussi célèbre dans l'Île que le bicorne de Napoléon en France, la barrette du père n'avait plus que deux cornes ; son nez était tombé ; le Christ quant à lui n'avait plus qu'un œil étiré à l'indienne. Sœur Marguerite recomposait adroitement sa tunique avec des clochettes de lis des bois, qu'elle fixait avec une colle. Elle avait de la même façon mis de l'hyménée mauve et du pétréa sur les loques du moribond. L'autel disparaissait sous les roses trémières.

« C'est très joli », dit la mère.

Sœur Marguerite-Rose éclata en sanglots et, se plaçant devant la Mère, lui demanda une bénédiction.

La mère se cala dans l'encoignure du premier banc, à la place que le corsaire avait occupée et, avant lui, *l'opperhofd* hollandais. Si le passé historique laissait la mère insensible, elle retrouvait avec attendrissement les émotions de l'enfance et les élans de l'adolescence et surtout le souvenir des larmes versées alors qu'elle se décidait à prendre le voile après la disparition d'Yves de Saint-Ageste en mer. Se serait-elle senti une vocation religieuse si l'Île n'avait pas baigné dans la ferveur suscitée par le père Laval ? Elle ne se posait pas la question. Son admiration pour le père n'était pas sans réserves. Lorsqu'il était venu dire la messe à la Nouvelle Hollande, elle n'était qu'une petite fille. A la même époque on lui avait parlé (au catéchisme ?) de la première messe dite à Maurice, en 1616, par un jésuite explorateur portugais qui, officiant à l'ombre d'un badamier, avait offert l'Île à Dieu en le priant de donner à des catholiques un pays aussi beau et aussi fertile.

Les catholiques de Maurice méritaient-ils la faveur de Dieu ? Moi, oui, je rendrai grâces, avait promis Mahaut.

Elle cherchait près de Dieu l'affection que sa tante lui mesurait. Élevée normalement, même si Yves n'avait pas vécu, elle serait devenue une mère de famille exemplaire, son dévouement à la Nouvelle Hollande en témoignait. Et voici que des aspirations refoulées se remettaient à bourgeonner à cause de Pascaline. Elle avait l'esprit et le cœur si occupés par Pascaline qu'elle transposait le visage de reinette ratatinée de sœur Marguerite-Rose en visage de poupon, elle l'imaginait telle qu'elle devait être lorsqu'on l'avait déposée, dans ses magnifiques langes, au guichet du couvent. Elle avait déjà seize ans quand Mahaut l'avait connue, jolie, avec des yeux malicieux; hélas! son intelligence était à peine éveillée. Qu'ai-je fait pour elle? se demandait la mère. Le père Laval lui eût certainement consacré plus de temps qu'elle n'en trouvait, et pourtant il n'était pas moins occupé qu'elle.

Sœur Marguerite-Rose lui apporta un brin de muguet en bouton.

« Demain, est-ce que je mangerai le Bon Dieu, ma mère ? »

Où avait-elle cherché ça ? L'expression des Noirs du père Laval, qu'il préparait au « sacrement de la charisite », ricanaient ses détracteurs. Dieu. La fortune. Envahie par un trouble inhabituel, la mère rattachait l'avenir à Pascaline. Dans quel monde vivrait-elle ? Vaguement consciente des injustices sociales contre lesquelles le père Laval s'engageait avec Dieu, elle se reprochait, tout aussi vaguement, de ne songer qu'à préserver des privilèges pour Pascaline. Une histoire lui revint en mémoire, que l'abbé de Courtrai avait racontée aux catéchumènes du couvent avant leur communion solennelle. Le père Laval avait reçu chez lui deux détenus libérés de la prison et il leur avait donné à chacun un pantalon et une chemise, un peu de riz aussi et quelques roupies. Après leur départ il avait dû constater qu'ils avaient volé le contenu d'une cassette dans laquelle il gardait encore un peu d'argent.

« Quel bonheur, avait-il dit à l'un de ses assistants, nous voici vraiment pauvres. »

L'argent. Le vilain métal, disait-il. La mère ne connaissait pas d'histoire plus édifiante sur le Père. Ne suffisait-elle pas à démontrer sa sainteté ? Mais... À chacun selon ses moyens. En luttant pour transmettre la Nouvelle Hollande à Pascaline, avec la Grande Plaine en plus, elle lutterait pour conserver la terre bénie de l'Île aux catholiques élus par Dieu. Elle se signa. On ne pouvait pas tout donner aux pauvres, ils auraient vite fait de le dilapider.

COMME DARWIN, UN JOUR

En se réveillant, plus tard que d'habitude après une nuit agitée, Elvira, la mère du docteur, entendit son fils marcher au-dessus d'elle. Il était rentré, ouf ! Le pressentiment qui l'avait empêchée de s'endormir reprit possession d'elle. Les choses ne s'étaient pas bien passées. Elle se reprocha de l'avoir encouragé à se rendre auprès de *cette personne*. Si la femme du gouverneur (à supposer ! à supposer !) l'avait réclamé pour un accouchement, elle lui eût conseillé plus de prudence. Une comtesse... Elle souhaitait tellement qu'Oliver réussisse. Oh ! elle ne doutait pas de ses capacités ; hélas ! pour percer, dans la médecine, il ne suffit pas d'être un bon (très bon !) professionnel. Les relations, les relations. Elle se plaisait à Maurice, elle vivait seule, aussi seule qu'à Genève ou qu'à Londres, mais c'était plus normal puisqu'elle vivait si loin. Si par hasard, un jour, Oliver devait décider qu'il s'établirait à Port-Louis... Pourquoi pas ? Le docteur Jollygood songeait à se retirer dans le Surrey. Oliver parviendrait rapidement à se faire une bonne clientèle. On l'appréciait, chez le gouverneur. Du côté anglais, pas de problèmes. S'il s'imposait chez les Kergoust les Français le connaîtraient. Voilà ce qu'elle pensait au fond d'elle-même. Oh ! elle n'en aurait rien dit à Oliver ! A lui de prendre ses décisions, à lui seul.

Pendant le dîner, Corinthe lui avait parlé des Kergoust, que sa famille avait servis pendant des générations. Elle avait dû se résigner à partir parce qu'on ne la payait plus. C'était après les vaines tentatives du comte Gaétan pour faire du thé. Elle voulait envoyer son fils à l'école.

« Il faut que ça change », disait-elle.

Elle se plaisait chez les Campbell parce qu'ils l'approuvaient. Elle servit le breakfast sous le badamier.

« Vous avez prévenu le docteur que c'était prêt ? demanda Elvira.

– Oui, madame, j'ai frappé à sa porte. Il va descendre. »

Il faisait déjà chaud.

260

« On aurait le typhon que cela ne m'étonnerait pas, madame », annonça Corinthe.

Elle se massait la hanche.

« J'ai mes douleurs, ajouta-t-elle.

— Vous n'avez pas entendu le docteur rentrer cette nuit ?

— Oh ! non, madame, j'ai tout de suite gagné sommeil quand je me suis couchée. »

Qu'est-ce qu'il fait ? Le thé allait être trop infusé.

« Vous avez fait ses œufs, Corinthe ?

— Non, madame, j'attends de l'entendre dans l'escalier, pour les préparer comme le docteur les aime, bien mollets.

— N'oubliez pas la goutte de vinaigre dans l'eau bouillante. »

Selon un arrangement non formulé, Elvira ne montait pas chez son fils ; cependant, n'y tenant plus, elle décida de lui apporter une tasse de thé. Il ne parut pas étonné de la voir.

« J'ai pensé, Oliver, qu'une... »

Elle présentait la tasse avec un sourire à attendrir un colonel rhumatisant ; une comparaison qu'Oliver faisait volontiers.

« Vous devez être très fatigué, Oliver ?

— Pourquoi, Elvira ? » demanda-t-il.

En quittant la Nouvelle Hollande, il était passé au Trianon Parisien. Énervé, excité. Il n'était pas loin de minuit, trop tard, estimait Rose, pour qu'on lui envoie quelqu'un chez Oudinot.

« Ou alors, docteur, vous emmenez la demoiselle et vous me la ramenez. »

Il était resté. Pour la première fois, il avait grimpé l'escalier. Pas très amusant. L'impression qu'on le jugeait et plutôt mal, tous les regards sur lui. Il le croyait. Tant pis ! Il était pressé, il avait beaucoup de notes à prendre en rentrant, pour mettre au clair les idées surgies à Mondésir. Très intelligente, la femme de Prem, un formidable bon sens qui simplifiait les choses jusqu'à l'essentiel. Ce rapprochement entre Adam et les Indiens du village. L'obéissance à Dieu, l'obéissance au propriétaire. Le paradis, c'était ça, une habitation. Comme ils disent ici, pour propriété.

« Vous ne voulez pas vous asseoir, Elvira ?

— Vous ne descendez pas, Oliver ? Il faut que vous mangiez. »

Bien que le docteur n'eût pas repoussé les volets, il faisait clair chez lui ; la lumière filtrait par les interstices et les joints. Elvira souffla la lampe dont le verre était souillé par des moucherons grillés.

« Vous avez travaillé toute la nuit ? »

Oliver ne put s'empêcher de rire, persuadé qu'Elvira, sans exprimer de reproches, faisait allusion à son passage au Petit Trianon. Tous les samedis, elle le savait... Elle n'arrivait pas à l'accepter. En fait, le docteur se trompait. Sa mère était préoccupée par l'accouchement de la comtesse.

« Tout s'est bien passé ?

— Très bien », répondit le docteur.

Lui, il ne pensait pas seulement à la comtesse, il pensait aussi à la demoiselle que Rose lui avait attribuée, il la connaissait, Paulina, une jolie négresse qui donnait une impression rafraîchissante de désintéressement. A sa surprise, elle avait parlé de la naissance à la Nouvelle Hollande :

« Une fille, n'est-ce pas ? »

Elle le savait déjà. Le docteur avait d'abord cru qu'elle avait parié, puisque tout le monde pariait, affirmait Oudinot, et puis... Elle était la mère du gamin qu'il avait ramené dans sa moto, il l'avait compris assez vite. La mère du fils du comte, en quelque sorte. Impossible de le raconter à Elvira. Dommage. Partiellement, peut-être ?

« Que diriez-vous, Elvira, si je vous ramenais un enfant ? demanda-t-il.

— Quoi, Oliver ? »

Il ne pouvait pas la taquiner longtemps avec ça, c'était trop douloureux pour elle.

« Le comte de Kergoust a un fils, dit-il.

— C'est ce qu'ils souhaitaient, n'est-ce pas ?

— Oui, mais la comtesse a une fille, reprit le docteur.

— Vraiment ? »

Pour mettre fin à la perplexité de sa mère, le docteur ajouta vite :

« Le fils du comte a déjà six ou sept ans, et sa mère est noire.

— Une domestique ? demanda Elvira.

— Elle l'était, dit le docteur. Le comte a fait ce garçon avant de se marier. Il vit comme un petit Noir. Un enfant superbe, très intelligent. Très beau aussi, vous en seriez folle, Elvira.

— Vous ne pensez pas à...

— Non, c'est impossible, naturellement, mais cela m'a traversé l'esprit : tiens, si je le ramenais à Elvira pour qu'elle lui apprenne à lire et à écrire.

– Si je peux l'aider, murmura Elvira. (Puis :) Venez déjeuner ! »

Elle s'approcha d'une sculpture indienne, un haut-relief provenant d'une colonne d'un temple. Un cadeau d'Oudinot.

« Qu'est-ce que c'est, Oliver ?

– C'est de l'art, murmura le docteur, non sans embarras.

– Qu'est-ce qu'ils font ? demanda Elvira. Des hommes qui... »

Elle se détourna :

« Mais ! Oliver ! C'est obscène ! Je ne veux pas de ça dans ma maison.

– Elvira, vous êtes dans ma chambre », remarqua le docteur, trop froidement.

Elle se mit à trembler.

« Bien, dit-elle, j'ai compris. »

Elle sortit en emportant le cendrier qui débordait de mégots de cigares. L'odeur de tabac froid l'avait prise à la gorge quand elle avait poussé la porte.

« Vous devriez aérer, Oliver », dit-elle encore.

Elle descendit lourdement l'escalier. Terriblement mortifiée. Je ne suis plus chez moi. C'était douloureux. En même temps elle réalisait qu'Oliver avait trente ans.

« Corinthe apporte vos œufs, Oliver », cria-t-elle vers la chambre de son fils, quand elle se trouva au bas de l'escalier.

Il la rejoignit sous le badamier, plutôt malheureux lui aussi, ne sachant comment renouer.

Elle lui tendit une perche :

« Donc tout s'est bien passé, avec la comtesse ?

– Très bien, dit-il vivement, magnifiquement bien et savez-vous pourquoi ?

– Parce que vous n'êtes pas intervenu.

– Exactement, j'ai laissé faire la sage-femme comme vous me l'aviez conseillé.

– Une négresse ?

– Elle a mis je ne sais combien de Kergoust au monde.

– Mais, cette fois, c'est une fille ?

– Vous lui avez sans doute sauvé la vie, Elvira, dit le docteur avec gravité.

– Qu'est-ce que vous racontez, Oliver ?

– Je ne devrais pas le dire, mais...

– Que s'est-il passé ?

– Quand la comtesse a su qu'elle avait une fille...

– Avant que le bébé soit là ?

– Hélas ! oui.

– Et alors ? Qu'a fait la comtesse ? »

Le docteur rapprocha ses avant-bras, en serrant les poings.

« Elle a voulu étouffer le bébé entre ses cuisses.

– *That's crazy* ! cria Elvira.

– Absolument fou, murmura le docteur. Naturellement vous ne savez rien. »

Corinthe apportait les œufs pour le docteur.

« Quel est votre secret, Corinthe ? demanda gentiment le docteur, pour décontracter sa mère. Personne ne fait mieux que vous ces œufs pochés.

– Mon secret, monsieur, c'est deux petites gouttes de vinaigre. »

Elle éclata de rire en clignant de l'œil vers Elvira. Puis :

« Comment Monsieur a-t-il trouvé Madame sa maman ? » demanda-t-elle.

Elvira étrennait une robe en fil d'Écosse bleu et blanc, qui tranchait sur ses uniformes gris habituels. Corinthe lui avait apporté le tissu ; elles l'avaient coupée et cousue ensemble.

« Il n'a rien remarqué, fit Elvira, très déçue.

– C'est magnifique, dit le docteur, et ça vous va très bien, je ne veux plus vous voir autrement. »

Je ne suis plus chez moi. Elle y pensait toujours. Elle n'avait plus faim. Quelle horreur, cette sculpture ! Tout avait changé entre Oliver et elle pendant leur séparation, durant ces semaines qu'il avait passées seul. Elle s'occupait du déménagement. Il eût mieux valu qu'elle parte avec lui, tant pis pour les meubles. En arrivant elle avait senti qu'il était différent. Plus... Moins... Une femme, avait-elle pensé. Ne fallait-il pas que cela arrive un jour ? Pas de femme, grâce au Ciel. Est-ce qu'il travaillait trop ?

« A quoi pensez-vous, Elvira ?

– Mais... »

Elle dépendait de son fils, voilà ce qu'elle découvrait. Oh ! elle restait aussi fière de lui mais... Elle existait par lui, désormais ; non plus pour lui.

« Est-ce que vous vous souvenez de la truie de l'oncle Shackleton, Elvira ? Quand elle a eu neuf petits ?

– Neuf ? Vraiment ?

– Je devais avoir douze ans, poursuivit Oliver. Mon oncle coupait les cordons au fur et à mesure que les petits sortaient et il me les passait pour que je les éloigne de leur mère.

– Je ne me souviens de rien, avoua Elvira.

– Vous deviez manger des fraises au jardin, ou préparer le déjeuner. Pourquoi faut-il enlever tout de suite ses petits à une truie ? Elle souffre, elle continue à souffrir aussi longtemps qu'il reste des petits à expulser. Si on lui laissait les premiers, elle les mangerait.

– Quelle horreur !

– Non, protesta gentiment Oliver, elle les mangerait en croyant supprimer la douleur que lui causent les autres, qui ne sont pas sortis encore.

– Vous ne pensez pas à la comtesse, Oliver ? Ce serait affreux !

– Elle supportait mal la douleur. Sans doute avait-elle encore mal quand... »

Il refit le geste : les avant-bras rapprochés.

« Il ne restait pas une jumelle ? souffla Elvira.

– Non, rassurez-vous. »

Corinthe arrivait avec son plateau pour débarrasser la table. Les premières gouttes tambourinaient sur les bardeaux du toit.

« Prenez quelque chose, Oliver », lança Elvira en tendant les toasts à ses fils.

Ils rentrèrent trempés. On ne voyait plus le champ de courses, à cinquante mètres. Les nuages se mêlaient à la buée qui montait de la terre, tout était gris, d'un gris uniforme à travers lequel d'énormes gouttes de pluie traçaient des lignes de clarté.

« Vous remontez déjà, Oliver ? s'inquiéta Elvira. Vous n'avez pas fini votre déjeuner.

– J'ai des notes à prendre », expliqua-t-il.

Content de se retrouver devant son bureau. La nuit, il s'identifiait à Darwin à bord du *Beagle*. Il était plus confortablement installé que lui. Il ne risquait pas de manquer de papier, ni de plumes. Darwin avait emporté son encre. Une bouteille ? Une bonbonne ? Et combien de cahiers ?

Combien de gens et parmi les plus instruits, les plus évolués, avaient conscience de l'importance du darwinisme ? L'homme descend du singe ; cela prêtait à sourire. La vérité de Darwin ne valait pas pour le passé. Elle commandait l'avenir ! L'évolution pour survivre. Comment survivrait l'homme ? L'espèce humaine ?

La fenêtre était restée ouverte. Il pleuvait dans la chambre. Quelle tornade. Était-ce un typhon ? Oudinot lui parlait des typhons avec du lyrisme. Leur féroce beauté, les rafales coupantes qui hachent tout.

« Ce sont nos événements, avait-il remarqué, nos guerres. »

La vie se survivra toujours, grommela le docteur, en reprenant sa Bible au Déluge. A supposer que l'atmosphère se résorbe, se dilue progressivement, qu'il n'y ait plus (attention ! après des milliers d'années) ni oxygène, ni azote, ou s'il ne restait que de l'azote, si l'oxygène avait été consommé, entièrement brûlé, pourquoi une partie de l'espèce humaine ne survivrait-elle pas dans l'azote ? Uniquement dans l'azote ? En perdant jusqu'au souvenir de l'oxygène. Plus la moindre trace de l'oxygène dans la mémoire des survivants ?

En sortant de l'Arche, Noé avait vu un arc-en-ciel qui, pensait-il, scellait un pacte avec Dieu. La survie. L'éternité pour l'espèce.

Les idées se bousculaient dans la tête du docteur, trop rapidement pour qu'il parvienne à les noter toutes, elles déferlaient comme les vagues de la mer. Quelle vague est la mer ? Aucune. Et chacune. On ne peut pas analyser une vague. Comme on dissèque un insecte. Ou un pinson des Galapagos.

La vérité. Si la vie cessait dans l'eau, pourquoi ne se poursuivrait-elle pas dans la pierre ? Je déraille, se dit Campbell. Il se versa à boire. Le matin déjà ? Il entendait le reproche d'Elvira. Que pouvait-il pour elle, *de plus* ? Question qu'elle ne se posait pas, elle, en l'élevant, se dit-il aussitôt. Mais la survie ! La survie ! Combien d'espèces survivent parce que les jeunes se repaissent et se fortifient des vieux qui les ont engendrés ?

Le talent, le talent de Darwin ! Plus d'une fois, en se relisant, le docteur avait arraché des pages de son journal. Qui s'intéresserait jamais à ses notes ? On se battait pour lire le journal de voyage de Darwin, hé ! il avait tout vu, tout visité. Cinq années de croisière, l'Atlantique, le Pacifique, toutes les escales heureuses dont les noms faisaient rêver. Qui rêvait de Mauritzius ?

Darwin ne figurait pas dans la plus récente édition de l'*Encyclopædia Britannica* dont le docteur disposait à la bibliothèque du gouverneur. On y trouvait son grand-père Erasmus Darwin, poète et botaniste. Qui le connaissait ? L'*Encyclopædia* ignorait aussi Sir Arthur. Plusieurs Balfour. Pas *lui*. Le père. Mon père. Comme le comte de Kergoust est le père d'un petit nègre.

Campbell. J'aurai mon nom dans l'*Encyclopædia*. Campbell Oliver, Arthur. Car il s'appelait aussi Arthur, il ne l'avait découvert que bien tard, sur un acte de naissance qu'on lui demandait à la Salpêtrière (que le diable emporte l'ignoble Fournier, paix à son âme s'il était crevé, comme il le méritait). Campbell, Oliver, Arthur, auteur de l'Essai sur la survie de l'espèce humaine par la mémoire. Trop long, ce titre ; on les fait plus courts. L'homme et la mémoire.

On frappait à la porte. Corinthe, souriante, les yeux blancs :

« Est-ce que le docteur descend pour déjeuner ? »

Déjà ?

« Dans une minute. »

Oui, il serait dans l'*Encyclopædia*, il n'en doutait pas, mais quand ? Sir Arthur y figurerait avant lui, c'était certain ; et normal. Et Balfour junior ? Il avait pris part au premier congrès international de psychanalyse en 1908, avec Freud, Adler, Jung, Jones et Ferenczi, que lui, pauvre petit nègre blanc, n'avait pu suivre que par les comptes rendus du *Times*. Elvira les avait sûrement gardés. Elle lisait tout, mais qu'est-ce qu'elle retenait, pour elle ? Après tout ce qu'elle avait ingurgité professionnellement de nouveautés scientifiques en les traduisant, pour *le croire*, elle revenait aux poncifs religieux de son enfance. Dieu a créé le monde en six jours et s'est reposé le septième jour. Oh ! elle prétendait ne pas prendre la Bible à la lettre, la lettre n'en demeurait pas moins gravée dans son cerveau comme une connaissance instinctive, vidée de sa nécessité. Comparable à celle qui pousse toujours les chiens de salon à tourner sur eux-mêmes plusieurs fois avant de lever la patte, parce que leurs ancêtres sauvages, avant de pisser (ce qui rend vulnérable), s'assuraient qu'ils ne risquaient pas l'attaque de quelque ennemi embusqué dans les herbes.

« Oliver !

– Je descends, Elvira. »

Pourquoi l'agaçait-elle depuis quelque temps ? Pourquoi lui paraissait-elle de plus en plus lourde à supporter ? S'il pouvait s'appuyer sur son père, il perdrait moins de temps, il réussirait plus vite. Trois années à Maurice. A cause d'elle. Pour elle. Parfois cela lui semblait long, trop long. Il avait déjà trouvé ce qu'il cherchait d'essentiel. Les compléments, pour étayer sa thèse, les enquêtes, les statistiques... Qui pourrait l'aider à Maurice ? Remplir des questionnaires pour lui ? A Londres, avec l'appui de son père... Sir Arthur ne demanderait sûrement pas mieux que de le soutenir. La survie de l'espèce humaine par la mémoire ! Il comprendrait l'intérêt, pour lui, d'attacher son nom à la thèse de Campbell !

« Qu'est-ce que vous avez préparé de bon ? demanda le docteur à Corinthe, en s'installant en face de sa mère.

– Du poulet à la créole, dit Elvira.

– Vous êtes merveilleuse, Elvira, dit le docteur, vous devinez toujours ce dont j'ai envie.

– Quand retournez-vous à la Nouvelle Hollande? demanda sa mère.

– La comtesse ne doit pas être contente d'avoir une fille, remarqua Corinthe. Le comte il fait des garçons, lui. »

Elle savait?

« Tout le monde est au courant, docteur, tout le monde à Maurice le sait. »

Il n'osa pas demander ce qu'elle en pensait.

« C'est très bon, dit-il.

– On est nourri selon son porte-monnaie, lança Corinthe en riant.

– Vous ne pourrez pas partir tout de suite après le déjeuner, remarqua Elvira, il pleut encore trop fort.

– La route est sûrement inondée, ajouta Corinthe.

– Rien ne presse, fit le docteur.

– Il paraît que la comtesse n'a pas encore dit un mot depuis qu'elle a eu son enfant, reprit Corinthe.

– Qui vous l'a dit? demanda le docteur, sans masquer son inquiétude.

– On me l'a dit », répondit Corinthe en riant de plus belle.

Le docteur réclama son imperméable.

« Buvez au moins votre café, Oliver. Vous ne passerez pas maintenant. »

Elvira paraissait aussi inquiète que son fils, ce qui n'était pas pour le calmer.

« Ce n'était pas un cyclone, le cyclone est plus fort, dit Corinthe, et il dure plus longtemps.

– Combien de temps? demanda le docteur.

– Possiblement trois heures, possiblement trois jours.

– Faites passer le café tout de suite, Corinthe », demanda Elvira.

Le docteur restait debout, le front contre la vitre. La pluie tombait drue, mais droite, le vent avait cessé. Les nuages se levaient. Il ouvrit la fenêtre pour laisser entrer l'air revivifié.

« J'ai compris quelque chose de grave, Elvira », dit-il en reprenant place en face d'elle.

Il pensait à la confidence que lui avait faite Prem sur la difficulté, pour un jeune Indien, de sortir du système dans lequel il naissait. Difficulté qui valait pour lui aussi, c'était bien pourquoi il ruminait la confidence.

« Il faut désobéir », dit-il avec de la brusquerie.

Il regardait Elvira dans les yeux mais sans la voir, il se cherchait lui-même, au bout de son regard.

« Désobéir ? murmura Elvira, décontenancée. A qui, Oliver ? »

Bien entendu, se dit-il, elle pense à elle.

« A Dieu », dit-il, pour la rassurer.

Ce qui acheva d'affoler sa mère :

« Oliver ! *You should not* ! »

Il haussa les épaules. Qu'est-ce que je ne devrais pas, ma pauvre Elvira ? M'attaquer à Dieu ? Mais je le défends ! Comment le lui faire comprendre ?

« Elvira, écoutez-moi... »

Il but une gorgée de café. Brûlant, trop chaud, impossible de l'avaler.

« Savez-vous, Elvira, ce que Darwin a écrit dans son Journal quand il a commencé à rédiger sa théorie sur l'évolution des espèces ? Il a écrit... Je ne peux pas vous citer la phrase exacte, je la retrouverai si vous le demandez, j'ai son journal là-haut, naturellement...

– Il a écrit qu'il avait l'impression de confesser un crime, murmura Elvira.

– Vous le saviez, naturellement.

– Est-ce qu'il se confiait à sa mère ? » demanda Elvira. Elle posait son regard clair sur son fils. Comment n'aurait-il pas compris que sa survie, à elle, dépendait de lui ?

« Il était marié, je crois, dit-il.

– Sa femme... Est-ce qu'elle comptait beaucoup ? demanda Elvira. Je veux dire, pour son travail ?

– Ma foi, souffla Oliver. Ce n'était pas à elle qu'il désobéissait, vous le comprenez bien, Elvira. »

Il enfila son McIntosh. Elvira le retint un instant quand il se pencha sur elle pour l'embrasser.

« Si vous ne pouvez pas passer, vous reviendrez, n'est-ce pas ? »

Rompre, rompre, il n'est pas facile pour un jeune Indien de rompre, voilà exactement ce que Prem avait dit. Le docteur retrouva les mots de Prem en mettant sa motocyclette en marche. Il pleuvait encore fort, tant pis, c'était merveilleux de recevoir les gouttes sur le visage et de soulever des gerbes en passant à travers les flaques. Personne dehors. La route qui grimpait à Belle Vue ressemblait à un torrent. Désobéir pour progresser. Le docteur se souvint de l'Indien qui faisait un procès à son propriétaire. Adam face à Dieu. Mettant son autorité en cause. Quelle merveille ! Comment s'appelait-il, cet Indien. C'est Adam, c'est Adam, répétait le docteur. Il imaginait la tête d'Oudinot quand il lui assènerait cette révélation :

« Votre Indien, c'est Adam chassant Dieu du paradis en lui reprochant de l'exploiter à ses dépens. »

Et que dirait Elvira ? N'est-ce pas étrange et merveilleux à la fois, miraculeux, cet ordre mental qui s'établit progressivement parmi les hommes. Un jour ils auront le même Dieu parce qu'ils auront autant de mémoire les uns que les autres. Vraiment ? Était-ce souhaitable ? Il s'excitait en luttant contre la difficulté d'avancer, le chemin devenait impraticable et pourtant il passerait. Pour Adl'aïd' ? Pauvre Adl'aïd', il l'oubliait.

L'ORAGE s'apaisa vers le milieu de l'après-midi alors qu'Oudinot finissait de cuver le whisky de la nuit. Cela faisait près de vingt-quatre heures qu'il était arrivé épuisé à Bombay. Il avait quitté la Nouvelle Hollande peu avant le déjeuner. Il n'aurait pas supporté de se trouver devant le comte à table.

« Qu'est-ce que tu voulais, sur la chute ? » lui avait demandé Bubu.

Un geste significatif pour accompagner la question : le comte avait placé sa main devant sa braguette.

« Tu voulais pisser ? » avait-il insisté.

Et encore :

« Sur moi ? »

Oudinot s'était éclipsé par le cimetière et il avait gagné Belle Vue en grimpant des raidillons. Non sans mal. Redescendre sur Port-Louis ? Il avait pensé au roman, *Les demi-vierges*, laissé à Bombay. C'était assez loin, Bombay, à travers la forêt ; il n'avait jamais fait le chemin à pied. Tant pis, en avant ! Marche ou crève, Oudinot. Il se dégoûtait à en vomir. *Qu'est-ce que tu voulais* ? Ce que je voulais, ce que je voulais... Il commençait à le savoir mieux. Il se touchait en marchant ; il s'effleurait plus exactement, du bout d'un doigt, en se souvenant de Sir White Deer sur la biche, de Bubu, sa toison sur la poitrine... Pour le dégriser, après l'avoir remonté jusqu'au pavillon, il l'avait poussé sous la douche avant qu'il soit dévêtu ; il lui arrachait sa chemise : il saignait encore, des coulées rosâtres entre les poils ; et ce corps grassouillet et tiède, le salaud ! le salaud ! Voulait-il vraiment se tuer ? Oudinot n'en était plus convaincu. *Je soufflais dans les canons* ! Menteur ! Un salaud, un vrai salaud.

Oji, si impassible (indéchiffrable), n'avait pas caché sa stupeur en voyant surgir son maître chez lui, complètement épuisé, les pieds en sang. Comme d'habitude, il avait à peine touché à la nourriture qu'il lui avait servie ; en revanche, il avait bu comme jamais.

« Je ne peux rien pour vous, sahib ? »

Oudinot avait lu *Les demi-vierges*. Sans intérêt, misérable histoire, dont l'érotisme le laissait inerte ; il le regrettait ; il attendait ; il espérait que *ça* allait revenir ; il avait ouvert sa braguette, écrasé par le souvenir de ce qui s'était produit. Rien. Il buvait. Il pleurait. Maxime, le héros du roman, se tuait. En reprenant conscience, Oudinot décida de mourir ; mais chez lui, dans la maison du père.

Impossible de partir immédiatement ; le ciel s'était dégagé, mais le chemin restait impraticable, transformé en torrent par l'eau qui ruisselait sur les flancs du Sombre. Le couchant incendiait déjà la mer quand il se mit en route sur la mule d'Oji qu'un jeune garçon menait par la bride.

« Le sahib ne peut pas rentrer seul », avait décrété Oji.

Bien. Dans un éclair, Oudinot se souvint de la fille, une gamine, qui se penchait un matin sur lui, dans le pavillon, et qu'il avait renvoyée parce qu'il comprenait (confusément) qu'Oji la lui *attribuait* avec une arrière-pensée. Ce garçon ? Il s'appelait Orak. Quatorze ou quinze ans. Plutôt grand. Un doti autour des reins. Un turban. Le dos, le dos. Oudinot laissait pendre ses jambes sur les flancs de la mule. Il se soutenait avec les mains à plat sur les omoplates de la mule. Dodelinant de la tête. Accentuant les dodelinements. Contrition ? Il n'avait pas pu remettre ses chaussures. Nu-pieds. Comme Orak. Un pansement au pied gauche. Bizarrement, il pensait à une gravure de son livre de catéchisme qui représentait la Vierge Marie, avec l'enfant Jésus sur les bras, installée en amazone sur un âne conduit par saint Joseph. La fuite en Égypte. Image tout de suite remplacée par celle des deux grognards de Henri Heine, revenant à pied de Russie et apprenant que l'Empereur était prisonnier. Quel rapport ? La détresse. Un désespoir. La fuite. La défaite.

La nuit. On ne voyait rien dans la forêt. Le bruit des sabots de la mule quand elle les retirait de la boue. Une succion. Mourir. Pour l'homme qui ne poursuit pas de but, la vie n'est rien d'autre qu'une mort qui tarde, disait son père. Était-il plus grand que moi ? se demandait Oudinot. Il n'avait pas beaucoup de cheveux non plus, mais il en avait, et des sourcils, blonds et clairsemés. Oudinot n'y prêtait pas grande attention. A douze ans, il espérait encore que ses cheveux pousseraient. Sa nénène l'affirmait quand il ne s'endormait pas :

« Sois sage, et tu auras des cheveux. »

Sage. Pourquoi n'ai-je pas de poils, moi ? Si j'en avais, si j'en avais... Son grand-père avait de grandes moustaches et des favoris de cocher. Oudinot ne le connaissait que par une aquarelle d'un peintre militaire, un élève de David, disait son père. L'attribuait-il à David lui-même ? Pas impossible. Oudinot n'y prêtait pas attention ; trop jeune. L'aquarelle n'était pas signée.

Décoré par l'Empereur, à Wagram, le colonel Oudinot s'était fixé à Maurice à la suite d'un complot avorté. Après Waterloo il avait épousé l'héritière du haut fourneau de Pusey, en Haute-Saône ; il se morfondait en demi-solde. Son épouse l'ayant gentiment laissé veuf il avait vendu le haut fourneau pour affréter une goélette avec l'idée de chercher le petit caporal à Sainte-Hélène. Quoi de plus simple que d'enlever l'Île à l'abordage avec ses anciens hussards ? Alors que le navire s'apprêtait à lever l'ancre de La Rochelle, on apprit que les Anglais ramenaient leur prisonnier en Angleterre. Un autre bruit courait, que le colonel ne prenait pas du tout à la légère : Dieu avait envoyé quelques-uns de ses anges pour libérer Napoléon. Le temps perdu revenait malheureusement trop cher pour être rattrapé. Le colonel se résigna à démobiliser son commando. Ayant appris après la mort de l'Empereur que son aumônier, Mgr Bonavita, s'était fixé à l'île Maurice, il s'embarqua sur un coup de tête, pour en avoir le cœur net. Une voyante allemande avait inventé les anges pour extorquer de l'argent à Madame Mère et au cardinal Fesch, lui confia Mgr Bonavita, très fatigué, criblé de rhumatismes et partiellement paralysé. Toujours vert, le colonel s'était remarié à Maurice, avec une veuve qui, avec pas mal d'argent, lui apportait la grande demeure qu'Oudinot habitait sur le Jardin de la Compagnie, face au Cercle.

« Il a souvent vu la mort de près. »

C'était cela qui frappait et bouleversait l'enfant Oudinot quand on lui parlait de son grand-père. Le shako du colonel restait sous une vitrine, avec sa soubretache et une courtouchière blanche. Avec sa Légion d'honneur aussi. L'Empereur l'avait épinglée sur sa poitrine. C'était émouvant ; plus d'une fois Oudinot avait résisté à l'envie de toucher le ruban que Napoléon avait tenu entre ses doigts fins. Pourquoi ? Les domestiques époussetaient la croix et d'autres reliques en faisant le ménage. Le colonel avait racheté une montre en or avec chaîne et cordon que l'Empereur avait offerte à Mgr Bonavita, ainsi qu'un nécessaire de voyage, avec un petit gobelet d'or, une théière, un sucrier, une pince à sucre, deux couverts, un couteau à manche en os, un porte-salières. Un autre cadeau de l'Empereur à son aumônier ? Qui pouvait le savoir ? Mgr Bonavita avait légué tous ces objets à un compatriote corse, Jean-Noël Santini, huissier au cabinet de l'Empereur à Sainte-Hélène, et qui les avait fait monnayer à Port-Louis, par le notaire, maître Isidore Jollivet. Le colonel avait acquis le lot pour 1 756 piastres, une somme dérisoire comparée au bonheur qu'elle lui procurait. Pour lui, tout avait appartenu à l'Empereur. La pince à sucre de l'Empereur, disait-il, en passant le sucrier. Personne ne buvait dans le gobelet d'or, à la rigueur le duc de Reichstadt ! L'Aiglon venait de s'éteindre alors que le colonel Oudinot enlevait le nécessaire de voyage aux enchères publiques. Le colonel était mort vieux, apaisé, entouré d'affection par son fils Anselme qui faisait son désespoir en refusant d'embrasser la carrière des armes. »

« Arrête ! »

Orak immobilisa la mule. Ils sortaient de la forêt au-dessus de Belle Vue. La lune n'était pas levée, pourtant on voyait bien la Nouvelle Hollande, et, plus loin vers le nord, les lumières de Port-Louis. Des Indiens travaillaient encore dans les plantations en terrasses, hommes, femmes et enfants, mobilisés pour remonter dans des paniers la terre entraînée par les pluies torrentielles de la journée. Ils cherchent à se la voler, se dit Oudinot ; c'était d'autant plus bouleversant, jugea-t-il. Il but une goulée à la bouteille qu'il avait sortie d'une fonte de la selle. La brûlure du whisky le remonta. Le colonel Oudinot voyait la mort de près. Affronter, braver la mort. Désirer la mort. Est-ce que je la désire ? Il souhaitait dire quelque chose à Orak pour lui faire comprendre qu'il était son ami. Où avait-il rangé le revolver d'ordonnance de son père ? Offrir une gorgée de whisky à Orak. Impossible. Est-ce que les cartouches étaient encore bonnes ? Le canon sur la tempe. Presser la détente. Et rien. Long feu. Sur la tempe ou dans la bouche ? Comme... Salaud de Bubu. Me faire ça. Au même endroit que Gaétan ! Comédie, il n'y pensait pas vraiment. Et moi ?

La mule avait repris sa marche. Les dodelinements. Le dos d'Orak. Plus clair que la nuit. Une lumière sur la peau. Sous la peau ? Comment rentrerait-il ? Pas cette nuit. Il restera. Où ? A l'écurie, naturellement puisque moi... Le revolver se trouvait dans un tiroir du bureau. L'essayer d'abord ? La détonation réveillerait Hector et Hermione.

Toute la rue. Tout le quartier. *So what* ? Henri Oudinot, le fils de maître Anselme Oudinot, le petit-fils du colonel Oudinot décoré par l'Empereur à Wagram... Quoi ? Il s'est brûlé la cervelle ? Mais pourquoi ? Il avait honte de lui. Il se dégoûtait. Parce qu'il avait trahi en défendant l'accusateur de Sir Duclézio ? Trahi ! hurla Oudinot dans la nuit. C'est faux !

Orak tourna la tête, et arrêta la mule :

« Vous voulez boire, sahib ? »

Un steamer sortait de la rade sous une fumée blanche. Mawillal a raison, se dit Oudinot, c'était absurde de construire les clippers pour retarder l'inévitable. L'inévitable. Est-ce facile de mourir ? Peut-être, dans une charge de cavalerie, comme le colonel. Sans doute, pour une cause. Moi ? Moi ? Il sentait la détente sous son index, elle résistait. Depuis quand le revolver n'avait-il plus servi ? Est-ce que son père l'avait utilisé ?

« Qu'est-ce que tu veux devenir quand tu seras grand ?

– Avocat comme vous, mon père ! »

Les yeux clairs de son père, ce sourire de complicité, son front immense parce que dégarni, les sourcils clairs, clairs...

« Sais-tu qui fut le premier avocat ? »

Il répondait :

« Abraham. »

Le Seigneur voulait détruire Sodome, peuplée de pécheurs irrécupérables.

« Ils ne sont pas tous coupables, Seigneur ! avait plaidé Abraham.

– Trouve-moi cent innocents, et j'épargne la cité.

– Et si j'en trouve cinquante ?

– Va pour cinquante !

– Te contenterais-tu de vingt ?

– Pourquoi pas ?

– Et de dix ? »

Jamais Oudinot n'était entré dans un tribunal sans penser à Abraham, discutant avec Dieu. Si Dieu existait ? Si je devais me présenter devant lui tout à l'heure, lorsque j'aurai... Le doigt sur la détente. Elle résistait encore. Il insistait ? Le coup ne partait pas. Que ferai-je ? Serai-je encore vivant dans une heure ? La stupeur des gens s'il se tuait. Bubu. Que penserait-il ? *So what* ! Si, quelque chose intéresserait Bubu : Bombay. La chasse. Elle intéresserait aussi Adélaïde, pour d'autres raisons. Avait-elle eu *son* fils ? Sa pauvre tête alors qu'elle était reprise par ses douleurs. Elle avait fondu du jour au lendemain, incroyablement. Donner la vie. Avoir un enfant. Jamais, moi, jamais. Pourquoi ? Qu'est-ce que tu voulais faire ? Pisser sur moi ? Salaud de Bubu. Pauvre Bubu. Qu'est-ce que j'attendais de lui quand... Il regardait Orak. Le dos, le dos. Le creux des reins. Des poignets comme une fille. La confidence de Mawillal, encore : j'étais son boy à tout faire, vous comprenez ce que je veux dire, Henri ? Le boy à tout faire. Pourquoi Oji m'a-t-il *donné* Orak ? Où l'a-t-il cherché ? D'où venait la fille, la gamine ? Le boy à tout faire. Mawillal avait prévu l'orage, parce que le remontoir de sa grosse montre glissait entre ses doigts boudinés. Pourquoi voulait-il me donner son émeraude ? Une émeraude au doigt d'Orak ? A quoi ai-je servi ? A quoi sert Bubu ?

Ils traversaient les faubourgs endormis. Les fers de la mule sonnaient sur du sec. Rien, il n'y avait rien quand les premiers colons avaient débarqué de *la Diane* et de *l'Atalante* en 1722, sept ans après que Guillaume d'Arsel eut pris possession de l'Île. Une traversée de neuf mois ! C'était le jour de Pâques. Pâques ; demain. Tu es le parrain de l'héritier, Oudinot ! Tu ne peux pas... Tu ne peux pas ! Pas avant demain soir en tout cas. Tu ferais ça ? Tu accepterais de parrainer le huitième comte de Kergoust et tu te logerais ensuite une balle dans la tête ? Évidemment, si tu lui laisses Bombay, on te pardonnera ! Il riait. Oui, oui, donne-leur Bombay et on mettra quelques fleurs sur ta tombe, même si tu es expédié sans messe et sans huiles.

Neuf mois en mer. Sur 210 Suisses embarqués à l'île de Groix, 169 avaient péri. Et sur 20 femmes, il en survivait 10. Mais les deux jésuites de service avaient résisté à tout, et bien qu'on les eût laissés partir sans chapes, sans croix, sans encensoirs, sans fers pour presser les hosties, ils disaient la messe sur la plage. *Te Deum laudamus*. Merci, Seigneur, nous survivons. On débarquait quelques enclumes, des soufflets, des outils, des pioches, des pelles. Rien, rien, il n'y avait rien. Tout ça, c'était de la forêt ! Oudinot éprouva le besoin de le dire à Orak.

« Tu me comprends ? Quand les premiers Blancs sont venus, il n'y avait pas d'Indiens ici, personne, ils ont tout fait.

– Oui, sahib, dit Orak.

– C'étaient des Français », hurla Oudinot.

Qu'ai-je fait, moi ? se demandait-il. Qu'est-ce que je peux faire ? Il imaginait les premiers campements, en fait, il les *voyait*, presque pareils aux paillotes alignées de part et d'autre de la route, plus primitives encore, on dormait sous la tente, dans des trous recouverts de feuilles de palmier ou de latanier. Pour les officiers et pour les fonctionnaires, les charpentiers façonnaient des cubes en planches que l'on roulait sur des rondins jusqu'à l'endroit de son choix. J'habiterai ici ! Pas de fenêtres, pas de portes, les ouvertures étaient masquées par des treillis en rotin. Un clou valait son pesant d'or. En guise de meubles, quelques coffres, des tonneaux vides. *Te Deum laudamus* ! Et moi, à quoi est-ce que je sers ? Oudinot, esprit fort, ne croyait pas en Dieu. Mais se jugeait en son nom ; sévèrement, encore que pour la condamnation...

« Pas de bruit ! »

Ils étaient arrivés. Qu'allait faire Orak ? Repartir ?

« On va mettre la mule à l'écurie.

– Bien, sahib. »

Oudinot reprit souffle. Il restait. Chut ! Il espérait ne pas réveiller ses domestiques, Hector et Hermione ; par leurs parents et grands-parents ils étaient de la maison avant que le colonel Oudinot l'occupât. Hermione avait servi de mère à Henri durant ses jeunes années, jusqu'à ce que son père, dans son intérêt pensait-il, pour qu'il grandisse avec des camarades de son âge, l'eût inscrit comme pensionnaire au collège Saint-George, à Curepipe. Quand il prit conscience des brimades qu'il subissait du fait de son physique (on lui faisait porter perruque), il le ramena à la maison et lui donna un précepteur. Pas pour longtemps, il allait mourir ; soixante-trois ans. Le tuteur d'Henri le remit au collège, jusqu'à son départ pour l'Angleterre. Au retour, il s'était retrouvé chez lui comme dans un musée, un peu trop envahi par Hector et par Hermione, qu'il avait relégués au-dessus de l'écurie. Il voulait rester maître de son temps ; déjà il ne dormait presque pas.

« C'est vous, monsieur Henri ? »

Hector à sa fenêtre.

« Je n'ai pas besoin de toi, Hector, recouche-toi. »

Hector était trop inquiet pour rester chez lui. Il avait aperçu Orak. Est-ce que le maître ramenait un nouveau domestique ?

« Il ne fallait pas descendre, Hector, je n'ai pas besoin de toi.

– Je ne peux pas servir monsieur Henri ? Monsieur Henri ne veut pas manger quelque chose ? Il y a tout ce qu'il faut.

– Bonsoir, Hector, tu peux remonter. »

Oudinot évitait de regarder le pauvre vieux dont il percevait l'anxiété. Il bouscula Orak vers la maison, à travers le jardin.

« Avance, avance, qu'est-ce que tu attends ? »

Un ton d'irritation ; en vérité, il tremblait d'impatience. Refermer la porte derrière lui. Ouf ! Il posa une main sur l'épaule du garçon.

« Tu as faim ?

– Oui, sahib », répondit Orak, avec naturel.

Il l'emmena à la cuisine. Il n'arrivait pas à allumer la lampe. Qu'est-ce qui allait se passer ? Le sang aux tempes. Il ouvrit le garde-manger. Une mimique : prends ce que tu veux. Il n'avait plus de voix. Boire. Il s'installa au salon qui occupait plus de la moitié du rez-de-chaussée. Pas de lumière. La lune était haute, on y voyait assez, elle éclairait par un vasistas au-dessus de l'entrée. On entrait directement dans le salon quand on arrivait de l'extérieur, par le Jardin de la Compagnie. Attendre. Il attendait. Boire, boire. Il se fondait dans la pénombre, il n'était plus qu'une ombre, dans un décor d'ombres et de lune. Il s'écoutait respirer. Enfin. Enfin Orak apparut sur le seuil de la petite porte de service par laquelle on gagnait la cuisine. Sur ses épaules, un peu de lumière. Il n'avait pas soufflé la lampe à la cuisine. Il avança vers Oudinot et s'accroupit à ses pieds. Oudinot plaça une main sur sa tête.

Un beau dimanche de Pâques

La Grande Mahaut éprouva une fausse joie de courte durée en voyant le landau de l'évêché s'immobiliser devant le perron : Monseigneur, guéri, venait pour... Pour le baptême, évidemment, mais elle avait pensé : pour le poupeton. Déjà elle reconnaissait le jeune abbé de Courtrai, qui arrivait avec ses parents. Monseigneur avait mis sa voiture à leur disposition, une façon amicale de témoigner de son affectueuse bienveillance aux Kergoust.

« Mais Nicole ? »

La très jeune sœur de l'abbé était la marraine de Pascaline (à défaut de Pascal !).

« Elle a dû rester au lit, ma mère, expliqua Mme de Courtrai. Je crains qu'elle ait la rougeole. Si vous le voulez bien, je la remplacerai pendant la cérémonie.

– Non, trancha la mère, c'est moi qui prendrai sa place. »

Elle y avait pensé pendant une partie de la nuit : pourquoi ne serait-elle pas la marraine de Pascaline ? Surtout si... Grâce au Ciel, Adélaïde allait mieux, encore que... Elle ne parlait toujours pas et paraissait toujours aussi incroyablement molle, comme si ses ressorts intérieurs étaient tous usés. Jézabel avait bandé sa poitrine pour faire passer son lait ; elle avait une forte montée qui lui donnait un peu de fièvre. Que disait le docteur ?

« Rien, madame supérieure, il ne comprend pas non plus. »

Il avait longuement ausculté la comtesse, la veille ; on l'attendait, il devait revenir.

« Quand ? Pas pendant la messe !

– Il a dit qu'il viendrait quand il le pourrait, madame supérieure. »

Que faisait Bubu ? Toujours en retard ! L'abbé représentait Monseigneur ! Bubu devrait l'accueillir ! Il arrivait ! Enfin ! Tout de même ! Il dégringolait l'escalier en enfilant sa jaquette.

Quel âge avait l'abbé ? Un bébé, rose et joufflu. Il aidait sa mère à descendre du landau, une petite personne fragile, discrète, sauf pour le chapeau ! Qui l'avait choisi pour elle ? Couvert de lilas trop mauves, on avait l'impression de les sentir en les voyant. Halévy de Courtrai, après une carrière de diplomate (consul de Grande-Bretagne à Addis-Abéba et à Tananarive) profitait de sa retraite ; façon de parler, elle était tellement modeste !

Il y eut un petit drame. La veille, au chenil, le comte avait remarqué un jeune chien qui, sans ressembler à Braco, le lui rappelait par sa façon de soulever la patte quand il marquait l'arrêt.

Il avait décidé de l'adopter. Il s'appelait Vertu. Le comte l'avait rebaptisé Tout-Fou, un lécheur-sauteur absolument intenable, ah ! il méritait son nouveau nom, mais il montrait tant d'affection au comte en lui râpant le visage avec la langue, et puis... La déception de Pascaline, le comte cherchait une compensation. Tout-Fou effraya Mme de Courtrai en sautant sur elle ; il aboyait, il mordillait l'une de ses bottines, cela ne dura qu'un instant, le comte l'avait repoussé d'un maître coup de pied, mais la pauvre Mme de Courtrai restait pâle et tremblante.

« Je suis désolé, bredouilla le comte. Vous n'aviez rien à craindre, chère madame, nos chiens ne mordent que les Noirs. »

L'abbé apportait un mot de Monseigneur pour la comtesse. Pas de visites, avait décidé le docteur. Il était difficile de ne pas accompagner l'abbé jusqu'au chevet d'Adélaïde ; ses parents le suivirent, ainsi que le comte et la Grande Mahaut. La chambre était remplie de fleurs, on en avait apporté de partout, il y en avait sur tous les meubles et par terre dans des seaux à champagne.

– *Knee deep*, s'extasia la petite Mme de Courtrai en joignant les mains.

Jusqu'aux genoux. Elle n'était pas anglaise mais se croyait tenue (ou avait pris l'habitude) d'utiliser des locutions anglaises qui rappelaient la carrière de son mari. On remarquait le bout de ses doigts qui émergeaient de mitaines en fil d'Écosse, on voyait tout de suite qu'elle avait beaucoup cousu. Elle faisait toujours ses robes, et celles de Nicole.

La comtesse était adossée à ses coussins. Blanche. Jézabel lui avait mis une touche de bleu sur les paupières. La mère avait prévenu l'abbé qu'elle demeurerait sous le choc de sa déception. Il murmura quelques banalités. Sa mère pépia des considérations sur le bonheur d'avoir une fille :

« Les filles vous restent, chère amie. »

On allait se replier en groupe quand Jézabel apparut à la porte-fenêtre ouverte sur la pelouse, les bras chargés de grappes fleuries qu'elle venait de cueillir sur les palmiers talipot. La Grande Mahaut les prit des mains de Jézabel pour les placer devant Adélaïde :

« Ma petite fille, elles se sont ouvertes pour toi, cette nuit. »

Elle se tourna vers les Courtrai :

« Cela n'arrive que tous les cent ans.

– C'est une grâce, une véritable grâce », dit Mme de Courtrai.

Elle en voudrait pour son chapeau, pensa le comte. Il s'étonnait qu'Adélaïde ne parlât pas, il lui semblait qu'elle était rétablie et que si elle le voulait... Ouf ! Elle n'allait pas mourir. Il soupira. Il la trouvait belle, et plus que cela, vraiment royale dans la chemise de nuit de l'infante, que Jézabel lui avait passée non sans mal, en se faisant aider par Sansonnette et par Judith. On la croyait légère comme une plume, elle se faisait lourde comme de la pierre.

« Quelle merveille, ces dentelles ! dit Mme de Courtrai.

La légende Kergoust voulait que dix religieuses d'un couvent de Séville eussent consacré leur vie aux dentelles et aux broderies de la chemise. Le comte baisa la main de sa femme.

« Vous vous sentez mieux ce matin, n'est-ce pas, *dearest* ? »

Pas de réponse, un battement de cils. Une lumière dans les yeux ?

« Nous allons te laisser, ma petite fille, décida la Grande Mahaut. Nous penserons tous à toi pendant la messe. »

Ce qui signifiait : nous prierons pour toi. Déjà elle avait fait prier ses religieuses, aux matines. La comtesse battit encore des cils. Comme Bubu, la Grande Mahaut pensait que si elle le voulait elle parlerait. C'était aussi le sentiment des vieux Courtrai qui trouvaient son silence admirable, grandiose ; ils quittèrent la chambre très émus en emportant l'image de la comtesse en héroïne antique, sacrifiée aux dieux parce qu'elle n'avait pas donné au roi un fils pour le trône.

« *Non omnia possumus omnes* », murmura le diplomate.

Il traduisit pour son épouse, qui levait vers lui son museau de musaraigne trop poudré :

« Nous ne pouvons pas tous faire toutes choses.

– Surtout pas vous », dit-elle avec un petit rire aigre.

Parmi les voitures rangées dans la cour, à l'ombre, le comte reconnut le brougham d'Oudinot. Il n'avait pas oublié. La veille, ne le trouvant pas au Cercle, le comte était passé chez lui pour lui réclamer le roman, car il était sûr, archi certain qu'Oudinot l'avait pris dans la voiture.

« Monsieur n'est pas rentré. Il n'est pas avec vous ? »

Le comte avait d'ailleurs d'autres questions à lui poser, notamment celle à laquelle il n'avait pas répondu : que voulait-il sur la chute quand il s'était tourné vers lui, flamberge au vent ? Incroyable de sa part. Me pisser dessus ? Impensable. En tout cas, il n'était pas impuissant comme on le disait. Si j'ai bien vu, corrigeait le comte. Après une longue nuit de sommeil, les explications qu'il se proposait d'exiger d'Oudinot lui paraissaient moins pressantes. Adélaïde. Adélaïde. C'était elle qui comptait. Est-ce que... Est-ce que... Une issue fatale lui paraissait moins évidente que la veille, après l'accouchement. Mais qu'est-ce qu'elle avait ? Qu'est-ce qu'elle avait ?

Le jeune Courtrai, c'est-à-dire l'abbé, se posait aussi la question. L'évêque lui avait confié pourquoi, pendant six ans, il avait un peu boudé la mère supérieure. En arrangeant le mariage de son neveu (son petit-neveu ? son arrière-petit-neveu ?) elle avait fait passer les intérêts de sa famille avant ceux de son ordre, c'était indéniable ; malgré tout, par sa vie exemplaire... Étrange personne, étrange personnage, pensait l'abbé en observant la religieuse. Elle semblait rajeunie, pomponnée, patchoulisée dans une robe en fine laine blanche tissée à la main, un tissage assez large, la tête haute, soutenue par le col. Ce visage bistre dans les voiles. Si la comtesse mourait ? Sa fortune passerait à son mari. Un enfant gâté, estimait Monseigneur. Il deviendrait intéressant de mieux le connaître. Une donation à la Congrégation pourrait éventuellement... Sans parler de compensation, naturellement. Bref, l'abbé restait aux aguets. Il avait été pris en charge par les jésuites dès son plus jeune âge. On l'avait formé en Angleterre. Brillantissime. Un stage au Vatican, aux Affaires d'Orient. On l'avait réexpédié à Maurice comme on impose des périodes de commandement aux officiers d'état-major. Il n'y moisirait pas. On l'avait chargé d'un dossier délicat, la béatification du père Laval, très souhaitée par le clergé français de Maurice, par tous les Français de l'Ile, en fait, mais précisément parce que le père Laval était français... On se hâtait lentement, avec sagesse. L'abbé le comprenait parfaitement.

En le conduisant à la sacristie, une cabine ajoutée à la chapelle du côté de l'autel où il pourrait se changer, la Grande Mahaut montra à l'abbé un ébénier gigantesque sous lequel, elle en était persuadée, un jésuite portugais avait dit la première messe dans l'Ile.

« En 1600, ma mère ?

– 1600 et quelque, mon père. »

Il connaissait l'histoire, qui datait de 1617, très précisément. En principe, l'Ile était hollandaise, mais elle restait pratiquement déserte. L'année d'avant, Pietr Booth, qui s'apprêtait à la coloniser pour le compte de son pays, avait fait naufrage avec les deux vaisseaux de son expédition. Quelques rescapés avaient été rapatriés par un navire de passage. Ils laissaient le nom de leur capitaine malheureux à la montagne témoin de son naufrage. Les Portugais, en 1617, avaient encore trouvé deux Hollandais, des déserteurs, réfugiés dans les bois. Deux Robinson, pensait l'abbé. Les Portugais avaient jeté l'ancre dans la rade de Port-Louis le 21 mars, fête de saint Benoît. Ils avaient quatre jésuites à bord qui se rendaient à Madagascar pour évangéliser la grande île. L'escale mauricienne les avait rendus lyriques. Car on connaissait le journal que tenait l'un, le père Manoël. Il n'existait pas de pays plus beau, plus fertile, plus merveilleux que l'île de Cirné, avait-il écrit ; c'était encore le nom de Maurice. Il avait remonté une rivière avec ses collègues, en plantant sur les rives des croix faites de branches. Avec son couteau, l'un des quatre avait gravé le nom de Jésus sur un arbre. Sur cet ébénier ? se demandait l'abbé.

« Il aurait trois cents ans ? murmura-t-il.

– Tant que cela ? »

Pour un arbre, n'était-ce pas beaucoup, se demandait la mère, mais ne s'agissait-il pas d'un arbre miraculeux en quelque sorte ? A Jérusalem, si elle avait visité le jardin de Gethsémani, elle aurait admis de la même façon que le Christ avait prié sous les vieux oliviers qu'elle y aurait découverts. Rien ne la surprenait de ce qui se rattachait au divin. Pas même la jeunesse de l'abbé de Courtrai, auquel elle reconnaissait autant d'autorité qu'à Monseigneur, qu'il représentait. Il touchait le tronc de l'ébénier : s'il retrouvait la marque des jésuites portugais ? Le nom de Jésus étiré sur le tronc ?

La première messe sur une île déserte... En imaginant la scène, et précisément là, sous cet arbre grandiose, l'abbé de Courtrai se sentait gagné par une émotion qui donnait plus de prix à sa vie. Il sortait de l'ambiance habituelle dans laquelle il se remuait pour réussir. Devenir évêque. Il le serait, on le lui avait dit, il n'en doutait pas. En cet instant, rendu aux absolus de l'enfance, il ressentait une vérité différente. Ces jésuites missionnaires, qui avaient monté leur autel là, en 1600 et quelque. Leur caravelle à l'ancre au large, avec la patache qui la suivait... Portugais, mais d'où, de quelle ville, de quel village ? Depuis quand étaient-ils partis de chez eux ? Dieu les appelait, c'est entendu, pourquoi ceux-là ? Comment leur parlait-il ? Est-ce que j'ouvre toujours mes oreilles en grand ? se demandait l'abbé. Son trouble n'était pas sans importance.

« Le père Manoël avait dit la messe de la Sainte Trinité, dit-il à la Grande Mahaut. Il s'est offert lui-même, avec toute l'Île, aux Trois Divines Personnes en les priant... »

Il levait ses mains, comme s'il prenait le jésuite portugais à témoin, comme s'il l'apercevait tout près, comme s'il priait avec lui :

« En les priant de donner à des catholiques... »

Il répéta :

« A des catholiques, ma mère, un pays aussi fertile et aussi beau.

— Amen, murmura la mère.

— Dieu nous l'a donné, ce pays, murmura l'abbé. Nous le perdons.

— Vraiment ? fit la mère, stupéfaite. Vous le pensez ? »

Avant de s'éclipser dans la sacristie, l'abbé remarqua qu'on ne voyait pas souvent M. Oudinot à la messe. Le parrain. Que répondre ? La Grande Mahaut ne voulait pas de lui mais Bubu, pas si bête pour une fois, avait fait valoir qu'il ne se marierait sans doute jamais, et n'aurait donc pas d'enfants, etc.

« Il m'a assuré qu'il dirait toutes les prières », murmura la mère, non sans embarras.

La chapelle débordait bien que les quatre bancs Kergoust ne fussent qu'à moitié occupés par les invités qui prenaient part au déjeuner – quatorze en principe, mais si la petite Nicole ne venait pas... Treize à table, impossible, j'inviterai le docteur, calculait le comte. S'il vient... S'il est libre... Qui d'autre éventuellement ? Le comte occupait la place du corsaire, à l'extrême droite du premier banc. Il se leva pour la céder à la Grande Mahaut quand elle eut réussi à passer à travers les Noirs du kraal tassés dans le fond ; tous n'avaient pas pu entrer. Elle mit la main sur son épaule : reste, c'est ta place.

« Est-ce que tu t'es confessé ? » souffla-t-elle.

Elle l'expédia à la sacristie pour qu'il se mette en règle rapidement. En son absence, elle épia Oudinot, lui jetant un regard assez sombre. Le visage dans une main, il paraissait prier. Tant mieux. Alain de Chamarel et sa femme Geneviève s'étaient placés dans le second banc, avec les Goupille, Jacques-Clément et sa femme Léa. Avec les Courtrai, cela faisait sept. Le comte continuait à faire sa table. Mahaut et moi, neuf. Illier et Rose Desvignes. Ils arrivaient. Enfin. Ils avaient abandonné la particule pendant la Révolution, Bonnier des Vignes. Un si beau nom. L'aumônier du couvent. Douze. Et Oudinot, treize. Pourquoi Mahaut avait-elle amené l'aumônier ? Évidemment, si l'abbé s'était décommandé... La route était à peine praticable, le comte s'en était aperçu en faisant, après l'orage, un aller-retour à Port-Louis. Il avait failli s'embourber irrémédiablement. Depuis les choses s'étaient arrangées puisque tout le monde était passé sans incident. Les Desvignes arrivaient toujours en retard, partout. Treize, non ce n'est pas possible. On enlèvera le couvert de l'aumônier, décida le comte, on le servira dans le petit salon. A moins que le docteur... S'il arrivait avant le déjeuner ? Jézabel disait le plus grand bien de lui. On ne pouvait absolument rien lui reprocher.

L'abbé de Courtrai rappelait la signification de Pâques :

« Nous célébrons Pâques pour honorer la Résurrection de Notre Seigneur Jésus-Christ. Ce mystère fait la plus grande joie des enfants de Dieu parce qu'il est le fondement de leur foi, le motif et le soutien de leur espérance et leur plus solide consolation des maux de cette vie. »

Une rumeur fervente soulignait les phrases qu'il détaillait avec application pour bien se faire comprendre des Noirs. Serrés comme des sardines, tous endimanchés, les hommes à droite, les femmes à gauche, dans des robes éclatantes, orange et vert, orange et bleu, bleu sur vert.

« Si Notre Seigneur Jésus-Christ n'était pas ressuscité, comme il l'avait plusieurs fois annoncé à ses disciples, nous ne pourrions pas croire en lui, n'est-ce pas ?

– Nous ne pourrions pas, dit une voix, au fond.

– Nous ne pourrions pas », répétèrent plusieurs autres voix.

Notre Seigneur Jésus-Christ serait dès lors un faux prophète, reprit l'abbé, et ses disciples des imposteurs. Quant à nous, nous serions les plus misérables des hommes puisque nous perdrions l'espérance d'une autre vie. Nous resterions dans le péché.

« Amen, amen, amen, murmuraient les voix du fond.

— Nous ne sommes de vrais chrétiens qu'en ressemblant à Notre Seigneur Jésus-Christ ressuscité, dit encore l'abbé. Nous devons en conséquence renoncer aux désirs et aux œuvres de chair pour vivre de l'Esprit et marcher selon l'Esprit.

— Amen, amen. »

L'abbé commença alors à dire la messe, d'une voix assourdie. Renoncer aux œuvres de chair. Le coude droit dans la main gauche, Oudinot se tenait le menton ; sa main cachait le rictus qu'avait fait naître l'admonestation de l'abbé. Il essayait de voir clair en lui sans y parvenir. Plus question de mourir. Au cours de la nuit, la vie avait changé de signification pour lui. Le plaisir. Il tentait de s'en souvenir depuis qu'il l'avait connu. Enfin ! En pleine conscience. Il avait cru qu'il mourait, tant mieux, vite ! tout de suite et puis quoi ? – Cette explosion, ce tumulte, le délire, la folie, c'était quoi ? Comprendre, non, on ne pouvait pas comprendre le ciel ! Un anéantissement. Il n'avait pas fermé l'œil de la nuit. Pourtant quelle nuit différente des autres ! Orak avait sombré dans un sommeil innocent. Tiède. Si ferme. Cette douceur, tant de confiance, cette enfance malgré tout, cette sérénité, le naturel, la bouche entrouverte, les cils, si longs, sur les joues. La beauté. Un enfant. Oudinot, naturellement, se sentait coupable, mais de quoi ? Orak se coulait contre lui dans son sommeil. Son bras autour des reins d'Oudinot qui respirait sa respiration. Le péché. Quel péché ? Orak avait pris les initiatives, d'ailleurs, quelle importance ?

Si l'homme est fait de chair
Il porte aussi dans lui quelque chose de l'ange,
Un être de clarté rêve dans notre fange.

Des vers de Léoville L'Homme auquel, sur les conseils de Gaétan, Oudinot avait apporté ses premiers poèmes pour sa revue, *Mauritiana*. Il le voyait à l'imprimerie. En jaquette noire, très moustachu, une haleine qui sentait le tabac, très gentil, bavard, il impressionnait énormément l'adolescent Oudinot. Maintenant...

Un être de clarté rêve dans notre fange.

Du gros Victor Hugo, très gros. Oudinot avait à son chevet le *Prométhée délivré* de Shelley, en anglais naturellement.

Pourquoi Oji lui avait-il *donné* Orak ? L'avait-il formé ?
Quelle importance ? Resterait-il ? Voilà ce qui comptait.

« Monsieur Henri lui laisse la maison ? » avait demandé
Hector.

Il allait conduire son maître à la Nouvelle Hollande.
Avait-il compris? Il refusait de comprendre, c'était la
première fois qu'une pareille chose arrivait à monsieur
Henri. S'il avait ramené une fille, bon... Un garçon !
Peut-être voulait-il seulement lui donner à manger ? Il
était si bon. Peut-être avait-il été bouleversé en voyant
Orak dormir au pied d'un arbre ? Évidemment, s'il le
gardait... S'il lui confiait en quelque sorte la maison. D'où
venait-il ? Que savait-il de lui ? Hector ne pouvait pas le
demander à son maître autrement qu'en posant cette
question, vague, mais qui voulait tout dire :

« Monsieur Henri lui laisse la maison ?

– En route, Hector », avait simplement dit Oudinot.

Est-ce que je le retrouverai ce soir ? se demandait-il. Les
battements de son cœur ralentissaient, ou s'accéléraient.
Il ressentait une impression singulière, de ne pas être
vraiment présent à cette messe de Pâques, une partie de
lui se trouvait ailleurs, pas forcément auprès d'Orak, non ;
mais qu'avait-il encore de commun avec les gens qui
l'entouraient ? Avec Bubu, en particulier ? Qui l'observait,
il sentait son regard sur lui. Pauvre Bubu. Le bonheur !
Le bonheur et l'extase, la lumière, l'éblouissement et le
vide, l'éternité. La fleur rêve d'être parfum, le parfum rêve
d'être fleur. Je n'ai pas rêvé, j'ai tout, j'ai tout. Il écrivait
dans sa tête un poème stupide qu'il trouvait merveilleux :

> *Heureux*
> *Heureux*
> *Heureux*
> *Heureux.*

Ça continuait, continuait et puis c'était :

> *Orak*
> *Orak*
> *Orak,*

des Orak à n'en plus finir, qu'il se chantait en les modulant
dans son for intérieur, musique sublime, le paradis, que
la vie était donc fantastique. A condition, évidemment...
Si Orak ne restait pas ? S'il ne le retrouvait pas ? J'aurai eu
ça. Maintenant, il *savait*. Mais quelle horreur si... Pouvait-il

l'enfermer, Orak ? La vie avec Orak. Une nouvelle vie. Il rêvait, c'était fou. Orak toujours disponible. Il ne changerait pas. Il ne vieillirait pas. Un enfant. Son enfant. Son fils. Il y pensait. L'adopter. Des intentions folles, absolument folles, des espérances biscornues, absurdes.

L'abbé progressait rapidement dans la messe, avec élégance. Si incroyablement jeune, pensait la Grande Mahaut. En arrivant devant l'autel, pendant un instant, elle avait cru qu'Absalon servait la messe, non, c'étaient deux autres garçons du kraal. Elle savait bien que ce ne pouvait être Absalon puisqu'elle l'avait aperçu, dans une livrée trop grande pour lui, aidant Jéroboam à s'occuper des attelages. Il apportait de l'eau aux chevaux et il enlevait le crottin. On aurait pu éviter ça, pensa la religieuse. D'innombrables petites rides rejoignaient les deux sillons qui reliaient ses narines aux commissures de ses lèvres mauvâtres. Admirable femme, pensait Oudinot, aristocratique jusque dans ses laideurs, entièrement, absolument kergoustisée, elle *était* la Nouvelle Hollande bien davantage que ce mollasson de Bubu, qui n'était rien, rien, parce qu'il ne servait à rien et qu'il ne servirait jamais à rien. Moi... Oudinot revenait à ses rêves, Orak incarnait une cause, il l'aimait pour le sauver. Car il l'aimait, il l'aimait, il le comprenait parce que en fermant les yeux il le voyait, Orak était avec lui. Le mystère de cette folie qui s'était emparée de lui. Il en avait conscience : folie, folie, c'était merveilleux et inévitable, il s'abandonnait au péché, au souvenir, la volupté, attentif pourtant aux repères de la messe, courbant le front, se frappant la poitrine, se signant quand il le fallait. Il pensait d'ailleurs à Orak sans lubricité. Le plaisir qui l'avait foudroyé ne pouvait être que très exceptionnel.

« Les lèvres jointes, ils défaillirent ensemble contre cette couche fermée que deux fois en quatre ans Maud avait frôlée de sa robe, lui si vite anéanti par cette étreinte... »

Anéanti. Deux fois en quatre ans. Oudinot s'en tenait, inconsciemment, à ce rythme. Il avait brûlé *Les demivierges.* Un roman ridicule, maniéré, et pourtant il contenait un message pour lui. Une révélation. Il pensait à Gaétan : s'il avait vécu à Paris il serait devenu académicien, comme Marcel Prévost. Moi ? Moi ? Je ferai mieux. Oudinot se sentait régénéré, plein d'une force prodigieuse ; et puis l'angoisse le reprenait : si Orak partait ? s'il ne l'attendait pas ? Un recours : Oji. Il pourrait éventuellement récupérer Orak par Oji, mais il préférait ne pas y penser, c'était le côté sordide de l'aventure, il gommait, il effaçait. Tout de même, tout de même... Oji ? Pourquoi avait-il cherché Orak pour lui ? Que savait-il ? Qu'avait-il vu ? Les avait-il suivis, le comte et lui, jusqu'aux abords de la chute ? Il ne pouvait rien voir. A moins qu'il ne fût caché dans le multipliant ? Au-dessus de la chute ? Le souvenir revenait, plus brûlant du fait de la brûlure du regard de Bubu. Il baissait la tête.

Quand il tournait le dos aux fidèles, pour les génuflexions devant le tabernacle ou d'autres gestes de la messe, l'abbé de Courtrai, pour recueilli qu'il fût, ne pouvait s'empêcher de regarder le père Laval sur la frise indienne. La rêverie sur la première messe dite sous l'ébénier (mais était-ce bien là ?) avait éveillé en lui une émotion qui trouvait aliment dans l'image naïve du père Laval, en train d'administrer un moribond frappé par le choléra. Le dévouement et l'abnégation du père prolongeaient en quelque sorte l'audace des jésuites portugais qui s'étaient embarqués sur des coquilles de noix pour évangéliser le monde. La foi inspirait de grandes actions. Qu'est-ce que je fais, moi ? Il récitait, il *perroquettait* ; suffirait-il qu'il devînt évêque pour donner satisfaction au Seigneur ?

Avant de partir pour l'île Maurice, il avait passé six semaines en Normandie, où il profitait de la somptueuse hospitalité de l'évêque de Sées, Courtrai de la branche aînée qui n'avait pas quitté la Normandie. Le contact avait été établi par la mère de l'abbé. L'évêque était le dernier des Courtrai de France. Que deviendraient ses terres ? Pourquoi ne les laisserait-il pas à l'abbé, son lointain cousin de Maurice, entre hommes de Dieu, n'est-ce pas ? Vous êtes folle, ma femme, murmurait l'ancien diplomate quand elle spéculait ainsi à haute voix. En fait, l'évêque avait disposé de ses biens en faveur d'une congrégation qui le prendrait en charge, dans son manoir, lorsqu'il quitterait l'évêché. Il n'en avait pas moins accueilli le jeune abbé comme un oncle bienveillant et généreux, en le comblant de cadeaux pour ses parents.

L'abbé avait profité de son séjour, des vacances plus que confortables, pour se rendre à Croth où Jacques Désiré Laval était né le 18 septembre 1803, et à Pinterville, sa première paroisse, où il n'avait jamais plus de dix fidèles à la messe. Il se nourrissait de soupe, et dormait dans une alcôve sur une paillasse bourrée de foin. L'abbé le notait pour l'enquête de béatification. Il n'avait pas retrouvé à

Croth le registre sur lequel il devait vérifier la date d'un certificat de baptême que le père avait fourni pour son ordination, dont l'authenticité n'était pas en cause mais qui posait cependant un problème de procédure.

Procédure. Paperasses. Le père allait aux moribonds. Les jésuites portugais allaient au monde. Et moi ? A Pinterville, le père Laval s'occupait de l'idiot du village, un garçon d'une trentaine d'années, atrocement infirme, avec les pieds et les genoux retournés, toujours très agité, la langue sortie comme celle des chiens après la chasse ; ses parents avaient honte de lui, ses sœurs refusaient de l'emmener à l'église. Le père lui apprenait à lire (il essayait !) et, le dimanche, l'invitait à sa table. Il avait une bonne. Pourquoi est-ce que je pense à cela ? se demandait l'abbé. C'était avant l'élévation. Il avait aperçu sœur Marguerite-Rose sur le dernier banc, seule. La mère l'avait prévenu qu'elle désirait communier.

Quand, malgré lui, car il se le reprochait, l'abbé regardait la silhouette si naïvement couverte de fleurs du père Laval, il pensait au beau Dieu de Sées, un Christ en marbre blanc, grandeur nature, peut-être un peu plus grand que nature, que l'évêque de Sées lui avait fait longuement admirer dans sa cathédrale. Une merveille qui datait du XVIIIe siècle, chef-d'œuvre d'un inconnu.

– « Il » sort du tombeau, avait expliqué l'évêque, c'est le dimanche de Pâques, les premières Pâques de la Résurrection. « Il » lève la main pour tenir Madeleine à distance : Ne me touche pas ! Va vers mes frères. »

Après avoir lancé le dernier chant, l'abbé demeura dans sa rêverie. Quel rapport entre le père Laval de la fresque, effrité, privé de nez, et le sublime Dieu de Sées ? Pourquoi ce rapprochement insolite s'était-il imposé à lui ? Le père avait dit la messe là. Là, à la place où je suis. Cela ne remontait pas aussi loin que les jésuites portugais dans les pas desquels, après trois siècles, il venait de remettre les siens. Va vers mes frères. Vers les Noirs, comme le père Laval ? Pourquoi restaient-ils parqués au fond alors que les bancs n'étaient pas entièrement occupés ? Une vieille femme s'était aventurée sur le dernier, où elle avait posé une partie de son popotin. (Tiens, où avait-il pris ce mot ?) Il lui semblait la reconnaître, la négresse qui avait apporté les fleurs du palmier talipot à la comtesse. Il avait récité *Notre Père* pour la comtesse, et toute la communauté avait fait écho, avec ferveur. Tout le monde avait communié.

« Il est bien abîmé, notre père Laval », remarqua la mère supérieure en rejoignant l'abbé qui restait en contemplation devant la fresque.

On attendait que Rose arrive, avec Pascaline à baptiser.

« Vous l'avez bien connu, ma mère ? demanda l'abbé.

— J'avais cinq ans quand il est venu, murmura-t-elle, il me semble que c'était hier. C'était pendant l'épidémie de choléra.

— Comment se fait-il que vous ne soyez pas citée comme témoin au procès en béatification ? » s'étonna l'abbé.

A la Nouvelle Hollande, le père avait donné le baptême à quelque deux à trois cents Noirs, d'anciens esclaves.

« Il les baptisait par groupes de vingt à trente, murmura la mère.

— Ils n'avaient pas de formation religieuse.

— Beaucoup n'avaient pas même de nom, dit la mère en souriant. Tenez, regardez cela. »

Elle ouvrit le registre baptistaire, un gros livre relié en daim, placé sur un psautier. Une véritable curiosité historique, remarqua-t-elle. Un seul prénom figurait sur les premières pages, d'abord Wilfred, celui du fils unique du corsaire. Balsamin-Furcy, le troisième comte de Kergoust, avait déjà six prénoms en tout. Louis et Mortimer avaient encore chacun sa page, mais entre Mortimer et Gaétan on avait inscrit les néophytes du père Laval, avec les noms que tante Henriette s'ingéniait à leur trouver, ce qui n'était pas si facile dans le peu de temps dont elle disposait. L'abbé s'amusa à lire les premiers : Marlborough Ladéroute, Moustique Éléphant, Laviolette Évaporée, Létat Cémoi, Antoinette Dotriche, Janine Hachette, Rose Clovis, Robine Desbois, Adonis Lamoureux.

« Quelle imagination, dit-il.

— Beaucoup d'entre eux allaient mourir, raconta la mère. On les asseyait par terre, en les soutenant. Le père donnait la communion aux plus atteints. Il leur demandait à tous de promettre qu'ils n'offenseraient pas Dieu.

— Je sais, murmura l'abbé, et de croire en la Sainte-Trinité quand on pourrait la leur expliquer. »

Il se signa, imité par la mère :

« C'étaient d'autres temps, n'est-ce pas ? »

Elle s'impatientait, elle regardait vers la porte, pourquoi Pascaline n'arrivait-elle pas ?

« Vous n'aviez que cinq ans, ma mère, reprit l'abbé, et vous étiez là, avec ces malades contagieux.

— Tante Henriette avait transformé la Nouvelle Hollande en hôpital.

« – Une femme admirable », intervint Mme de Courtrai qui s'était approchée, pour embrasser l'abbé sur le front.

La Grande Mahaut laissa échapper un soupir à fendre une pierre. Tante Henriette enfermait le sucre, après avoir compté chaque soir les morceaux qui restaient. Elle tranchait le pain, de si petites tranches. Pourtant elle donnait tout aux malades. Jusqu'à la vie d'une petite fille. Nouveau soupir de la Grande Mahaut.

« Elle était littéralement envoûtée par le père Laval, dit-elle.

– Comment était-il, au physique ? demanda l'abbé.

– Grand, dit la mère.

– Tiens, dit Mme de Courtrai, on le dit plutôt petit. »

L'abbé avait dans le dossier de béatification la seule photo du père dont on disposait, prise peu avant sa mort, à la demande de son supérieur. Il refusait de poser. De faire tirer son portrait, comme il le disait dans une lettre. Il voulait rester ignoré.

« Ma place après ma mort sera à dix pieds sous terre », a-t-il écrit, murmura l'abbé.

La photographie le représentait auprès d'un crucifix, tête nue, un index levé comme pour une mise en garde. Elle avait été prise par deux jeunes Français arrivés à Maurice depuis peu. Ils disposaient d'un appareil. Ils dessinaient et faisaient des lithographies.

« Chambray et Lecorgne, c'étaient leurs noms, précisa l'abbé. Ils ont retouché le cliché. Le père... (Il baissa la voix :) il avait le visage violacé par la couperose. D'ailleurs, il allait faire son testament. On lui a donné l'ordre, je vous cite les propres mots de ses supérieurs, « de se laisser tirer par obéissance ». Il a obéi. Il a posé en levant le doigt pour rappeler que Dieu a tellement aimé le monde qu'il lui a donné son fils unique. N'est-ce pas que c'est admirable, ma mère ? »

Elle n'écoutait plus : Pascaline faisait son entrée dans les bras de Jézabel qui s'était changée, elle portait une vraie robe comme les dames, en satin gris avec des flouflous mauves. Rose, la nourrice, la suivait comme son ombre, le visage éclairé par un sourire resplendissant. Jézabel aussi semblait aux anges.

« Tu viendras tout à l'heure, avait-elle glissé à Absalon. Tu sais par où passer ?

– Par la sacristie, nénène ?

– Tu te sauveras tout de suite après ! »

Oudinot s'était approché de l'abbé.

« Ne vous présentez pas, monsieur Oudinot, avait remarqué l'abbé en retenant la main qu'il tendait. On vous connaît. »

Il pensait à Monseigneur, en appuyant sur *on*.

« Encore qu'on ne puisse pas se plaindre de vous voir trop souvent ! ajouta l'abbé avec une innocence souriante.

– Je vais m'amender, je le sens », fit Oudinot.

Qui pouvait être sensible à l'ironie dont il chargeait sa réponse ?

« La marraine n'est pas venue, dit rapidement la Grande Mahaut à Oudinot. Je la remplace.

– Notre petite fille a malheureusement la rougeole », expliqua Mme de Courtrai.

La mère enleva Pascaline à Jézabel, la serrant contre elle de toutes ses forces.

« Regardez, Henri, dit-elle, elle ouvre les yeux, elle sourit ! »

Tiens, pensa Oudinot, elle me parle gentiment.

« Vous avez vu ses yeux, Henri ? Le bleu Kergoust ! »

Elle foudroya Jézabel et la nourrice.

« Qu'est-ce qu'elle a là ?

– C'est le docteur qui l'a mis dans son œil pour le désinfecter », plaida la nourrice.

Une goutte de collyre au nitrate d'argent dilué.

« Il est là ? demanda vivement le comte. Je vais... »

Il voulait l'inviter.

« Pas maintenant », trancha la Grande Mahaut.

L'abbé revenait de la sacristie.

« Est-ce que l'on n'aurait pas pu la baptiser... (Oudinot montra le bébé, dont il ignorait encore le nom.) dans la chambre d'Adélaïde ? »

Il consultait le comte du regard.

« Si le docteur ne déjeune pas avec nous, souffla le comte à la Grande Mahaut, nous serons treize.

– J'inviterai sœur Marguerite-Rose », lança la Grande Mahaut.

Elle y avait pensé pendant la messe, alors même que l'abbé se souvenait de l'innocent que le père Laval, dans sa première paroisse, faisait déjeuner le dimanche à sa table. Elle expliqua à Oudinot qu'au chevet d'Adélaïde on ne pourrait qu'ondoyer Pascaline.

« Elle a droit à un vrai baptême, n'est-ce pas, Henri ? Et puisque Monseigneur nous a délégué son vicaire... »

De plus en plus souriante. Oudinot n'en revenait pas.

« Elle s'appelle Pascaline ? demanda-t-il.

– Vous ne le saviez pas ?

– Ma foi, je n'avais pas posé la question, ma mère, mais j'ai repassé mes prières. »

Avec un clin d'œil :

« Pendant la messe », expliqua-t-il, à voix basse.

Voilà donc pourquoi il paraissait si recueilli, pensa la mère.

L'abbé leva les bras :

« Si vous le voulez bien, nous commencerons en chantant. »

Il avait une charmante voix, timbrée et entraînante.

> *Que je naisse à nouveau*
> *Au nom de Jésus-Christ*
> *Que je naisse d'en haut*
> *Par l'eau et l'esprit.*

Poon faisait voler la cloche du *Trident*. La porte de la sacristie était entrouverte. Absalon regarde, se dit Jézabel. Madame supérieure ne serait sans doute pas contente si elle le voyait, mais de savoir qu'Absalon enlevait le crottin des chevaux pendant que... sa sœur ? Non, Jézabel n'allait pas si loin. Tout ce qu'il lui arrivait de penser sur ces choses (rarement) se diluait comme l'eau qui disparaît encore dans le sable lorsque la vague s'est retirée.

Tout entière à sa proie attachée... Pascaline enveloppée par la mère. Oudinot voyait l'intérieur de la main de la mère quand elle se signait. Des sillons verticaux reliaient les jointures les unes aux autres. Au poignet, une excroissance insolite de l'articulation métacarpienne. Les dentelles de Pascaline, légèrement crème, étaient mises en valeur par la blancheur laineuse (mais une laine si fine, si belle, si aérée) de la robe de la mère. Pascaline ouvrait les yeux en grand. Vraiment bleus ; mais tous les bébés n'ont-ils pas les yeux bleus ?

Oudinot tirait plaisir de l'étonnement qu'il provoquait en disant ses prières, très vite, pour bien prouver à l'abbé qui les récitait avec lui afin de pallier ses défaillances éventuelles qu'il les connaissait aussi bien que... Que *Phèdre*, par exemple, qu'il récitait avec Adélaïde pendant leur période d'amitié. Il ne l'avait pas encore vue. Il appréhendait de se retrouver devant elle, un peu comme s'il l'avait trompée, n'était-ce pas absurde ? Jamais elle ne lui avait été plus chère. Il avait deviné que Bubu, même s'il n'en était pas conscient, souhaitait... Non, il ne souhaitait pas sa mort mais il en admettait l'idée, il s'y préparait. Moi, promettait Oudinot, je ne vous abandonnerai pas, Adélaïde. Très curieusement, alors que l'abbé consacrait Pascaline à Jésus-Christ, lui, Oudinot, se souvenait d'une scène de *La Traviata* chantée par la Melba, à Covent Garden, le grand air de Violetta au désespoir, Joie et Croix. On entendait Alfred en coulisses, chantant sa passion de lion, *du dehors*. Oudinot se voyait ainsi, rassurant Adélaïde du dehors, veillant sur elle. Pourquoi ce romantisme ? Ne pouvait-il pas la voir quand il le voulait ?

Pascaline protesta quand l'abbé toucha son crâne avec ses doigts mouillés d'eau bénite. *Que je naisse à nouveau.* C'est fait, pensait Oudinot, je ne suis plus le même. Pendant la nuit, il se demandait s'il ne devait pas se décommander. Pourquoi ? Le sentiment d'avoir péché l'avait quitté pendant la communion, n'était-ce pas mystérieux ? Il n'aurait pas dû communier, il ne l'aurait pas fait la veille, ou l'avant-veille. Une impulsion l'avait poussé vers l'autel, après une assez longue hésitation. Autour de lui, tout le monde avait déjà repris sa place. Il s'était agenouillé à côté de Jéroboam, dans sa livrée bleue. L'abbé l'avait regardé. Il n'était pas dupe, il savait qu'Oudinot ne s'était pas confessé. Il se souvenait de ce que la mère venait de raconter : le père Laval baptisant les malades par fournées. Cette messe avait quelque chose d'exaltant, il se sentait plus heureux ; et plus mûr.

Il n'était pas loin d'une heure quand la Grande Mahaut ramena son monde vers la salle à manger. Le comte s'était éclipsé pour harponner le docteur ; c'était son expression pour les invitations impromptues.

« Je ne peux pas, dit le docteur, je le regrette, mais j'ai promis à ma mère...

– Je n'ose pas vous proposer de l'envoyer chercher », suggéra le comte.

L'idée l'affolait d'avoir sœur Marguerite-Rose à table.

« C'est impossible, vraiment », dit le docteur.

Il fit quelques pas avec Oudinot en lui parlant de la comtesse.

« Elle n'a rien, rien de physique, c'est purement nerveux, dit-il.

– Parce qu'elle est déçue d'avoir une fille ? demanda Oudinot.

– Avez-vous une autre explication ? » répondit le docteur.

La comtesse avait demandé le bassin peu avant qu'il arrive. Elle sonnait quand elle désirait quelque chose ; on avait placé une clochette de service à sa gauche parce qu'elle ne se servait que de sa main gauche.

« Elle n'est pas paralysée du côté droit ? » demanda Oudinot, d'une voix angoissée.

On parlait de gens paralysés d'un côté après une attaque d'apoplexie ; c'était plus grave à gauche, à cause du cœur, croyait Oudinot.

« Elle n'a pas été frappée d'apoplexie, lui dit le docteur. L'apoplexie est produite par des troubles circulatoires dans le cerveau. Elle laisse des traces médicales.

– Et rien chez Adélaïde ?

– Rien. C'est là, dit le docteur en mettant l'index sur son front. C'est mental, purement mental. »

Il cherchait à se convaincre parce qu'il se sentait de plus en plus ennuyé. Pourquoi s'était-il occupé d'un accouchement ?

Après avoir placé le bassin, la petite femme de chambre avait attiré l'attention du docteur sur les pieds de la comtesse : elle croisait ses chevilles, ce qui l'empêchait évidemment de satisfaire son besoin. La femme de chambre n'arrivait pas à écarter ses jambes, à la déverrouiller en quelque sorte. En l'aidant, le docteur fut surpris par la résistance de la comtesse. Pourquoi se bouclait-elle ainsi ? Parce qu'il était là ?

« Elle croise toujours les chevilles », affirma la femme de chambre.

Jézabel le confirma. Un interdit du subconscient, qui semblait d'une clarté aveuglante au docteur. Il se souvenait des symptômes d'hystérie qu'il avait relevés avant l'accouchement, l'agressivité de la comtesse, ses rires, ses exigences de tendresse, d'amour probablement, tout ce qu'elle faisait pour attirer l'attention, la sienne, celle de l'homme qu'il était ; il émanait d'elle une sensualité affolante. Hystérie. Hystérique. En parlant avec sa mère, le docteur, en même temps qu'elle, avait pensé à l'étude de deux médecins viennois qu'elle avait résumée, *Studien über Hysterie*, Études sur l'hystérie, de Freud et de Breuer. Les thèses de Freud le passionnaient. Il les avait approfondies à la Salpêtrière, avec les élèves de Charcot (l'ignoble Fournier, mais pourquoi ne pas l'oublier définitivement ?). Tout cela, évidemment, était loin de ses propres recherches sur la mémoire et son rôle dans l'évolution de l'espèce humaine. Pas tellement loin, peut-être ? Quels souvenirs empoisonnaient la mémoire d'Adl'aïd ? Oudinot pourrait l'aider, il la connaissait mieux que tout le monde, mieux que le comte en tout cas, pauvre comte, tout cela le dépassait.

« Elle ne va pas mourir, docteur ? demandait-il, d'un ton qui donnait à penser qu'il ne la regretterait pas longtemps.

– Vous ne pouvez pas passer à la maison ce soir, Hennery ?

– Sûrement pas, lança Oudinot, avec vivacité.

– Demain, pour le thé ? J'aurais à vous parler.

– Après les courses ? »

Une épreuve importante se disputait par tradition le lundi de Pâques, la course des gentlemen.

« Je suis engagé, dit le docteur en riant.

– Avec votre rosse ?

– Pour décider ma bonne mère à sortir une fois de chez elle, expliqua-t-il en riant. Elle ne peut pas rater ça, son fils vidant les étriers devant la tribune du gouverneur.

– Vous plaisantez ?

– Jusqu'ici je n'ai pas réussi à faire galoper Marc sur un mile sans qu'il me fasse son coup, vous savez bien, Hennery ? »

Il mima l'arrêt brutal de son cheval, en donnant un coup de derrière vers le côté.

« On se verra en tout cas », dit-il, en mettant sa moto en marche.

Absalon se tenait à quelques pas.

« Est-ce que tu te brosses les dents, petit ? demanda le docteur.

Absalon retroussa ses lèvres.

« Je sais presque lire », dit-il.

Il récita très vite :

« B, A, BA, B, E, BE, B, I, BI.

– Très bien », dit le docteur.

Il sortit un petit livre d'images de sa trousse :

« Je lisais ça quand j'étais petit, dit-il en le donnant à Absalon. Fais bien attention à ne pas déchirer les pages. »

Il expliqua à Oudinot que sa mère avait conservé tous ses livres et ses cahiers d'école. Après s'être assuré qu'Absalon ne pouvait pas l'entendre :

« Vous savez ?

– Naturellement, fit Oudinot.

– C'est vraiment très curieux, murmura le docteur. Qu'est-ce qu'on peut faire pour ce gamin ? Il est très intelligent. »

D'une voix qu'Oudinot trouva bizarre, le docteur ajouta :

« Et si incroyablement beau, vous ne trouvez pas, Hennery ? »

Pourquoi me demande-t-il ça ? Une inquiétude tout à coup éveillée. Les ragots. S'il *gardait* Orak, qu'est-ce qu'*on* dirait ? Oudinot se souvenait d'autant mieux de ce qui se chuchotait sur le goût de certains pour les jeunes garçons qu'on l'avait classé dans le lot, pendant un temps. Il ne s'en affectait pas outre mesure par innocence. Maintenant qu'il avait compris... Il se rembrunit. Déjà il ne soutenait plus les regards d'Hector avec naturel. Hector le jugeait, il en était conscient ; et le condamnait. En cherchant à écraser de sa supériorité le pauvre Orak, qui ne voulait pourtant rien lui enlever. Ah ! ses grands airs devant Orak, pour lui montrer le chauffe-bain par exemple, ou mieux encore la chasse d'eau. Regarde, pauvre sauvage, ouvre tes yeux, tu es dans une maison civilisée. Il lui avait attribué un couvert ! Tout cela pendant les deux ou trois heures qu'ils avaient passées ensemble. Orak en supporterait-il davantage ?

« Qu'est-ce que tu as ? demanda le comte à Oudinot, quand ils se retrouvèrent au salon. Tu étais plus souriant à la chapelle. »

Il présenta une coupe à son ami :

« Bois à la santé de ta filleule.

— Elle est ravissante, fit Oudinot.

— Tu le trouves vraiment ?

— A la santé d'Adélaïde, proposa Oudinot, en changeant de coupe.

— Le docteur t'a dit quelque chose ? demanda le comte.

— Rien, affirma Oudinot.

— Tu as vu Adélaïde ?

— Non, pas encore, j'espère qu'elle ne m'en voudra pas.

— Il ne faut pas la fatiguer, murmura le comte. (Puis, très bas :) Elle va mieux, elle va un peu mieux. Ses taches de rousseur sont moins apparentes. »

Un soupir et :

« Il paraît vraiment qu'elle va mieux, on le dit ? Le docteur ne te l'a pas confirmé ? »

Gros salopard, pensa Oudinot. Il appréhendait les questions que Bubu aurait pu lui poser sur leurs aventures à Bombay et à la Mare aux Songes ; il paraissait n'y plus penser. Parfois il touchait la cicatrice à la commissure de ses lèvres.

« Sais-tu qui s'appelait Pascaline ?

— Quelqu'un que je connais ? demanda le comte.

— Un personnage historique ? demanda Mme de Courtrai qui s'était approchée. Une reine ?

— Une machine, dit Oudinot en riant. La machine à calculer de Pascal !

— Naturellement ! fit Mme de Courtrai. On devrait pourtant le savoir. »

Le comte faisait la moue. Ne vaudrait-il pas mieux utiliser l'un des deux autres prénoms de Pascaline, Clémence ou Xaverine ? Pas Xaverine évidemment, qui faisait trop vieillot.

« Clémence, c'est très joli », murmura Mme de Courtrai.

Consultée, informée, la Grande Mahaut trancha : Pascaline ! Pascaline !

« Adélaïde l'a décidé », affirma-t-elle.

Elle s'était habituée à Pascaline.

« Vous nous avez fait du bien avec votre sermon, dit Mme de Courtrai à l'abbé, son fils. Ce serait trop affreux si le Christ n'était pas ressuscité des morts, il fallait le rappeler, on l'oublie. »

Elle le mangeait des yeux, exactement comme Elvira dévorait Campbell, constata Oudinot. Il n'avait pas écouté un traître mot de ce que disait l'abbé.

« Pour une fois, dit le comte, je n'ai pas été incommodé par l'odeur de l'encens. »

Dans ses jeunes années, alors qu'il servait la messe avec Honorin, il avait été pris de nausées en apportant l'encensoir au prêtre qui officiait. Depuis, son estomac se révulsait avant même qu'il ait capté l'odeur des volutes.

« J'ai regretté que les places sur les bancs n'aient pas toutes été occupées, remarqua l'abbé, alors que tout le monde n'a pas pu entrer dans la chapelle. »

Il y eut un silence.

« Le déjeuner de Pâques est servi », annonça Jéroboam.

Le comte avait retenu cette formule parce qu'il était embarrassé par les préséances. Si l'évêque était venu tout eût été simple, on aurait dit : Monseigneur est servi. Il eût présidé la table.

« Tu mettras l'abbé à sa place », avait décidé la mère.

Le comte trouvait cela un peu ridicule. Ce gamin. Pourquoi le prendre tellement au sérieux ? Pourtant...

« Moi, protesta l'abbé, en bout de table ? Jamais ! Ma mère, s'il vous plaît, s'il vous plaît. »

Il installa la Grande Mahaut sur le fauteuil qui lui était destiné. Très bien, pensa le comte. Il se posta en face d'elle pour ordonner la table :

« Mme de Courtrai, Léa, Geneviève, M. de Courtrai, Alain, Jacques-Henri. »

L'abbé et Oudinot encadraient la Grande Mahaut. Le comte avait pris Mme de Courtrai à sa droite. A sa gauche, sœur Marguerite-Rose, comme Mahaut en avait décidé :

« Tu verras, tout ira bien. Si elle mange avec ses doigts, tu t'arrangeras avec elle. »

Le visage de l'abbé s'était éclairé quand il avait vu la sœur au salon ; on ne lui avait pas servi de champagne, naturellement, elle avait bu un verre de sirop d'orgeat.

« Quelle table ! » s'extasia Mme de Courtrai.

Un meuble admirable, en effet, signé par un ébéniste du XVIIIe, Charles Crescent, qui l'avait faite pour un petit-fils de Louis XIV et Mme de Montespan. Vendue aux enchères pendant la Révolution, la table avait été acquise par un Anglais, un ancêtre du duc de Farnsborough qui l'avait donnée à Janet Lindsett avec d'autres meubles pour son palais à Maurice. Cadeau de rupture ? Janet, c'était de notoriété publique à Londres et à Paris, avant d'épouser le comte Mortimer, dont elle était largement l'aînée, avait été la maîtresse du duc ; un mariage était impossible, Janet était divorcée. Elle avait épousé Mortimer à New York, devant un pasteur protestant. On jasait sur tout cela. A la Nouvelle Hollande, qui le savait ? La Grande Mahaut s'en souvenait probablement mais...

« Elle est en acajou, n'est-ce pas ? » demanda Mme de Courtrai en tâtant le bois de la table qui reposait sur des supports en bronze doré et patiné en forme de lyres, avec des pieds en bronze doré en forme de pattes de lion.

Au milieu de la table très joliment fleurie par sœur Marguerite-Rose, une langouste d'une bonne dizaine de kilos que la tempête de la veille avait rejetée sur le sable. Poon l'avait ramassée aux aurores.

« Elle est en supplément, expliqua drôlement le comte en agitant la carte posée devant lui. Elle n'était pas prévue au menu. Mais j'ai pensé que le Seigneur nous l'envoyait.

— Rendons grâces », dit l'abbé en se levant.

Tout le monde le suivit. Dès qu'il eut fini de prier, le comte précisa qu'il avait fait la mayonnaise lui-même.

Deux adolescents en livrée s'emparèrent du plat dans lequel la langouste, découpée, avait été recomposée et parée à la cuisine et, sous la surveillance de Jéroboam, ils le présentèrent... à l'abbé comme on le leur avait dit ? à madame supérieure, qui présidait ? Jéroboam paraissait désemparé.

« A vous, ma mère, trancha l'abbé.

— Eh bien, je vous servirai, monsieur l'abbé. »

Il lui semblait difficile, à table, de lui donner du Père. On servit un vin du Rhin. Pas à sœur Marguerite-Rose. Le comte mit sa main sur son verre.

« Une petite goutte, pépia-t-elle, une petite goutte s'il vous plaît, *Missiémâquis*. »

La Grande Mahaut leva les sourcils.

« Je serai sage », promit la sœur.

Elle faisait rire ; c'était gentil. Le comte découpa sa part de langouste et la servit en mayonnaise. Il lui tendit la fourchette qu'elle devait utiliser. On s'habitua à ses interventions, qu'il faisait très gentiment, si bien qu'au bout d'un moment on oublia sœur Marguerite-Rose. Elle se tenait convenablement. La mère se félicitait de l'avoir invitée, elle avait constaté que l'abbé s'en attribuait le mérite. Il évoqua l'amitié qui le liait à un camarade du séminaire, un Noir de La Réunion, et questionna à plusieurs reprises la mère sur le père Laval. Le père, lui, eût certainement invité les Noirs tassés au fond de la chapelle à occuper les places libres sur les bancs. Pourquoi n'ai-je pas osé ? Il y pensait pourtant, avant de commencer la messe. Qu'est-ce qui l'avait retenu ? Ne se sentait-il pas chez lui à la Nouvelle Hollande ? Pourtant ! La maison du Seigneur !

« Nous avons mis une terrine de poupeton de côté pour Monseigneur, lui glissa la Grande Mahaut.

– Je pense, dit l'abbé en riant, qu'il en sera heureusement surpris. »

Après avoir ri un peu plus fort, il rectifia :

« Heureusement *pas* surpris ! »

Oudinot mangeait de meilleur appétit que d'habitude en observant à tour de rôle la Grande Mahaut et Bubu, les deux monstres kergoustiens. Pendant le baptême, et ensuite, en feuilletant le registre baptistaire après l'abbé, il avait mieux perçu le passé de la Nouvelle Hollande. Adélaïde n'y entrerait jamais, pas plus que Janet Lindsett. Les Kergoustiens ne pouvaient pas davantage l'accepter qu'Hector ne parviendrait à digérer Orak. S'il reste ! S'il reste ! Le cœur d'Oudinot battait plus vite quand il pensait à Orak. Il regardait autour de lui : que chuchoteront ces gens derrière mon dos si jamais... Tu ne crois pas que le docteur Campbell se tape des garçons ? lui avait demandé Bubu, alors que le docteur venait d'arriver. *Se tape* ? Oudinot n'avait pas vraiment compris ; il devinait quelque chose, quoi ? Quoi ? Il avait protesté. Campbell habitait encore chez lui ; sa mère ne l'avait pas rejoint. Bubu avait posé sa question en apprenant qu'il vivait avec sa mère. Le couple fils-mère ne lui paraissait pas normal, et pourtant, comme *elle*, Gladys, maman chérie, maminouch, oui, comme elle lui avait manqué ! Jamais il n'aurait épousé Adélaïde si Gladys n'était pas partie avec le voyou.

Orak. Je *me tape* Orak ? Je me suis tapé Orak ? se demandait Oudinot. Ça n'avait pas de sens, ça ne signifiait rien, ça évoquait une saleté.

« Pourquoi, chère madame, les Noirs n'iraient-ils pas au paradis ? »

L'abbé répondait à une question de Geneviève de Chamarel, qui insista :

« Vous pensez vraiment qu'ils pourraient...

— Naturellement », affirma l'abbé avec une conviction mondaine, dans la mesure où ils se présenteront en règle devant le Seigneur.

Il égrena un petit rire.

« Comme nous tous, chère madame.

— Il n'y a pas si longtemps, remarqua Alain de Chamarel, dans un grand débat aux Lords, un évêque... (Il leva une main en précisant qu'il s'agissait d'un évêque anglican :) soutenait que les esclaves africains n'ont pas d'âme.

— C'était lors du débat sur l'abolition de l'esclavage, intervint Oudinot. L'esclavage a été aboli. Ce qui prouve que même les esclaves ont une âme, n'est-ce pas, monsieur l'abbé ? »

L'abbé inclina la tête :

« N'aurait-on pas dû s'en aviser plus tôt, monsieur l'abbé ?

— Sans doute, fit l'abbé.

— Vous ne reprenez pas du poupeton ? demanda la Grande Mahaut. Je n'insiste pas, il y a autre chose. »

Le comte se fit apporter ses couteaux pour découper le cuissot de chevreuil. Personne n'avait le droit de les utiliser. Laisser ses couteaux à un autre, soutenait-il, c'est livrer une chienne de race à un corniaud. Il s'en servait admirablement.

« Quel dommage, ironisa Oudinot, que tu ne puisses nous offrir une tranche de Sir White Deer.

— Le grand cerf blanc ? demanda Léa Goupille. Vous ne croyez pas qu'il existe ?

— Nous l'avons vu, affirma Oudinot.

— Vraiment ?

— N'est-ce pas, Bubu ?

— Ne l'écoute pas, Léa, grommela le comte, il divague.

— *You are pulling our legs*[1] », murmura Mme de Courtrai.

Son mari parlait peu, en revanche il mangeait beaucoup. Trop, jugeait-elle. Elle le rappelait discrètement à l'ordre :

1. Vous vous moquez de nous.

« Vous ne vous plaindrez pas, Halévy. »

Il appréciait le vin, du Clos-Vougeot.

« Savez-vous, dit le comte, qu'en passant devant le Clos-Vougeot l'Empereur a demandé à ses grognards de présenter les armes ?

– Monseigneur fait venir du bourgogne blanc pour son vin de messe, glissa l'abbé à la mère.

– Je ne bois que de l'eau, dit-elle.

– Goûtez un peu ça », suggéra l'abbé en montrant son verre.

Était-il un peu pompette ?

« Prenez, buvez, ceci est mon sang », dit-il un peu trop gaiement sans doute, mais gentiment.

On trouvait le chevreuil succulent, seul le comte émettait des réserves pour faire mousser les compliments. C'était une biche, qu'il n'avait pas tuée lui-même, expliqua-t-il, il ne tirait que des cerfs. La biche lui était revenue dans des circonstances exceptionnelles lors d'une chasse chez Antelme Dureton. Ses chiens avaient poussé un premier grand bois vers la falaise qui sépare Grosse Rouge et les Lilas. Sans la moindre hésitation, le cerf, pour leur échapper, avait sauté dans le vide.

« Un saut de 80 à 100 pieds », estimait le comte.

La biche avait sauté à sa suite.

« Une chasse très étonnante, murmura le comte. Un autre cerf s'est embarqué dans l'étang, il était déjà loin quand on l'a vu, on a tiré au moins cinquante coups de fusil sur lui sans l'atteindre. Les balles faisaient jaillir des gerbes autour de lui.

– Comme il devait avoir peur ! Le pauvre, murmura Mme de Courtrai.

– *Ita diis placuit*, bougonna son époux.

– Qu'est-ce que vous dites, Halévy ? » demanda-t-elle.

Il avait déjà la bouche pleine. L'abbé traduisit pour sa mère.

« Ainsi il plaît aux dieux.

– Il plut », corrigea le diplomate.

Le déjeuner se passait admirablement, estimait la Grande Mahaut, tout était bon et apprécié. Après le dessert, une salade de fruits; elle se leva, non sans avoir demandé à l'abbé s'il ne voulait plus rien. On ne pouvait pas rester à table trop longtemps, puisqu'on attendait les premières visites pour cinq heures. L'abbé, le pauvre, devait être de retour pour vêpres, à la cathédrale.

« Vous aurez chaud, je le crains, dit la Grande Mahaut en l'accompagnant jusqu'à sa calèche.

– Je vous laisse mes parents, ma mère ?

– Nous les ramènerons », promit la Grande Mahaut.

Ils se reposaient dans une chambre au premier. Bubu fumait un cigare en buvant du xérès avec les hommes. On avait préparé le billard. Quand le comte remonta chez lui, Oudinot se glissa vers la chambre d'Adélaïde.

« Madame la comtesse s'est assoupie », souffla Jézabel, après avoir entrebâillé la porte.

Elle avait gardé sa robe de dame, comme si elle était en visite.

« Qui arrive déjà ? » demanda-t-elle.

On entendait une voiture dans la cour.

« Ce n'est pas possible... » souffla Oudinot.

Il reconnaissait Marlyse de Chazelles qui jetait les rênes à Absalon. Elle était accompagnée par une gamine en uniforme de pensionnaire, jupe plissée bleue et marinière blanche, un col marin brodé de bleu.

« La petite sœur de Mlle Marlyse, souffla Jézabel. Elle s'appelle Muguette.

– Muguette ? fit Oudinot. J'étais à son baptême. »

Muguette et Marlyse aidaient trois petits garçons à descendre du break.

Rien ne bougeait encore au château. Geneviève de Chamarel et Léa Goupille somnolaient sur des chaises longues, à l'ombre des lilas sauvages et des palmiers talipot. Le comte était remonté chez lui, en principe pour se changer. Les autres buvaient à la bibliothèque, pas de xérès pour eux, ni pour Chamarel, ni pour Goupille, du trois étoiles, *the French way*, à la française.

Oudinot se porta vers Marlyse. Dès que Bubu eut épousé Adélaïde, elle avait convolé avec le captain Norman Drexler, à la surprise générale. Celui-là, pourquoi fallait-il qu'Oudinot s'en souvienne, *se tapait* de jeunes garçons, c'était de notoriété publique ; le pauvre Oudinot frissonna en réalisant ce que cela signifiait quand il l'entendait dire. D'ailleurs, qu'est-ce que cela voulait dire ? Toujours à la surprise générale Marlyse avait *pondu* trois garçons à son captain avant leur divorce qui avait récemment défrayé la chronique judiciaire londonienne pendant deux bonnes semaines. Prononcé aux torts du captain, devenu entre-temps Lord Dexter of Carrington. Son frère aîné était mort, lui laissant le titre et une fortune considérable ; il n'était pas marié. Étrange famille. Au procès, l'avocat de Marlyse avait longuement interrogé le maître d'hôtel du captain. Les croustillantes révélations de la presse de Londres, qu'on lisait à Maurice avec un mois de retard, n'apprenaient pas grand-chose aux anciens amis du nouveau lord. A Maurice tout le monde était persuadé qu'il avait épousé Marlyse pour sa dot. Il jouait, il devait de l'argent à ses camarades. Pourquoi la ravissante et charmante Marlyse s'était-elle jetée à sa tête ? Une seule explication : pour quitter Maurice, afin de ne plus rencontrer le comte de Kergoust. Et surtout pour Adélaïde, cette vieille, cette vieille ! rageait-elle. Que représentait sa dot en regard des millions de Louis Girard ?

Elle venait pour narguer Bubu, Oudinot n'en douta pas un instant. Comme tout le monde à Maurice il savait qu'elle était rentrée. Le jugement lui laissait ses trois fils dont le nouveau Lord Carrington devait financer l'éducation. Il avait aussi à verser 10 000 livres à Marlyse. Ou bien 20 000 ? Oudinot ne s'en souvenait plus.

« Henri ! »

Elle se jeta dans ses bras pour le couvrir de mamours. Elle portait une ravissante robe rose pâle, des froufrous et des volants en organdi. Une immense capeline, rose aussi, avec un ruban noir qui s'envolait quand elle bougeait la tête. Oudinot ne se souvenait pas de l'avoir jamais embrassée.

« Vous connaissez ma petite sœur Muguette, Henri ? Les trois autres sont mes garçons. »

Elle énuméra les noms rapidement, Oudinot ne les retint pas parce qu'il ne pensait qu'au scandale qui risquait d'éclater : Marlyse venait montrer à Bubu qu'elle savait *pondre* des mâles.

« Bubu est là ? demanda-t-elle.
– Dans sa chambre », balbutia Oudinot.

Ce qui voulait dire : Vous ne pouvez pas le voir. Marlyse poussa sa sœur vers le salon :

« Emmène les garçons, dit-elle, vous ferez une partie de croquet sur la pelouse. Tu connais le chemin ? Tout droit. »

Elle embrassa encore Oudinot.

« Si vous saviez, Henri, comme je suis contente. Je grimpe chez Bubu pour lui dire bonjour. Il va être surpris, n'est-ce pas ? »

Elle escalada quelques marches mais revint tout de suite vers Oudinot :

« Elle est très malade, n'est-ce pas ?
– Adélaïde ? balbutia Oudinot. Pas malade, un peu fatiguée.
– Pauvre femme, lança Marlyse gaiement, évidemment à son âge, un premier enfant. (En jubilant :) Les miens ont passé comme des lettres à la poste. »

Elle tourna sur elle-même en faisant voler les flouflous de sa robe :

« Vous aimez ma robe, Henri ? Vous croyez qu'elle plaira à Bubu ? Je l'ai achetée à Paris. J'avais besoin de me changer les idées après ce hideux procès. *Ils* ne respectent rien.

— Les journalistes ? demanda Oudinot, toujours à la recherche de son calme.

— Ils ont raconté les pires horreurs. »

Des larmes voilaient les yeux clairs de Marlyse. Elle n'allait pas pleurer ?

« Vous avez gagné, remarqua Oudinot.

— Sur toute la ligne », dit-elle en jetant un bras en l'air.

Qu'est-ce qu'elle a ? Qu'est-ce qu'elle a ? se demandait Oudinot. Elle pleurait et elle riait en même temps. Comment avait-elle été accueillie par son père, le vieux Chazelles ? Sa mère était morte bien avant son mariage.

« Croyez-vous que je puisse voir Adélaïde ? demanda-t-elle.

— Pas maintenant, dit Oudinot, elle se repose. Vous la connaissez ?

— Naturellement !

— J'ignorais.

— Nous étions ensemble au couvent. (Elle éclata de rire :) J'aurais été dans les petites classes alors qu'elle terminait. Grâce à Dieu je ne suis pas allée au couvent. »

Elle bondit dans l'escalier. Qu'est-ce que je peux faire ? se demandait Oudinot. Le hall était encore désert, personne ne se montrait. Il suivit Marlyse dans l'escalier. Il se souvenait de la romance d'adolescents entre Bubu et Marlyse, en fait, plus qu'une romance, ils semblaient promis l'un à l'autre depuis leurs plus jeunes années. Gladys, la mère de Bubu, avait un faible pour Marlyse, qui était sa nièce, et qui lui ressemblait, le même charme blond et doux, de la poitrine, des hanches, de longs cheveux, un petit nez, toujours aussi gaies, toutes les deux très sensibles, créées pour le bonheur de l'homme, pas forcément celui d'un seul homme. Que Marlyse ait été déçue par le mariage de Bubu... Mais quoi ? Cela remontait si loin, déjà sept ans. Et puis elle n'avait pas si mal mené sa barque, elle se trouvait à la tête d'une vraie fortune, 20 000 livres, car il s'agissait de 20 000 livres, c'était de l'argent. Rien ne l'empêcherait de se remarier. Bubu, sacrebleu ! se disait Oudinot, on en trouve des Bubu, et mieux, ce n'est pas difficile. Que venait-elle chercher à la Nouvelle Hollande ?

Crac ! Elle était chez Bubu ! Elle avait claqué la porte derrière elle. A cause de ce claquement Oudinot pensa à un coup de revolver. Les dispositions dans lesquelles il se trouvait depuis quarante-huit heures le poussaient à dramatiser. Il se précipita vers la chambre de Bubu. Une hésitation au moment de mettre la main sur la poignée de la porte. Il fléchit sur ses genoux pour regarder par le trou de la serrure. La clef était tombée par terre.

« Nom de Zeus ! »

Il se releva. Est-ce que quelqu'un le voyait ? Non, grâce au Ciel. Personne, pas un chat. En bas ? Jézabel... Il lui fit signe de la main : Ça va, ça va.

Je rêve, pensait Bubu. Après avoir retiré sa redingote et son pantalon, avant de changer de chemise et de cravate, il s'était allongé sur son lit. Pour un moment. Naturellement, il s'était endormi.

Il savait que Marlyse était rentrée, *Le Cernéen* avait annoncé son retour, avec ses trois garçons. Comme tout le monde il avait suivi le procès. A la différence des autres, il n'en parlait pas. Si on l'avait entendu prononcer le nom de Marlyse au Cercle, on en aurait déduit immédiatement qu'il n'avait jamais cessé de penser à elle. Avec Adélaïde qui allait accoucher, ce n'était pas le moment d'alimenter les ragots. Malgré tout, pendant quelques jours il avait attendu un signe. Discret, bien entendu. Secret. Marlyse ne se montrait nulle part, à croire que son père, le vieux tyran, la séquestrait. Les enfants ne sortaient pas non plus, pas même pour jouer ou pour goûter chez les voisins. Cinq, quatre, trois ans. Blonds tous trois, très mignons. Le comte avait retenu le nom du plus jeune : Percy. Comme ils n'étaient pas encore en âge scolaire on ne pouvait s'étonner que leur mère les retienne près d'elle. Il ne serait pas facile pour Marlyse de recommencer sa vie. Divorcée. Même avec son argent... 20 000 livres. Une fortune qui tombait à pic pour les Chazelles. Qui pourrait épouser Marlyse ? se demandait Bubu. Le dernier Duclézio, qu'il devenait urgentissime d'établir ? Le vieux n'y consentirait jamais. Un des Seurat ?

« Marlyse ! »

Elle se tenait devant lui. Elle avait déjà lancé sa capeline sur le lit. Merveilleusement belle, plus belle que jamais, si blonde, si rose, si veloutée, si charnue, à lécher, à mordre. Le comte ne pouvait pas ne pas penser à ce qu'il pensait parce que, en lui souriant de toutes ses dents, de tous ses yeux clairs et limpides, elle abaissait les épaulettes de sa robe, qui tomba sur ses pieds, une corolle rose, une rose dont elle sortit pour aller vers lui, pour le prendre dans ses bras, contre elle, contre sa poitrine. Touche, embrasse, lèche, mords. En pantalons à dentelles, avec des rubans à la hauteur des genoux, pour les fermer. Nous sommes fous, pensait Bubu. Tant pis. Tant mieux. Cela devait arriver. Il soufflait, il gémissait, il embrassait, encore, Marlyse, depuis si longtemps... Combien de fois avait-il rêvé de ce moment à Cambridge ? Et même quand il accomplissait son devoir conjugal... Il aimait, au début, faire l'amour avec Adélaïde, il s'excitait en pensant à son argent, à qui est-il, l'argent ? Qui est le maître ? Il la croyait à sa merci. Jamais, jamais il n'avait éprouvé avec Adélaïde ce qu'il ressentait, cette envie, ce désir, ce besoin, tant pis pour ce qui arrivera... Avec Adélaïde, évidemment, il ne redoutait pas ce qui pouvait arriver.

Il ne parvenait pas à dénouer le corset. Marlyse riait. La façon dont elle défaisait les rubans de son pantalon ! Elle se tournait : tire ! tire ! Elle culbuta sur le lit. Enlève ça ! Elle voulait Bubu nu, comme elle. Elle aussi se souvenait des parties de cache-cache, quand elle cherchait à tâtons, à travers les robes de Gladys, la grosse bête qui monte, qui monte. Sa voix avait changé, plus sourde, la bête, ta bête, impatiente, exigeante. Elle s'emparait de Bubu, elle l'escaladait, elle était sur lui, elle le chevauchait en délirant, pas si vite, attends ! attends ! Ça fait si longtemps, si longtemps ! Il essayait vainement de l'immobiliser, ne bouge pas ! Ne bouge plus ! Elle continuait à s'agiter, à galoper, avec de la frénésie, de l'angoisse, les yeux comme renversés, en poussant des cris, on allait l'entendre. Bubu la ramena contre lui, fermant sa bouche avec la sienne, arrête, cesse, oui, oui, il l'immobilisait pour prendre son plaisir.

« C'est fini ? souffla-t-elle après un moment.

– Rhabille-toi », dit Bubu, terrifié.

Il lui semblait soudain que tout le monde les entendait. Il ramassa le pantalon de Marlyse, tiens, dépêche-toi, il la serra dans son corset.

« Ta robe, ta robe... »

Il enfila son pantalon de flanelle blanche, une chemise propre, noua sa cravate de Cambridge, décrocha son blazer. Si quelqu'un venait... Il retapa le lit. Qui pouvait venir ? Qui d'autre que Mahaut ? Qu'est-ce que vous voulez, Mahaut, Marlyse est montée me dire bonjour, c'est normal.

Marlyse s'était installée devant la coiffeuse de la mère du comte, elle se pomponnait, se recoiffait, en racontant n'importe quoi, indifférente tout à coup, très bizarre, qu'est-ce qu'elle a ? se demanda le comte. Des airs de reine. Elle s'en alla sans le regarder. Il se pinçait : je n'ai pas rêvé. Il la regrettait déjà. Pourquoi tout ça si vite ? Il entrouvrit la porte : rien. Marlyse avait disparu. On l'entendait en bas, le comte se glissa jusqu'à l'escalier. Elle partait avec Oudinot, dont elle avait pris le bras. Que fichait-il là, celui-là ?

Le comte retourna dans sa chambre, alors qu'il voulait descendre. La seule chose à faire. Rattraper Marlyse. Ne pas donner l'impression de l'éviter. D'avoir peur. D'avoir quelque chose à se reprocher. Il demeurait écrasé sur une chaise, irrité, impatient, assoiffé, ah ! toutes ces sottises que l'on fait quand on désire une bonne femme, n'importe quoi, n'importe quoi ! Que voulait-elle ? Tout de même, arriver comme ça, se déshabiller, me sauter dessus... Un peu de champagne, le comte avait la gorge sèche ; serrée. Il n'osait pas sonner pour demander à boire. D'ailleurs, n'était-il pas plus simple de descendre ? Les gens allaient arriver. Si elle... Si elle... Si elle racontait qu'elle était passée chez lui et qu'aussitôt... Divorcée ! Tout ce qu'on avait lu dans les journaux. Le témoignage du maître d'hôtel, on comprenait qu'il était l'amant de Lord Carrington. Lord ! Ce... Ce... Marlyse avec ce... ce... Tout ça était fou, *crazy*, absolument, absolument, *so what* ! hein, *so what* !

« Bubu ? »

La Grande Mahaut frappait à la porte, discrètement. Bien. Elle n'avait rien vu, rien entendu.

« Il faut descendre, Bubu.

– J'arrive, Mahaut. »

Il rejoignit la mère sur le perron, à temps pour accueillir Sir Duclézio.

« Je dépose mes hommages aux pieds de la comtesse, dit-il en postillonnant et je m'en vais, j'ai une crise de foie, mais je tenais à féliciter la comtesse, une fille, je sais qu'elle désirait un garçon, vous aussi, n'est-ce pas ? Les filles sont plus attachées aux mères, je vois cela chez nous, à part Maxime, les garçons se sont tous envolés, on ne les revoit pas, ils font la cour à leur belle-mère... »

Le comte le conduisit au buffet, dressé sous une tente parce qu'on n'était pas sûr que l'après-midi se passerait sans une ondée.

« Non, non, je ne boirai rien, dit Sir Duclézio, cela m'est interdit, absolument. Si je ne peux pas voir la comtesse...

– Le docteur souhaite que...

– Vous avez pris cet Anglais ?

– Il soignait Miss Barrett à la Savone, expliqua la mère. C'est là qu'Adélaïde a fait sa connaissance.

– J'ai appris qu'elle était morte, l'Anglaise », grogna Sir Duclézio.

D'un ton qui signifiait : allons, la comtesse se trouve en bonnes mains.

« Quelle est cette jolie femme ? »

Sir Duclézio installa sur son nez un face-à-main tiré de la poche intérieure de sa redingote en alpaga gris clair ; celle qu'il portait au procès était noire.

« C'est Marlyse de Chazelles, dit le comte.

– Quoi ! explosa la mère. Elle est venue ?

– Vous voyez, bredouilla le comte.

– Tu l'as vue ? »

Le comte disait très vite des banalités à sir Duclézio.

« Pourquoi est-elle revenue ? voulait savoir Sir Duclézio.

Il s'adressa à la mère :

« Pensez-vous qu'elle pourra se remarier, ma mère ?

– Oh ! protesta la Grande Mahaut.

– Ce sont sans doute ses enfants ? demanda Sir Duclézio. Et la jeune fille qui joue au croquet ? La petite pensionnaire.

– C'est Muguette, la jeune sœur de Marlyse, expliqua le comte.

– C'est vrai, c'est vrai, elle a une petite sœur, qui doit bien avoir quatorze ou quinze ans, ma mère ? Vous l'avez au couvent ?

– Elle est charmante, admit la mère d'une voix pincée.

– Dans deux ans, elle sera mariable », reprit Sir Duclézio.

Il s'éloigna pour parler à son fils, qui arrivait. Déjà plusieurs voitures avaient déposé des invités, que l'on guidait vers la pelouse à travers le salon. La comtesse n'était malheureusement pas visible mais on pouvait admirer le bébé dans son berceau, à l'ombre des talipots qui fleurissaient en son honneur, n'était-ce pas extraordinaire ? Installée près du berceau, la Grande Mahaut chantait la splendeur de Pascaline. Personne ne se risquait à demander si elle n'était pas déçue. La merveille des merveilles. Le portrait de sa mère avec, pourtant, le front et le menton du comte, quant aux yeux :

« Je crois vraiment qu'elle a mes yeux, vous les verriez quand elle les ouvre, on a le sentiment qu'elle voit déjà. »

Les yeux Kergoust. Les yeux Mahaut. Sa passion allumait des sourires et n'empêchait pas les gens de jaboter :

« Pauvre Adélaïde, elle doit être désespérée.

— Elle est trop vexée pour se montrer, mais soyez sûre qu'on la reverra à cheval avant longtemps.

— Et dans l'eau ! Elle nage tous les jours, vous le saviez ? »

Dans un souffle :

« Presque nue.

— Même quand elle était enceinte ?

— Jusqu'au dernier moment, ma chère.

— Elle était si sûre d'avoir un fils.

— L'argent n'achète pas tout.

— Qu'est-ce qui est arrivé au comte ? Il a la bouche déchirée ?

— Pourtant, il avait déjà une grande gueule !

— S'il arrivait quelque chose à sa femme...

— Pourquoi ? Elle est un peu fatiguée, rien de plus.

— C'est tout de même bizarre que le docteur...

— Pourquoi ont-ils pris cet Anglais ?

— La mère d'Adélaïde est morte en couches.

— Elle n'avait pas dix-huit ans.

— Et alors ? Vous croyez que cela facilite les choses d'avoir son premier enfant à trente ans ?

— Trente ? Et le pouce !

— Plus ? Vous croyez que...

— Quel âge a le comte, ma chère ? Vingt-six ou vingt-sept, n'est-ce pas ? et elle a sept ans de plus que lui, personne ne peut l'ignorer.

— Cela ne se remarquait pas, elle est extraordinaire.

— Eventuellement, à votre avis, avec qui se remarierait le comte ?

— Tout de même ! Tout de même ! »

La réception s'animait rapidement. Marlyse de Chazelles, très fêtée, très entourée, présenta ses trois garçons au comte.

« Ils ne me ressemblent pas, n'est-ce pas ? Aucun ? »

Elle riait à gorge déployée.

« Ils ressemblent encore moins à leur père. Qu'en penses-tu ? »

Elle plaça sa main sur sa bouche :

« Je vous tutoie ! Mais pourquoi pas ? Je ne vais pas commencer à t'appeler monsieur le comte ! »

Le comte était dans ses petits souliers. Il ne comprenait rien au comportement de Marlyse. Se souvenait-elle d'avoir passé par sa chambre ? Je n'ai pas rêvé ? Il se pinçait. Il voyait les épaulettes glisser sur les superbes épaules de Marlyse, ses seins jaillir du corset, il les sentait dans ses mains, mais elle, elle ? De quoi se souvenait-elle ? Elle expédia sa petite sœur Muguette aux toilettes avec le dernier-né, Percy.

« Elle a de jolies jambes, n'est-ce pas, Bubu ? »

Elle pouffait :

« De la poitrine déjà ! »

Maxime Duclézio ramena Marlyse vers le jeu. Son père était parti, après lui avoir conseillé de regarder la petite Chazelles, la gamine naturellement, pas la divorcée. Il n'était pas seul à s'intéresser à Muguette, la Grande Mahaut l'observait de loin. Bubu ne pourrait pas rester seul si... Muguette terminait ses études au couvent, bien élevée, aussi jolie que sa sœur, plus tranquille, beaucoup moins follette, elle savait bien ce qu'elle voulait, pour cela elle avait quelque chose d'Adélaïde, l'ambition, une exigence de réussir, cela se comprenait, les spéculations de son père risquaient de lui coûter cher, en fait de dot, la pauvre... Pour Bubu, éventuellement, la dot...

« Vous vous amusez, ma petite fille ?

– Oui, ma mère. »

Jolie révérence de Muguette. Elle présenta le petit dernier à la Grande Mahaut :

« Il s'appelle Percy, ma mère. Il a un peu mal au ventre, je crois.

– Le pauvre, le pauvre, fit la mère, on va lui donner quelque chose. »

Elle souleva Percy contre sa poitrine. Il se mit à pleurer.

« Il n'est pas bien malade, ma mère », plaida Muguette pour le récupérer.

Marlyse avait laissé son maillet au comte pour entraîner Oudinot vers la mer. Que va-t-elle lui raconter ? se demandait le comte. Il la trouvait de plus en plus bizarre, et se persuadait qu'elle allait confier aux uns et aux autres qu'elle et lui... Non, non, il n'était pas possible qu'elle en parle.

« Vous avez vu mes fils ? demanda Marlyse à Oudinot. Ils sont beaux, n'est-ce pas ?

– Très beaux », bredouilla Oudinot, fort embarrassé de se trouver seul avec elle.

Elle voulait lui donner à comprendre que si Bubu l'avait épousée, le problème de l'héritier ne se poserait pas pour lui et pour la Nouvelle Hollande. Celui de l'héritage aussi, se disait Oudinot, serait résolu, il ne resterait rien.

« Oui, ils sont très beaux tous les trois », reprit Marlyse.

Elle tenait ses mains devant elle, sous les yeux, elle passait l'ongle de l'index droit sous l'ongle de l'index gauche et, crac ! elle séparait les ongles avec un petit bruit, comme si elle pinçait une corde de harpe ou plutôt comme si, au jeu de la puce, elle faisait sauter un jeton vers le pucier.

« Ce sont les enfants de Thomas », dit-elle.

Oudinot comprit fort bien ce qu'elle voulait dire : ils auraient pu être les enfants de Bubu. Il hocha la tête. Il se demandait comment il pourrait lui échapper.

« Naturellement », bredouilla-t-il encore, naturellement.

Thomas, les fils de Thomas, mais, nom de Zeus, le captain ne s'appelait pas Thomas, il s'appelait Norman, Norman Drexler.

« Thomas, le valet de chambre », précisa Marlyse.

Elle regardait Oudinot en riant et surtout, c'était cela qui frappait, avec une sorte de satisfaction, comme si elle jouissait de sa surprise, ah ! vous ne vous y attendiez pas, n'est-ce pas ?

Oudinot, médusé, restait bouche bée.

Norman ne me touchait pas, reprit Marlyse. Jamais ! Il ne m'a jamais touchée.

« Mais Marlyse, balbutia Oudinot.

– Vous me croyez ? » demanda-t-elle.

Elle pleurait.

« Je ne l'ai jamais dit à personne », reprit-elle.

Elle sortit un mouchoir de dentelle de son sac à main et se tamponna le nez.

« Vous êtes mon seul ami, Henri. »

Elle posa la joue contre sa poitrine.

« Vous êtes beau », murmura-t-elle.

Il crut, pendant un instant, qu'elle se moquait de lui. Non, elle *déraillait*, elle n'avait plus sa raison. Oudinot l'aurait sans doute compris moins vite s'il n'avait vu apparaître son père, le vieux Chazelles, voûté, usé, il clopinait à travers la pelouse, avec le comte derrière lui, suivi par Muguette et par les gamins.

« Il faut rentrer, Marlyse, dit-il d'une voix contenue.

– J'arrive, j'arrive, père », répondit-elle en prenant son bras.

Le vieux Chazelles regardait ses pieds, en revanche Marlyse rayonnait, elle paradait, souriante, une reine, elle agitait sa main libre pour saluer ses amis. On s'écartait devant le couple si étrange qu'elle formait avec son père accablé ; tout le monde comprenait que Marlyse, si belle, n'était plus de ce monde et on plaignait son père de l'entraîner vers sa tombe en quelque sorte. C'était la confirmation des rumeurs qui circulaient depuis son retour. Comme on les colportait avec une extrême prudence, elles n'étaient pas parvenues aux oreilles du comte ; ni à celles d'Oudinot. La mère supérieure, en revanche, avait appris *des choses*. Marlyse entraîna son père vers elle :

« Excusez-moi, ma mère, il faut que je rentre, je m'embarque demain avec mes enfants, nous partons sur *le Mauritzius*, j'ai une chasse au renard à la fin de la semaine, un week-end chez... »

Le malheureux Chazelles n'osait pas regarder la religieuse.

« Je regrette, je regrette beaucoup... »

Le lendemain du retour de sa fille, réveillé par un bruit insolite, il avait trouvé la chambre de Marlyse vide. Elle avait rejoint le garçon d'écurie, un gamin, le petit-fils ou petit-neveu de Joséphine la vieille négresse qui restait à son service ; elle voulait mourir dans la maison des Chazelles, elle y était née. Depuis, le pauvre Gonzague de Chazelles faisait coucher Marlyse dans l'ancienne chambre de sa femme, dont il avait cloué lui-même la fenêtre. Elle ne pouvait sortir qu'en passant dans la sienne ; il avait le sommeil plus léger qu'un lièvre.

« Laissez-nous Muguette », suggéra la Grande Mahaut.

Muguette lui lança un regard chargé de reconnaissance, et d'espérance. Le malheureux père hésitait.

« Quel âge as-tu, Muguette ? demanda la religieuse.

— J'ai presque seize ans, ma mère.

— Nous vous la ramènerons, pas trop tard, je vous le promets, monsieur de Chazelles, dit la Grande Mahaut.

— Oui, père, lança Marlyse, laissons Muguette, pour une fois qu'elle peut s'amuser. »

Elle entraîna son père. Il était venu avec les Villot, ses voisins. Il avait appris par eux que Marlyse était partie avec le break, en emmenant ses enfants et Muguette. Il n'avait rien entendu. Marlyse avait dû verser quelques gouttes de sirop de pavot dans sa tisane, après le déjeuner. Elle prit les rênes. En partant, elle agita sa capeline pour répondre aux signes de Bubu et d'Oudinot, restés sur le perron, aussi consternés l'un que l'autre.

« Qu'est-ce qu'elle t'a raconté ? » demanda Bubu.

Oudinot ne répondant pas, il bâilla en grommelant :

« Elle m'a gâché ma sieste. Si j'avais voulu...

– Tu n'as pas compris qu'elle n'a plus sa tête ? fit Oudinot en haussant les épaules.

– Elle a tout le reste », ricana le comte.

Muguette remontait les marches du perron.

« Tu sais jouer au tennis ? demanda le comte. Allons faire une partie. »

Oudinot ne voulait pas quitter la Nouvelle Hollande sans avoir vu Adélaïde. Jézabel le laissa entrer dans la chambre plongée dans une pénombre assez fraîche. Les contrevents étaient placés sur la porte-fenêtre et sur la fenêtre que la Grande Mahaut avait fait fermer pour qu'on ne puisse pas épier Adélaïde dans son lit. On entendait des échos assourdis de la réception qui battait son plein sur la pelouse. Tout le monde était venu, les Lousteau, les Saint-Ageste, Antoine du Pinet avec sa sœur Étiennette, Marck et son épouse qu'on ne voyait que rarement, les Poincelet, les Harelle, les Bassecloque, Walter de la Ferronière avec sa mère, les Suquet, les Aubier, vraiment tout le monde. On soupirait un peu sur la malchance d'Adélaïde, on souhaitait qu'elle se remette sur pied, et puis, ma foi, oubliée la fille de Louis Girard, elle était par trop Girard, on ne le lui pardonnait pas, même si par sa mère, Clémence Goupille, elle remontait aux Poivre. Un curieux phénomène de rejet qui avait frappé Oudinot une fois de plus, en l'irritant. Comment faire comprendre à Adélaïde qu'il était son ami, vraiment son ami, qu'il l'aimait beaucoup, qu'il l'admirait et qu'il souhaitait de toutes ses forces qu'elle retrouve rapidement les siennes ? Il s'était installé près du lit. Il lui semblait qu'elle était heureuse de le voir à son chevet. Ses yeux brillaient. Elle battait des paupières pour marquer une connivence. S'il avait le sentiment, absurde, d'avoir *trompé* Adélaïde, Oudinot se découvrait aussi plus libre dans ses rapports mentaux avec elle. Il transposait malgré lui les révélations de sa nuit : si c'était arrivé avec elle ? Il ne pouvait pas non plus s'empêcher de penser à Bubu, dans ses bras, et cela le dérangeait. Quant à Gaétan... Elle l'aimait, hélas ! elle l'avait aimé. Il prit sa main et la baisa. Alors qu'il se levait pour s'en aller, la Grande Mahaut le rejoignit :

« Vous êtes là, Henri ? Je vous cherchais, j'aurais dû penser... »

Que veut-elle insinuer ? se demanda Oudinot. Depuis qu'elle était entrée, Adélaïde avait fermé ses yeux. Debout contre le lit, la mère se signa, après quoi, en égrenant son rosaire accroché à sa ceinture, elle marmotta un *Notre Père* et un *Je vous salue, Marie*, repris par Jézabel.

« Henri, vous connaissez bien ce docteur anglais, dit la mère. Il n'est pas catholique, n'est-ce pas ?

– Il est anglican, ma mère. »

La mère ne réagit pas, mais on devinait qu'elle s'interrogeait : pouvait-on garder un médecin qui n'était pas catholique ?

« Adélaïde a grande confiance en lui, remarqua Oudinot.

– Elle n'a pas conscience de sa présence quand il est là », souffla la mère.

Elle comprit qu'Oudinot lui reprochait de parler trop haut.

« Elle ne nous entend pas », dit-elle.

Elle se pencha pour arranger le col de la chemise de nuit de l'infante.

« Tu pourras la retirer », dit-elle à Jézabel.

Et avec un soupir :

« On aurait pu la laisser dans la commode. »

Elle demanda à Oudinot s'il n'était pas trop déçu d'avoir dû se contenter d'elle comme marraine, et, sans attendre sa réponse, elle parla de Pascaline d'une façon décousue mais émouvante ; Oudinot comprit assez vite qu'elle recommençait sa vie grâce à Pascaline, ah ! si elle pouvait repartir du début...

« Pourquoi les femmes n'héritent-elles pas des titres ? demanda-t-elle.

– C'est la loi salique, expliqua Oudinot, assez interloqué par la question.

– Les Anglais ont eu cette reine, dit-elle avec de l'impatience.

– Victoria ? »

Elle soupira, et, d'une autre voix et beaucoup plus bas, elle murmura :

« Je ne pense pas qu'Adélaïde ait d'autres enfants. »

Que pouvait répondre Oudinot ? Le silence s'alourdit entre eux.

« Vous étiez son témoin au mariage, reprit la mère. Qu'est-ce que vous pensiez ?

– Moi ?

– Oui, vous, Henri, qu'est-ce que vous pensiez du mariage ?

– Mais... »

Oudinot cachait mal son embarras.

« On ne comprenait pas, n'est-ce pas ? Oh ! je le sentais bien, et regardez, aujourd'hui, Henri, tous ces gens dehors, ils n'ont jamais tout à fait accepté...

– Que dites-vous, ma mère ! protesta Oudinot.

– Ta-ta-ta-ta ! J'entends bien, personne ne soutiendra que le mariage ne compte pas. Il a été célébré. Dieu les a unis, c'est une chose évidente. »

Elle s'interrompit :

« Je voudrais tellement que Pascaline soit heureuse », souffla-t-elle.

C'était bouleversant par ce qu'on devait comprendre, et Oudinot le comprenait :

« Comme j'aurais voulu l'être. »

Non qu'elle regrettât sa vie. Les conversations avec l'abbé de Courtrai sur le père Laval lui laissaient dans l'âme un goût de cendres. Qu'est-ce que l'on donne à Dieu quand on ne donne pas tout, comme le père ?

« Vous avez vu son lit ? demanda-t-elle.

– Quel lit ? s'étonna Oudinot.

– Celui du père Laval, dit la mère. Il dormait dans une sorte de cercueil qu'il s'était fabriqué lui-même avec les planches d'une caisse qui contenait tout ce qu'il possédait quand il est arrivé à Maurice. »

Après un silence :

« C'est ce que l'on m'a dit. »

Elle sourit :

« Pour les autres prêtres, dit-elle, il n'était pas facile à vivre. Tout ce qu'ils faisaient et rien... A côté de ce que le père apportait, lui, à Dieu. »

Elle consultait Oudinot du regard, comme si elle attendait d'être rassurée. Il croyait le comprendre. Pouvait-il lui dire : Vous, ma mère, vous avez donné beaucoup. »

« Le père Laval a ramené mon père à Dieu, dit-il malgré lui.

– Vraiment ? s'étonna la mère.

– Pourquoi me parlez-vous du père Laval, ma mère ? demanda Oudinot.

– A qui puis-je parler ? » souffla-t-elle.

Elle s'approcha du lit pour prendre le pouls de la comtesse.

« Adélaïde, murmura-t-elle, Adélaïde, ma petite fille, est-ce que tu m'entends ? »

Elle reposa la main sur le lit, doucement. Elle ne cachait pas son désarroi.

« Si le Seigneur ne voulait pas... »

Elle s'interrompit pour se signer.

« Vous aussi, vous avez votre croix à porter », dit-elle à Oudinot.

Il sentit le sang affluer à son visage.

« Vous l'auriez épousée, n'est-ce pas, si... »

Malgré lui il passa une main sur son crâne.

« Vous n'en avez pas voulu à Bubu, tout de même ? Vous êtes son ami ?

– Ma mère, je crois que je ne suis pas fait pour le mariage.

– Vous avez raison, dit-elle.

– Puis-je vous rendre visite au couvent ? demanda Oudinot.

– Naturellement, Henri. Pourquoi donc ?

– J'aimerais que vous me montriez le lit-cercueil du père Laval.

– Vous pouvez le voir quand vous voulez.

– On raconte qu'il portait un poignard sur lui avec la lame à même le corps ?

– Non, il portait un cilice avec une chaîne de pénitence composée d'anneaux en fils de laiton dont les extrémités étaient recourbées de façon à le griffer. »

Oudinot ne put réprimer une grimace.

« Moi aussi cela me semble... »

La mère n'acheva pas sa phrase.

« Votre père vous a-t-il parlé du père Laval ?

– Oui, bien sûr, j'étais encore petit, j'avais douze ans à la mort de mon père.

– Vous ne vous souvenez plus...

– Si, si, affirma Oudinot. Ce qui frappait mon père... »

Il hésitait. La mère le relança :

« Vous disiez que le père l'a ramené à Dieu.

– D'une certaine manière, ma mère. Mon père n'est pas retourné à la messe. Ce qui le frappait c'était... (Oudinot cherchait encore.) Pourquoi le père Laval est-il arrivé à l'île Maurice alors qu'on venait de supprimer l'esclavage ? »

Il regardait la mère en posant la question.

« Vous le savez ? demanda-t-elle. Votre père le savait ?

– Jusqu'alors, reprit Oudinot, les Noirs n'avaient pas de Dieu.

– Ils ne le connaissaient pas, protesta la mère.

– On l'a dit tout à l'heure, ma mère, les esclaves n'avaient pas d'âme. (Il se mit à rire :) Officiellement, n'était-ce pas drôle ? On avait décidé ça.

– Pas tout le monde ! protesta la mère.

– L'évêché employait des esclaves, ma mère.

– Vraiment ? »

Elle semblait tomber des nues. Oudinot la rassura :

« C'était normal, mais voilà, tout à coup on décide que l'esclavage est aboli, oh ! ça ne s'est pas fait facilement, mais enfin, c'est fait, la loi est prise. Que se passe-t-il ? »

Oudinot s'était assis sur un canapé, avec la mère, au fond de la chambre. Ils parlaient assez bas pour ne pas déranger la comtesse.

« Il ne se passe rien, reprit Oudinot, parce que ici personne, absolument personne ne comprend le sens moral, le sens religieux de cette loi, son sens civique, et c'est un curé venu de France qui commence à l'expliquer à tout le monde, à commencer par ses collègues. Voilà ce qui frappait mon père.

– Il vous l'a dit ?

– Pas comme je vous le rapporte, ma mère. Il s'interrogeait sur la coïncidence. Pourquoi Dieu n'était-il pas intervenu avant les législateurs, voilà ce qui le tracassait.

– Je suppose que vous êtes de son avis ? demanda la mère.

– Naturellement », admit Oudinot.

Elle hésita un peu :

« Moi aussi, dit-elle. (Elle leva un doigt :) Pour les femmes aussi *on* prend du retard. »

Elle n'avait pas osé dire : *Il*.

« Cette loi... Comment dites-vous ?

– La loi salique ?

– Il faudra la changer », trancha la Grande Mahaut.

Le comte disputait un double mixte. Il avait pris Muguette comme partenaire. Ils jouaient contre Maxime Duclézio et Geneviève de Chamarel, avec laquelle il avait flirté durant leurs jeunes années. Muguette l'avait aidé à mettre des espadrilles. Il ne se déplaçait pas beaucoup, mais avec efficacité, pour gagner un point important. Lorsque la balle rebondissait hors de sa portée, il applaudissait : bien joué. Muguette trottinait comme une souris avec des gestes charmants et des grimaces rigolotes. Le manche de la raquette était gros pour sa main. Elle apportait des balles au comte quand il servait. Il *sliçait*, coupait tous ses coups, ses balles rebondissaient peu. Maxime Duclézio profitait des lobs trop faibles de Muguette pour smasher de toutes ses forces sur le comte, ah ! s'il avait pu le toucher *en plein bide*. Muguette avait de très jolies jambes. Le comte lorgnait ses cuisses quand elle se baissait.

« Je jouais à cache-cache avec ta sœur, lui glissa le comte. Tu joues aussi ? »

Elle ramena ses épaules en arrière pour marquer les pointes de ses seins dans sa marinière.

« Je ne suis plus un bébé », dit-elle.

Elle regardait le comte bien en face.

« Vous pouviez l'avoir, celle-là ! » lui reprocha-t-elle après quelques jeux.

Elle l'appela Bubu, avant la fin de la partie.

Traditionnellement la réception pascale à la Nouvelle Hollande se terminait par une course de côte jusqu'à Belle Vue ; cela remontait à l'époque où il n'y avait pas dix chevaux à Maurice. (Pour l'enterrement du corsaire, La Bourdonnais, le père de la colonie, s'était fait porter à la Nouvelle Hollande en palanquin.) Pour la première fois, la course allait se disputer entre quatre automobiles, la Speedwell du comte et trois voitures françaises, la Bollée d'Alain de Chamarel, la Panhard de Lousteau et la De Dion d'Humphrey. Le comte démarra alors qu'Humphrey et Lousteau attendaient sportivement que Chamarel eût réussi à lancer son moteur. Ils se mirent à sa poursuite, en le bombardant d'injures qui le faisaient rire à gorge déployée. Il avait emmené Muguette comme passagère. Elle pressait la corne de l'avertisseur sans discontinuer. Humphrey avait déjà rattrapé le comte, il réclamait le passage, mais Bubu tenait le milieu du chemin. C'était épique. Les voitures soulevaient des gerbes en traversant les flaques.

« A droite ! A droite ! hurlait Humphrey.

– Va te faire sucre ! » gueulait le comte.

Et Muguette faisait l'écho :

« Allez vous faire sucre ! Allez vous faire sucre ! »

Jamais elle n'avait tant ri.

« Tu t'amuses ? »

Geste incroyable, qu'est-ce qu'il me prend ?... Il fit mine de presser l'un de ses petits seins comme elle pressait la trompe. Elle ne protesta pas, elle avait l'air plutôt amusée. Pas froid aux yeux, ça non, elle n'avait pas froid aux yeux. Elle bombait sa poitrine. Allez-y si vous voulez. Humphrey arrivait trop près, hé ! profitant d'un virage dans lequel le comte se laissait déporter, Humphrey se faufila à la corde, sur la gauche, alors qu'on doublait par la droite !

« *Foul !* hurla le comte. *Foul !*

– Tricheur ! » cria Muguette.

Humphrey n'entendait plus, il filait vers la victoire, et déjà Lousteau réclamait le passage à son tour.

« Et quoi encore ! grommela le comte.

– Et quoi encore », reprit Muguette.

Il me faut une De Dion, pensait le comte. Il en avait parlé à Adélaïde. Elle s'était contentée de hausser les épaules.

« Ça va changer ! lança le comte.

– Ça va changer », reprit Muguette.

La nuit allait tomber, le soleil avait presque disparu dans la mer. La mer violacée jusqu'à la barre, orangée au-delà. Un nuage se délayait en bistre et en mauve. En principe, Muguette devait rentrer avec les Villot : il était convenu qu'elle les attendrait à Belle Vue.

« Je vais te ramener jusque chez toi, décida le comte.

– Je veux bien », dit-elle.

Elle se cala contre lui dans la descente, dès qu'il fit assez noir.

« Qu'est-ce que vous allez faire maintenant ? demanda-t-elle d'une voix sourde qui donnait à entendre qu'elle le devinait et qu'elle souhaitait rester avec lui.

– On va boire un peu de champagne au Cercle, dit le comte.

– Et après ? »

Il sentait sa petite main, toute brûlante, sur le haut de sa cuisse. Elle l'embarrassait. Sa gorge se nouait. Pourquoi avait-il fait ce geste idiot, de toucher sa poitrine ? En se coulant contre lui, elle avait placé le bras de Bubu autour de sa taille. Elle remontait sa main sous un sein. A seize ans ! pensait le comte, elles sont délurées, les filles. Et les parties de cache-cache avec Marlyse ? On avait le même âge alors que pour Muguette, bon sang, je suis un vieux, non ? Vieux ? Elle riait parce qu'elle enregistrait sa réaction avec le bout de ses doigts. Elle a le diable au corps, celle-là ! Et si elle était rentrée avec Maxime Duclézio ?

« Il ne me plaît pas du tout. Lui, il est vieux ! (On devinait sa moue, dans le noir.) Il voudrait m'épouser, souffla-t-elle.

– Quoi ! » explosa le comte.

Elle pouffait :

« Il me l'a dit après le tennis. »

Le comte en resta muet pendant une longue minute.

« Il ne perd pas de temps, grommela-t-il.

– Je ne veux pas me marier, dit Muguette. Je ne veux pas faire comme ma sœur et devenir folle. »

Elle reprit du champ. Sa voix avait changé.

« Nous sommes arrivés, dit-elle. Vous ne voulez pas me faire traverser le jardin ? J'ai peur.

– Il y a longtemps que je n'étais pas venu ici », murmura le comte.

Le hall d'entrée de la maison était éclairé ainsi que le salon, et une chambre au premier. Muguette marchait vite, devant le comte. Il se demandait si elle l'entraînerait dans la gloriette où il rejoignait parfois Marlyse. Elle ne se souciait plus que de rentrer. Avant d'être dans la lumière qui brillait au-dessus de l'escalier, elle se tourna vers le comte pour lui présenter sa bouche.

« Qui t'a appris à embrasser comme ça ? » balbutia le comte.

Affolé par le baiser, il voulait la retenir.

« C'est au couvent », dit-elle, en se sauvant.

Le comte rentra à la Nouvelle Hollande alors que le jour se levait. Il devait 100 000 roupies à Wouang-Tchéou, le propriétaire du Casino, qu'on appelait le Mandarin. Après avoir arrosé la victoire d'Humphrey, qu'Humphrey qualifiait d'historique à juste titre, le comte s'était laissé entraîner au Casino.

« Que le diable m'emporte si je mise une roupie.

– Par où ? avait ricané Chamarel. Par où le diable pourrait-il t'enlever ? Les fenêtres sont toujours fermées ? »

Y avait-il des fenêtres au Casino ? On en avait débattu. Quelle heure était-il ? Bien entendu le Mandarin s'était mis à plat ventre devant le comte, à sa manière chinoise, très noble :

« Je remercie le Ciel de la faveur que fait monsieur le comte à ma misérable demeure en l'honorant encore une fois de sa présence.

– Tu ne me prendras pas une roupie, tu entends, vieux magot ? Pas une roupie, pas un *cent*. »

Sur un geste de Wouang-Tchéou, on avait remis au comte une boîte en bois de santal, remplie de jetons rouges.

« Si monsieur le comte daignait jouer le calculi... »

Qui aurait pu dire d'où venait le calculi ? Une mise que le Casino mettait à la disposition d'hôtes que l'on tenait à honorer ; c'est-à-dire à dépouiller. Les gains du calculi étaient doublés. En misant sur le rouge par exemple, on quadruplait lorsque le rouge sortait. C'était ce que l'on faisait en général, quitte ou quadruple. Le comte avait tout placé sur le 7, en ricanant, parce que, la dernière fois qu'il avait joué, en s'entêtant sur le 7 il avait perdu. Combien ?

« Combien avais-je perdu, vieux magot ? Tu le sais, hein ? »

Le Mandarin portait sa tenue habituelle, son grand uniforme, une robe en soie damassée vert et bleu, une toque noire en moire, avec la natte tressée qui tombait

323

dans son dos, attachée à la calotte ou pas ? Comme toujours, un ivrogne excité, c'était Poincelet cette fois, pariait que la natte était un postiche et mettait dix livres sur la table pour en donner la preuve. On lui montra le colosse qui suivait le Mandarin comme son ombre.

« Le 7 est sorti, monsieur le comte.

– Tu gagnes 7 200 roupies, annonça Humphrey. Qu'est-ce que tu fais ? Tu escamotes, hein ! »

C'est-à-dire : tu ramasses.

« Je n'en veux pas », grommela le comte.

C'était de l'argent. Le Mandarin l'avait installé à la meilleure table, sur la galerie d'où l'on dominait les tables de jeu autour desquelles grouillait une cohue fiéveuse, dans une odeur de sueur et de vanille.

« Tu laisses ! gronda Mabille. Tu es fou, le 7 n'est jamais sorti deux fois de suite. »

Le comte avait simplement fait un geste qui signifiait je ne veux pas de cet argent, mais pas aussi clairement que cela, en fait, ça l'ennuyait énormément de ne pas ramasser la mise, hé ! pourquoi laisser 7 200 roupies à ce Chinois qui lui avait pris... Combien ? Oh ! le comte se souvenait du chiffre exact. Le drame à la Nouvelle Hollande. Il avait promis, juré... Parole de Kergoust !

« Le 7 va encore sortir, monsieur le comte. »

Non ? Le Mandarin s'inclinait, indéchiffrable.

« Trente-six fois 7 200 roupies, souffla Humphrey.

– Et doublé ! reprit Chamant.

– Non, monsieur Chamant, dit le Mandarin, très doucement, le calculi ne joue que pour le premier gain.

– Ça fait quand même un quart de million », avait calculé Lousteau.

Le comte s'était levé et avait quitté la table.

« Il ne laisse pas, il escamote ! balbutiait Chamant.

– L'argent sera à votre disposition, monsieur le comte », avait dit le Mandarin, plié en deux.

Ensuite ? Alors qu'il sortait du Casino, le comte avait buté dans Oudinot, qui était à sa recherche. Il l'avait entraîné au Trianon. Rose fermait.

« On a très soif ! » avait protesté le comte en tambourinant contre la porte.

Elle les avait laissés entrer. Henri Oudinot chez elle, elle n'en revenait pas. Sans l'avoir jamais rencontré, elle le connaissait bien. Elle avait son idée sur lui.

« Allons chez moi », avait-elle suggéré.

Elle avait emporté du whisky et de la Chartreuse jaune, pour elle.

« Comme ce n'est pas la même caisse... »

Elle leur avait demandé de payer d'avance.

« J'ai pris un quart de million au Chinois », répétait le comte.

Ensuite... Il ne se souvenait plus. Si, il se rappelait qu'il avait laissé Oudinot chez Rose, pour retourner au Casino.

Depuis Belle Vue, il roulait sans bruit, moteur coupé. Plus misérable qu'un ver de terre. Il avait trahi sa parole. L'honneur Kergoust. Pourquoi ? Au départ il se sentait extraordinairement sûr de lui. Pouvait-il perdre ? Il venait de prendre un quart de million au Mandarin.

« On en parlera encore dans cent ans ! » avait remarqué Lousteau.

Et puis... Je peux me rattraper, avait-il pensé par la suite. On perd quand on ne peut pas tenir. S'il avait pu, l'autre fois, remiser sur le 7 une fois de plus... A peine venait-il de se lever... il sortait ! Il était sorti ! Maintenant... Maintenant, il pouvait tenir. Puisqu'il allait avoir l'argent. Oh ! il ne le pensait pas aussi clairement. N'empêche qu'il en avait le sentiment. Je suis riche. La certitude. Tout était changé, tout était différent, plus de comptes à rendre. Mais non, mais non. Elle est là ! Là ! Pas morte, pas morte, heureusement qu'elle n'est pas morte et que...

Que se passait-il ? Une voiture dans la cour d'honneur ? Il la reconnaissait : le break des Chazelles dans lequel Marlyse était venue la veille avec Muguette et ses trois garçons. Encore elle ! C'est impossible.

Livré à lui-même, le cheval avait tiré le break vers le gazon et vers les fleurs, il disparaissait à moitié dans un massif. Personne n'était réveillé ? Si : Jézabel.

« *Missiémâquis* ! »

Elle n'arrivait pas à parler. Elle le tirait par la main : venez, dépêchez-vous. Elle tremblait.

« *Missiémâquis*, c'est affreux. »

La comtesse était morte ? Non, le comte n'y pensa pas un instant, ou s'il y pensa, un instant, ce fut en songeant : ce serait trop beau, et il n'était pas possible qu'il le pensât, ç'eût été ignoble qu'il le pensât, fût-ce un seul instant, il n'aurait pas pu l'admettre.

« Oh ! *Missiémâquis* ! »

Jézabel l'entraînait vers l'escalier. En voyant la porte de sa chambre grande ouverte, le comte comprit que Marlyse était bel et bien revenue. Comment la renvoyer ? Elle était peut-être entrée chez Adélaïde ? Elle lui avait peut-être raconté que... Il ne manquait plus que cela, vraiment.

Marlyse était couchée dans son lit, avec son petit garçon à côté d'elle.

« Qu'est-ce que vous voulez ? » murmura le comte.

Jézabel pliait sur ses genoux, à côté de lui :

« *Missiémâquis*, il est mort.

– Tu voulais tellement un fils, n'est-ce pas ? »

Marlyse se leva, en chemise ; elle tendait le petit Percy à Bubu :

« Prends-le, il a froid », dit-elle.

Elle s'adressa à Jézabel, prostrée :

« Va faire chauffer du lait pour Percy. Dépêche-toi. Et monte-moi mon déjeuner. Du thé, sans lait, avec du citron. »

Elle se recouchait, laissant l'enfant mort au comte, sur le point de s'évanouir. Elle l'avait étranglé avec un lacet. Le pauvre enfant avait le visage convulsé et bleu. Le comte le déposa sur le canapé.

« Qu'est-ce qu'on va faire, *Missiémâquis* ? gémissait Jézabel.

– Tu me donneras deux œufs », lança Marlyse.

Elle souleva le drap :

« Tu ne viens pas te coucher, Bubu. »

Elle ne se souvenait pas du nom de Jézabel.

« Laisse donc la négresse s'occuper de Percy, dit-elle au comte, viens, je te réchaufferai. »

Elle relevait sa chemise sur le ventre.

« J'ai tellement envie, se mit-elle à geindre, j'ai tellement besoin de toi.

– Elle est arrivée en chemise, *Missiémâquis*, murmura Jézabel.

– La comtesse ?

– Elle n'a rien entendu, *Missiémâquis*, personne n'a rien entendu. (Et encore :) Qu'est-ce qu'on va faire ?

– Percy est assez grand pour boire son lait tout seul, dit Marlyse à Jézabel, va chercher le lait. »

Quand elle comprendra que l'enfant est mort, se disait le comte, elle hurlera, on viendra, on verra, on parlera. Comment arrêter le temps ? Que rien ne bouge. Sa raison récusait sa culpabilité. On ne pouvait rien lui reprocher, et pourtant... S'il avait épousé Marlyse comme il le devait ? Comme il le souhaitait d'ailleurs !

« Tu ne viens pas te coucher, Bubu ? »

Toujours agenouillée, Jézabel priait en se rongeant les mains.

« Qu'est-ce qu'on va faire, *Missiémâquis* ? »

Percy gardait les yeux grands ouverts. Le comte hésitait à baisser les paupières, il n'osait plus toucher l'enfant mort.

« Tu l'as, ton fils, tu es content ? demanda Marlyse.

– Tais-toi, souffla le comte.

– Tu n'as pas faim, Bubu ? Pourquoi ne va-t-elle pas chercher le déjeuner ? »

La marque du lacet restait sur le cou de l'enfant, mais plus de lacet, Marlyse l'avait retiré. Comment avait-elle pu quitter sa maison sans attirer l'attention ? Atteler le cheval au break ? Puisqu'elle ne pouvait sortir de sa chambre qu'en passant par celle de son père ? Comment avait-elle neutralisé son père ? Et Muguette ? Muguette avait sa chambre au premier, il était possible qu'elle n'ait rien entendu. Quant à Joséphine, la vieille domestique, elle était à moitié sourde, sinon aux trois quarts.

Le comte se versa du cognac.

« Tu en veux, nénène ? »

Jézabel secoua la tête. Le comte l'aida à se relever.

« Recouvre le bébé, souffla-t-il. Nous allons la ramener. »

Il se pencha vers Marlyse :

« Il faut rentrer, Marlyse, dit-il, gentiment.

– Oui, oui, il le faut, dit-elle. Où est ma robe ?

– Tu vas mettre ma veste, dit le comte.

– Je vais nager dedans », dit-elle en riant.

Elle se laissait faire.

« Prends le petit, dit le comte à Jézabel.

– Je ne peux pas, *Missiémâquis* », murmura-t-elle.

Un jaillissement de larmes.

« Conduis Mme de Chazelles jusqu'à ma voiture. »

Le comte enveloppa le petit Percy dans le couvre-pieds que Jézabel avait étendu sur lui. On ne le voyait pas. Mais dans la voiture ? Il ne pouvait pas le tenir en conduisant.

« Je vais venir, *Missiémâquis*, décida Jézabel.

– Et la comtesse ?

– Sansonnette dort dans la salle de bain, *Missiémâquis*. Nous reviendrons tout de suite, n'est-ce pas ?

– Je ne sais pas », dit le comte.

Il avait réfléchi.

« Il faut que tu restes, nénène. Marlyse prendra le petit. N'est-ce pas, Marlyse ?

– Naturellement, dit-elle.

– Tu le tiendras bien ? »

Ils se mirent en route. Pourvu que j'aie assez de pétrole dans le réservoir, se disait le comte.

« Il va étouffer », dit Marlyse, en ouvrant la couverture qui enveloppait Percy.

Elle le couvrit de baisers passionnés.

« Pourquoi as-tu si froid, mon chéri ? »

Bien qu'il fût encore tôt, il y avait déjà du monde dans les faubourgs. Le comte roulait aussi vite qu'il le pouvait, persuadé qu'on voyait que Marlyse serrait un enfant mort dans ses bras. Parfois elle le tenait debout sur ses genoux :

« Tu sens le vent sur ton visage, Percy ? »

Ses cheveux défaits flottaient derrière elle. Elle riait :

« De quoi dois-je avoir l'air dans ta veste, Bubu ?

— Reste assise, grondait le comte, et tiens bien Percy.

— Ne t'inquiète pas pour lui, dit-elle, d'ailleurs il est toujours sage. (Elle l'embrassait :) Tu as froid, Percy ? Dis-moi. Tu as froid ? (A Bubu :) Nous le mettrons au lit pour le réchauffer. Ne t'inquiète pas pour lui, j'ai l'habitude de soigner les petits. »

Les Chazelles habitaient derrière l'évêché. La grille était ouverte. Une voiture était arrêtée devant le perron, celle du docteur Jollygood, le comte la reconnut. Il avait été alerté par les voisins, les Villot. Réveillés par un coup de sonnette, ils avaient trouvé Gonzague de Chazelles devant la porte, ensanglanté, répétant des propos incohérents :

« Il faut le rattraper, elle va le tuer.

— Nous n'avons pas pu le retenir chez nous, expliquait M. Villot, encore en pyjama. Pourtant, il saignait beaucoup. »

M. Villot avait envoyé son fils chez le docteur, après quoi il avait soutenu le vieux Chazelles jusque chez lui, comme il l'exigeait.

« On avait peur qu'il arrive quelque chose, confia-t-il au comte, mais ça, mais ça... »

Marlyse avait couru jusqu'à la chambre de son père. Elle le trouva assis sur le lit, la tête enveloppée d'un pansement que le docteur venait de terminer.

« Mon papa, mon petit papa, qu'est-ce qui est arrivé ? »

Elle s'était affaissée à ses pieds. Il se releva avec elle. Il la serrait dans ses bras :

« Qu'est-ce que tu as fait, Marlyse ? »

Le comte avait donné Percy à Mme Villot, une femme corpulente, qui l'avait emporté dans la chambre où dormait Marlyse, afin de le déposer sur son lit. Ses deux frères dormaient encore. Repoussant le docteur Jollygood qui voulait le retenir, Gonzague de Chazelles tituba vers l'enfant mort.

« Percy, mon petit Percy », gémissait-il.

Marlyse demeurait immobile, comme absente, les yeux fixes.

« Il a froid, dit-elle, il faut le montrer au docteur puisqu'il est venu. »

Le docteur Jollygood ne put que constater le décès de l'enfant.

« Par strangulation », murmura-t-il, en suivant avec le bout de l'index la marque du lacet sur le cou.

Percy s'était réveillé au milieu de la nuit. Effrayé par un cauchemar, il avait quitté la chambre de ses frères pour se glisser dans le lit de sa mère. Quelle heure pouvait-il être ? Trois ou quatre heures du matin.

« Il réclame son père », avait décidé Marlyse.

En le rapportant, Gonzague de Chazelles leva les yeux vers le comte de Kergoust. Il avait réussi à calmer Marlyse.

« Je le croyais », murmura-t-il.

Il s'était rendormi. Elle l'avait frappé dans son sommeil, avec un candélabre. Il ignorait pendant combien de temps il était resté inconscient.

« Jamais je n'aurais dû laisser Percy dans son lit », gémissait-il.

Où avait disparu Marlyse ? Elle buvait du café, à la cuisine. Elle reparut pour en proposer au comte. A personne d'autre. Comme si elle ne voyait que le comte et son père. Elle aperçut pourtant Muguette :

« Que fais-tu ici ? Tu t'es mal conduite, hier, on me l'a dit. Tu embrassais des garçons.

– Qu'est-ce que nous allons devenir ? » demanda Muguette à Bubu, en lui faisant signe de tourner la tête vers le jardin.

Un policeman arrivait à bicyclette. Il faut que je prévienne Oudinot, pensa le comte. Le policeman le pria de ne pas quitter la maison avant l'arrivée du commissaire Lesterton.

Où suis-je ? se demanda Oudinot en se réveillant dans le lit de Rose. Elle avait dormi sur le canapé. Elle était debout, elle ouvrait la fenêtre qui donnait sur la rue Bourbon bordée jusqu'au marché de vendeurs de mangues et de beignets. Des vapeurs de friture montaient des éventaires mêlées aux odeurs des gâteaux aux piments.

« Voulez-vous du thé, monsieur Oudinot ? » demanda Rose.

Le soleil qui passait à travers les jalousies découpait son visage en bandes contrastées. Elle tripotait son menton avec une main, de l'autre elle retournait des piments rouges sur la croisée.

« Ils protègent la maison », expliqua-t-elle.

Avec un bâillement :

« Ah ! que j'ai bien dormi. J'ai sûrement ronflé. Je ne vous ai pas trop gêné ?

– Je n'ai rien entendu », bredouilla Oudinot.

Il se rhabillait en se cachant.

« Je vous ai entendu, moi, dit Rose.

– Je ronflais ?

– C'est bien, un homme qui ronfle, soupira Rose, ça remplit la nuit, ça remplit la vie. Le marquis ronflait. »

Elle parlait du marquis de Gonzenac, qu'elle avait ruiné, mais dont elle assurait les vieux jours dans une petite maison du Yoloff, un faubourg noir, l'ancien marché d'esclaves. Elle l'avait confié à des cousins qui prenaient soin de lui. Était-elle vraiment sa petite-fille, comme cela se ragotait quand il l'entretenait ?

Oudinot se souvint qu'il avait promis de les accompagner aux courses, le marquis et elle. Le marquis était membre à vie du conseil d'administration du Turf Club. Fondé par le colonel Draper, le Mauritzius Turf Club était, après le Jockey Club de Londres, le plus ancien club hippique au monde.

« Vous avez de beaux meubles », dit Oudinot en rejoignant Rose dans le petit salon où elle avait dormi.

Pas longtemps. Ils avaient bavardé en buvant jusqu'aux petites heures de la nuit. Rose rangeait les verres aux armes du marquis. Tout ce qu'elle avait venait de Châteauneuf, racheté par Francis Heller.

« J'ai sauvé ce que j'ai pu, dit-elle en pouffant. (Elle soupira :) Pauvre vieux marquis, on lui a tout pris. (En levant l'index vers Oudinot :) Votre père n'a pas payé Bombay bien cher, rappela-t-elle.

– Comment est-il ? demanda Oudinot.

– Il survit, dit-elle.

– Vous êtes gentille de lui faire encore une fois ce plaisir de l'emmener aux courses. »

Elle éclata de rire :

« C'est pour moi ! » expliqua-t-elle.

Elle rajeunissait quand elle riait ; elle restait belle. Elle avait inspiré le poème de Léoville L'Homme *La belle créole* :

Lise a dix-neuf ans. Lise est grande. Lise est belle
Elle est brune. Sa nuque a la couleur de l'or.

« C'est moi, lança-t-elle, c'était moi tout ça, à dix-neuf ans, mais où sont-ils, mes dix-neuf ans ? »

Oudinot repartait d'une voix contenue :

Elle était grande, svelte et brune,
A travers ses cils allongés
Ses yeux plus sombres que le jais
Luisaient comme un éclair de lune.

« Vous êtes sûrement une des rares personnes de Maurice qui connaissent les poèmes de Léoville, murmura Rose. Il venait parfois prendre le thé. Le thé ! »

Elle se remit à rire.

« Depuis qu'il est bibliothécaire, je ne le vois plus, dit-elle, je suis la femme de la nuit, il est l'homme du jour. Quand l'avez-vous connu ?

– Je lui apportais des poèmes, avoua Oudinot.

– Vous en écrivez ? Vous êtes poète ? Je le savais. Vous êtes bon, vous.

– Moi ?

– Parfois Bubu est bon, parfois il est méchant, continua Rose. Il n'est pas heureux, n'est-ce pas ?

– Qui l'est ? » soupira Oudinot.

Orak ne l'attendait pas quand il était rentré, la veille. Tant mieux, avait-il pensé d'abord. Tandis qu'il se rapprochait de la maison, une crainte s'était développée en lui : si le je garde, que diront-*ils* ? Que penseront-*ils* ? Jusque-là, il avait à peu près réussi à l'étouffer. Sucre ! Et sucre ! Ce n'était pas si simple. On vit avec son ombre, la réputation, la projection de soi sur autrui. Déjà, Hector...

« Je n'aurai pas besoin de toi, Hector, quand tu auras rentré les chevaux. »

Il était venu quand même, pour repasser la même inspection que lui. Rien ne manquait. Rien.

« Monsieur Henri ne veut vraiment pas manger ? » demandait Hector, hypocritement.

Son chapeau de cuir bouilli entre les mains. Les gants blancs.

« Non, Hector, je t'ai demandé de me laisser tranquille.

– Bien, monsieur Henri, bien, monsieur Henri. »

Il se penchait vers la vitrine des souvenirs napoléoniens. S'il avait emporté la montre et la chaîne en or ?

Oudinot avait quitté sa maison avec soulagement. Si Orak dormait sur la varangue ? La nuit était tiédasse. Personne. Depuis quand Orak était-il parti ? Avait-il mangé ? Pourquoi ne lui ai-je pas laissé d'argent ? se reprochait Oudinot. Pensée sous-jacente : il aurait compris qu'il pourrait en avoir davantage ? Horreur. Par la place d'Armes, Oudinot gagna le port, qui l'aspirait quand il avait le cafard. Partir. Pour aller où ? Où il se rendît, il arriverait avec lui-même. La brise effilochait les odeurs de marée pourrie qui montaient des bassins. Une barque. Les marques des rames dans l'eau noire. Si on m'attaquait ? Plouf, dans l'eau. Finita la comedia. La comédie qu'il s'était jouée avant de sortir, quand il avait ouvert le tiroir dans lequel se trouvait le revolver de son père.

Orak avait dû retourner à Bombay. Je pourrai le retrouver, pensait Oudinot. Cela signifiait en réalité : je pourrai l'acquérir. L'acheter à Oji. Oji le lui avait *procuré* pour ça. Il le comprenait. Ignoble. Si tu fais ça, Oudinot ! Au Cercle, le chasse-chiens lui avait dit qu'il ne restait personne en haut, qu'ils étaient tous chez le Chinois.

« Est-ce que le marquis jouait ? demanda Oudinot à Rose.

– S'il jouait ! Mazette ! »

Elle fit claquer ses doigts en se contorsionnant au rythme d'une sega qu'elle fredonnait :

> Je m'accuse Père Laval
> Père Laval je m'accuse
> Ho ! Ho !
> Des sept péchés capitaux
> Ho ! Ho !

« Bubu est sûrement retourné chez le Chinois quand il nous a quittés, dit Oudinot.

– Pour sûr, dit Rose, avec gaieté. (Puis, désolée :) Son père ne l'aimait pas, il n'aimait aucun de ses fils.

– Vous le connaissiez bien ? demanda Oudinot.

– Il venait chez moi, répondit Rose. Les hommes s'ennuient à la Nouvelle Hollande. »

Elle épiait Oudinot par-dessous ses cils :

« Elle ne l'aime pas, n'est-ce pas ?

– Qui ? De qui parlez-vous ?

– De Bubu. La comtesse ne l'aime pas.

– Je ne sais pas, répondit Oudinot sèchement.

– Vous avez raison, monsieur Oudinot, je ne devrais pas parler de la comtesse de Kergoust. Excusez-moi. »

Oudinot ne put s'empêcher de rougir. Il avait parlé d'Orak, durant la nuit, malgré lui, il fallait qu'il le dise. Elle s'en souvenait, évidemment, elle le lui rappelait en prenant son air de petite fille qui regrette d'avoir péché : excusez-moi, je ne recommencerai plus. Qu'est-ce qu'il m'a pris de me confier à cette... cette... Maquerelle ? Négresse ? Elle était devenue son amie ! Quelle nuit !

« Nous avons bu, murmura Oudinot.

– J'ai vidé ma bouteille, dit-elle. Vous reviendrez ? J'aime bien parler avec vous. »

Léoville L'Homme lui avait appris à lire.

« J'ai grandi dans son quartier, les Salines. »

Elle récita :

Lieux chers à mon enfance, ô quartiers des Salines,
J'ai parfois le regret de vous avoir quittés.

Oudinot enchaîna :

Il m'est doux de crier dans vos brises marines
Ce que j'ai su par vous de chastes voluptés.

« Les chastes voluptés ! pouffa Rose. Vous ne voulez vraiment pas me dire l'un de vos poèmes ? »

Combien de fois le lui avait-elle demandé au cours de la nuit ? Il lui était agréable d'être sollicité. Il prétendait ne se souvenir de rien. En fait, il pensait au poème idiot, idiot :

> *Orak*
> *Orak*
> *Orak*
> *Heureux*
> *Heureux*
> *Heureux.*

Quelle sottise, et il avait fini par débiter ça, et de quel ton solennel :

> *Heureux*
> *Heureux*
> *Heureux.*

« Que pensez-vous de moi ? demanda-t-il à Rose avec de la brusquerie.

– Je vous aime bien, dit-elle.

– Et ça ? »

Il passa la main sur son visage et son crâne nus.

« Vous me trouvez affreux, n'est-ce pas ? (Il pensait à Orak :) Personne ne peut... (Son ventre se nouait.) Même en payant, hein ? Même en payant ? »

Il comprenait confusément qu'il avait passé la nuit avec Rose pour poser cette question qui, pour lui, concernait Orak. Que pouvait-elle répondre ?

« Si le marquis n'avait pas eu de cheveux, Rose, s'il avait été comme ça... (Encore une fois sa main sur le visage et sur le crâne :) comme moi, Rose ? Est-ce que vous l'auriez ruiné ? »

Ruiné. Après une hésitation. Il voulait dire aimé. C'était trop gros. Ruiné, ruiné, être ruiné par quelqu'un dont on a besoin, *so what* ? hein ? *so what* ? quelle chance ! quel bonheur...

« On s'habitue », murmura Rose.

Comme il secouait la tête, non, non...

« Pas vous ? Pas vous ? »

Rose avait installé le marquis de Gonzenac dans une maisonnette qui produisait un certain effet parce qu'elle était entourée de cases misérables. Des bougainvillées, des lauriers, des pétréas cachaient sa vétusté en lui donnant des airs de cabanon champêtre. Des poules picoraient dans la rue défoncée. Tous les gosses et tous les chiens tournaient autour de la calèche que Rose avait louée pour chercher le marquis, avec deux palefreniers en habit beige à liséré brun, haut-de-forme en cuir et gants blancs.

Les cousins de Rose (par qui cousinaient-ils avec elle ?) l'accueillirent avec indifférence ; elle ne jugea pas nécessaire de les présenter à Oudinot, qui impressionnait, en jaquette et tub gris.

« Le marquis est prêt ? demanda Rose à sa cousine, échevelée dans un caraco de coton bleu.

– Il mange », dit-elle avec une moue.

Et se reprenant, avec une autre grimace encore plus expressive :

« Monsieur le marquis se remplit », dit-elle.

Le pauvre marquis venait de se lever. Son lit restait ouvert derrière la table branlante sur laquelle il avalait une assiettée de riz avec du poisson.

« Ça pue », dit Rose.

Elle ouvrit la fenêtre et vida l'assiette du marquis dans le jardinet, pour un chat, bientôt chassé par les chiens.

« Vous n'êtes même pas rasé », dit Rose, indignée.

Le marquis la regardait avec amour, encore que sa première réaction eût été de protestation :

« Qu'est-ce que vous faites, ma mie ? Mon déjeuner ! »

Sous sa chemise de nuit de grosse toile, il portait des sous-vêtements de flanelle crapoteux.

« Vous ne le lavez plus jamais ! » protesta Rose.

Toujours avec des airs de princesse outragée, la cousine expliqua que monsieur le marquis (et il fallait l'entendre prononcer ça !) n'acceptait pour sa peau aristocratique que le contact de l'eau qui sent bon.

« On va voir ça », lança Rose.

Tandis que le cousin versait quelques seaux d'eau dans une baignoire d'enfant en fer-blanc, elle obligea le marquis à se déshabiller. Elle jeta sa chemise et ses sous-vêtements à la cousine.

« Ça pue, ça pue », répétait-elle, en se pinçant le nez.

Oudinot ne savait quelle contenance prendre. En vérité, la scène lui semblait plutôt drôle, mais ce pauvre Gonzenac... Quel âge pouvait-il avoir ? Pas loin de quatre-vingts ans, s'il ne les avait pas. Il ne l'aurait pas reconnu, il se souvenait d'un bonhomme plutôt rond, avec des joues et du ventre. Tout s'était vidé, les joues pendaient comme des bourses par-dessus les maxillaires et, sous le menton, on voyait une troisième bourse, comme en portent les dindons sous leur bec. Quant aux plis du ventre...

« Frottez, ma petite, frottez bien », roucoulait le marquis recroquevillé dans la baignoire, les jambes presque croisées comme celles d'un fakir.

En entrant dans l'eau, il avait placé les mains, chastement, devant son ventre.

« Une vierge ! Voyez-vous ça ! » riait Rose.

La cousine faisait mousser le savon, elle passait la brosse à chiendent sans ménagement sur le marquis, ravi, enchanté qu'on s'occupât de lui. Le cousin affûtait un rasoir sur une lanière de cuir. Rose s'était reculée pour éviter les éclaboussures.

Elle portait une robe d'un jaune qui tirait sur l'orangé, très collante, avec des volants qui descendaient en spirale de la taille jusqu'à l'ourlet. Des bijoux somptueux, un énorme solitaire à un doigt, un collier d'émeraudes, un bracelet de rubis.

« Il a bien le droit de voir tout ça une dernière fois », avait remarqué Rose, en sortant ses bijoux d'une boîte à chaussures placée au fond de son armoire.

Oudinot s'était affolé :

« Vous gardez ça ici, Rose, dans ce carton ? »

Les déposer dans un coffre, à la banque, en sécurité ?

« Je ne pourrais plus les mettre ! »

Quand elle remontait chez elle, au petit matin, avec sa bouteille de Chartreuse sous le bras, elle renversait le carton sur sa table et elle se parait.

« Pour moi », avait-elle expliqué.

Il ne restait rien dans la petite maison du Yoloff qui rappelât les splendeurs de Châteauneuf, la demeure des Gonzenac. Le marquis buvait dans un gobelet de fer. Il manquait une dent à la fourchette en aluminium dont il se servait. Rose avait apporté dans un carton une tenue de chasse rouge, rapetassée par un Chinois qui avait pris les mesures du vieillard.

« Où voulez-vous m'emmener, ma mie ? A courre ?

— Mettez ça », dit Rose.

Il était encore nu. La cousine l'épongeait. On lui passa des sous-vêtements propres.

« Vous vous souvenez de M. Oudinot, marquis ? demanda Rose en l'aidant à mettre la culotte.

— Pas de lui, dit-il, j'ai traité avec son père. »

Il n'avait pas oublié le prix auquel il avait cédé Bombay.

« Contraint et forcé, dit-il, avec un petit rire. Votre père m'a étranglé, jeune homme.

— Lui ou un autre, marquis, c'est moi qui vous ai ruiné, dit Rose.

— Oui c'est vous, c'est vous, ma mie. »

Le marquis s'admira dans la glace qu'on lui tendait.

« Je l'ai prise parce qu'elle était la plus belle, expliqua-t-il à Oudinot. Moi, j'étais riche, n'est-ce pas ? Nous allions ensemble. Et voyez, elle me reste.

— Écoutez ça ! pouffa Rose.

— A mon âge, plus que jamais on a besoin d'une femme, poursuivait le marquis, parce que le goût du plaisir occupe l'esprit des femmes.

— Vous l'entendez ? demanda Rose en riant. Vous ne le trouvez pas merveilleux ? »

Elle boutonna l'habit :

« Tu es beau ! » dit-elle.

Il baisa sa main.

« Et ma bombe ?

— Vous mettrez ça, dit Rose en lui passant un grand chapeau de paille, ça vous protégera du soleil. »

Elle prit Oudinot à témoin :

« Vous avez vu ses jambes ? Pas une varice. »

Poursuivant sa réflexion sur les femmes, le marquis expliqua à Oudinot qu'à son âge on n'avait plus le droit d'être jaloux. Me prend-il pour l'amant de Rose ? se demanda Oudinot.

« On accepte avec reconnaissance ce qu'on vous laisse, dit le marquis, en baisant encore la main de Rose.

– N'est-ce pas qu'il est beau ? demanda Rose à Oudinot. Dites-le-lui !

– Je veux me recoucher », lança le marquis.

Rose haussa les épaules.

« Je sais ce qu'il veut », expliqua-t-elle à Oudinot.

Elle fit un geste à sa cousine, qui versa une bonne lichée de rhum dans le gobelet du marquis.

« Un homme marche sur deux pieds, dit-il, après avoir bu.

– Mais vous serez sage, marquis ? Attention ! Lentement ! Vous allez vous tacher ! »

Rose plaça son mouchoir sous le menton du vieillard.

« Je suis ridicule », bougonna-t-il avec indifférence, en se laissant soulever dans la calèche par les palefreniers.

Le Champ-de-Mars n'était pas seulement envahi, mais assiégé. Toute l'Ile s'y donnait rendez-vous. Les équipages, des plus somptueux aux plus modestes, se succédaient devant les entrées en déversant des cargaisons de femmes en toilette, chapeautées, fleuries, rutilantes de bijoux. Au pesage on était à Ascot, sur la pelouse à Epsom. Une cohue snob avec des uniformes éclatants mêlés aux jaquettes, une foule bigarrée, des Indiens, des Noirs, un kaléïdoscope illuminé par le soleil, avec de tout, de tout, les couleurs les plus provocantes, de l'or et de l'argent, tous les parfums, la friture, le pourri, le très chaud, le chaud, des cris, les appels des vendeurs de tuyaux déguisés en rois africains ou en mages, des musiciens indiens ou bretons, n'importe quoi.

Eût-on interdit le pesage au marquis s'il n'avait pas été accompagné par Oudinot ? Ses malheurs ne le privaient pas de sa légitimité, il était bel et bien le plus ancien des membres du Turf Club. Restait Rose à avaliser. Pour la plupart, les hommes qui se bousculaient au pesage la connaissaient bien, mais il leur était difficile (impossible) de la reconnaître et les efforts qu'ils faisaient pour ne pas la voir quand leur femme la désignait étaient souvent comiques. Rose n'allait pas trahir ses clients. Elle avançait dans un nuage, réussissant une entrée qu'on n'était pas près d'oublier. Elle s'escamotait sous son ombrelle ramenée contre sa tête. Elle voyait tout, elle ne perdait rien.

« Je suis bien content », dit le marquis, en s'abandonnant aux bras du palefrenier qui le descendait au sol.

Oudinot cherchait Bubu des yeux. Pas arrivé ? Il était encore chez Rose quand Oudinot avait accepté de l'accompagner aux courses avec le marquis, et il n'avait pas caché sa désapprobation.

« Tu veux donc *les* provoquer ?

– Il m'a sauvé la vie », avait ricané Oudinot en évoquant la bagarre au Cercle.

Rose après tout, aurait pu épouser Gonzenac. Il ne s'était jamais marié, se contentant, en somme, de passer de la grand-mère à la fille. Deux femmes pour une si longue vie, n'était-ce pas quasiment exemplaire ? Evidemment si Rose était vraiment sa petite-fille... Etait-ce cela qui avait retenu le marquis de l'épouser ? Aurait-elle accepté ? se demandait Oudinot. En le prenant pour mari elle aurait certainement sauvé sa fortune.

Une course avait déjà été disputée.

« Adrien a même gagné », lança un lad, en réponse à la question d'Oudinot.

Adrien avait été le seul jockey noir admis à monter en courses. Il ne participait plus aux épreuves depuis plusieurs années, mais continuait à les remporter grâce au personnel noir des écuries, les jeunes surtout, qui rêvaient de galoper sur ses traces. Pour eux, il gagnait tout.

En principe, le marquis pouvait s'asseoir dans la tribune d'honneur. Afin d'éviter tout incident, Oudinot l'emmena vers la bordure de la piste, dans l'enceinte réservée, où l'on s'installait à sa guise sur les sièges que l'on apportait. On regardait beaucoup le marquis dans son habit rouge, coiffé de son panama, on souriait, mais avec amitié, et certains, qui savaient dans quel dénuement il était tombé, jugeaient que Rose montrait du cœur en s'occupant de lui. Qu'elle l'eût ruiné, soit, mais pas à son profit, elle ne l'avait pas dépouillé. Voire, pensaient d'autres, les femmes surtout, en remarquant les bijoux qu'elle portait. Le marquis s'appuyait sur un jonc à pommeau d'or, à ses armes, que Rose lui avait apporté :

« Mais je le reprendrai », avait-elle annoncé.

En expliquant à Oudinot :

« Ça filerait comme ça ! Pour lui, ce qui brille ne reste pas longtemps de l'or. »

Elle avait fait le signe de porter un verre à sa bouche. Le marquis, déjà, quémandait à boire, une goutte, une petite goutte, sinon, ma mie, je vais défaillir, je me sens sans forces. L'un des palefreniers portait un grand panier dans lequel Rose avait préparé ce qu'il fallait pour un somptueux goûter, très arrosé.

« Pas plus », dit-elle au marquis, en lui passant un gobelet qu'elle avait rempli à moitié de jus d'orange mélangé avec du rhum.

Elle avait du whisky pour Oudinot. Le soleil était encore trop haut, dit-il. Il cherchait toujours Bubu des yeux. Il n'était pas normal qu'il ne soit pas au pesage. Retenu par l'état de santé d'Adélaïde ?

« Hennery ! »

La mère du docteur appelait Oudinot :

« Hello ! »

Son fils l'avait installée dans la tribune anglaise, où elle ne connaissait personne ; elle avait le sentiment d'être dévisagée.

« *They look on me*, confia-t-elle à Oudinot. On me snobe. »

Il n'osa pas la retenir, certain que Campbell n'apprécierait pas sa présence auprès de Rose, dont il se contenta de grommeler le nom alors qu'il prit son temps pour le marquis. Il connaissait la faiblesse d'Elvira pour les gens titrés. Rose comprenait qu'on ne la mît pas en vedette.

« Votre amie a de très beaux bijoux », souffla Elvira à Oudinot.

Tiens, elle remarque ça, pensa Oudinot. Elle n'était pas seule à les reluquer. Des femmes passaient et repassaient pour additionner les carats.

« Oliver dispute la course, dit Elvira avec émotion. Tom Harrisson a parié deux livres avec lui qu'il n'amènerait pas son cheval au poteau.

— Quel est son numéro ? demanda Oudinot.

— 13.

— Je le jouerai, lança Rose.

— Faughaballah portait le 13, remarqua le marquis.

— Un de vos chevaux ? demanda Elvira.

— Non, dit-il, c'était le cheval du colonel Draper.

— Vraiment, fit Elvira. Il ne court plus ? »

Oudinot expliqua que le colonel Draper avait fondé le Turf Club il y avait un siècle déjà. Faughaballah gagnait toutes les épreuves, et puis un jour il était tombé.

« Mon père a prêté son pistolet au colonel pour lui brûler la cervelle », dit le marquis.

Il s'excitait en parlant, ses paupières se déplissaient, ses poches aux joues se gonflaient, il faisait penser à un hamster impatient. Dans le temps on savait s'amuser, bougonnait-il. Après les courses on allait danser. Il évoqua un bal costumé. On lui avait refusé l'entrée parce qu'on le prenait pour un Bonaparte, alors qu'il s'était déguisé en Nicolas 1er.

« Vous en Empereur ! s'esclaffa Rose.

— En Bonaparte, corrigea le marquis.

— Voici Oliver ! dit Elvira en levant sa main. (Elle se tourna vers Oudinot :) Si vous veniez prendre le thé... (Une hésitation :) Avec vos amis, naturellement.

— Je ne peux pas, nous ne pouvons pas, dit Oudinot.

— Peut-être pour le dîner ? Oliver voudrait tellement vous parler de la comtesse. »

Elle baissa la voix :

« C'est apparemment un cas extraordinaire.

— Il n'y a rien de spécial ? demanda Oudinot. On n'a pas appelé Oliver à la Nouvelle Hollande ce matin ? »

L'absence du comte le préoccupait de plus en plus.

« Non, dit Mme Campbell. Je me sauve. »

Elle se faufila vers le pesage où son fils participait à la présentation des chevaux. S'il gagnait ? Il lui fit signe de la main : vite, reprenez votre place dans la tribune.

« Je joue cinq livres sur le 13, décida Rose. C'est un si beau cheval !

— Il est chanté trop haut », bougonna le marquis.

Il parlait des balzanes de Marc qui montaient jusqu'à ses genoux.

« Ne le jouez pas, reprit le marquis, il porte au vent. »

Les cavaliers s'étaient mis aux ordres du starter. La course fut sans histoire, menée de bout en bout par le cheval arabe du lieutenant Forsythe que les bookies ne prenaient qu'à 10 pour 6. Pendant les deux cents premiers yards l'étalon d'Humphrey avait donné l'impression de pouvoir lui disputer la victoire, mais il se rangea alors derrière la jument anglaise du captain Martin qu'il continua de suivre après l'arrivée. Campbell était resté en route comme Tom Harrisson l'avait prévu. Devant la grande tribune anglaise Marc s'était planté sur ses avants en donnant son coup de croupe vers la droite. Le docteur s'était relâché, il voyait le poteau, il pensait à Adl'aïd', il entendait tout ce qui se disait dans la tribune devant laquelle il galopait en queue de peloton s'il devait lui arriver malheur. Il n'aurait certainement pas accepté d'accoucher la femme du gouverneur, pensait-il.

« Oliver ! »

Elvira courait vers la piste, elle n'était pas la seule, on se précipitait au secours du docteur ; tout de suite relevé, il allait vers son pauvre cheval qui se traînait en hennissant, la hanche brisée.

« Faughaballah ! Comme Faughaballah ! » hurlait le marquis.

A la stupéfaction de Rose il tira un petit pistolet de la poche de son habit, une pièce de panoplie, inutilisable, mais où diable avait-il pu la cacher ? Oudinot lui prit l'arme des mains. Il pensait évidemment au revolver de son père.

« Il faut brûler la cervelle de Faughaballah ! » hurlait le marquis.

Comme Rose tentait de le calmer en plaçant une main devant sa bouche, il leva un bras comme s'il allait la frapper.

« Allez-y, marquis ! Rossez-la ! cria-t-on de la foule.

– Mauvais cheval veut l'éperon, lança le marquis, mauvaise femme veut le bâton.

– Donnez-lui le bâton, marquis. »

Le pauvre homme retomba sur sa chaise, épuisé.

« Pardonnez-moi, ma mie. »

Elle lui versa à boire. Oudinot repoussait les curieux de son mieux. Il fit signe aux palefreniers de hisser le marquis dans la calèche. Celui-ci se redressa pour lever la canne sur ses défenseurs :

« N'approchez pas ! »

Ils arrivèrent à la sortie parmi les premiers. La réunion tournait à la kermesse. On entendait des segas. De jolies créoles dansaient nu-pieds dans l'herbe en se cambrant et, les genoux écartés, se renversaient en poussant leur ventre en avant.

« Des guenons, ce sont de petites guenons », hoquetait le marquis.

Oudinot aperçut par chance son valet Hector, qui faisait de grands signes. Il était devant la porte depuis plus d'une heure, expliqua-t-il. Il apportait un mot du comte, très court : Henri, viens tout de suite chez Chazelles. Que se passait-il ? Encore Marlyse ? Très déçu, Oudinot fourra le mot dans sa poche. En voyant Hector, pendant quelques instants, il avait cru qu'Orak était revenu. Hector ne serait évidemment pas venu le lui annoncer.

Oudinot s'attendait à une explication déplaisante avec Gonzague de Chazelles. Marlyse avait dû lui raconter ce qui s'était passé dans la chambre de Bubu, et Bubu comptait sur lui pour appuyer ses dénégations. Il se proposait d'engueuler Bubu : qu'il aille au diable ! Qu'il se sorte seul des guêpiers dans lesquels il se fourrait.

C'était plus grave, il le comprit en voyant des curieux massés devant la grille du jardin. Un policeman ne le laissa entrer qu'après avoir demandé son nom :

« On vous attend, monsieur Oudinot. »

Un fourgon était rangé devant le perron. Les portes grandes ouvertes. Personne dans l'entrée, personne dans le salon. On entendait des voix dans les pièces du fond, la chambre de Gonzague de Chazelles et celle de sa défunte épouse, où il avait installé Marlyse après en avoir condamné la fenêtre. Oudinot reconnut le comte, de dos, qui serrait le vieux Chazelles contre lui. En approchant, Oudinot aperçut Percy étendu sur le lit, les mains jointes. Mort ! Deux infirmiers le soulevaient pour l'emporter jusqu'au fourgon, sur une civière. C'était effrayant ! Un cierge brûlait à la tête du lit. Toujours soutenu par le comte, le vieux Chazelles suivit le brancard. Le visage ruisselant de larmes, mais pas une plainte, pas un son.

« On vous attendait, Henri, souffla Muguette à Oudinot.

– Qu'est-ce qui s'est passé ?

– C'est horrible, murmura Muguette. Elle l'a étranglé. »

Marlyse ! Elle n'était pas seulement folle, mais dangereuse.

« Pour l'apporter à Bubu, expliqua Muguette, très bas.

– Quoi ? »

Oudinot croyait avoir mal entendu.

« Elle voulait le consoler. »

Oudinot sentait les ongles de Muguette dans son bras, à travers sa veste.

« Parce qu'il n'a qu'une fille », souffla Muguette.

Le fourgon s'éloignait en grinçant.

« Percy ! » gémit le vieux Chazelles.

Oudinot se précipita pour aider le comte à le ramener au salon. Les pansements autour de sa tête lui donnaient des airs de vieux mameluk. Dès qu'il fut assis, il tira une enveloppe de la poche de sa robe de chambre :

« Il faut la faire sortir, Oudinot. »

Le comte expliqua rapidement que le commissaire Lesterton avait arrêté Marlyse et qu'elle se trouvait en cellule avec deux autres détenues.

« Payez la caution, Oudinot. »

Gonzague de Chazelles tendit l'enveloppe à Oudinot. Elle était bourrée de bank-notes.

« C'est impossible, expliqua doucement Oudinot. La caution ne peut être fixée... (Il hésita :) éventuellement...

— Prenez l'argent ! gronda Gonzague de Chazelles.

— Si vous voulez, fit Oudinot en mettant l'enveloppe dans sa poche.

— Allez maintenant ! fit le vieil homme avec une autorité incroyable. Ne perdez pas de temps. »

Oudinot s'écarta avec le comte qui lui rapporta l'essentiel de la tragédie après l'avoir entraîné jusqu'à l'entrée. On entendait le vieux Chazelles protester :

« Il n'est pas encore parti, Oudinot ? Qu'est-ce qu'il fait ? Qu'est-ce qu'il attend ?

— En admettant que Marlyse puisse être libérée sous caution, cela ne pourra se faire qu'après l'audience d'inculpation, expliqua Oudinot à son ami.

— Quand ? Quand ? balbutia le comte.

— Je ne sais, dans quelques jours. Je peux demander au commissaire quand il passera le dossier au juge. C'est Lesterton ? »

Oudinot secoua le comte :

« Tu ne m'entends pas ? C'est le commissaire Lesterton qui mène l'enquête ?

— Oui, fit Bubu, c'est ce nom-là, Lesterton. »

Le comte baissa la tête :

« C'est un sale bonhomme, il vous suspecte, il suspecte tout le monde...

— C'est son devoir, Bubu.

— Tu ne penses pas que Marlyse puisse rentrer ce soir ?

— Il n'en est pas question, dit Oudinot.

— Il va en mourir », murmura le comte, avec un geste du pouce, dans la direction de Gonzague de Chazelles.

Muguette s'approcha :

« Père vous supplie, Henri...

— Je vais y aller, je ne suis pas sûr du tout que Lesterton accepte de me recevoir.

— Si elle pouvait être seule dans une cellule, murmura Muguette.

— J'avais l'intention de le demander, dit Oudinot.

— Oudinot ? (La voix du vieil homme) Vous êtes encore là ?

— Je pars, cria Oudinot.

— Dites-leur que le coupable c'est moi ! Elle n'est responsable de rien. Faites-leur comprendre ça, Oudinot ! Et payez ! Si vous n'avez pas assez d'argent, je vous en donnerai ! »

Le commissaire Lesterton était un ancien officier. La cinquantaine bien nourrie. Très chauve. En voyant Oudinot, un geste instinctif, il passa ses deux paumes derrière les oreilles.

« C'est une horrible affaire », dit-il, en l'accueillant, la main tendue.

Il avait quitté son bureau pour se porter vers lui. Un visage rouge.

« Je vous ai aperçu tout à l'heure, aux courses, avec le vieux marquis de Gonzenac. »

Il soupira :

« Il est encore extraordinaire.

— Vous le connaissez depuis longtemps ? demanda Oudinot.

— Je suis venu à Maurice comme attaché militaire, mon cher, en sortant de Sandhurst. Le gouverneur était alors Sir Bernard... C'était mon oncle.

— Bien sûr, dit Oudinot.

— Je sais ce que vous venez me demander. »

Il prolongea le silence pour en jouir, puis :

« J'ai fait le nécessaire. Elle est seule.

— Je vous exprime ma plus vive gratitude, au nom de son père.

— Je le connais bien, dites-lui que je fais tout ce que je peux.

— Je le lui dirai.

— Elle subira demain un premier examen médical, reprit le commissaire.

— Si on pouvait la transférer à l'hôpital, suggéra Oudinot.

— Dites-moi, *dear friend*, vous connaissiez... (Le commissaire agitait ses mains :) Tout le monde semblait savoir que Mme de Chazelles n'a plus sa raison ?

— Je l'ai vue hier pour la première fois depuis son retour.

— C'est aussi ce que m'a dit le comte de Kergoust. (Après un silence :) Pourquoi le comte de Kergoust n'est-il pas venu ici, après... après... Cela s'est passé chez lui, n'est-ce pas ? Il aurait dû laisser les choses dans l'état... (Le commissaire alluma une cigarette.) En fait, remarqua-t-il, c'est bien chez M. de Chazelles que le meurtre a été commis. »

Il parlait lentement, on comprenait qu'il cherchait à mettre de l'ordre dans ses impressions.

« M. de Chazelles, lui... »

Il tapotait sur son bureau avec sa main droite :

« Il savait qu'elle était... »

Il hésitait. Oudinot profita du silence :

« Il ne pensait pas qu'elle était dangereuse.

– Vous, *dear friend*, vous savez pourquoi elle a porté le corps de son enfant à la Nouvelle Hollande ? Vous le savez, n'est-ce pas ? »

Il insistait parce que Oudinot demeurait muet.

« Naturellement, reprit le commissaire, on ne saurait en faire le moindre grief au comte de Kergoust. »

Il se pencha vers Oudinot :

« Il paraissait malheureux et très, très...

– Anxieux ? demanda Oudinot.

– Embarrassé, dit le commissaire. La comtesse vient d'accoucher, je crois ?

– Elle ne s'est pas encore remise, dit Oudinot.

– Oui, oui, le comte me l'a dit. »

Avec un grand air d'innocence :

« Qui irait lui parler de tout cela dans son lit de douleur ?

– Marlyse de Chazelles n'a aucune chance d'être inculpée, à votre avis, commissaire ?

– Si elle n'a plus sa raison, elle relève de la médecine, admit le commissaire. Il faudra évidemment que les médecins en décident. »

Il regarda Oudinot :

« La procédure sera moins rapide. »

Oudinot se souvenait des confidences de Marlyse : mon mari ne me touchait pas, les trois garçons sont du valet de chambre. Est-ce que le drame n'allait pas permettre à Lord Carrington de contester le jugement de divorce ? Il n'avait versé que 5 000 ou 10 000 livres sur la somme allouée à Marlyse, le quart ou la moitié. Qui me l'a dit ? se demandait Oudinot. Il avait dû l'apprendre à la banque. Le retour de Marlyse de Chazelles avait été très commenté. Et maintenant cette incroyable tragédie...

Oudinot prit congé du commissaire en le remerciant pour sa compréhension.

« Si Mme de Chazelles est reconnue *insane*... »

Bien entendu la conversation avec le commissaire s'était faite en anglais. *Insane* passait mieux que folle.

« Elle ne sera pas inculpée dans ce cas, vous le savez, mais, bien entendu, elle restera sous contrôle médical jusqu'à la fin de sa vie.

– Où ? En Angleterre, n'est-ce pas ?

– *Most probably*. »

Le commissariat se trouvait dans une aile du palais de justice. En sortant, Oudinot jeta un coup d'œil vers la prison. Je demanderai demain un permis de visite, se dit-il. Et maintenant ? Il avait promis de repasser chez Gonzague de Chazelles.

Hystérie. Utérus. Comment s'appelait ce roi de l'Antiquité dont les trois filles se prenaient pour des génisses ? Proteos ! Proteos, roi d'Argos. Un devin avait envoyé de vigoureux jeunes gens à leur poursuite et grâce à ce traitement, deux d'entre elles étaient devenues d'excellentes mères de famille.

Qu'est-ce qui manquait à Adl'aïd' ? Qu'est-ce qui lui avait manqué ?

Hystérique, elle ? Vraiment ?

Tous les symptômes, et d'abord le besoin de plaire. L'exigence de plaire. Ses regards de mendiante. Elle m'a baisé la main. Ses mimiques. Sa nervosité. La loquacité. Et puis des silences frémissants. Le débit saccadé. Les sourires. Des sourires proches des larmes. Ses confidences sur les consultations du gynécologue pour faire comprendre qu'au lit, avec son mari (ce gros lard !), il ne se passait pas grand-chose. Quoi ? Vous n'avez pas d'amant ? Prenez un amant, prenez un amant ! Une invitation à peine voilée. Venant de cette femme déformée par sa grossesse. Incroyable, incroyable.

Le docteur Campbell faisait le point dans sa chambre, en étudiant sa bible médicale. Hystérie. Utérus.

« Elles ont besoin, toutes. »

C'était (l'ignoble) Fournier qui le répétait, à la Salpêtrière. Il ne pouvait pas voir un jupon sans le soulever. Il sautait sur les infirmières qui se risquaient dans son *antre*. Elles viennent pour ça, affirmait-il en rigolant. Il rigolait. Un rigolo. Elles ont besoin et, disait-il aussi : il ne faut pas leur en promettre.

Appelez-moi Adl'aïd. Je la connaissais depuis cinq minutes, se souvenait le docteur. La tension érotique qui émanait de cette femme. Il l'avait sentie à la Savone, au chevet de Miss Barrett. Il regarda son agenda : bon sang, l'enterrement a eu lieu samedi. Oublié ! De toute façon... Non, il n'aurait pas pu y assister. L'accouchement, ensuite l'orage. Ce réflexe qu'elle avait eu, Adélaïde. Voulait-elle étouffer son enfant ? Vraiment ? Parce que c'était une fille ? En Chine, les pauvres jettent les filles aux cochons. Quand ils n'arrivent pas à les vendre. Qui m'a raconté ça ? se demandait le docteur. Ces choses qui vous restent dans le crâne. Dans la mémoire. Pourquoi s'encombrer des bébés chinois ? Une idiotie. Incroyable. Pourquoi une mère chinoise accepterait-elle de... Une femelle. Comment l'instinct de la femelle s'est-il mué en instinct maternel ? Ce passage du physique au mental. Une guenon se soucie-t-elle du sexe de ses petits ? Elle élimine les mal conformés parce qu'ils seraient incapables de survivre, de toute façon.

« Oliver ! Oliver ! *Supper is served.* »

Les dîners avec Elvira. Oudinot devait venir, en principe. Elvira l'affirmait.

« J'arrive ! »

Il remit sa veste pour descendre. *Elles ont besoin.* Elvira aussi ? Il y pensait à cause de la comtesse. Sa mère aussi était une femme. Avait été, du moins. Maintenant *ça* devait être passé. Quoi, ça ? Quoi au juste ?

> *Quand les filles ont la jaunisse*
> *Le remède est bien certain*
> *Tu leur passes entre les cuisses*
> *La racine du genre humain.*

Fournier chantait ça. L'ignoble Fournier.

Alors que le docteur arrivait dans la salle à manger, Oudinot sonnait à l'entrée.

« Je ne vous dérange pas ?

– On n'espérait presque plus que vous viendriez, dit Elvira.

– Qu'est-ce qui ne va pas, Hennery ? » demanda le docteur.

Oudinot lampa le verre que le docteur lui tendait. Après avoir passé chez les Chazelles, il s'était souvenu de l'invitation d'Elvira. Pas question de rentrer chez lui. Cette maison vide, vide, si vide... Au Cercle on ne parlerait que de la tragédie.

« Quel homme charmant, ce marquis... »

Elvira cherchait son nom.

« Gonzenac, dit Oudinot.

– Si original, n'est-ce pas ? reprit Elvira. La personne qui vous accompagnait avait des bijoux magnifiques.

– Qu'est-ce qui vous arrive, Hennery ? demanda le docteur en remplissant le verre d'Oudinot.

– Je n'en peux plus », avoua Oudinot.

Il ne savait plus où il en était ; ni même où il était. Ce dépaysement si soudain, chez Elvira. Le décor si typiquement *middle class* qu'elle avait reconstitué. Pouvait-il lui dire que le marquis avait été ruiné par sa maîtresse qui était probablement sa petite-fille ? Pouvait-il parler de la

tragédie dont Marlyse de Chazelles était l'héroïne folle ?
Plus rien ne paraissait vrai.

« J'ai préparé du *chicken pie*, dit Elvira.

– Je mets la table », dit le docteur.

Sa mère protesta :

« Non, restez tranquille, avec votre épaule.

– Vous êtes blessé ? demanda Oudinot.

– Rien, affirma le docteur.

– Il a fallu abattre le pauvre Marc », soupira Elvira.
Elle se tourna vers Oudinot :

« Oliver aura sans doute du mal à retrouver un cheval.

– Ça n'a pas d'importance, bougonna le docteur.

– Vous adorez monter, Oliver, et cela vous fait du bien,
cela vous détend. »

Ah ! ces gnangnanteries maternelles.

« Je jouerai au golf, grommela le docteur, d'ailleurs... »
Une hésitation et puis :

« Je ne sais pas encore si je resterai ici.

– A Maurice ? demanda Elvira, affolée.

– Je perds mon temps », gronda le docteur.

A Londres, qui soignerait Adl'aïd ? Un spécialiste des
troubles nerveux, le meilleur, c'est-à-dire Sir Arthur, son
père. A moins que ce ne soit Arthur junior, déjà magnifiquement installé dans Piccadilly. Son demi-frère. Il l'avait
bien observé pendant la conférence du docteur Read, au
King's Hospital. Une tête pour faire carrière, avec une
barbe coupée comme celle du roi George V. La mode. Pas
de problèmes pour lui, hein ? S'il ratait quelque chose, un
diagnostic, un traitement et même une opération, quelle
importance ? Moi... Si la comtesse mourait ? Ou si elle
restait paralysée ? Si elle ne retrouvait pas la parole ?

« Vous songez vraiment à partir, Oliver ? » demanda
Elvira.

Il pensait à fuir. Il entendit : *fuir*. Fuir, non, il ne pouvait
pas fuir. Que peut-on faire quand on traîne... Il regarda
Elvira avec presque de la haine. Si au moins elle
comprenait qu'à certains moments il fallait qu'elle se
taise. Le marquis ! Les bijoux de Rose !

« Un autre, Hennery ? »

Ils rejoignirent Elvira à table, leur verre à la main, dès
qu'elle eut servi le *chicken pie* dans une terrine. Le dîner
s'anima quand le docteur parla d'Adélaïde. Il se gardait
de prononcer le mot qui l'obsédait, hystérie.

« C'est purement nerveux ce qu'elle a, expliquait-il.

– Vous ne vous êtes pas servi, Hennery, remarqua
Elvira.

– J'en reprendrai, s'il vous plaît, ne vous inquiétez pas pour moi, je mange peu.

– Pas assez », dit le docteur.

Il s'adressa à sa mère :

« Nous n'avons pas le livre de Freud et de Breuer dont nous avons parlé l'autre soir ?

– Je n'ai pas regardé, Oliver.

– Vous aviez promis, Elvira.

– Je n'avais pas compris qu'il vous le fallait tout de suite. J'ai certainement mes notes dans mes papiers. »

Elle avait fait la traduction pour Sir Arthur, sans le savoir en principe, mais ne l'avait-elle pas deviné ? Une grande partie de son travail, à Genève, lui venait de Sir Arthur, par le professeur Clarke (Robert, Augustus) interposé ; financièrement, cela représentait plus de la moitié des revenus d'Elvira. Ah ! si elle avait été moins intraitable... Comprendrait-elle que je demande conseil à Sir Arthur ? Sûrement pas, se persuadait Oliver. Elle se sentirait abandonnée, trahie.

« Avez-vous entendu parler du docteur Freud, Hennery ? demanda Campbell.

– Vaguement, avoua Oudinot. Il me semble que j'ai lu des choses, pas très attentivement, je ne sais plus. »

Il regarda Campbell comme un élève cherche du secours auprès du maître qui l'interroge :

« Le complexe d'Œdipe ? C'est cela ?

– Oui, oui, le complexe d'Œdipe... »

Le docteur se grattait le crâne.

« Ses thèses sont à la fois compliquées et simples. Complexe d'Œdipe, évidemment, on pense à la fille amoureuse de son père, au fils amoureux de sa mère... »

Il lança un clin d'œil à sa mère :

« Voilà, Hennery, Elvira et moi, nous formons de toute évidence un couple œdipien.

– Ne dites pas de sottises, Oliver, protesta Elvira.

– En gros, Hennery, en très gros, Freud considère que notre esprit, notre système mental si vous voulez, est composé de deux couches... Ne voyez pas cela d'une façon trop simpliste... »

Il cherchait un mot pour atténuer le sens de *couches*.

« Deux consciences. Freud parle de deux consciences, la première... »

Il se mit à rire :

« C'est notre *vraie* conscience, la conscience officielle, mais nous en avons une autre dont nous subissons les décrets, et qui nous pousse à faire des choses que la première réprouve. Est-ce clair ? »

Ils riaient tous trois. Le docteur sourit à sa mère :

« Clair comme du jus de chique, disait notre concierge à Paris, vous vous souvenez de lui, Elvira ?

— Freud appelle la seconde conscience le subconscient, dit Elvira.

— Nous comprenons ce que nous commande notre conscient, reprit le docteur, nous savons si c'est bien ou si c'est mal, en revanche, nous ne sommes pas maîtres de notre subconscient qui parfois nous suggère et même nous ordonne de... (Après avoir cherché, il dit :) de savourer le fruit défendu par exemple.

— Je crois que je comprends, murmura Oudinot, qui sentait le rouge lui monter au front.

— Je simplifie, dit le docteur. D'une façon générale, les impulsions du subconscient sont réprouvées par la conscience. Le subconscient cherche lui aussi, me semble-t-il, à les contrôler. Il dispose d'une force de répression souvent efficace, qui lui permet d'étouffer des désirs qui ne sont pas normaux. Prenons l'exemple d'un homosexuel par exemple... »

Est-ce parce qu'il remarqua l'embarras où il mettait Oudinot qu'il changea son fusil d'épaule ?

« Prenons un exemple plus simple, plus fréquent, celui d'une femme qui désire un homme, un homme qui n'est pas son mari naturellement, qu'elle n'a pas le droit de désirer...

— Vous pensez à Adélaïde ? demanda Oudinot qui cherchait à retrouver sa respiration.

— Par exemple, admit le docteur. Le subconscient de cette femme lui inspire des désirs que sa conscience ne peut pas accepter... Bien. Que se passe-t-il ? Sa force de répression intervient pour étouffer ses désirs.

— Vous parlez de sa conscience ? demanda Oudinot. Sa conscience lui défend...

— Non, précisément, corrigea le docteur. Elle est trop honnête pour admettre ces désirs défendus, pour les déceler en elle. C'est la force de répression de son subconscient qui intervient sans qu'elle en prenne conscience.

— Sans qu'elle le sache ? »

Un silence.

« Cela paraît compliqué », remarqua Oudinot.

Il se tourna vers la mère du docteur :

« Vous, Elvira, vous comprenez bien ?

— Vous l'embarrassez, fit le docteur, gaiement. Vous lui demandez ce qu'il se passe dans le secret de son âme !

– Et que j'ignore ! ajouta Elvira, sur le même ton.

– Mais quel est l'intérêt médical de tout cela ? » demanda Oudinot.

Le docteur se leva pour chercher une bouteille de cognac.

« Ne faites pas vos gros yeux, Elvira, il faut honorer notre hôte, dit-il. Boirez-vous une goutte avec nous ?

– Jamais ! » protesta-t-elle.

Le docteur sortit deux verres.

« Est-ce que vous souvenez, Elvira, du nom de la jeune femme que Freud a guérie en l'hypnotisant ?

– Pas Freud, corrigea Elvira, son ami, le docteur Breuer, c'était aussi un médecin viennois.

– Elvira sait tout, fit le docteur.

– Elle n'est pas nommée, dans le livre de Freud et de Breuer, reprit Elvira. C'est Fraülein Anna O. Elle avait une vingtaine d'années quand Breuer la soignait.

– Qu'est-ce qu'elle avait ? demanda Oudinot.

– Elle avait perdu son père, dit Elvira. Il était mort après une longue maladie. Elle le soignait, avec un grand dévouement.

– Trop de dévouement, grommela le docteur. On a constaté qu'elle s'affaiblissait et on lui a interdit de s'occuper de lui. Elle avait perdu l'appétit, n'est-ce pas ? Mais les choses ne se sont pas arrangées. Dès qu'elle a été privée de son père, si je puis dire...

– Le complexe d'Œdipe ? suggéra Oudinot.

– Elle a eu des troubles de la vue, poursuivit le docteur en ignorant l'interruption. Je me souviens de cela. Elle ne voyait plus qu'une seule fleur dans un bouquet.

– Vraiment ? demanda Oudinot.

– Elle s'est mise à loucher, compléta Elvira, et elle éprouvait des difficultés pour tourner la tête.

– Elle ne pouvait plus bouger la tête, précisa le docteur, et mieux, beaucoup mieux, cela me revient, Elvira... »

Il extériorisait une jubilation étrange :

« Une de ses jambes s'était raidie et recroquevillée vers le dedans. »

Il pensait aux chevilles croisées d'Adélaïde.

« Et elle ne parlait plus, si je me souviens bien. Oh ! Elvira, il faut absolument retrouver ce livre !

– Si je ne l'ai pas, je le commanderai.

– Il faudra trois mois pour l'avoir. Hennery, ne me prenez pas pour un fou. Cette personne, Fraülein O., s'est rendue malade elle-même, parce qu'elle se punissait. Inconsciemment ! Tout à fait inconsciemment ! Pendant la maladie de son père, qu'elle aimait beaucoup, qu'elle aimait énormément, elle s'était assoupie un soir près du lit, alors qu'elle était encore chargée de le veiller. Elle avait le bras replié sur le dossier de la chaise. Comme ça... »

Le docteur prit la posture.

« Elle somnolait avec le poids d'une partie de son corps sur le bras. Elle a rêvé qu'un serpent sortait du mur pour se glisser dans le lit de son père. Pour le piquer...

– Pourquoi un serpent ? demanda Oudinot.

– Elle en avait vu un dans le parc, ces gens étaient riches, ils avaient de grandes propriétés...

– Et les meilleurs médecins, ironisa Elvira.

– Naturellement la pauvre Fraülein O. aurait voulu chasser le serpent, en tout cas faire quelque chose, mais son bras ne lui obéissait plus, il était ankylosé.

– Elle voyait de petits serpents à la place de ses doigts, précisa Elvira.

– Comment l'a-t-on su ? demanda Oudinot.

– Elle l'a raconté à son médecin, pendant une séance d'hypnose. Breuer la faisait parler sous hypnose, expliqua Campbell.

– Vous ne pensez pas à hypnotiser Adélaïde pour trouver le mobile mental de sa paralysie partielle ? demanda Oudinot.

– Si je savais, murmura le docteur. Si je pouvais.

– Fraülein O., expliqua Elvira, se reprochait de ne pas avoir protégé son père bien-aimé, et pour se justifier de n'être pas intervenue elle immobilisait son bras.

– Elle ne pouvait pas bouger, vous comprenez, Hennery, reprit le docteur avec insistance, rien n'était de sa faute, elle ne voyait plus clair, comment aurait-elle pu voir le serpent ?

– Qui l'accusait ? demanda Oudinot. Qui lui adressait des reproches ?

– Son subconscient, dit Elvira, vivement.

– Vous le croyez ? demanda Oudinot.

– Fraülein O. est redevenue parfaitement normale après qu'on lui eut expliqué ce qui s'était passé en elle.

– Elle a compris qu'elle n'était pas coupable, appuya Elvira, absolument pas.

– Vous ne paraissez pas convaincu, Hennery ? remarqua le docteur.

– Et vous ?

– Je vous ai dit que Fraülein O. avait cessé de parler pendant quelque temps. Breuer a compris par les confidences qu'elle faisait plus tard sous hypnose qu'un jour, après une réprimande de son père auquel elle avait mal parlé, sa glotte s'était retournée à la suite d'un spasme d'angoisse. Pas pour longtemps, cette fois-là, mais après la mort du père, ce père bien-aimé qu'elle se reprochait d'avoir laissé mourir, elle s'est punie, inconsciemment ; inconsciemment, c'est cela qui vous paraît incroyable, Hennery, que nous nous infligions des châtiments sans le savoir ? Des punitions physiques pour des fautes morales oubliées ? »

Le docteur jeta à sa mère un coup d'œil impérieux ; il voulait rester en tête-à-tête avec Oudinot.

« Vous pouvez m'aider, Hennery », dit-il.

Elvira se leva :

« Je crois que je vais regarder si je trouve le livre, ou tout au moins mes notes. »

Oudinot parlerait moins librement de la comtesse si elle demeurait présente, elle le comprenait.

« *Good night*, Hennery, si je ne vous revois pas. »

Elle lui tendit la main presque à hauteur de bouche, elle était très sensible à ses baisemains.

« Merci pour le merveilleux dîner, dit-il.

– Je crains qu'Oliver vous le fasse payer cher, remarqua-t-elle drôlement.

– Je ne sais pas si je pourrai quelque chose pour Adl'aïd', dit le docteur quand il se trouva seul avec Oudinot, en tout cas, sans vous... »

Il leva les bras en signe d'impuissance.

« Qu'est-ce qui peut motiver les censures qu'elle s'impose ? »

Le docteur se parlait à lui-même.

« Vous pensez vraiment qu'elle se bloque elle-même comme cette Fraülein O. dont vous parliez avec votre mère ? demanda Oudinot.

– C'est délicat, dit le docteur. Pour Fraülein O., si je me souviens bien, et je ne crois pas me tromper parce que c'est le seul cas de cette nature évoqué par Freud, il n'y aurait pas eu de motivations sexuelles. »

Reprenant une formule de (l'ignoble) Fournier malgré lui, il murmura :

« Elle n'avait pas besoin.

– Que voulez-vous dire ?

– La sexualité de Fraülein O. n'était pas très marquée. Pas exigeante, si vous préférez. »

Comme Oudinot ne réagissait pas :

« Ce n'est pas le cas d'Adl'aïd'. »

Arriverait-il à surmonter la méfiance d'Oudinot ?

« C'est pour elle que j'ai besoin de vous, Hennery. Son mariage ? »

Il regardait Oudinot.

« A votre avis, Hennery, était-elle heureuse avec son mari ? Entendez-moi, je parle du bonheur physique qu'une femme trouve ou espère trouver dans les bras d'un homme, son mari ou un autre. Vous savez bien, Hennery ? »

Oudinot était blême :

« Non, dit-il, je ne sais pas. »

Il se leva pour s'en aller, et le docteur comprit qu'il ne le retiendrait pas.

« Je vous ai blessé, Hennery ? »

Oudinot lui tendit la main :

« Pas du tout, Oliver, pas du tout, vous ne pouvez pas savoir... »

Il se retourna avant d'ouvrir la porte :

« Je réfléchirai. Je crois que je comprends ce que vous attendez de moi. J'ai compris beaucoup de choses, en fait... »

Il esquissa un sourire :

« Les contrôles du subconscient, c'est quelque chose de très nouveau pour moi.

– Pour tout le monde, Hennery. Vous ne voulez pas prendre un autre verre ? Le dernier ? *The night-cap* ?

– Il faut que je rentre, trancha Oudinot. Je vous dirai tout, demain. Tout ce que je peux savoir sur Adélaïde, qui pourrait vous aider. Dans cet éclairage que vous venez de projeter... Merci. »

Il sourit :

« Non seulement je ne paie pas mon dîner, je ne règle pas non plus la consultation. »

Dès qu'il fut parti, Elvira reparut, avec les *Studien über Hysterie* à la main. Elle s'inquiéta :

« Hennery est fâché ?

– Troublé, murmura le docteur. On oublie les problèmes que son physique lui pose parce qu'il est merveilleusement intelligent. Lui ne peut pas oublier, évidemment.

– J'étais à peu près sûre d'avoir emporté le livre, dit Elvira. Vous êtes content ? »

Elle présentait le petit bouquin comme un banquier aurait pu offrir une parure de diamants à une très jolie danseuse.

« *What do you want to know* ? »

354

Que veux-tu savoir ? De quoi as-tu besoin ? Il redevenait son bébé, elle lui présentait son sein : prends, nourris-toi de moi. Les annotations laissées dans les marges lui permettaient de se repérer. Fraülein O. née en 1882. Certains antécédents névrotiques. Quoi d'équivalent du côté d'Adélaïde ? Rien, elle n'a jamais été malade. Très intelligente, intuitive, volontaire jusqu'à l'entêtement, Fraülein O. passait facilement d'une gaieté exubérante à une dépression excessive.

« Je le ferai lire par Hennery, il a promis de m'aider.
– Quand reviendra-t-il ? demanda Elvira.
– Quand il verra plus clair en lui », dit le docteur.

Il embrassa sa mère, ce qui ne lui arrivait plus souvent :
« Appréciez-vous la chance que vous avez, Elvira, d'être une femme magnifiquement équilibrée ?
– Que voulez-vous dire ? » demanda-t-elle.

A quoi pensait-il ? Elle le relança, comme pour le réveiller :
« Anna O. avait une imagination débordante, dit-elle. Elle entretenait une sorte de théâtre dans sa tête. On croyait qu'elle écoutait, elle n'entendait rien, elle se trouvait ailleurs en train de vivre un conte de fées. »

Qu'est-ce que l'imagination ? Une projection de la mémoire, pensait le docteur. Il se souvenait de la peur de souffrir qui obsédait la comtesse entre les contractions. Tu accoucheras dans la douleur ! A quoi rimait cette préparation mentale qui livrait les femmes à la peur ? Elles imaginaient les souffrances projetées par une mémoire *acquise*, une mémoire ajoutée, cultivée. La mémoire ! La mémoire ! Toujours la mémoire ! Dites-moi, Sir Arthur, avez-vous pris connaissance de cette étonnante théorie qu'un jeune médecin rapporte de l'île Maurice ? Vous ne parlez pas du rapport, certes remarquable, qu'il a remis au ministre sur la condition sanitaire des travailleurs indiens ? Non, Sir Arthur, il s'agit d'autre chose de bien plus important, d'une thèse qui développe les idées de Darwin sur l'évolution des espèces par la sélection. Que peut-on ajouter à Darwin ? La mémoire, Sir Arthur, la mémoire ! Ce jeune médecin soutient et démontre que l'espèce humaine survivra grâce à la mémoire. Vraiment ? Rappelez-moi donc le nom de ce jeune homme. Campbell, vous dites Oliver Campbell ?

Amusé par ses divagations, le docteur sourit à sa mère.
« Vous avez fait une remarque d'une importance capitale, Elvira : les parents de Fraülein O. étaient riches. »

Sir Arthur et Arthur junior gagnaient tous deux beaucoup d'argent en soignant les malades mentaux. S'il avait disposé d'assez de moyens pour s'établir, Campbell eût choisi la même voie. Les ouvertures de Freud le passionnaient, durant son stage à la Salpêtrière. Elvira avait bien le droit de se reposer un peu.

« *Are you happy* ? »

Êtes-vous heureuse ? Il regardait sa mère. Sa mère ou Elvira ? *Are you happy, mother* ? Ou : *are you happy, Elvira* ? Ce n'était pas la même chose, il en prenait conscience. Depuis leur querelle à propos de la sculpture qu'Elvira trouvait obscène, leurs rapports étaient moins simples.

« Pourquoi me demandez-vous si je suis heureuse ? »

Elvira referma le livre de Breuer et de Freud.

« Je suis heureuse de vous être utile », dit-elle.

Le docteur consulta sa montre :

« Il faut aller vous coucher, moi je remonte travailler dans ma chambre. Pas longtemps, je vous le promets. Pas plus d'un cigare ! »

Après avoir embrassé sa mère, il dit en riant :

« Oui, vous avez bien raison, il faut être riche pour être malade de la pensée. On peut parier qu'il se passera beaucoup de temps avant qu'on soigne les Indiennes de Mondésir pour hystérie. »

MARDI 8 avril 1912. Le docteur Campbell arriva à la Nouvelle Hollande en fin de matinée. Rien de changé.
« – Est-ce qu'elle a mangé ?
– Rien du tout, monsieur docteur, soupira Jézabel.
– Croyez-vous qu'elle me reconnaisse ?
– Ça, pour sûr, monsieur docteur. »
C'était vraiment plus grave qu'il ne l'avait cru tout d'abord quand il se persuadait qu'elle *boudait* parce qu'elle avait honte de son réflexe ; et parce qu'elle lui en voulait de l'avoir surpris ; et contrarié ? D'avoir sauvé sa fille ?
« – On lui montre la petite, Jézabel ?
– Bien sûr, monsieur docteur.
– Elle ne la regarde toujours pas ?
– Non, monsieur docteur, c'est comme si madame la comtesse ne voyait rien.
– Vous prétendez qu'elle me reconnaît ?
– Ses yeux brillent, monsieur docteur, quand vous arrivez. »
Fraülein O. ne mangeait pas. Fraülein O. ne voyait plus. Fraülein O. ne parlait pas. Fraülein O. ne remuait plus son bras. Fraülein O. recroquevillait l'une de ses jambes. Le docteur souleva le drap : les chevilles croisées. Il les sépara. Dès qu'il eut lâché prise, la comtesse se reverrouilla.
« Qu'est-ce que c'est que cela ? »
Le docteur sentait quelque chose sous le drap. Jézabel avait glissé le catéchisme du père Laval sous les chevilles de sa maîtresse. Le docteur le lui rendit, après l'avoir feuilleté.
« Est-ce que je peux le remettre, monsieur docteur ? »
Pourquoi pas ? Pourquoi pas ? Le docteur se détourna sans répondre, avec un haussement d'épaules sans ampleur. Comment sortir Adl'aïd' de son apathie ? Depuis l'accouchement elle n'avait rien mangé. Elle buvait un peu, du thé froid. Le soir, Jézabel laissait tomber quelques

gouttes de sirop de pavot dans sa tasse, pour qu'elle dorme. Elle passait la journée les yeux grands ouverts. Que voyait-elle ? Elle mangera quand elle aura faim, avait pensé Campbell, le premier jour. Elle parlera quand elle sera lassée de bouder. Il fallait se rendre à l'évidence, elle ne *jouait* pas, elle ne cherchait pas à *le faire marcher* (une expression de Fournier), elle n'était plus maîtresse d'elle-même. Le subconscient tenait les commandes, cela ne faisait plus de doute. Comment les lui enlever ? Si elle parlait... Si elle parlait...

« Écoutez-moi, Adl'aïd' ! »

C'était vrai, ce que disait Jézabel, ses yeux brillaient quand elle les dirigeait vers lui. Pouvait-elle tourner la tête ? Oui, il le vérifia, en la tenant entre ses mains. Il passa de l'autre côté du lit. Elle suivait. Bien.

« Est-ce que vous m'entendez, Adl'aïd' ? »

Un bruit de clochette, dehors, dans le hall. Que se passait-il ? La Grande Mahaut arrivait avec l'aumônier du couvent, qu'elle avait mobilisé pour administrer la comtesse.

« Ça ne veut pas dire qu'elle va mourir », avait-elle expliqué au comte.

Il était encore au lit quand la mère avait frappé à sa porte. Il pensait qu'elle venait demander des explications pour Marlyse. Elle ne savait rien. Elle ne paraissait pas attacher une importance démesurée à la tragédie, que Bubu avait rapidement évoquée. C'était Adélaïde qui la préoccupait.

« L'extrême-onction est un acte d'amour », avait-elle répété à Bubu.

Le comte s'était habitué à l'idée qu'Adélaïde allait mourir, oh ! sans qu'elle fût claire en lui, c'était une espérance très confuse, qui le gênait, mais enfin si, si... Ses problèmes seraient tous résolus. Comme ils l'eussent été s'il s'était brûlé la cervelle sur la chute. D'une autre façon évidemment. Depuis la nuit de Bombay il admettait dans son for intérieur que la mort arrangeait les choses.

La Grande Mahaut entraîna le docteur Campbell au fond de la pièce, pour lui expliquer qu'en administrant la comtesse on la recommandait à l'attention et à la bienveillance du Seigneur, rien d'autre.

« Elle n'est pas perdue ! protesta le docteur. Elle va comprendre que nous ne croyons plus à sa guérison. Cela risque de lui faire un mal considérable.

– Aucun mal ne peut venir de Dieu », trancha la mère.

L'aumônier arrivait, suivi d'un enfant de chœur. Absalon ! On n'avait trouvé que lui. Tant pis, avait décidé la Grande Mahaut.

« Paix à cette maison et à tous ceux qui l'habitent », marmotta l'aumônier sur le seuil de la porte.

Le docteur Campbell se demandait s'il devait se retirer. Pourquoi, après tout ? Il avait laissé Jézabel remettre le catéchisme-grigri dans le lit. La sorcellerie... Et si cela réveillait quelque chose, chez Adl'aïd ? Si elle comprenait qu'elle devait lutter, pour vivre ? Des années à Genève il conservait une condescendance protestante pour les rites catholiques.

Absalon disposa un crucifix sur une petite table poussée près du lit, et deux cierges qu'il alluma. Il repartit chercher une coupe remplie d'eau bénite, quelques bouts de coton qu'il disposa sur deux rangs, il y en avait six, le docteur, très intrigué (et même amusé) les compta en se demandant à quoi ils serviraient. Il y avait aussi de la mie de pain sur une soucoupe.

« *Miserere mei Deus secundum magnam misericordiam tuam.* »

Ayez pitié de moi, Seigneur, dans Votre grande miséricorde. L'élève Campbell ne brillait guère en latin. Elvira lui faisait donner des leçons particulières par un botaniste, un voisin. Qui lui faisait un brin de cour ? Il donnait des noms d'arbres à décliner au petit Oliver, très appliqué, *chaisnus*, *casnus* (le chêne), *cerasus* (le cerisier), *fraxinus* (le frêne).

« *In nomine Patris et Filii et Spiritus...* »

Les bouts de coton. Le prêtre humecta le premier avec de l'huile et, après l'avoir touché du bout d'un doigt, traça un signe de croix sur les yeux de la comtesse, grands ouverts.

« *Per visum...* »

Que voyait-elle ? Me cherche-t-elle ? se demandait le docteur. Un autre signe de croix sur les oreilles :

« *Per auditum...* »

Le nez, la bouche, les mains, les pieds. En Egypte, du temps des pharaons, se souvenait le docteur, on oignait les statues des dieux afin qu'elles restent plus brillantes. L'onction constituait un enduit protecteur. Que resterait-il des rites si on les expliquait ?

« *Amen.* »

L'aumônier prononçait *amen* à l'anglaise, *eillemène*.

Absalon ramassa les bouts de coton, cependant que l'aumônier utilisait la mie de pain pour *deshuiler* ses doigts. C'était la première fois qu'Absalon se trouvait à l'intérieur du château ; il n'osait pas regarder autour de lui. C'était beau, plus beau que l'autel à la cathédrale qu'il avait admiré une ou deux fois. L'aumônier lisait un passage de l'épître selon saint Jacques :

« L'un de vous est-il malade ? Qu'il appelle les anciens de l'Église et qu'ils prient. »

Absalon devait brûler la mie de pain. A la cuisine ? Josué l'attendait pour éplucher les légumes.

« ... le Seigneur le rétablira et s'il a commis des péchés ils lui seront pardonnés. »

Pourquoi madame la comtesse était-elle malade ? Avait-elle péché ? Absalon se signa en pliant le genou devant la petite table sur laquelle il avait déposé le crucifix. Il devait le rapporter dans le hall, où l'aumônier avait laissé sa mallette. L'eau bénite ? L'aumônier se mouilla les doigts en la renversant dans une bouteille.

« Je n'ai plus besoin de toi, tu peux retourner aux cuisines », dit-il à Absalon, en lui tapotant la joue.

Pendant qu'il officiait, sœur Marguerite-Rose faisait charger le ravitaillement du couvent sur sa charrette.

Le comte suivait la Grande Mahaut comme son ombre, pour lui parler de Marlyse et pour lui confier qu'il devait 100 000 roupies au Casino. S'il demandait à Oudinot de lui faire ouvrir un crédit à la banque ? Lorsqu'il pataugeait dans les difficultés, c'était un trait heureux de son caractère, il les croyait surmontées quand il entrevoyait une solution. Oudinot le tirerait d'affaire, il lui devait bien cela.

Après avoir confié la Grande Mahaut à Poon, pour qu'il la reconduise avec l'aumônier, le comte harponna le docteur pour connaître son sentiment sur l'état réel de sa femme.

« Dites-moi la vérité, docteur. »

Formule qui exaspéra le docteur. La vérité qu'il attend, pensa-t-il hargneusement, c'est d'entendre dire que sa femme est perdue.

« Je ne peux rien vous dire de plus qu'hier, expliqua-t-il assez sèchement au comte. Votre femme a eu un accouchement un peu long, pas anormalement long. Elle a certainement souffert, mais elle n'a pas anormalement souffert. L'enfant se présentait par le siège, nous l'avons dégagé aux fers. Cela s'est très bien passé, très bien.

– Elle ne parle pas », souffla le comte.

Dois-je lui dire qu'elle se *verrouille* ? se demanda le docteur. Lui parler de ses jambes croisées (hystériquement ?) aux chevilles ? Que sait-il de sa femme, ce gros lard. *Bacon king.* L'expression lui ayant rappelé Elvira, il battit sa coulpe : que sais-je de ma mère, moi, et je vis avec elle depuis trente ans ? Le comte insistait :

« Vous ne savez pas, docteur, pourquoi elle ne parle pas ?

– J'ai d'abord pensé qu'elle ne voulait pas... (Une courte hésitation.) parler. »

Il avait failli dire : *me* parler, ou, formule atténuée : *nous* parler. Parler, elle ne voulait pas parler. Cela suffisait. Pourquoi entrer dans les détails, *Bacon king* n'y comprendrait rien de toute façon. Et s'il était moins... moins quoi ? Pas moins idiot, non mais... moins apathique que je ne le crois ? Moins physique ? S'il avait aussi une cervelle et un cœur ? Pourquoi pas, hein ? Si jamais il apprenait que sa femme souhaitait étouffer son enfant... Jézabel n'en soufflerait mot, mais l'autre, la petite qui tenait le tampon de chloroforme ? Avait-elle remarqué quelque chose ? Si je disais la vérité au comte ? Voilà, monsieur, où mènent vos histoires de succession, vos titres, est-ce que le jeu en vaut la chandelle ? Comprendrait-il que les kergousteries se trouvaient à l'origine de la panique dans laquelle Adélaïde avait agi ? Malgré elle ? Et que le souvenir de son réflexe l'empoisonnait parce qu'elle en avait affreusement honte ?

« Allons voir votre fille », dit-il en entraînant le comte vers la nursery.

Rose venait de nourrir Pascaline, elle avait encore du lait sur ses lèvres. Le docteur fit signe à la nénène : donnez le bébé au comte.

« Voilà la jolie demoiselle », dit Rose en riant.

Elle arrangea la main du comte sous la nuque de l'enfant.

« Il faut soutenir sa tête, monsieur le comte. »

J'ai sauvé cette âme, pensait le docteur, en songeant à la formule des marins en mer, S.O.S. *save our souls*, sauvez nos âmes. Elle risquait de périr dans la tempête qui soufflait dans un crâne malade. Il chatouilla l'une des paumes de Pascaline. Elle serra son doigt. Le comte était pressé de rendre Pascaline à sa nénène. Depuis qu'il la tenait dans ses bras il voyait le visage bleu du pauvre Percy. Cette enfant dont on ne voulait pas, et l'autre, l'autre, si blond, étranglé par sa mère. Qu'allait devenir Marlyse ?

« Elle est belle, n'est-ce pas ? fit le docteur.

On aurait pu penser que, des deux hommes, le père c'était lui.

« Elle est petite », souffla le comte.

Le docteur reprit Pascaline pour un instant alors que le comte la présentait à Rose. Il fallait qu'il s'assure de sa réalité en la sentant contre lui. Tu vis par moi. Autre chose aussi, il promettait à Pascaline, oh ! très inconsciemment, qu'il guérirait sa mère afin qu'elle puisse l'aimer.

Jézabel arriva très excitée :

« Docteur ! Monsieur docteur ! Elle mange. »

Elle se corrigea aussitôt, avec un regard vers le comte :

« Madame la comtesse mange, monsieur docteur ! C'est un miracle ! »

Le docteur afficha son scepticisme en souriant. Pour Jézabel, si sa maîtresse mangeait, c'était évidemment parce que le père Laval était intervenu. Et si Adl'aïd' réagissait à l'extrême-onction ? Si elle voulait tout simplement prouver que son heure n'avait pas sonné ? En tout cas, admettait le docteur, ce n'est pas ma médecine qui lui a rendu l'appétit. Que mangeait-elle ?

« De la semoule, dit Jézabel, avec de la confiture.

— Allons-y, décida le docteur en entraînant Jézabel vers la chambre de la comtesse.

— Est-ce que je viens aussi ? » demanda le comte.

Il entra dans la chambre, mais se tint assez loin du lit, sans essayer de démêler ce qu'il pensait au juste. La comtesse paraissait comme suspendue au regard du docteur penché sur elle : Êtes-vous content de moi, Oliver ? Il baisa sa main, une impulsion qui le laissa quelque peu embarrassé. Un miracle ? Il souleva le drap : les pieds croisés. Qu'est-ce que je peux faire pour elle ? se demanda le docteur. Il n'en savait rien, il savait seulement qu'il le ferait.

II

LA GUERRE

DIMANCHE 2 AOÛT 1914

LE docteur Campbell avait rendez-vous très tôt au Golf Club avec Tom Harrisson, l'ancien jockey. Il sacrifiait volontiers une demi-guinée sous forme d'enjeu pour profiter de ses conseils. Avait-il vraiment joué avec le prince de Galles au *Royal and Ancient¹ ? The present king*, affirmait-il, c'est-à-dire George V. Avait-il gagné le *Great National* deux fois comme il le prétendait également ? A quoi bon vérifier ?

Tom n'avait pas seulement le drive le plus long de tous les membres du Golf Club, il était de loin le plus drôle, et pourtant certains ne manquaient pas d'humour : le révérend McCarthy faisait rire tout le monde en racontant le cyclone de 1892 qui avait pourtant failli emporter le toit de son église. Le révérend ne jouait pas au golf le dimanche. A sept heures du matin, les bien-pensants dormaient. Les greens étaient déserts. Quelques gouttes tombaient du ciel gris et bas.

« Si nous faisons six trous, nous aurons de la chance », dit Tom en installant sa balle sur le *tee*.

Il la reprit pour la comparer à celle du docteur.

« Vous jouez avec une américaine ? Je prends donc la même. »

Il tendait la main pour que le docteur lui donne une balle.

« Vous n'êtes pas écossais pour rien, Tom, remarqua Campbell.

– Le poids est le même, expliqua Tom, mais le diamètre des américaines est un peu plus grand, un pouce soixante-huit ; les anglaises n'ont qu'un pouce soixante-deux.

– Est-ce important ?

– Il faut que les chances soient égales. Vous ne doublez pas l'enjeu, doc ? Sur six trous ?

---

1. Le plus ancien des clubs de golf.

– Si ça vous arrange », dit le docteur, plutôt condescendant.

Tom lui tendit une petite fiasque de whisky en argent : « *Have a go ?* »

Il donna un conseil au docteur, pour justifier la double mise :

« Décollez le bras, doc, laissez aller. Regardez-moi. »

Tom était un satané ivrogne mais son golf n'en souffrait pas. Il commentait les nouvelles en marchant vers le premier green :

« Les Russes et les Allemands mobilisent, doc, ça sent mauvais, hein ? C'est la guerre, pour sûr. Vous n'y croyez pas ? »

La guerre ? Peut-être, sans doute, mais où ? Cela faisait presque trois ans que Campbell était arrivé à l'île Maurice ; son contrat expirait en novembre. Il lui semblait par moments qu'il s'y trouvait depuis toujours, en tout cas depuis une éternité car, pas plus qu'au premier jour, il n'avait le sentiment d'appartenir à l'Île, il restait étranger, totalement ; d'ailleurs, d'où était-il ? Il ne se sentait pas plus anglais que mauricien ou suisse ; il était d'un monde à part, avec Elvira, sa mère, qu'il supportait pourtant de plus en plus difficilement. Ah ! comme il eût aimé l'expédier en Angleterre et rester seul, voluptueusement, magnifiquement seul ! Il noircissait les pages de son cahier : « Le cas de Madame de K. »

« Réveillez-vous, doc, dit Tom, vous ne pouviez pas rater ça ! Un « *put* » pour Marie Stuart. »

Encore reine d'Écosse, Marie Stuart, première joueuse de golf du monde, avait comme le docteur manqué un coup immanquable, mais elle avait une excuse, elle venait d'apprendre la mort de son époux Darnley.

« Son assassinat, rectifia Tom, elle l'a éliminé, n'est-ce pas, doc, cela ne fait pas le moindre doute, mais comment, hein ? Comment ? Lorsque la maison dans laquelle il dormait a explosé, était-il déjà empoisonné ? C'est un mystère. »

Tom se grattait le nez. A son avis, la civilisation avait commencé en Écosse. Pour le golf, c'était vrai.

« Tout le monde jouait si bien que le roi avait interdit le golf. Les paysans ne s'occupaient plus des champs et des bêtes et les soldats ne s'entraînaient plus à l'arc. Bien entendu, le roi ne s'est pas soumis à sa loi et il a continué à taper sur la balle faite avec...

– Je sais, Tom, c'était Jacques IV, vous me l'avez raconté vingt fois. »

De grosses gouttes blanches tambourinaient sur les feuilles d'un bananier.

« Vous n'êtes jamais allé à Gloucester, doc ? Sur l'un des vitraux de la cathédrale on voit un joueur de golf.

– Pas vous, au moins ?

– Le vitrail date du XIVe, doc.

– Il faut rentrer, décida le docteur. En Angleterre on peut jouer sous la pluie, pas ici.

– Vous avez raison, doc, dépêchons-nous. »

Ils arrivèrent trempés au club house.

« Ce ne sera pas long, prévoyait Tom, le vent se lève, dans une heure tout sera dégagé. Regardez les palmiers. »

Un boy lâcha le balai pour allumer le samovar.

« Ce n'est pas la même pluie qu'en Angleterre, elle est blanche, reprit Tom, blanche et chaude, mais on n'y voit plus rien quand ça tombe. Vous ne voulez pas un cheval, doc ? Je crois que je pourrais en avoir un pour vous.

– Trop tard, grommela le docteur.

– Vous pensez qu'*ils* vont vous rappeler ? »

Comme le docteur marquait de la surprise, Tom précisa :

« C'est la guerre, hein ? Tout le monde y croit, doc, les Chinois ont monté le prix du riz de 10 à 12 *cents*.

– Quelle absurdité, la guerre, souffla le docteur.

– Qu'est-ce que vous feriez, doc ? Si le Kaiser attaque les Français, qu'est-ce que vous pourriez faire d'autre ? Il y a toujours eu des guerres, doc. Il en faut. Il y a trop d'hommes, on le constate ici, hein ? Ça grouille. Ils se reproduisent comme des lapins. »

Tom versa du whisky dans son thé.

« Pas pour vous, doc ? Toujours pas ? Regardez le ciel, ça se lève.

– Il faut que je parte, dit le docteur.

– Vous abandonnez ? »

Tom tendit la main, en faisant claquer deux doigts.

« Vous l'avez gagnée facilement, ce matin, grogna le docteur en lui donnant une livre.

– Nous avions dit une guinée, doc. »

Il réclamait un shilling de plus.

« Quand j'ai pris Red Fox, reprit Tom, on voulait l'envoyer à la boucherie. »

Il parlait du cheval avec lequel, affirmait-il, il avait remporté deux fois le *Great National.*

« Vous avez déjà mangé de la viande de cheval, doc ?

– A Paris, oui, avoua le docteur. On en servait aux malades de l'hôpital, avec du bouillon.

= Pouah ! grimaça Tom. Il n'y a que les Français pour avaler ça.

– Ça fortifie », affirma le docteur.

Est-ce qu'il plaisantait ?

« Je peux vous dire comment le goût du cheval leur est venu, reprit le docteur. Cela date de la bataille d'Eylau. Vous en avez entendu parler ? Une victoire de Napoléon sur les Russes.

– Je m'en tiens à Waterloo, dit Tom.

– Une vraie boucherie, des dizaines de milliers de morts et plus encore de blessés naturellement, qu'il fallait nourrir.

– On leur a donné de la viande de cheval ?

– Il n'y avait rien d'autre que des chevaux abattus par la mitraille, mon brave Tom, ça ne manquait pas.

– C'est ignoble, fit Tom.

– Et savez-vous comment on faisait rôtir cette viande ? Sur les cuirasses des hommes tués pendant les charges. Voilà les bienfaits de la guerre, Tom, on découvre une nouvelle cuisine.

– Hé, doc, hé, doucement, s'il vous plaît.

– Après avoir effectivement, comme vous l'estimez nécessaire, réduit un peu le chiffre des vivants. »

Le docteur éclata de rire :

« Un steak à la cuirasse façon Eylau ! Et comme on manquait de sel aussi, savez-vous comment on donnait du goût à la bidoche ? En la saupoudrant de poudre.

– J'aurais préféré crever plutôt que de manger un steak de mon Red Fox. Après sa deuxième victoire, on m'achetait son fumier deux fois plus cher que celui des autres chevaux de l'écurie. On me payait une demi-couronne pour poser la main sur une de ses fesses, qu'est-ce que vous en dites, doc ?

– Vous devriez être riche, Tom.

– Sir Alfred a fait son portrait.

– Qui ?

– Le peintre, Alfred Bunnings. Il venait de faire le portrait du cheval du roi, Oriflamme. Ah ! si le tableau était à moi, je ne serais pas ici.

– Vous ne vous plaisez pas à Maurice ?

– Et vous, doc ? »

Comme le docteur ne répondait pas, Tom versa du whisky dans sa tasse vide et rêva tout haut :

« Ah ! doc, si on se retrouvait un jour du côté de Trafalgar Square... J'avais un pub, là-bas, *The Admiral*, vous le connaissez ? »

Revenant à son cheval :

« Si je vous disais combien je l'ai payé, Red Fox... Il boitait, je l'ai ressuscité. Il boitait comme ça... »

De ses deux doigts recourbés sur la table, Tom évoqua la démarche de Red Fox avant le traitement qu'il lui avait fait subir :

« Je l'ai descendu à Southport où je l'ai fait marcher dans la mer. Ça lui a plu tout de suite.

— Vous l'avez guéri en le faisant marcher dans la mer ? demanda le docteur. Qu'est-ce qu'il avait comme maladie ?

— Personne n'a jamais pu me le dire, mais si vous voulez mon avis, doc, Red Fox avait décidé dans sa caboche de ne plus courir pour son ancien propriétaire, Lord Killanin, sa tête ne devait pas lui revenir, il s'est mis à boiter, un simulateur, vous comprenez ? Avec moi, c'était différent, il m'avait à la bonne. Il s'est remis à trotter, et puis à galoper. Je l'ai mis sur les haies. C'était un sauteur. Les entraîneurs n'en revenaient pas. Notez qu'il avait pris un sacré risque. On aurait pu le découper en steaks. Ça se fait aussi chez nous. »

Sacré nom de... Le docteur n'allait pas au bout des jurons, cet interdit absolu d'Elvira lui restait des années d'enfance. Dans l'eau ! Si je mettais Adl'aïd' dans la mer ?

« Quand Red Fox a gagné le Great National, Lord Killanin m'a envoyé un télégramme de félicitations. »

Le docteur avait prescrit des bains chauds prolongés à la comtesse, parce que Breuer en ordonnait à Fraülein O. Ils n'avaient pas fait de mal, certes, mais... Des bains de mer ! Adl'aïd' adorait nager, elle nageait tous les matins *avant*. Jusqu'à la veille de l'accouchement. Je le savais, se reprochait le docteur, et je ne pensais pas à la porter jusqu'à la plage. *How stupid.*

« Oui, ricana Tom, ils se trouvaient idiots, tous ceux qui avaient laissé filer Red Fox pour une bouchée de pain. Deux victoires, doc ! Est-ce que vous vous rendez compte ? Deux fois le Great National...

— Il faut que je parte, dit le docteur.

— Attendez un quart d'heure, il pleut encore trop. Vous pourriez me déposer à l'hôtel du gouverneur ? Je voudrais voir les dernières nouvelles. Ça ne vous intéresse pas, vous, doc, de savoir si on l'aura ?

— La guerre ?

— Les fonctionnaires du gouvernement sont requis, aujourd'hui, un dimanche, pour recopier les dépêches. Ça prouve qu'on l'aura.

– La guerre ? » demanda encore le docteur avec la même indifférence.

Pourquoi foncer à la Nouvelle Hollande si le temps ne se remettait pas ? Adl'aïd' ne pourrait pas se baigner.

« Je vous dis qu'il fera beau dans une demi-heure, annonça Tom. On finit la partie, non ?

– Les greens sont noyés, dit le docteur. D'ailleurs il faut vraiment que je parte.

– Ce qui me laisse perplexe, reprit Tom, 'c'est le télégraphe. Comment est-ce qu'il arrive ici ?

– Par un câble sous-marin, expliqua le docteur [1].

– Vous ne trouvez pas ça extraordinaire ? demanda Tom. En Angleterre on voit les poteaux et les fils.

– Quelle différence avec un câble sous-marin, Tom ? On ne le voit pas, mais du moment qu'on sait qu'il passe au fond de la mer.

– Par où ? demanda Tom.

– Je suppose qu'il vient par Suez, répondit le docteur. Je n'y ai jamais pensé.

– S'il n'y avait pas de câble, on ignorerait la guerre.

– On attendrait les courriers. On a vécu très longtemps sans télégraphe, Tom.

– Si le Kaiser envoie un zeppelin jeter des bombes sur Buckingham Palace, on le saura ici combien de temps après ?

– Une heure, mettons une heure après, peut-être moins.

– Et les sous-marins ? Le Kaiser va nous embêter avec les sous-marins ? C'est tout de même étonnant, des bateaux qui se promènent sous l'eau et qui...

– Qu'est-ce que cela peut vous faire, Tom ? dit le docteur, agacé.

– C'est fantastique ! Ils restent au fond, personne ne les voit et ils tirent sur les autres bateaux que tout le monde peut voir. Ils lancent des torpilles. La guerre va devenir impossible à faire, vous ne croyez pas, doc ? »

Le docteur ne l'entendait plus, il portait Adl'aïd' dans l'eau, elle flottait, elle nageait, elle reprenait pied, marchait, souriait, riait, parlait, et pourquoi pas ? S'il y a des miracles pour les chevaux, pourquoi pas pour elle ? Après deux ans ; plus de deux ans ; Dieu seul connaissait tous les efforts qu'il avait faits pour la sortir de son néant. Jusqu'à des tentatives d'hypnose.

---

1. Le premier câble reliant l'Ile au réseau de l'Eastern Telegraph fut posé en 1893. En 1901 un second relais fut branché sur la liaison Natal-Australie.

« Dormez ! Adl'aïd', je le veux ! »

Il n'osait pas le dire devant Jézabel, il le pensait, très fort, en regardant la comtesse au fond des yeux, ses yeux admirables, si incroyablement profonds, avec cette mosaïque dans les prunelles, et tout ce qu'il y avait à y lire :

« J'ai besoin de toi, Oliver, tellement besoin de toi, sauve-moi ! »

Breuer avait une sacrée chance. Il s'asseyait devant Fraülein O., plaçait l'index devant ses yeux :

« Dormez ! »

Elle retombait sur l'oreiller avec, sur le visage, une expression de stupeur et de confusion mentale. Campbell connaissait par cœur le livre de Freud et de Breuer. Plongée dans l'hypnose, Fraülein O. écoutait Breuer les yeux clos et elle répondait à ses questions. Elle livrait ses secrets, oh ! dans une certaine confusion, en les camouflant dans des histoires inventées pour son théâtre mental. Adl'aïd' aussi adorait le théâtre. A Paris ou à Londres, Oudinot en était persuadé, elle serait devenue comédienne. Quelles tragédies se jouait-elle, dans son inconscient, pour justifier son *absence* ?

Grâce à Oudinot, le docteur avait fini par connaître les secrets de la comtesse, ceux du moins dont Hennery avait démêlé l'essentiel, et d'abord cette passion qu'Adl'aïd' nourrissait pour Gaétan de Kergoust. Avait-elle épousé le fils pour appartenir au père auquel elle se refusait de son vivant ? Ou qui n'avait pas voulu la déflorer ?

Elle avait aimé deux fois son père, spéculait Campbell, le vrai, Louis Girard, qu'elle n'avait pas le droit de désirer, et le faux, Gaétan, auquel elle n'avait pas le droit d'appartenir, situation éminemment freudienne. Combien de lettres à Freud le docteur avait-il déchirées ? Docteur Freud, 19, Berggasse, Wien. Et combien de fois avait-il décidé de demander conseil à Sir Arthur, quoi qu'en pût penser Elvira ? Il ne pouvait s'y résoudre. Ah ! Elvira devenait encombrante, de plus en plus lourde à traîner. Pourquoi ne rentrait-elle pas en Angleterre avant que les communications ne soient coupées par la guerre ?

« Ils ont beaucoup de sous-marins, Tom ? demanda le docteur.

– Les Allemands ? Le Kaiser, doc ? »

Un rayon de soleil illuminait le feuillage ruisselant du goyavier en fleur au-dessus des géraniums.

« Vous y croyez aussi, hein, doc, à la guerre ? *Ils* ne vous laisseront pas moisir ici.

– Moi ?

– *Ils* auront besoin de médecins. »

Deux moineaux se poursuivaient pour s'accoupler, la femelle cherchait à échapper au mâle – ou à l'exciter ? – par d'incessantes esquives de vol qui s'enchaînaient à une vitesse folle sans surprendre le mâle.

« C'est ce qu'on appelle filer le train », plaisanta Tom.

Campbell transposait. Gaétan de Kergoust, il le savait par Oudinot, donnait rendez-vous à Adl'aïd' dans la forêt. Ils se retrouvaient au milieu de la journée, par la plus grande chaleur, pour ne pas être épiés ou suivis. Pourtant le vieux Louis Girard avait fini par apprendre quelque chose. Il est vrai que cette fois-là, la dernière, ils avaient passé la nuit à Bombay, dans le pavillon de chasse d'Oudinot, qui pourtant cherchait à se convaincre qu'il ne s'était rien passé entre eux ; rien de définitif, disait-il. Dans l'espoir d'aider à la guérison d'Adl'aïd', il avait fini par parler du roman que Gaétan lui avait donné : *Les demi-vierges*. Qu'est-ce que ça prouvait ? Et pourtant... Le comportement d'Adl'aïd'... Sa sensualité agressive. Qui l'avait éveillée ? Ce vieux beau, avec ses caresses inachevées ? Il méritait d'être abattu comme un chien vicieux, se disait le docteur avec rage. De penser à Gaétan mettait ses nerfs en pelote. Oudinot pourtant l'aimait bien. Ah ! si Adl'aïd' se remettait à parler ! Fraülein O. n'était pas restée muette pendant deux ans, sacrebleu, et il y avait une explication à son silence volontaire que Breuer avait trouvée assez vite. Allez donc communiquer avec une muette...

« Eh, doc, où êtes-vous ? demanda Tom. Vous ne m'écoutez plus. On pourrait repartir dans un quart d'heure. Le soleil va tout sécher, ça sera vite fait.

– Tom, dit le docteur en sortant un billet, vous m'avez donné le meilleur tuyau de votre vie.

– Moi ? fit Tom, ébahi, en empochant l'argent.

– J'ai eu une insolation, le mois dernier, vous vous en souvenez ?

– Parfaitement, vous n'êtes pas venu au manège, alors que j'avais un cheval épatant pour vous. Ça marche toujours, je vous l'ai dit, si vous êtes intéressé, vous pouvez l'acheter. Il est vrai qu'avec la guerre...

– J'ai eu un peu de fièvre, dit le docteur.

– Vous vous êtes donné une bonne consultation, je suppose ? plaisanta Tom.

– Je voulais superposer deux cercles.

– Des cercles ?

– Pas des vrais cercles, je voyais des cercles, je pensais les toucher, je cherchais à les faire coïncider.

– Ils avaient le même diamètre ?

– Non, dit le docteur en riant, et plus grave que ça, l'un des cercles n'était pas un cercle, c'était une sorte d'octogone, ou un truc avec plus de côtés encore.

– Je ne comprends pas très bien, souffla Tom.

– C'est incompréhensible, naturellement, et je le savais, je savais parfaitement que c'était complètement absurde de chercher à mettre ces deux cercles l'un sur l'autre.

– Surtout si l'un n'était pas un cercle, ricana Tom.

– Mais figurez-vous, Tom...

– Ne me dites pas que vous y êtes arrivé ?

– Si, exactement ; tout à coup, c'était fait.

– Qu'est-ce que vous aviez comme température, doc ?

– Précisément, je n'en avais plus.

– Vous vous payez ma tête, doc ? Franchement, je ne vois pas pourquoi vous me racontez ça ? Qu'est-ce que je dois comprendre ? »

Le docteur ne l'entendait pas. Il se versa du thé, puis : « Pourquoi m'a-t-on envoyé dans ce pays, Tom ?

– Qu'est-ce qui vous arrive, doc ? fit Tom, de plus en plus éberlué.

– Il faut que je parte, Tom. Merci encore. »

Le docteur éclata de rire.

« Vous pensez que je ne suis pas guéri de mon insolation, hein ?

– Exactement, avoua Tom. Pourtant vous avez un bon médecin. »

Le docteur jubilait en enfourchant sa moto. *On* ne l'avait pas fait venir pour rien dans cette foutue île, au bout du monde, où la médecine en restait à l'âge de pierre et où personne n'avait entendu parler de Freud. *Le cas de la comtesse K.* Depuis qu'il soignait Adl'aïd', il accumulait des notes. S'il parvenait à la sortir du trou ! Si Adl'aïd' cessait d'être octogonale ! Si elle redevenait cercle, et coïncidait avec... Avec quoi ! Avec la logique de Breuer et de Freud, avec la raison de tout le monde ? Si elle le voulait. Si elle coopérait davantage. Elle avait accepté le fauteuil roulant. Elle utilisait ses béquilles plus souvent. Pourquoi refusait-elle de tenir un crayon dans sa main gauche ? En cochant des lettres, elle pourrait *communiquer*... Ah ! s'il la guérissait ! Parfois il lui semblait qu'elle titubait aux lisières du conscient, qu'il suffirait d'une petite poussée. En vérité, non, une poussée ne ferait pas l'affaire. Elle attendait autre chose. Et il savait bien quoi. C'était impossible, impensable, mais les bains ? Si les bains de mer réussissaient ! N'aurait-il pas dû y penser depuis longtemps ?

Il filait vers la Nouvelle Hollande, en proie à une impatience heureuse. Si je n'avais pas joué au golf avec un jockey en exil pour avoir fraudé aux courses... Ainsi que le remarquait Elvira avec componction, les voies de la Providence sont vraiment bizarres, parfois. Les cloches appelaient au miracle. Les rayons de soleil qui passaient à travers les gros nuages repoussés sur l'horizon faisaient penser aux faisceaux de sainteté sur les images pieuses. Lève-toi, prends ton lit et marche ! Pourquoi pas, après tout ?

Du haut de Belle Vue, on découvrait la mer bleu émeraude et violacé, dont les scintillements se poursuivaient à travers la rade de Port-Louis. Très loin, un vapeur paraissait immobilisé sous son panache de fumée. Le *Curaçao* qui ramenait Oudinot ? En avance sur son horaire. De toute façon le docteur ne serait pas au débarcadère, puisqu'il était convoqué par Fireground, le chef du Service de santé, en fin de matinée, pour participer à la première réunion de la Commission de mobilisation. Un dimanche ! Quel vieil imbécile, ce Fireground, absolument bon à rien. Campbell le détestait parce que, lors de leur dernier entretien, il avait fait une allusion plus que déplaisante aux soins qu'il donnait à la comtesse :

« Depuis combien de temps, *young man* ? On peut dire qu'il s'agit d'une bonne cliente pour vous, hein ? »

Ce crétin n'était pas seul à le penser. Jollygood aussi... Il exerçait toujours, ce débris fatigué de Jollygood. Une purge, une bonne purge, voilà son traitement ! Campbell lui avait parlé de Freud et de psychanalyse. De quoi ? Psyché quoi ? Non seulement il ne savait rien mais il refusait d'apprendre quoi que ce soit, persuadé de détenir par grâce divine le pouvoir de soigner. Quand il échouait, ma foi, à Dieu d'en assumer la responsabilité. Et toi Campbell, quand tu n'arrives à rien, hein ? A qui la faute ?

Les bains de mer ! Il se persuadait que, cette fois, elle se débloquerait, il en était sûr. Pourvu que la guerre... S'il était mobilisé, comme Tom le prévoyait ? Pourquoi s'énerver ? La guerre n'était pas déclarée officiellement. Quelle idiotie. En feuilletant l'*Encyclopædia Britannica*, Campbell avait été frappé par le nombre incroyable de pages consacrées aux guerres. L'*Encyclopædia* les passait toutes en revue, cela n'en finissait pas, des milliers, des dizaines, des centaines de milliers de mots, alors que pour la paix... Combien de pages, combien de mots pour la paix ? *Peace*. Rien, trois fois rien, comparativement à *war*. Il avait voulu établir le rapport, arithmétiquement, en comptant les mots, afin d'en tirer argument pour sa thèse sur la mémoire ; le temps lui avait manqué. Elvira n'avait pas tort quand elle lui reprochait de négliger sa thèse. Qu'est-ce qui était plus important ? La comtesse ou la mémoire ? Si on cultivait la mémoire de la paix plutôt que la mémoire de la guerre on arriverait à mettre fin à ces folies meurtrières qui s'emparaient des hommes. La volonté de Dieu ! Il y a toujours eu des guerres et il y en aura toujours ! Évidemment, puisque l'on forme les mémoires à la guerre. Quand on les remplira de paix, de bonheur...

On faisait la grasse matinée à la Nouvelle Hollande. Personne pour accueillir le docteur. On entendait pourtant la moto de loin. Un certain laisser-aller s'installait depuis la maladie de la comtesse ; il allait en s'accentuant car le comte découchait de plus en plus souvent. Les visites de la Grande Mahaut s'espaçaient depuis la mort de la petite sœur Marguerite-Rose. Jéroboam livrait le ravitaillement au couvent deux ou trois fois par semaine.

Que se passe-t-il ? se demandait le docteur en pénétrant dans le hall. Le silence lui paraissait anormal. Averti par un pressentiment, il ouvrit doucement la porte de la chambre de la comtesse. Est-ce qu'il frappait, habituellement ? En général Jézabel l'attendait sur le seuil :

« Madame la comtesse va être si contente. »

S'il était sûr d'une chose, c'était du bonheur qu'il apportait à Adl'aïd'. Elle survivait grâce à lui. Voulait-elle mourir, après l'accouchement ? Sans doute, plus ou moins consciemment, puisqu'elle refusait de manger. Campbell se souvenait du soulagement, et pourquoi ne pas dire de la joie ressentie quand Jézabel lui avait annoncé que sa maîtresse avalait une bouillie de semoule... Le châtiment qu'elle s'infligeait était levé. La peine de mort, la peine de mort. Fraülein O. aussi manifestait des tendances suicidaires, et si intenses que Breuer avait exigé son transfert dans la maison de campagne de ses parents, d'où elle ne pourrait pas se jeter par une fenêtre. Adélaïde ne voulait plus mourir, mais pourquoi ne souhaitait-elle pas revivre ?

La chambre demeurait plongée dans une pénombre à peine éclairée par deux cierges placés de part et d'autre du lit ; les contrevents n'avaient pas été déposés. Le docteur se souvint de l'extrême-onction donnée à la comtesse après l'accouchement, quand on la croyait perdue. Encore ! souffla-t-il. A quoi rimait une seconde édition de cette lugubre cérémonie ? Il comprit aussitôt qu'il s'agissait de quelque chose de très différent.

Jézabel avait fait venir le longaniste[1] de Curepipe, un Noir superbe, grand, très musclé, on ne pouvait pas l'ignorer, il opérait torse nu, vêtu seulement d'une culotte blanche très moulante. Il se tenait à l'intérieur d'un cercle tracé avec une poudre blanche sur le parquet ; de la farine, le docteur s'en assura par la suite. Avec des contorsions et des ondulations des bras qui faisaient penser à de gros serpents, il lançait des formules en latin de messe :

« *Libera nos a malo.* »

Libérez-nous du mal.

« *In nomine Patris, File et Spiritus.* »

Agenouillée près du lit, Jézabel se signait, tout en poursuivant avec le longaniste un dialogue cocasse :

« Que dit l'esprit mauvais ?

– Il dit qu'il se trouve bien dans la poulette.

– Il faut lui dire de partir ! protestait Jézabel.

– Esprit mauvais, reprenait le longaniste d'une voix plus solennelle, je te contraindrai à partir avec l'aide de Notre Seigneur Jésus-Christ.

– Ainsi soit-il », fit Jézabel.

Le docteur scrutait le visage de la comtesse, dramatiquement éclairé par les cierges. Que voyait-elle ? Qu'entendait-elle ? Rien ? Ou bien... Quelques battements de cils. Soulevait-elle son ventre ? Le longaniste s'avançait vers le lit, le torse renversé, les genoux pliés. Campbell se souvenait de (l'ignoble) Fournier, bien malgré lui. La racine. La racine du genre humain. Celle du longaniste si formidablement marquée dans sa culotte collante. Comme s'il la présentait. Est-ce qu'elle voyait ? Est-ce qu'elle réagissait ? Le docteur voulait intervenir, mais... Cette sensualité incroyable qui émanait du Noir. Et elle ? Adl'aïd' ? Sa poitrine se gonflait. Si le longaniste montait sur le lit ? Était-ce pour cela que Jézabel l'avait fait venir ? Elle savait bien ce que la comtesse attendait. Quand les filles ont la jaunisse... Si le longaniste la guérissait ainsi ? Campbell sentait ses tempes se creuser. Une sorte de fureur en lui, un sentiment de frustration à la fois puéril

---

1. Longaniste : celui qui vend des onguents. Le mot s'est étendu aux sorciers.

et comique ; après tout ce que j'ai fait, si ce Noir... Que regardait Adl'aïd' ? Hystérie. Utérus. Les filles du roi guéries par les solides gaillards lancés à leurs trousses.

Qu'attendent les femmes ? Plus d'une fois, penché sur une fille à laquelle il donnait du plaisir en retenant le sien, Campbell avait tenté de lui arracher ce qu'elle ressentait ; de le définir ; ce que c'était ; quand ça commençait ; où ça commençait ; comment ça se développait ; et quoi ? quoi au juste ? ce qu'elle attendait, parle ! parle ! Elles ne disaient rien, jamais, elles laissaient la tête rouler de droite à gauche, de gauche à droite ; les yeux clos ; viens ! viens ! n'importe quoi ; comment savoir ? Comment comprendre ? Comment définir cette explosion qui, que... Le plaisir, le plaisir, c'est quoi ? La même chose pour elle que pour moi ? La mémoire du plaisir. Il fallait l'éveiller pour transformer la femelle en femme. Une femelle ne se laisse approcher que lorsqu'elle est disposée à la procréation. La mémoire de la jouissance. Les prodiges de l'évolution.

« Que dit l'esprit mauvais ? haletait Jézabel.

– Il dit que le mari de la poulette est un âne », souffla le longaniste d'une voix rauque.

Il était tout contre le lit. Le docteur voyait la main de la comtesse proche du ventre du Noir. Inerte, inerte, mais... Il n'en pouvait plus.

« Que se passe-t-il ?

– Oh ! monsieur docteur, souffla Jézabel.

– On ne voit rien, grommela Campbell.

– Je vais ouvrir, monsieur docteur, tout de suite, tout de suite. »

Une voix et des mines de petite fille en faute. Le longaniste n'était pas le premier charlatan qu'elle amenait en secret au chevet de sa maîtresse. Quand ils refusaient de se déranger, elle leur apportait des mèches de cheveux, des touffes de poils, des rognures d'ongles. Pour la rassurer, le docteur s'adressa au longaniste d'un ton qu'il voulait léger :

« Alors, mon ami, tu n'as pas réussi à chasser l'esprit mauvais ?

– Pas encore, avoua le longaniste en découvrant ses dents. Il se trouve bien au chaud.

– Comment est-il entré là ? demanda le docteur.

– Il a été envoyé par un *pousari*.

– Un sorcier indien, traduisit Jézabel.

– A la demande d'une femme jalouse », précisa le longaniste.

Il s'adressa à Jézabel.

« Je dois partir maintenant ? »

Dans la lumière du jour le Noir paraissait moins impressionnant. Jézabel avait laissé la porte ouverte sur la pelouse. Les odeurs de la mer et les parfums des lauriers assainissaient la chambre.

Le longaniste attendait d'être réglé : un coq, une bouteille de rhum et dix roupies.

« Tiens », dit le docteur en ajoutant cinq roupies.

Voulait-il conjurer des puissances occultes ? Plus d'une fois, notamment en assistant à une marche sur le feu, il s'était demandé comment l'on pourrait capter la force religieuse brute qui se dégageait des cérémonies magiques au profit de la médecine. Pourrait-il hypnotiser la comtesse s'il disposait du fluide du longaniste ?

Il s'approcha d'elle :

« Adlaïd', nous allons nager. Vous voulez bien ? »

Elle le dévorait des yeux.

« Nager, monsieur docteur, balbutia Jézabel. Dans la mer ? Comme avant ?

— Mets-lui son maillot pendant que je cherche le mien.

— Madame la comtesse se baignait dans sa chemise, monsieur docteur. »

Parfait. Campbell avait un costume de bain dans le tansad de sa moto car il lui arrivait fréquemment de s'arrêter pour une pleine eau. Quand il se fut changé dans la salle de bain, il trouva la comtesse assise sur le lit, si souriante qu'il la crut ressuscitée. Ah ! si les mécanismes se réenclenchaient, tout pourrait changer si vite, d'un instant à l'autre. Je la guérirai, se promit Campbell une fois de plus.

Jézabel avançait le fauteuil roulant.

« Je la porterai », décida Campbell.

En la prenant dans ses bras, il se rendit compte qu'elle était plus lourde qu'il ne l'avait prévu. Il comprit qu'elle se voulait lourde pour peser contre lui. Elle levait la tête, la bouche entrouverte, si proche de la sienne qu'il rejeta sa nuque en arrière. Vivrait-elle encore si j'avais quitté Maurice ? se demandait-il. Elle lui appartenait davantage que la veille. Les *avances* du longaniste... Bestiales ? En tout cas, le longaniste ne l'aurait pas, ce serait ignoble. Réflexions fugitives, des flashes plus instinctifs que raisonnés.

Le docteur entrait dans l'eau à reculons. Bien qu'elle ne fût pas du tout froide, elle le glaçait aux mollets, puis aux genoux.

« Ça va, Adl'aïd' ? Vous n'avez pas froid ? »

Cela faisait plus de deux ans qu'elle n'était pas sortie de sa chambre. Si elle attrapait quelque chose ? Un rhume. Une bronchite. Que ne raconterait-on pas si le bain entraînait des complications. Quel fou, ce Campbell ! La porter dans la mer ! Une malade, au lit depuis si longtemps, et pourquoi, hein ? On vous le donne en mille, parce qu'un jockey lui a raconté que son cheval... Comment réagirait Sir Arthur s'il en était informé ?

« Vous êtes bien, Adl'aïd' ? »

En anglais, il ajouta :

« *Happy ?* »

Heureuse ? Elle se serrait contre lui, avec des frissons qui passaient en lui. Quand il s'inclina pour l'allonger sur l'eau, elle égrena un rire de bonheur. Le docteur la tenait sous les aisselles, elle flottait dans sa chemise gonflée, plus nue que nue, les pointes des seins imprimées en sépia dans la soie. Belle. Mieux encore. Désirable, oui, désirable. A cause du longaniste ? Peut-être. En tout cas... Le docteur marchait à reculons, lentement, en tâtonnant du pied pour situer les pointes de corail qui parsemaient le sable. En s'aidant du bras et de la jambe gauche, Adélaïde revint tout contre lui.

« La jambe droite, Adl'aïd', droite, la droite », suppliait le docteur, d'une voix qui devenait rauque.

Son visage à fleur d'eau, si belle ; incroyablement belle ; ses tétons arrogants. Depuis longtemps, elle ne se verrouillait plus en croisant ses chevilles. Plutôt le contraire, avait noté le docteur. Revenue tout contre lui, elle pressait sa nuque contre... La racine ! Incompréhensible. Dans l'eau ! Les effets à retardement de la séance d'exorcisation ? Oh ! ce n'était pas la première fois qu'elle éveillait son désir. Extravagant. Une malade. Par quels mécanismes mentaux se mettait-il dans cet état ? Ce n'était pas elle qui l'excitait, pas seulement elle. Combien de fois avait-il posé sa joue sur sa poitrine en l'auscultant ? La joue ne se souvenait de rien. Ses doigts non plus, qui savaient tout d'elle, non, non, ce n'était pas ce corps qu'il désirait, c'était la réussite, faire l'amour avec la gloire, dans une eau miraculeusement transparente.

Il voyait Jézabel, elle attendait sur la plage à la lisière du massif des lilas sauvages, un peignoir à la main ; dans le massif, le docteur avait aperçu Pascaline et Absalon. S'il avait été seul avec Adl'aïd' ? La racine du genre humain ! S'il pouvait la guérir avec ça, *ça !* S'il disposait de ce pouvoir *miraculeux* ?

En reprenant la comtesse dans ses bras pour la sortir de l'eau, il évita d'effleurer ses seins, comme il l'avait fait au début du bain. Sans se soucier de Jézabel, il la porta jusque dans sa baignoire, remplie d'eau tiède par Judith, et aussi rapidement qu'il le put, il enroula une grande serviette autour de ses reins, avant de retourner à la mer, afin de se calmer en nageant.

Où suis-je ? Cette mer glorieuse. Le silence. La paix. Tom avait raison, si le câble sous-marin n'avait pas été posé, ou si on le coupait... La guerre effacée.

Pas une ride sur l'eau. Sa tête au milieu de l'océan Indien. Sortant du miroir. Plus de corps. Le corps ailleurs. Derrière le miroir. Qu'est-ce qui est moi dans moi ? Moi de moi ? Je deviens cinglé, pensait le docteur en se laissant flotter. *Crazy.* Cet isolement fabuleux. Être seul à Londres, et dans l'océan Indien. À Londres, tout seul, il resterait médecin. A Maurice ? Ne devait-il pas tout tenter ? Tout ?

Le cas de la comtesse de K. Il ne consignait pas dans ses notes les précisions, comment dire, sensuelles ? Mettons sensuelles, en vérité, elles constituaient l'essentiel de... L'essentiel. Vite dit. Fraülein O. n'était pas sensuellement éveillée. Du moins l'affirmaient-ils, Breuer et Freud. Quelle farce. Elle était folle de Breuer, cela sautait aux yeux. Elle ne répondait pas à un autre médecin que lui. Breuer se substituait au père, c'était évident.

Si ? Si *ça* la sauvait ? Ça, ça. Je ne peux tout de même pas ? Fornication médicale. Coït sur ordonnance. Quelle histoire. Adl'aïd' savait se faire comprendre sans parler. Est-ce que Jézabel avait compris ce qu'elle espérait ? Avait-elle fait venir le longaniste parce que... Dans cet étrange pays, après tout, pourquoi pas ? Du moment qu'Adl'aïd' prenait conscience de ce qu'elle perdait... Que faire ? Que faire ?

« Quoi ?

– Monsieur docteur ! »

Absalon et Pascaline l'appelaient de la plage. C'étaient bien eux qu'il avait aperçus dans les lilas sauvages.

« Monsieur docteur ! »

La voix perçante de Pascaline. Ravissante, blonde, dorée, bizarrement accoutrée à la chinoise, une blouse blanche sur un pantalon noir. Elle poussait comme une herbe sauvage. Incroyablement sûre d'elle, autoritaire, elle avait requis Absalon comme garçon de compagnie. Il n'allait plus à l'école à cause d'elle. Que faire ? Sa mère refusait de la voir, elle se mettait dans des colères féroces quand on la lui amenait. Ne vous montrez pas ! répétait

Jézabel aux deux enfants. Ils vivaient ensemble, à part, ils mangeaient à la cuisine sur un coin de table.

Absalon s'avançait dans l'eau :

« Monsieur docteur ! La bête ! »

Il tendait le bras vers le large.

« La bébête ! » criait Pascaline de sa voix pointue.

Un requin, dont Absalon avait aperçu l'aileron noir, avait franchi la passe loin du docteur, en vérité ; il était peu probable qu'il s'aventurerait dans les eaux basses où le docteur nageait.

« Un requin ? demanda le docteur. Tu es sûr d'avoir vu un requin, Absalon ?

— Il faut dire la bébête, dit Pascaline.

— La bête », corrigea Absalon.

Depuis qu'il se trouvait attaché au service de Pascaline, il portait des pantalons moins rapiécés. Il ne s'occupait plus des chevaux, c'était Jéroboam qui changeait leur litière.

« Tu ne voudrais pas que le petit sente le cheval quand il s'occupe de Mlle Pascaline ! avait remarqué Jézabel.

— Maman a nagé ? demanda Pascaline au docteur. Je vous ai vus.

— On se cachait bien, monsieur docteur », dit Absalon.

Il poussait, il se développait superbement.

« Tu te brosses toujours les dents ?

— Oui, monsieur docteur.

— Quand je serai grande, dit Pascaline au docteur, je partirai avec Absalon. »

Un martin apprivoisé sautillait autour d'elle. Absalon l'avait retiré de la gueule d'un chat, et il avait soigné son aile brisée. Il ne volait plus. Il accompagnait les deux enfants autour de la maison. Quand ils mangeaient à la cuisine, il restait perché sur la rampe de l'escalier.

« Est-ce que maman te parle à toi ? » demanda Pascaline au docteur.

Il demeura interloqué.

« Non, dit-il.

— Pourquoi est-ce qu'elle ne parle pas ?

— Tu le sais bien, Pascaline, intervint Absalon, ta maman est malade.

— Si elle nage, elle est guérie ? »

Elle regardait le docteur, sollicitant une confirmation.

« Elle va guérir, promit le docteur. Il ne faut pas l'énerver. »

Il tentait de se souvenir : depuis combien de temps n'avait-on pas amené Pascaline au chevet de sa mère ?

Cela remontait déjà loin. Elle faisait ses premiers pas. Pourquoi ne pas essayer une nouvelle fois ? Adl'aïd' avait beaucoup changé. Si on arrivait à effacer le souvenir du réflexe criminel de l'accouchement ? Si elle découvrait sa fille ? De toute évidence, il se passait quelque chose. Elle progressait.

« Maman m'embrassera ? » souffla Pascaline.

Bien entendu, elle ne se souvenait pas de la réaction assez terrifiante de sa mère, quand on l'avait poussée vers le lit :

« Va, Pascaline, avance. »

Elle titubait sur ses jambes. La comtesse était devenue blanche, prise d'une fureur qui la faisait trembler. Elle avait lancé quelque chose vers Pascaline, un gobelet ou une tasse ? Initiative prématurée, avait noté Campbell. Rechute. Qu'est-ce qui le poussait à reprendre le même risque ?

La comtesse s'apprêtait à déjeuner. Judith déposait sur le lit le plateau de thé.

« Mon Dieu », souffla Jézabel en se signant, lorsque le docteur apparut dans la chambre, portant Pascaline dans ses bras.

Il s'approcha du lit.

« Adl'aïd' ! »

Il regretta immédiatement son initiative, encore prématurée. La comtesse ouvrait ses yeux en grand, mais alors qu'ils brillaient de joie pendant le bain, voici qu'ils reflétaient du désespoir et de l'épouvante. Les dégâts provoqués par son réflexe, lors de l'accouchement, étaient-ils véritablement irréversibles ?

Un bras autour du cou du docteur, Pascaline pressait sa joue contre la sienne. Jalousie, comprit le docteur, dans une illumination. Adl'aïd' se sentait trompée, dépossédée. Il déposa aussitôt Pascaline par terre :

« Va jouer », souffla-t-il.

Comme elle demeurait immobile, il la poussa vers la porte :

« Ta maman est encore trop malade, laisse-nous, je vais m'occuper d'elle. »

Il prit la main de la comtesse, la droite, inerte, dans l'espoir absurde qu'elle s'accrocherait à lui. Elle pleurait, de grosses larmes coulaient sur ses joues. A désespérer. Mais si cela lui faisait du bien ? L'émotion ! L'émotion ! Une formidable émotion !

« Adl'aïd', vous ne voulez pas m'aider ? » murmura le docteur en se penchant sur la comtesse.

Elle le prit par la nuque de la main gauche, cherchant à l'attirer pour s'emparer de sa bouche.

« *Keep quiet* », dit-il en se dégageant.

Soyez sage. Pour la calmer, il la pria de lui verser du thé, tandis qu'il s'habillerait. Il quitta la chambre sans la revoir.

« Je suis très en retard », expliqua-t-il à Jézabel.

Il consola Pascaline, qui l'attendait en compagnie d'Absalon.

« Maman ne veut pas m'embrasser, dit-elle tristement.

– Elle t'embrassera bientôt, affirma Absalon.

– Toi, tu as nénène pour t'embrasser.

– C'est ma grand-mère, expliqua Absalon au docteur.

– C'est Jézabel, ajouta Pascaline.

– Moi, je peux t'embrasser », dit le docteur.

Il reprit Pascaline dans ses bras. Elle jeta ses bras autour de son cou et appuya sa bouche sur sa joue.

« Papa, murmura-t-elle tendrement.

– Monsieur docteur n'est pas ton papa, Pascaline, observa Absalon avec de la sévérité. C'est monsieur le comte qui est ton papa. »

Que pense-t-il quand il dit monsieur le comte ? se demanda Campbell.

« Mon papa est un hibou, dit Pascaline.

– Un hibou ? fit Campbell en riant.

– Il dort le jour », expliqua Pascaline.

Elle avait fait comprendre qu'elle souhaitait être reposée à terre. Etrange petite bonne femme. Campbell n'arrivait pas à la décrire convenablement à sa mère. Un bébé encore, certes, mais dans le même temps, un comportement et, souvent, des réflexions et surtout un langage de grande fille. Parce qu'elle grandit seule, expliquait Elvira qui, sans en avoir conscience, cherchait à capter une partie de l'étonnement, plutôt admiratif, que Pascaline éveillait chez son fils. J'étais comme ça, affirmait-elle. Elle rappelait aussi que les petites filles sont généralement plus éveillées que les garçons, au même âge.

« Pour des choses sans importance », bougonnait Oliver.

Que comprenait donc Pascaline de tellement important ? Lorsque sa mère s'entêtait ainsi dans une direction qu'il ne tenait pas à explorer avec elle, Campbell tournait court sans arriver à masquer son agacement ; il se le reprochait. Mais pourquoi Elvira était-elle jalouse de tout ?

Et Absalon ? Un peu jaloux aussi, lui, de Pascaline ? Il s'était rapproché comme s'il attendait d'être embrassé.

« Tu travailles bien à l'école ? » demanda le docteur en flattant sa joue.

Absalon le regarda avec désolation :

« Je...

– C'est vrai, fit le docteur, tu n'y vas pas en ce moment.

– Le maître m'a prêté un livre pour lire.

– J'avais promis de t'en apporter un, murmura le docteur.

– C'est quoi la guerre, monsieur docteur ? demanda Absalon. Les hommes se tirent dessus ?

– Pourquoi me demandes-tu ça ?

– M. Huret va peut-être partir pour la guerre, si elle arrive. »

Il parlait de l'instituteur de Port-Breton qui s'intéressait à lui.

« Pan ! Pan ! » fit Pascaline.

Elle faisait mine d'épauler.

« Quand je serai grande, j'irai chasser avec Ablalon, dit-elle.

– Il faut dire Absalon, corrigea Absalon.

– On ira là ! dit-elle en montrant le Sombre.

Il était grand temps que le docteur se rende à la convocation de Fireground.

« Monsieur docteur ne reste pas pour déjeuner ? demanda Jézabel.

– Pas aujourd'hui, *ils* deviennent fous à Port-Louis, dit le docteur.

– A cause de la guerre, monsieur docteur ? »

Il pensait à la comtesse.

« Elle mange ? Elle refuse ? Je n'aurais pas dû... »

Un geste vers Pascaline.

« Il faut pourtant, monsieur docteur, soupira Jézabel, c'est pas normal, c'est pas normal. »

Elle tenait Pascaline contre elle, avec les mains autour de son visage.

« Le bain a fait du bien, c'est sûr, reprit Jézabel.

– Tu le crois vraiment ? »

Le docteur ne tutoyait pas Jézabel sans embarras.

« Madame la comtesse a bougé un doigt. »

Elle remuait l'index de la main droite.

« Magnifique ! dit le docteur. Tu as bien vu ?

– Je crois, murmura Jézabel. Vous reviendrez demain, monsieur docteur ? Madame la comtesse vous attend toujours. »

Le docteur lui tendit la main. Jamais elle n'avait fait allusion au secret de l'accouchement. Aurait-elle pu

384

oublier le réflexe d'Adl'aïd' ? Parfois il brûlait de le lui demander.

« Ma petite fille, dit-elle en cajolant Pascaline, ma jolie petite fille. »

Le docteur s'apprêtait à partir lorsqu'il aperçut le comte qui arrivait du kraal, entraîné par ses chiens. Il avait tiré quelques perdreaux ; ses chiens avaient forcé un lièvre. Jéroboam ouvrit la gibecière sous les yeux du docteur.

« Quatre cartouches », dit le comte, en sortant quatre perdreaux.

Il en avait abattu deux alors qu'une compagnie s'envolait, et deux autres, avec le second Purday, alors qu'elle passait au-dessus de lui.

« Le coup du roi, dit-il, ils sont tombés à mes pieds. Vous les voulez ? »

Il présenta deux perdreaux au docteur.

« Merci, dit le docteur, je les accepte volontiers, je les ferai cuire à l'indienne.

– Faites-les donc plutôt rôtir », conseilla le comte.

Il palpait les cuisses :

« C'est sain, c'est musclé, je ne suis pas partisan du gibier faisandé. J'ai eu de la chance. En général, dans la matinée, les perdreaux piètent en cherchant leur nourriture. C'est fou ce qu'ils avalent.

– Les perdreaux sont les mâles des perdrix ? demanda le docteur.

– Pas du tout, répondit le comte en riant, les perdreaux sont de l'année, les perdrix sont plus vieilles. »

Il souffla sur les plumes d'un perdreau :

« Ils nous sont venus du Bengale, ceux-là »

Il manœuvra l'un des Purday de son *double* pour le faire admirer par le docteur. Il n'en disposait que depuis peu de temps, bien qu'il l'eût commandé immédiatement après avoir obtenu la signature pour la gestion de la Nouvelle Hollande. La Grande Plaine était administrée par Dietr von Buchkowitz. Ainsi en avait décidé le président du tribunal de commerce selon un arbitrage prévu dans le contrat de mariage, pour le cas où la comtesse serait dans l'impossibilité d'assumer ses pouvoirs de décision ; elle était seule propriétaire du tout.

« Vous n'aimez pas la chasse, docteur ? » demanda le comte.

Comme toujours il ressentait en présence de Campbell une gêne dont il ne cherchait pas à démêler les causes. Persuadé que le docteur ne pouvait rien pour Adélaïde, il lui reprochait, oh ! très inconsciemment, de la faire *traîner*. Dans le même temps, l'obstination du médecin lui servait d'alibi ; on ne pouvait pas lui reprocher d'attendre la mort d'Adélaïde dans l'indifférence, sinon avec impatience.

« Vous vous levez souvent si tôt, pour chasser ? demanda le docteur.

– C'est le meilleur moment de la journée.

– J'étais au golf, dit le docteur. Il s'est mis à pleuvoir très fort. Pas ici ?

– Je suis sorti après la pluie », expliqua le comte.

Il n'arrivait pas à se rendormir, préoccupé par un ultimatum du banquier Li-Heu. Un banquier, ce voleur ? Le comte se promettait de lui secouer les puces, dès lundi matin. Li-Heu s'était permis d'envoyer un employé au Cercle, avec une traite, pas même signée par lui, une traite de Muguette. Bien entendu ce forban de Li-Heu avait fait exprès de le relancer au Cercle. Le chantage au scandale, mais sacrebleu ! il le lui paierait ! En fait, il comptait sur Oudinot pour le sortir du pétrin où sa naïveté l'avait mis. Oudinot rentrait, le *Curaçao II* était annoncé pour midi. Le comte se proposait de déjeuner avec lui. Content de le revoir après une absence de plusieurs mois. Oudinot s'était rendu à Londres à la demande du vieux Chazelles, pour arranger les affaires de Marlyse, et comme toujours il s'en était tiré au mieux.

« Vous savez, docteur, qu'Henri Oudinot arrive dans une heure ? »

– Malheureusement je ne pourrai pas l'accueillir au débarcadère. Dites-lui s'il vous plaît que je suis désolé. Je dois assister à une réunion, à l'hôtel du gouverneur.

– La guerre ? demanda le comte. Elle est déclarée officiellement ?

– Pas encore à ma connaissance », dit le docteur.

Le comte renvoya Jéroboam et la meute, six braques d'Auvergne blanc et orange, tous bien gorgés, des voix de demi-hurleur qui s'entendaient magnifiquement dans les couverts.

« Si vous voulez le lièvre, docteur ? » proposa le comte, sans insistance.

Il retenait son chien par le collier, Tout-Fou, qui remplaçait Braco sans le faire oublier. Nourri par le comte, il s'alourdissait.

« Papa ! Papa ! »

Pascaline arrivait en courant et se jeta dans les bras de son père ; il lâcha Tout-Fou pour la soulever.

« Maman guérie ! » lança-t-elle avec bonheur.

Le comte se tourna vers le docteur.

« Qu'est-ce que tu racontes, Pascaline ?

– Ne vous... »

Le docteur allait dire : ne vous affolez pas. Il corrigea à temps :

« Ne vous réjouissez pas trop vite.

– Maman a nagé ! » dit Pascaline.

Le comte ne cacha pas sa surprise :

« Vous avez...

– Oui, dit le docteur, j'ai pensé que les bains de mer pourraient... (Il cherchait un verbe) Aider... (Il ne voulait pas dire : la comtesse, ni votre femme ; il savait qu'il irritait le comte en utilisant le prénom de la comtesse. Tant pis...) aider Adl'aïd' en la décontractant.

– Vraiment ?

– Il semblerait que le bain lui ait fait du bien. Jézabel a cru remarquer qu'elle remuait un doigt... (Le docteur faisait jouer les doigts de sa main...) de sa main droite. »

Le comte avait déposé Pascaline. Elle s'était accroupie devant Tout-Fou. Elle poussa un cri, que suivit un aboiement plaintif du chien. D'un coup de dents plus maladroit que méchant Tout-Fou avait mordu Pascaline près de l'œil, lui faisant une petite déchirure à la paupière droite. Sans gravité, heureusement, mais à un centimètre près... Le comte envoya un formidable coup de pied dans le ventre du chien.

« C'est de ma faute, papa », plaida Pascaline.

Elle avait enfoncé un doigt dans l'œil de Tout-Fou.

« Pour voir s'il aurait mal », expliqua-t-elle.

Après avoir désinfecté les marques du coup de dents, le docteur jugea qu'il valait mieux faire un point de suture. Il avait toujours des aiguilles dans sa trousse. Assez fines pour Pascaline ? Il ne se posait pas cette question lorsqu'il recousait un petit Indien. Il installa Pascaline sur un fauteuil, dans le hall, en demandant à son père de lui donner la main.

« Ne bouge pas », dit-il.

Le comte pâlit en voyant l'aiguille contre l'œil de Pascaline. Il s'accrocha au dossier du fauteuil, la tête lui tournait. Pascaline ne broncha pas.

« Vous pouvez être fier d'elle, dit le docteur au comte.

– Je n'ai rien senti », fit Pascaline.

Le docteur l'embrassa.

« Tu le diras à maman ? » demanda-t-elle.

Le comte cherchait comment il pourrait faire sentir au docteur qu'il appréciait son dévouement médical. Plus d'une fois il l'avait prié, sans trop d'insistance à vrai dire, de faire connaître le montant de ses honoraires.

« Cela ne vous amuserait pas, docteur, de chasser avec moi un de ces jours ?

– Pourquoi pas ? fit le docteur.

– Tirer un cerf, à l'aube, c'est quelque chose, croyez-moi. »

Ils prirent rendez-vous pour le dimanche suivant.

« Vous coucherez ici, docteur », trancha le comte.

Il avait décidé déjà qu'il emmènerait le docteur à Bombay. Avec ou sans Oudinot ?

Comme d'habitude, Oudinot avait été le premier passager à monter sur le pont.

« Il pleut sur votre satané pays », avait grommelé l'officier de quart.

Ils se rinçaient la bouche ensemble, chaque matin, au whisky.

« Ça se lèvera », prévoyait l'officier.

On menait la vie à la bonne franquette sur le *Curaçao II*, un cargo de 2 000 tonnes qui transportait un peu de tout, plus une quinzaine de passagers dont trois, en première classe, qui prenaient leurs repas avec le capitaine.

Oudinot était déçu. Il rêvait de découvrir son île comme les pionniers de *L'Atalante* et de *La Diane*, quand, après neuf mois de traversée, ils arrivaient en vue de la rade de Port-Louis.

« Voyez, reprit l'officier, on aperçoit une montagne. »

Le Pieter Booth pointait son sommet en forme de téton entre les nuages. Impossible de s'y tromper, on approchait. Après tout, il pleuvait peut-être ce dimanche de Pâques de 1722 lorsque les deux navires avaient jeté l'ancre ?

« Ça devait être bouleversant pour ces pionniers, vous ne croyez pas ? »

L'officier hochait la tête avec indifférence. En 1722, cela ne remontait pas à deux siècles, il y avait quelques enfants à bord de *La Diane* et de *L'Atalante*. L'un d'eux, avant de mourir, aurait pu raconter son arrivée à un petit ou arrière-petit-fils qui lui-même aurait pu me transmettre son récit, calculait Oudinot. Ce passé si proche, à toucher de la main pour ainsi dire, pourquoi paraissait-il si éloigné ? On ne nous le raconte pas, grommela Oudinot pour lui-même, en se portant vers l'avant. L'étrave ouvrait son sillon huileux dans la mer grise et lourde. Oudinot avait choisi le *Curaçao* pour deux raisons : il faisait escale à Sainte-Hélène et à bord la ségrégation des passagers n'était pas rigoureuse comme sur la P. & O. Ce qui ne signifiait pas qu'il aurait pu voyager avec Orak ; il l'aurait retrouvé de temps en temps sur le pont.

Bon maître, je reste, merci. Oudinot déplia une fois de plus le message qu'Orak lui avait laissé avant de disparaître, la veille de l'embarquement. Et une fois de plus il se reprocha de ne pas avoir retardé son départ, pour laisser à Orak une chance de regagner le petit appartement qu'il avait loué à Hampstead pour y être tranquille, avec lui. Avait-il assez répété à la logeuse que si orak, par chance, y revenait, elle lui dise bien qu'il obtiendrait à la banque Morgan de quoi payer son retour, en s'adressant à Mr. Burnings Jr ?

Aurait-il dû adopter Orak ? Comme Mawillal avait été adopté par son *père* ? En admettant que ç'eût été juridiquement possible... Oudinot demeurait assez lucide pour se souvenir du soulagement éprouvé après la lecture du billet. *Bon maître, je reste, merci.* Je ne lui ai pas fait de mal. Je l'ai aidé. Comme Mawillal avait été aidé par son *père*. Sur le bateau, la solitude... Oh ! ce n'était pas seulement pour *ça*. Et même, à peine pour *ça*. Ce qui lui manquait, c'était la présence d'Orak. Qu'il soit là, vivant, à portée d'appel. Orak ? Oui, maître. Il l'appelait maître. Sahib. Oui, Sahib. Il a besoin de moi, je peux tout pour lui, se disait Oudinot. Eh bien, non, Orak avait tranché ça, il n'avait besoin de rien. Que devenait-il ? Qui l'*aidait* ?

Von Berst, Herr Doktor von Berst, rejoignit Oudinot à l'avant du bateau, un cigare à la bouche. Au début, l'insistance avec laquelle von Berst annonçait et rappelait son titre de docteur agaçait Oudinot plus qu'elle ne l'amusait. Un Allemand. Les circonstances n'incitaient pas à la sympathie pour les sujets du Kaiser. Alors que le *Curaçao II* prenait le large, l'assassinat de l'archiduc François-Ferdinand suscitait une émotion universelle. La guerre, cette fois ? A force de la prévoir, elle finirait par arriver. Aux escales, Oudinot se jetait sur les journaux ; il avait déjà lu à Londres ceux achetés à Sainte-Hélène. Quelle escale mélancolique ! Oudinot pensait à son grand-père ; c'était en souvenir du colonel qu'il visitait Longwood pour la seconde fois. Von Berst ramassait des cailloux :

« L'Empereur a marché dessus », soupirait-il avec extase.

Ce curieux personnage, brun, pas très germanique d'apparence et d'allure, avait une abondante chevelure, un visage vaguement chinois, il parlait volontiers de la Chine qu'il avait traversée de long en large pour acheter des porcelaines et d'autres antiquités. Sa maison, à Hambourg, ravitaillait les antiquaires du monde entier. Il racontait ses voyages admirablement, le soir, après le dîner ; le capitaine ne se lassait pas de l'écouter.

« Vous voilà dans votre pays, monsieur Oudinot. »

Mon pays ? L'île Maurice ? En vérité, quel est mon pays ? se demandait Oudinot. Il se sentait français, alors qu'il n'avait pas mis les pieds en France. Il aimait beaucoup l'Angleterre. Il parlait admirablement l'anglais. A Londres on le prenait pour un Anglais. Il s'habillait et il buvait anglais ; sans parler de sa manie de faire briller lui-même ses bottines quand le boy venait de les cirer.

Pourquoi les pionniers de Maurice n'en avaient-ils pas fait une *patrie*, comme les Normands et autres Picards émigrés au Canada ? Des fils de famille, des cadets, qui ne pensaient qu'à faire fortune pour retourner en parade à Versailles, se dit Oudinot. Des Bubu. Des dodos. Et les autres ? Les menuisiers, les forgerons ? Les Suisses ? Oudinot se mettait dans la peau de l'un des Suisses au service du roy pour comprendre Orak. Ils s'engageaient parce qu'ils crevaient de faim dans leur village, rien ne les retenait au pays, sauf des visages. Orak avait-il une mère ? Si ses parents m'attendaient ? se demandait Oudinot. Il ne se souvenait pas sans embarras des tractations menées avec Oji, selon les conseils de Rose.

« Ne vous faites pas voler, Henri. »

Il avait acheté Orak comme on recrutait les Suisses. Il revenait assez troublé de Londres, où les choses avaient bien changé depuis qu'il faisait ses études. Ou avait-il appris à les voir autrement ? Les trains, les autobus, le gaz, et l'électricité aussi, pas partout encore, mais... L'émotion d'Orak quand, pour la première fois, il avait tourné le commutateur. Et le téléphone ! Avec qui parlait le maître ? *Sahib*. Que devenait Orak ? Arriverait-il à survivre dans le Nouveau Monde ? Question que les jeunes Suisses devaient se poser, en découvrant, de l'avant de *La Diane* ou de *L'Atalante*, cette terre qui émergeait des flots.

Les nuages se levaient, on apercevait Port-Louis, très vaguement, dans une grisaille. En 1725, la forêt descendait jusqu'à la mer. Quels dangers masquait-elle ? Des guerriers sauvages ? Des bêtes féroces ? Terminus, bonhomme, prends ton fusil Grégoire, le roy te jette sur ce sable pour défendre sa couronne, tu dois mourir pour lui, tu as touché dix thalers. Orak avait fait le voyage à l'envers. Combien de thalers l'ai-je payé ? Oudinot sentait sa gorge se serrer. Je l'aidais, se disait-il, je lui apprenais à lire et à écrire. Pour le ramener à Maurice ? Et maintenant ? Oseras-tu en *acheter* un autre ?

« Nous sommes un peu en avance, remarqua von Berst. Avec les moteurs à turbine on gagne deux nœuds en consommant moins d'un kilo de charbon par cheval-vapeur. A l'heure !

– Les premiers colons ont fait le voyage en neuf mois, dit Oudinot.

– C'était anormal, commenta von Berst. En général, la traversée prenait deux mois, trois au plus.

– La vapeur a tout modifié, fit Oudinot, en pensant à Mawillal. On oubliait le temps quand on montait à bord d'un voilier ; et maintenant...

– *Time is money* », soupira von Berst.

Il montra le ciel dégagé et bleu autour du Pietr Booth :

« Vous aurez du soleil, monsieur Oudinot. Si on allait déjeuner ? Vous avez entendu la cloche ? »

Le capitaine, d'origine hollandaise mais gallois d'adoption, se faisait servir un hareng saur chaque matin, qu'il dépiautait en le tenant par la queue ; pour Oudinot, un mauvais moment à passer, d'autant qu'il touchait à peine à ses œufs. Il fumait en buvant du thé.

« Etes-vous satisfait de la traversée, monsieur Oudinot ? » demanda le capitaine.

Il n'attendait pas de réponse ; on ne pouvait voyager plus agréablement que sur le *Curaçao II*. Un dessin à la plume, rehaussé à l'aquarelle, représentait le *Curaçao I* qui, en 1827, avait assuré la première liaison à la vapeur entre Rotterdam et Calcutta.

« En vingt-huit jours, précisait volontiers le capitaine. On ne va guère plus vite maintenant. »

Le *Curaçao I* jaugeait 438 tonnes ; il était propulsé par une roue à aubes.

« En moins d'un siècle, tout a changé, remarqua von Berst.

– Pas forcément pour le mieux », souffla le capitaine.

Le boy, un vieux nègre, enleva les restes du hareng.

« Vous savez, dit le capitaine à Oudinot, que votre île a d'abord été possession hollandaise ? Les Hollandais lui ont donné son nom.

– Les Français lui ont donné la vie, rétorqua Oudinot avec une gravité qui le surprit. Les Hollandais venaient chercher des bois précieux. Quand ils en ont trouvé en Amérique du Sud, moins cher, ils sont partis, sans rien laisser.

— Des daims, corrigea le capitaine.

— Et des rats, ajouta von Berst.

— Après dix années de présence française, reprit Oudinot, on comptait déjà près de 2 000 âmes.

— Des bouches à nourrir, grommela le capitaine.

— Beaucoup de Noirs, précisa le Herr Doktor, des esclaves, n'est-ce pas ?

— Combien de bouches à nourrir aujourd'hui ? demanda le capitaine.

— Ma foi, fit Oudinot, je sais seulement qu'il y en a beaucoup.

— 400 000, dit von Berst, dont plus de la moitié d'Indiens.

— Ils mangent peu, remarqua le capitaine.

— Ils mangeront de plus en plus », lança Oudinot.

Il remonta sur le pont avec von Berst. Les nuages s'étaient déchirés en se levant, on voyait du bleu partout, et Port-Louis apparaissait au fond de la rade, lové au soleil.

« Il n'y a pas si longtemps, expliqua Oudinot, on fermait encore le port en tendant une chaîne entre le fort Blanc, là-bas, et l'île qui se trouve de l'autre côté.

— L'île aux Tonneliers, n'est-ce pas ? dit von Berst.

— Vous connaissez le nom ? s'étonna Oudinot.

— C'est tout de même étonnant, reprit von Berst, que des Suisses soient venus mourir ici pour le roi de France.

— C'est le nom d'un Suisse qui figure en tête du premier registre d'état civil, dit Oudinot. Hilaire Tanlet, de la compagnie Bugnot. En rade de Lorient, il avait épousé Marie Ogé, de Saint-Marcellin en Dauphiné, mariage célébré par M. Borthon, un père jésuite.

— Combien de femmes étaient du premier voyage ? demanda von Berst.

— Une vingtaine, répondit Oudinot.

— Des reines ! s'extasia von Berst.

— Il n'en restait que la moitié à l'arrivée », dit Oudinot.

La Compagnie des Indes en envoya d'autres, une cargaison d'orphelines formées par les sœurs de Saint-Vincent-de-Paul.

« ...dont quatre, raconta Oudinot, ne trouvèrent pas preneurs.

— Est-ce possible ! s'esclaffa von Berst. Que sont-elles devenues ?

– On les a poussées, pour la nuit, dans la case du père jésuite, raconta Oudinot.

– Elles s'y trouvaient à l'abri, acquiesça von Berst.

– Attendez, raconta Oudinot. Les premiers colons, qui détestaient le jésuite, l'accusèrent, le lendemain, d'avoir retenu ces demoiselles pour son usage [1].

– Comment savez-vous tout cela ? s'étonna von Berst.

– Je connais l'archiviste de l'évêché, expliqua Oudinot. Tous les documents anciens sont chez lui.

– Il faut écrire un livre, cher monsieur.

– J'y pense », avoua Oudinot.

La naissance d'une nation. Une nation, Maurice ? Quand ? Penché sur le bastingage, Oudinot *voyait* les pionniers rassemblés sur la plage pour le premier *Te Deum*. On débarquait quelques enclumes, une forge, des armes, des munitions. Une pioche valait plus qu'une bague. Oudinot pensait déjà à son livre quand Orak l'avait ramené chez lui, cette nuit-là. Il avait décidé de se tuer.

« Vous croyez, Herr Doktor, que nous aurons la guerre ? »

Les dernières nouvelles reçues en mer par le capitaine n'étaient pas rassurantes. Mobilisation en Russie, en Allemagne.

« Nous sommes si loin de tout, ici, souffla Oudinot.

– Eh ! dit von Berst, c'est vous qui le remarquiez tout à l'heure, la vapeur supprime les distances.

– Et le temps », fit Oudinot.

Ils se serrèrent la main :

« Vous allez jusqu'à Rangoon ? demanda Oudinot.

– Je l'espère », dit le Herr Doktor.

Une drôle de voix, jugea Oudinot.

Judith avait préparé un bain pour le comte ; elle s'accroupit à ses pieds pour retirer ses chaussures.

« Oh ! *Missiémâquis* ! »

Il tirait ses cheveux pour l'obliger à se relever.

« Ça s'arrondit, on dirait », dit-il en regardant dans son corsage.

Souvent après la chasse, il se sentait d'humeur gaillarde. Il aimait la nature d'une façon quasi animale, il n'aurait pas su parler des buées de l'aube sur la savane, décrire

1. L'idée de ce complot revint à M. de Saint-Martin, l'adjoint du deuxième gouverneur de Maurice, M. de Maupin, qui lui-même se présenta chez le père pour enlever une charmante négresse, mise à sa disposition par la Compagnie des Indes.

les gouttes de rosée sur les fougères, faire écho aux mélodies de la forêt, mais il captait tout par les yeux, les narines, les oreilles, par une mobilisation des sens qui le disposait aux accouplements sans préliminaires et sans conséquences.

« Oh ! *Missiémâquis* ! »

Le comte déboutonnait le caraco de Judith.

« Regarde », dit-il en ouvrant son peignoir.

Elle égrena un petit rire aigu en se laissant bousculer sur le lit.

« Ne viens pas me raconter que je t'ai mise enceinte », grommela le comte en se relevant.

Il tartina sa semence sur le ventre de Judith :

« Tout est là », dit-il.

Plus d'histoires, ah ! non, plus d'histoires ! Le comte se renfrognait quand il apercevait Pascaline avec Absalon. Que faire ? Même Mahaut semblait trouver normal qu'ils ne se quittent plus. En tout cas, elle ne protestait pas. Tout fichait le camp, à vau-l'eau, parce que Adélaïde... Il n'allait pas au bout de sa pensée : parce qu'elle ne mourait pas. On ne prenait plus de décisions ; les choses restaient en suspens. Et quand par hasard, lui, comte de Kergoust, maître après Dieu de la Nouvelle Hollande, achetait une petite automobile... Les histoires qu'on lui faisait à la banque. Une Rudge Whitworth de 3 ½ H.P., le modèle qui s'était placé parmi les cinq premiers aux Vingt-Quatre Heures du Mans, à 69 miles de moyenne. C'est-à-dire une voiture raisonnable.

« Du solide avant tout », répétait le comte, quand il en parlait.

Elle grimpait à Belle Vue en moins d'un quart d'heure. Pourquoi lui créer des complications pour ça ? Parce qu'*elle* voulait que l'on sache qu'elle commandait toujours ! Effarant. On la croyait *absente*... Elle continuait à peser sur tout. Par Oudinot, par lui, qui d'autre pouvait lui mettre des bâtons dans les roues, à la banque ? Pourtant elle ne lui parlait jamais. Pas plus qu'aux autres. Le docteur était là seule personne qu'elle parût reconnaître. Et entendre. Il *existait*. Dietr von Buchkowitz aussi, quand il rendait les comptes de la Grande Plaine. Extraordinaire. Pour ce genre de choses, elle revivait. Du moins en donnait-elle l'impression, mais...

« Quelle heure est-il ? demanda le comte.

– *Missiémâquis* sera en retard à la messe, pépia Judith, en s'ajustant.

394

« – Brosse-moi dans le dos », dit-il en s'asseyant dans la baignoire.

Le caraco s'ouvrait quand Judith se penchait sur lui.

« Boutonne-toi, dit le comte.

– Je voudrais demander quelque chose à *Missiémâquis*..., commença Judith.

– Ne me demande pas trop.

– Pas d'argent, *Missiémâquis*, je voudrais travailler.

– Pourquoi ? On ne te donne rien à faire ?

– Je sais bien coudre, *Missiémâquis*, et je sais broder des choses simples. J'étais au couvent pendant trois ans. Madame supérieure m'avait prise.

– Eh bien ? demanda le comte.

– Je pourrais faire des robes pour Mlle Muguette.

– Qu'est-ce que tu chantes ? »

Le comte s'énervait à la moindre allusion à sa liaison avec Muguette de Chazelles. Liaison... En fait, elle n'était pas sa maîtresse même si, de temps en temps, par adresse ou par peur, elle faisait preuve de complaisance pour l'apaiser quand il en arrivait aux limites de la congestion. Depuis deux mois, elle avait repris une boutique de mode dans Queen's Street, *Au Chic de Paris*.

« J'étais au couvent avec Amanda, j'avais de meilleures marques », affirma Judith.

Amanda, une ravissante créole, travaillait avec Muguette au magasin. Très adroite, elle l'aidait à couper et à coudre des robes.

« Elle dit qu'il y aurait du travail pour moi, reprit Judith.

– Tu la vois souvent ? demanda le comte, en fronçant les sourcils.

– Parfois, dit Judith. Je pourrais faire des colliers aussi. »

Elle tira un collier de coquillages d'une poche du caraco :

« Est-ce que *Missiémâquis* voudrait le donner à Mlle Muguette après la messe ? »

Petite garce, elle profitait des circonstances ; elle devait papoter avec Amanda, en cassant du sucre sur mon dos, pensait le comte, très agacé.

« Je parlerai de toi à Mlle Muguette, promit-il.

– Oh ! merci, *Missiémâquis* !

– Tu ne te plais plus ici ? »

Comme elle ne répondait pas, le comte enchaîna :

« C'est devenu lugubre, hein ? »

Il sortit du bain en s'ébrouant, tandis que Judith l'épongeait ; elle lui laissa la serviette à la hauteur du ventre, en lui faisant comprendre que là il devait se sécher lui-même.

« Si *Missiémâquis* préfère que je..., commença-t-elle en coulissant un regard effronté vers le comte.

– Fiche le camp, dit-il.

– *Missiémâquis* pensera au collier ? »

De la porte, elle le taquina encore :

« Il faudrait vraiment que *Missiémâquis* se dépêche pour ne pas arriver trop en retard à la messe. »

Les Chazelles avaient la moitié d'un banc à la cathédrale, mais comme Muguette seule représentait la famille... Elle s'arrangeait malgré tout pour garder deux places, même si, en aucun cas, elle n'eût permis à Bubu de s'asseoir près d'elle.

« Quand nous serons mariés devant Dieu. »

Au début de leur *liaison*, ils étaient convaincus, l'un comme l'autre, que cela ne tarderait pas.

« Tu me feras *mon* garçon pour tes dix-huit ans », prévoyait le comte, quand elle se dérobait.

Riche, remarié avec Muguette, aussi jolie que Gladys ; quand il y pensait le comte se disait qu'il accomplirait ainsi son vrai destin, Adélaïde n'était pas du tout pour lui, elle n'avait passé dans sa vie que pour redorer le blason Kergoust. (C'était aussi ce que pensait alors la Grande Mahaut, moins cruellement, dans un flou plus religieux). Hélas ! (Oh ! oui, hélas !) le temps passait, un mois, trois mois, un an, plus de deux ans, et non seulement il n'était rien arrivé, mais qui pouvait savoir jusqu'à quand ! Jusqu'à quand !

Le comte arriva au milieu de la messe. Pour absorbée qu'elle parût dans la lecture de son missel, Muguette l'aperçut, alors qu'il se signait en pliant le genou, face à l'autel. On lui libéra une place trois bancs derrière elle, dans la travée opposée. Trop près, lui reprocherait-elle. Il la compromettait ! Quand il restait au fond, elle l'accusait d'indifférence.

Dieu ! (ou diable !) qu'elle était ravissante dans cette robe en soie grège d'un vert qui tirait sur le jaune, coiffée d'un chapeau de paille vert sombre garni d'une colombe blanche, une voilette tombant jusque sur les yeux. Extraordinairement femme déjà, et en même temps encore une adolescente. Poivrée ! Du poivre vert, vert acide. Quand elle baissait le front, son cou s'étirait, admirablement flexible, si fin, elle était plus fine que Marlyse, Marlyse avait plus de poitrine, mais... La taille ! Adélaïde aussi avait la taille très mince, mais... *Mea culpa*, *mea maxima*, oui, oui, ce n'était ni le moment ni le lieu d'établir ces comparaisons, de se souvenir des parties de cache-cache avec Marlyse, de humer le parfum des robes de sa mère parmi lesquelles il attendait, attendait... La bête qui monte, qui monte... Et elle, Muguette ? Avec qui les parties de cache-cache ? Si incroyablement virginale à voir en prière, agenouillée, les cils couchés sur ses joues. Vierge, pour ça, elle le restait, mais pour le reste... Tout ce que les filles apprennent au couvent... L'autre, Judith, cette sauterelle noire, qui avait parlé de couture et de broderie... Un joli petit cul, Judith, et des seins fermes. Amanda n'était pas mal non plus. Difficile de savoir ce qu'elle cachait dans ses corsages, celle-là ; si Muguette apprenait quelque chose. Jalouse ! Une tigresse. Et en vertu de quoi, s'il vous plaît ?

Le comte laissait sa voiture sur la place d'Armes. Il sortait par une porte latérale de la cathédrale. Quand Muguette le rejoignit, il la salua poliment :

« Je peux vous déposer quelque part ? »

Elle :

« Si vraiment, je... »

Elle s'installa à côté de lui.

« Vous êtes arrivé encore plus tard que d'habitude, remarque-t-elle. Judith ne vous laissait plus partir ?

– Qu'est-ce que tu chantes ? » fit le comte, abasourdi.

Il pensa au collier de coquillages, et le sortit de sa poche :

« C'est pour toi, dit-il en le présentant à Muguette. Judith m'a prié de te le remettre. »

Muguette fripa son nez :

« Vous sentez la négresse », dit-elle avec dégoût.

Le collier lui plut :

« C'est joli, c'est fait avec goût, vous ne trouvez pas ? Elle voudrait travailler pour moi ? Elle l'a dit à Amanda. Je sais tout.

– Tu ne sais rien, grogna le comte, parce qu'il n'y a rien à savoir. En revanche, j'ai quelque chose à te dire, moi. Li-Heu s'est permis de me faire relancer au Cercle par un employé pour me signaler que tu n'as pas réglé les deux dernières traites. »

Muguette haussa les épaules, sans répondre.

« Tu ne dis rien ? Tu m'assurais que tout était en ordre.

– Je répétais ce que disait père. Vous savez bien que ce n'est pas moi qui ai signé les traites. »

Très pincée :

« Je ne suis ni majeure, ni émancipée.

– Légalement, en effet, persifla le comte, tu n'es pas émancipée.

– Que voulez-vous insinuer, grossier personnage ?

– Muguette, ne te moque pas de moi. Pourquoi n'as-tu pas réglé ces traites, à présentation ? »

Elle haussa encore les épaules :

« Allons-nous rester ici encore longtemps, à nous disputer devant tout le monde ? »

Trois loqueteux attendaient un signe du comte pour tourner la manivelle du moteur. Il jeta une roupie vers eux. Le plus rapide s'en empara, c'était le plus chétif ; il se démit le bras en essayant de lancer le moteur, et se sauva en hurlant.

« C'est gagné, fit Muguette.

– Je te dépose chez toi ? questionna le comte. Je t'apporte deux perdreaux que j'ai tirés ce matin.

– Vous voulez que je les prépare ? » demanda Muguette, épouvantée.

Il éclata de rire.

« Amanda les plumera, nous les mangerons demain. Ou ce soir ? »

Après un silence :

« Puisque tu m'invites si gentiment à dîner.

– Vous êtes fou », dit-elle.

Depuis que la boutique lui appartenait, elle habitait l'appartement minuscule mais charmant arrangé au premier étage par l'ancienne propriétaire, une Française de Marseille qui rentrait au pays cuver son dernier chagrin d'amour. Le vieux Chazelles n'avait pas soulevé d'objections au départ de Muguette.

« De toute façon, notre maison, nous n'y serons plus longtemps », avait-elle remarqué.

Rosebelle appartenait pour neuf dixièmes au sucrier indien Sandrat Singh ; c'était l'une des plus anciennes demeures de l'Ile.

En avalisant les traites, le comte espérait qu'il profiterait de l'appartement, mais s'il déjeunait assez souvent avec Muguette, pour les dîners, et la suite...

« Quand je serai votre femme devant Dieu ! »

Tenait-elle vraiment au mariage ? Le comte n'en était pas convaincu. Elle ne le poussait pas à divorcer. Une Chazelles ne pouvait se contenter d'un mariage civil. Plaisanterie, râlait le comte. Il avait rompu plus d'une fois, *finita la comedia*, elle se payait sa tête. Elle lâchait quelque chose, quand il le fallait, quitte à le harceler ensuite, quoi ? Encore ? Il ne pensait donc qu'à ça, et pour qui la prenait-il ? Puisqu'il avait d'elle si piètre estime, tant pis, il valait mieux en effet mettre fin, après tout, il avait gâché la vie de Marlyse, pourquoi ne recommencerait-il pas avec la pauvre Muguette ?

« Et si *elle* ne meurt pas ? Puisque tu ne veux pas d'un divorcé ? »

Pour la boutique, *Au Chic de Paris* :

« Vous comprenez, Bubu ? Je serai libre, je ne dépendrai de personne, je pourrai disposer de moi, je verrai alors...
– Dis plutôt que tu ne m'aimes pas ! »

Parfois il arrivait à lui arracher des larmes. Il s'en repentait.

« Vous ne trouvez pas que c'est changé ? »

Le comte avait arrêté la voiture devant la devanture du *Chic de Paris*.

« C'est comme hier, grogna-t-il.
– Vous boudez ? »

Elle se levait pour descendre.

« Attendez. »

Il sauta à terre pour courir lui présenter la main.

« Ce n'est pas comme hier du tout, dit-elle, regardez là ! les colliers de corail. »

Comme il ne réagissait pas, elle insista :

« J'en vendrai partout, à Paris, à Londres, vous verrez.
– Il faut que je te parle sérieusement, bougonna-t-il.
– Montez, dit-elle. Amanda a préparé des choses.
– Je t'ai dit que je ne déjeunerai pas avec toi, Oudinot arrive dans... »

Il regarda sa montre :

« Son bateau doit être à quai, je n'ai pas fait attention. Il rapporte des nouvelles de Marlyse, tu le sais.
– Embrassez-le pour moi, dit-elle.
– Tu embrasses Oudinot ? fit le comte, étonné.
– Pour le remercier de tout ce qu'il fait pour ma merveilleuse sœur dont je ne veux plus entendre parler, vous entendez ? Elle m'a fait trop de mal. »

Elle entrait dans le magasin. On accédait à l'appartement par un escalier en spirale.

« Vous venez ou non ?
– Une minute, dit le comte. Tu me diras pourquoi les traites de Li-Heu n'ont pas été honorées, parce que je dois en parler à Oudinot.
– Demandez à père ! lança-t-elle.
– Ce n'est pas ton père qui encaisse l'argent des ventes, Muguette ! »

Le comte la retenait au bas de l'escalier.

« Si vous voulez tenir la caisse ! »

– Réponds sérieusement, gronda le comte.

– Ah ! c'est magnifique, vous me faites confiance, on peut le dire... Regardez-moi. »

Elle jeta ses bras autour des épaules de Bubu :

« Vous savez bien que vous ne perdrez rien dans cette affaire, et qu'au contraire elle vous rapportera gros.

– Mais, Muguette, quand on emprunte de l'argent il faut payer des intérêts et rembourser des mensualités. Tu as beaucoup vendu, tu me le disais.

– J'ai aussi acheté beaucoup de choses, répondit-elle, fermement. Nous allons faire des robes. Pourquoi les ferais-je venir de Bombay ? Amanda sait coudre, et d'autres jeunes filles, tiens, votre chère Judith, que vous cherchez à caser ici pour l'avoir à votre disposition, j'imagine.

– Muguette ! »

Elle se frotta l'œil ; allait-elle pleurer ?

« Vous n'avez pas confiance en moi. »

Elle l'attira, pour l'embrasser.

« Il faut que je sache, dit-il. Je suis responsable des traites. Je ne peux pas disposer de sommes pareilles sans prendre des dispositions avec la banque.

– Même pour la Nouvelle Hollande ? » demanda-t-elle.

Il la dévisagea avec méfiance :

« Qu'est-ce que tu veux savoir ?

– La Grande Plaine rapporte beaucoup.

– Elle est administrée par Dietr von Buchkowitz, grogna le comte. Je ne peux rien sortir des profits de la Grande Plaine.

– Ça va changer, non ?

– Pourquoi ? fit le comte, ébahi.

– C'est un Allemand.

– Dietr ?

– Si la guerre éclate, reprit Muguette, il ne pourra plus gérer la Grande Plaine. »

Le comte demeura muet assez longtemps.

« En effet, fit-il.

– Si quelqu'un doit le remplacer..., reprit Muguette. (Elle le ramena vers elle :) Qui d'autre que vous ?

– Qui d'autre, en effet », bredouilla le comte.

Il reprit du champ, après un baiser, et, tirant sa montre :

« Tu as bien fait d'en parler. Maintenant, je dois partir. Je te revois tout à l'heure.

– A Rosebelle, dit Muguette. J'ai des choses à rapporter.

– Oudinot ira sûrement voir ton père cet après-midi, il faut que tu y sois, en effet. Il aura besoin de toi.

– Père ? »

Elle tendit ses lèvres, gentiment, conjugalement, pensa le comte. Ah ! quand il pourrait vivre avec elle ! Elle perdrait cette agressivité née de la crainte de le perdre. Cette fausse liaison pour une jeune fille... Pas facile, pas facile. Le comte prit dans son gousset une bague de sa grand-mère, l'Américaine, que sa mère n'avait pas emportée, un rubis « succulent » monté à l'ancienne :

« Tiens, Muguette, je pensais que...

– Pour moi, pour moi ! »

Elle s'extasiait, battait des mains, une vraie gamine. Le comte serrait la bague dans son gousset depuis plusieurs jours. Elle ne la méritait pas, jugeait-il. Mais là... Ne l'avait-il pas mortifiée en parlant des traites d'une façon trop, trop... Muguette était si jeune, si seule dans la vie, elle n'avait jamais pu compter sur son père.

« Je vous adore, mon chéri ! »

Elle l'embrassait, et comment ! Est-ce qu'elle voulait le retenir ? Il la malaxait, il la triturait, encore ta bouche, encore.

« Vous êtes fou », gémit-elle.

Il haletait :

« Viens, viens...

– Avec Amanda là-haut ? »

(D'une voix refroidie) : « Vous arriverez en retard, Bubu. (Elle le retint encore sur la porte) : Si vous disposiez de la Grande Plaine, nous pourrions... »

Plus rien.

« Quoi ? demanda le comte. Dis ce que tu voulais dire.

– Ce n'est pas la peine. On verra plus tard.

– Mais parle ! »

Il attendait qu'elle s'engage : je serai à toi quand...

« Mme Féret va vendre, dit rapidement Muguette.

– Qui ?

– Vous savez bien, la grande boutique de Curepipe.

– C'est à ça que tu penses ! » gronda le comte.

Il partit en claquant la porte.

Le *Curaçao II* se rangea à quai vers midi, mais on pria Oudinot de ne pas descendre immédiatement. Un officier de police était monté à bord pour effectuer une vérification. Pendant un moment Oudinot redouta une mise en quarantaine. L'épidémie de variole qui avait décimé l'Ile à l'époque de la Révolution était imputable à un capitaine sans scrupules : il n'avait pas déclaré les malades pour disposer de sa cargaison d'esclaves. La moitié de la population noire avait péri. Les Blancs aussi avaient payé un lourd tribut à la maladie. Oudinot méditait sur la dépendance insulaire quand il aperçut von Berst sur la passerelle, en compagnie de l'officier de police. Qu'est-ce que cela signifiait ?

« Le Herr Doktor est allemand, expliqua le capitaine.

– La guerre est-elle déclarée ? demanda Oudinot.

– Pas encore, mais on craint que ce ne soit imminent. »

Nous n'apportons pas la variole ou le choléra, se dit Oudinot, nous venons avec la guerre.

« Vous allez pouvoir descendre, monsieur Oudinot, dit le capitaine. Avez-vous repéré vos amis ?

– Pas encore », avoua Oudinot.

Il se pencha encore sur le bastingage. Personne, ni Bubu, ni Campbell, ni Mawillal qui devait jubiler : la guerre ! Il l'appelait de ses vœux. Quand elle saisira l'Angleterre à la gorge, annonçait-il avec volupté, nous pourrons la frapper au foie, à l'estomac, là ! Il enfonçait le poing dans sa bedaine. Nous pourrons la frapper. Compte-t-il sur moi ? se demandait Oudinot.

Il pensait à Adélaïde, naturellement. Il ne l'avait oubliée à aucun moment de son voyage. Ne serait-elle pas mieux soignée à Londres ? Question embarrassante à cause de Campbell. Pourquoi n'avait-il pas trouvé une heure pour l'accueillir ? Oudinot en voulait surtout à Bubu de briller par son absence et pestait contre lui. Il lui rapportait une canne-siège achetée chez Sotheby, et qui avait appartenu au duc de Wellesley. Pour Adélaïde, le dernier roman de Galsworthy, *Les Pharisiens de l'Île*, qu'il lui lirait s'il le fallait. Il avait hâte de la revoir. Quand pourrait-il aller à la Nouvelle Hollande ? Il avait aussi un cadeau pour Pascaline, sa filleule : la cuisine de Buckingham Palace, miniaturisée, une merveille, rien n'y manquait, ce n'était pas un jouet, mais un chef-d'œuvre à exposer au musée ; et ruineux ! Ah ! la vie était bigrement plus chère en Angleterre qu'à Maurice, il devenait difficile à Londres d'entretenir un nombre convenable de domestiques étant donné les salaires versés dans les usines ; et même dans les mines.

« Monsieur Henri ! Monsieur Henri ! »

Enfin un visage connu : Hector le hélait. Le pauvre, il avait perdu sa femme, Hermione était morte peu après le départ d'Oudinot ; il l'avait appris en arrivant à Londres par une lettre à laquelle l'écrivain public de high Street avait ajouté ses congratulations personnelles.

« Mon pauvre Hector ! »

Des larmes coulèrent sur le visage tanné d'Hector.

« Elle n'a pas souffert, monsieur Henri, c'est une consolation, elle est partie dans son sommeil.

– J'ai fait dire une messe pour elle, dit Oudinot.

– A Londres, monsieur Henri ? Si loin ?

– J'en ferai dire une autre ici.

– Oh ! merci, monsieur Henri, merci pour elle et pour moi. Elle doit se trouver au ciel, n'est-ce pas ? »

Il levait la tête.

« Avec M. Anselme, peut-être ? »

Il sollicitait une confirmation qu'Oudinot ne pouvait lui donner. Une impulsion tout de suite contrôlée poussait Oudinot à embrasser son vieux domestique. Il l'eût fait à la maison. En public, impossible. Il se reprocha plus tard de ne pas l'avoir osé. S'il était indien ? Ou chinois ? Peut-être, peut-être. Sans doute. Mais embrasser un vieux nègre sur le quai...

Il faisait chaud. Oudinot respirait avec plaisir l'odeur du sucre ; on en chargeait sur un cargo. L'air avait été assaini, comme revigoré par les pluies de la matinée.

« La voiture est par là, monsieur Henri. »

Hector débarrassa son maître de la petite valise ronde en cuir clair qu'il tenait à la main.

« Joséphin ira chercher votre malle au wharf. »

Joséphin ? Le gamin qui tenait les rênes ?

« Vous le reconnaissez, monsieur Henri, le petit de ma sœur, quand il a fait sa communion monsieur Henri a payé son costume. »

De nouveau, des larmes ruisselaient sur le visage d'Hector.

« Nous n'avons jamais pu avoir de petits, nous », soupira-t-il.

Il fit sauter Joséphin à terre :

« Viens saluer le maître. »

Joséphin avait à peu près l'âge d'Orak. Un an de plus ? Plus solide, mieux nourri, très différent d'Orak, bourré de bonne volonté, souriant, des dents éclatantes, une assez jolie petite tête ma foi, très *créolisé* : Est-ce qu'Hector l'aurait choisi avec une arrière-pensée ? se demandait Oudinot. Il était trop malin pour s'inquiéter d'Orak mais on voyait bien qu'il le cherchait des yeux.

« A la maison, dit Oudinot en se hissant dans le landau.

– Monsieur Henri doit se sentir heureux d'être de retour chez lui. »

Oui, oui, pas tellement, en fait. Oudinot avait songé à se fixer à Londres. Depuis la disparition d'Orak il regrettait de ne pas l'avoir fait, encore que... Le livre à écrire. *Naissance d'une nation*. C'était ça, l'important. Une œuvre qui compterait. Qui préparerait l'avenir de Maurice. Qui aiderait les dodos à s'adapter aux temps nouveaux, mais qui, également, mettrait leurs droits en valeur en magnifiant les réalisations du passé. Pour les autres... Grâce à Orak, il comprenait mieux les autres. Ce qu'ils apportaient. Et devaient apporter encore.

Rien de changé à la maison.

« Repousse les volets, Joséphin », dit Oudinot.

Les yeux du gamin brillèrent de plaisir et de dévouement. Il se sentait adopté.

« Monsieur Henri ne craint pas que le soleil mange les tapis ? » remarqua Hector pour rappeler son importance.

Il déboucha la carafe de whisky et montra à Joséphin le verre qu'il convenait de présenter au maître.

« Monsieur Henri prend son whisky avec une goutte d'eau, mais il faut lui laisser le soin de doser à sa convenance », expliqua-t-il.

Oudinot opinait en souriant. Jamais il n'avait ressenti si fortement le sentiment d'appartenir à la maison.

« Je me suis installé au premier, monsieur Henri, dit Hector, afin que la maison ne soit pas vide. »

Dans la chambre d'Orak. Un réduit, en fait, au fond du couloir. Se rendant compte que son initiative contrariait le maître, Hector s'inquiéta aussitôt :

« Si monsieur Henri veut que je retourne... »

Il avait casé Joséphin au-dessus des écuries.

« Comme ça, si les chevaux se mettaient à ruer, n'est-ce pas, monsieur Henri ? »

Le silence d'Oudinot l'inquiétait, d'autant plus qu'il n'avait pas tout dit.

« La tante de Joséphin est là-bas avec lui, une très bonne cuisinière, monsieur Henri. Si monsieur Henri veut la voir ? Je crois qu'elle a préparé une bonne rougaille de langouste, comme le père de monsieur Henri les aimait quand Hermione les faisait pour lui ; on ne pouvait pas les faire mieux, il le disait chaque fois. »

Il s'affolait, le maître ne répondait pas.

« Peut-être bien que là-haut... (Les yeux au ciel.) ma pauvre Hermione peut servir une rougaille à M. Anselme. »

Pourquoi me parle-t-il tout le temps de mon père et d'Hermione ? se demandait Oudinot. Il calculait : quel âge avait-elle quand mon père, après son premier veuvage, vivait seul ? Hé ! Pourquoi pas ? Il se versa un second whisky.

« On peut servir, monsieur Henri ? La rougaille ? demanda Hector.

– Quand tu veux. »

Le plancher tanguait encore sous les pieds d'Oudinot, Hector fit signe à Joséphin de se préparer. Il mit une veste blanche, des gants blancs. Oudinot avait ouvert *Le Cernéen* avec un plaisir qui l'étonnait. Le contact soyeux du papier de riz. Etait-ce vraiment le plus ancien des journaux français ? Adrien d'Epinay, dont le nom figurait sous la manchette, l'avait créé en 1832. *Liberte sine licentia*. Magnifique devise : la liberté sans excès, sans licence. Pas facile de digérer la liberté. Elle donnait des gaz à Mawillal. Est-ce qu'il allait venir ? A qui d'autre Oudinot pouvait-il parler d'Orak ? Que devenait-il, seul à Londres ? Et s'il n'était pas seul ? Une pression aux tempes ; le cœur accéléré. Quel gâchis. Cette incroyable jalousie ! Qu'étais-je pour lui ? C'était la question qu'il brûlait de poser à Mawillal. Que pensez-vous de votre *père* ? Que ressentiez-vous pour lui ? Du mépris ? Lui mentiez-vous pour tout ? Toujours ? Rien d'autre, rien de *positif* ? Seulement du négatif ?

Le Kaiser avait proclamé la loi martiale. La Banque d'Angleterre remontait le taux d'escompte à 4 %. Il était déjà à 5 % à Berlin. La Tour Eiffel était équipée de projecteurs qui fouillaient le ciel, la nuit, pour y chercher les aéros. Ou des zeppelins. Les zeppelins avaient un rayon d'action presque illimité. La sécheresse à Rodrigue, de plus en plus catastrophique, pas de pluie, ou quasiment, depuis deux ans. « Une telle calamité, lisait-on dans le journal, se traduit par des dégâts pour les deux mamelles de l'économie fragile de l'Ile. » Un article sur les vendredis 13 ; il y en aurait six durant les quatre prochaines années, cinq seulement entre 1924 et 1928. J'approcherai de la soixantaine, calcula oudinot, mentalement. A la quarantaine, il avait pris conscience de son âge. La rubrique judiciaire : on allait juger quatre jeunes Indiens de Richebois qui avaient assassiné un commerçant chinois ; rentré inopinément chez lui, un dimanche, il les avait surpris en train de piller sa boutique. L'un des quatre criminels avait été son employé. Richebois ? Le nom rappelait quelque chose à Oudinot. Ah ! oui, les parents d'Orak habitaient à Richebois, ou dans un campement proche. A l'escale de Suez, Orak l'avait prié d'écrire leur adresse sur une carte postale des Pyramides.

Oudinot s'attablait devant la rougaille, sans grand appétit, quand on sonna : Bubu ! Quel bonheur ! Il arrivait du port :

« Je t'ai manqué de cinq minutes », dit-il.

Oudinot s'était levé pour l'embrasser.

« Tu déjeunes ici ? » demanda le comte.

Il se pencha sur la rougaille, dont il huma les effluves avec gourmandise. Il la goûta :

« Fameux », dit-il, en se brûlant la langue.

Déjà Hector mettait un couvert pour lui et remplissait un verre de vin du Rhin, du Liebfraumilch, le lait de la bien-aimée.

« Il vient d'en rentrer cent bouteilles », expliqua Hector à son maître.

Le père d'Oudinot avait l'habitude d'en commander tous les trois ans. Le producteur continuait à livrer.

« La guerre va arrêter ça, remarqua Oudinot.

— Tu crois ? » fit le comte.

Il paraissait contrarié ; il ruminait le problème de la succession de Dietr von Buchkowitz soulevé par Muguette. Il suspectait Oudinot, son ami, son frère quasiment, d'avoir soutenu Dietr contre lui lors de l'arbitrage sur la gestion de la Grande Plaine. Et moi ? Le mari ?

« Qu'est-ce que tu as sur l'estomac ? demanda Oudinot.

— Rien.

— Comment va Adélaïde ? enchaîna Oudinot. Toujours la même chose ?

— Campbell la fait nager dans la mer », bougonna le comte.

Après avoir marqué de l'étonnement, Oudinot leva une main :

« Pourquoi pas ? C'est sans doute une bonne idée. »

Avant son départ pour Londres, Campbell lui avait confié une lettre pour un spécialiste des maladies nerveuses, une autorité mondiale, le docteur Balfour, anobli par le roi (devenu Sir Arthur) et conseiller médical du Premier ministre.

« Il lui exposait le cas d'Adélaïde, expliqua Oudinot au comte. il a dû t'en parler ?

— Naturellement, grommela le comte.

— Sir Arthur m'a reçu avec plus que de la courtoisie, il a insisté pour que je partage son lunch. Il a une vive estime pour Campbell, qui a dû être son élève. C'est une lumière, paraît-il.

— Qu'est-ce qu'il fait ici ? demanda le comte.

– Il prépare une thèse d'une importance capitale, je le savais, ça. Sur la mémoire. L'importance de la mémoire pour la survie de l'espèce humaine.

– C'est bon, ce truc, dit le comte en levant le nez vers Hector. Il n'en reste pas à la cuisine ? Ce que tu as mis de côté pour toi, Hector ? »

Le comte se décontractait. Hector avait changé la bouteille.

« Nous avons un bon pâté, monsieur le comte, suggéra Hector.

– Apporte, montre tout ce que tu as, nous commençons à avoir faim. »

Manger une fois comme Bubu, se disait Oudinot, broyer, engloutir comme lui.

« Sir Arthur a tenu à voir Marlyse.

– Qui ? demanda le comte.

– Le docteur Balfour, l'ami de Campbell. En déjeunant avec lui, je lui ai parlé de Marlyse.

– Comment va-t-elle ?

– Aussi bien que possible, je crois ».

On l'avait confiée à une clinique de Brighton, ce qui se faisait de mieux. Lord Carrington réglait les frais, c'était le côté positif de l'arrangement conclu par Oudinot. En revanche, il ne versait pas les 10 000 livres qu'il restait devoir d'après l'arrêt de divorce.

« J'ai eu beaucoup de mal à négocier avec Carrington, raconta Oudinot.

– Comment est-il ?

– Je ne l'ai pas vu, je rencontrais ses avoués, qui voulaient replaider le divorce, du moins le prétendaient-ils. Ils soutenaient que les débats avaient été faussés par l'état mental de Marlyse.

– Ça doit être un peu vrai, non ? demanda Bubu.

– Peut-être, dit Oudinot, mais je pouvais avancer que Marlyse avait été mentalement éprouvée par la cruauté avec laquelle Lord Carrington la traitait.

– Il ne l'a vraiment jamais touchée ?

– Qui peut le prouver ?

– Toi ? Tu avais des preuves ?

– J'aurais fait citer le valet de chambre, éventuellement, auquel Carrington la livrait.

– Tu crois qu'il aurait parlé ?

– Les journaux auraient parlé, murmura Oudinot.

– Tu les as fait chanter, hein ?

– Que pouvais-je faire d'autre ? demanda Oudinot, non sans agacement.

– Les journaux anglais sont ignobles, remarqua le comte.

– Ce n'est pas mon avis, protesta Oudinot.

– Ils impriment n'importe quoi, reprit le comte, et tout le monde peut le lire.

– C'est merveilleux ! » lança Oudinot.

Il lisait le *Times* à Londres, naturellement, mais aussi les journaux populaires, le *Mirror* notamment, qui vendait plusieurs millions d'exemplaires chaque matin. Qui lisait un journal à Maurice ? A combien d'exemplaires faudrait-il tirer *Le Cernéen* pour qu'il entre dans autant de foyers, proportionnellement, que le *Mirror* en Angleterre ? La presse transformait le monde, Oudinot en avait pris conscience. Pourquoi écrire un livre ? Pourquoi ne pas créer un journal à Maurice ? Un vrai ? *Le Cernéen* enfonçait les mêmes clous, pour consolider des structures périmées. *The hindustani*, en revanche, n'était qu'un brûlot. Les incendiaires ne construisent pas l'avenir. Il faut le préparer par la raison. Convaincre, expliquer.

« En somme, lança le comte en attaquant le pâté, Marlyse n'est pas malheureuse ?

– Je ne le pense pas, dit Oudinot.

– Qu'est-ce qu'elle fait ?

– Elle dessine. J'ai des dessins pour son père.

– Tu iras le voir aujourd'hui ?

– Naturellement, dit Oudinot.

– Elle n'a aucune chance de revenir ?

– Marlyse ? Aucune.

– Tu le diras à son père ?

– Naturellement », murmura Oudinot.

Sir Arthur l'avait accompagné à Brighton pour voir Marlyse.

« C'était vraiment, de sa part, quelque chose de tout à fait extraordinaire, souligna Oudinot. Je pense qu'il l'a fait pour Campbell.

– Est-elle guérissable ? demanda le comte, avec une certaine inquiétude.

– Il ne semble pas ; en tout cas Sir Arthur ne laisse pas grand espoir.

– D'une certaine façon, cela vaut mieux pour elle, hein ? remarqua le comte. Elle est sûrement mieux là où elle se trouve qu'en prison.

– Judiciairement, l'affaire serait close, si un jour, elle pouvait...

– Tu n'y crois pas ? fit le comte.

– Je ne pouvais pas donner à Sir Arthur les précisions qu'il demandait. J'ai cru comprendre qu'il attribuait le dérèglement mental de Marlyse aux nombreux mariages consanguins parmi ses ascendants. »

Le comte resta sans réaction, puis changea de sujet :

« Tu verras sans doute Muguette, chez son père.

– J'ai un cadeau pour elle, dit Oudinot. Un chemisier que Marlyse m'a chargé de lui donner. »

Un chemisier de Redfern. Elle le portait lorsque Oudinot lui avait rendu sa dernière visite.

« Il vous va bien, avait-il remarqué.

– Vous l'aimez ? »

Tout blanc, avec un plastron en tuyauté, un col officier, et deux pointes très amidonnées relevées vers le menton.

« Prenez-le, prenez-le pour Muguette. »

Elle voulait se déshabiller devant lui.

« Le paquet est dans ma malle, dit Oudinot. Veux-tu l'emporter tout à l'heure ?

– Pourquoi ?

– Où en êtes-vous, Muguette et toi ?

– La même chose », bougonna le comte.

Après un silence :

« Elle n'habite plus Rosebelle.

– Vous... »

Oudinot allait dire : vous vous êtes mis ensemble ? le comte ne lui en laissa pas le temps.

« Elle a pris une boutique, *Au Chic de Paris*, dit-il.

– Elle l'a achetée ?

– Je t'en parlerai », dit le comte.

Il était venu pour ça, surtout, pour demander conseil à Oudinot et, au besoin, une avance de la banque pour les traites non réglées. Il se dérobait devant l'obstacle, comme un vieux cheval rétif, parce qu'il craignait le regard qu'Oudinot poserait sur lui : quelle bêtise as-tu encore faite, mon pauvre Bubu ? Tout s'arrangerait facilement s'il remplaçait Dietr à la Grande Plaine.

Hector apporta le café. Il remplit deux tasses, que Joséphin affecta selon les indications qu'il lui donnait à mi-voix :

« D'abord pour monsieur le comte, qui est l'hôte de monsieur Henri. »

Oudinot fit ouvrir un petit tonnelet de cigares de La Havane. Lui aussi avait sur le cœur une confidence qu'il hésitait à livrer.

Lors de l'un de ses voyages à Brighton, il avait été interpellé par une dame d'un âge certain, très digne au demeurant, vêtue de gris sombre, chapeau des plus simples, des cheveux blancs, des joues roses encore, un regard clair, très discrète, très nette. Où l'ai-je vue ? se demandait Oudinot. On ne pouvait pas ne pas remarquer ses perles, un collier somptueux qui tranchait sur la modestie de sa mise.

« Vous ne me reconnaissez pas, Henri ? »

Elle le connaissait par son prénom ?

« Rien de surprenant, avait-elle murmuré, je suis morte. »

Gladys ! Gladys de Kergoust ! La mère de Bubu. La femme de Gaétan.

« J'ai changé », avait-elle soupiré.

La belle Gladys, infidèle et volage, si merveilleusement charmante. Elle souriait avec timidité en tirant sur ses gants de filoselle. Une petite-bourgeoise anglaise. Un tour de cou en lapin. A moins que... Un renard peut-être ? Un grand parapluie. Son pébroque, disait-elle. Elle vivait à Brighton dans une pension de famille, une guinée par semaine, avec breakfast et dîner. Elle se passait de déjeuner.

« A mon âge ! »

Bien entendu, Oudinot n'avait obtenu ces détails que plus tard. Il voyait Gladys chaque fois qu'il rendait visite à Marlyse. Chez elle, dans sa chambre, sans cette redingote qu'elle portait dans le train, elle redevenait charmante quand elle souriait. Si heureuse de parler de l'île Maurice. Bubu, Bubu. Pourtant, elle préférait Honorin, dont elle ne disait pas grand-chose. Il lui envoyait chaque mois de quoi survivre. Huit livres.

« Je parlerai à Bubu.

– Jamais, Henri, promettez-le-moi, jurez-le-moi. »

Il avait promis, sans jurer, comme on promet ce genre de choses. Bien résolu à casser le morceau à Bubu : tu ne peux pas laisser ta mère... Il restait coi. Il est vrai qu'il avait trouvé un arrangement.

Elle n'avait pas soufflé mot de... Celui que Bubu n'appelait que le voyou, le salaud, ou l'escroc. Le voleur. Walter Elliott. Il avait l'âge de Bubu, à peine vingt ans, quand elle était partie avec lui. La folie. Le bonheur. Le bonheur fou. Pour combien de temps ? Eût-elle commis cette folie si Gaétan l'avait aimée normalement ? Elle l'avait trompé tout de suite après leur mariage. Pourquoi ? Parce qu'il *courait* ? Don Juan ! Le plus beau sourire de l'océan Indien. Gladys était la plus ravissante femme de l'hémisphère Sud, à coup sûr. Un soleil ! La lune et les étoiles ! Quand il n'était qu'un gamin, Oudinot rougissait en l'apercevant. Curieux. Il s'en souvenait en prenant le thé avec elle. Pourquoi Gaétan ne l'avait-il pas *gardée* ? Non content de la laisser libre, il couvrait ses amours. Il chaperonnait sa liaison avec l'Indien. Johnny ! On ne parlait que de cela à Maurice quand Oudinot s'était embarqué pour poursuivre ses études en Angleterre. Le yacht de Johnny se balançait au large de la Nouvelle Hollande, au-delà de la barre. Et maintenant...

Pendant la belle saison, quand les Londoniens affluaient à Brighton, on reléguait Gladys dans une mansarde pour disposer de la chambre, et on lui faisait comprendre qu'il serait bien difficile de la garder pendant l'hiver si elle ne se rendait pas utile pendant la saison. Elle épluchait des légumes. Elle soignait les roses du jardin.

« Vous n'avez jamais songé à vendre vos perles, Gladys ?
– Le collier de Pascaline ! »

Elle savait tout ce qu'il se passait à Maurice. Une fois par mois, son luxe, elle se rendait au Colonial Office à Londres pour lire la collection du *Cernéen*. Elle avait suivi le divorce de Marlyse dans le *Daily Mail*.

« Marlyse est votre nièce ?
– Bubu eût été plus heureux avec elle, avait-elle murmuré. Pensez-vous, Henri, que je puisse aller la voir ? »

L'idée était alors venue à Oudinot de demander à Gladys de servir de dame de compagnie à Marlyse. Une infirmière s'occupait d'elle, mais...

« Vous lui feriez un peu de lecture, vous parleriez de Maurice avec elle ? Je pourrais... (Il avait rectifié :) nous pourrions vous donner un peu d'argent pour cela ? »

Jamais ! Gladys avait protesté qu'elle n'accepterait pas un penny. Elle avait fini par se laisser convaincre. Huit livres par mois. Son revenu doublé.

« Vous me sauvez, Henri », avait-elle murmuré en escamotant l'enveloppe qu'il lui avait remise, contenant trois mois d'avance.

La dépense était imputée à Carrington. Marlyse avait accepté Gladys aussi naturellement qu'Oudinot. Pas la moindre surprise, jamais. Plus aucune notion du temps ; hier, aujourd'hui, demain, tout se mélangeait ; elle se donnait l'âge qui convenait à ses préoccupations momentanées, elle jouait à la poupée, elle accouchait, le temps stagnait sur elle comme l'eau d'un marécage avec des flaques entre les joncs.

« Quand iras-tu voir le père de Marlyse ? demanda le comte à Oudinot.

– Pas trop tôt ; je suppose qu'il fait la sieste.

– Il ne quitte presque plus son lit, bougonna le comte.

– A Londres, remarqua Oudinot, je décrocherais le téléphone pour lui demander si je ne le dérange pas.

– Le téléphone ? Comment ça marche-t-il ?

– C'est impressionnant, avoua Oudinot. Tu parles dans un microphone et tu as un écouteur à l'oreille. Tu entends ton interlocuteur comme s'il était près de toi. Même de Paris !

– Tu as téléphoné de Londres à Paris ? demanda le comte avec un étonnement plein d'admiration.

– Nous ne nous rendons pas bien compte des changements qui bouleversent les grandes villes comme Londres, dit Oudinot. J'imagine que c'est la même chose à Paris.

– Et à New York, fit le comte.

– En Amérique ça doit aller encore plus vite. Les Américains se jettent à corps perdu dans l'avenir parce qu'ils n'ont pas de passé.

– Les automobiles ? demanda le comte.

– Il y en a des quantités, expliqua Oudinot. Tu vois encore des chevaux. On livre le lait avec des voitures à chevaux. Mais il y en a de moins en moins. Les pompiers n'en utilisent pas. La police non plus.

– Ça commençait quand j'y étais, dit le comte. Ça doit faire un bruit énorme ?

– Formidable, approuva Oudinot, mais on n'y prête pas tellement attention. Je dormais mieux à Londres que sur le bateau.

– Je ne t'ai pas demandé si tu as fait bon voyage ?

– Excellent », dit Oudinot.

Il pensa à von Berst.

« J'ai voyagé avec un Allemand. On l'a fait descendre à terre.

– A cause de la guerre ?

– Elle n'est pas déclarée, remarqua Oudinot. Sommes-nous en guerre ? Pas encore, que je sache ?

– Ça viendra, tu ne le crois pas ? Et qu'est-ce que ça changera ici ? »

Oudinot s'était posé la question pendant le petit déjeuner sur le bateau. Que changerait la guerre à Maurice, ou aux Indes ? En Chine ou en Australie ? Il avait pris conscience, pendant un instant, des nouvelles dimensions du monde, avec le sentiment que l'Europe se rétrécissait ; l'Angleterre et la France n'étaient plus seules à compter.

« Si on arrête les Allemands, remarqua le comte... (il s'interrompit). Qu'est-ce qu'on fait d'eux ?

– En principe, répondit Oudinot, on ne peut rien contre eux.

– Pour le moment, reprit le comte, mais si la guerre éclate vraiment, comme c'est probable ?

– Je suppose qu'on les internera, dit Oudinot.

– Qu'est-ce qu'on fera de Dietr von Buchkowitz ? demanda le comte.

– C'est vrai, fit Oudinot, il est allemand.

– Il ne pourra plus administrer la Grande Plaine », appuya le comte.

Tiens, tiens, pensa Oudinot, le gentil Bubu commence à réfléchir à son avenir. Il changeait. L'influence de Muguette ? En tout cas, lui s'est souvenu de mon retour, se dit Oudinot, alors que Campbell ou Mawillal... S'il comprenait que Mawillal ne l'ait pas attendu sur le quai, il s'étonnait qu'il ne se soit pas encore manifesté.

« Il faudra penser à remplacer Dietr, reprit le comte.

– Comment se comporte son adjoint ?

– Prem ?

– Dietr était content de lui, je crois ?

– C'est un Indien, Henri, bougonna le comte.

– Je te fais marcher », avoua Oudinot.

Il tira sa montre pour changer le cours de la conversation ; il ne voyait que trop bien où le comte voulait en venir. Hé ! pas trop vite !

« Je crois que je vais y aller, dit-il.

– Chez Chazelles ? Je te dépose. J'ai rendez-vous avec Muguette, elle doit s'y trouver en ce moment.

– Elle n'habite plus avec son père, m'as-tu dit ?

– Depuis qu'elle a une boutique, bredouilla le comte, elle s'y est installée, c'est plus commode.

– Une boutique ?

– *Au chic de Paris.* Je te l'ai déjà dit. Tu n'écoutais pas ?

– Muguette a racheté ça ? Je savais que c'était à vendre. Comment a-t-elle fait ?

– Je t'expliquerai, promit le comte. Maintenant il faut y aller.

– Attends que je prenne le paquet pour Muguette. »

Joséphin avait rapporté la malle, qu'Hector vidait avec de grandes précautions, en sortant les costumes dans le jardin pour les brosser.

« Ne touche pas aux cadeaux », lança Oudinot.

Il prit celui de Marlyse. Gladys avait fait le paquet. Est-ce que je le lui dis ? se demanda Oudinot en regardant Bubu, qui s'impatientait.

« Toujours content de ta voiture ?

— Elle marche.

— J'ai failli en acheter une, dit Oudinot. Je regrette de ne pas l'avoir fait.

— Tu pourras reprendre ma vieille Speedwell, elle n'a pas encore trouvé d'amateur, mais tu vas voir qu'avec la guerre les gens se montreront bientôt moins difficiles. Tu as dû voir des automobiles somptueuses ? Des Rolls ?

— Londres a beaucoup changé, remarqua Oudinot.

— J'ai bien pensé à toi, avoua le comte. C'est formidable de voyager. On étouffe ici. C'est un cul-de-sac, non ? Après la guerre, j'irai en Europe.

— Qu'est-ce que tu y feras ? demanda Oudinot.

— On peut se débrouiller, fit le comte. Que veux-tu que je fasse ici ? »

Il pensait à Muguette, mais hésitait à se confier.

« Qu'est-ce qui te tracasse, Bubu ? »

Un long silence.

« Adélaïde ? reprit Oudinot.

— Si elle doit passer le reste de sa vie au lit ! murmura le comte. Des années, et encore des années !

— Il faudrait l'emmener à Londres, souffla Oudinot.

— Qu'est-ce que ça changerait ?

— Sir Arthur pourrait...

— Tu n'en sais rien, Henri. Personne n'en sait rien. Campbell fait tout ce qu'il peut. »

Le comte baissa la voix.

« Il en fait trop, probablement.

— Qu'est-ce que tu racontes ? dit Oudinot, assez bas, d'un ton de reproche, mais très amical.

— Tu sais, parfois c'est dur », soupira le comte.

Un cadet des Chazelles, de Prévost dans l'Ardèche, était arrivé à Maurice avec La Bourdonnais, donc en 1735. On retrouvait son nom sur les parcelles qui lui avaient été attribuées du côté de la plaine de Wilhelms et de Moka. Il avait fait construire Rosebelle, en bois d'ébène et de teck, une très belle demeure, hélas ! mal en point. Pendant longtemps elle avait été célèbre pour son jardin dessiné par le Père Lavignac. Bien qu'il fût à l'abandon depuis plusieurs années, il restait superbe, avec des roses. Un gâchis, mais sublime. On ne pouvait plus entrer dans la gloriette envahie par des roses trémières.

« Tout appartient à Sandrat Singh, murmura Oudinot en traversant le jardin avec le comte. Il peut mettre Chazelles dehors quand il le veut. »

Il retint le comte par le bras :

« L'argent de Marlyse ? Qu'est-ce qu'ils en ont fait ?

– Elle en avait ?

– Elle a touché 10 000 livres après le procès. »

Le comte émit un sifflement admiratif.

« Tu ne le savais pas ? demanda Oudinot. Ce n'est pas avec cet argent que Muguette a acheté sa boutique ?

– Tu crois ? »

Le comte cachait mal son embarras.

« Je ne le pense pas, dit-il difficilement. Je t'en reparlerai demain, je passerai te voir. »

En grimpant l'escalier qui menait à la varangue, il ajouta avec une fausse désinvolture :

« Tu sais qu'il spécule ?

– Chazelles ? Sur quoi ? demanda Oudinot.

– Je ne sais pas, avoua le comte, mais il a toujours spéculé. Et il a perdu beaucoup.

– On l'a raconté », admit Oudinot.

Ils se séparèrent dans le vestibule où ils avaient rencontré la vieille négresse, Clémentine, restée au service de son maître, et qui espérait mourir avant lui, à Rosebelle.

« Monsieur est dans sa chambre, bougonna-t-elle, et Mademoiselle dans la sienne. »

Quel âge avait Gonzague de Chazelles ? Entre soixante-cinq et soixante-dix, calculait Oudinot. Il le trouva en kimono, enfoncé dans un fauteuil dont la bourre sortait du velours vert usé. J'aurais dû venir tout de suite, en débarquant, se reprocha Oudinot. Et il avait failli se mettre en redingote, pour cette visite ; grâce au Ciel, Bubu l'avait rappelé à la raison. La redingote était pourtant de règle en pareilles circonstances, quand on rendait compte d'une mission au client pour qui on l'avait menée à bien. D'autant que des problèmes d'argent se posaient. L'avance qu'Oudinot avait acceptée couvrait à peine la moitié de ses dépenses.

« Aidez-moi à me lever », murmura le vieux Chazelles en tendant la main à Oudinot.

Debout, il serra Oudinot contre lui pour l'embrasser sur les deux joues.

« Merci, merci », haletait-il.

Il retomba dans le fauteuil ; il gardait les mains sur le bec d'argent d'une canne en acajou. Oudinot lui avait donné dans une longue lettre les détails de l'arrangement conclu avec les représentants de Carrington.

« Marlyse vous embrasse, dit-il.

— Pardonnez-moi, murmura Chazelles, je pleure. (Dans un souffle :) Comment est-elle ?

— Aussi bien qu'il se peut, je vous l'assure ; en fait, mieux que cela, jamais on n'aurait pu penser... »

Chazelles lui coupa la parole :

« Mais enfin, Oudinot, qu'est-ce qu'ils lui trouvent pour l'enfermer ? »

Un silence embarrassé. Chazelles baissait la tête. On voyait bouger ses lèvres fendillées.

« Elle n'est pas malheureuse, je vous le jure, reprit Oudinot. Vous la reverrez. Il faut laisser faire le temps. »

On ne voyait pas très clair, les volets n'étaient plus repoussés ; le lit restait ouvert.

« Marlyse vous envoie ça.

— Qu'est-ce que c'est ? demanda le vieillard avec méfiance.

— Des dessins qu'elle a fait », précisa Oudinot.

Chazelles bougonna quelque chose d'incompréhensible en déposant le rouleau sur sa table de chevet, à côté d'une bouteille de cognac.

« Servez-vous, Oudinot, dit-il.

— Vous ne voulez pas voir les dessins ? »

Chazelles s'était relevé pour se verser une rasade de cognac.

« Je n'en buvais jamais, dit-il, mais j'ai décidé de liquider ce qui reste dans la cave, il n'y a pas de raison, n'est-ce pas ? (Il renouvela son invitation :) Servez-vous. »

Sans insistance. Il reprit place dans le fauteuil, avant de boire une bonne goulée.

« C'est bon, souffla-t-il, ça réchauffe.

— Ce sont des portraits de Percy, expliqua Oudinot en déroulant un dessin qu'il avait sorti du rouleau.

— Brûlez-les », décida Chazelles, en détournant son regard.

Il agitait le bras, en direction de la cheminée. Oudinot hésitait. Ne pouvait-il garder les dessins ?

« Non, non, brûlez-les, tout de suite ! »

Un ton d'une autorité dérisoire. A Brighton, en voyant les dessins, Oudinot, très ému, les avait trouvés admirables. A Rosebelle c'était différent. Il frotta une allumette. Tandis qu'il les livrait aux flammes, Chazelles reprit du cognac. Il tituba vers la cheminée, en s'appuyant sur sa canne, le verre dans l'autre main.

« Je suis responsable de tout, grondait-il. Je l'ai toujours dit. Pourquoi ne m'a-t-on pas arrêté ? Je m'étais rendormi, alors que le petit était chez elle, tout est de ma faute. »

Il se tassa dans le fauteuil et demeura silencieux, les yeux dans le vide. Entendait-il Oudinot raconter ses visites à Brighton ?

« Marlyse dispose d'une grande chambre, avec un cabinet de toilette, c'est très confortable, la chambre donne de plain-pied dans le jardin. »

Un bout de jardin, quatre mètres carrés, une sorte de cellule de verdure. Et pouvait-il préciser qu'on attachait Marlyse à son lit pendant la nuit parce qu'elle avait brisé les carreaux pour sortir ? Les chevaux brûlent dans l'écurie ! affirmait-elle. L'infirmière, une grande Irlandaise, l'avait raconté à Oudinot avec une terreur qui paraissait comique, car elle aurait pu immobiliser Marlyse entre ses formidables doigts. Oudinot ne pouvait s'empêcher de la voir en fusilier de la Garde.

« *She is devilish !* » disait-elle de Marlyse.

Diabolique. Souvent très méchante, affirmait-elle, elle me traite comme une esclave.

Après une hésitation :

« Elle dit que ses grands-parents avaient des esclaves. »

Et, baissant la voix :

« *Savages ?* »

Des sauvages ? Pauvre grosse. Très attentive, toujours à l'affût, elle nourrissait pour Marlyse une admiration bizarre, *such a beautiful lady.*

« Marlyse reçoit les meilleurs soins », dit Oudinot au vieux Chazelles.

Il se leva :

« Venez », dit-il.

Il entraîna Oudinot vers la chambre où Marlyse dormait, l'ancienne chambre de sa femme, dont il avait lui-même cloué les volets après avoir constaté que Marlyse sortait la nuit pour rejoindre un gamin aux écuries, un petit Noir.

« On ne voit rien », murmura Oudinot.

Chazelles lui tendit une bougie :

« Allumez. »

Un décor insolite : sur un lit à baldaquin, aux voiles relevés, étaient allongées des poupées de différentes grandeurs.

« Ce sont ses poupées préférées, murmura le vieillard. Les autres sont au grenier. Elle jouait parfois toute la nuit. »

Est-il fou lui aussi ? se demanda Oudinot. Il se souvenait des questions du docteur Balfour sur les antécédents de Marlyse. En écoutant ses babillages, Sir Arthur avait été frappé par la précision avec laquelle elle parlait de sa famille, des cousins qui étaient aussi ses neveux, ou ses oncles, elle se retrouvait facilement dans ce qui apparaissait au médecin comme un labyrinthe dans lequel, disait-il, Ariane elle-même aurait perdu son fil.

Gonzague de Chazelles prit un bâtonnet de santal sur une soucoupe et l'alluma à la bougie qu'Oudinot tenait au-dessus des poupées.

« C'est comme un temple, n'est-ce pas ? fit-il en reniflant. (Puis :) Elles doivent lui manquer. »

Qui ? Les poupées ?

« Elle vit dans son présent, expliqua Oudinot. Rien ne l'étonne. Vous êtes là, ma foi elle vous parle comme si vous étiez toujours chez elle. Vous êtes parti, vous n'existez plus.

– Qu'est-ce que vous en savez ? » bougonna Chazelles. De toute évidence, ce qu'il venait d'entendre le contrariait.

« Le plus grand spécialiste anglais l'a vue, reprit Oudinot. Il est venu de Londres, pour elle. (Oudinot appuya :) Je pense qu'il s'est dérangé pour m'être personnellement agréable. »

Chazelles émettait des grognements, en haussant les épaules. Il voulut reprendre du cognac. Boit-il pour se tuer ? se demandait Oudinot. Que devait-il faire ?

« Sa visite a beaucoup impressionné les gens de la clinique, naturellement, reprit Oudinot.

– De qui parlez-vous ? aboya Chazelles.

– De ce psychiatre qui a bien voulu...

– Pourquoi est-ce qu'ils sont tous après Marlyse ? se lamenta Chazelles. Qu'ils me la rendent. Elle ne sortira plus d'ici. Elle aura ses poupées, vous les avez vues. »

Il est fou, pensa Oudinot.

« J'espérais que vous la ramèneriez », soupira Chazelles en retombant dans son fauteuil.

Oudinot crut le revigorer en rapportant les derniers propos de Marlyse.

« S'il n'avait tenu qu'à elle, bien entendu, elle serait là. »

Pressé par un besoin, le pauvre Chazelles sortit le pot de chambre de sa table de nuit. Déjà à moitié plein. Un magnifique vase de nuit en porcelaine des jésuites, c'est-à-dire celle que les jésuites fabriquaient en Chine et qu'ils vendaient sur les marchés européens. En trois siècles, estimait le Herr Doktor von Berst, les neuf compagnies des Indes (les plus importantes) avaient rapporté plus de vingt millions de pièces, assiettes, soupières, saucières, tasses. Combien de vases de nuit ? Von Berst devait le savoir, se dit Oudinot. C'était merveilleux de l'écouter évoquer ce prodigieux trafic qui se faisait avec l'Orient. On arrivait à charger sur un bateau plus de 100 000 pièces de porcelaine, sans parler du reste, le café, le sucre, les épices. On revendait pour 1 700 ducats à Londres 500 livres de girofle payées 2 ducats aux Moluques.

Est-ce que je dois repousser le vase de nuit sous le lit ? se demandait Oudinot. Chazelles l'avait déposé par terre, à ses pieds. S'il le renversait en se levant ?

« Il faut de l'argent, bougonna le vieil homme.

– En effet, dit Oudinot, il faut que je vous parle d'argent. »

Gonzague de Chazelles ne pensait ni aux honoraires d'Oudinot, ni aux frais de voyage.

« Ils en veulent beaucoup ? » demanda-t-il.

Oudinot restant bouche bée, il précisa :

« Pour me la renvoyer ? Ils demandent combien ?

– Qui ?

– Les médecins, les autres, fit Chazelles, agacé. (Il lampa son cognac, se frotta le ventre :) C'est bon, c'est chaud. (Et, de nouveau furieux :) Je leur donnerai tout, je vendrai s'il le faut. »

Oudinot s'énervait. Vendre quoi ? Qu'est-ce qui lui appartenait encore, au vieux fou ? Malgré lui, il avait inventorié les meubles admirables, des pièces authentiques de la Compagnie, mais qui s'intéressait à l'ancien ? Un paysage chinois, une merveilleuse peinture sur soie, le Herr Doktor l'aurait évidemment remarquée en entrant dans la pièce, ainsi que l'éléphant en fonte sur la table. Ming ? Pourquoi est-ce que je pense tout le temps à cet Allemand ? se demandait Oudinot. Aurait-il dû protester contre son arrestation ? Des vérifications, de simples vérifications, avait affirmé le capitaine. Je verrai, je m'informerai, se promit Oudinot. Quel capharnaüm dans cette chambre, on ne pouvait faire un pas sans heurter quelque chose. Le plateau du petit déjeuner. Une bouteille vide. Ce satané pot de chambre plein de pisse jaune.

« Vous ne pouvez pas acheter les médecins, cher ami, grommela Oudinot. Et qu'est-ce que vous voudriez vendre ? Vous ne pouvez pas disposer de la part de vos filles. Muguette va être majeure. Elle peut réclamer l'héritage de sa mère.

– Je l'ai chassée, cria le vieil homme. Elle est folle... »
Elle aussi ! faillit lâcher Oudinot.

« ... de son corps... »

Sans regarder Oudinot, il ajouta :

« Comme Marlyse, mais Marlyse peut tout, tout oui, elle
peut tout faire. (Il tendait son verre à Oudinot :) S'il vous
plaît.

– Ça suffit, décida Oudinot.

– Comme vous voudrez », fit le vieillard.

Plutôt penaud, touchant, il grimpa dans son lit. Allongé,
il tendit la main à Oudinot :

« Vous reviendrez ? »

Il m'expédie ! râla Oudinot. Avant qu'il ait eu le temps
de protester, et même d'y songer, le vieil homme sortit
une grosse enveloppe de sous le traversin :

« Prenez, dit-il, c'est l'argent de Marlyse, pour les frais,
pour vos honoraires, et pour tout ce qu'on pourra encore
pour elle, merci, maître, merci. »

Il lui donnait du maître pour la première fois.

« Vous ne voulez pas un reçu, cher monsieur ?

– Inutile, inutile. »

Chazelles se tourna contre le traversin. Pour pleurer ?

« Je vous ferai porter un reçu », dit Oudinot.

L'enveloppe contenait une somme considérable, à en
juger par son épaisseur. Pourquoi avoir conservé cet
argent à la maison ? Il valait mieux que le surplus soit
en sûreté à la banque. Dans l'entrée, Oudinot, intrigué,
peut-être alerté par un pressentiment, ouvrit l'enveloppe.
Elle contenait des feuilles de papier à lettres coupées aux
dimensions de billets de 5 livres. Volé ! Le pauvre vieux
Chazelles avait été volé, il croyait dormir la tête sur un
trésor, on le lui avait pris ! Qui ? Non sans embarras,
Oudinot pensa tout de suite à Muguette, une petite
personne qui le laissait perplexe. Tant d'autorité à son âge.
Sa façon de mener le pauvre Bubu par le bout du nez.
Sa cruauté envers Bubu. Evidemment, il n'aurait pas dû
la compromettre comme il le faisait. Il avait cru Adélaïde
perdue. Il n'était pas le seul. Mais n'était-ce pas ce qui
aurait dû l'inciter à la décence ? Aveuglé par son
égocentrisme ahurissant il avait fini par se croire libre.
Adélaïde effacée, gommée ; elle le gênait, donc elle
n'existait plus. Lorsque Bubu lui avait parlé d'un voyage
en Europe (sitôt finie la guerre, qui n'était pas commen-
cée !), Oudinot avait compris qu'il songeait à régler par
la fuite une situation qui ne pouvait plus se prolonger.
Il devinait qu'il avait une part dans l'acquisition de la

boutique de Muguette. Il ne s'en inquiétait pas outre mesure puisque le comte ne pouvait s'engager financièrement d'une façon conséquente sans l'accord de la banque. On verra, on verra. Pour l'immédiat... L'enveloppe bourrée de papier. Si Muguette n'avait pas pris les bank-notes, qui alors ? Clémentine, la vieille négresse ? Impensable. Un domestique renvoyé ? Chazelles devait nourrir des soupçons puisqu'il conservait le magot sous sa tête.

Après une courte hésitation, Oudinot retourna dans la chambre de Gonzague de Chazelles, qu'il trouva assis sur son lit, se servant du cognac, plutôt guilleret, alors qu'il l'avait quitté épuisé une minute avant.

« Cher ami, vous ne vous êtes pas trompé d'enveloppe ? » demanda-t-il avec une sécheresse qu'il allait se reprocher.

Au fond des plis dans lesquels ils étaient ensevelis, les yeux du vieil homme s'allumèrent pour un ultime signal. Il lâcha son verre, qui se brisa sur la marqueterie, et il tendit la main vers l'enveloppe qu'Oudinot présentait ouverte, les liasses de papier à moitié sorties.

« Qu'est-ce que... »

Le regard s'éteignit, une flamme soufflée, le buste du vieillard bascula vers l'avant sans qu'Oudinot eût le temps d'intervenir. Pendant une fraction de seconde, Chazelles parut se prosterner devant Oudinot, à la façon d'un musulman en prière. Mort ! Oudinot n'en doutait pas, pourtant il refusait de le croire :

« Qu'est-ce qui vous arrive, s'il vous plaît, s'il vous plaît... »

Il se penchait sur Chazelles, il le retenait aux épaules, sans pouvoir l'empêcher de tomber à côté du pot de chambre évité par miracle. La bouche et les yeux grands ouverts. Blanc, blanc.

« Chazelles », balbutia Oudinot.

Clémentine avait surgi. Ensemble ils parvinrent à adosser le mort au fauteuil qu'il occupait peu avant.

« Il faut appeler un médecin », dit Oudinot.

Clémentine demeurait agenouillée près de son maître, à marmotter des prières.

« Faut d'abord faire propre », dit-elle en se relevant. Elle emporta le pot de chambre. Du vestibule, elle appela Muguette, d'une voix étonnamment volumineuse.

« Mazelle Muguette, le maître est mort. »

Elle revint pour emporter une cuvette, puis une corbeille à papier pleine de choses hétéroclites, des mouchoirs sales, des peaux de banane, n'importe quoi.

Chaque fois qu'elle repassait par le vestibule, elle recommençait son appel :

« Mazelle Muguette, le maître est mort. »

Muguette finit par l'entendre. Elle remplissait une valise de tous les objets qui lui plaisaient, qu'elle n'avait pas le droit d'emporter en principe, ils appartenaient à Sandrat Singh, comme le reste.

« Père ? Il est arrivé quelque chose à père ? »

Oudinot n'en croyait pas ses yeux, tant elle avait changé en quelques mois. Il lui semblait qu'il retrouvait Marlyse, moins épanouie certes, très différente, et pourtant le rayonnement, la présence, on ne pouvait que l'admirer. Elle avait mis le chemisier de Redfern et une longue jupe noire.

Muguette s'effondra en larmes, à genoux devant son père, toujours adossé au fauteuil. Bubu restait derrière elle, sans voix.

« Va chercher Jollygood », lui glissa Oudinot.

Les voisins arrivaient, prévenus par Clémentine. Avant de partir, le comte aida Oudinot à hisser le mort sur son lit. Muguette s'occupait de son père en claquant des dents.

« Mon petit papa ! Mon petit papa ! »

Que voyait-elle ? Entendait-elle ce qu'on lui chuchotait ? Tout le monde parlait à voix basse. Clémentine disposait les chaises, et continuait à faire propre, comme elle disait.

Oudinot accompagna le comte jusqu'à sa voiture, à travers le jardin.

« Tu reviens tout de suite, hein ?

– Naturellement », promit le comte.

Après avoir mis la voiture en marche, il se retourna vers Oudinot :

« Qu'est-ce qu'il y a ? Tu veux me dire quelque chose ? »

Oudinot sortit l'enveloppe de sa poche :

« Je suis très ennuyé, dit-il. Chazelles venait de me remettre ça en me disant que c'était plein d'argent et tu vois... (Il montra une liasse de papiers blancs.) Il m'avait dit que c'était l'argent de Marlyse. »

Le comte parut stupéfait :

« L'argent de Marlyse ?

– Regarde, fit Oudinot, ce n'est rien, du papier. »

Oudinot ne le quittait pas des yeux, troublé malgré lui par l'embarras qu'il manifestait. Savait-il quelque chose ? Se doutait-il de quelque chose ?

« Chazelles se méfiait, reprit Oudinot.

– Vraiment ?

– Puisqu'il cachait l'argent sous son traversin.

– L'argent, tu dis l'argent, mais...

– Tu sais quelque chose, Bubu ?

– Quoi, grogna le comte, qu'est-ce que je pourrais savoir ?

– Et Muguette ? demanda Oudinot.

– A quoi penses-tu ? gronda le comte.

– Si on a volé de l'argent, beaucoup d'argent, bredouilla Oudinot en évitant le regard du comte.

– Qui aurait pu voler ? Et quel argent ?

– Tu penses que Chazelles m'a remis une enveloppe qui ne contenait rien ? Il ne savait pas qu'il allait mourir, Bubu ! Il ne pouvait espérer que je ne m'apercevrais de rien. »

Le comte s'énervait :

« Je n'y comprends rien, avoua-t-il, mais si tu veux que je ramène le docteur, laisse-moi partir.

– Je voudrais seulement savoir si, à ton avis, je dois en parler à Muguette, maintenant. »

Le comte restant muet, perplexe, Oudinot précisa sa pensée :

« S'il y a une plainte à déposer... Tu comprends ? J'ai reçu de l'argent, en principe beaucoup d'argent. Chazelles me l'a remis pour qu'il serve à toutes sortes de choses. Je m'aperçois que l'enveloppe ne contient rien. Qu'est-ce que je dois faire ?

– Attends-moi », fit le comte, en grimpant dans sa voiture.

Une animation exceptionnelle régnait autour de l'hôtel du Gouvernement où l'on affichait les dépêches calligraphiées par les fonctionnaires mobilisés. Belgrade en flammes, une poudrière avait explosé sous les tirs des canons autrichiens. La Banque d'Angleterre ne changeait plus les bank-notes contre de l'or. Je suppose qu'on le sait à la banque, se dit Oudinot. Il se laissa bousculer par les curieux qui voulaient, comme lui, lire le discours flamboyant d'un jeune député, Winston Churchill. Que c'était loin déjà, l'Angleterre. La vieille lady de Threadneedle Street refusant de sortir de l'or de ses coffres. Oudinot respirait pourtant avec une sorte de soulagement l'odeur de chaud et de vesou qui lui manquait à Londres, les parfums poivrés de sa ville. Qu'est-ce qui était vrai, ce qu'il vivait ou ce qu'il imaginait ? Cette mort extraordinaire du vieux Chazelles.

Il avait quitté Rosebelle sans attendre le médecin et Bubu parce qu'il se sentait mal à l'aise dans la chambre mortuaire, dérangé et même irrité par le comportement de Muguette. Elle jouait mal la fille inconsolable. Qui avait pris l'argent de Marlyse si ce n'était pas elle ? Se souvenant du dernier regard du vieux Chazelles, Oudinot y découvrait, à retardement, un éclair de malice. Pouvait-on le soupçonner d'avoir joué la comédie ? Tiens, jeune idiot, paie-toi avec ça ! De la monnaie de singe. Pourquoi pas, s'il était fou, lui aussi ? Quelle famille ! Les pleurs, les lamentations de Muguette n'étaient pas non plus d'une personne parfaitement normale.

Un message de Campbell attendait Oudinot à la maison. Il s'excusait de n'avoir pu l'accueillir à l'arrivée du *Curaçao II*. On l'avait convoqué à l'hôtel du Gouvernement pour participer à une réunion des responsables chargés d'étudier les mesures sanitaires à prendre en cas de mobilisation.

« Personne n'est passé, Hector ?

– Non, monsieur Henri. »

Oudinot attendait Mawillal ; il l'*espérait*, en fait, pour parler d'Orak avec lui.

Il s'était accommodé de l'absence d'Orak plus facilement qu'il ne le craignait, pendant la traversée. Une nuit, alors que *ça* l'avait pris, il s'était apaisé lui-même, ce qui le rassurait. Mais déjà il devinait que les choses seraient moins simples à Port-Louis. Les nuits. Les nuits. Sur le bateau, quand le capitaine refermait la bouteille de madère, quand elle était vide, quand le Herr Doktor avait terminé son récit, Oudinot se retrouvait dans sa cabine, comme prisonnier. Pas question de sortir pour rôder. Pour *chercher*. Avant Orak, Oudinot ignorait ce qu'il cherchait. Il savait, désormais, qu'il pouvait trouver.

« Monsieur Henri dîne à la maison ? demanda Hector.

– Oui, décida Oudinot.

– Il fait bon se retrouver chez soi, n'est-ce pas, monsieur Henri ? »

Joséphin avait des oreilles amusantes, en entonnoir, très petites. Suis-je chez moi parce que j'appartiens à la maison ? se demandait Oudinot.

« Qu'est-ce que tu as fait du journal, Joséphin ? »

Un large sourire illumina le visage d'Hector. Le maître avait adopté son neveu.

« Dépêche-toi, dit-il à Joséphin, cherche le journal. »

Hector expliqua qu'il l'avait mis de côté à cause d'une annonce qui l'intéressait. Onzer Hodabacus, prêtre mahométan, faisait savoir aux lecteurs qu'il était autorisé à traiter toutes les maladies par la prière. Il se flattait d'avoir guéri nombre de malades condamnés par les médecins.

« Il pourra peut-être me débarrasser de mes douleurs, murmura Hector.

– Je crois que je ne resterai pas dîner », décida Oudinot.

La présence d'Hector lui était soudain insupportable. Hector détestait Orak, il lui rendait la vie difficile tout en se plaignant de lui, et bien entendu il jubilait, plus d'Orak à supporter. Mais s'il s'imaginait que le pauvre Joséphin...

« On préparait justement un ragoût de chevreuil pour Monsieur Henri. »

Un coup de sonnette. Mawillal ? Non, Muguette. Oudinot se précipita pour l'accueillir. Elle s'était changée, elle portait une robe d'un bleu très sombre et un chapeau cloche sans garniture.

« Vous êtes venue à pied ? » demanda Oudinot.

Question qui signifiait : Bubu ne vous a pas déposée devant chez moi ? Il ne vous suit pas ?

« Il faut que je vous parle », dit Muguette.

On comprenait : en tête-à-tête. Oudinot s'installa dans le coin chinois du salon, devant la fenêtre qui recevait la lumière du crépuscule. L'or du couchant tombait sur la nuque de Muguette et autour des oreilles sur les boucles échappées de la cloche, enluminant également le duvet de pêche sur les joues. Quelle extraordinaire ressemblance avec Gladys, la mère de Bubu. Marlyse aussi ressemblait à Gladys. Leur tante. C'était bel et bien la passion de Bubu enfant pour sa mère qui l'avait tour à tour poussé vers Marlyse et vers Muguette. Marlyse avait le charme de Gladys, Muguette sa beauté. Gladys n'avait jamais balancé entre son bonheur et ses devoirs. Marlyse était moins provocante, mais Muguette était capable des mêmes défis.

« Je vous apporte ceci... »

Elle prit une enveloppe dans son sac, du même format que celle que son père cachait sous son traversin.

« Père ne vous a pas remis l'enveloppe préparée pour vous, l'argent qu'il vous devait, n'est-ce pas ? Il s'est trompé, Bubu me l'a dit. »

Comme Oudinot, stupéfait, n'ouvrait pas l'enveloppe, elle le relança :

« Vous ne regardez pas ce qu'elle contient ? J'espère que père avait prévu ce qu'il fallait, et que ça vous conviendra. Il faudra naturellement que je vous demande un reçu. »

L'enveloppe était moins grosse que l'autre, cependant...

« C'est parfait, fit Oudinot.

– Le reçu est préparé », dit Muguette.

Elle tournait vers Oudinot le plus innocent des visages.

« Je ne sais pas ce que vous avez pu penser, dit-elle, ou plutôt j'ai peur de ce que vous avez pensé en trouvant ces liasses de papier. Père n'avait plus sa tête, vous avez dû vous en apercevoir. Il a beaucoup baissé ces dernières semaines, très vite, c'était affreux. »

Elle se tamponnait le nez. Elle n'était plus maquillée du tout. Dans l'après-midi, elle avait du khôl autour des yeux, Oudinot se souvenait aussi de ses cils épaissis. Il était fasciné par les cils.

« Je crois qu'il vous a montré la chambre.

– Votre père ?

– Le lit des poupées de Marlyse. Il ne pouvait pas oublier Marlyse. (Un silence :) Je n'avais pas de poupées, on ne m'en donnait pas. (Nouveau silence :) Il défendait à ma mère de m'embrasser. Vous savez que je ne l'ai pas connue longtemps. On m'a mise au couvent toute petite. On m'y laissait pendant les vacances.

– Vraiment ?

– Père était fou de Marlyse (Elle insistait :) Comme un homme est fou d'une femme, est-ce que vous comprenez, Henri ? »

Des larmes ; elle pleurait avec une discrétion bouleversante. Si elle ne ment pas, se disait Oudinot, elle a été très malheureuse. Pourquoi n'en était-il pas convaincu ? De quoi la soupçonnait-il ? D'où venait l'argent qu'elle lui remettait ? Une somme convenable, pour les frais de voyage et les honoraires. Le vieux Chazelles l'avait préparée, comme elle l'affirmait ? Conservait-elle le reste de l'argent de Marlyse ? Pour sa boutique ? Elle n'inspirait pas confiance à Oudinot et pourtant il se sentait ému :

« Vous ne pouvez pas vous faire une idée de ce qu'était ma vie à Rosebelle, Henri, depuis deux ans.

– Depuis que Marlyse...

– Avant, j'étais au couvent. Père me détestait. (Un sourire à travers les larmes :) Il me reprochait même de... d'être... (Elle se retenait de dire : d'être jolie ; sans doute pensait-elle : plus jolie que Marlyse.) de ne pas être tout à fait laide.

– Vous n'habitiez plus avec lui, ces derniers temps, remarqua Oudinot.

– Il m'avait jetée dehors », souffla-t-elle, en baissant la tête.

Oudinot se souvenait de l'accusation que Chazelles avait lancée contre sa fille : folle de son corps. D'une voix changée, frémissante d'indignation, Muguette apprit à Oudinot qu'un huissier requis par Sandrat Singh était passé à Rosebelle pour apposer les scellés.

« On ne peut plus entrer que dans la chambre de père », précisa-t-elle.

Elle regardait Oudinot comme pour lui dire : vous n'allez pas tolérer ça !

« Il a fait ça ? » s'étonna Oudinot.

Sandrat Singh aurait pu faire expulser le vieux Chazelles depuis longtemps de Rosebelle. Muguette oubliait de dire qu'elle déménageait des meubles et des objets qui appartenaient au sucrier indien.

« Je le déteste, dit-elle, il voudrait peut-être faire jeter le cercueil de père à la rue ? Qu'est-ce qu'on peut faire, Henri, contre ces gens ?

– Je me renseignerai demain, promit Oudinot.

– Si j'habitais encore Rosebelle, je n'aurais plus de lit pour dormir, soupira Muguette.

– Que va devenir... »

Oudinot cherchait le nom de la vieille négresse restée au service des Chazelles.

« Clémentine ? fit Muguette. Ils vont la chasser, certainement. On n'y peut rien, n'est-ce pas ? (Elle se leva :) Qu'est-ce que je vais devenir, moi, Henri ? »

Elle se réfugia contre lui ; méfiant et pourtant attendri, il se sentait mal à l'aise.

« On va me donner un tuteur, n'est-ce pas ? demanda-t-elle. Je ne suis pas majeure.

– En effet, dit Oudinot, il faut penser à cela.

– Si j'étais mariée, je serais émancipée, légalement ? » L'émotion avait disparu de sa voix.

« Vous ne... »

Il allait dire : vous ne pouvez pas demander à Bubu de vous épouser, il est marié.

« Je peux me marier, dit-elle en baissant les yeux.

– Mais... »

Pas facile de lui rappeler qu'en principe elle aimait Bubu.

« Je ne veux pas me marier. Je ne me marierai pas.

– A moins que... »

Encore moins facile de suggérer (lui, l'ami d'Adélaïde !) qu'Adélaïde pouvait mourir. Tais-toi, Oudinot ! Laisse-la parler ! Mais, mais... Que pensait-elle ?

« Bubu est gentil », dit-elle.

Pauvre Bubu, se dit Oudinot, il ne fait pas le poids pour cette fille.

« Maxime Duclézio voudrait m'épouser. Il me harcèle depuis deux ans. »

Tais-toi, Oudinot.

« Je n'y tiens pas. Je ne tiens pas du tout à me marier, dit-elle. Je préfère travailler. Une femme peut réussir, une femme de notre milieu, Henri.

– Je n'en doute pas.

– S'il me faut un tuteur, je voudrais que ce soit vous. »

Voilà donc ce qu'elle venait demander, se dit Oudinot. Il ne pouvait pas refuser. Elle l'embrassa sur les joues, avant de partir. La nuit tombait.

« Vous ne voulez pas que je vous raccompagne ? demanda Oudinot.

– Je suis à deux minutes de chez moi. Au revoir, mon tuteur. »

Il alluma un cigare après son départ. Pendant qu'elle était là, il n'avait pensé ni à fumer ni à boire, trop occupé à l'observer. Étrange petite personne, très redoutable, pourquoi le faisait-elle penser à un scorpion ?

« Est-ce que monsieur Henri veut voir les comptes ? vint demander Hector.

– Pas maintenant, Hector.

– Quand monsieur Henri le voudra, ils sont prêts, Joséphin a tout noté, il sait écrire et compter, il est allé à l'école. »

Allusion insupportable à Orak, qui ne savait rien, qui avait tout à apprendre.

« Laisse-moi, Hector.

– Je continue à coucher dans la chambre d'en haut, monsieur Henri ? »

Le réduit d'Orak ?

« Comme tu veux, comme tu veux, bonsoir.

– Bonsoir, monsieur Henri. Si monsieur Henri a besoin de quelque chose...

– Oui, oui, bonsoir.

– Si en rentrant monsieur Henri avait faim... A n'importe quelle heure... Je serais content de servir monsieur Henri. »

Il sentait l'alcool, saperlotte !

« Va te coucher, Hector, ne touche plus au cognac. »

Qu'avait-il dit là !

428

« Monsieur Henri, sur le salut de ma pauvre Hermione, que monsieur Anselme aimait tellement... »

Le salut dans la fuite. Oudinot se dirigea vers la mer.

> *Est-il plus cruel que la mer*
> *Qui a son nom dérobé d'amer ?*

De Ronsard ; et si peu de lui.

> *Le jour baisse et la nuit d'un long crêpe voilé*
> *A déroulé les plis de sa robe étoilée.*

Pourquoi ai-je retenu ça ? Pourquoi, se demandait Oudinot, me faisait-on apprendre ces mièvreries ?

> *La nuit de son trône d'ébène*
> *Jette son crêpe obscur sur les monts sur les flots.*

Des vers de qui ? La lune argentait la statue de Mahé de La Bourdonnais sous les palmiers. Ce formidable visage d'homme. Les jambes. Musclées pour soutenir le monde qu'il créait. Comment entrait-on au service de la Compagnie des Indes ? Par protection ? Naissance ? L'administrateur du premier hôpital de Port-Louis était le fils du garde-chasse du prince de Conti.

« Ah ! Monseigneur, je n'arrive à rien avec mon garnement.

– Nous allons l'expédier aux colonies, mon brave. »

Et l'enfant difficile s'enrichissait en détournant l'argent des malades. Pourquoi tant de médicaments ? Pourquoi tant de soins ? Pourquoi leur faire boire le bon vin envoyé de France ? En pensant à son livre, Oudinot décidait une fois de plus que tout s'était fait par Dieu. Que subsistait-il de Dieu dans le cœur et dans l'âme du vieux Chazelles ? Tué par le cognac ? Par ses mensonges ?

« Monsieur Oudinot est de retour ! »

Le chasse-chiens du Cercle saluait Oudinot avec une grande considération. Quand il couchait au Cercle, il mettait souvent la main au gousset. Et même quand il avait abandonné sa chambre. Le temps d'Orak. Pour donner le change, Oudinot allait et venait entre le Cercle et sa maison. Le jardin de la Compagnie à traverser. Il dînait au Cercle, comme avant. Avant Orak. Il rentrait. Orak lui montrait son cahier ou lisait. Oudinot repartait au Cercle. Se montrer. Il s'installait dans la bibliothèque, lisait, écrivassait. Des poèmes, c'est-à-dire des *débuts*.

« Est-ce que le comte de Kergoust est en haut ? demanda Oudinot au chasse-chiens.

– Je ne l'ai pas vu, monsieur Oudinot. D'ailleurs... »

Il montra deux voitures arrêtées devant le Cercle ; celle du comte n'y était pas.

« Je reviendrai », décida Oudinot.

Quelque chose le poussait vers le Trianon Parisien. Il s'était lié avec Rose.

« Vous m'enverrez une carte postale de Londres ? » avait-elle demandé.

Il ne l'avait pas fait. *Verba volant, scripta manent.* Mesquinerie lamentable, eh oui ! il n'aurait pas voulu que l'on trouvât un mot de lui chez Rose. Qui ramenait-elle dans son appartement ? Des amis comme vous, Henri, affirmait-elle, je n'en ai pas beaucoup. Elle éclatait de rire :

« Il en faut d'autres aussi. »

Par exemple un marin de passage, qui lui plaisait. Oudinot était retourné chez elle lors de la mort du marquis de Gonzenac, survenue peu après la course à laquelle il avait assisté.

« Son dernier plaisir, rappelait souvent Rose. (En riant, elle ajoutait :) Au moins, il est mort propre. Vous vous en souvenez Henri ? Il se laissait laver avec tant de plaisir ! »

Les souvenirs créent des liens. Pour Oudinot, le visage du marquis demeurait associé aux événements dramatiques de ces Pâques de 1912, la naissance de Pascaline, la mort tragique du petit Percy. Depuis, plus rien n'était tout à fait pareil. Et la guerre, maintenant.

Il ne restait plus grand monde dans les rues. Oudinot entendit de loin et reconnut le bruit de la motocyclette du docteur Campbell. Il se recula contre la façade d'une maison, à une centaine de pas du Trianon Parisien. C'était là que Campbell se rendait.

Lorsqu'elle se relevait Paulina accrochait son corset autour des hanches, par la dernière agrafe seulement, au-dessus de sa toison ; le haut s'ouvrait comme un cornet dont jaillissaient ses seins et ses épaules.

« Le coq a soif, bêtifiait-elle en emplissant un verre, le coq a beaucoup soif. »

Elle apporta le verre à Campbell qui s'étirait. Il découvrait avec surprise que Paulina lui manquerait. Il allait partir pour l'Inde, à Bombay.

« Dès que possible, avait annoncé Fireground, par le premier bateau. »

Le *Rawalpindi*, en principe, qui faisait la navette entre Natal et Bombay ; il ne passait pas avant une semaine.

« Viens, dit-il à Paulina.

– Oui, oui », pépia-t-elle.

Elle se servait de la limonade. Alors qu'en général Campbell ne supportait plus le contact d'une femme après l'amour, il se sentait bien avec Paulina ; à plusieurs reprises, il avait passé la nuit avec elle, dans son lit. Il l'attrapa à la cheville, en allongeant le bras ; sa main remonta jusqu'au corset.

« Tout de suite », geignit Paulina.

Elle s'avançait le ventre poussé en avant, les yeux révulsés et s'abattit sur lui, les seins sur sa bouche. Elles sont toutes clitoridiennes, les salopes, affirmait (l'ignoble) Fournier.

« Tu sais ce que tu es, souffla Campbell, une salope clitoridienne, hein ?

– Oh ! oui ! oh ! oui ! », gémissait-elle.

Il se mit à rire :

« Tu sais ce que ça veut dire, clitoridienne ? »

Il l'installa sur lui.

« A toi de travailler », dit-il d'une voix rauque.

Agenouillée elle se soulevait lentement, se rasseyait sur lui, elle continuait à geindre, les poings serrés devant la bouche, elle mordillait les ongles des pouces, les yeux clos ; Campbell la guidait en la tenant aux coudes. Pas pressé. Il ricanait en pensant à Fireground. Plutôt sympathique. Il l'attendait au bureau. Seul. Qu'est-ce que cela signifiait ? Et la réunion de la Commission ?

« Dites-moi, Campbell, vous n'aviez dit à personne, ici, que vous connaissiez un conseiller privé du Premier ministre.

– Moi ?

– Sir Arthur. Le docteur Balfour. »

Que sait-il ? s'était demandé Campbell. Rien. Il avait sorti un long télégramme arrivé la veille. En raison de l'imminence de la guerre, on prévoyait la formation accélérée de divisions de Gurkas, en Inde. Sur proposition du docteur Balfour, la responsabilité médicale de leur mobilisation était confiée au docteur Campbell, en mission spéciale à l'île Maurice.

« Doucement », gémit Campbell.

Il souleva Paulina aux aisselles. Elle grinçait des dents, il les entendait frotter les unes sur les autres. Faire jouir une pute, disait (l'ignoble) Fournier, c'est ce qu'on peut connaître de mieux.

« Tu jouis, hein, grogna Campbell.

– Oui, oui, oui, cria-t-elle, toi, toi ! »

Elle s'abattit sur lui :

« Donne, gémit-elle, donne. »

Tandis qu'ils récupéraient :

« C'est trop fort, docteur, avec vous.

– Assez », grogna-t-il.

Il la souleva et la rejeta à côté de lui. Elle prit sa main pour la baiser. Une putain.

« Le coq a encore soif ? » demanda-t-elle tendrement.

Il ricana :

« Le coq, fiche-lui la paix, il n'a plus rien. »

Elle passa une main sur ses cheveux :

« Le coq veut faire dodo ? »

Dodo. Un dodo. Le comte. Les premières fois, quand il demandait Paulina, Campbell cherchait à savoir ce qu'elle pensait de lui, et beaucoup plus précisément, comment cela se passait avec lui. A cause d'Adélaïde, prétendait-il, pour *transposer*. Paulina n'avait jamais rien dit ; rien d'important. Bubu. Elle riait. Il est gentil, répétait-elle. Quand elle avait cherché à lui faire comprendre qu'avec lui c'était autre chose, pas simplement mieux, mais que...

« Je ne veux plus de ton argent », avait-elle décidé.

Campbell l'avait menacée de ne plus revenir. N'empêche qu'il savourait le plaisir qu'elle prenait avec lui.

« Jamais avec un autre ? »

Il retenait la question, quelle absurdité, d'autant que la réponse... Elle ferait la même à ceux qui l'interrogeraient avant l'explosion. Elle chantonnait : *Fais dodo, Colas, mon petit frère.*

« Laisse, dit Campbell pas méchamment, en rejetant sa main. Donne-moi à boire. »

Elle remit le corset. Il la voyait de dos, devant la table, les fesses rondes et hautes, une taille très fine. Qui lui avait dit que les négresses avaient la taille plus mince que les Blanches ?

« Tu sais ce que c'est qu'un dodo ? demanda-t-il.

– Un oiseau, dit-elle.

– Un drôle d'oiseau, en effet », fit Campbell.

Il pensait au comte.

« Ils ont tous été mangés, dit Paulina. Ici, autrefois, c'était l'île des dodos.

– Vraiment ?

– Avant que les hommes viennent à Maurice, le dodo était le seigneur. »

Paulina se pavanait, un verre à la main. Des mimiques, des saluts, des révérences.

« Il avait tout, reprit-elle, les vers, les graines, les fruits, sans se donner le moindre mal, ça lui tombait rôti dans le bec. »

Elle tendit le verre à Campbell.

« Et personne pour l'embêter, ce monsieur, pas de sales bêtes, pas de serpents, il pouvait dormir sur ses deux oreilles. (Elle éclata de rire :) Et faire l'amour quand ça lui plaisait.

– Quand il pouvait, soupira Campbell.

– Mon coq ne peut plus ? »

Elle se trémoussait devant le lit, les mains renversées sur les hanches, les coudes en avant, elle secouait ses seins, elle rentrait et sortait son ventre.

« Les méchants sont venus, reprit-elle, ils sont arrivés avec des chiens et des fusils, et ce gros monsieur – je parle du dodo, n'est-ce pas –, il essayait de se sauver, mais trop tard, il avait eu la vie trop facile, il n'avait plus de forces... (Elle se penchait sur Campbell, elle léchait ses biceps :) plus de muscles... plus rien, plus rien... »

Sa tête glissa vers le ventre de Campbell, qui prit du champ, mais en la ramenant vers lui.

« On a mangé le dodo, bêtifiait Paulina, c'est bon, le dodo, c'est si bon, tu aimes, tu aimes ? »

L'ALLEMAGNE déclare la guerre à la France.

Dans le guettali, la Grande Mahaut attendait l'abbé de Courtrai tout en lisant la *Vie des Saints*. Il désirait la saluer avant son départ pour Rome, où il emportait de nouvelles pièces pour le dossier de béatification du père Laval. Une ondée avait rafraîchi les eucalyptus. La Grande Mahaut respirait machinalement son coussinet de senteur qu'elle avait retiré du bout des doigts, de sous sa robe blanche, parce qu'elle n'aimait pas tellement le parfum des eucalyptus.

Le saint du jour, saint Friar, était un paysan breton. Il liait des gerbes dans les champs quand des guêpes dérangées attaquèrent ses compagnons de travail. Pas lui qui répétait :

« Notre secours est dans le nom du Seigneur. »

Miracle ! Vraiment ! Saint Friar se retira dans une île du diocèse de Nantes pour prier. Mort en 566 ou en 567. Pour la mère, ces dates se fondaient dans le passé de Dieu, à peine moins éloignées que la Crucifixion ou que la Résurrection.

Pour la plupart, les saints du livre étaient bien nés, instruits et riches. Saint Amand, de parents nobles. Saint Isidore de Péluse, d'une famille riche et noble. Saint Jean Calybite, troisième et dernier fils d'un notable de Constantinople. Saint Hilaire, évêque d'Arles, de parents également distingués par la naissance et par la fortune. Saint Basile, après l'étude des belles lettres et de l'Écriture, se retira dans la solitude. Saint Paulin comptait une longue suite de sénateurs dans sa famille. Que venait faire le modeste saint Friar dans cette élite ? Un chasseur de guêpes.

L'abbé de Courtrai s'était arrondi, il devenait aussi gourmand que Monseigneur. La mère avait un faible pour lui.

« Quelle paix dans votre couvent, dit-il, après avoir grimpé l'escalier en spirale qui menait au guettali. Vous devez vous sentir à l'abri de tout, ma mère ? »

Elle retenait sa main :

« Figurez-vous, avoua-t-elle, qu'il m'arrive d'avoir peur.

– Vous, ma mère ? »

L'Assemblée coloniale élue sous la Révolution avait interdit le port du costume religieux. On avait vainement voulu contraindre la mère qui dirigeait alors la Congrégation à quitter sa robe blanche.

« Vous me voyez sans ma robe, mon père ? demanda la mère. Cela vous fait rire ? Moi, cela me fait trembler.

– Vous y pensez ?

– Ça m'arrive, avoua-t-elle. Des choses effrayantes se sont passées pendant la Révolution. On a obligé un jeune abbé comme vous, mon père, à servir à boire d'un tonneau chevauché par une bacchante à moitié nue.

– C'était l'abbé Flageollet, dit l'abbé de Courtrai. Il n'était plus si jeune.

– Je vous envie, soupira la mère. Vous allez revoir Rome. Moi, je n'ai pas quitté notre Ile, et je n'ai circulé qu'entre le couvent et la Nouvelle Hollande. (Un soupir :) J'espère bien prendre le chemin de fer avant de mourir.

– Ma mère ! protesta l'abbé. Rien de plus facile. Vous allez à Curepipe, et vous revenez.

– Qu'irais-je faire à Curepipe ? Il faudrait que j'aie une bonne raison.

– Le Seigneur vous en trouvera une pour vous faire plaisir, dit l'abbé, avec un clin d'œil. J'en parlerai à Monseigneur, s'il daigne rentrer de sa thébaïde. »

Thébaïde ? La mère leva le nez :

« Je le croyais dans sa résidence de Quatre Bornes, remarqua-t-elle. Il s'y plaît tellement.

– Précisément, souffla le jeune abbé, un peu trop peut-être.

– C'est un saint », protesta la mère.

L'abbé inclina la tête, oui, oui, un saint, gagné par le nonchaloir créole.

« Nous avons la guerre, ma mère.

– Vraiment ? C'est fait ?

– Tout comme, dit l'abbé. J'espère que j'arriverai à bon port. »

La mère se signa.

« Le Kaiser a lancé un ultimatum à la Belgique, en exigeant le libre passage pour ses troupes.

– La Belgique ? Où cela ? Au nord de la France, expliqua l'abbé.

– Les Français ont groupé leurs armées à l'est, et les Allemands veulent les prendre à revers, précisa-t-il.

435

– Et l'Angleterre ? demanda la mère.

– Si le Kaiser violait la neutralité belge, elle ne pourrait l'admettre. »

Violait, un battement de cils de la mère.

« Ce serait mieux pour nous, remarqua l'abbé.

– Pour nous ?

– Pour la France, précisa-t-il. Avec l'Angleterre nous serions sûrs de gagner la dernière bataille.

– Notre secours est dans le Nom du Seigneur, murmura la mère.

– Dès que la guerre sera officielle, reprit l'abbé, on dira l'oraison du missel à toutes les messes, ainsi qu'une dizaine de chapelets que l'officiant récitera avec les fidèles en l'honneur de Notre-Dame des Victoires.

– Et le chemin de croix ?

– Tous les vendredis, ma Mère.

– Quand partez-vous ?

– Dès que je pourrai, ma mère. J'emporterai le procès-verbal de reconnaissance des restes du père. La cérémonie a lieu dans huit jours. »

Après avoir consulté une fiche, l'abbé demanda à la mère si elle avait connu Caroline Prosper, la fille d'un catéchiste créole du père Laval. Clouée au lit depuis sept ans, elle avait été réveillée par la voix du père qui lui commandait de se rendre à son chevet.

« Le médecin dégageait sa responsabilité, rappela l'abbé.

– Il était venu en pleine nuit », murmura la mère.

Un médecin, se dérangeant ainsi pour une petite créole malade depuis si longtemps... Elle s'en étonnait depuis toujours. Pourquoi ne s'était-elle jamais intéressée à Caroline Prosper, qui, après sa guérison miraculeuse, avait pris le voile, devenant sœur Marie-Lupercile ?

« Elle avait une maladie de la moelle épinière, je crois ? » demanda l'abbé.

La mère baissa les yeux, elle n'en savait rien. Le Père était mort quand on avait amené Caroline auprès de lui. On ne la laissait pas approcher du lit. Enfin elle avait pu baiser ses mains froides. Quelqu'un avait appliqué une des mains du père sur son œil qui était presque aveugle. Elle avait retrouvé la vue. Elle était rentrée chez elle à pied.

« On lui avait donné la canne du père, précisa la mère.

– C'était évidemment un miracle de première classe, admit l'abbé en se signant. Il en faudrait trois.

– Oh ! lança la mère, si le père Laval était anglais, il serait béatifié depuis longtemps. D'ailleurs, il a fait d'autres guérisons. »

Pourquoi ne guérissait-il pas Adélaïde ? Plus d'une fois la mère l'en avait supplié, en pleine nuit. Pour l'attendrir, elle invitait sœur Marguerite-Rose à sa table, comme il le faisait dans sa paroisse normande pour l'idiot du village. La pauvre sœur s'oubliait jusqu'à lâcher des vents, elle en riait, si gentiment ! Que la paix du Seigneur soit avec elle.

Pourquoi le père Laval ne s'intéressait-il qu'aux misérables ? Adélaïde ne méritait-elle pas de guérir parce qu'elle était de la Nouvelle Hollande ? La mère se souvenait du visage violacé du père. Elle se trouvait à la cathédrale un dimanche, quand il s'était écroulé devant l'autel. Son odeur. Quand il était revenu pour recevoir la communion, on le portait dans un fauteuil. Pourquoi avait-il choisi de guérir cette petite créole ?

« Vous souvenez-vous de sœur Marie-Lupercile ? demanda l'abbé. On a dû beaucoup parler d'elle ?

– Je ne m'en souviens pas très bien », avoua la mère.

Croyait-elle au miracle, à l'époque ? Elle eût été embarrassée si l'abbé le lui avait demandé. Que croyait-il lui-même ? Pourquoi posait-il toutes ces questions ?

« Savez-vous, ma mère, que M. de Chazelles est mort ? demanda-t-il.

– On me l'a rapporté hier au soir, dit-elle. De quoi est-il mort ?

– D'un transport au cerveau, expliqua l'abbé. M. Oudinot venait de lui apporter des nouvelles de sa malheureuse fille, qui est en Angleterre.

– Muguette », fit la mère.

Elle corrigea immédiatement :

« Je veux parler de Marlyse. Muguette, sa sœur, n'est qu'une enfant.

– Une enfant ! Hum ! fit l'abbé.

– Il est vrai que je l'ai aperçue dimanche dans une robe merde d'oie, à la cathédrale. »

Ai-je bien entendu ? se demandait l'abbé.

« Une robe comment, ma mère ?

– Verte, d'un vert qui tire sur le jaune, on disait merde d'oie, parce que c'était, paraît-il, la couleur des... (Elle se mit à rire :) Je vois à votre tête, mon père, que cela ne doit plus se dire ?

– Merde d'oie ! fit l'abbé, en riant. En tout cas, on voit bien la couleur.

– N'est-ce pas ?

– D'ailleurs, j'ai vu la robe moi aussi. (Il leva la main :) Après la messe, une fois la messe dite, naturellement. »

Après une hésitation :

« Elle a pris une boutique ?

– Muguette ? En effet, je l'ai entendu dire. Oh ! c'est une petite personne qui sait ce qu'elle veut.

– Vous la connaissez bien, ma mère ? Vous l'avez eue ?

– Comme toutes les jeunes filles convenables », dit la mère.

L'abbé parla de son frère Lionel, son aîné d'une bonne dizaine d'années, qui allait s'établir à Ceylan pour diriger une plantation de thé. Il n'était pas marié. La mère changea le cours de la conversation. Elle ne comprit pas l'allusion que l'abbé fit aux relations amicales qu'entretenaient le comte de Kergoust et Muguette. Elle n'ignorait pas que l'on jasait à travers l'Ile. On allait jusqu'à raconter que Bubu avait payé la boutique de Muguette. Avec quel argent ? Sa signature n'était valable qu'accompagnée d'un paraphe de la banque Oudinot. Elle raccompagna l'abbé jusqu'à la poterne.

« Je suis certaine, dit-elle, que Monseigneur rentrera ce jourd'hui. »

Elle retint l'abbé un moment, devant la poterne :

« Vous connaissez certainement le catéchisme du père Laval, mon père ?

– Celui qu'il a écrit pour les Noirs ? Naturellement, je l'ai lu.

– On ne l'utilise plus, n'est-ce pas ?

– Il s'agissait de quelque chose de très particulier, ma mère. (Il laissa fuser un petit rire :) Entre nous soit dit, je ne sais pas s'il obtiendrait l'imprimatur, à Rome. »

Pourquoi les prêtres rient-ils tous comme des enfants ? se demanda la mère.

« Adieu, ma mère, dit l'abbé.

– Nous nous reverrons avant votre départ », dit-elle gaiement.

En revenant au couvent elle aperçut Jéroboam qui arrivait avec le ravitaillement. Depuis la mort de sœur Marguerite-Rose, il livrait deux fois par semaine les légumes, les œufs, les poissons, les poulets que la sœur venait autrefois chercher presque quotidiennement à la Nouvelle Hollande.

« Tout va bien ? » demanda la mère.

Elle n'attendait pas de réponse.

« Madame la comtesse retourne à la mer, dit Jéroboam.

438

« – Qu'est-ce que tu racontes ? Elle nage ? Elle recommence ? »

Pour elle, cela ne pouvait signifier qu'une chose : Adélaïde était guérie puisqu'elle se remettait à nager. Et personne n'avait jugé nécessaire de l'en informer ? Elle se sentait submergée à la fois par une grande joie et par une colère qu'elle se reprochait. Elle resta abasourdie quand Jéroboam eut expliqué que le docteur Campbell portait la comtesse dans la mer, et qu'il la soutenait dans l'eau. Que n'allait-on pas raconter encore ! Ce fut la première réaction de la mère, la seconde étant : l'abbé n'en savait rien encore, heureusement !

« Ce docteur est fou ! »

On ne voyait plus que lui à la Nouvelle Hollande. Pour exiger sa présence, Adélaïde savait se faire comprendre. Si au moins elle accomplissait des progrès ! Cette fin qui n'en finissait pas de finir ! La mère se signa et marmotta un *Je vous salue Marie*, honteuse de la pensée qui lui traversait l'esprit. Elle décida de se rendre à la Nouvelle Hollande, où elle ne s'était pas montrée depuis plusieurs jours. Lors de son dernier passage, Pascaline avait refusé de l'embrasser en lui disant au revoir. Têtue comme une mule.

« Pascaline n'a pas envie », répétait-elle.

Pas-Câline, la contraction lui convenait parfaitement. Je n'étais pas embrasseuse non plus, se souvenait la Grande Mahaut. C'était différent, qui l'embrassait, elle ? Sa mère morte, son père parti. Tante Henriette réservait ses caresses à Mortimer.

Adélaïde dans la mer !

« Le docteur a dit qu'il revenait ce matin ?

– Oui, madame supérieure, il dit que les bains feront beaucoup de bien à madame la comtesse.

– Je pars avec toi, attends-moi.

– Je suis venu avec la carriole, madame supérieure », balbutia Jéroboam.

Ce qu'il fallait traduire par : vous serez mal, secouée et cahotée. Rien ne pouvait faire revenir la Grande Mahaut sur sa décision. Il fallait qu'elle revoie et embrasse Pascaline. Absolument ! Elle souhaitait également tirer au clair l'histoire de la boutique de Muguette. Un pressentiment l'avertissait que Bubu avait fait une bêtise.

« Mais puisqu'il ne peut rien faire sans l'accord de la banque ? »

Elle parlait tout haut.

« Oui, madame supérieure, approuva Jéroboam.

– Tais-toi, vieux nègre, tu ne peux pas comprendre. »

En approchant de la Nouvelle Hollande, elle redevenait la Grande Mahaut.

« Oui, madame supérieure, fit Jéroboam.

– Va plus vite !

– Dans la côte, il faut ménager le vieux cheval, soupira Jéroboam en souriant pour attendrir la religieuse.

– C'est vrai, admit-elle, personne ne rajeunit. »

Elle regrettait le *vieux nègre* lancé avec agacement. Du vivant d'Adélaïde... Seigneur ! Du vivant ! Elle l'avait pensé : du vivant d'Adélaïde ! Elle marmotta un *Je vous salue Marie* en égrenant son rosaire.

« Le bain lui a vraiment fait du bien ? demanda la mère à Jéroboam. (Il ne comprenait pas la question.) Que t'a raconté Jézabel, essaie de t'en souvenir ? La comtesse était contente dans l'eau ?

– Très contente, madame supérieure.

– Tu ne l'as pas vue ?

– Non, madame supérieure.

– Tu n'as rien vu, tu m'agaces. »

Il hochait la tête, les lèvres retroussées sur ses dents. *Vieux nègre*. Moins vieux que moi, se rappela la mère pour se mortifier. Elle regrettait d'avoir grimpé dans la carriole qui la ballottait en tout sens. Pourquoi avait-elle renoncé à sa visite du dimanche à la Nouvelle Hollande ? Pour marquer son mécontentement à Pascaline ? Par bouderie en quelque sorte ? Non, une fatigue. Par moments, elle n'en pouvait plus. Elle entendait moins bien. L'âge ? Ses yeux ne faiblissaient pas, elle n'avait jamais eu besoin de lunettes pour lire ou pour voir loin. Ne fallait-il pas qu'elle tienne bon pour Pascaline ? On ne pouvait pas compter sur Bubu, le pauvre, il n'avait pas de fils et il n'avait plus de femme. Qui avait arrangé ce mariage qui finissait si mal ? Moi, moi. La Grande Mahaut n'arrivait pas à se trouver coupable ; elle n'avait pensé qu'à la Nouvelle Hollande. Le Seigneur l'avait donnée aux Kergoust, elle reviendrait à Pascaline, avec la Grande Plaine.

Le trajet paraissait interminable, à chaque tour de roue la mère appréhendait davantage une nouvelle bêtise de Bubu. Son au-to-mo-bile ! Ses fusils anglais ! Il fallait qu'il obtienne tout de suite ce dont il avait envie. Maintenant cette histoire pour Muguette. A l'entendre la boutique rapporterait de gros profits. Pourquoi pas ? On sous-estimait Bubu. L'idée des moutons n'était pas si mauvaise, ils ne coûtaient pas d'argent. Muguette avait de la volonté et de l'ambition, elle paraissait très équilibrée, pas comme la pauvre Marlyse... La mère se signa en soupirant. Une mère étranglant l'un de ses enfants ; naturellement on avait mis la tragédie au débit de Bubu, toujours ces ragots, cette malveillance, pauvre Bubu, il n'y pouvait rien.

Était-ce souhaiter la mort d'Adélaïde que de constater que plus rien ne tournait rond à la Nouvelle Hollande ? Pascaline ne lâchait plus la main d'Absalon, c'était cela surtout qui accablait la Grande Mahaut, parce qu'elle ne trouvait pas la force d'interdire à Absalon de quitter le kraal par exemple. Elle avait essayé. Pascaline allait le chercher. Pendant plus d'une semaine elle avait refusé de parler à la mère. Plus de baisers de Pascaline. C'était déchirant pour la religieuse, elle s'identifiait à Pascaline, elle la voyait telle qu'elle aurait voulu être ; elle n'aurait jamais joué avec un petit nègre. Un petit nègre. Le fils de Bubu. Le fils ! Le fils ! Elle chassait tout cela, le pauvre vieux Jéroboam l'agaçait encore plus. Sa façon de respirer aussi bruyante que celle de son pauvre Madagascar. Par quel miracle ce cheval arrivait-il encore à traîner une carriole ?

Et moi ? Parfois il lui semblait que Dieu l'abandonnait, ce qu'elle ressentait autrement : Il lui refusait son dû, en fait. En parlant de Caroline Prosper avec l'abbé de Courtrai, elle ne pouvait s'empêcher de comparer l'accueil réservé aux prières de cette petite créole au silence qui suivit ses demandes d'intercession en faveur d'Adélaïde. Pourquoi pas un miracle, pour elle ? S'il le fallait, on la porterait à la chapelle, près du badamier sous lequel le père Manoël avait promis l'Ile aux catholiques. Les Kergoust étaient catholiques, et, eux, depuis toujours. Pouvait-on demander à un homme jeune, comme Bubu, de passer le reste de sa vie avec une morte vivante ? Vous voyez bien, Seigneur, qu'il faut un miracle ! Ou alors vous acceptez que Bubu... Muguette ? Non ! Rien n'était aussi clairement formulé, il n'empêche qu'entre la Grande Mahaut et la mère une sorte de marchandage se poursuivait en permanence, qui les épuisait toutes deux.

Oudinot eut du mal à entrer dans la banque, littéralement assiégée par les clients.

Un caissier se porta vers lui pour l'aider à traverser la cohue.

« Ils s'affolent parce que nous ne donnons pas d'or en échange de leurs billets, expliqua-t-il, alors qu'en ville les commerçants n'acceptent plus les billets.

« Vous leur avez dit que la banque ne fait qu'appliquer un décret du gouvernement ?

« – Bien entendu, monsieur Henri. »

On vit apparaître le directeur, Hannibal Duster, dans l'escalier qui menait à son bureau et dont un huissier défendait difficilement l'accès.

« Messieurs, dit-il d'une voix de stentor, ne vous énervez pas pour rien, cela donne trop chaud. (Il s'épongea.) Si vous aviez dans vos poches l'or que vous réclamez, il serait fondu. »

Il éclata d'un rire contagieux. Personne n'appréciait ses plaisanteries autant que lui-même, il s'en régalait par anticipation, il s'illuminait quand il allait en faire une. Il tapa dans ses mains :

« Allons ! Allons ! *Business as usual.* »

Il ramena Oudinot dans son bureau.

« Asseyez-vous, mon cher, dit-il de son ton protecteur habituel.

– Dans le fauteuil de mon père, remarqua Oudinot.

– C'est vrai, fit Duster, en présentant la boîte à cigares. Il fumait les mêmes. (Un rire complaisant :) Ce ne sont plus les mêmes. (Il se frotta les mains) Nous l'avons, cette fois c'est certain.

– La guerre ?

– Oui, l'Allemagne a fait sa déclaration à la France.

– C'est officiel ?

– Absolument. La dépêche date de plusieurs heures.

– Et l'Angleterre ?

– Nous ? demanda Duster.

– En quelque sorte, bredouilla Oudinot.

– Nous ne pouvons pas nous dégager », dit Duster, avec une gravité comique.

Il tenait son cigare dans la main, comme le tube d'un clairon ; il aspira lentement la première bouffée, après quoi, il plaça l'extrémité incandescente dans sa bouche et souffla doucement.

« Pour bien le réchauffer sur toute sa longueur, expliqua-t-il à Oudinot pour la millième fois. (Un sourire.) Votre père m'a appris ça aussi. »

Reprenant son masque d'oracle grotesque, il annonça que, selon toute vraisemblance, le Kaiser avait déjà fait passer ses troupes en Belgique.

« Nous garantissons la neutralité belge, rappela-t-il, et je ne vois pas comment, dans ces conditions, nous ne pourrions pas faire face à nos engagements. A moins que... »

Il laissa Oudinot dans l'attente de la suite pendant un long moment, consacré au cigare qui ne tirait pas parfaitement. Puis :

« A moins que la Belgique n'offre aucune résistance et ne signe un accord avec le Kaiser, lui reconnaissant le droit de passage.

– Qu'est-ce que cela changerait pour *nous* ? fit Oudinot, non sans agressivité. *Potius mori quam foedari*. Plutôt mourir...

– ... que se déshonorer, naturellement, admit Duster, mais n'oubliez pas *Primum vivere*...

– ... et philosopher ensuite, enchaîna Oudinot. Il ne s'agit plus de cela.

– Supposez, mon cher, que les Allemands soient à Paris dans trois semaines.

– Quoi ? »

La guerre ! En effet, le mot pouvait se traduire par ça.

« Les Français se sont portés sur la frontière, la ligne des Vosges. Les Allemands vont les prendre à revers. Souvenez-vous de Sedan.

– L'Histoire ne recommence pas deux fois.

– *Wait and see*, dit Duster. Cependant, faisons cette supposition, que les Allemands entrent à Paris avant que nous ayons seulement eu le temps de débarquer un tommy sur le sol français. Que feriez-vous à la place du gouvernement ? »

Il se leva pour marcher de long en large.

« Je sais pour ma part ce que je ferais.

– Vraiment ? Et quoi donc ?

– Vous feriez la même chose, mon fils. »

Mon fils. Oudinot en grinçait des dents.

« Exactement la même chose. Si vous étiez *Prime*, vous vous rendriez à Buckingham Palace pour rappeler à Sa Majesté que la mère du Kaiser est une petite-fille de la reine Victoria et qu'il serait tout à fait convenable de l'inviter à venir prendre le thé au palais avec son épouse. »

Il se remit à rire, des roulades tonitruantes.

« Il ne s'agit évidemment que d'une hypothèse idiote, bafouilla-t-il entre deux quintes.

– Je vous verse un peu d'eau ?

– Voilà une question que votre père n'aurait pas posée », remarqua Duster en prenant la bouteille dans l'armoire.

Que s'était-il passé à la banque pendant l'absence d'Oudinot ? Duster n'avait pas envie d'en parler.

« J'ai fait parvenir le bilan trimestriel à New York, remarqua-t-il négligemment pour rappeler qu'il n'avait de comptes à rendre, vraiment, qu'aux 51 p. 100 de Morgan. »

Il n'entrait pas dans les intentions d'Oudinot de lui disputer ses responsabilités ; cependant, par moments, son assurance lui paraissait à la limite du supportable, d'autant qu'il lui arrivait de commettre des bourdes. Un coup d'œil sur le dossier de la Nouvelle Hollande permit à Oudinot de comprendre que, dans l'affaire de la boutique acquise par Muguette avec un crédit important de Li-Heu, une disposition imprécise permettait d'engager la responsabilité financière du comte de Kergoust, qui avait involontairement donné son aval pour des découverts antérieurs de M. de Chazelles. De toute évidence, le banquier chinois (banquier ! banquier ! grommela Oudinot) cherchait à se rattraper. C'était cousu de fil blanc, il suffirait sans doute de lui faire les gros yeux pour le ramener à la raison. Il n'empêche : en laissant le comte signer sans corriger le paragraphe qui prêtait à malentendu, la banque avait manqué à ses devoirs.

« C'est une affaire parfaitement claire et viable, bougonna Duster quand Oudinot le remarqua. J'en ferais volontiers mon capital.

– Sans reprendre les passifs de M. de Chazelles, évidemment, lança Oudinot.

– Pauvre M. de Chazelles, pouffa Duster, il lui reste autant d'argent que de plumes à un crapaud.

– Paix à son âme, dit Oudinot. Il est mort hier.

– Désolé, bougonna Duster.

– Je vais sans doute devenir le tuteur de sa seconde fille, Muguette de Chazelles, qui, en fait, est maintenant la propriétaire du *Chic de Paris*.

– Remarquable petite personne, concéda Duster. Elle réussira. »

Il se gratta la nuque :

« Si elle ne veut pas aller trop vite, ajouta-t-il.

– Pourquoi dites-vous cela ?

– Elle est venue me parler d'une autre boutique, à Curepipe, plus importante.

– Il faudra qu'elle me mette au courant », dit Oudinot.

Il comprenait mieux les allusions de Bubu à des difficultés dont, en raison des circonstances, il lui était difficile de s'expliquer à Rosebelle, et même pendant le déjeuner à la maison. Li-Heu devait tenter de l'intimider. Est-ce que la Grande Mahaut savait que Li-Heu était le grand-père d'Honorin ? Il guignait la Nouvelle Hollande pour sa petite fille. Il faudrait jouer serré, se dit Oudinot ; il croyait deviner que les ambitions de Muguette, dont pourtant il ne savait pas grand-chose, dépassaient les horizons de l'île Maurice.

444

Un miracle ? La Grande Mahaut demeura pétrifiée sur le seuil de la porte : Adélaïde debout, appuyée sur des béquilles. Le docteur maintenait celle qu'il venait de placer sous l'aisselle droite. Adélaïde le dévorait des yeux. Il lâcha la béquille.

« Venez, venez, Adl'aïd'. »

Le docteur reculait doucement, pour entraîner la comtesse vers lui. Elle essayait de le rejoindre, tendue vers lui comme un enfant auquel on montre un sucre pour le décider à risquer ses premiers pas. La béquille glissa sous l'aisselle, elle serait tombée si le docteur ne l'avait rattrapée. La comtesse n'en restait pas moins debout, fixée à l'autre béquille, incapable cependant de déplacer la jambe gauche sur laquelle elle prenait appui. A travers sa chemise de nuit, la jambe droite semblait normale.

La mère pensa encore à Caroline Clerc qui, après sa guérison miraculeuse, était repartie en s'appuyant sur la canne du Père Laval. Ah ! si Adélaïde disposait de cette canne. Qu'en avait-on fait ?

« Vous venez assister au bain, ma mère ? » demanda le docteur.

Il s'était habitué à l'appeler ma mère, mais il ne le disait pas à Elvira.

« Ah ! docteur, docteur », soupira la religieuse.

Il était en peignoir de bain. Jézabel installait sa maîtresse dans le fauteuil roulant.

« Bonjour, ma petite fille », dit la mère en baisant Adélaïde au front.

Elle prit Jézabel à témoin :

« Elle ne me voit pas, n'est-ce pas ? »

Elle resta dans les lilas sauvages, à l'ombre, tandis que Jézabel roulait la comtesse vers la mer, aidée par le docteur. La religieuse se signa quand il enleva son peignoir, c'était la première fois qu'elle voyait un homme en maillot. Bien entendu, à l'hôpital... C'était autre chose. Le soleil faisait étinceler le sable blanc. Quelques nuages floconnaient au-dessus de la barre ruisselante d'écume. La mère frissonna en sentant la petite main de Pascaline s'emparer de la sienne.

« Maman est guérie ?

– Ma petite fille, ma petite fille », souffla la mère en soulevant Pascaline.

Qu'elle devenait lourde ! Elle portait sa tenue chinoise habituelle.

« Tu n'as donc pas de robe, Pascaline ?

– Chut, fit Pascaline. (Puis :) Maman ne peut pas encore m'embrasser, murmura-t-elle, elle n'est pas assez guérie.

– Il faut prier », chuchota la mère;

Elle prit les mains de Pascaline entre les siennes :

« Seigneur Jésus. Répète : Seigneur Jésus.

– Seigneur Jésus.

– S'il vous plaît, guérissez ma maman.

– Complètement, s'il vous plaît, Seigneur Jésus, guérissez maman complètement. »

Le bain fut extrêmement court. Après avoir tiré la comtesse dans l'eau sur une vingtaine de pas, le docteur remarqua qu'elle perdait du sang, il se diluait dans l'eau transparente. Depuis la naissance de Pascaline, la comtesse n'avait plus eu de règles. Il jubilait : sauvée ! sauvée ! Elle redevenait une vraie femme. Il la prit dans ses bras et, sans se soucier du fauteuil, la porta à grands pas vers sa chambre.

« Du coton, vite ! »

Alors que Jézabel garnissait sa maîtresse, Pascaline rapporta le peignoir que le docteur avait laissé sur la plage.

« Laisse ta maman », murmura le docteur.

Jézabel ramena le drap sur les jambes de sa maîtresse.

« Maman guérie ? » demandait Pascaline en s'avançant vers le lit.

Elle baisa la main inerte de sa mère, après quoi, l'ayant reposée sur le drap, elle cala sa joue contre la paume, comme pour la réchauffer. Comment allait réagir la comtesse ? Dans un silence tendu, elle ramena sa main gauche pour caresser les boucles de Pascaline, son premier geste de mère. Le docteur sentit monter en lui une formidable émotion. Il reprit difficilement son souffle.

« Adl'aïd. »

Il s'approcha du lit pour immobiliser de sa main celle de la comtese, posée sur la tête de Pascaline.

« C'est bien, c'est bien, » murmurait-il.

Pascaline comprit qu'elle devait s'écarter. Jézabel aida le docteur à asseoir Adélaïde et à placer ses jambes hors du lit. Il cherchait les mots à dire. « Lève-toi, prends ton lit et marche. » Il avait la formule sur les lèvres mais n'osait pas l'employer.

« Aidez-moi, Adl'aïd », souffla-t-il.

Il la souleva avec Jézabel, puis fit signe à Jézabel de la lâcher. Lui-même dégagea ses bras. La comtesse restait debout, oh ! pas seule, le docteur demeurait prêt à la soutenir, ses bras autour d'elle, mais sans la toucher.

« Magnifique, Adl'aïd' ! »

Elle se laissa choir contre lui.

Très émue, la mère égrenait son rosaire, *Je vous salue Marie, je vous salue Marie,* elle marmottait, elle se signait, elle ne pouvait s'empêcher d'admirer le docteur, cet anglais, et protestant, qui, à sa manière, faisait preuve de tant de foi. Elle découvrait ça, la foi du médecin, l'acharnement, la volonté de sauver, humainement, sans intervention miraculeuse ; très innocemment, quelque chose insinuait en elle : Seigneur, vous n'allez pas le laisser faire tout seul, gagner sans vous ? Quelle sottise ! Rien ne se pouvait sans l'accord de Dieu, merci, du fond du cœur merci, Seigneur, pour ce que vous faites, aidez-nous, *Je vous salue Marie, amen.*

Elle décida de grimper chez Bubu pour lui parler de Muguette. Ça ne pouvait pas continuer, quand on se marie, c'est pour le meilleur et pour le pire. Puisque Dieu ne rappelait pas Adélaïde...

« Docteur.

— Oui, ma mère.

— Vous rentrez en ville tout à l'heure ?

— Bien sûr.

— Est-ce que vous pourriez m'emmener dans votre mécanique ?,

— Mais vous y serez très mal, ma mère. »

Il croyait comprendre qu'elle voulait lui exprimer de la reconnaissance, pour ce qu'il faisait pour Adélaïde.

« Je ferai mettre quelques coussins dans le tansad, dit-il.

— Ce n'est pas la peine. »

Elle se retourna près de la porte, pour sourire à Adélaïde, recouchée : le docteur se penchait sur elle, sa bouche presque contre la sienne, comme s'il versait les mots le plus près possible pour qu'ils ne perdent rien de leur force. Sans lui, est-ce qu'Adélaïde vivrait encore ? La mère se reprochait d'avoir bien facilement accepté sa mort. N'avait-elle pas attiré l'attention de Bubu sur Muguette, le jour du baptême ? De crainte qu'un autre ne s'aperçoive avant lui qu'elle pourrait faire une épouse charmante ? Le petit Maxime Duclézio, notamment. Adélaïde paraissait alors hors de ce monde. L'aumônier n'avait pas été surpris du tout qu'on lui demandât de l'administrer. Que la volonté du Seigneur... S'il laissait vivre Adélaïde, il fallait que Bubu comprenne que... Pauvre Bubu, il n'avait pas beaucoup de chance.

Campbell avait manqué Oudinot de peu en revenant de la Nouvelle Hollande ; il lui avait laissé un mot pour le prier de dîner chez lui. « Je viendrai vous chercher, avait-il ajouté, si vous n'êtes pas libre pour savourer le gigot d'Elvira (!) vous m'offrirez un whisky. » Oudinot comprit qu'il avait à lui parler en dehors de la présence de sa mère. Il l'attendait avec impatience ; pourtant, en ouvrant la porte, il ressentit une déception : il espérait voir arriver Mawillal. Que fichait-il, celui-là ? Aucune nouvelle de lui à l'hôtel Oriental, où il avait toujours une chambre ; depuis plusieurs jours il n'y avait pas dormi. A qui d'autre parler d'Orak ? Pas à Campbell.

« On m'a libéré plus tôt que je ne le pensais, dit Campbell, j'espère que je ne vous dérange pas, Hennery ?

– Vous plaisantez ?

– Avez-vous fait bon voyage, Hennery ?

– Excellent.

– Etes-vous content ?

– *You say when.* »

Oudinot versait de l'eau dans le whisky préparé pour Campbell. Assez ?

« Vous avez vu Sir Arthur, Hennery ? demanda Campbell d'une voix qu'il maîtrisait mal.

– Naturellement, Oliver. D'ailleurs, je vous l'ai écrit.

– En effet, dit Campbell, je vous remercie. Vous lui avez remis mes notes sur le cas d'Adl'aïd'. Il ne vous a pas dit...

– Quoi donc ?

– Est-ce qu'il les a lues ?

– Bien sûr. Je croyais vous l'avoir dit dans ma lettre.

– En effet, en effet », dit Campbell.

Il tendit son verre :

« *May I* ? »

Oudinot lui versa une solide rasade. Qu'est-ce qui le troublait ? Il ne paraissait pas dans son assiette. Pourquoi attachait-il tellement d'importance, apparemment, au jugement de l'un de ses anciens professeurs qu'il consultait sur un cas difficile ?

« Que pensez-vous de Sir Arthur ? demanda Campbell.

– Très sympathique, dit Oudinot, et certainement un homme tout à fait remarquable.

– C'est le psychiatre *number one* en Grande-Bretagne, incontestablement, dit Campbell. (Après une hésitation :) Vous a-t-il parlé de moi ? (Et cette correction immédiate :) Je veux dire : les notes, a-t-il parlé des notes, quand il vous a accompagné à Brighton ?

– Il m'a dit qu'il vous écrirait. Vous n'avez rien reçu ?

– Pas encore », admit Campbell, contrarié.

A cause de cette lettre qu'il attendait impatiemment, le docteur avait demandé que son courrier soit provisoirement retenu à la poste. Il craignait qu'Elvira n'identifie l'enveloppe, si une secrétaire utilisait du papier à en-tête médical. Pourquoi lui faire de la peine, inutilement ? Ils n'avaient que trop d'accrochages déjà, à propos d'Adl'aïd'. *The countess* ! Elvira sifflait ça, *the countess*, ah ! elle regrettait bien d'avoir encouragé Oliver à s'occuper d'elle. Que de temps perdu depuis qu'il négligeait sa thèse sur la mémoire pour s'aventurer dans un domaine où personne ne lui faciliterait les choses. En fait, une jalousie dont elle n'aurait pas convenu la tête sur le billot l'empoisonnait chaque jour un peu plus. Si Oliver s'entichait vraiment de cette femme ? Une malade mentale, mariée, mère d'une petite fille, plus vieille que lui au demeurant... Mon dieu ! Serait-ce possible ? Oliver s'énervait quand elle manifestait de l'inquiétude, n'allant pas jusqu'à la traiter de folle, mais tout juste. Ah ! il avait bien changé.

« Vous avez vu Sir Arthur assez longuement », reprit Oliver.

– Il m'a retenu à déjeuner, et m'a accompagné ensuite à Brighton, pour voir ma cliente, Marlyse de Chazelles. »

Comme Campbell ne paraissait pas l'entendre, Oudinot précisa :

« Vous m'aviez dit que pour un procès, s'il fallait désigner un expert, il vaudrait mieux que j'aie Sir Arthur avec moi plutôt que contre moi.

– Et alors ? demanda Campbell.

– J'ai arrangé les choses, on ne plaidera pas. »

Procès ou pas procès, visiblement Campbell s'en désintéressait.

« Sir Arthur vous a parlé de moi ?

– Beaucoup, dit Oudinot. Il m'a posé des tas de questions sur vos activités ici. Il se passionne pour votre thèse. La mémoire...

– Il estime que c'est un sujet intéressant ?

– Mais passionnant, Oliver ! D'ailleurs, en l'écoutant, j'en ai compris l'importance.

– Vraiment, dit Campbell.

– Vous avez mis le doigt sur quelque chose d'extraordinaire.

– Il l'a dit ?

– Il m'en a convaincu.

– Et comment l'avez-vous trouvé, lui, personnellement ? Je veux dire : intéressant ? Sympathique ?

– J'avais l'impression de le connaître, dit Oudinot, n'est-ce pas curieux ? Après une minute je, je...

– On voit parfois sa photographie dans les journaux », dit Campbell.

Il marchait de long en large.

« On dirait que vous êtes nerveux, remarqua Oudinot. Vous n'avez pas d'ennuis ? »

Oudinot ne put s'empêcher de penser à Adélaïde en posant la question. Il se reprochait de n'avoir pas pris le temps d'une visite rapide à la Nouvelle Hollande.

« Comment va la comtesse de Kergoust ? demanda-t-il. Rien de nouveau ?

– Elle va mieux, dit le docteur.

– Vraiment ?

– C'est sans doute ce qui me rend nerveux, expliqua Campbell. Il s'est passé quelque chose d'assez extraordinaire, Hennery. Adl'aïd' n'avait pas eu son retour de couches. »

Il bredouillait ses explications parce qu'il trouvait ridicule de les donner, et pourtant il devinait qu'elles étaient nécessaires. N'était-ce pas incroyable ? Pauvre Oudinot, sans doute complètement ignorant de toutes ces choses : la femme, le plaisir, l'impuissance. Quel champ à explorer pour un psychiatre, avant que l'on découvre comment le subconscient empêche la pousse des poils et des cheveux, s'il existe un rapport entre ça et ça.

« Pour être clair, Hennery, Adl'aïd', maintenant, pourrait avoir d'autres enfants ; ce matin, elle est redevenue une femme normale, je veux dire, physiquement normale, elle a de nouveau ses règles, je le précise pour que vous compreniez l'importance médicale de ce qui est arrivé grâce aux bains. »

Prévenant une question d'Oudinot il ajouta rapidement :

« Car j'ai dédicé, par hasard... (Il se mit à rire :) à cause d'un cheval, Hennery, je vous raconterai tout cela, mais pour l'instant... J'ai porté Adl'aïd' dans la mer, elle a nagé.

– Nagé ?

– Flotté. Elle remuait la main gauche et s'aidait de la jambe gauche.

– Rien de plus ?

– Hélas ! non, pas immédiatement mais... Elle s'est dénouée, c'est évident.

– Dénouée, souffla Oudinot.

– Que vous dire ? Ses commandes mentales sont faussées, les ordres ne passent plus, est-ce que vous me comprenez ?

– Comme si certains tuyaux de distribution d'eau étaient bouchés, dans une ville ?

– Oui, c'est cela, à peu près cela. Il faudrait trouver le coude qui est bouché, il suffirait d'un rien. Ce matin, Hennery, j'ai cru toucher au but. La petite est entrée dans la chambre.

– Pascaline ?

– Adl'aïd' ne veut pas la voir, vous le savez.

– N'est-ce pas surprenant ?

– Cela s'explique, dit le docteur. Je ne peux malheureusement pas vous dire comment, je suis tenu par le secret médical.

– Elle a beaucoup souffert pendant l'accouchement, suggéra Oudinot.

– Mettons que ce soit ça, dit le docteur. En tout cas, hier encore, elle ne supportait pas Pascaline. (Le docteur leva la main :) Pourtant elle n'allait plus jusqu'à la chasser en lançant des objets sur elle, n'importe quoi, ce qu'elle trouvait à portée de sa main gauche. Elle s'est mise à pleurer, très malheureuse apparemment... (Très vite :) Ce qui me paraissait plutôt positif, encourageant, n'est-ce pas ? L'avez-vous vue malheureuse, depuis deux ans ?

– Ma foi, fit Oudinot.

– Jalouse ? reprit le docteur assez gaiement.

– De qui ? demanda Oudinot.

– Mettons de Pascaline, fit le docteur. Elle est malade, n'est-ce pas ? Quoi qu'il en soit, ce matin elle n'a plus refusé Pascaline, elle l'a acceptée, elle l'a caressée. Voyez, les sentiments aussi reviennent.

– Elle va guérir ? souffla Oudinot.

– Rien n'est acquis, Hennery. Il reste un commutateur à tourner, un circuit à rétablir. Ah ! Si elle collaborait, Hennery... Tout dépend d'elle. C'est très mystérieux. (Il se tapait sur la tête :) Que se passe-t-il là-dedans, dans le cerveau ? Nous explorons les forêts vierges et nous en connaîtrons les moindres pistes, mais avant de comprendre comment ça fonctionne, ça... (Il changea de voix :) Je ne vous ai pas demandé si vous vous sentiez capable d'affronter le gigot bouilli d'Elvira, Hennery ?

– Avec une bonne sauce à la menthe ? J'en rêve, Oliver, depuis que j'ai quitté Londres.

– Alors, allons-y, mais... »

Le docteur souleva son verre.

« Je vais avoir besoin de vous, Hennery.

– Quel bonheur, dit Oudinot, avec chaleur.

– Je vais sans doute partir.

– Partir ? Quitter Maurice ?

– On doit m'expédier à Bombay. »

Le docteur parla rapidement de son entretien avec Fireground, des nouvelles fonctions qu'il allait être appelé à remplir.

« Pour vous, remarqua Oudinot, c'est excellent ? Un avancement ?

– Considérable », admit le docteur.

Devait-il mentionner l'intervention de son père ? Il hésitait. Pourtant il avait conscience qu'elle marquait, pour lui, le début d'une nouvelle carrière. Il devait certainement la protection de Sir Arthur au contact indirect pris par Oudinot. Les notes. *Il les a trouvées remarquables.* Tout se recoupait. Tout allait changer. Les Fireground ne s'y étaient pas trompés. Ils avaient littéralement jeté leur nièce à sa tête, Ivy Richey, en vacances chez eux, une charmante jeune fille, dix-huit ans, riche, la fille du sous-gouverneur de Bombay, nièce de Lord Northington. Sa seule héritière, en fait, Louise Fireground l'avait précisé. Incroyable. Louise était Northington par sa grand-mère.

« Quand partez-vous ? demanda Oudinot.

– Dans une huitaine de jours, je pense, en principe par le *Rawalpindi*.

– En effet, souffla Oudinot.

– Rien n'est encore absolument sûr, fit le docteur.

– Elvira partirait avec vous ?

– Non, avoua le docteur. On m'a fait comprendre que ce n'était pas souhaitable. D'ailleurs, les places sur les bateaux, maintenant... »

Un silence.

« Il vaudrait mieux ne pas en parler, tout à l'heure. »

Nouveau silence :

« Ni de Sir Arthur, Hennery, je préférerais que... »

Nom de Zeus ! Que la lumière soit ! Sir Arthur était le père naturel de Campbell. Comment ne l'avait-il pas compris tout de suite ; à Londres, quand Sir Arthur, venu dans l'antichambre au-devant de lui, l'avait entraîné dans son cabinet. J'avais l'impression de le connaître ! Idiot ! Oliver était son portrait craché, sans les cheveux blancs, naturellement, et les rides en plus. Pourquoi n'avait-il pas fait le rapprochement ? Sir Arthur ne devait pas avoir loin de soixante-dix ans ; davantage peut-être. Un physique magnifique, certes, mais de grand-père.

« Elvira, je vous confie Hennery, dit le docteur en présentant son front à sa mère, je me lave les mains, je redescends tout de suite. »

Il se retourna dans l'escalier :

« Hennery, vous savez où se trouve la bouteille si Elvira refuse de la sortir.

– Vous avez bu, Oliver », remarqua Elvira.

Elle montra la table roulante à Oudinot :

« Tout est prêt, Hennery, servez-vous. »

Oudinot ne la voyait plus avec les mêmes yeux. Extraordinaire histoire. Qui aurait pu penser que cette femme si réservée... Certes, il y avait toujours eu ce mystère, elle ne parlait pas du père de son fils. Pas de photo. Oliver lui non plus ne faisait pas d'allusions à l'auteur de ses jours. En fait, Oudinot se doutait que... Il en était même persuadé. Quelle importance ? Campbell et sa mère existaient ensemble, une sorte de couple, normal, régulier, la mère et son fils, le père probablement mort, oublié, il n'avait pas eu grande importance. Erreur ! Erreur magistrale ! Le père avait une importance considérable. Tout était différent. La liaison d'Elvira, pour commencer. Elle aimait, elle était aimée. Un grand amour, puisqu'elle, si rigoureuse, s'était donnée en dehors du mariage à un homme marié ; et il ne s'agissait pas d'une folie, d'un moment d'égarement, musique, champagne et clair de lune, elle travaillait avec son amant, un grand médecin, tout avait dû être extraordinairement sérieux pour eux deux.

Comment était-elle ? Oudinot tentait de la *reconstituer* à vingt ans. Pas facile, avait-elle eu vingt ans ? On ne la voyait pas entre les bras d'un valseur.

« Êtes-vous content d'être rentré, Hennery ?

– Je me demande si... (Il sourit :) Ici, chez vous... (Il montrait les meubles, les chaises Quenn Ann, la fausse cheminée, le portrait du taureau Wallace, l'horloge en acajou brillant et son battant de cuivre.) Je suis toujours à Londres.

– *Don't pull my leg*, Hennery. »

Ne vous moquez pas de moi. Il n'y songeait pas. Merveilleuse et pathétique Elvira. Elle qui paraissait si simple. Une personne si... Comment dire ? Si *évidente*. Pourquoi gratter pour découvrir ce qui se cachait sous son apparence ? Elle n'était rien, rien de ce qu'elle était. Oudinot se demandait comment lui témoigner l'admiration et la nouvelle affection qu'il ressentait pour elle. D'une certaine façon, par ce qu'il comprenait d'elle, elle devenait un peu sa mère, une mère qu'il enfantait en quelque sorte. J'ai bu, se dit-il, en posant son verre vide.

Elvira portait une robe claire qui la rajeunissait, jugea Oudinot ; elle voulait plaire. A Oliver. Il tentait de se souvenir : est-ce que Sir Arthur parlait d'elle ? De son fils, seulement de son fils. *Il*. Oudinot avait été frappé par l'usage que Sir Arthur faisait du pronom *il*. *Il* travaille ? *Il* avance ? *Il* est satisfait, etc. Jamais Campbell. Rarement *votre ami*. Avait-il utilisé le prénom ? Votre ami Oliver, par exemple ?

Il ne devait pas être facile, pour Campbell, d'*ignorer* un père connu dans le monde entier. Un peu comme s'il était un bâtard de Louix XIV. Était-ce l'explication de sa présence à Maurice ? Sûrement. Comme Elvira, il changeait de dimension, l'intérêt (médical) qu'il accordait à Adélaïde devenait plus précieux. Je ne savais rien de lui, se reprochait Oudinot. Puis : Que sais-je de plus ? Et encore : Que sait-il de moi ? Il devenait lui aussi plus mystérieux pour les autres, il prenait de l'épaisseur, comme Oliver et comme Elvira. Aimez-vous les uns les autres, la recommandation évangélique aurait plus d'efficacité si, estimait Oudinot, on en modifiait l'esprit : intéressez-vous les uns aux autres, essayez de vous comprendre, d'en savoir davantage sur vos prochains, ils sont tous passionnants, enrichissants. Dernier ricochet : tous ? Les Jaunes aussi ? Les Noirs ? Les Indiens ? Il pensa rapidement à Absalon, celui-là il fallait l'aider ; mais Joséphin ? La vie d'Hector et d'Hermione, quel intérêt ? même si Hermione, parfois, se glissait dans le lit de mon père... Hé ! Tout de même... La distance entre Hermione et son père était-elle plus grande qu'entre Elvira et son *patron*, le futur Sir Arthur ?

« La vie est extraordinaire, remarqua Oudinot en prenant Elvira à témoin.

– Vous le pensez vraiment ? » demanda-t-elle.

Oliver avait changé de chemise et de veste.

« Vous ne saurez jamais nouer votre cravate convenablement », remarqua Elvira, en resserrant le nœud.

Elle passa ses doigts dans les cheveux de son fils pour les ébouriffer :

« Je n'aime pas sa raie sur le côté », dit-elle, en regardant Oudinot.

Oudinot enregistrait ses gestes comme autant de signes d'une passion refoulée. Hystérique. Il se souvenait de la confidence de Campbell, il comprenait qu'Elvira faisait peser sur lui, en permanence, le poids d'un amour frustré.

« Si Hennery voulait bien découper le gigot ? suggéra Elvira.

– A l'anglaise ? demanda Oudinot. Ou à la française ?

– Comme vous le préférez, Hennery.

– La découpe anglaise est plus égalitaire », décréta-t-il.

Campbell déboucha une des bouteilles de vin qu'Oudinot avait fait déposer par Hector.

« Que célébrons-nous ? demanda Elvira.

– La guerre, *mother* », dit-il.

Elle releva le nez vers son fils : qu'il l'eût appelée *mother* ne lui plaisait pas beaucoup, et moins encore sa façon sarcastique d'évoquer cette horrible chose... *War.* Le malheur. La mort. La famine. Les épidémies. Les veuves. Les orphelins. La sauvagerie. Cette fois, si la guerre devait vraiment éclater, Anglais et Français la feraient du moins ensemble.

« Il semble que les Allemands soient entrés en Belgique », dit le docteur.

De la journée (il se le reprocha) Oudinot n'avait presque pas pensé à la guerre, comme si elle ne le concernait plus.

Un soupir d'Elvira.

« Que la volonté du Seigneur...

– Ah ! Elvira, s'exclama son fils, ne mêlons pas Dieu à ce genre de gâchis ! »

Il méditait depuis quelques nuits sur le sens *scientifique* du Déluge. Épouvanté, écœuré par l'inconduite de ses créatures, Dieu avait décidé de les noyer.

« Comment étaient-ils, ces misérables humains ? demanda Campbell, en regardant d'abord sa mère, et plus longuement Oudinot.

– Je ne comprends pas votre question, dit Elvira.

– Plaçons-nous dans la perspective de l'évolution.

– Darwin ! soupira Elvira. Encore Darwin. Pourquoi le mêler aux Saintes Écritures ?

– Pour leur restituer un certain intérêt », grogna le docteur.

Il s'adressa à Oudinot :

« Supposons, Hennery, que ces misérables sont issus du singe, nous l'admettons, n'est-ce pas ? »

Un regard plutôt méchant à Elvira.

« L'évolution, reprit le docteur, ne s'est pas faite du jour au lendemain, n'est-ce pas ? Certaines de ces créatures de l'époque du Déluge, que personne n'est d'ailleurs capable de situer dans le temps...

– L'Atlantide, suggéra Oudinot.

– Peut-être, Hennery, mais peut-être pas, c'est sans importance pour ma thèse. Écoutez bien...

– Vous ne voulez pas manger, Oliver ? demanda Elvira qui dominait mal son angoisse.

– Que craignez-vous, Elvira ? Que j'aille en enfer ?

– Pas du tout, *my boy*, j'ai simplement peur que vous ne mangiez froid. »

Secoué par *my boy*, mon garçon, autant qu'Elvira l'avait été par *mother*, Campbell prit le parti de sourire, sans renoncer pour autant à son exposé, qu'il poursuivit pourtant avec plus d'humour.

« En gros, ce que j'ai compris, ou cru comprendre, c'est que du temps de Noé très peu, parmi ces créatures qui très lentement, très lentement, se muaient en hommes, étient encore capables d'imaginer un bateau.

– Vous voulez dire une arche ? intervint Elvira.

– Quelque chose qui flotte sur l'eau, quelque chose de *raisonnable*, vous comprenez ce que je veux dire ? Le Déluge a éliminé une masse de sous-évolués qui ne connaissent pas encore le bateau.

– C'est drôle, Noé serait l'inventeur de la navigation. Le très lointain précurseur d'Archimède.

– Les bateaux ne sont pas tombés du ciel, hein ? Le Seigneur... (Après un regard à Elvira pour plaider gentiment l'indulgence, Campbell reprit :) le Seigneur n'a pas dit à Noé, tiens, voici une arche qui te permettra d'échapper à ma colère parce que tu es bien gentil et poli avec moi...

– Oliver ! fit Elvira.

– Le Seigneur lui a dit : tu vas faire ce travail, tu assembleras des planches, tu mettras de la poix entre les joints. Est-ce que vous me comprenez, Hennery ? Les autres, qui sont morts noyés, n'étaient que des encore-singes. Supposons qu'un raz de marée emporte votre île, Hennery, les singes grimperont sur les arbres, certes, mais si l'eau submerge les arbres ? Ils ne construiront pas de radeaux.

– En effet, murmura Oudinot, troublé.

– Vous ne vous servez pas bien, Hennery, protesta Elvira. (Le Déluge emportait son gigot.) Vous n'aimez pas ma sauce, Hennery ?

– Elle est magnifique, Elvira, tout ce que j'aime, la vraie sauce anglaise à la menthe. »

Le docteur posa sa main sur celle de sa mère pour la réduire au silence.

« Nous ne tirons pas la substantifique moelle de la prodigieuse découverte de Darwin. L'évolution ! Pour construire une maison, le maçon utilise les instruments sans en avoir conscience, il a les mesures dans l'œil, dans les mains, dans son sang, si je puis dire. Il faudrait que nous construisions de la même façon nos raisonnements, en utilisant machinalement, instinctivement, les données de Darwin ; l'évolution, Hennery, rien n'est déterminé, tout change, nous commençons à entrevoir d'où nous venons, ne faut-il pas tenter d'imaginer vers quoi nous progressons ? Même si nous ne voyons rien, Hennery, de savoir que dans dix mille ans l'homme sera aussi différent de nous que nous le sommes de Noé et des misérables emportés par le Déluge... Vous comprenez ce que je veux dire, Hennery ? Qu'est-ce que vous en pensez ? »

Sa question en réalité, s'adressait à Sir Arthur, Oudinot n'en doutait pas.

« C'est extraordinaire, Oliver, dit-il. Vous ouvrez des perspectives incroyables devant nous.

– N'est-ce pas ? souffla Elvira, pleine d'orgueil maternel. (Elle se reprit :) Il faudrait qu'Oliver ait plus de temps pour écrire, il prend moins de notes, n'est-ce pas que c'est grand dommage, Hennery ?

– C'est parce que je crains de vous choquer, Elvira, ironisa Campbell trop amèrement, vous relisez tout... »

Après un silence un peu embarrassé, il donna à sa mère des nouvelles de « la chère countess ».

« Elle accepte maintenant que sa fille reste près d'elle, appuya Oudinot. On peut tout espérer.

– Et vous n'en parliez pas, Oliver ! protesta Elvira. Vous parliez de la guerre et du Déluge. Vous pensez que...

– Rien, bougonna le docteur, brusquement assombri. On ne peut rien penser. (Il se tourna vers Oudinot :) J'aurais sans doute dû envoyer la comtesse en Autriche, ou en Angleterre. (Sans regarder Elvira :) En Angleterre, j'aurais pu la recommander à un grand spécialiste des maladies nerveuses, le meilleur au monde, probablement.

– Vous pensez à sir Arthur ? demanda Elvira d'une voix tremblante.

– Effectivement », concéda le docteur.

Oudinot observait Elvira à la dérobée. Droite, très blanche ; elle se décomposait.

« J'aurai fait de mon mieux », souffla Campbell, en se levant.

Habituellement, il ne quittait la table qu'après Elvira. Il voulait fumer, il en éprouvait le besoin. Son explication du Déluge, diffuse et vague en lui depuis quelques jours, s'était précisée tandis qu'il l'exposait ; et il la trouvait d'autant plus convaincante qu'il avait pu en mesurer l'impact sur Oudinot.

« Sir Arthur est un éminent neurologue, expliqua Elvira.

– Hennery l'a rencontré, dit le docteur. Je lui avais conseillé de le voir pour le cas où il aurait besoin, dans un procès éventuel, d'un expert qualifié ».

Oudinot comprenait pourquoi Oliver parlait de l'hystérie féconde de sa mère ; elle avait pris l'habitude de souffrir pour son fils, elle avait besoin de cette souffrance comme un opiomane de ses pipes et, maintenant qu'elle n'avait plus à sacrifier sa vie pour lui, elle le faisait souffrir, lui. Si elle savait tout...

« Est-ce que le café est prêt ? demanda le docteur.

– Mais le dessert, Oliver ? »

Elle avait préparé un clafoutis aux ananas noyé sous une crème difficilement montée au fouet.

« Vous n'aimez pas, Oliver ? »

Il avait repoussé son assiette.

« Il faut que je vous dise quelque chose, Elvira. Je vais sans doute partir.

– Qu'est-ce que vous dites ? »

Elle parut presque soulagée quand Oliver parla de la guerre. Sur le moment, encore sous le choc de l'allusion à Sir Arthur (sans parler de la complicité entre Hennery et Oliver), elle avait cru que son fils songeait à emmener la comtesse en Angleterre, chez son père. Ouf ! La guerre, ce n'était que cela ! Bombay. L'Inde. Qui l'empêcherait de rejoindre Oliver à Bombay, à supposer qu'elle ne pût l'accompagner immédiatement ?

Quel couple ! se disait Oudinot. Oliver bousculait sa mère pour l'insensibiliser avant la séparation.

« Je crois qu'il faut que je rentre maintenant, dit-il en se levant.

– Je remonte chez moi, dit le docteur. J'ai des notes à prendre. Vous avez entendu Elvira, Hennery ? Elle me reproche de ne plus rien faire.

– Vous ne savez rien de précis pour votre départ ? demanda Elvira.

– Rien, mentit le docteur.

– Et la comtesse ? Vous la reverrez ?

– Naturellement.

– Il faudrait qu'elle soit guérie avant que vous ne partiez, soupira Elvira.

– Il le faudrait, fit le docteur, en imitant sa mère, pour la faire sourire.

– Est-ce possible ? intervint Oudinot.

– Je suis persuadé qu'elle est guérissable. On la ramènera à la vie réelle. Cela se fera, j'en suis sûr.

– Qui d'autre que vous, Oliver ? demanda Oudinot.

– Pourquoi pas vous, Hennery ?

– Je ne suis pas médecin.

– Vous êtes avocat, Hennery, c'est peut-être mieux. (Il prit un ton emphatique pour plaisanter :) Vous démasquerez le coupable qui se cache dans son mental, pour fausser les circuits ».

Pour cacher une émotion complexe, le docteur grimpa l'escalier en agitant une main :

« *Good night*, Elvira. Je vous vois demain, Hennery ?

– Où ?

– A la Nouvelle Hollande. Vous n'y allez pas ? »

Elvira accompagna Oudinot jusqu'à la varangue.

« Je vous remercie, Elvira c'était un merveilleux dîner. »

Il souleva sa main pour la baiser ; il savait qu'elle aimait se faire baiser la main.

« Oliver est un peu nerveux, n'est-ce pas ? remarqua-t-elle.

– Il vous aime énormément, Elvira, c'est absurde de vous le dire, il craint de vous laisser seule, pendant quelque temps du moins. Vous savez que vous n'êtes pas seule à Maurice, n'est-ce pas ? »

Elle reprit sa main alors qu'il allait la reporter à ses lèvres.

« Je m'appelle Campbell, Hennery, dit-elle avec une gravité tragique. (Afin qu'il ne se méprenne pas sur le sens de la confidence, elle ajouta :) C'est mon nom de jeune fille, Campbell. »

Elle rentra dans la maison, le laissant bouleversé, très conscient de l'importance de l'aveu, pourtant inutile.

OUDINOT ne se retrouvait pas sans émotion à la Nouvelle Hollande. Avant son voyage, quand il s'installait au chevet d'Adélaïde, il avait le sentiment qu'elle ne le voyait pas. Bien entendu, il entrait dans son champ visuel, mais, mentalement, elle n'accommodait pas, lui semblait-il. D'ailleurs le docteur confirmait cette impression. Elle se cloîtrait dans un monde à la fois imaginaire et limité, où elle n'accueillait que certains initiés. Certains *privilégiés*? De quels privilèges jouissaient-ils? Elle se montrait très exigeante.

« Monsieur Henri est de retour! »

Jézabel joignit les mains en accueillant Oudinot.

« Comme madame la comtesse va être heureuse!

– Tu crois? » demanda Oudinot.

Elle le guida vers le lit de sa maîtresse, en répétant très fort :

« Madame la comtesse! C'est monsieur Henri! C'est monsieur Henri, madame la comtesse!

– C'est moi, Adélaïde, c'est moi. »

Il se penchait sur elle en soulevant sa main droite, inerte, jusqu'à ses lèvres.

« Vous êtes belle, Adélaïde, très belle », murmura-t-il.

Etait-ce cela qu'elle désirait entendre? Peut-être, peut-être, sans doute. En admettant qu'elle *reçoive* le compliment, la touchait-il venant de lui? Il retrouvait en sa présence les complexes qui le paralysaient quand il la rencontrait après la mort tragique de Gaétan.

« Nous allons beaucoup mieux, dit Jézabel, nous avons passé nous-même du bleu autour de nos yeux. »

Elle faisait mine de manier un crayon.

« C'est la première fois, la toute première fois que nous le faisons, reprit-elle, du ton que l'on prend pour encourager les enfants à surmonter leur timidité. »

Elle remonta les bracelets au poignet de sa maîtresse.

« Nous avons remis nos bracelets, et maintenant nous les porterons tous les jours. Mlle Pascaline est venue, elle reviendra tous les jours, elle a placé sa joue dans notre main, dans notre pauvre main qui n'obéit pas, mais cela viendra, nous avons déjà bougé ce doigt, monsieur Henri. »

Elle s'était emparée de l'annulaire droit de sa maîtresse et elle tentait de le plier.

« Nous y arriverons, monsieur Henri, nous allons beaucoup mieux, nous nageons, pas aujourd'hui, aujourd'hui nous ne pouvons pas aller dans l'eau. »

Elle brûlait de dire à Oudinot que sa maîtresse était indisposée. Tout en parlant, elle avait approché une chaise du lit.

« Asseyez-vous, monsieur Henri, dit-elle de sa voix naturelle. Voulez-vous une tasse de thé ? »

Qu'est-ce qui m'attache à elle ? se demandait Oudinot en scrutant le visage d'Adélaïde. L'avait-elle reconnu ? Pas impossible. Elle esquissait un sourire, sa tête s'inclinait sur le côté. C'était incompréhensible, elle paraissait si, si... Tellement normale ! Qui pouvait croire qu'elle était couchée depuis deux ans, et muette ? Elle venait de se réveiller, elle allait se lever, saperlotte ! Adélaïde, parlez ! Parlez ! Je le veux ! Oudinot pressait sa main inerte et la baisait encore. Si j'avais dormi dans ce lit ? On parlait de leur mariage ! Si j'avais été comme les autres... Non qu'il se sentît différent, mais il avait conscience de la distance que les autres prenaient vis-à-vis de lui : elle l'isolait.

« Je vous ai apporté le dernier roman de Galsworthy, Adélaïde, *Les Pharisiens de l'Ile*, ça s'arrache, à Londres, tout le monde veut le lire, je vous le lirai ? »

Pas un livre à son chevet, elle qui dévorait... Ils ne parlaient que de littérature quand ils passaient leur temps ensemble. Tolstoï, Racine, Balzac, Byron. Ils en étaient à Ruskin au moment du drame. Pas le Ruskin sociologue, le critique d'art, *Stones of Venice*, ses analyses de la peinture italienne. S'ils s'étaient mariés ils auraient fait leur pèlerinage de noces en Italie. Il pensait bien : *pèlerinage*, pas voyage. Est-ce que je songeais au mariage ? Non. Et elle ? Sûrement pas. Mais si cela s'était fait ? Ce lit. Oudinot remonta le drap. Lui, à côté d'elle. Il ne cherchait pas à *imaginer*, tout demeurait vague, des sensations plutôt que des pensées. Il n'avait jamais ressenti auprès d'Adélaïde ce besoin (l'exigence) de toucher, de caresser, de sentir qui lui venait auprès d'Orak. Des enfants ? On se marie pour avoir des enfants. Impensable, impossible. Pourquoi ? Qu'est-ce qui me ramenait auprès d'elle jour après jour ?

Est-ce qu'il l'aimait ? Et elle ? Elle avait besoin de moi, pour entendre parler de Gaétan. Moi ? Heureux de parler de Gaétan ? De penser à lui ? Le regard de Gaétan, sous la douche. Aurait-il pu se passer quelque chose si j'avais *su* ? Absurde. Gaétan couvert de femmes. Cherchait-il autre chose auprès d'Adélaïde à l'époque ? Parler. Se confier. Non seulement elle écoutait, elle appréciait ce qu'il disait. Pour elle, il était... Comment dire ? Il était *différent*, c'est-à-dire normal. Elle n'était pas gênée par son absence de sourcils, de cils, de poils, elle riait quand il était drôle, et parce qu'il était drôle ; non parce qu'il était comique. Si maintenant elle pouvait m'écouter, lui parlerais-je d'Orak ? Ils ne se disaient pas tout, à l'époque ; seulement ce qu'il était possible de se dire.

« Voyez, monsieur Henri, dit Jézabel, on voit à peine nos taches de rousseur. Nous allons mieux, nous allons très bien. »

Pourquoi s'imposait-elle encore ?

« J'ai un cadeau pour Pascaline dans la voiture », grogna Oudinot.

Dès qu'elle eut quitté la pièce, Oudinot prit la main gauche d'Adélaïde, pour la baiser. Un goût d'amande sur la peau.

Parce que Campbell lui avait dit (par boutade ?) que lui, l'avocat, découvrirait peut-être plus facilement le secret d'Adélaïde qu'un médecin, Oudinot rassemblait ses souvenirs avec l'espoir d'y trouver un indice, une pièce à conviction. Parlait-elle beaucoup de son père durant ces semaines de... Comment les qualifier ? D'amitié conjugale.

Louis Girard n'était pas mort, pas tout à fait, quand elle l'avait retrouvé. Elle l'affirmait du moins. Disait-elle la vérité ? Cherchait-elle à se mentir ? Pour trouver une absolution qu'il n'avait peut-être pas eu le temps de donner ? Ou pis, qu'il avait refusée ? Si, avec ses dernières forces, il avait repoussé sa fille bien-aimée dont la trahison... Non, il avait pardonné. Au moment de mourir, on pardonne tout, estimait Oudinot, parce qu'on ressent tellement le besoin d'être pardonné. Aurais-je peur de mourir ? Cette peur particulière, du jugement de Dieu ? Adélaïde se sentait-elle coupable devant Dieu ? Elle n'était pas très croyante, à peine pratiquante. Pourquoi ne parlions-nous jamais de Dieu ?

« Adélaïde ? Vous m'entendez ? (Dans un souffle, et malgré lui :) Tu m'entends ? »

Tu ? Pour lui faire comprendre quoi ? Qu'il ne l'abandonnerait pas ? La tentation lui vint d'annoncer le départ de Campbell :

« Je reste, je reste, Adélaïde, je reste avec vous. »

Vous. La passion maîtrisée. Il ressentait un bonheur étrange : tout le monde abandonne Adélaïde, pas moi. C'était probablement sa façon d'aimer.

Souffrirait-elle de l'absence de Campbell ? Certainement. Pourtant il ne passait pas tous les jours, il ne restait jamais très longtemps, une heure ou deux au plus quand il déjeunait près du lit. Comment meublait-elle le reste de son temps ? Elle avait perdu la notion du temps, estimait Campbell. Était-ce pour cela qu'elle ne changeait pas ? Ce visage somptueux. Pour la première fois (vraiment ?) Oudinot ressentait l'envie de le toucher de ses lèvres. Il n'osa pas. D'ailleurs Jézabel revenait avec Pascaline très excitée par son cadeau. Comme la veille, Pascaline posa sa joue sur la main froide de sa mère.

« Maman, maman », répétait-elle, en déposant des baisers sur les doigts.

Oudinot écrasa une larme qu'il allait verser sur lui-même, avant que la fillette n'arrive. Elle avait grandi et changé. Ressemblait-elle à Adélaïde ? Pas beaucoup, et pas seulement parce qu'elle était blonde ; non ; elle n'avait aucun de ses traits. Elle ne ressemblait pas non plus à Bubu. De qui tenait-elle ses yeux bleus ? Si Bubu avait eu des yeux Kergoust à la naissance, ils avaient viré vers le brun, avec des reflets verts ? Parfois. Les mystères de l'hérédité.

Si, comme Jézabel l'affirmait, Adélaïde avait pris conscience de sa fille, rien ne l'indiquait ; elle demeurait immobile, indifférente. Que reste-t-il d'elle en elle ? se demandait Oudinot. Si elle était morte en partie ? Allait-elle dormir le restant de sa vie ?

« Ouvre, dit Pascaline à Jézabel en montrant le paquet.

— Est-ce que mademoiselle Pascaline a dit merci à son parrain ? demanda Jézabel. Je n'ai rien entendu.

— Merci, dit Pascaline sans regarder Oudinot.

— Il faut que mademoiselle Pascaline embrasse son parrain pour bien lui dire merci. »

Pascaline restait immobile, devant Oudinot, les yeux baissés, les mains derrière le dos. Il s'accroupit devant elle en la tenant par les bras :

« Tu ne me reconnais plus ?

— Tu es nu, murmura-t-elle.

— Mademoiselle Pascaline ! » protesta Jézabel.

Oudinot riait :

« Tu as raison, dit-il, la vérité sort de la bouche des enfants. »

Il défit le paquet, pressé de montrer la cuisine royale à Adélaïde ; c'était pour elle, en vérité, qu'il l'avait achetée.

« Mademoiselle Pascaline jouera plus tard avec tout cela », décida Jézabel, extasiée.

Elle comprit qu'Oudinot attendait qu'elle plaçât la maquette devant la comtesse.

« C'est amusant, Adélaïde ? » demanda Oudinot.

Elle ne réagit pas.

« Madame la comtesse attend le docteur », murmura Jézabel.

Pascaline prit la main de son parrain :

« Viens voir Ozo, dit-elle.

– C'est un martin, expliqua Jézabel, il ne faut pas qu'il entre ici, il ferait des saletés partout.

– Pas de saletés, Ozo ! » protesta Pascaline.

Oudinot reprit ses gants et son chapeau.

« Monsieur Henri nous quitte déjà ? Monsieur Henri ne reste pas pour déjeuner avec madame la comtesse ?

– Une autre fois », décida Oudinot.

Pascaline l'accompagna jusqu'à sa voiture. Joséphin tenait les rênes.

« Comment t'appelles-tu ? lui demanda Pascaline.

– Joséphin pour vous servir, répondit Joséphin avec un sourire aux oreilles.

– J'ai déjà Absalon, dit-elle. Tu le connais ?

– Non, mademoiselle.

– Il est à la cuisine. Est-ce que tu sais lire ?

– Oui, mademoiselle.

– Absalon aussi. Et compter ? Tu sais compter ?

– Oui, mademoiselle.

– Trois plus sept, combien ? » demanda Pascaline.

Oudinot s'étonna :

« Tu le sais, toi, Pascaline ?

– Dix, dit-elle.

– Et trois plus huit ? demanda Oudinot.

– Je ne sais que trois plus sept. »

Elle paraissait désolée.

« Je t'apprendrai », promit Oudinot en la soulevant.

Elle lui rendit son baiser avec beaucoup de bruit.

« Tu n'as plus peur de moi ? »

Elle secoua la tête, non, non, en passant un doigt sur l'arc nu des sourcils.

« Tu reviens demain ? demanda-t-elle.

– Ça te ferait plaisir ?

– Tu verras Ozo », dit-elle.

En faisant atteler, Oudinot se proposait de rentrer par Bombay, mais pouvait-il revoir Oji en compagnie de Joséphin ? Pourquoi Hector lui collait-il Joséphin dans les jambes ?

« En route », dit-il.

Oudinot prenait un plaisir nouveau à savourer les paysages que l'on découvrait en montant vers Belle Vue. Au-delà de la barre, le bleu de la mer virait au mauve. Des scintillements féeriques s'allumaient sous des faisceaux de rayons qui trouaient un nuage, transmis aussitôt de vague en vague jusqu'au fond de la baie. Tout en appréciant l'incognito dont il bénéficiait à Londres, Oudinot avait compris qu'il ne pourrait pas s'éterniser loin de Maurice. Son pays ? Sa patrie ? Il se sentait français par Balzac, par Racine, par La Fontaine et par Montaigne. Il aimait aussi les poètes anglais, Shelley étant son favori, mais c'était différent, la littérature anglaise lui demeurait extérieure, du rajouté, de l'appris, alors que Rousseau, Voltaire, Hugo et les autres faisaient partie de ses cellules. Écrire *La Chartreuse* ! Hé, Stendhal l'avait fait, et tellement bien.

Orak. Oudinot réalisait non sans embarras qu'il avait disposé d'Orak comme le roi des jeunes paysans suisses contraints de le servir pour survivre. Grâce au Ciel, Orak n'était pas mort pendant son voyage, on n'avait pas jeté son corps aux poissons ; il apprenait à lire et à écrire. S'il rentrait plus riche d'expériences et de connaissances, il participerait à cette « Naissance d'une nation » qu'Oudinot rêvait d'accélérer. Ce livre à écrire. Si Adélaïde se réveillait, elle l'aiderait dans son œuvre. Elle avait compris que *l'espèce dodo* se trouvait en voie de disparition. Pourquoi avait-elle choisi Bubu sinon pour recommencer une autre *race*, par un mâle qui, lui, n'existait déjà plus ? Oudinot se mit à rire. Qu'est-ce que je me raconte ?

Il décida de passer par le couvent. En embrassant Pascaline, il s'était souvenu du collier de perles Kergoust que Gladys, en sa compagnie, avait déposé à la banque Morgan.

« Pour Pascaline, plus tard. »

Sur le moment, et il se le reprochait, Oudinot n'avait vu dans cette décision qu'un geste kergoustien ; et si

Gladys spéculait sur une réconciliation ? Le collier pourrait sans doute faciliter une reprise des contacts ? Il le comprenait un peu tard.

A sa surprise, alors qu'on le conduisait chez la mère, il croisa un Indien qu'il connaissait de vue. Mais d'où ?

« C'est Prem », expliqua la mère.

Comme Oudinot ne le remettait pas, elle le situa : l'adjoint de Dietr von Buchkowitz, auquel Campbell l'avait recommandé.

« Quelqu'un de très bien, dit la mère. Il est marié à une Suissesse. Ils ont deux jumelles, que je prendrai plus tard.

– Je ne savais pas que vous le connaissiez si bien », avoua Oudinot.

Il faisait l'âne pour avoir du son, car il n'ignorait pas que, depuis qu'il administrait la Grande Plaine, Dietr rendait des comptes à la Grande Mahaut. Rien ne l'y obligeait, même si elle avait usé de son influence (faible, en l'occurrence) pour le faire désigner à la place de son cher Bubu, qu'elle *trahissait* pour servir les intérêts de Pascaline.

« Il est parti, dit-elle, tenez, lisez... »

Elle lui tendait une lettre de Dietr que Prem venait d'apporter.

« Je ne veux pas être indiscret, ma mère.

– Pas du tout, dit-elle, cela vous regarde aussi puisque vous êtes le parrain de Pascaline. (Après un soupir :) Nous devons veiller à son patrimoine, n'est-ce pas ? »

Cherche-t-elle à m'entortiller pour Bombay ? se demanda Oudinot.

Dietr annonçait qu'il se trouvait contraint de s'absenter pour un temps indéterminé.

« Où peut-il aller sur son bateau ? demanda la mère.

– C'est la guerre, dit Oudinot, il est allemand.

– Personne ne lui veut de mal, ici ! protesta-t-elle.

– Pensez-vous que ce soit l'avis de Bubu ? demanda Oudinot en riant.

– Vous croyez que Bubu le remplacera ? »

Le visage de la mère traduisait plus que de l'inquiétude.

« Dans sa lettre, Dietr recommande chaudement Prem, dit Oudinot.

– Un Indien, murmura la mère.

– Très sérieux, ma mère, très compétent », remarqua Oudinot.

Il épiait la mère avec un certain plaisir.

« Vous pensez que dans l'intérêt de Pascaline... »

Elle hésitait :

« De toute façon, observa Oudinot, il faudra saisir le tribunal de commerce pour qu'un nouvel administrateur soit désigné.

— On ne nommera pas un Indien, dit la mère.

— La décision ne peut être prise avant un certain temps ; d'ici-là, Prem restera évidemment en place, dit Oudinot.

— On ne peut pas l'éliminer comme cela ? demanda la mère en faisant claquer deux doigts.

— On pourrait si... »

La mère regarda longuement Oudinot :

« Quelqu'un de décidé pourrait ?

— Un Louis Girard n'attendrait pas un nouvel arbitrage, s'il se trouvait à la place de Bubu.

— Bubu est très gentil, dit la mère. Vous le ferez patienter ? A votre avis, Henri, pour Pascaline, cela vaut mieux, n'est-ce pas ?

— Il peut se produire du nouveau à la Nouvelle-Hollande, dit Oudinot. Adélaïde fait des progrès.

— Mon Dieu, fit la mère en se signant, mon Dieu. »

Oudinot parla de Gladys. La mère se ferma en entendant son nom.

« Elle paie chèrement, ma mère, murmura Oudinot, et je vous assure qu'elle fait preuve d'un grand dévouement envers Marlyse.

— En avez-vous parlé à Bubu ? demanda la mère.

— Je voulais avoir votre avis.

— Vous avez bien fait, Henri. Il ne faut rien lui dire. Marlyse lui a déjà fait beaucoup de mal. Il n'est pas aussi solide qu'on le croit, c'est un faible, il se trouble facilement, vous le connaissez aussi bien que moi, Henri. Il faut l'aider. Il est mal parti avec cette gamine, n'est-ce pas ?

— Muguette ?

— Vous êtes de mon avis ? Il se montre beaucoup trop avec elle. On va savoir qu'Adélaïde va mieux. Que pensez-vous de ce docteur, Henri ? Je ne l'aimais pas tellement, je ne l'aimais pas du tout, je le trouvais trop sûr de lui, mais on ne peut pas lui dénier des qualités, n'est-ce pas ?

— Il va sans doute quitter Maurice bientôt, dit Oudinot.

— Si Adélaïde est tirée d'affaire », murmura la mère.

Elle se fit répéter le nom de la banque où Gladys avait mis les perles en dépôt.

« Ce n'est pas la peine que Bubu le sache, décida-t-elle. Ce sont les perles de Pascaline, n'est-ce pas ? »

UNE animation fiévreuse régnait au Cercle. On se parlait de table à table. Depuis minuit, heure de Londres, c'est-à-dire depuis l'aube à Maurice, l'Angleterre et l'Allemagne étaient en guerre, officiellement.

« Messieurs ! Messieurs ! On annonce une déclaration imminente du gouverneur. »

Tout le monde se bouscula pour descendre l'escalier. La place d'Armes était noire de monde. Son Honneur, John Middleton, apparut sur le balcon consacré de l'hôtel du Gouvernement, un papier à la main, qu'il lut après avoir obtenu le silence de la foule :

« Moi, John Middleton, officier administrant le gouvernement et vice-amiral à Maurice, proclame ici que la guerre est déclarée entre Sa Majesté et l'Allemagne. »

Il replia son papier avant de crier :

« *God save the King !* »

Aussitôt l'hymne royal éclata, chanté avec une ferveur qui nouait les entrailles. Avant que son Honneur ait pu reprendre la parole, on entonna *La Marseillaise.* Le roi d'Angleterre était français.

Son Honneur John Middleton se pencha sur la foule :

« Je compte sur chacun de vous pour faire son devoir. »

Oui ! Oui ! Une clameur unanime scella un engagement collectif sacré. La guerre ! La guerre ! La fête ! Fureur et victoire, Dieu et le roi ! Dieu et le droit ! Nous vaincrons ! Nous châtierons ! Mort au Kaiser ! Qu'on le pende !

En un instant, le formidable tumulte s'éteignit, remplacé par un silence de cathédrale : un convoi funèbre débouchait sur la place d'Armes, en route vers le cimetière. La foule s'écartait devant le fourgon couvert de fleurs, les hommes se découvraient, les rares femmes engluées dans la cohue se signaient.

« C'est Chazelles, souffla Marck. J'ai complètement oublié...

— Quoi ? fit Chamarel, il n'est pas encore enterré ?

– Il a fallu trouver l'argent pour le cercueil », ironisa lourdement le petit Duclézio.

Muguette marchait derrière le fourgon, enveloppée de voiles noirs et soutenue par le comte de Kergoust.

« Il a du cran, remarqua Lousteau.

– Vous appelez ça du cran ? fit Chamarel.

– Elle est jolie », soupira Duclézio.

On savait qu'il avait demandé Muguette plusieurs fois en mariage.

« *God save the King*! Vive la France! »

Le convoi disparu, la clameur reprit.

La guerre faisait des Français de Maurice des sujets enfin loyaux de Sa Majesté le roi d'Angleterre. Ils pouvaient même prier pour lui[1]. Par la guerre l'Ile sortait de son isolement, prenant une importance régénératrice ; le sort du monde dépendait d'elle aussi, le monde du Bien qui dictait le Bien au reste du monde.

« Vive la France! *God save the King!* »

La même clameur d'espérance. On s'écrasait pour relire les dépêches et les communiqués. Le général Joffre était parti pour la frontière. Lord Kitchener s'embarquait à Douvres avec un premier contingent britannique quand il avait été rappelé pour siéger au Cabinet.

« Pas par un télégramme ! Par un radiogramme ! »

La T.S.F. Un télégraphe sans fil. N'était-ce pas fantastique ? Le miraculeux se mettait au service du Droit et de la Liberté. La Force aussi. Le rouleau compresseur russe. Que pouvaient les Allemands ?

Saint-Ageste restait ému par le passage du convoi :

« C'est un peu comme si la ville avait rendu hommage au vieux Chazelles.

---

1. Après la conquête de l'Ile on n'avait pas imposé sans mal dans les églises catholiques une prière pour le roi, chef de l'Église anglicane. Le texte avait varié. En 1914, la formule était celle-ci :
V. *Seigneur, protège notre Roi* (*notre Reine*)
R. *En ce jour où nous t'invoquons*
V. *Gloire au Père, au Fils et au Saint-Esprit*
R. *Comme au commencement, maintenant, toujours et pour les siècles des siècles.*
ORAISON : Accorde, nous t'en supplions, ô Dieu Tout-Puissant, que ton serviteur notre Roi (ta servante, notre Reine), qui par un effet de ta miséricorde, assume le gouvernement du royaume, reçoive aussi une augmentation de toutes les vertus ; afin que richement orné (ornée) par ces moyens, il (elle) évite les pièges du mal (en temps de guerre : triomphe de ses ennemis) et avec la Reine son épouse (le Prince son époux) et ses enfants royaux parvienne heureusement à toi qui es la Voie, la Vérité et la Vie. Par Jésus-Christ Notre Sauveur. Ainsi soit-il.

– Il aurait préféré passer inaperçu, suggéra Poincelet. A la place de Kergoust. (Un petit rire.) Il ne manquait pas de cran.

– Les envois contre remboursement de la Samaritaine ont augmenté de 15 p. 100, dit Chamarel.

– Les primes d'assurance augmentent, c'est normal, expliqua Pinet qui se mit à pontifier : Si j'ai un conseil à donner, c'est de ne plus vendre un gramme de sucre à terme. Dans trois mois, les prix auront doublé.

– La guerre sera finie dans trois mois ! protesta Poincelet.

– Mon père prévoit qu'elle sera terminée dans quelques semaines, dit Maxime Duclézio.

– Exact, approuva Humphrey. J'en parlais hier avec le capitaine Goodwill. La consommation des munitions est telle désormais qu'après une bataille d'une certaine importance les arsenaux ne pourront plus satisfaire les demandes d'obus et de cartouches des états-majors. Goodwill m'a donné des précisions confondantes : combien faut-il de kilos d'acier pour tuer un combattant ?

– Une balle suffit, remarqua Chamarel.

– Près d'une tonne, et peut-être plus d'une tonne, répondit Humphrey.

– C'est énorme ! souffla Maxime Duclézio.

– Ça modifie évidemment toute la stratégie, conclut Humphrey.

– En somme, remarqua Humphrey, si on s'engageait on arriverait trop tard ?

– Tu penses à t'engager ? »

Question posée d'un ton chargé de suspicion par Kergoust, qui venait d'arriver avec Oudinot.

« Toi aussi ? répondit Humphrey, du même ton.

– Vous serviriez dans l'armée britannique ? demanda Saint-Ageste.

– Pourquoi dans l'armée britannique ? s'étonna le comte.

– Parce qu'elle t'accueillerait selon ton rang, expliqua Saint-Ageste, alors que les Français te renverraient à la Légion étrangère.

– Quoi ? gronda le comte.

– Eh oui, fit Saint-Ageste. Un Allemand peut devenir français en prouvant qu'il descend d'un protestant chassé par l'édit de Nantes, mais nous, toi, moi, tout le monde ici, nous n'avons pas de sang français, n'est-ce pas comique ? »

Un groom apporta une dépêche à Pinet.

« Mes amis, dit-il avec solennité, le 3 p. 100 allemand est à 77,20 et le 3 p. 100 français à... »

Il regarda à la ronde : devinez !

« 90 ? demanda Duclézio.

— Votre père ne doit pas en avoir, ironisa Pinet. A 84,60, ce qui n'est pas si mal.

— En somme, constata Oudinot, la guerre est gagnée.

— On croyait à la guerre, à Londres, quand vous êtes parti ? demanda Poincelet.

— Bien entendu, trancha Pinet, en répondant pour Oudinot. Elle était inévitable, on n'a que trop attendu pour la faire, chaque jour qui passait avantageait le Kaiser.

— Les Allemands ont pu installer leurs espions partout, fit Pinet. Ils ont un centre important à Rangoon. »

Oudinot dressa l'oreille. Von Berst voulait se rendre à Rangoon.

« Sais-tu que Dietr s'est évaporé ? demanda le comte à Oudinot.

— Un inspecteur l'a vainement attendu à la Savone. Il aurait pris la mer avec son voilier. »

Oudinot pensait à sa conversation avec la Grande Mahaut, et ne pouvait s'empêcher de sourire.

« Ça t'amuse, toi ? grommela le comte. Herr Von Buchkowitz... (Il appuyait sur *Herr von* :) pouvait faire tout ce qu'il voulait à la Grande Plaine où moi, le mari d'Adélaïde, je suis interdit de séjour.

— Qu'est-ce que tu chantes ! s'esclaffa Oudinot.

— Par ta banque ! » lança le comte.

Oudinot haussa les épaules :

« Nous nous conformons à l'arbitrage... »

Le comte l'interrompit :

« Qu'a-t-on raconté sur moi au président qui l'a rendu ?

Oudinot faillit lui dire : demande-le donc à la Grande Mahaut ! Il fit mine de s'éloigner.

« Ne pars pas, Henri, dit le comte d'une voix humble. Mange quelque chose avec moi.

— C'est Mugette qui te monte la tête ? demanda Oudinot.

— Mahaut me demande de rompre, murmura le comte, d'une voix si faible qu'on l'entendit à peine. Elle ne voulait pas que je suive l'enterrement. (Une hésitation :) Pas à côté d'elle.

— Cela m'a étonné aussi, admit Oudinot, je pensais que Muguette exigerait plus de discrétion, étant donné sa prudence habituelle...

— Si tu savais comme elle est malheureuse. Toute seule maintenant.

– Qu'est-ce que tu vas faire ?

– Je ne suis pas heureux non plus », souffla le comte.

Il s'était installé. Azok apportait le plat du jour. Le comte enfonça un coin de sa serviette derrière son col.

« Tu songes à t'engager, sérieusement ? demanda Oudinot.

– Si je ne peux plus voir Muguette, soupira le comte, qu'est-ce que je ferai ici ?

– Tu changerais d'avis si on te nommait administrateur de la Grande Plaine, ironisa Oudinot.

– Tu as vu Li-Heu ? demanda le comte.

– Ce matin, dit Oudinot. Il est clair qu'il veut la Nouvelle Hollande pour Honorin.

– Jamais ! lança le comte.

– De toute façon, remarqua Oudinot, tu peux dormir sur tes deux oreilles. Un moratoire va être décrété.

– Quoi ?

– Les dettes seront mises en sommeil pour la durée de la guerre.

– Et à la Grande Plaine, reprit le comte, qu'est-ce qui va se passer ?

– Attends, attends, fit Oudinot.

– Tu ne crois pas que Dietr va reparaître ! s'esclaffa le comte.

– On le remplacera, s'il ne revient pas, que veux-tu que je te dise d'autre ?

– Pas par l'Indien, tout de même ! protesta le comte.

– La décision ne dépend pas de moi, dit Oudinot avec agacement.

– J'en ai plein le dos », grogna le comte.

Pourquoi est-il là, à se remplir la panse, se disait Oudinot, pourquoi n'est-il pas à la Savone, installé en maître ? L'ultime représentant d'une race qui n'existait plus. Si, elle durait par ses privilèges. Qu'elle ne tarderait pas à perdre.

On n'avait que des nouvelles confuses de la guerre ; le communiqué français parlait de Mulhouse et d'Altkirch ; le communiqué allemand donnait davantage de précisions, mais quel crédit pouvait-on lui accorder ? Oudinot s'apprêtait à partir pour le Cercle quand Mawillal sonna chez lui.

« Vous enfin ! D'où arrivez-vous ? »

Mawillal se laissa tomber dans un fauteuil et demanda à boire, avant d'expliquer qu'il revenait de Richebois où il avait passé plusieurs jours.

« Le crime de Richebois, Henri ? Vous ne lisez plus les journaux ? Un commerçant chinois assassiné par quatre gamins. Des Indiens misérables.

– Vous les défendez ?

– Non, dit Mawillal, vous ! »

Il tira une carte postale de sa poche, celle des Pyramides qu'Orak avait envoyée de Suez à ses parents, et dont Oudinot avait écrit l'adresse.

« L'un des quatre tueurs... (Il appuyait sur *tueurs*.) est le frère d'Orak. Son jumeau, en fait. Il s'appelle Parseram. Je ne crois pas qu'il ait fait grand-chose, c'est sans importance, il était là, hein ?

– Il sera pendu ? souffla Oudinot, blanc comme un mort.

– Naturellement, fit Mawillal. Il s'agit pourtant d'un meurtre sans préméditation, d'un accident, en fait. Ils volaient. Le Chinois est arrivé à l'improviste. Il a crié. »

Mawillal avait trouvé la carte chez les parents de Parseram.

Après un silence interminable, il reprit :

« Ils seront jugés lundi prochain.

– Déjà ? Si vite ?

– Le crime est d'une simplicité biblique. Ils ont avoué. Une heure après leur arrestation, l'instruction était terminée. »

Il leva son verre pour redemander à boire.

« On déjeune ensemble, Henri ? suggéra-t-il. Je vous emmène chez mon Chinois. Il faut emporter du vin. »

Oudinot reprenait lentement consistance.

« Pourquoi me demandez-vous de les défendre ? A cause de... »

Il agitait la carte postale que Mawillal lui avait tendue.

« Je pars en fin d'après-midi, expliqua Mawillal.

– Vous rentrez en Inde pour retrouver Gandhi ? demanda Oudinot. J'ai lu qu'il est de retour.

– Exact, fit Mawillal avec un ricanement sarcastique. Il estime que l'Inde est mûre maintenant pour le Home Rule. Quelle plaisanterie !

– Pourquoi ?

– Le rouet, retourner au rouet, quelle farce. Les *révolutionnaires*... »

Il ricanait, en disant révolutionnaires.

« Je parle des révolutionnaires officiels, répertoriés, acceptés, reprit-il, ce sont tous des fils de famille débordant de bons sentiments, tirés à quatre épingles. En Angleterre, Gandhi mettait chaque matin un quart d'heure pour tracer sa raie et autant pour serrer sa cravate. Son père était riche. Sa mère lui répétait de ne jamais mentir. Ah ! Henri, vous êtes bien tous les mêmes, les bien-pensants, vous voulez tout changer sans rien bouger. On part ? »

Oudinot sonna Hector pour faire porter du vin chez le Chinois.

« Deux bouteilles de saint-émilion ? Ça ira ?

– Pourquoi pas trois ? suggéra Mawillal, nous avons beaucoup à nous dire. »

Il se regardait dans la glace :

« C'est fou ce que j'ai grossi à Maurice », soupira-t-il.

Il portait son costume sombre, à l'européenne, et un turban blanc. Quand ils arrivèrent devant le temple bouddhique de Mariamen, Mawillal entraîna Oudinot à l'intérieur pour lui montrer la statue d'un joueur de flûte très jeune et très beau.

« A qui vous fait-elle penser ? » demanda Mawillal.

Oudinot sentit le sang colorer ses tempes. Orak ? Ou Parseram, son jumeau, accusé du meurtre de Richebois ? Il ne voyait aucune ressemblance avec Orak sauf... la beauté. La jeunesse.

« C'est moi, affirma Mawillal, j'étais superbe et voyez ce que je suis devenu. »

Un éclat de rire fit se retourner vers lui une femme en prière. Elle avait aligné des papiers devant une divinité à laquelle elle présentait un panier rempli d'offrandes.

« C'est l'inventaire des biens d'un mort, de son mari ou de son père, expliqua Mawillal, chaque papier représente quelque chose, la maison, ou une casserole. Le brahmane lui dira si elle peut en disposer, ou si elle doit apporter de nouvelles offrandes. Qu'est-ce que cela peut signifier pour nous, hein ? Nos dieux sont tous anémiques. »

Il entraîna Oudinot.

« Je n'aime pas ce temple, en fait je n'aime plus aucun temple. Quand j'étais petit, j'essayais de grappiller du riz dans les paniers, mais *ils* avaient l'œil. Je parle des bonzes. Le plus ancien de nos temples à Maurice a été édifié à Triollet en 1867. Vous êtes arrivés avec une église et des jésuites, nous sommes restés pendant des dizaines d'années sans rien, rien. »

Il laissait rouler ses yeux globuleux :

« Avec tout de même des brahmanes à nourrir, ajouta-t-il en riant.

– Est-ce que vous connaissez Sandrat Singh ? demanda Oudinot. Il s'installe dans une des plus anciennes demeures de l'Ile, Rosebelle.

– Je le connais bien, c'est à lui que Gandhi m'a adressé quand il m'a délégué ici. Gandhi avait habité chez lui lors de son séjour à Maurice, oh ! dans une fort belle pièce déjà, rassurez-vous, dans une chambre digne du Mahatma.

– Pourquoi êtes-vous si sarcastique, Mawillal ?

– Vous n'aimez pas qu'on touche à *votre* Gandhi, ricana Mawillal, hein ? Il prêche la douceur, la résignation, comme votre Jésus. Quelle merveilleuse trouvaille, l'espérance ! Vous avez mis dans le mille : le paradis. Quelle escroquerie, Henri. Vous ne pouvez pas y souscrire ? Vous avez inventé la machine à vapeur, sacrebleu, voilà le dieu pour notre temps. Avez-vous visité une sucrerie moderne ? Vous vous souvenez des anciennes, avec un âne fourbu et une vieille femme pour faire tourner la presse. Voilà ce que Gandhi trouve admirable. Le rouet ! Que chacun file son lin ! Pour faire son suaire, hein ? »

Le restaurant était minuscule, mais désert. Une fillette déposa deux bols sur la table.

« Du potage aux nids d'hirondelles comme vous n'en avez jamais mangé, Henri.

– Qu'est-ce que c'est, au juste ? demanda Oudinot.

– On ne sait pas, répondit Mawillal. Est-ce que ce sont les sécrétions de l'estomac avec lesquelles les hirondelles ciment leurs nids qui donnent son goût au potage, ou le frai de poisson qu'elles glanent sur la mer... »

Il haussa les épaules.

« Les nids viennent des Philippines, le frère du patron les a rapportés hier. On m'a prévenu.

– Vous êtes très gourmand, Mawillal.

– C'est peu dire, avoua Mawillal. J'ai grandi dans la rue, j'avais toujours faim. *Votre* Gandhi ne mange pas de viande.

– Pourquoi en voulez-vous tellement à Gandhi puisque vous allez le retrouver ?

– Pas du tout, dit Mawillal.

– Vous ne rentrez pas à Bombay ?

– Je vais à Rangoon, murmura Mawillal.

– A Rangoon, souffla Oudinot. Vous allez voir les... »

Il n'acheva pas : les Allemands. Qui soutenait, au Cercle, que Rangoon était la plaque tournante de l'espionnage allemand ?

« J'irais voir le diable s'il m'aidait à libérer l'Inde. »

Il leva son verre, que le Chinois venait de remplir :
« Le vin est tiré, Henri. C'est bien cela qu'on dit ?

– On dit aussi que vin versé n'est pas avalé, c'est-à-dire qu'on n'est jamais sûr de rien. »

Oudinot baissa la voix :
« Si le diable vous suggérait de... (Il hésitait.)

– De faire la guerre en Inde, contre *eux* ? demanda Mawillal. Avec les *autres* ? Je n'hésiterais pas un instant ; j'espère que vous en profiterez ici, vous.

– Moi ? Nous ?

– Vous les Mauriciens, dit Mawillal avec force.

– La guerre civile ?

– Elle est plus juste et plus naturelle que la guerre étrangère parce qu'elle est fondée sur les outrages individuels. Qui l'a dit ? Chateaubriand, c'est vous qui me l'avez appris : « Quoi qu'on en dise, les guerres civiles sont « moins injustes, moins révoltantes et plus naturelles que « les guerres étrangères, elles sont fondées sur les outrages « individuels et sur des aversions avouées, les adversaires « savent pourquoi ils ont l'épée à la main. »

Il poussa le plat vers Oudinot :
« Reprenez du fooyang, vous n'en trouverez nulle part d'aussi bon. Fini ? Vraiment ? »

Il vida le plat dans son assiette. Comme Bubu le ferait, pensa Oudinot.

« Je suis heureux, dit-il, je mange, je bois, je parle et j'ai un ami. »

Il dégagea son émeraude de l'annulaire, non sans difficulté :

– Je vous la laisse en gage, Henri, j'ai besoin de 10 000 roupies.

– Je ne veux pas de votre bague, je sais ce qu'elle représente pour vous. Nous passerons prendre l'argent à la banque.

– En allant à la prison, dit Mawillal. Il faut que vous *les* rencontriez.

– Vous voulez vraiment que j'assume *leur* défense ? Mais d'ici lundi je ne pourrai pas...

– Il le faut, Henri. Qui d'autre ? Un avocat commis d'office ? »

Oudinot pensa au jeune Indien que son père se reprochait d'avoir mal défendu.

« J'accepte », murmura-t-il.

Il évoqua la pendaison de l'adolescent innocent et l'intervention du père Laval.

« Oubliez ces bondieuseries, Henri. Il faut édifier l'avenir sur la justice, dit Mawillal. Je vous choque ? Vous aimiez votre père ? »

Il n'avait pas connu le sien, ni sa mère. Mais son autre père ? L'Anglais qui l'avait adopté ? Qui lui avait laissé sa maison à Clacton ? Et la bague, l'émeraude ? Elle valait plus de 10 000 roupies.

Ils parlèrent d'Orak ; enfin.

« N'ayez surtout pas de remords, Henri, dit Mawillal. Je vous ai parfois dit du mal de... (Il hésita :) de mon *père*, dit-il en baissant la voix. Il m'a refait, et recommencé. Je ne serais rien si je ne l'avais pas rencontré. (Il baissa encore la voix :) Si je ne lui avais pas plu. »

Oudinot pensait au joueur de flûte, du temple.

« D'une certaine manière, reprit Mawillal, je suis né de lui. »

Ils passèrent à la banque avant de se rendre à la prison. Après avoir empoché l'argent, Mawillal obligea Oudinot à garder sa bague.

« Je reste votre débiteur, dit-il, en s'agenouillant devant lui.

– Qu'est-ce qu'il vous prend ? fit Oudinot.

– C'est l'usage indien, expliqua Mawillal, le débiteur demande à son créancier de le bénir. Bénissez-moi, mon cher. »

Construite après l'abolition de l'esclavage en 1838, la prison devait servir de centre de réadaptation ; un projet utopique auquel la réalité avait tordu le cou, crimes et délits se multipliant aussi bien parmi les Noirs émancipés que parmi les Indiens qui les remplaçaient. Prévues pour un occupant, les cellules avaient tout de suite été surpeuplées. Il y en avait quarante-six qui se faisaient face de part et d'autre d'un couloir sans plafond, toutes aux mêmes dimensions, 1,60 mètre de large, 3,60 mètres de long, sans fenêtres ; la lumière venait du couloir, inondé quand il pleuvait trop fort pour que l'eau soit évacuée par les rigoles.

Un policeman conduisit Oudinot et Mawillal à la cellule 13 occupée par trois des meurtriers de Richebois.

« Hé, Parseram, avance. »

On apercevait des silhouettes dans la pénombre. Oudinot respirait difficilement. Une odeur qui portait au cœur.

« C'est moi, Mawillal. »

Une silhouette s'avança vers le grillage. Oudinot sentit le sol vaciller sous ses pieds. Il s'accrocha à Mawillal. Son chapeau roula sur le sol. On entendit des ricanements.

« Ça ne va pas, Henri ? » demanda Mawillal.

Un chant s'éleva dans une cellule :

> *Y a qu'un cheveu*
> *Sur la tête à Matthieu.*

Des rires, des ricanements, des plaisanteries.

« Vos gueules là-dedans, hurla le policeman. (Il plaida :) Des singes, n'est-ce pas, messieurs ? De vrais singes qui ne valent pas la corde pour les pendre. »

Il ramassa le chapeau d'Oudinot et le lui rendit.

« Il lui ressemble tellement ? » souffla Mawillal.

Il entraîna Oudinot vers la sortie, après avoir parlé à Parseram :

« Il me remplacera au procès, dis-le aux autres, il s'appelle maître Oudinot, tu retiendras son nom ?

– Je reviendrai », balbutia Oudinot.

Le policeman apporta un escabeau quand Oudinot se retrouva dans la cour, à l'ombre d'un badamier.

« C'est ridicule », murmura Oudinot.

Mawillal demanda de l'eau au policeman, qui alla rapidement chercher une carafe et un verre.

« Il faut s'habituer, dit-il, ils sentent mauvais, tous.

– Je suis obligé de vous laisser, Henri, dit Mawillal après avoir consulté sa montre.

– Vous ne m'accompagnez pas chez le commissaire ? demanda Oudinot.

– Je l'ai prévenu, il sait que vous me remplacez. Mon bateau part dans une heure.

– Pour Rangoon », murmura Oudinot.

Il regarda Mawillal au fond des yeux :

« Vous connaissiez Dietr von Buchkowitz ? demanda-t-il.

– Quelle importance, lança Mawillal, avec un geste de la main. (Il embrassa Oudinot :) Vous êtes mon ami, Henri. Merci. (Il indiqua la prison, d'un mouvement de tête.) Pour Orak, reprit-il, je sais, je suis sûr que vous ne lui avez fait que du bien. »

Il joignit ses mains devant la bouche pour un salut à l'indienne, comme jamais il n'en faisait.

« Soyez béni, Henri.

– Vous croyez vraiment qu'il faut tout brûler ? murmura Oudinot.

– Pas tout, pas tout. Adieu », dit Mawillal en souriant fraternellement.

Il s'éloignait à reculons.

Avant de filer à grandes enjambées il lança encore :

« Nous nous reverrons, Henri. »

Le policier récupéra la carafe :

« Vous ne voulez pas un autre verre, Sir ? »

Après une hésitation :

« Si vous le désirez... »

Il indiquait la prison du pouce :

« ... je peux leur procurer du pain et des fruits, pas d'alcool naturellement. »

Oudinot lui glissa un billet.

« C'est trop, fit le policier.

– Où est le bureau du commissaire ? Dans la cour, je crois ?

– Je vais vous conduire, Sir. »

Lesterton, dont Oudinot avait fait la connaissance à l'époque de la tragédie de Marlyse, aimait les roses avec passion. Il en avait une devant lui, dans un grand verre d'opaline.

« Vous ne remarquez rien, monsieur Oudinot ?

– C'est une très belle rose.

– Regardez les pétales. »

Il en détacha un qu'il présenta à Oudinot :

« Voyez, d'un côté il est rose et de l'autre...

– Blanc, constata Oudinot.

– Cela ne vous surprend pas ?

– Ma foi...
– C'est rarissime, en fait, cela n'arrive jamais. »
Il souleva la rose pour l'admirer de plus près.

« Je vais l'envoyer au directeur du Jardin des Pample-mousses, vous le connaissez certainement, un homme magnifique, monsieur...

– Je crois que je ne l'ai pas encore rencontré, bredouilla Oudinot.

– Ce pays est étrange, dit le commissaire en remettant la rose dans l'eau. J'ai lu hier qu'un coq de Curepipe avait pondu un œuf.

– Un coq !

– En Angleterre on rirait, ici on ressent un doute. »
Il invita Oudinot à s'asseoir.

« Vous venez me voir pour cette affaire de Richebois ? Le dossier est chez le juge Pinkerton.

– Maître Mawillal m'a dit, en effet, que l'instruction était pratiquement close.

– Elle *est* close, appuya le commissaire.

– Les mobiles ! protesta Oudinot, sans grande conviction.

– Quels mobiles ? Ils venaient pour voler, ils ont tué.

– Ils ne venaient pas pour tuer.

– Difficile à prouver, mon cher, et en fait, sans grand intérêt, n'est-ce pas ? Vous voulez les voir ?

– Pas maintenant, murmura Oudinot.

– Quelque chose ne va pas ? »
Le commissaire s'approcha amicalement de l'avocat.

« Je suis passé par la prison, balbutia Oudinot.

– L'odeur, hein ? Ça vous soulève le cœur, fit le commissaire. Une fauverie. (Il versa un whisky :) Le soleil n'est pas couché, remarqua-t-il en souriant, mais en certaines circonstances...

– Merci », murmura Oudinot, après l'avoir avalé d'un trait.

Le comte ne s'était pas couché tard ; plus il dormait, et plus il avait sommeil. Jéroboam lui avait parlé d'un troupeau de cerfs, dont trois gros et un très gros qui sortaient du Carreau Prune pour fourrager dans les pousses de manioc.

« On ne peut pas attendre dimanche ? »

Le comte pensait à sa chasse avec le docteur.

« Pour sûr, *Missiémâquis*, on peut attendre, mais pas le manioc. »

Le carreau Prune se trouvait à deux heures d'approche ; on ne pouvait s'y rendre en automobile. Le comte fit le trajet sur la carriole en picorant dans le panier à provisions. Absalon menait Madagascar par la bride. Jéroboam suivait avec Tout-Fou qui tirait sur la laisse. Il portait son habit de chasse, une ancienne livrée bordée de daim aux manches et rapiécée aux coudes.

« Le très gros est vraiment très gros ? demanda le comte.

— Un trente-cinq pouces au moins, *Missiémâquis*, et peut-être un trente-six.

— Tu rêves, mon pauvre Job'am, je n'ai jamais tiré mieux que trente-cinq et demi. »

Jéroboam avait vu le cerf dans le marais, où il s'était mis au frais pendant la chaleur ; sa tête seule émergeait de l'eau.

« Il a pu filer », grommela le comte.

Jéroboam repéra des traces.

« Il est désaboté, constata le comte, il a sûrement beaucoup couru. D'où est-ce qu'il peut venir avec ses écuyers ? »

Tout-Fou reniflait des crottes.

« C'est tout frais, *Missiémâquis* », dit Jéroboam.

Le jour s'était levé avec mollesse ; les brumes du marais coulaient vers les cultures, entraînées par un ruisseau qui rejoignait Rivière Bleue. Tout-Fou marqua l'arrêt devant un maçonnier contre lequel le cerf avait gratté ses bois ; l'écorce avait été arrachée sur une hauteur qui impressionna le comte.

481

« C'est sûrement un très gros, Job'am ».

Le comte prit son fusil.

« On continue à pied », décida-t-il, en faisant signe à Absalon de retenir le cheval.

Absalon détela Madagascar et l'attacha à un arbre en lui laissant assez de licol pour brouter alentour. Il suivit le comte et son grand-père en portant le panier à provisions et la canne-siège que monsieur Henri avait rapportée de Londres. On entendit bramer un cerf.

« Ce n'est pas lui », souffla Jéroboam.

Une biche se retira avec dignité dans un massif d'aloès, certaine de ne rien risquer d'un chasseur comme le comte de Kergoust ; elle était pleine.

« *Missiémâquis* », souffla Jéroboam.

Ils sortaient de la savane, au-dessus du marais qu'ils dominaient légèrement.

« Là ! »

Le cerf se tenait sur un pavé au-delà du marais, magnifiquement éclairé par le soleil qui finissait de dissiper la brume.

« Trop loin, fit le comte.

– Je vais le pousser vers vous, *Missiémâquis* », dit Jéroboam.

Il rentra dans la savane pour contourner le marais avec Tout-Fou. Le comte resta sur place, son Purday dans la saignée du coude, décidé à courir sa chance malgré la distance (250 yards ? davantage ?) si le cerf prenait l'alerte. Ce qui se produisit lorsque Jéroboam se glissa hors du bois de filaos, trop tôt pour lui couper la retraite. Ce vieil imbécile fait beaucoup trop de bruit, venait de penser le comte. Il se reprochait de ne pas avoir envoyé Absalon avec le chien.

« Sucre ! » jura-t-il.

Le cerf levait la tête. Il allait bondir. Déjà le comte avait épaulé et tiré. Touché ? Le cerf avait sauté dans le couvert, mais, pensait le comte, non sans avoir accusé le coup, trop rapidement cependant pour lui laisser le temps de doubler.

« Lâche le chien ! » cria le comte.

Est-ce que Jéroboam pouvait l'entendre ? Le coup de feu l'avait pris de court. Devait-il lâcher Tout-Fou ? Le cri du comte ne lui était pas parvenu, sans doute parce qu'il devenait dur d'oreille. Et déjà le cerf arrivait droit sur lui, chargeant à travers les filaos épars entre le marais et le bois. Stupéfait par l'attaque, Jéroboam n'eut pas le réflexe de s'éclipser dans le couvert. Y serait-il parvenu ?

Le cerf, lancé au galop l'attrapa au bras gauche, le transperça de sa première dague. Il se bloqua sur ses sabots. Tout-Fou l'attaquait aux jarrets alors qu'il n'eût demandé qu'à filer. Accroché à Jéroboam, le cerf le secouait, en décochant des ruades vers Tout-Fou, il tournait en rond en raclant parfois le sol de la branche dégagée de ses bois, de sorte que le malheureux Jéroboam se trouvait soulevé, cogné, rejeté, repris ; le cerf s'agenouilla même sur lui, lui brisant plusieurs côtes.

Le comte avançait aussi rapidement qu'il le pouvait, sans tirer, il risquait trop d'atteindre Jéroboam. Arrivé en courant, Absalon se jeta sur le cerf avec une pierre, le frappa à la tête ; le cerf roula sur lui-même, en passant sur Jéroboam sans réussir à se libérer. Enfin le comte, à bout de souffle, lui donna le coup de grâce, dans une oreille.

« Job'am, mon grand-père Job'am... »

Absalon soulevait la tête ensanglantée du vieillard, il l'embrassait avec effroi.

« Parle-moi, grand-père Job'am. »

Jéroboam n'était pas mort, pas encore. Il tourna son regard vers le comte agenouillé près de lui :

« Trente-six pouces, *Missiémâquis* ? gémit-il.

— C'est le plus beau que j'aie tiré », murmura le comte.

Il pleurait. Son vieux Job'am était perdu. Il se releva pour tourner la tête du cerf vers lui :

« Regarde, les cornes sont perlées jusqu'au bout.

— Jusqu'au bout, fit Jéroboam.

— On va s'occuper de toi, mon vieux Job'am », dit le comte difficilement.

Il cherchait à cacher ses larmes.

« C'est plus la peine, *Missiémâquis*, souffla Jéroboam, j'ai la mort entre les dents. »

Il prit la main de son maître pour la poser sur la tête de son petit-fils et rendit l'âme.

La lettre ! Enfin la lettre de Sir Arthur ! Assez longue, à en juger par le poids. Campbell la glissa dans une poche, se félicitant d'avoir fait retenir son courrier à la poste. Le nom et l'adresse de Sir Arthur figuraient au dos de l'enveloppe. Elvira aurait eu un choc si elle l'avait trouvé dans la boîte.

Une lettre de son père. Pour la première fois, son père lui parlait. Certes, depuis que Fireground lui avait annoncé sa mutation à Bombay, il savait qu'il s'intéressait à lui. Il y songeait constamment. Il s'endormait moins facilement. Que pense-t-il de moi ? Désire-t-il me connaître ? Est-il content de ce que je fais ? Fier ? Elvira n'entrait pas dans ces spéculations. Oliver admettait que son *père* ne pouvait pas être bigame, fût-ce en pensée. D'ailleurs, il n'imaginait pas sa mère avec un homme. Surtout pas dans ses bras. Au lit ! Comme lui avec Paulina ou avec une autre, avec cette nièce des Fireground qu'on lui offrait sur un plateau maintenant que... Comment s'appelait-elle ?

Il touchait la lettre dans sa poche. L'avenir se modifiait. Des perspectives incroyables. Par Sir Arthur. Par Ivy peut-être ; elle s'appelait Ivy. Elle ou une autre, maintenant que...

Il entra dans un bar pour lire la lettre. « *My dear and young colleague*. Collègue. Confrère. Pourquoi pas *friend* ? Ami ? Ami n'était pas compromettant. Sir Arthur avait dicté la lettre, elle était dactylographiée. Logiquement, raisonnait Campbell, il aurait dû dire : *mon jeune et cher* collègue. S'il avait placé le *cher* avant le *jeune* c'était donc pour marquer de l'affection. Idiot, idiot, grommela Campbell, je deviens idiot.

L'intérêt manifesté par son père le bouleversait d'autant plus qu'il avait regretté, quoiqu'il prétendît le contraire, d'avoir confié à Oudinot le message pour Sir Arthur. Il comprendra que je l'appelle à mon secours, alors que je n'ai pas du tout besoin de lui. Pensée qui le taraudait, surtout quand il se souvenait du post-scriptum, ajouté presque malgré lui, pour annoncer que son contrat à Maurice allait prendre fin dans quelques mois. Et que, par conséquent, sous-entendu, sous-entendu tellement évident, il se trouverait sans situation, sans fortune, pour débuter dans la carrière. Je l'ai fait pour Elvira, se disait-il, quand la honte l'envahissait.

Sir Arthur ne faisait pas allusion à son intervention. Pardi ! La lettre datait du début de juillet. La guerre n'était pas déclarée. Pas le moindre écho, ouf ! à l'abominable post-scriptum. Sir Arthur ne parlait que du cas de la comtesse de K. Que pouvait-il pour Adl'aïd ? S'il la voyait, s'il la suivait... Peut-être... Sans doute... Et encore... Il relisait la lettre lentement, paragraphe après paragraphe, et découvrait que Sir Arthur reprenait mot pour mot des passages de ses notes comme s'ils venaient de lui. Il imaginait Sir Arthur marchant de long en large, cigare à la main, dictant avec des effets de voix ce qu'il lisait dans les notes. Pontifiant. Comme le grand patron de la

Salpêtrière, comme tous les grands patrons, en tout cas comme la plupart d'entre eux... «Elle se condamne au silence pour sauver le père passionnément aimé.» La conclusion à laquelle lui, Campbell, était arrivé, et qu'il avait bien entendu formulée. Sir Arthur la reprenait à son compte, avec une nuance de réserve : *most probably*, très probablement. J'avais besoin de toi pour le comprendre, ricanait Campbell. Avec, cependant, du soulagement. Depuis qu'il attendait la lettre de Sir Arthur, il l'avait inconsciemment magnifié, faisant de lui un monument, un puits de science, un oracle, un Jupiter de la psychanalyse. Il le découvrait humain, c'était rassurant. Un homme qu'il pourrait aimer ? Qui aimait-il ? Il lui arrivait de se poser la question quand il se rendait compte qu'il n'avait besoin de personne. (On avait besoin de lui.) Adl'aïd' ? Oui, oui, il l'aimait bien, elle avait de l'importance pour lui, c'était évident, mais, mais... Il ne parvenait pas à s'expliquer ce qu'elle représentait au juste pour lui. Chez les Fireground, quand il regardait la charmante Ivy, il pensait à Adl'aïd' ; elle n'apprécierait pas l'intérêt qu'il marquait à cette petite Anglaise blonde et fraîche, riche ? Oui, elle serait riche, Louise Fireground se donnait assez de mal pour le faire comprendre. Qu'Adl'aïd' l'aimât, lui, n'impliquait pas qu'en retour... Même quand il lui arrivait de la désirer. Quelle bizarrerie, malgré tout !

Le plus important dans la lettre de Sir Arthur, le plus émouvant sans doute, c'était sa longueur. Huit pages. Bavardage et remplissage médical, oui, mais aussi, on le sentait bien, un plaisir, une envie et peut-être un besoin de parler. Un rêve revint à Campbell, qu'il avait fait récemment, avant de savoir qu'il était mobilisé en Inde, mais après le retour d'Hennery. Il espérait qu'Hennery rapporterait la réponse de Sir Arthur. Ou que Sir Arthur lui aurait confié un message verbal. S'il avait dit la vérité à Hennery ?

«Cher monsieur, le docteur Campbell, votre ami, est mon fils.»

Enormité, évidemment. Elle inspirait sans doute le rêve de Campbell. Il se trouvait dans un amphithéâtre de l'Académie de médecine, à Paris ? A Londres ? Seul. Sir Arthur au tableau noir, développant des théories, inscrivant des formules les unes par-dessus les autres de sorte qu'on ne pouvait rien lire.

«Effacez !»

Tout à coup l'amphi s'était trouvé rempli par les gens les plus brillants, des ministres, des écrivains, Campbell avait le sentiment de les connaître tous, Freud était là aussi, et Breuer, et d'autres, et tous lui marquaient de l'intérêt et de l'amitié, ils applaudissaient parce que Sir Arthur s'avançait vers lui avec une immense boîte de chocolats, mieux encore, Sir Arthur s'accroupissait à ses pieds en lui présentant la boîte ouverte, et Freud, c'était sûrement lui, hochait la tête :

« Prenez, jeune homme, mangez un chocolat, faites plaisir à votre père. »

Sir Arthur ne ménageait pas ses éloges. *Brilliant, brilliant*, cela revenait à tous les paragraphes. Mais il semblait plutôt un peu pompeux. Des passages pour ne rien dire, pour impressionner des gogos ; pour épater sa secrétaire peut-être. C'est moi qu'il veut épater, concluait Campbell avec un sourire. En fin de compte, une très bonne lettre.

Il la glissa dans sa poche. La déchirer pour qu'elle ne tombât pas sous les yeux d'Elvira ? Elle brossait ses costumes, elle y tenait, elle balayait et époussetait sa chambre, elle faisait son lit. Corinthe ne mettait que rarement les pieds chez lui. Que pourrait-elle penser en voyant le bas-relief indien ? *Cette saleté*, gémissait Elvira. En fait, elle n'en parlait plus depuis leur querelle. Si elle découvrait la lettre ? Si elle la lisait ? Elle lisait ses cahiers, tout ce qu'il notait. Il ne pourrait donc pas faire mention du diagnostic de Sir Arthur, confirmant le sien. Cela devenait impossible, il fallait qu'ils se séparent. Mais que deviendrait-elle après son départ ? Ce serait tellement mieux si elle rentrait en Angleterre.

A la Nouvelle Hollande, on attendait Campbell avec plus que de l'impatience :

« Monsieur docteur va être content, lança Jézabel en l'accueillant, madame la comtesse est devant sa glace. »

On l'avait roulée dans son cabinet de toilette. Elle se scrutait, épilait ses sourcils de sa main gauche, pas du tout maladroitement, passait du bleu autour de ses yeux. Judith prétendait qu'elle avait dit un mot (qu'elle n'avait pas compris), mais Jézabel le contestait, si la comtesse avait parlé à quelqu'un, n'est-ce pas ?

« C'est fini ? demanda le docteur, en portant une main vers son ventre.

– Non, monsieur docteur, madame la comtesse continue à perdre, et beaucoup.

– Très bien », fit le docteur.

Il se hâta vers la salle de bain.

« Adl'aïd', c'est magnifique ! »

Elle tourna vers lui un visage radieux, trois fois reflété par les miroirs de la coiffeuse. Si incroyablement belle après ces mois de maladie, rayonnante, si vivante, si prodigieusement *normale*, les dents mouillées de salive, les lèvres brillantes et ses yeux, ses yeux, qui regardaient le docteur presque avec indécence... Je t'aiderai, tu guériras, promit Campbell une fois de plus.

– Madame la comtesse voulait la chemise de l'infante, souffla Jézabel dans l'oreille du docteur. Je ne peux pas la donner sans la permission de madame supérieure, n'est-ce pas ? »

Quelle maison ! pensa Campbell. Il souriait.

« Levez-vous, Adl'aïd' », dit-il.

Il prit la main droite de la comtesse, qui se souleva facilement en s'appuyant sur la main gauche. Elle restait debout. Elle tremblait, elle riait, un rire nerveux, presque fiévreux.

« Venez, avancez... »

Le docteur répéta l'ordre en anglais, *come, come on*, c'était plus familier, plus proche, comme s'il la tutoyait. Elle demeurait sur place, à trembler, à rire, à le regarder.

On vint chercher Jézabel, un gamin du kraal qui demandait qu'elle rentre tout de suite.

« Qu'est-ce qui est arrivé ? » balbutia Jézabel.

Elle poussa un hurlement :

« Jéroboam ! Il est blessé ! »

Le docteur l'entendit, naturellement, mais pas la comtesse, tout entière dans l'effort qu'elle s'imposait pour avancer une jambe, la gauche, en prenant appui sur la droite, la jambe dont elle ne se servait plus. Elle se trouvait ailleurs, dans un autre univers, en tête-à-tête avec le docteur conscient, lui, du drame de Jézabel.

« Il est blessé ! hurlait Jézabel. Il a reçu un coup de fusil ! »

Elle regardait le docteur : venez ! venez avec moi.

« J'arrive, dit-il, je viens... »

Un désespoir. Alors qu'Adl'aïd' allait sans doute... Que devait-il faire ? Il adressa un signe à Judith et à Sansonnette : allez avec elle, emmenez Jézabel. La malheureuse Jézabel ne tenait plus sur ses jambes. Les deux filles la soutenaient près de la porte. Campbell se sentait déchiré, affolé. Elle tenait debout ! Un instant. Encore un instant. Le bras droit, Adl'aïd' ! Il remuait le sien, il le pliait devant elle. Elle riait et tremblait plus fort, réactions d'hystérique ? *Come, come on*. Il l'attirait, comme l'aimant attire la limaille, accroche-toi, murmurait-il, viens, viens...

Elle se laissa tomber sur lui. Est-ce qu'elle se serrait contre lui avec les deux bras ? Elle levait le visage vers lui, elle l'appelait de sa bouche, des yeux, elle pressait sa poitrine contre la sienne, elle l'écrasait.

Il la désirait encore.

« Parle, souffla-t-il, dis quelque chose... »

En Anglais :

« *Say I.* »

Il répétait :

« *I, say I.* »

Puis :

« *Love, love.* »

Elle le criait avec les yeux, seulement avec les yeux.

« *Say I love, I love.* »

Avait-elle dit : *you* ? Un son, une sorte de borborygme monté des entrailles.

« Dis *I*, dis *I*. »

La porte s'ouvrit :

« Monsieur docteur... »

C'était Judith, essoufflée, revenue en courant du kraal.

« Monsieur docteur, il est mort, Jéroboam est mort. »

Des sanglots insupportables. Campbell faillit la chasser : s'il est mort, que puis-je pour ce pauvre vieux ? Il souleva la comtesse pour la porter sur son lit.

« Je reviens, dit-il, je reviens tout de suite. »

Elle retenait sa main, qu'elle tenta de porter vers son ventre.

« Adl'aïd' ! » souffla le docteur, en lâchant sa main.

Qu'avait vu Judith ?

« Je reviens, Adl'aïd' », murmura-t-il.

La comtesse se retourna pour cacher son visage dans l'oreiller.

On ne pouvait plus rien pour Jéroboam. Le docteur lui ferma les yeux ; personne n'y avait pensé. Jézabel sanglotait bruyamment.

– Je ne peux pas les entendre pleurer, confia le comte au docteur, sans baisser la voix.

Le docteur tapota la joue d'Absalon, qui pleurait sans bruit. Entre lui et son père, se dit-il, la distance est plus grande qu'entre Sir Arthur et moi, et pourtant ils vivent l'un à côté de l'autre.

Oudinot somnolait lorsque Joséphin arrêta le landau devant la Tabagie Populaire de Richebois, la boutique du Chinois assassiné, où l'on vendait de tout. La veuve avait rouvert le lendemain du meurtre, aidée par son fils, un adolescent d'une quinzaine d'années qui montra à Oudinot l'entrepôt à travers lequel les quatre voleurs s'étaient faufilés, après avoir forcé une lucarne. Le plus âgé, il avait vingt ans, connaissait les lieux ; il avait travaillé pour le Chinois. Les soupçons de la veuve s'étaient immédiatement portés sur lui. Il avait avoué en dénonçant ses complices. Ils avaient volé quelques bouteilles de rhum, du lard et un carton de biscuits salés.

Les parents de Parseram n'habitaient pas le village, mais un campement dans le sucre qui en dépendait et qu'on appelait Puits-Couvert, parce qu'il se trouvait près d'un point d'eau. Le village et le campement faisaient partie de l'habitation de Sandrat Singh, qui avait appartenu aux Duprez de la Faille jusqu'au début du siècle. Le chemin qui menait à Puits-Couvert était si mauvais que Joséphin sauta à terre pour tirer les chevaux par la bride. Les baraques semblaient désertes. Une femme qui épouillait son bébé expliqua que tout le monde se trouvait au puits. Elle désignait du doigt un bouquet de badamiers qui dominait les champs de sucre où les files de cannes s'alignaient à perte de vue. Oudinot s'engagea sur un sentier qu'avaient tracé les pieds nus des femmes qui allaient puiser.

On inaugurait un robinet. Cérémonie en vérité fabuleuse, surréaliste ; Oudinot en avait le cœur serré. Une canalisation amenait l'eau du nouveau réservoir de Vacaos ; elle se terminait par un tuyau qui se dressait à la verticale, en pleine campagne, avec un robinet de cuivre. Miracle dont les femmes ne se lassaient pas ; vêtues de leurs saris loqueteux et multicolores, elles tournaient le robinet pour laisser l'eau ruisseler sur leurs mains. Certaines n'osaient pas la toucher. Le *sirdar* les encourageait en donnant l'exemple. Elles tendaient leurs amphores en terre, elles riaient, elles poussaient leurs enfants vers le jet.

Une rumeur soudain :

« Le maître ! Le maître ! »

Gujpat Singh arrivait, alors qu'on ne l'espérait plus, un jeune homme de vingt-cinq ans ; il ne les paraissait pas. Il portait comme Oudinot un blazer bleu, un pantalon de flanelle gris, la cravate du Trinity College de Cambridge. Bubu mettait la même sans y avoir droit. S'il n'avait pas dû interrompre ses études le comte aurait connu Gujpat à Cambridge.

« *My name is* Gujpat Singh. »

Gujpat s'avança vers Oudinot, la main tendue.

« Ils sont heureux, dit-il, nous leur donnons l'eau.

— Pourquoi ne pas l'avoir amenée au campement ? demanda Oudinot.

— Pour l'arrosage, c'est plus pratique, expliqua Gujpat, et puis, vous n'êtes pas sans le savoir, les femmes ont l'habitude de se retrouver au puits, elles se racontent leurs histoires. Peut-on les priver de ce plaisir ? »

Ils remontèrent ensemble jusqu'au campement, précédés par le *sirdar*, suivis par les femmes et les enfants. Oudinot avait envoyé Joséphin acheter de la limonade et de la bière, qu'il fit distribuer.

« On vous bénira jusqu'à la fin des temps », ironisa Gujpat.

Le *sirdar* leur montrait les baraques où cinq à dix personnes, et plus, vivaient dans une pièce misérable, sur la terre battue, l'âtre dans un coin entre deux pierres, un décor qu'Oudinot connaissait bien pour avoir suivi plus d'une fois Mawillal dans des cases indiennes.

« Comment peut-on vivre dans une telle saleté ? » grommela Gujpat.

Oudinot cachait mal sa surprise.

« S'ils travaillaient plus et buvaient moins, ils auraient des maisons convenables », ajouta Gujpat.

Comment avait commencé son grand-père ? se demandait Oudinot. Il ne possédait rien en arrivant à Maurice. Après des années de misère, il avait acquis une parcelle dont personne ne voulait plus. Il aurait fait pousser de la canne sur des pierres. Comme Louis Girard, pensait Oudinot, encore que le rapprochement lui parût presque sacrilège. Et la troisième génération de la dynastie Singh produisait ce gandin, qui grattait le crâne rasé d'un gamin en remarquant :

« C'est bien, tu n'auras pas de poux. »

On riait, on s'extasiait, le maître de droit divin. Son comportement eût moins irrité Oudinot s'il avait été blanc.

« Vous vous plaisez à Rosebelle ? demanda-t-il de son ton le plus frais.

– C'est vieillot, dit Gujpat, il y aura beaucoup à faire pour rendre la maison habitable. »

Oudinot l'avait aperçu le jour de l'enterrement du vieux Chazelles, alors qu'il se présentait avec un huissier pour dresser l'inventaire des lieux.

« Il nous est revenu, maître, que vous seriez sans doute le tuteur légal de Mlle de Chazelles. »

Maître. Oudinot épia Gujpat par-dessous ses paupières. Il devinait où il voulait en venir.

« Mlle de Chazelles est très belle », murmura Gujpat.

Tiens, pensa Oudinot, *ils* veulent donc tout ? Un appétit dans les yeux de Gujpat, que les cils ne camouflaient pas. Un Indien avait pris Gladys à Bubu ; un autre convoiterait Muguette ?

« Mon père s'est montré très compréhensif envers M. de Chazelles, n'est-ce pas, monsieur Oudinot ? »

Qui suis-je ? se demanda Oudinot : maître ou monsieur ?

« Nous serions très ennuyés, reprit Gujpat, si on nous obligeait à entamer des procédures pour récupérer certains objets qui figurent sur l'inventaire des actes d'achat. »

Ce jeune macaque déguisé en gentleman se permet... Oudinot se rappela à l'ordre, intérieurement. Il se sentait d'autant plus vexé qu'il donnait raison à Gujpat. Muguette, il le lui avait répété, ne devait pas décrocher les peintures chinoises sous prétexte que son grand-oncle les avait rapportées de Pékin après le sac du palais impérial.

« J'irai voir Mlle de Chazelles, dit Gujpat. Je me suis laissé dire qu'elle tient une boutique de mode dans Queen's Street ?

– Il faut que je rentre, dit Oudinot. Vous savez sans doute pourquoi je me trouve sur votre habitation ?

– Ma foi, fit Gujpat en riant, j'ai d'abord cru que vous étiez égaré, mais...

– Je cherchais les parents de Parseram », expliqua Oudinot.

Comme Gujpat ne réagissait pas, il précisa :

« Parseram est l'un des inculpés du meurtre de...

– L'un des assassins, coupa Gujpat, d'un ton à la fois féroce et doucereux.

– Vous voulez dire qu'il est l'un des meurtriers, remarqua Oudinot.

– Je ne vois pas la différence, maître.

– Si, si, vous savez très bien qu'un assassinat, puni de mort, exige la préméditation. Un meurtre peut être accidentel.

– Qui peut savoir si ces assassins... (Gujpat défiait Oudinot du regard :) ne se sont pas introduits chez ce malheureux Chinois avec l'intention de le tuer s'il les dérangeait ? En tout cas, ils l'ont reconnu lors des interrogatoires. »

Oudinot haussa les épaules.

« Il n'y a pas eu d'instruction, grogna-t-il.

– Il faut des exemples, maître, vous le savez mieux que personne, n'est-ce pas ? Pour ces gens, une corde reste la meilleure des leçons de morale. N'est-ce pas le prix de l'ordre, monsieur Oudinot ? »

Il égrena un rire bizarre :

« Vous ne comptez pas sur eux pour régler vos honoraires, je présume ? Est-ce le gouvernement qui vous paie ? »

Comme Oudinot ne paraissait pas comprendre sa question :

« Il faut bien qu'ils aient un avocat, puisque la loi l'exige. On les juge lundi ? J'ai lu ce matin que vous repreniez la suite de maître Mawillal, qui retourne en Inde. »

Oudinot se mordit la langue, il avait failli corriger : à Rangoon.

« Si j'ai le temps, dit Gujpat, je suivrai les débats. »

Il flatta l'encolure de l'un des chevaux d'Oudinot :

« Ce sont de superbes bêtes, magnifiques, magnifiques toutes les deux. Nous restons fidèles aux mules. Mais mon père a commandé une automobile, cela fait gagner beaucoup de temps. »

Ils se serrèrent la main plutôt amicalement. De toute évidence, Gujpat ne se sentait plus rien de commun avec les Indiens du campement. Transformé par l'argent, d'une autre essence.

> *Devenu riche*
> *Le pauvre triche.*

Tiens, un début, se dit Oudinot en grimpant dans le landau.

« J'ai beaucoup appris », lança-t-il à Gujpat en répondant à ses gestes de main.

Un *soupir* de Bernardin de Saint-Pierre lui revint en mémoire : « Je dois mon sucre et mon café aux pauvres nègres d'Afrique qui les cultivent en Amérique sous les fouets des Européens. » Les Indiens de Maurice savaient aussi manier le fouet.

LA guerre. On ne savait pas grand-chose. Reuter annonçait que le général Joffre était parti pour la frontière. Les forts de Liège tenaient. Les expéditions faites par le Bon Marché à destination de l'île Maurice étaient forfaitairement augmentées de 10 %. Le 3 % français se maintenait, le 3 % allemand fléchissait, mais qui en voulait ? Allait-on le coter encore longtemps ? La compagnie des chemins de fer de l'Île faisait préparer six wagons-ambulances. Un avis : pas d'affolement si l'on entend tonner le canon jusqu'à Curepipe, il s'agit d'exercices de vérification sur le littoral oriental. Le porc américain était en hausse légère, 119 roupies pour 399 livres. Le café de Bourbon montait à 90 roupies les 100 kilos. En vertu de quoi cette augmentation sensible du café de la Réunion ?

Jéroboam fut enterré à Port-Breton, de l'autre côté de la Pointe aux Piments, à sept heures du matin. Le comte assista à la messe dite dans l'église des pêcheurs. Par la porte restée ouverte près de l'autel, on suivait la criée aux poissons. Les barques revenaient du large. Les mareyeurs de Port-Louis envoyaient leurs commis à Port-Breton.

Au soulagement du comte, Jézabel demeurait calme, apaisée par le cérémonial, les draperies noires et les fleurs. Absalon servait la messe. Il suivait le catéchisme du vieux curé Leguern ; il fréquentait en principe l'école de Port-Breton.

« Il a un beau cercueil », répétait Jézabel.

En eucalyptus clair, avec des poignées de métal blanc ; de l'argent, pensait Jézabel. Elle portait sa robe de cérémonie grise aux parements mauves qu'elle cachait sous un grand châle noir. Elle ne l'avait pas remise depuis le baptême de Pascaline.

On l'entendait prier, ou répéter les invitations du curé au Seigneur :

« Oui, Seigneur, accueillez votre serviteur Jéroboam, amen. »

Elle poussa un cri sauvage, dans le petit cimetière au-dessus de la mer, quand le cercueil disparut dans la fosse. Elle réalisait qu'elle ne verrait plus son compagnon. Le comte dut la retenir avec Poon, elle voulait se jeter dans le trou. On la ramena jusqu'à la sacristie, où elle demeura hébétée sur une chaise, tandis qu'Absalon lui donnait un verre d'eau à boire.

« Ne pleure pas, ma nénène, ne pleure pas », disait-il, le visage couvert de larmes.

L'abbé Leguern, dans sa soutane luisante, retenait le comte pour obtenir des précisions sur l'accident. La semaine précédente il avait enterré un jardinier des Chamarel, tué lui aussi par un cerf.

« Le cerf avait d'abord éventré un chien, précisa le curé. Il s'est dégagé avant l'arrivée de M. de Chamarel. Était-ce le même ?

– Je ne le pense pas », dit le comte.

Il faisait naturaliser la tête. Un problème se posait : par qui remplacer Jéroboam lorsqu'il chasserait, désormais ? Il regardait Absalon, en le jaugeant. Assez costaud, sûrement, pour porter les fusils.

« Vous n'avez plus votre braque, monsieur le comte ?

– Vous vous souvenez de Braco ? fit le comte, enchanté.

– On n'oublie pas un chien comme celui-là, dit le curé, quand on a été chasseur. »

Dieu l'avait appelé assez tard à son service, après une chute de cheval dont il s'était tiré vivant par miracle.

« Je me demande, dit le comte, si Braco, lui, n'aurait pas réussi à détourner la charge du cerf.

– C'est probable, approuva le curé.

– Il avait été dressé par Aristide Prudhomme, expliqua le comte.

– On ne l'a pas remplacé, celui-là, dit le curé, et on ne le remplacera pas plus qu'on ne remplacera un vieux curé comme moi. Il avait la passion de ça, n'est-ce pas ? Dresser les chiens de chasse, et les braques de préférence.

– Il en avait un qui s'appelait Stop, vous en avez entendu parler, monsieur le curé ? Vous ne connaissez pas son histoire ? Prudhomme chassait des perdrix pintadées du côté de Beau Bassin, il en avait tué trois ou quatre, il décida de rentrer et il siffla son chien. Rien, pas de réponse.

– Tiens, fit l'abbé, pour un chien de Prudhomme...

– Il pensa que Stop rentrerait plus tard, pendant la nuit ou le lendemain, et il se promettait naturellement de le corriger.

– Les corrections font partie du dressage.

– Stop ne s'est plus montré.

– Curieux, fit le curé.

– L'année suivante, en retournant dans le même coin...

– Ne me dites pas, monsieur le comte, que Prudhomme a retrouvé son chien un an après ?

– Pas le chien, mais son squelette.

– Quoi ? fit le curé.

– Le squelette de Stop, à l'arrêt. »

Le comte retournait sa main droite comme s'il marquait l'arrêt.

« Et en face du squelette de Stop, monsieur le curé, qu'est-ce qu'on voyait ? Le squelette d'une perdrix pintadée.

– Elle est bien bonne ! s'exclama l'abbé en riant. Je ne la connaissais pas.

– Voilà ma pauvre Jézabel », dit le comte.

Elle arrivait en se tamponnant le visage, incapable de parler, secouée par des sanglots qu'elle tentait d'étouffer. Ostensiblement, devant le comte, elle glissa un billet dans la main du curé. Comme si elle ne savait pas que j'ai fait ce qu'il fallait, pensa le comte, avec agacement.

« Montez devant », bougonna-t-il.

Le curé mit la main sur la tête d'Absalon :

« Tu viendras pour le chemin de croix, tu n'oublieras pas ? »

Tourné vers le comte :

« On nous demande de dire des prières pour la victoire, expliqua-t-il. Il nous faut des enfants de chœur, n'est-ce pas ? »

Il tapotait l'une des joues d'Absalon, en le serrant contre sa soutane luisante :

« C'est un bon petit, monsieur le comte. Il apprend bien.

– En route », fit le comte, assez sèchement.

Il poussa pourtant Absalon vers la voiture :

« Grimpe derrière.

– Je peux, monsieur le comte, balbutia Absalon, extasié, je peux ?

– Poon aussi », dit le comte.

Dans le méchant chemin de la Pointe aux Piments un oiseau s'envola lourdement de l'ornière dans laquelle il piétait, une sorte de pigeon moucheté noir et gris.

« Un paille-en-queue ! cria Absalon.

– Tu connais les oiseaux ? demanda le comte.

– Il imite très bien la femelle des perdrix, monsieur le comte », expliqua Poon, et le cri de la perdrix pintadée.

Il poussa Absalon : va ! Les imitations impressionnaient visiblement le comte.

« C'est grand-père Job'am qui m'apprenait », murmura Absalon.

Jézabel se signa en sanglotant.

« Tu sais comment on distingue un perdreau d'une perdrix ? demanda le comte.

– Par la plume, *Missiémâquis*, balbutia Absalon, la dernière plume de l'aile est ronde chez la perdrix.

– Appelle-moi monsieur le comte, bougonna-t-il.

– Oui, monsieur le comte, souffla Absalon.

– Tu pourrais porter mon fusil ?

– Oh ! oui », monsieur le comte.

– Et la gibecière ? Tu viendras avec moi, désormais, quand je chasserai.

– Doux Jésus ! » souffla Jézabel, émerveillée.

Le soleil traçait un damier sur les dalles de grès du parloir, la projection de la lucarne garnie de barreaux. Les murs venaient d'être passés au lait de chaux. Une table, une chaise pour l'avocat, un tabouret pour son client.

« Assieds-toi, Parseram. »

Oudinot restait debout, attendant que son cœur batte moins fort. Cette ressemblance extraordinaire avec Orak, les yeux, les dents, la bouche, le nez, les cheveux, la taille, la démarche, la voix, et pourtant...

« Tu as faim ? »

Joséphin avait déposé un panier sur la table, avec des sandwiches, des cakes et des fruits.

« Mange. Tu as peur ? Tu emporteras le panier et tu le partageras avec les autres. »

Parseram ne bougeait pas. Oudinot s'installa en face de lui, à cheval sur la chaise. Il retira son panama. Les paupières de Parseram se soulevèrent, son regard glissa sur le crâne nu. Il avait remarqué qu'Oudinot n'avait pas de cheveux lorsque son chapeau était tombé dans le couloir de la prison.

« As-tu peur de moi ? »

Orak n'a pas marqué de surprise devant mon physique, se souvint Oudinot. Aucun étonnement. J'étais normal pour lui ; *comme un autre.*

Oudinot poussa le panier vers Parseram :

« Mange donc, puisque tu as faim. »

Il lui tendit un sandwich. Parseram le tint devant sa bouche, avec, par-dessous les paupières, le regard d'un chien qui ne sait pas s'il peut toucher à sa pâtée.

Les mêmes poignets qu'Orak, aussi fragiles. Avait-il frappé le commerçant chinois ? Des mains de tueur ? se demandait Oudinot. Un souvenir atroce lui revint en même temps qu'un goût de fiel desséchait sa bouche. Cette nuit-là, après la *révélation*, alors que déjà Orak s'était endormi (dans mes bras, contre moi, Orak ! Orak !), il s'était souvenu de la précaution qu'avait prise Robinson après avoir sauvé Vendredi. Craignant d'être surpris et qui sait ? tué durant son sommeil par Vendredi, un sauvage !... il lui avait lié les poignets et les chevilles. Au réveil, Vendredi l'attendait, délié, accroupi près de ses armes. Si Orak me tuait pendant que je dors ? Oui, cela lui avait traversé l'esprit et cela remontait des oubliettes où il jetait ses hontes parce qu'il s'interrogeait en regardant les poignets de Parseram : A-t-il cogné ? A-t-il étranglé ?

Cette nuit-là... Il commençait à vivre. A quarante-deux ans.

Parseram n'avait pas encore dit un mot.

« Est-ce que tu me comprends ? »

Oudinot lui parlait en créole. Il essaya quelques mots d'hindoustani :

« Tu ne me demandes pas où est ton frère ? »

Parseram ne réagit pas. Oudinot reprit en créole :

« Orak ? Tu sais où il est ? »

Contre toute vraisemblance, Oudinot espérait s'entendre répondre :

« Il est à la maison, il est revenu. »

Plus d'une fois il l'avait aperçu au bout d'une rue, dans la cohue. Orak ! Il courait. Pauvre idiot. Il se réveillait de son sommeil de lièvre : on grattait à la porte ! Orak ! Que devenait-il ? Comment vivait-il ? Avec qui ? Une souffrance, oh ! pas excessive, cette page, se répétait-il, était tournée, il ne souhaitait pas le retour d'Orak pour ça... L'aider à changer de vie, faire de lui un homme à part entière, et même riche, il lui laisserait sa fortune. L'avoir auprès de lui. Ne plus être seul. Il étudiait Parseram. Le jaugeait. Deux gouttes d'eau... Supporterait-il Parseram ? Non.

« Pourquoi baisses-tu les yeux quand je te regarde, Parseram ? »

Orak, jamais. Si, quand il le fallait, quand la politesse l'exigeait, jamais par peur ou par soumission. Jamais pour fuir.

« C'est vrai qu'Orak est mort ? » demanda Parseram. Ses premiers mots. Effrayants. Avait-il appris quelque chose ? Non, heureusement, il ne savait rien d'Orak, sinon qu'il n'était pas rentré de son voyage. Quel souvenir gardait-il de lui ? Oudinot pensa à Campbell, un *cas* pour sa thèse, les jumeaux et la mémoire. Orak avait certainement beaucoup plus de mémoire que Parseram. Il se souvient de moi. Il pense à moi. Que pense-t-il de moi ? S'il a faim, est-ce qu'il me maudit ? Est-ce qu'il me déteste ? Oudinot s'accrochait à ce que Mawillal lui avait dit : pas de remords, vous l'avez aidé. D'une certaine manière, avait-il remarqué, je suis né de mon père. Moi je n'ai rien donné à Orak, ou si peu, se reprochait Oudinot.

« Mange, mange donc !

– J'ai soif », murmura Parseram.

Oudinot demanda de l'eau au gardien, qui apporta une carafe et un verre.

« Bois, qu'est-ce que tu attends ? »

Parseram tenait ses mains jointes en coupe, sous sa bouche.

« Prends le verre. »

N'a-t-il jamais bu dans un verre ? Oudinot pensait au robinet dans le sucre, accueilli comme une bénédiction par les pauvresses de Puits-Couvert, où Parseram avait grandi avec Orak. Ils sont heureux, nous leur donnons l'eau. Il entendait Gujpat imitant (perroquetant) l'accent d'Oxford. Ces distances effroyables entre les hommes. Les enfants de Dieu ! Rigolade.

« Regarde. »

Il porta le verre à sa bouche pour montrer à Parseram comment on s'en servait, mais Parseram gardait ses mains sous le menton : verse, sahib, verse, maître. Comment avait bu Orak, cette nuit-là ? Lui ai-je donné à boire ? A manger ? Il laissa couler de l'eau dans les mains de Parseram, qui lapait.

« Encore ?

– Oui, sahib. »

Sahib. Maître. Orak le disait d'une autre voix. Parseram admettait une toute-puissance qu'Orak ne contestait pas, mais... Orak ne le rejoignait pas sur le divan parce qu'il était le maître. Horreur, horreur, je ne sais rien de lui, admit Oudinot. La confrontation entre les jumeaux tournait à sa confusion. Jamais Orak n'avait mangé à sa table ; à Londres il le reléguait à la cuisine. Oh ! il lui laissait les clefs ; pas mal d'argent ; il puisait selon les besoins ; en partant il avait emporté ce qu'il y avait dans la cassette. Si peu. Mais Oudinot ne s'en était pas moins senti volé, mortifié.

« Tu es allé à l'école ?

– Non, sahib », dit Parseram.

J'apprenais à lire et à écrire à Orak, plaida Oudinot.

« J'allais au sucre, reprit Parseram.

– A partir de quel âge ? »

Il ne savait pas. Orak travaillait aussi, pour rapporter quelques roupies à la maison. L'argent qui manquait parfois dans le porte-monnaie d'Oudinot, avant le voyage à Londres, correspondait sans doute à ce qu'Orak ne rapportait plus de la plantation. Oji avait tenu compte de son salaire pour déterminer son prix. *Je l'ai acheté.* Dans ses cahiers d'écriture, entre des pages de bâtons pleins ou déliés, Orak dessinait des singes. Admirables, se répétait Oudinot. Il n'avait conservé aucun des cahiers qu'Orak avait pourtant laissés dans sa chambre, à Londres.

« Je vais partir », décida Oudinot, en se levant.

Parseram marqua une certaine surprise ; il s'attendait à des questions sur le meurtre. Sans intérêt, avait décidé Oudinot, il n'obtiendrait rien en démontrant que l'instruction n'avait pas été faite et que le procès n'était pas régulier. Il mitonnait quelque chose d'imprévu, en jouant uniquement sur l'émotion créée grâce à des arguments qui... Chut ! Il avait plaidé toute la nuit comme s'il s'agissait de sauver Orak.

Devait-il acheter des vêtements à Parseram ? Il en faudrait aussi pour les autres. La dépense ne l'effrayait pas, mais ne valait-il pas mieux que les quatre se présentent devant la cour en doti ? Puisque c'était ainsi qu'ils s'habillaient à Richebois ?

« Est-ce que Parseram peut emporter le panier ? demanda Oudinot au policier qui s'apprêtait à le ramener à sa cellule. C'est de la nourriture pour ses camarades.

– Je leur donnerai ce qu'il faut », promit le policier.

Oudinot lui glissa un billet :

« Pour le service, merci. »

Parseram s'éloigna sans un mot. Oudinot n'attendait pas de remerciements, et pourtant... Je le fais pour Orak, se répétait-il. Cela viendrait en déduction de ce qu'il reconnaissait devoir à Orak. Pour conscient qu'il fût de la naïveté de cette comptabilité, il ne pouvait s'empêcher de la tenir, et, sans qu'il s'en rendît compte, pour accroître ses mérites, il *dévaluait* Parseram. Il ressemblait certes à Orak physiquement, mais, pour le reste, pas le moindre rapport. Et cela se voyait, prétendait Oudinot. Les mêmes yeux, mais pas le même regard. La même voix, mais pas la même intensité. L'intensité, l'intensité. Orak était tellement *présent*, toujours. Qu'il dise oui, qu'il dise non, il donnait quelque chose de lui. Que donnait Parseram ? Rien. Le même physique, trait pour trait, et Orak était beau, alors que Parseram... L'aurais-je *vu*, lui, si Oji me l'avait donné ? Qu'est-ce qui les différenciait donc ? L'âme ? Orak avait une âme, Parseram n'en avait pas ? Absurdité. Le mystère de tout cela. Oudinot parlait en gesticulant dans la rue. Il pensait à Campbell. L'amour peut sauver Adélaïde, avait-il dit. Non, non, il avait dit : si quelque chose peut sauver Adélaïde, c'est l'amour. Quel amour ?

Dans l'attente de son départ, le docteur entourait sa mère comme une jeune mariée. Il savait qu'il s'embarquait dans la soirée de lundi, ou très tôt le mardi martin, cela dépendrait du *Rawalpindi* qui prenait parfois du retard. Il n'en avait pas encore informé Elvira ; il était entendu avec Fireground qu'il serait alerté par un ordre de mission qu'on lui apporterait au dernier moment.

« Elvira, j'ai une grande nouvelle pour vous, dit-il en revenant de la Nouvelle Hollande.

— La comtesse a retrouvé la parole ?

— Pas encore, hélas ! répondit le docteur plutôt gaiement, mais peut-être que ce soir... (Il s'empara des mains de sa mère :) Ma chère, vous dînez au château.

— Moi ?

— Vous n'êtes pas contente ? »

Il avait voulu annuler la partie de chasse projetée avec le comte, qui, en vérité, ne l'amusait guère. Le comte, en revanche, paraissait y tenir. Campbell avait dû lui expliquer qu'il lui fallait consacrer à sa mère l'essentiel du temps qu'il avait encore à passer à Maurice.

« Vous partez, docteur ? »

Le comte n'avait pas caché sa surprise. Il paraissait troublé.

A quoi pense-t-il ? se demandait Campbell. Est-ce que mon départ l'arrange parce que sa femme sera (enfin !) abandonnée à son triste sort ? Non, avait-il réagi, c'est un brave type. D'ailleurs :

« Adélaïde est donc guérie ? » avait balbutié le comte.

Il l'espérait, on ne pouvait en douter. Aimait-il sa femme ? Il n'était pas cynique pour souhaiter sa mort ; pas consciemment, en tout cas, estimait Campbell.

« Pourquoi Mme Campbell ne passerait-elle pas la nuit ici ? avait suggéré le comte. Nous ne dînerions pas trop tard et nous irions prendre l'affût avant l'aube à la Mare aux Songes. Mme Campbell pourrait faire la grasse matinée. Ensuite... »

Ensuite rien ! Campbell n'aurait pas trop de la journée pour classer ses papiers. Il devait prendre le thé chez les Fireground avec Elvira.

« J'ai accepté l'invitation du comte parce que je sais que vous mourez d'envie de connaître la comtesse, reprit Campbell qui ajouta, toujours gaiement : et le château.

— Mais, Oliver ! Comment vais-je m'habiller ?

— On ne s'habille pas, Elvira, ce sera un dîner sans cérémonie, pour des chasseurs. Hennery viendra vous chercher vers cinq heures, soyez prête. Je vous retrouverai là-bas.

— Et la comtesse, Oliver ?

— Quoi ?

— Elle dînera avec nous ?

— Je ne pense pas, à moins que nous ne mangions près de son lit, je ne sais pas si Bubu... (Il corrigea ironiquement :) Le comte ! le comte ! Est-ce qu'il le souhaiterait ?

— Ce ne serait pas mieux ? » demanda Elvira.

Elle s'était préparée avec de la fébrilité. Corinthe avait repassé sa seule robe habillée en crêpe de Chine bleu, garnie de guipures argent. Elle ne l'avait portée qu'une fois, pour une fête de bienfaisance au Claridge, à Londres. Elle n'avait pas grossi, la robe lui allait bien. Corinthe suggérait d'ajouter une rose en tissu à la hanche ; ce n'était pas une bonne idée, estima Elvira après plusieurs essais. Le temps passait trop vite, jamais elle ne serait prête ; elle recommençait sa valise, Oliver se moquerait d'elle s'il voyait ce qu'elle emportait pour une nuit. Tant pis ; elle tenait à lui faire honneur.

« Madame aura sûrement la chambre du gouverneur, prévoyait Corinthe, c'est la plus belle, oh ! ce n'est pas celle que je choisirais pour moi, elle est un peu triste, avec ses boiseries sombres et ses vieux meubles ; on ose à peine s'asseoir, on a peur que les chaises se cassent.

— Je préférerais une petite chambre sans histoire, avait murmuré Elvira.

« — Il n'y en a pas à la Nouvelle Hollande, affirma Corinthe. Et quand Madame entrera dans la salle à manger... Ils sont souvent trente et plus. »

Elle va m'apprendre à me servir de mes couverts, pensa Elvira. Corinthe l'agaçait, parce qu'elle n'avait que trop peur de ne pas se montrer à la hauteur. Quand Oudinot arriva à cinq heures pile, elle était prête depuis longtemps, elle s'énervait, s'il avait oublié ? Si, si...

« Je vous dérange, Hennery, vous êtes obligé, à cause de moi... »

Toujours sous l'impression de son entretien avec Parseram, Oudinot écoutait Elvira distraitement.

« Vos chevaux sont magnifiques », dit-elle.

Il parut se réveiller quand ils passèrent près du marché de la Plaine Verte.

« C'est ici qu'on exécutait autrefois les condamnés à mort », dit-il.

Depuis pas mal de temps déjà les pendaisons se faisaient dans la cour de la prison. Les chevaux allaient au pas à travers une foule loqueteuse et bigarrée. Des enfants couraient derrière la voiture en demandant l'aumône.

« Savez-vous à quoi je pense, Elvira ? dit Oudinot. Au Déluge.

— Pourquoi donc ? Il va pleuvoir ? »

Le ciel était serein, parsemé de nuages très blancs.

« Je pense au Déluge tel qu'Oliver l'a évoqué aux misérables sacrifiés... (Il hésita, il allait dire : par Dieu. Il enchaîna :) parce qu'ils n'étaient pas assez intelligents pour construire des bateaux. Et ceux-ci ? (Il montrait la foule des miséreux.) Pourquoi sont-ils sacrifiés ? »

Comme Elvira marquait de la perplexité, il expliqua qu'il était déprimé par sa visite à la prison.

« Je plaide pour quatre adolescents qui ont tué un commerçant. Une histoire lamentable. Vous ne pouvez imaginer, ma chère Elvira, les conditions d'existence de milliers de pauvres gens dans cette île qui devrait être un paradis terrestre, n'est-ce pas ? Pendant longtemps, je n'en étais pas conscient. Je ne voyais rien. Comment dit-on, dans les Évangiles ?

— Ils ont des yeux et ne voient pas ? suggéra Elvira.

— Des écailles leur tombèrent des yeux, dit Oudinot. Je crois que nous ne voyons que ce que nous avons appris à voir.

— Que voulez-vous dire ? Que nous ne verrions pas ces maisons et ces arbres si... »

Oudinot se mit à rire :

« Je divague, c'est la faute de votre fils. Il a fait tomber des écailles de mes yeux. Ses idées sur l'évolution, sur la survie de l'espèce humaine par le développement de la mémoire sont extraordinaires et, je pense, d'une importance capitale.

– C'est aussi mon avis », murmura Elvira.

Elle n'était que rarement sortie de sa maison ; elle vivait à Maurice comme elle aurait vécu à Londres, et encore, à Londres elle aurait fait elle-même ses courses, elle serait, à l'occasion, allée au théâtre. En montant vers Belle Vue, elle admirait tout ce qu'elle découvrait : Port-Louis dans une buée, la baie où des bateaux se croisaient.

« C'est grandiose », murmura-t-elle.

Je suis *ici*. C'est-à-dire au milieu de l'océan Indien ; elle en prenait conscience parce qu'elle allait rester seule. Longtemps ? Cela lui semblait impensable, elle ne concevait pas d'exister hors de l'univers de son fils. Quand ils arrivèrent à Belle Vue, Oudinot lui suggéra de garder les yeux fermés pendant un long moment, le temps de franchir le petit col par lequel on redescendait sur la Nouvelle Hollande.

« Regardez maintenant. »

Lui-même, depuis son retour de voyage s'extasiait chaque fois devant Baie Bleue : la Nouvelle Hollande, si blanche dans ses massifs, les cocotiers alignés jusqu'à la Pointe aux Piments, la barre avec ses coulées d'écume, la mer émeraude, violacée, indigo, et le ciel plus bleu qu'au-dessus de la ville, plus pur, les nuages plus blancs, une sorte d'innocence de la nature, le bonheur originel. Le dieu d'Adam et Ève aurait pu planter là sa tente. Elvira retenait son souffle.

« Mon Dieu ! »

Oudinot lui montra la passe et lui raconta comment le corsaire Kergoust avait échappé à deux frégates anglaises en se faufilant dans la baie où elles ne pouvaient le suivre.

« Vous verrez son portrait, mais ce n'est pas le sien, expliqua Oudinot. On ne sait à peu près rien de lui. »

Elvira n'eût pas été plus intimidée si elle était descendue de voiture à Buckingham pour y prendre le thé avec le roi.

« Voulez-vous voir la comtesse ? proposa Oudinot.

– Ne vaut-il pas mieux que j'attende Oliver ?

– Comme vous voudrez. »

Judith la conduisit à sa chambre, celle du gouverneur, comme Corinthe l'avait prévu. Elle se dirigea vers la fenêtre.

« Nous avons fermé à cause des moustiques, expliqua Judith. Le jour commence à baisser. »

Elle demanda si elle devait préparer un bain. Mon dieu, calculait Elvira, ne me trouvera-t-on pas sans-gêne si j'accepte ? Et si je décline cette offre, pensera-t-on que je ne suis pas une dame ?

« Oui, merci », dit-elle.

Judith voulut l'aider à se déshabiller. Que penserait-elle de ses dessous ? La gentillesse et les rires de Judith la mirent rapidement à l'aise, et surtout l'admiration avec laquelle elle parlait du docteur.

« Il a presque guéri madame la comtesse », dit-elle en roulant les yeux.

Elle admira la robe d'Elvira, qui acceptait ses compliments avec reconnaissance. Elle n'osait pas trop la questionner ; ne devait-elle pas garder des distances ? La nuit était tombée quand Oliver vint la chercher. Que pensait-il de sa robe ? Il portait sa tunique blanche, comme d'habitude.

« Vous êtes magnifique », affirma Oliver.

Il admira la chambre.

« Contente, Elvira, de dîner au château ? »

Elle se serra contre lui, les mains accrochées à ses épaules, une joue sur sa poitrine :

« *Don't leave me.* »

Ne me quitte pas !

« Voyons, Elvira, fit Oliver.

– *Never !* »

Jamais. Elle leva vers lui son visage le plus pathétique ; il lui donna un baiser d'enfant sur la bouche.

« *Be a good girl.* »

Sois une bonne petite fille. Il écarta les mains de sa mère et, la prenant par le bras, l'entraîna dans une rapide visite du château, des salons, de la bibliothèque. La petite table était dressée dans la salle à manger. Éperdue d'admiration, Elvira aurait voulu tout voir de près, les meubles, les boiseries, la marqueterie, les lampes qu'on remarquait parce qu'on les avait toutes allumées.

« Venez voir Adl'aïd'. »

La comtesse. Malgré elle, Elvira s'approchait de son lit comme si elle découvrait une rivale. Pourtant elle n'avait plus à la redouter, puisque Oliver allait partir. Éblouie ! Qu'elle était belle dans la pénombre, dans la lumière tamisée par l'albâtre, les yeux ! les yeux ! on ne voyait que ses yeux immenses, pailletés d'or. Jamais Elvira n'avait admiré une femme aussi belle ; pas seulement belle, une femme différente, d'une autre essence, l'aristocratie, une reine, une reine de conte de fées, la princesse au bois dormant, Elvira y pensait, rien ne paraissait entièrement vrai, elle vivait un rêve, et en même temps des regrets absurdes, si j'avais été belle comme la comtesse, *il* ne m'aurait pas abandonnée, j'aurais pu être heureuse *aussi* ; elle oubliait la maladie de la comtesse. Une sirène, la sirène de Baie Bleue. Elle me voit, se persuadait Elvira en s'approchant du lit.

« Adl'aïd', je vous présente ma mère, Elvira. »

Le docteur avait passé son bras autour des épaules de sa mère, souriante, intimidée.

« Elle vous aime beaucoup, reprit le docteur. Elle vous connaît bien. Nous parlons de vous. »

Elvira ne pouvait empêcher de se souvenir du conseil qu'elle avait donné, pour l'accouchement, et qui avait peut-être permis à Oliver de sauver l'enfant de la comtesse. Est-ce que je verrai la petite ? se demandait Elvira. Demain, avait promis Oliver, elle se baignera avec sa mère.

« Elvira est meilleur médecin que moi, affirmait Oliver. Elle sait tout. »

Elvira se mordit les lèvres. Elle sait tout ! Elle sait donc que vous vouliez étouffer votre bébé ! Il ne fallait pas dire ça, Oliver, la comtesse va me détester. Elvira, affolée, se pencha sur le lit :

« *You are beautiful* », dit-elle.

Elle n'aurait pas trouvé autre chose, vous êtes belle, belle ; elle rattrapait ainsi la gaffe d'Oliver, qui ne paraissait pas conscient d'avoir dit une bêtise ; celle-ci ne tirait sans doute pas à conséquence.

« Elvira vous trouve très belle, Adl'aïd' », dit le docteur.

La comtesse était rivée à lui. Heureusement, il s'en va, pensait Elvira malgré elle. Dans le même temps elle souhaitait que la comtesse soit guérie grâce à lui. Elle paraissait tellement *normale*. Pourquoi ne se levait-elle pas ?

« Quelles magnifiques dentelles », glissa Elvira à Oudinot.

La comtesse portait la chemise de nuit de l'infante, dont Oudinot évoqua l'origine, en promenant Elvira à travers la chambre pour lui montrer la glace, les candélabres, les porcelaines qui constituaient la dot de l'infante.

« Songez que tous ces objets somptueux se sont trouvés pendant très longtemps dans un fortin en rondins construit par des aventuriers hollandais. »

Le comte s'excusa d'arriver en retard ; il s'était changé, il portait un costume bleu. Il baisa la main d'Elvira :

« Je suis heureux de vous connaître, madame. »

Elle remarqua qu'il ne jetait pas un regard vers le lit.

« Allons dîner, dit-il.

– Et si nous mangions ici ? suggéra Oudinot.

– Ce ne serait pas commode », trancha le comte.

Elvira le regretta ; pourtant, elle se sentit soulagée en gagnant la salle à manger, au bras du comte.

Il était près d'une heure du matin quand Elvira regagna sa chambre. Elle avait savouré chaque instant du dîner aux chandelles, même si, au début, elle s'était sentie affreusement intimidée. On lui présentait les plats. En la voyant si anxieuse de bien se comporter, Oliver avait compris pourquoi le comte, personnage pourtant anodin, se prenait pour un comte. La mémoire, et surtout celle des autres, imposait des hiérarchies abstraites, mentales. Comment cela s'était-il installé dans les têtes ? Dans la jungle, la gazelle, en naissant, sait qu'elle doit craindre le lion ; mais pourquoi, en venant au monde, Elvira admirait-elle déjà Bubu et les siens ?

Elle avait dégusté une chartreuse, elle qui ne buvait jamais d'alcool ; quand Hennery apportait du vin pour accompagner le gigot du dimanche, elle trempait à peine ses lèvres dans le verre qu'il ne remplissait qu'à moitié. Elle est heureuse, pensait Oliver. Il s'habituait à la séparation, et même une certaine impatience le gagnait. Fireground avait raison : il allait bénéficier d'une promotion spectaculaire, dont il recueillerait de grands avantages même si la guerre ne devait pas se prolonger.

La guerre... Le comte avait emmené ses invités à la bibliothèque après le dîner, c'est là qu'Elvira avait accepté une liqueur tandis que les hommes attaquaient une bouteille de cognac, d'au moins cinquante ans d'âge.

« Appelez-moi Hubert, avait proposé le comte.

– Si vous m'appelez Elvira ! »

Touchante. Après l'avoir ramenée dans la chambre du gouverneur, Oliver l'embrassa avec beaucoup de tendresse.

« Hubert est très gentil, dit-elle. (Après une hésitation :) Elle n'a peut-être pas toujours été facile à comprendre, elle ?

– Adl'aïd ? Elle ne devait pas être simple, en effet. »

Le comte lui avait passé une paire de bottes ; il les enfilait dans la chambre de sa mère, tandis que ses amis se changeaient. Ils avaient décidé qu'il serait absurde de se mettre au lit pour deux ou trois heures, plutôt monter à Bombay et attendre le jour là-haut.

« Vous verrez, Oliver, c'est grandiose, promettait Oudinot.

– Vous n'allez pas dormir du tout ? s'inquiétait Elvira.

– Et vous ?

– Moi ? »

Depuis qu'elle savait qu'Oliver devait partir, le sommeil la fuyait. Elle n'en parlait pas.

« *Good night*, Elvira.

– Je prierai pour la comtesse », murmura Elvira.

Il avait plu la veille et la nuit précédente, le chemin restait spongieux par endroits, gélatineux disait le comte.

« Avec la Speedwell on ne passerait pas », affirmait-il.

Oudinot ne réagissait pas ; tous deux pensaient à cette nuit-là, lorsque le comte, pour essayer son Purday, avait décidé de tuer Sir White Deer. Fou ce que ça paraît loin ! se disait Oudinot. Si la Speedwell était restée en panne, il n'aurait pas connu Orak. Si le nez de Cléopâtre... Il lampa une gorgée de whisky à la bouteille et chantonna :

> *Pour des vins de prix*
> *Vendons tous nos livres*
> *C'est peu d'être gris*
> *Amis soyons ivres.*

« Ivres ? ricana le comte. Avec ce que nous avons bu ?

— N'est-ce pas curieux, remarqua Oudinot en s'adressant à Campbell, quand on prend ivre au sens propre, c'est un mot plutôt péjoratif, mais au sens figuré, ivre d'orgueil, ivre de rage...

— Ivre d'amour, suggéra le docteur.

— C'est quoi ? grommela le comte.

— Tu ne le sais pas ? » s'étonna Oudinot.

Oudinot regrettait d'être venu ; il se retrouvait dans un état d'esprit assez proche de celui qui était le sien cette fameuse nuit, nerveux, mal dans sa peau, irrité, mais contre qui et à cause de quoi ? Campbell ne l'avait pas soutenu quand il avait suggéré que le dîner soit servi au chevet d'Adélaïde, alors qu'en vérité c'était un peu pour cela qu'il avait accepté l'invitation du comte, pour tenter de savoir où Bubu, et Campbell aussi, en était, au juste, avec Adélaïde. Campbell n'était plus le même. Se désintéressait-il d'Adélaïde parce qu'il bénéficiait d'une promotion spectaculaire qui le rassurait sur son avenir ? Évidemment cela comptait pour lui, un enfant naturel. Un bâtard. Qu'est-ce que cela changeait ? Rien, et pourtant... Oudinot lui tendit la bouteille, et, comme le docteur ne la prenait pas, il insista en déclamant :

L'exemple d'un grand prince impose et se fait suivre
Quand Auguste buvait, la Pologne était ivre.

Qu'est-ce qu'il me prend ? se demandait Oudinot ? il se trouvait idiot.

« Vous savez, Oliver, il pourrait dire des vers toute la nuit », ricana le comte.

Il arrêta la voiture sous la digue qui contrôlait la sortie des eaux de la Mare aux Songes ; en principe, il aurait pu la franchir en roulant lentement.

« Pourquoi risquer un bain ? »

La lune s'était couchée, il faisait très noir, le cratère du Sombre se détachait à peine sur le ciel. Avant de s'engager dans le raidillon qui menait à Bombay, le comte montra à Campbell le multipliant sur lequel ils prendraient l'affût. C'était là qu'on avait retrouvé son père dans les roseaux, se souvint le docteur. Il éait venu à Bombay quand Oudinot s'était décidé à lui confier ce qu'il savait des amours d'Adélaïde et de Gaétan de Kergoust. La nuit dramatisait les décors de la tragédie.

Ils se hissèrent avec peine jusqu'au pavillon. Le docteur et le comte s'installèrent sur l'escalier de la varangue, tandis qu'Oudinot allait réveiller Oji. Il ne l'avait pas revu depuis son retour.

« Il nous apporte à boire et à manger », annonça Oudinot en revenant avec la clef du pavillon.

En s'habituant à l'obscurité, on voyait le paysage sortir du noir, le ciel et la mer moins sombres que les montagnes, les étoiles, les éclats sur l'eau. C'est ici, par une nuit analogue, qu'Adl'aïd' a peut-être connu ses seuls moments de bonheur, pensait le docteur. Il restait sur la varangue, à rêvasser, imaginant Adl'aïd' livrée aux mains de Gaétan, le séducteur. Une demi-vierge. Ces plaisirs inachevés minaient probablement l'équilibre nerveux d'Adl'aïd', et se trouvaient sans doute à l'origine de sa dépression. Que lui apportait Bubu ? La pénétration ! La pauvre Adl'aïd' n'avait pas vraiment connu d'homme. Une image odieuse, celle du longaniste se coulant sur elle, et elle, pâmée, délirante, viens ! donne ! Comme Paulina quand elle prenait son plaisir, oui, qu'elle jouisse une fois comme ça, comme une putain, et elle serait guérie... Il s'excitait, quelle absurdité.

Oudinot lui tendit un verre de vin du Rhin quand il entra.

« Le bon vin réchauffe le pèlerin, dit-il.

– Et le chasseur, ajouta le comte.

– C'est un proverbe vineux, expliqua Oudinot au docteur. Mon père en connaissait des quantités. Bon vin, bon éperon.

– Bon chasseur, corrigea le comte.

– Où l'hôtesse est belle, le vin est bon, reprit Oudinot, en riant. Mon père me le disait quand j'avais dix ou onze ans.

– Moi, lança le comte, mon père me disait que de toutes les preuves de l'existence de Dieu la femme en est la plus convaincante.

– Il aimait les femmes, remarqua le docteur, en le regrettant aussitôt.

– C'est peu dire, n'est-ce pas, Henri ? fit le comte.

– Je n'en sais rien », grommela Oudinot.

Oji avait allumé toutes les lampes. Des insectes s'écrasaient contre les panneaux vitrés.

« Choisissez votre fusil, dit le comte au docteur, en lui montrant le râtelier.

– Je n'en prendrai pas, décida Campbell. Je ne tirerai pas.

– Mais pourquoi ? protesta le comte.

– Je suis venu pour regarder, expliqua Campbell.

– Comme vous voudrez. »

Le docteur s'allongea sur une peau de daim, mais se releva bientôt pour ressortir sur la varangue, où Oudinot vint le rejoindre.

« Je me demande, murmura-t-il, s'il existe quelque part un endroit où l'on se sente aussi hors du monde qu'ici.

– Vous avez le cafard, fit Oudinot, cela me fait plaisir. Vous penserez à Maurice. Qu'est-ce que ça vous fait de... (Il allait dire : de laisser Adélaïde. Il tourna la difficulté :) de ne pas pouvoir terminer votre tâche ici ? »

Comme Campbell ne réagissait pas, Oudinot se fit plus précis :

« Votre mère trouve qu'Adélaïde n'a pas du tout l'air malade.

– Elle l'est, hélas ! murmura Campbell.

– Vous ne croyez plus que...

– Si ! Si, protesta le docteur, elle peut guérir, elle doit guérir, elle guérira, il faudrait... »

Il laissa sa phrase en suspens, puis demanda :

« Vous êtes monté ici avec le comte, la nuit avant l'accouchement d'Adélaïde, n'est-ce pas ?

– Oui, avec Bubu, fit Oudinot.

– Pourquoi ne restait-il pas auprès de sa femme ? Le bébé pouvait naître d'une heure à l'autre. Il attendait un fils ?

– C'est moi qui l'ai entraîné », reconnut Oudinot.

Nous y sommes, se dit Campbell, une jalousie de paternité, c'est bien cela.

« Bubu a voulu se tuer cette nuit-là, reprit Oudinot.

– Quoi ?

– Je ne vous l'ai jamais dit ? Il avait le canon dans la bouche. Je l'ai déchiré là... (Il se touchait les commissures des lèvres.) en lui arrachant le Purday. Vous vouliez le recoudre, vous vous en souvenez ?

– C'était donc ça », murmura le docteur.

Que Bubu ait songé à se supprimer... Oh ! il avait de bonnes raisons, le docteur ne se donnait pas la peine de les approfondir, il les connaissait. Mais qu'il pût souffrir, ce bon gros, au point de...

« A cause de son père ? Il avait compris quelque chose ? demanda le docteur, après s'être assuré, en se retournant, que le comte était resté à table.

– Je pense, dit Oudinot. Nous n'avons jamais eu d'explication. Nous ne parlons jamais de cette nuit. Il a prétendu qu'il soufflait dans le canon.

– Quand on le connaît mieux, dit le docteur, il est assez... (Il cherchait).

– Touchant, suggéra Oudinot. Il ne vit pas. Il existe.

– Et son père ? Gaétan ? demanda le docteur, vous aviez beaucoup d'admiration pour lui. Est-ce qu'il la méritait ?

– A Paris, il serait devenu un grand écrivain, je pense. Ici, tout est difficile, il faut tout trouver en soi. Vous le savez, Oliver ?

– Oui, admit Campbell, parfois on se sent loin de tout.

– Vous êtes content de partir ? » demanda Oudinot.

Il pensait évidemment à Adélaïde ; le docteur se sentit piqué par le reproche que la question recouvrait.

« Vous ai-je dit, Hennery, que je dois ma nomination à Sir Arthur ?

– Vraiment ?

– C'est mon père », murmura Campbell.

Après un silence :

« Vous le saviez ? Vous l'aviez deviné ? A Londres ? Est-ce qu'il vous a dit quelque chose qui...

« – Non, avoua Oudinot, je l'ai compris l'autre soir en allant dîner chez vous. J'aurais dû m'en rendre compte à Londres. La ressemblance est tellement saisissante.

– Surtout quand on sait, fit Campbell, en riant. (Il haussa les épaules :) Qu'est-ce que cela change ? »

Il se leva. Le comte ouvrait la porte :

« Regardez ! »

Il montrait le fil rouge tendu par l'aurore entre le ciel et la mer à l'horizon.

« Il faut descendre pour prendre l'affût, dit-il, le jour n'est pas loin.

– Je reste, décida Oudinot.

– Pourquoi ? demanda Campbell.

– Je ne tire pas.

– Moi non plus, dit le docteur. Venez donc.

– A trois, nous serions à l'étroit », expliqua Oudinot.

Le docteur comprit qu'il ne voulait pas se retrouver avec Bubu sur la chute.

« Vous ne prenez pas de fusil, Oliver ? insista le comte.

– Non », décida le docteur.

Si le fantôme de Gaétan hantait les lieux ? On entendait des oiseaux de nuit. Où dorment les singes ? se demanda Campbell. Quand il était monté à Bombay en plein jour, Oudinot lui avait montré les dégâts qu'ils causaient, des palmiers déchiquetés dont ils négligeaient le cœur pourtant si savoureux, pour ronger les racines, et récupérer les vers qui grouillaient autour. Oudinot, qui ne chassait pas, tirait sur les singes, de la vermine, disait-il.

Déjà le jour verdâtre montait du fond de l'étang, le ciel s'éclaircissait, les premiers rayons du soleil s'accrochaient au cratère du Sombre. Une poule d'eau écarta des joncs noirs pour s'envoler, traçant dans l'eau figée des cercles qui animaient l'étang.

« C'est beau, n'est-ce pas ? » souffla le comte.

Il tira Campbell par le bras.

« Là-bas... »

Campbell ne vit pas de suite la biche qui sortait du couvert, gracieuse et fragile ; elle levait le museau, les oreilles en pointes, elle humait l'aube et le danger.

« Vous ne voulez vraiment pas ? »

Le comte présentait son Purday au docteur, qui apprécia l'offre, elle traduisait de l'amitié et aussi de la reconnaissance. Pouvait-il la refuser ? D'ailleurs, réaction entièrement imprévue, quelque chose l'incitait à prendre le fusil, quoi, au juste ? Une envie sauvage de tuer, ou simplement le désir, plus civilisé, d'étonner en prouvant qu'il savait tirer ?

« A vous, Oliver ! »

La biche s'était avancée de quelques pas, elle ne bougeait plus, une cible idéale pour un débutant, estimait le comte ; il l'eût dédaignée. Campbell épaula et appuya sur la gâchette, trop vite, pensa le comte ; pourtant le coup avait porté, estimait-il ; quelque part dans les côtes. La biche ne s'effondrait pas. Après avoir marqué de la surprise, elle se retourna pour bondir dans les bois. Bondir ?

« Raté », grogna Campbell.

Le comte se retenait de remarquer qu'il aurait eu largement le temps de doubler.

« Ça arrive, dit-il, mais je crois que vous l'avez blessée. J'aurais dû emmener un chien, nous la retrouverons. »

A sa surprise, le docteur remettait en joue. Sur quoi ? Un cerf apparaissait à l'endroit où la biche avait disparu. Incroyable ! Le comte croyait la chasse terminée, le coup de feu ayant mis la forêt en alerte. Il aurait bien tiré le cerf pour donner une leçon à Campbell, c'était difficile, et puis, de toute façon, trop tard...

« Encore manqué », pesta le docteur.

Le cerf rentrait dans la forêt avec une dignité insolite.

« Vous l'avez vu, Oliver, lança le comte. Venez »

Ils dégringolèrent de la chute. Le jour était levé. Le comte n'eut aucun mal à relever les traces de sang ; il les suivit avec Campbell le long d'un sentier marqué par les passages de hardes. Ils n'eurent pas à pousser loin, ils retrouvèrent le cerf et la biche à une cinquantaine de pas de la lisière, morts tous deux.

« Extraordinaire », s'exclama le comte.

Couchée sur le flanc, les pattes de devant repliées sous elle, la biche tendait désespérément le cou vers une ultime bouffée d'air, sa langue rose hors de la bouche. Le cerf, un grand bois, s'était abattu contre elle, la tête sur son cou.

« Ils devaient être en lune de miel », dit le comte.

Campbell n'osait pas comprendre ce qu'il comprenait, le cerf s'était offert en cible parce qu'il ne voulait pas survivre à la biche. Sa bien-aimée.

« Eh bien, bravo, mon cher Oliver, dit le comte, deux balles, deux cerfs. Est-ce vraiment votre première chasse ? »

Oudinot les attendait à la digue.

« J'ai tué Roméo et Juliette », lui dit Campbell.

Il eût été surprenant qu'Oudinot ne trouvât pas une citation appropriée à la circonstance ; il déclama avec une emphase sarcastique :

L'inévitable amour perce des même traits
L'homme et les animaux, le maître et les sujets.

Elvira avait vu le jour se lever avec soulagement ; elle n'avait presque pas fermé l'œil de la nuit. Dans cette demeure étrangère, la peur de la solitude qui l'étreignait depuis qu'Oliver avait parlé de son départ l'empêchait de respirer. Alors qu'elle croyait avoir vécu une soirée magnifique, elle découvrait que sa vie s'arrêtait. Oliver avait toujours été autre chose qu'un fils pour elle, ils existaient ensemble comme un couple. Tout petit il l'entourait d'une protection d'homme, parce qu'il avait besoin de la sienne. Elle se sentait veuve.

Elle replia les contrevents intérieurs. Baie Bleue s'étirait au soleil, quelle merveille, cette mer émeraude et indigo. Où suis-je ? se demandait Elvira. Elle aperçut Absalon qui trimbalait sa pêche vers la cuisine. Un beau garçon, torse nu, un short blanc, un chapeau de paille qui s'effilochait. Il leva la tête et sourit de toutes ses dents. Le fils du comte...

« *Good morning*, dit Elvira, doucement ; il ne pouvait pas l'entendre. »

En revenant vers le lit, elle ramassa la tunique qu'Oliver avait laissée sur le fauteuil après avoir enfilé le blouson prêté pour la chasse. Elle la défripait avec des tapes de la main, se reprochant de ne pas l'avoir mise sur un cintre ; elle n'y avait pas prêté attention. En arrangeant le rabat d'une poche, elle sentit quelque chose sous la main, des papiers ? Des notes prises par Oliver ? Une enveloppe, qu'elle sortit de la poche malgré elle. Mon dieu ! *Ils* s'écrivaient ! A la vérité, elle se doutait de quelque chose depuis qu'elle savait qu'Hennery avait rencontré Sir Arthur à Londres. Pourquoi Oliver n'en avait-il pas parlé plus tôt ? Ses accès de mauvaise humeur prouvaient qu'il n'avait pas la conscience tranquille.

Elle souffrait atrocement, elle hésitait à lire la lettre ; son cœur battait à se rompre. Les choses se mêlaient, elle réagissait en femme trompée, Oliver la quittait parce qu'il en aimait *une* autre.

Le début de la lettre la rassura un peu, mon cher et jeune confrère... Il ne s'agissait que d'une consultation,

Oliver avait demandé conseil à un spécialiste, qui répondait chaleureusement. C'eût été un comble qu'il ne réponde pas ! Des sentiments contradictoires agitaient Elvira. Elle se reprochait de ne pas avoir pris les devants. N'aurait-elle pas dû pousser Oliver vers son père, pour l'aider ? Il s'inquiétait pour son avenir, de toute évidence. Notre avenir, pensait-elle encore. Elle ne pouvait plus rien pour lui. Si, peut-être, rentrer en Angleterre pour voir ce qu'il se passait du côté de l'oncle Shackleton. Il vieillissait, il avait pris une gouvernante. Méfiance. Ce ne serait pas la première dame de compagnie à profiter de la sénilité d'un vieillard pour capter un héritage.

On gratta à la porte, Sansonnette apportait du thé. Que désirait Madame pour son petit déjeuner, comment voulait-elle ses œufs, est-ce qu'un poisson frais pêché lui ferait plaisir ? Elvira s'efforçait de sourire. Des œufs avec du jambon, s'il vous plaît, non, pas de poisson.

« Est-ce que je pourrais déjeuner dehors ? » demanda-t-elle.

En découvrant la pelouse de sa fenêtre, elle avait eu envie de marcher dans l'herbe. Comme en Angleterre. *Home.* Se promener sous la pluie. Si Oliver s'en allait... Elle suivait Sansonnette comme une somnambule, emportant sa tasse de thé vide. Sansonnette installa une table et un fauteuil en osier près des lauriers. Un parasol ? Non, c'était bien, tout était bien.

La lettre. Elle la relut.

« C'est Jézabel qui a fait la marmelade, madame.

– Elle est délicieuse. Le thé est excellent, merci beaucoup.

– Madame va avoir une visite », dit Sansonnette.

Elle annonçait Pascaline, ébouriffée, une joue encore marquée par un pli de son oreiller, qui venait aux informations en chemise de nuit.

« Qui es-tu, madame ?

– Oh ! mademoiselle Pascaline ! protesta Sansonnette.

– Je suis Pascaline.

– Je suis la maman du docteur.

– Le docteur m'embrasse », dit Pascaline.

Elle s'avança en présentant une joue à Elvira.

« Comme tu es gentille ! dit Elvira, en la hissant sur ses genoux.

– Tu peux me donner une tartine ? demanda Pascaline.

– Je vous apporte votre lait, mademoiselle Pascaline, dit Sansonnette en se sauvant.

– Tu as vu ta maman ? demanda Elvira.

– Elle dort », répondit Pascaline.

Elle jacassait, la bouche pleine, Elvira ne comprenait pas tout ce qu'elle disait, c'était sans importance ; elle ressentait quelque chose de très nouveau, pour la première fois elle se trouvait avec un enfant qui n'avait pas besoin d'elle, une petite fille ravissante qui, pourtant, lui devait la vie ; en tout cas, elle la devait à Oliver.

« J'irai nager avec le docteur et avec maman, tu viendras ?

– Tu sais nager ? Déjà ! A ton âge !

– Absalon dit que je ne sais pas, mais je sais », affirma-t-elle.

Sansonnette la faisait boire, puis essuyait ses moustaches de lait.

« Je ne sais pas nager », murmura Elvira.

Elle n'avait jamais pris un bain dans la mer ni dans une rivière.

« Absalon peut t'apprendre », dit Pascaline.

Elle tira Elvira vers la plage. Elvira quitta ses mules pour marcher dans le sable. Elle entra dans l'eau, en soulevant sa robe de chambre.

« Regarde ! » cria Pascaline.

Elle se lança dans la mer les deux bras en avant, et reprit pied tout de suite.

« Mademoiselle Pascaline ! protesta Sansonnette. Voulez-vous sortir ! »

Elle retira la chemise de nuit de Pascaline et, la prenant dans ses bras, nue et mouillée, l'emporta en courant vers le château. Elvira regagna sa chambre, troublée par des souvenirs qui se dégageaient de sa mémoire comme des paysages illuminés par un éclair ; on voit tout pendant un instant, les détails sont aussi précis que ceux d'une gravure, et déjà plus rien ou presque, une vague impression.

Bien qu'elle fût habillée quand les hommes rentrèrent de la chasse, Elvira resta dans sa chambre ; elle appréhendait de se retrouver devant Oliver. La lettre. Elle n'en parlerait pas, avait-elle décidé. Rien ne serait plus jamais comme avant, entre eux. Elle désirait rentrer chez elle. *Chez lui*, il le lui avait rappelé, bien avant d'entrer en contact avec Sir Arthur. Elle pensait : Sir Arthur. Pourquoi ? Elle l'appelait Artie ; lui l'appelait Vivi, ou Vénus, ou Aphrodite. Qui le croirait ? Elle y avait pensé en voyant Pascaline sans sa chemise. Il l'avait déshabillée de la même façon, en retirant sa chemise de nuit par le haut. Nue. Moi, moi. Devant lui. *My private* Praxitèle, murmurait-il en la caressant. Elle n'osait pas ouvrir les yeux. Elle les fermait encore. Et le voyait. Vraiment ? Elle se souvenait de sa barbe. Il l'avait toujours, taillée autrement, à l'assyrienne, sur une photographie prise lors du premier congrès des psychiatres, à Londres, avec Freud et d'autres. Dans la lettre, pas la moindre allusion à elle. En souffrait-elle ? Non, elle l'avait éliminé. Comme une sueur, par les pores, il ne restait qu'une peur, le mal qu'il pourrait faire en lui enlevant Oliver. Mais moi ? Que puis-je pour Oliver ?

Elle le voyait, elle suivait le bain de la fenêtre. Tiens ! Hennery en maillot ! Le comte avait prêté à Oudinot un costume rayé bleu et blanc, trop grand, il flottait dedans, mais, tout de même, il avait un corps ! Elvira le découvrait avec surprise ; elle avait pris l'habitude de ne pas le voir pour ne pas le gêner. Il entrait dans l'eau avec Oliver qui lui montrait comment tenir la comtesse, aux aisselles. Pascaline gambadait autour d'eux en jetant de l'eau sur son parrain. Le comte n'était pas là ; après s'être changé il était reparti pour assister à la messe à la cathédrale. Elvira aperçut Absalon, dissimulé dans les lauriers. *Son fils.* Elle ramena ses mains jointes contre son menton.

« *My God.* »

Oliver lui avait présenté Absalon la veille, il l'avait appelé :

« Viens nous montrer tes dents. »

C'était dit gentiment, pourtant Elvira s'était sentie mal à l'aise. Absalon ouvrait la bouche, ses yeux brillaient. Il éprouvait visiblement une passion pour *monsieur docteur.*

« J'ai un livre pour toi, avait dit Oliver, en montrant sa moto. Tu iras le chercher.

– Merci, monsieur docteur. »

Merci. Cette formidable reconnaissance, cette soumission bouleversante.

« Que peut-on pour lui, Elvira ? avait murmuré Oliver. Il attend tellement de...

– De vous ? avait demandé Elvira.

– De la vie, je pense. »

Elle comprenait mieux ce qu'Oliver avait voulu dire. A quoi tient un destin ? Elle n'osait pas approfondir jusqu'à comparer le sort d'Absalon à celui de son fils, non, aucun rapport, elle rejetait le rapprochement qui s'était imposé à elle, quand Absalon lui souriait pour montrer ses dents magnifiques. Des dents de jeune chien ; c'était un chiot, adorable, attendrissant. Le fils du comte. Si elle pouvait l'aider ! Comment ? Des leçons ? Mais où et quand ? Je demanderai à Oliver, se promit-elle. Son regard revint vers Pascaline, dans l'eau ; ses cris aigus exigeaient l'attention. Tous les droits, elle avait tous les droits, celle-là... Mais quel personnage déjà, si incroyablement avancée pour son âge. Raisonnable ou raisonneuse ? Qui s'occupait d'elle ? Et pourtant, elle adorait sa mère, cette femme qui...

Dimanche, en fin d'après-midi. Au Cercle.

« On ne sait pas grand-chose, pontifiait Humphrey, mais les nouvelles ne sont pas bonnes.

– Qui remplace Poincaré ? demanda le petit Duclézio.

– Qu'est-ce que tu chantes ? s'étonna Chamarel.

– Je croyais qu'on l'avait assassiné, répondait Duclézio.

– Tu retardes, c'est démenti depuis hier. »

Le bruit avait couru que la révolution flambait à Paris, le Louvre réduit en cendres ; une nouvelle Commune. Tout était faux, heureusement.

« *The good old France remains welded together[1]* », dit Marck.

Les forts de Liège tenaient. Un baron de Saint-Ageste s'était fait sauter avec ses canons.

« Nous n'étions pas trop fiers de cette branche belge, répétait Saint-Ageste, parce que le Saint-Ageste qui l'a fondée avait voté la mort du roi. C'est Napoléon qui l'a fait baron, en le nommant préfet. Après la Restauration il est resté à l'étranger. (Avec un sourire, la conclusion :) Le sang finit toujours par parler.

– *Ils* ont mis des explosifs nouveaux au point. Personne ne peut se faire une idée de la puissance des bombes au picrite que le Kaiser menace de faire jeter sur Liège par un zeppelin. »

On écoutait Pinet avec la plus grande attention ; il tenait ses renseignements du capitaine Goodwill.

« On a retrouvé une section de Turcos, poursuivit-il, debout, tous à leur poste de combat, morts, tout à fait morts, sans la moindre trace de balle ou d'éclat, pas la plus petite blessure, pas ça...

– On a décoré un Turco qui a égorgé quinze Boches, dit Maxime Duclézio en faisant le geste de se trancher la gorge.

– Ils étaient ivres morts », expliqua Sauerwein.

---

1. La bonne vieille France reste unie.

D'origine alsacienne, Sauerwein connaissait bien les Allemands.

« Personne n'est de force contre la traîtrise allemande », soupira-t-il.

On ne demandait qu'à le croire.

« Ils achèvent même leurs blessés, dit Chamarel.

– Attention ! protesta Sauerwein, seulement quand les blessés ralentissent leur progression, alors, oui, pour dégager un pont, par exemple, ils n'hésitent pas à pousser une ambulance immobilisée dans l'eau.

– Une ambulance pleine ?

– Parfaitement, affirma Sauerwein, mais restons objectifs, pleine de blessés allemands. Ils soignent très bien les blessés français.

– Sauf quand ils tirent sur nos ambulances ! hurla Marck.

– Combien de milliards exigeront-ils cette fois ? demanda Duclézio.

– Ils réclameront le charbon du Nord et le fer de Lorraine, dit Pinet.

– Ils seraient à Bruxelles, gémit Herbières.

– C'est eux qui l'affirment, ricana Lousteau.

– Vous n'y croyez pas ? demanda Herbières.

– Ce qui est sûr, dit Pinet, c'est que de très durs combats se poursuivent autour de Nancy. Une de nos divisions a perdu plus de la moitié de son effectif, 53 p. 100 exactement.

– Les attaques partent de trop loin, expliqua Marck.

– Les mitrailleuses, dit Pinet en promenant la main devant lui. Elles fauchent les hommes comme du blé.

– Les Allemands ont préparé la guerre, murmura Sauerwein. Souvenez-vous des incidents de frontière. Tous les jours une patrouille de uhlans s'égarait de notre côté. (Il prit l'accent allemand :)... bardonnez-nous, Badame et Mossieu, nous afons perdu notre chemin.

– Ils ne perdaient pas leur temps, c'est sûr, approuva Poincelet.

– Ils avaient vu ce qu'ils voulaient voir, évidemment, fit Sauerwein.

– Ils sont imbattables pour l'espionnage, confirma Humphrey. Vous vous souvenez de cet ambassadeur russe auquel on a volé sa sacoche dans le train d'Ostende. Elle contenait les plans de la mobilisation russe.

– Il fallait attaquer, lancer tout de suite une grande offensive, dit Herbières. Joffre voulait le faire, Messimy, le ministre de la Guerre, l'en a empêché.

– Les Russes n'étaient pas prêts, remarqua Pinet.

– Peut-on compter sur les Russes ? demanda Duclézio. Il paraît que leurs officiers vendent l'avoine des chevaux à l'ennemi pour pouvoir jouer à la roulette.

– Où ? s'esclaffa Saint-Ageste. Ils se retrouvent au marché ?

– Dans quatre semaines, affirma Pinet, les cosaques seront à Berlin. »

Un cosaque avait accompli un exploit surprenant. Fait prisonnier, il avait étonné un général allemand en faisant parader son cheval devant lui. Le général voulut apprendre à monter comme lui.

« *Jawohl, Herr General*, racontait Poincelet en rigolant, montez donc en croupe. Le cosaque est parti au grand galop et il a ramené le général dans ses lignes.

– Authentique ? demanda Saint-Ageste.

– Confirmé, dit Poincelet.

– Quand le rouleau compresseur russe se mettra en mouvement, il écrasera tout, admit Duclézio, rassuré.

– Mme de Thèbes prévoit que la guerre sera finie le 13 septembre », dit Saint-Ageste.

Pinet leva une main :

« C'est-à-dire dans un mois ? Le temps qu'il faut aux cosaques pour arriver à Berlin. »

Pinet accrocha Oudinot :

« Et ces bons apôtres de socialistes allemands qui devaient se dresser contre le Kaiser comme un seul homme, qu'en pensez-vous, Oudinot ? »

Oudinot haussa les épaules, sans répondre.

« Vous êtes le tuteur de Mlle de Chazelles ? demanda Duclézio.

– Pour vous servir, fit Oudinot, ironiquement.

– Rosebelle vendue à des Indiens, c'est lamentable, soupira Humphrey. Vous ne pouviez pas l'empêcher, Oudinot ?

– Hé, fit Oudinot, Sandrat Singh avait avancé de l'argent au pauvre Chazelles.

– Un fou, siffla Duclézio.

– Vous défendez les assassins du commerçant de Richebois ? demanda Humphrey.

– Je suis avocat, fit Oudinot. D'ailleurs, messieurs... »

Il ne savait pas ce qu'il allait dire, il ne regardait personne, les yeux baissés sur la pointe de ses bottines :

« Il ne s'agit pas d'assassins, au sens juridique. »

On l'interrompit :

« Qu'est-ce qu'il vous faut ? Il se sont mis à quatre pour assommer...

– ... étrangler...

– ... égorger...

– ... un père de famille...

– ... un brave commerçant...

– ... et ce ne sont pas des assassins ! »

Oudinot tourna les talons et gagna la sortie. Pinet le rattrapa dans l'antichambre.

« Nous nous sommes querellés mais...

– L'incident est oublié, fit Oudinot.

– Nos querelles n'ont plus grand intérêt. Même ici, Oudinot, nous ne sommes pas à l'abri de la guerre. La *Navy* a coulé un croiseur autrichien au large des Açores. Il faisait route vers l'océan Indien, où *ils* ont trois cuirassés. (Il baissa la voix :) Vous savez qu'on recherche Dietr von Buchkowitz ?

– Pourquoi donc ?

– On a trouvé des preuves accablantes contre lui, je ne puis en dire plus.

– En quoi cela me concerne-t-il ? » bougonna Oudinot.

En fait, il prévoyait ce que Pinet allait lui dire :

« Vous ne soutiendrez pas la nomination de l'Indien, quand on remplacera l'espion allemand ?

– A la Grande Plaine ? »

Oudinot feignait l'ignorance et l'innocence.

« Je n'aurai pas voix au chapitre, affirma-t-il.

– On dirait que vous souhaitez les voir partout, fit Pinet avec accablement.

– Les Indiens ? demanda Oudinot. (Il leva un index sous le nez de Pinet :) Vous êtes croyant, je le sais, dit-il. Souvenez-vous de cette parole du Christ : celui qui veut tout garder perdra tout.

– Quel rapport ? » demanda Pinet.

Il présidait un comité qui s'était formé pour accélérer la béatification du père Laval. Après l'avoir rappelé, Oudinot remarqua que le père ne faisait aucune distinction entre les hommes, reconnaissant à tous les mêmes droits au Ciel.

« Vous mélangez tout, gronda Pinet.

– J'essaie de comprendre notre temps, dit Oudinot, parce que je voudrais l'expliquer.

– Eh bien, continuez ! insista Pinet, quand vous aurez installé vos Indiens partout, ils vous montreront le large. »

L'appartement de Muguette au-dessus de sa boutique était plus grand qu'Oudinot le pensait ; elle tirait astucieusement parti de la place et des meubles.

« Venez sur ma terrasse, Henri. »

Un balcon en fait, même pas très grand, d'où l'on apercevait la mer par-dessus les cyprès de la mosquée.

« Voyez, j'ai des roses, comme à la maison. »

Oudinot se lança :

Reine de nos jardins, la rose tout humide
S'empresse de sortir de son joli bouton
Elle rougit, semblable à la vierge timide...

« La vierge timide, pouffa Muguette.

— C'est un pléonasme, en effet, admit Oudinot.

— Un quoi ? » demanda Muguette, interloquée.

Elle se mit à rire :

« Je suis très ignorante, Henri, je n'apprenais rien au couvent, on m'a demandé ce qu'était une rose purpurine, j'ai répondu que c'était de la purée de rose. »

Vraiment très jolie, pensait Oudinot, en rentrant à l'intérieur avec elle. Une robe de deuil droite au ras du cou, des boutons noirs et brillants. Jais ? Agate ? La table était mise pour deux.

« Bubu ne vient pas ?

— Pourquoi l'aurais-je invité ? demanda Muguette en ouvrant des yeux innocents. Est-ce qu'il m'invite quand il donne un dîner chez lui ? »

Elle avait vivement reproché à Bubu de n'être arrivé à la cathédrale que peu avant la fin de la messe, juste pour entendre le *ite missa est*.

Elle alluma une bougie dans un ballon de cristal qu'elle posa sur la table garnie de pensées et d'hibiscus. Les couverts étaient aux armes des Chazelles. Un coup d'œil suffit à Oudinot pour inventorier tout ce qui manquait à Rosebelle, deux peintures chinoises sur soie, l'éléphant en fonte, un plat et une soupière en argent, le fauteuil du vieux Chazelles en très mauvais état, une table de jeu en marqueterie, sublime.

« Il faudra rapporter tout cela, ma chère Muguette.

— Pourquoi ? demanda-t-elle.

— Parce que c'est vendu et payé, hélas ! remarqua Oudinot.

— Ça ne *les* intéresse pas, affirma Muguette.

— Vraiment ? Vous vous trompez, Muguette, j'ai vu Gujpat Singh, il m'a dit, bien au contraire... »

– Je l'ai vu aussi, dit Muguette. C'est arrangé, mon cher tuteur. Vous ne me croyez pas ? (Avec des minauderies de petite fille modèle :) Vous devez faire confiance à votre pupille, monsieur mon tuteur.

– Où avez-vous vu Gujpat ? Quand ?

– Si on se mettait à table, Henri ? Vous aurez du poisson froid à la mayonnaise, rien d'autre, un peu de salade. Amanda a préparé la mayonnaise. Elle n'est pas là. Elle part lorsque la boutique est fermée. Elle ne peut pas travailler jour et nuit, n'est-ce pas ? J'ai trop besoin d'elle dans la journée. Regardez ce qu'elle me fait... »

Elle vida sur la nappe un coffret laqué qui contenait des colliers faits de petits cylindres de corail percés selon leur axe et passés dans un gros fil.

« N'est-ce pas ravissant ? Amanda a tellement de goût, elle marie tellement bien les couleurs ! A votre avis, Henri, combien pourrait-on les vendre ?

– Ma foi, fit Oudinot, je n'en ai pas la moindre idée.

– Pas ici, naturellement. Ici, on n'est pas assez riche pour porter des bijoux sans valeur. »

Elle regardait Oudinot avec malice, savourant l'effet qu'elle produisait.

« Je voudrais les vendre à Londres. (Une hésitation :) Et surtout à Paris.

– Mais, Muguette...

– On pourrait vendre des tas de choses là-bas, j'en suis sûre et certaine, Henri. »

Elle mit ses mains devant sa bouche :

« Monsieur mon tuteur, il faut que vous m'autorisiez à me rendre à Paris.

– Maintenant ? Mais la guerre ?

– La guerre ? fit Muguette. Où ? A Paris aussi ?

– Vous ne lisez pas le journal ?

– Je devrais ? »

Aussi blonde que Marlyse. Les yeux moins verts, tirant davantage sur le mordoré. Le cou plus long. Elle était plus fine que Marlyse, moins *offerte*, plus secrète. Ce cou admirable ; Oudinot n'en avait pas vu d'aussi long. Muguette relevait ses cheveux sur la nuque, à la japonaise. Une délicieuse ride verticale, très amusante, se creusait dans le prolongement du nez quand elle devenait grave. Les narines moins ouvertes que celles de Marlyse. Les mêmes dents, avec des bulles de salive sur les canines légèrement proéminentes.

« Quand est-ce qu'elle sera finie, cette guerre ? » demanda Muguette.

Elle regarda Oudinot bien en face :

« A la place de Bubu, j'irais la faire.

– La guerre ?

– Pour un homme, ça doit être grisant, non ? »

Elle comprit trop tard qu'elle mortifiait Oudinot.

« A l'âge de Bubu », ajouta-t-elle très vite.

Elle changea de sujet.

« Je n'ai que du vin blanc. C'est vrai que tout va augmenter ? J'ai fait livrer une caisse de douze bouteilles, comme ça je suis parée, n'est-ce pas ? Jusqu'à la fin de la guerre ? Je ne bois que de l'eau, moi. »

Elle riait, encore embarrassée par sa gaffe que le silence prolongé de son invité aggravait.

« A quoi pensez-vous, monsieur mon tuteur ? demanda-t-elle.

« Je vous trouve extraordinaire », murmura Oudinot.

Elle avait placé une rose dans une coupe remplie de pétales. Elle jouait avec les pétales, elle en prenait des pincées qu'elle laissait pleuvoir sur la rose.

« Au couvent, se souvenait-elle, pour l'Assomption... »

Elle se tut pour savourer un rêve mélancolique.

« Qu'est-ce que vous faisiez au couvent pour l'Assomption ? demanda Oudinot.

– On avait des paniers remplis de pétales, on les jetait sur le saint sacrement pendant la procession. (Une moue.) J'étais malheureuse, au couvent, je vous l'ai dit. (Brusquement :) Vous aussi vous trouvez que je ressemble à Marlyse ? (Renfrognée, accablée, vraiment à plaindre :) Mon père n'aimait qu'elle. »

Elle se prépare à me convaincre de quoi ? se demandait-il.

« Connaissiez-vous ma mère, Henri ?

– A peine.

– Elle ne sortait pas, elle se cachait. »

Très bas :

« Père l'enfermait. »

Elle lui tendit son verre :

« Donnez-moi à boire, un peu, Henri. Pour une fois. Vous ne voulez plus de poisson ? Vous ne mangez rien. »

Elle changea les assiettes.

« Marlyse n'aurait jamais pu faire ça, remarqua-t-elle. C'était la princesse, tout lui était dû. Vous ne le répéterez à personne. Henri ? Elle dormait avec mon père. Oui, jusqu'à son mariage. Maman était morte quand elle s'est mariée, mais déjà avant la mort de maman... Mon père enfermait maman dans la pièce à côté... Vous avez vu les poupées de Marlyse ? »

Oudinot ne savait quoi dire, encore moins quoi penser. Pouvait-il croire ce que Muguette racontait ? Pourquoi mentirait-elle ?

« Marlyse n'a pas été envoyée au couvent comme moi, elle avait Mademoiselle, qui était un monstre, elle me pinçait, elle me tirait les cheveux, elle prétendait que j'étais insupportable. Elle voulait que je m'en aille.

– Pourquoi ? demanda Oudinot.

– Vous devinez, Henri ? »

Il renifla. Il pensait au vieux père, dans son lit, rampant vers la bouteille de cognac, il lui semblait voir dans les yeux de Muguette la lueur de triomphe qui brillait dans ceux de son père quand il lui avait rapporté l'enveloppe bourrée de papiers. Qui d'autre que Muguette aurait pu prendre l'argent de Marlyse s'il en restait ? Et il en restait certainement puisque Li-Heu avait été réglé, et pas par Bubu, on aurait trouvé trace de ses versements à la banque. Que se passait-il dans cette petite tête si charmante ?

« Pourquoi n'avez-vous pas confiance en moi ? demanda Muguette en posant sa main sur la sienne.

– Qu'est-ce que vous dites ? » bredouilla-t-il.

Il demanda s'il pouvait fumer un cigare.

« Si vous m'en offrez un ! » lança-t-elle gaiement.

Elle l'emmena sur le balcon :

« Il fait bon dehors. »

Elle riait en tirant sur son cigare.

« Si Bubu me voyait ! Vous ne le trouvez pas vieux jeu, Henri ? »

Oudinot ne cachait pas une perplexité embarrassante.

« Que croyez-vous qu'il soit pour moi, Henri ? Vous pensez que j'attends la mort de sa femme pour m'emparer de la Nouvelle Hollande ? »

Elle riait, en toussant de temps en temps :

« Tout le monde croit que je veux épouser Bubu, mais je peux vous le dire à vous, monsieur mon tuteur, après tout, vous êtes comme mon père, et c'est très important pour moi car je n'ai pas eu de père, c'était un monstre... »

Elle éclata en sanglots. Oudinot la recueillit contre son épaule, assez troublé ; elle paraissait vraiment malheureuse, donc sincère, il avait honte de la suspecter.

« Calmez-vous, Muguette.

– Je ne me marierai avec personne, dit-elle, entre les dents.

– Ne dites pas cela, Muguette, vous avez toute la vie...

– Ou alors ce sera une grande surprise pour tout le monde », lança-t-elle.

Nom de Zeus ! Oudinot pensa à Gujpat Singh, bien malgré lui. Si jamais...

« Si je voulais me marier », reprit-elle...

Elle se tamponnait le coin de l'œil.

« Si cela vous amuse, Henri, je vous ferai lire des lettres...

– Je m'y refuse, protesta Oudinot.

– Maxime...

– Duclézio ? demanda Oudinot, intéressé quoiqu'il prétendît le contraire.

– Quel âge a-t-il ?

– Il doit approcher des trente...

– Comme Bubu ? Je les trouve si puérils. »

Elle s'esclaffa :

« Si vous saviez ce que Maxime peut écrire comme fadaises. Et ses arguments ! Il est jaloux de vous.

– Qu'est-ce que vous racontez ?

– Parce que vous êtes mon tuteur ! Il m'a dit que je serais émancipée si je me mariais.

– C'est vrai, admit Oudinot.

– Il jure de me laisser libre de faire ce que je veux, absolument tout !

– Je vous en prie, Muguette.

– Je vous dis tout parce que j'ai confiance en vous.

– Et Bubu ? demanda le comte.

– Quoi ?

– Je pense que... »

Oudinot s'arrêta, très embarrassé.

« Vous pensez qu'il s'imagine que je l'aime ? dit Muguette. Naturellement je l'aime bien. »

Après une hésitation :

« Qu'est-ce que je ferais avec lui ? On peut faire tellement de choses, Henri, je l'ai compris depuis que j'ai cette boutique. Vous savez ce que j'ai gagné en quelques mois ?

– Vous n'aviez pas réglé les traites.

– C'est fait », dit-elle, sèchement.

Changeant complètement de voix :

« On ne donnera pas la Grande Plaine à Bubu, n'est-ce pas ? »

Nous y voilà pensa Oudinot, c'est de cela qu'elle voulait me parler parce qu'elle s'imagine que mon intervention sera décisive. Ah ! elle ne changeait pas de direction, mais de cap, elle filait en tout sens, sans perdre son but de vue. Bubu, estimait-elle, serait plus facile à utiliser que Maxime Duclézio, qui lui n'avait pas de fil à la patte, même s'il promettait la lune. Elle l'aurait tout le temps sur le dos.

« On ne pourra tout de même pas laisser la responsabilité de l'administration à un Indien, Henri ?

– Je ne sais pas, mentit Oudinot. Il semblerait que ce soit un garçon très capable.

– Il a épousé une Suissesse, murmura Muguette. Une Blanche ».

En même temps elle interrogeait Oudinot du regard : vous approuvez ça ? vous allez jusque-là ?

« C'est une histoire touchante, dit-il. Elle était infirmière dans un hôpital de Marseille et c'est là qu'elle a rencontré Prem.

– Vous le connaissez bien ?

– Je l'ai vu une ou deux fois, dit Oudinot.

– Comment sont leurs enfants ?

– Superbes. Ils ont deux filles, des jumelles.

– C'est une grosse femme, n'est-ce pas ?

– Très intelligente, dit Oudinot.

– Je voudrais que l'on dise ça de moi, dit Muguette avec une moue.

– Mais...

– Non, Henri, on me trouve jolie. On ne voit que ça chez les femmes. Elle est jolie, elle ne l'est pas. C'est toujours ce qu'on leur dit d'abord : Ah ! que vous êtes jolie ! (Une moue). Moi, reprit-elle, je crois que je ne résisterais pas à un homme qui me dirait : comme vous êtes intelligente. »

Elle éclata de rire, avant d'ajouter :

« Les hommes sont intelligents, n'est-ce pas ? Moi je les trouve beaux. »

Des battements de cils :

« Vous êtes beau, Henri... Chut ! s'il vous plaît ! A votre façon. Je trouve que vous avez des yeux extraordinaires. Sans protection. Vous ne pouvez pas cacher ce que vous pensez. En contrepartie, vous voyez tout, n'est-ce pas ? Je vous étonne en parlant ainsi ? Je n'ai rien à vous cacher. Vous savez pourquoi, Henri ? Je n'ai pas peur. Oh ! j'ai eu peur, peur de tout, oui, et surtout peur de mon père. Il me haïssait parce que je n'étais pas le garçon qu'il attendait. Le pauvre Bubu n'est pas content d'avoir une fille, mais c'est très différent, il ne la jettera pas par la fenêtre, il ne la poussera pas dans l'escalier. Moi, Henri, j'avais peur de ça, quand j'étais petite. Je ne le comprenais pas. Je pleurais parce que l'on m'envoyait au couvent. C'était le salut pour moi, ma pauvre maman le savait, elle, c'est pourquoi elle me laissait partir. Ils l'ont tuée.

– Muguette ! protesta Oudinot.

– Je le dis parce que c'est vrai, affirma Muguette. Ils n'ont pas commis de crime, la police n'aurait rien trouvé, simplement ils voulaient être seuls.

– Votre père et Marlyse ?

– Mademoiselle aussi, murmura Muguette. Elle a été punie. Vous vous souvenez ? Elle est tombée de cheval et s'est brisé la nuque. J'avais dix ans, je crois. Je l'ai appris par une camarade, au couvent, je l'ai embrassée, j'étais heureuse, heureuse. »

Pourquoi me raconte-t-elle tout cela ? se demandait Oudinot.

Il avait allumé un cigare et il gardait le vin, pas fameux, un bordeaux blanc sirupeux.

« Vous vous demandez pourquoi je vous parle ainsi ? » dit Muguette, comme si elle lisait en lui.

Sa moue, toujours sa moue, irrésistible.

« Je voudrais savoir qui je suis, murmura-t-elle.

– Ça ne doit pas être simple, dit Oudinot, gentiment moqueur.

– Pas simple du tout, avoua-t-elle. Je ne me reconnais pas toujours. Savez-vous ce que j'ai fait ? Clémentine est venue me voir. Vous savez bien, notre vieille négresse.

– Je ne l'ai pas vue le jour de l'enterrement, se souvint Oudinot.

– Je l'avais enfermée, dit Muguette, froidement, elle sentait trop mauvais. Naturellement, elle ne voulait pas rester à Rosebelle.

– On ne l'aurait pas gardée, dit Oudinot.

– Si, si, affirma Muguette. Elle est allée à l'asile. Vous pensez que je n'aurais pas dû m'en séparer ? Elle me détestait.

– Pourquoi ?

– Elle n'est pas restée huit jours à l'asile, où elle était très bien. Je l'ai donc reprise, quand elle est venue pleurer. Elle couche dans l'atelier en bas. Jamais je ne me serais crue capable d'une chose pareille. »

Elle regarda Oudinot intensément :

« Je ne suis peut-être pas aussi mauvaise que vous le croyez ? »

Un éclat de rire et :

« Je la fais travailler. Elle enfile le corail, elle a de très bons yeux encore. Je crois qu'elle se ferait tuer pour moi si on venait cambrioler la boutique, et cela me rassure. Je suis seule ici, la nuit.

– Puisque vous n'avez peur de rien.

– Je n'ai pas dit cela, Henri. J'ai simplement dit que je n'ai pas peur d'être une femme. Je trouve que c'est merveilleux d'en être une. (Après une hésitation.) Seule. (Encore un court silence.) Libre. (Puis :) Vous m'aiderez ? A garder ma liberté, Henri ? »

OUDINOT se présenta au bureau du juge O'Molley à neuf heures trente précises. Il tomba sur Adam Mossett, le très jeune conseiller de la Couronne qui soutenait l'accusation. Le juge n'étant pas arrivé, Oudinot fit quelques pas dans la cour du palais en compagnie de Mossett.

« Les nouvelles ne sont pas fameuses », dit Mossett.

Puis, sans transition :

« Une lettre ridicule nous est parvenue, anonyme et sans intérêt, naturellement. »

Il l'avait tirée de sa poche et il la tendait à Oudinot, après l'avoir dépliée.

« Vous souhaitez que j'en prenne connaissance ? s'étonna Oudinot.

— Pour le cas où cela vous intéresserait personnellement », fit Mossett.

Un loyal sujet de Sa Majesté estimait de son devoir de porter à la connaissance de la Cour et particulièrement du représentant de la Couronne que le défenseur des meurtriers de l'honnête Wouang-Tchi, commerçant à Richebois, avait employé à son service personnel (personnel deux fois souligné) le frère de l'un des accusés. Qui avait pu écrire ça ? Pinet ? Ou le petit Duclézio ? On avait donc prêté plus d'attention qu'il ne l'avait pensé à Orak. Que racontait-on sur lui ? Oudinot rendit la lettre à Mossett, sans commentaire. Mossett la déchira.

« Ridicule, n'est-ce-pas ? » fit-il avec un petit gloussement embarrassé.

Un huissier vint les prévenir que le juge les attendait dans son bureau.

« Par où est-il arrivé ? » demanda Mossett.

Il entraîna Oudinot :

« Vous connaissez le juge ? Vous avez déjà plaidé avec lui ?

— Une vieille affaire, dit Oudinot, qui n'est pas allée au bout.

— Je sais », gloussa Mossett.

Auraient-*ils* peur de moi ? se demanda Oudinot. Le Très Honorable O'Molley avait apparemment parlé de lui avec le débutant Mossett, en évoquant le procès Duclézio. Quelque chose avait commencé ce jour-là pour lui, Oudinot en avait conscience. Adélaïde était venue.

Le juge tenait sa perruque à la main. Il n'avait pas encore passé sa robe rouge. En veston de toile, une cravate mollement nouée, il paraissait amical, anodin.

« Pas fameuses, les nouvelles, dit-il à son tour.

– Les Allemands sont coriaces, Sir », remarqua Mossett.

Pour rompre le silence, le jeune conseiller reprit :

« Il paraît, Sir, que la consommation des munitions est maintenant telle que les stocks seront épuisés après la première bataille sérieuse. »

Tiens, pensa Oudinot, il connaît le capitaine Goodwill, lui aussi.

« On n'a jamais vu une guerre s'arrêter faute de moyens de tuer, remarqua le juge avec un sourire. L'intendance a toujours suivi. »

Le juge arrêta la stratégie du procès :

« La guerre est loin, remarqua-t-il, il n'empêche que nous avons notre devoir à faire. »

Il souhaitait en finir dans la matinée ; la session était chargée. Il craignait qu'Oudinot fît traîner les débats en les politisant ; il le pria de limiter ses interventions pendant l'interrogatoire et lors de l'audition des témoins.

« Nous n'en entendrons que deux, précisa Mossett. Le fils de la victime, il a découvert son père mort ; le médecin légiste s'excuse de ne pouvoir se présenter.

– Nous avons son rapport, dit le juge.

– Le sergent Finali fera le point de l'enquête et rappellera les aveux des accusés. »

Le juge consulta Oudinot :

« *All right* ?

– *All right, Your Honour.*

– Je pense que dix minutes suffiront à M. Mossett pour le réquisitoire ? »

Mossett inclina la tête.

« Vous aurez le double, monsieur Oudinot, pour la défense. *All right* ?

– *Perfectly all right, Your Honour.* »

Oudinot portait l'émeraude de Mawillal, trop grande pour l'annulaire, tant pis ; il la faisait tourner autour du doigt. Il s'installa dans la salle en pensant à son père. Il aperçut Campbell dans le public, avec Prem. Est-ce que Gujpat viendrait ? Il l'avait laissé entendre. Il y avait plus de monde qu'il ne l'avait prévu, des Indiens restaient debout tout au fond.

Les gendarmes amenaient les accusés pour les installer dans le box, sur un banc vissé contre le mur. Oudinot consulta leurs noms sur l'une des feuilles de papier déposées devant lui : Gowri, le plus vieux, le meneur sans doute, avait travaillé pour la victime ; Sunkur, Ram Din, un gamin, et Parseram naturellement qu'Oudinot évitait de regarder. Ils étaient vêtus comme à la prison, doti et turban. Aurais-je dû les habiller ? se demandait Oudinot.

« *Order in the court* ! »

L'huissier réclamait le silence pour l'arrivée du juge et de son assesseur.

« *His Honour, the court* ! *Everybody please rise.* »

En se levant, Oudinot aperçut Gujpat qui lui souriait.

« *Oyez* ! *Oyez* ! *This court is now in session.* »

Combien de fois le père d'Oudinot lui avait-il répété que la France n'avait pas perdu l'île Maurice lors de la signature du traité de Paris, en 1814, mais en 1847, le 15 juillet très précisément, quand on avait cessé de rendre la justice en français. Il avait assisté à l'ultime session, qui s'était terminée par une affaire mineure. En utilisant toutes les ficelles de la procédure, maître Célicourt Antelme, fondateur par ailleurs du Crédit foncier, avait réussi à faire traîner les débats jusqu'à minuit, et alors, au premier coup de l'horloge, il s'était dressé pour tonner :

« Que sonne donc le glas ! »

En anglais, le père d'Oudinot perdait de son éloquence, ce qui expliquait sans doute qu'il se fût recyclé dans la banque. Henri, en revanche, parlait un anglais impeccable avec ce qu'il convenait d'accent oxfordien.

« Père, se promit-il, la France sera ici, aujourd'hui. »

Il se trouvait dans un état bizarre, une sorte de somnambulisme conscient ; il voyait, il entendait, et pourtant il se pinçait pour vérifier s'il était réveillé. L'interrogatoire fut plus long que le juge ne le souhaitait, ralenti par les interprètes, dont la loi exigeait la présence. On aurait pu poser les questions en français. De toute façon les réponses comptaient très peu. Oudinot laissait filer. Il se *réveilla* lorsque l'Honorable O'Molley donna la parole au conseiller de la Couronne.

« Je serai bref, Votre Honneur », dit Mossett en déposant sa montre devant lui.

C'était sa première intervention.

« L'affaire que nous devons juger est d'une simplicité... »

Il hésitait entre deux qualificatifs, élémentaire ou biblique. Il opta pour un troisième :

« ... arithmétique. Ils étaient quatre pour voler, quatre pour tuer. Ils sont quatre devant nous, dans l'attente du châtiment. »

Il s'employa à démontrer que le meurtre, prémédité, était bel et bien un assassinat passible de la corde. Les accusés n'avaient-ils pas reconnu qu'ils étaient résolus à tout ?

« Cependant, Votre Honneur, en tenant compte de l'âge des accusés... »

Je lui coupe l'herbe sous le pied, pensait Mossett en glissant un regard malicieux vers Oudinot. Il ne demandait la mort que pour le meneur, Gowri ; pour les autres, la prison suffirait, encore ne faudrait-il pas leur infliger une peine de trop courte durée.

« Ai-je besoin de vous rappeler, messieurs les jurés, que trois créoles libérés viennent d'assassiner un commerçant de Moka ? Une peine de prison à vie serait sans doute la bonne mesure à prendre, d'autant que la guerre pourra fournir des occasions de réhabilitation aux condamnés qui le mériteraient. »

Il remit sa montre dans son gousset, aussi ostensiblement qu'il l'en avait tirée.

« J'espère ne pas avoir abusé du temps de la Cour, dit-il.

– La parole est à la défense, dit le juge.

– Je remercie la Cour », dit Oudinot en se levant.

Il s'inclina devant le juge, puis devant les jurés. Tout allait bien. Il voyait les accusés. Ils n'avaient pas compris Mossett, ils ne le comprendraient pas non plus.

« Je tiens à rendre hommage à la Cour, et à mon honorable adversaire chargé des intérêts de la Couronne, commença Oudinot, pour la façon dont cette affaire a été instruite et présentée à messieurs les jurés. »

Le juge blêmit. Oudinot allait faire un éclat, il n'en doutait pas.

« Je ne reviendrai pas sur le crime, messieurs les jurés. Je comprends l'horreur qu'il inspire aux honnêtes gens. Je ne chercherai pas non plus à minimiser les responsabilités de *ceux-ci* en invoquant la misère dans laquelle ils ont grandi, l'éducation qu'ils ont reçue... »

Il se reprit :

« L'absence d'éducation. »

Il avait retourné la bague de Mawillal pour camoufler l'émeraude sous son doigt, mais, en parlant, il la touchait souvent.

« En vérité, Votre Honneur, poursuivit Oudinot en s'adressant au juge, nous ne sommes pas ici pour juger *ceux-ci*. »

Il désignait les accusés sans les regarder, comme s'il les méprisait.

« Alors pour quoi ? gloussa Mossett.

— C'est ce que je vais essayer d'expliquer, lança Oudinot, sèchement, et j'espère que mon jeune adversaire comprendra. »

Il sortit alors sa montre, et comme Mossett, la déposa sur sa table, prenant son temps cependant pour chacun de ses gestes. Il chaussa ses lunettes.

« J'ai retrouvé cette nuit... (Il souleva un papier.) dans les dossiers de mon père, maître Anselme Oudinot... »

Il regarda longuement le juge qui, malgré lui, bougonna :

« La Cour rend volontiers hommage au souvenir de maître Anselme Oudinot.

— Mon père, reprit Oudinot, conservait des dossiers d'affaires très anciennes, qui touchent à l'histoire de l'île Maurice. Je les ai feuilletés cette nuit, Votre Honneur. »

En jouant avec ses lunettes, Oudinot se mit en devoir de lire un arrêt de l'ancienne cour criminelle.

« Le 11 juin 1735...

— 1735 ! s'esclaffa Mossett.

— La justice se rendait encore dans une pièce de l'hôtel du Gouvernement, expliqua Oudinot, très calme. Cette enceinte n'était pas édifiée.

— Quel rapport, maître, avec notre affaire ? demanda le juge.

— Si Votre Honneur veut bien me laisser poursuivre, le rapport apparaîtra clairement. »

Il reprit sa lecture :

« Le 11 juin 1735, Pierre Coulon, vingt-deux ans, un faux-saulnier... »

Faux-saulnier. Oudinot avait lu en français, il traduisit pour la Cour :

« Il faisait la contrebande du sel, cependant il n'était pas jugé pour cela. Il avait volé trois chemises et une jupe à Mme Nicolas Bossé, 100 sols au sieur Beuvant et des biscuits dans une chambre de soldats. »

Il retira ses lunettes :

« Cela devait représenter, en gros, l'équivalent de ce que *ceux-là* ont emporté. »

Il se tourna vers les jurés :

« Pierre Coulon n'avait tué personne, attention ! »

Après un silence :

« Pierre Coulon, vingt-deux ans, fut pendu. »

Il se référa à son papier et rechaussa ses lunettes :

« ... et son corps exposé toute la journée du lendemain. »

Prévenant une nouvelle interruption du juge, qui ne
cachait pas sa perplexité, Oudinot enchaîna :

« Le 25 septembre 1741, Dupuis », dit Frappe-D'abord...

Il traduisit le sobriquet :

« ... Dupuis, *First to strike*, pour avoir volé une culotte,
une paire de bas et 32 sols 6 liards, fut condamné par
un conseil de guerre à être pendu. Jacques Genet, dit
Tranche-Montagne, pour avoir volé trois chemises chez
le sieur Carigan, fut pendu, messieurs les jurés, condamné
à être pendu par un conseil de guerre. »

Il précipitait son débit :

« Le 11 octobre 1774, François de la Barde, dit
Despérout, dit Sans-Quartier... Messieurs les jurés, celui-là
était soldat, et, après avoir pillé une maison, il avait tué,
comme *ceux-ci*. On lui avait fait subir la question
ordinaire et extraordinaire avant de le condamner à avoir
bras, cuisses et reins rompus vifs sur l'échafaud, et à rester
exposé sur la roue pendant une heure. Puis, il fut brûlé
vif, et ses cendres jetées au vent.

– J'attends toujours la réponse promise par mon
honorable confrère de la défense », ironisa Mossett.

Sans relever l'interruption, Oudinot poursuivit à l'intention des jurés.

« Pendant un temps et jusqu'en 1851, les condamnés à
mort, messieurs, étaient exécutés à la hache. Mon père
assista à plusieurs exécutions, il m'en parlait quand je
n'étais qu'un gamin. Elles avaient lieu au milieu de la
journée. Un coup de canon annonçait le départ du
condamné de la prison. On l'emmenait sur une charrette
jusqu'à la Plaine Verte. Le cortège traversait toute la ville,
suivi des curieux, c'était la fête, messieurs. »

Un silence :

« Mon père me racontait le sang. »

Je les tiens, pensa Oudinot, je les ai *maillés*, comme
disent les filles d'un garçon sur le point de se déclarer.
Parfaitement lucide, il se demandait s'il devait, comme
il l'avait prévu, parler du jeune Indien innocent auquel,
après le supplice, le père Laval avait promis le paradis ?
Il y renonça.

– Votre Honneur se demande pourquoi j'évoque ce
passé, reprit-il. En répondant à Votre Honneur je calmerai

peut-être l'impatience grandissante de mon jeune adversaire. »

Il déposa ses notes et ses lunettes pour marquer qu'il n'avait plus rien à lire. Il regarda les jurés :

« Est-ce que nous condamnerions à la pendaison le jeune Coulon, vingt-deux ans, vingt-deux ans... »

Il répétait l'âge parce qu'il n'osait pas mentionner la couleur de la peau de Coulon, *blanc*, vingt-deux ans, blanc.

« Sûrement pas, pas pour le vol de quelques chemises, et si nous jugions que Sans-Quartier, lui, mérite la corde, nous ne le ferions plus jeter au bûcher après l'avoir roué vif. »

Il prenait son temps. En croisant le regard de Campbell, il mesura ce qu'il lui devait. L'évolution !

« Il fallait que Sans-Quartier fût roué et brûlé, dit-il d'une voix sourde, l'époque l'exigeait. Il fallait aussi que Coulon fût pendu, pour trois chemises volées. Mais aujourd'hui, messieurs les jurés, alors que vous tenez entre vos mains le sort de *ceux-ci*... »

Il sentit ses jambes mollir. Il voyait Orak, à la place de Parseram.

« ... alors que, en votre âme et conscience, vous allez déterminer le châtiment d'un crime pesé en toute objectivité... »

Il n'arrivait plus à parler, il fléchissait sur ses bras, en appui sur sa table.

« Désirez-vous que je suspende l'audience ? » demanda le juge.

Oudinot fit signe que non. Il se redressa. Mossett montrait de la perplexité : est-ce qu'Oudinot faisait du théâtre, ou frôlait-il un malaise ?

« J'en ai terminé, Votre Honneur, reprit difficilement Oudinot. Il ne me reste qu'une question à poser à la Cour : est-il encore utile, est-il encore nécessaire que quatre jeunes hommes, coupables d'un meurtre accidentel, messieurs les jurés, vous l'avez bien compris, d'un meurtre non prémédité, est-il encore utile, est-il encore nécessaire que quatre adolescents soient pendus ou punis de prison à vie pour l'équivalent de trois chemises et de 20 sols ? »

Une autre question lui brûlait la langue : s'ils étaient blancs, que feriez-vous ? Il jugea plus efficace de ne pas la poser ; n'imprégnait-elle pas toute son intervention ?

« Terminé, Votre Honneur.

— L'audience est suspendue pour la délibération du jury, dit l'Honorable O'Molley.

— *Everybody please rise* », commanda l'huissier.

Tout le monde debout. Les jurés avaient tous les yeux sur Oudinot. Alors qu'ils quittaient la salle, Mossett s'avança vers lui :

« Excellent, vraiment excellent, *my dear*. A votre avis, ils auront combien ? Vingt ? Vous n'espérez pas dix ? »

Campbell s'était approché.

« Magnifique, Hennery. »

Il le serrait aux épaules :

« Ça ne va pas ? Vous ne vous sentez pas bien ?

— Tout va bien », affirma Oudinot.

Après une hésitation :

« Vous ne retournez pas à la Nouvelle Hollande ?

— Je pars cette nuit, dit le docteur. Est-ce que vous pouvez passer à la maison ? Si vous veniez dîner, Hennery ?

— D'accord, murmura Oudinot.

— Je ne peux pas attendre le verdict, expliqua le docteur. Vous avez gagné, Hennery, de toute façon. »

L'audience fut reprise à midi moins cinq. La délibération n'avait pas duré un quart d'heure.

« C'est bon pour vous », assura Mossett avec une tape dans le dos d'Oudinot.

Dix ans pour Gowri, cinq pour les autres. Encore que la guerre lui retirât une partie de son impact, le verdict allait être très commenté.

Le journal annonçait la disparition de Dietr von Buchkowitz en troisième page avec une discrétion qui irritait le comte. Il mitonnait dans son bain.

« Plus fort », dit-il à Judith qui lui brossait le dos.

Pas d'humeur à la taquiner. Le comte s'était couché furieux, Muguette ne l'avait pas invité à dîner avec Oudinot. Que manigançaient-ils, ces deux-là ? Quand elle avait quelque chose en tête... Elle cherchait de l'argent pour la boutique de Curepipe, c'était plus que certain. Elle était persuadée que jamais on ne lui donnerait la Grande Plaine à administrer.

Un Allemand ! On lui avait préféré un espion.

« Toi, Judith, si tu avais de l'argent...

— Oh ! *Missiémâquis* !

— Est-ce que tu ne préférerais pas me le confier plutôt qu'à un espion ? »

Elle ne comprenait pas la question, elle riait en roulant des yeux blancs.

Dans les papiers personnels de Dietr, on avait retrouvé la facture d'une livraison de 1 000 tonnes de charbon faite dans un port dont le nom ne figurait sur aucune carte. Le charbon provenait de Mandchourie. Transporté comment ? On l'ignorait. Le règlement avait été fait par la filiale d'une banque japonaise à Rangoon[1]. De toute évidence, Dietr, avec d'autres, préparait des dépôts de combustibles destinés aux corsaires allemands ; ils s'apprêtaient à opérer sur les lignes de communication des Alliés avec l'Inde et la Chine. Depuis quand ?

« Est-ce que c'était difficile à prévoir ? hurla le comte. Un Allemand ! Qu'est-ce qu'il foutait à Maurice, hein ?

– Oui, *Missiémâquis* », balbutia Judith.

Le comte s'habilla rapidement et fila *plein full* sur Port-Louis, pour dire à Oudinot ce qu'il pensait *des gens* qui avaient installé un espion à la Grande Plaine, et qui se préparaient à le remplacer par un Indien. Mais alors, ça barderait ! Si je m'installais à la Savone ? se demandait-il en accélérant. Si je fichais l'Indien à la porte de son bureau ? Difficile. Adélaïde allait mieux, elle avait utilisé sa main, elle avait tenu une tasse, elle était restée debout, c'était magnifique, oui, magnifique, mais puisque Campbell n'allait plus revenir... Le comte ne savait plus où il en était. Et si Muguette s'arrangeait avec Oudinot ? Ou si elle acceptait d'épouser le petit Duclézio, qui la laisserait libre de faire tout ce qu'elle voulait ? Ça barderait, se dit encore le comte. Il lui parut plus urgent de voir Muguette qu'Oudinot. Alors qu'il arrêtait sa voiture à une certaine distance de la boutique, il en vit sortir Gujpat Singh, ce petit sauteur, avec sa cravate du *College*.

« Qu'est-ce qu'il fichait ici ? gronda le comte, sans prendre le temps d'une politesse.

– Qui ? demanda Muguette. Gujpat ? Il m'a apporté ça... »

Elle dégagea un bibelot d'un paquet qu'elle venait de défaire, un bouddha accroupi en jade, qui soutenait une cassolette à encens.

« C'est joli, n'est-ce pas ? dit Muguette. Maman y brûlait du santal.

– Je ne veux plus voir ce caqueux ici ! »

Dans sa colère, il retrouvait la vieille expression de Mahaut, que personne ne comprenait plus :

« Est-ce que vous déjeunez ici ? demanda Muguette.

---

1. Le Japon n'allait pas tarder à déclarer la guerre aux Alliés.

– Non, gronda le comte. Je ne veux pas les restes d'Henri.

– Qu'est-ce qui vous prend, Hubert ? Vous êtes méchant ! »

L'innocence de Muguette. Le comte se troublait déjà.

« Gujpat est très gentil, dit-elle, et moi je n'ai aucune raison de me fâcher avec les Singh. »

Elle riait :

« J'ai cru qu'il portait votre cravate.

– Assez ! » siffla le comte.

Il voyait Muguette de profil, à contre-jour, si fine, ce petit nez, ce cou qui commençait à la pointe du menton et qui n'en finissait plus.

« Muguette... »

Elle se laissa aller contre lui. Sa poitrine, si douce et si ferme.

« Embrasse-moi. »

Elle abandonnait sa bouche.

« Muguette... »

Il craignait de l'avoir perdue...

« Tu m'aimes donc ?

– C'est vous qui ne m'aimez pas. »

Comme il la regardait avec stupeur :

« Vous n'avez pas confiance en moi », murmura-t-elle.

Elle baissa la tête.

« Ils voudraient vous connaître, dit-elle, très bas.

– Qui ?

– Les Singh, souffla Muguette.

– Qui ? »

Il restait bouche bée.

« Gujpat m'a demandé si vous accepteriez de rencontrer son père ? » demanda Muguette.

Plus sèchement :

« Ils nous invitent à dîner.

– Qu'est-ce que tu racontes ? grommela le comte. Je n'ai pas bien entendu, n'est-ce pas ? »

Il la repoussait pour la regarder dans les yeux.

« Qu'est-ce que tu manigances ? »

Il pensait encore à la boutique de Curepipe. Oudinot avait dû refuser de l'aider. Elle cherchait ailleurs. Les Singh ! Qui lui avaient pris Rosebelle !

« Tu deviens folle ?

– Vous ne comprenez rien, jamais », dit-elle.

Sandrat Singh, le père de Gujpat, désirait parler de l'Office du Sucre avec le comte de Kergoust.

« Il pense que la guerre fera monter les prix, dit Muguette.

– Bravo ! » ironisa le comte.

L'Office ! Cette vieille lune, ça n'avait jamais marché, à la moindre secousse chacun reprenait ses billes, la guerre n'y changerait rien. Pourquoi s'associer en période de prospérité ? Chacun chercherait à obtenir les meilleures conditions. Et quand la récession surviendrait, les conflits d'intérêts seraient encore plus violents. Il ne fallait pas être grand clerc pour le deviner. Ni même pour comprendre que les Singh, en s'intéressant à l'Office, avaient une idée derrière la tête, oh ! très simple, ils cherchaient à se faire *avaliser* sur le marché mondial par des partenaires reconnus, patentés, des Blancs pour tout dire. Mais pourquoi s'adressent-ils à moi ? se demandait le comte, je représente si peu avec la Nouvelle Hollande ; évidemment, si j'avais aussi la Grande Plaine...

« Vous vous plaignez d'être écarté de la Grande Plaine, susurra Muguette revenue contre lui, mais si vous étiez le président de l'Office...

– Quoi ? fit le comte, ébahi.

– M. Singh...

– Monsieur ! protesta le comte.

– Le père de Gujpat, reprit Muguette, pense que vous devriez être le président de l'Office.

– Tu es folle ?

– Je répète ce que j'ai entendu, lança Muguette sèchement et en reprenant du champ. Tout cela, après tout, je m'en moque. Je croyais que cela pourrait vous intéresser, vous ; moi, cela ne m'intéresse pas du tout. »

Le comte ne savait plus quoi dire, la proposition était cousue de fil blanc.

« Tu ne comprends pas qu'ils cherchent un prête-nom, Muguette ? demanda-t-il. Qu'est-ce que mes amis diraient ?

– Je vous répète que cela ne me concerne pas. A vous de voir où sont vos intérêts véritables. »

Il la ramena contre lui, pour l'embrasser.

« L'Office ouvrirait des bureaux à Paris, reprit-elle, doucement, entre deux baisers acceptés sinon rendus.

– A Paris ?

– Ou peut-être à Londres, mais évidemment, si vous deveniez le président, vous choisiriez...

– Tu viendrais à Paris avec moi ? » balbutia le comte.

A Paris avec Muguette ? Alors qu'il croyait l'avenir bouché et sa vie ratée...

« Quand voudrait-il me voir ? demanda-t-il d'une voix impatiente.

— M. Singh ? précisa Muguette. Il *nous* invite à dîner, dans une semaine. »

Le docteur ramena Tom Harrisson à déjeuner :

« J'ai pensé qu'il nous aiderait à finir le gigot », plaisanta-t-il.

Le gigot du dimanche, qu'Elvira avait déjà acheté lorsque Oliver lui avait fait part de l'invitation du comte.

« On a apporté un mot pour vous », dit-elle, en remettant à son fils un pli du Service de Santé marqué « Urgent ».

L'ordre de mission. Comme convenu, le docteur Fireground l'avait fait déposer dans la matinée.

« Qu'est-ce que c'est, Oliver ? » demanda Elvira en pâlissant.

Il joua sa petite comédie avec conviction.

« Quoi ? Ils deviennent fous ? Ils veulent que je parte ce soir !

— Ce soir, Oliver ? »

Elvira était préparée au départ d'Oliver comme un condamné à mort à la pendaison.

« Vous n'allez pas vous trouver mal, Elvira », bougonna le docteur, très ému, en la soutenant :

Tom avança un fauteuil :

« Asseyez-vous, Mistress Campbell. Je ne veux pas vous embêter un jour comme aujourd'hui... »

Il fit mine de battre en retraite vers la porte.

« Non, non, protesta Elvira, dans un souffle.

— Vous connaissez ce bateau, Tom ? Le *Rawalpindi* ? Il vient de Natal.

— Il passe tous les quinze jours, dit Tom, ou toutes les trois semaines, il fait la navette, Natal-Bombay.

— Ils ne me laissent pas le temps de boucler mes bagages, bougonna Campbell.

— Je vous aiderai, Oliver, dit Elvira, nous les ferons après le déjeuner. Le bateau part à quelle heure ?

— Je suis convoqué à neuf heures au wharf.

— Vous ne servez rien à boire à votre ami ? demanda-t-elle. Vous pouvez vider les bouteilles, je ne les finirai pas en votre absence.

— Il ne manquerait plus que cela, dit Campbell.

— La guerre sera terminée quand vous arriverez à Bombay, *doc*, soutint Tom. Ils ont un bon golf là-bas, et si rien n'est changé, c'est un ami à moi qui s'en occupe. Je vous note son nom ? »

Il poussait son verre contre le col de la carafe de whisky : allez-y, *doc*, laissez couler. Il remplissait la maison d'un bruit amical et rassurant.

« Je vous parie dix livres contre dix shillings, Mistress Campbell, qu'*ils* ne savent pas pourquoi ils envoient votre fils à Bombay. La guerre *les* rend fous.

— Les Allemands sont à Bruxelles, dit le docteur.

— Oliver me laisse seule, soupira Elvira, en regardant Tom.

— Pour vous, Elvira, la sagesse serait de regagner l'Angleterre, murmura le docteur. Si vous le souhaitez, je demanderai que l'on vous trouve un passage.

— Et mes meubles ? demanda-t-elle.

— C'est rudement chouette chez vous, Mistress Campbell, on se croit chez soi.

— Tom s'invite pour dimanche, remarqua le docteur en riant. Vous ne resterez pas seule.

— Je n'ai pas mangé un gigot comme le vôtre depuis que j'ai quitté l'Angleterre, affirma Tom, la bouche pleine. Doc, vous connaissez ce pub derrière Covent Garden, qui reste ouvert la nuit ? Le nom me reviendra. Leur gigot était fameux. Mais le vôtre, Mistress Campbell...

— C'est Tom qui m'a donné l'idée des bains, pour Adl'aïd », expliqua le docteur. Comment s'appelait votre cheval, Tom ? »

Tom resta bouche bée.

« Voyons, *doc*, le plus célèbre des vainqueurs du Great National, je suis sûr que Mistress Campbell connaît son nom ? Deux fois gagnant, Mistress Campbell ?

— Red Fox ? risqua Elvira.

— Voyez, doc, votre mère le sait.

— Je joue toujours un shilling pour le Great National, dit Elvira, avec un sourire pathétique.

— Tiens, fit le docteur, je croyais que c'était pour le Derby.

— Les deux, avoua-t-elle, en rougissant légèrement.

— Pourquoi avez-vous pensé que le traitement de Red Fox pouvait convenir à votre malade, *doc* ? demanda Tom.

— Vous m'aviez dit que la tête du propriétaire ne revenait pas à votre cheval ?

— Exact, confirma Tom. Les chevaux ont leurs têtes, ils sont comme nous. Red Fox m'a eu tout de suite à la bonne quand je suis entré dans sa vie. »

Il prit Elvira à témoin :

« La dame aussi, si je comprends bien ? La comtesse ? Elle l'a eu à la bonne, hein ? »

Il montrait le docteur du pouce, en riant. Puis, se penchant vers Elvira :

« Vous en connaissez beaucoup, qui ne l'ont pas à la bonne ? Vous me permettez de vous appeler Elvira ? Je l'avais prévenu qu'on ne le laisserait pas moisir ici, votre fils, Elvira, si nous avions la guerre. Ne vous tracassez pas, vous irez le rejoindre, c'est intéressant, l'Inde, et Bombay, c'est une satanée ville, un peu sale, hein, ça ne sent pas toujours bon. »

Il embrassa Elvira en partant. Sur la varangue, il secoua longuement la main du docteur :

« Je reviendrai, *doc*, je ne la laisserai pas, elle est chouette, vous êtes chouettes tous les deux. Vous n'avez pas besoin de moi pour quelque chose ? Pour coltiner votre cantine ? »

Elvira était montée dans la chambre de son fils ; elle commençait à plier ses vêtements.

« Il faudrait descendre la malle du grenier, dit-elle, sans le regarder. Chut ! »

Elle montrait une tourterelle qui se posait sur le toit de la varangue pour lisser ses plumes. Elle porta la main à son collier. La tourterelle avait un collier sombre autour de la gorge. Celui d'Elvira était en ambre.

« Il est beau, remarqua Oliver.

– C'est de l'ambre de Pologne, dit-elle. Il a de la valeur. J'ai eu envie de le mettre, ce matin. »

Elle glissa contre son fils, bouleversé ; cette femme si forte accrochée à ses épaules, le visage pressé contre sa vareuse blanche.

« Vous n'allez pas pleurer, Elvira, dit-il.

– C'est la seule chose... »

Elle parlait encore du collier ; elle allait dire : qu'il m'ait donnée. Elle corrigea :

« ... que j'aie conservée. »

Campbell respirait mal. Un collier d'ambre, de Pologne. *Il* lui avait offert ça, et un garçon de huit livres à élever. Devenu un homme, le garçon l'abandonnait à son tour. En rentrant à l'aube, il l'avait grondée parce qu'elle le guettait, une tasse de thé à la main. Des sanglots secs dans sa gorge. La honte d'en avoir eu assez d'elle. De la trouver assommante, impossible. De ne pas l'aimer comme elle le méritait. Il la serra contre lui en bégayant :

« Vous savez bien, Elvira... »

Il sortit précipitamment. La malle se trouvait dans un recoin sous les bardeaux du toit, où régnait une chaleur d'étuve. Une malle ? En vérité, c'était comme leur vraie maison. Avec ses meubles, Elvira cherchait à donner le change. Ils ne possédaient rien, un couple étrange de... Comment disaient les Suisses ? Des romanis. Des romanichels. Que nous étions heureux en Suisse... Le petit logement dans le vieux Genève, les cloches, le canon, les buées au-dessus du Rhône, le pain, le boulanger et ses bonshommes en pain, le botaniste de la petite place lui donnait des leçons de latin, *sapinus*, *bester*, les noms latins des arbres ; et son prénom, Pyrolamus ! Pourquoi me souvenir du vieux Pyrolamus ? Elvira tapait à la machine sur cette formidable chose, au rouleau monstrueux, si lourde. Oliver s'était senti heureux quand, pour la première fois, elle lui avait permis de déplacer la machine ; un dimanche, elle avait besoin de la table pour le déjeuner, elle recevait une doctoresse américaine qui lui proposait un poste intéressant à l'université Yale. Pourquoi n'était-elle pas partie ? Elle restait pour moi, c'était mieux pour moi, elle le croyait. Assis sur la malle, le docteur se mordait le poing pour ne pas pleurer. Le paradis perdu, l'enfance.

« Nous sommes chez nous », disait Elvira, le soir, en poussant le verrou.

Il faisait ses devoirs à côté d'elle, dans la lumière de la lampe à pétrole. Les dernières années, on leur avait installé l'électricité. Elvira achetait des ampoules d'un demi-watt. Elle comptait et recomptait ses francs, ses centimes, elle mettait dans des enveloppes de quoi payer le gaz, le pain, les pommes de terre pour l'hiver.

« Ciel, quelle poussière ! » dit Elvira quand il ouvrit la malle devant elle.

Il serra sa mère contre lui en pesant sur ses coudes, collés à la taille :

« Nous ne resterons pas séparés longtemps, Elvira.

— Est-ce que je dois rentrer en Angleterre ? souffla-t-elle.

— Je crois que ce serait mieux. Je ne resterai pas en Inde. On m'enverra en Europe avec les troupes si la guerre continue.

— Vous croyez qu'elle durera longtemps ?

— Si elle se termine comme Tom le croit, avant qu'elle ait commencé pour moi, je reviendrai vous chercher, vous le savez bien.

— Oh ! Oliver... (Après un soupir :) Que va devenir la comtesse, Oliver ? »

Il leva les mains, pour indiquer qu'il ne pouvait pas répondre.

« Vous l'aviez presque... »

Par superstition, Elvira ne termina pas sa phrase.

« Tout dépend d'elle, maintenant, murmura Oliver.

– Elle vous aime, Oliver, vous le savez bien.

– C'est une malade, Elvira. Quand elle a eu son retour de couches j'ai cru que c'était gagné...

– Vous avez fait tout votre possible, dit Elvira, et même plus, vous avez consacré beaucoup de temps à la comtesse. (Après un échange de regards :) Je le comprends. »

Il s'assit devant son bureau pour trier ses papiers. Il espérait reprendre contenance en tournant le dos à sa mère ; elle respirait bruyamment, elle allait et venait, il sentait son regard sur lui, comment la calmer ?

« Avouez que j'ai travaillé, Elvira. (Il montrait ses cahiers empilés.) Vous brûlerez tout, c'est sans intérêt.

– Oliver ! Vous n'y pensez pas ? »

Elle paraissait horrifiée.

« Puisque tout ce que j'écris vous choque, Elvira...

– Pourquoi dites-vous ça, Oliver ? »

Décomposée, un visage de tragédienne, jamais Campbell ne l'avait vue ainsi.

« Je ne compte pas », bégaya-t-elle.

Ses mains tremblaient devant son menton.

« *Il* sera fier de vous », souffla-t-elle.

Puis :

« J'ai lu, Oliver, j'ai lu la lettre... »

Elle retomba dans ses bras :

« Oh ! Oliver, je vous demande pardon, je n'aurais pas dû.

– Voyons, Elvira, ne pleurez pas. *Chin up* ! (Il souleva son menton.) Si vous ne le demandez (en souriant pour tenter de l'apaiser) je ne partirai pas, je me cacherai dans les bois comme les esclaves marrons d'autrefois et vous m'apporterez les restes du gigot du dimanche.

– Vous ne m'en voulez pas ? murmura-t-elle. Je ne voulais pas la lire.

– C'est sans importance, Elvira. Vous avez vu ? Il ne sait rien de plus que *nous*, n'est-ce pas ?

– Il vous trouve brillant.

– Ça ne vous étonne pas ? » fit-il en riant.

Il commençait à pleuvoir quand Oudinot sortit du Palais. Il tomba sur Dunois, du *Cernéen*, un ancien camarade du lycée, qui lui proposa de l'abriter sous son parapluie.

« Je suppose que tu vas à Sainte-Croix comme moi ?

– A l'église ? Pourquoi donc ?

– On ouvre le cercueil du père Laval. »

Dunois égrena un rire acide :

« Pour vérifier s'il est dedans, c'est rigolo, non ? »

Il s'arrêta en élevant son parapluie à bout de bras :

« Suppose qu'il se dresse. »

Il traça un grand signe de croix avec son bras, devant lui.

« On ne peut pas rater ça, hein ? »

Il entraîna Oudinot.

« Il paraît que tu as été formidable, lui dit-il, c'est Ravat qui me l'a dit, c'est lui qui rendra compte du procès, moi je suis arrivé trop tard. »

Il se remit à rire :

« Naturellement nous n'allons pas te ménager. »

Redevenu sérieux, il expliqua que l'examen des restes du père constituait une étape dans son procès en béatification. On passerait ensuite à la transcription des pièces du dossier.

« Plus de six cents pages, mon cher, sur un papier spécial, d'un format spécial. Tu ne peux pas devenir un saint si tu ne formules pas ta demande sur le papier réglementaire.

– Moi, tu sais... » fit Oudinot.

La béatification du père Laval le faisait plutôt sourire. A quoi servaient les saints ? On n'en manquait pas. La guerre, estimait-il, enlevait énormément de crédit à Dieu. Malgré tout, Dunois avait stimulé sa curiosité : qu'allait-on découvrir dans le cercueil ?

On entendait des coups de marteau qui provenaient de la crypte où, sous la surveillance de l'architecte Stephen Manuel [1], on descellait le couvercle du sarcophage.

« J'y vais », dit Dunois.

On descendait quelques marches pour accéder au tombeau placé sous une voûte haute de plus de trois mètres à la clef. Dunois remonta avec un sourire aux lèvres qui ne paraissait pas de mise.

« C'est amusant, glissa-t-il à Oudinot, c'est à ne pas croire, il est à l'envers.

– Qu'est-ce que tu chantes ? »

Le sarcophage était recouvert d'une effigie en plâtre du Père couché dans la mort [2]. Sous ce couvercle le cercueil

---

1. Fils de l'entrepreneur Agricol Manuel qui construisit l'église et le mausolée.

2. Œuvre du frère Vital Sellen, professeur de dessin au collège Saint-Louis de Port-Louis.

se trouvait serti dans une auge de pierre dans le sens opposé à celui de l'effigie.

« Sa tête est sous ses pieds, ironisa Dunois, et on ne pourra rien arranger.

– Pourquoi donc ? demanda Oudinot. Il suffit de retourner le cercueil.

– Le cercueil est plus large à la tête qu'aux pieds, il faudrait modifier l'auge, tu piges ? On n'aura pas le temps. Le droit canon exige que les restes authentifiés soient replacés dans le nouveau cercueil qu'on confectionne là-bas ; tu vois les menuisiers ?

– Je n'ai pas étudié le droit canon », murmura Oudinot.

Que le père dorme pour l'éternité à l'envers, *so what* ? Une petite note comique humanisait la cérémonie. L'ambiance était bizarre, recueillement et coups de marteau, génuflexions, morsures d'une scie. Des croque-morts déposèrent la bière sur une table dressée au milieu du transept et recouverte d'une nappe blanche. Prodigieux moment, on allait voir. S'il était intact ? S'il... Oudinot se souvint avec angoisse de l'imitation que Dunois avait esquissée dans la rue, du père se dressant pour tracer le signe de croix.

La bière contenait un squelette en parfait état. Déception. Et soulagement.

« A quoi s'attendaient ces gens ? grommela Dunois. A un miracle ? »

Oudinot se hissa sur une chaise. On déposait les ossements sur une nappe, pour permettre aux médecins témoins de les inventorier.

« Ils dresseront chacun un procès-verbal, sans se consulter », souffla Dunois.

Ces côtes, ces tibias sur une nappe...

« Je me demande, reprit Dunois, s'ils pourront relever les marques du couteau.

– Un couteau ?

– On disait qu'il portait un couteau à même la peau pour se mortifier.

– Le père ?

– En fait, expliqua Dunois, très bas, il s'agissait d'un cilice auquel il avait ajouté une chaîne de pénitence dont les crochets en fil de laiton le déchiraient. Pendant sa maladie, on le lui avait retiré.

– Avant sa mort donc ? demanda Oudinot.

– On l'a retrouvé, reprit Dunois. René Baton-Brède, un Noir qui le soignait, l'avait emporté. Au moment de mourir il l'a légué à ses maîtres, les Mazery, de Grand Baie. Tu les connais ?

– Peut-être, fit Oudinot, prudemment.

– Je vais le raconter, ils sont d'accord. »

Oudinot aperçut la Grande Mahaut, inapprochable, au milieu des siens, les pères du Saint-Esprit, les jésuites, les prêtres séculiers. Impressionnante dans sa robe immaculée, son voile noir encadrant son visage bistre. On entendait la pluie tambouriner sur les bardeaux de la toiture.

Un saint. Un *saint*. Qu'est-ce que cela signifiait ? Oudinot pensa à son père. Que restait-il de lui ? L'avait-on mis dans un cercueil de plomb ? Sinon, la terre l'avait mangé. Quelques os peut-être ? Oudinot les mêlait à ceux du père. Il imaginait son père près du père alors qu'on pendait un innocent. Son père s'accusait : je ne l'ai pas défendu. Le père levait son crucifix : il ira au ciel ! Qu'est-ce que cela signifiait ? Au ciel ! Quelle farce ! Oui, mais qui se serait soucié des Indiens et des Noirs si le père Laval n'avait pas débarqué à Maurice, à point nommé, après l'abolition de l'esclavage ? Que serait devenue l'Église à Maurice ? Que serait devenu Dieu ? Un saint. Voici que, très confusément, pour Oudinot, si sceptique, la sainteté retrouvait un sens. Le père Laval avait perçu avant les responsables les exigences sociales de la loi qui mettait fin à l'esclavage. Sa sainteté venait de son intelligence, en avance sur les autres, sur le monde immobile, immobilisé par les privilèges, par les règles imposées à la masse. Les Noirs ont une âme, proclamait le père. Qui s'en souciait avant lui à Maurice ? Oudinot prenait conscience du choc que son père avait ressenti quand le père Laval lui avait annoncé que l'Indien innocent entrerait au paradis. L'énormité révolutionnaire de l'affirmation le frappait parmi les figurants de Dieu qui se bousculaient autour de la table pour voir les ossements de plus près. Un ferment de l'évolution, voilà ce qu'avait été le père. Oudinot le découvrait avec émotion, il eût souhaité que Campbell se trouvât auprès de lui pour en parler. Campbell rirait ?

Le père avait-il conscience de l'importance révolutionnaire de son comportement ? Il jeûnait, il se mortifiait. Le couteau ! C'était de cela que se souvenaient les représentants de Dieu qui vivaient de l'Église comme les nécrophores d'un cadavre.

« A ton avis, demanda Oudinot à Dunois, tous ceux-là... (il désigna d'un geste rapide les prêtres qui les entouraient.) je parle de ceux qui vivaient du temps du père, avec lui...

– Eh, bien ?

– Que pensaient-ils de lui ? Tu crois qu'ils le prenaient pour un saint ?

– Certains, oui, affirma Dunois.

– Dans l'ensemble ? Tu ne crois pas qu'il les dérangeait plutôt ?

– Pourquoi ? souffla Dunois.

– Il allumait une révolution, murmura Oudinot.

– Tu es fou.

– Un feu ! » reprit Oudinot, en entraînant Dunois à l'écart.

Il pensait à Mawillal.

« Aujourd'hui, on peut l'utiliser sans se brûler.

– Qu'est-ce que tu chantes ? dit Dunois.

– Je me demande, reprit Oudinot, si les apôtres prenaient Jésus pour le Fils de Dieu.

– Tu ne vas pas comparer... »

Oudinot ignora l'interruption.

« C'était difficile, hein ? Pour les apôtres, qui vivaient avec lui... Tu comprends ? Manger, boire. Le reste aussi. Pense au reste, Pierre.

– Tu as de ces idées, souffla Dunois.

– Non, non, je ne songe pas à comparer le Christ et le père Laval, pourtant il y a quelque chose... »

En parlant, Oudinot tentait de préciser une idée qui lui était venue alors qu'il prenait conscience du *miracle* social réalisé par le père.

« Le père Laval a été à l'origine d'une flambée religieuse très spectaculaire, à Maurice.

– Elle s'explique, répondit Dunois.

– On a construit des chapelles partout, n'est-ce pas ? Tout le monde demandait le baptême, on voulait communier, et tu as raison, cela s'explique, puisque, par la communion, par le baptême, par Dieu si tu veux, les Noirs, qui n'avaient pas d'âme jusque-là, devenaient enfin des hommes à part entière.

– En tout cas, ils l'espéraient.

– Je pense à quelque chose, poursuivit Oudinot. On a toujours été émerveillé par la rapidité avec laquelle l'enseignement du Christ s'est répandu autour de la Méditerranée. C'était le monde connu. Je crois en comprendre la raison.

– C'était la vérité, lança Dunois, la vérité de Dieu et il fallait bien que...

– Les apôtres affranchissaient les mêmes gens que le père Laval. Des esclaves, des opprimés, des hommes sans âme, comme nos Noirs, qui n'étaient pas véritablement libérés.

— C'est curieux ce que tu dis, remarqua Dunois. Pour leur expliquer ce qu'était l'Église, le père Laval la comparait à une habitation, avec un maître, et puis un grand colombe, et des petits colombes, et des commandeurs et enfin la bande.

— La bande ? demanda Oudinot.

— C'est ainsi que les Noirs appellent l'unité de travail, au sucre. La bande est sous les ordres du commandeur, qui obéit aux colombes, une déformation de colons.

— Les colombes, c'étaient...

— Les évêques, dit Dunois. Au-dessus d'eux, le grand colombe, c'était le pape, et au-dessus du pape, le maître, c'était Jésus.

— Le père expliquait ainsi la hiérarchie de l'Église ? demanda Oudinot d'un ton admiratif. C'est merveilleux. »

Après un moment, il ajouta :

« C'est vraiment par Dieu que l'homme devient un homme.

— Je ne savais pas que tu t'intéressais à ces problèmes, observa Dunois.

— N'est-ce pas l'essentiel ? demanda Oudinot. J'ai compris beaucoup de choses. »

Il leva un index :

« Quel dommage que la force émancipatrice de Dieu se manifeste généralement trop tard, dit-il.

— Qu'est-ce que tu veux dire ? demanda Dunois.

— Que Dieu n'est pas pressé de faire ses révolutions. Il a le temps, hein ? Puisqu'il a l'éternité. »

Avec l'aide du docteur Arnold Delaître, les médecins assermentés avaient disposé les restes du père dans les deux cercueils neufs, l'un en plomb, l'autre en teck, fabriqués dans l'église. Une pièce d'identification, sur parchemin, fut glissée dans un cylindre de métal après avoir été authentifiée par les personnalités présentes ; on plaça le cylindre entre les tibias du père. Les débris qui restaient après la réinhumation furent rassemblés sur la nappe ; on y joignit, plus tard, les cordages utilisés pour les manœuvres du sarcophage. Tout cela, ficelé dans le drap, fut placé dans le vieux cercueil de plomb et confié en dépôt au presbytère de Sainte-Croix.

« Tu paries qu'on trouvera demain des morceaux du vrai cercueil du père Laval à acheter ? ironisa Dunois.

— Et des ossements en quantité suffisante pour recomposer un squelette de diplodocus », approuva Oudinot.

La session avait duré trois heures. Avant de quitter l'église, Oudinot se trouva près de la Grande Mahaut.

« Quelle cérémonie, ma mère, c'était très émouvant. »

L'abbé de Courtrai intervint en souriant :

« Quand on sait que le père ne demandait qu'une chose, qu'on le mette dans un trou après sa mort et qu'on l'oublie...

— A-t-on écrit une vie du père Laval ? demanda Oudinot.

— On lui avait demandé de rédiger sa biographie, mais en vain, il prétendait qu'il n'avait rien à raconter, ou qu'il ne se souvenait de rien d'intéressant. Avant que j'entre au séminaire, affirmait-il, ma vie n'était que du fumier.

— Du fumier », s'esclaffa la mère.

Oudinot la raccompagna jusqu'au couvent ; il ne pleuvait plus.

« Quand allez-vous à la Nouvelle Hollande ? demanda-t-elle.

— Demain, dit Oudinot. S'il fait beau.

— Je sais que vous vous êtes baigné aussi, dit la mère, en souriant.

— Le docteur part cette nuit, ma mère. »

Après une hésitation :

« Adélaïde n'en sait rien.

— C'est vous qui l'en aviserez, Henri ? demanda la mère.

— Sans doute, murmura Oudinot.

— J'irai avec vous », promit-elle.

Elle ouvrit sa main : elle avait pris un clou du cercueil du père Laval.

« Nous le mettrons dans son lit », dit-elle.

Avant de dîner, Campbell apprit à Oudinot à piloter sa motocyclette en le faisant manœuvrer autour du champ de courses ; il refusa tout dédommagement.

« Vous avez été un merveilleux ami pour moi, Hennery, dit-il, je reste votre obligé. De toute façon, l'armée me fournira d'autres moyens de transport. »

Les nouvelles de la guerre n'étaient pas fameuses. Les troupes françaises s'étaient retirées de Mulhouse. On parlait d'une formidable bataille en préparation.

« Il est difficile, ici, d'admettre que le sort du monde soit en jeu », murmura Oudinot.

Il rectifia :

« En tout cas, pour moi c'est difficile. Vous, vous êtes mobilisé.

– Il est probable que je ne moisirai pas longtemps à Bombay, fit Campbell. Si vous pouvez encourager Elvira à rentrer en Angleterre... Elle a maintenant une bonne raison d'y retourner. J'ai un oncle fermier, dans le Nord, qui doit me laisser ses terres, mais comme il se fait vieux, il a embauché une gouvernante. Elvira craint qu'elle ne prenne mon héritage.

– Ne riez pas trop, remarqua Oudinot, ce sont des choses qui arrivent fréquemment.

– Quelle importance ! » dit Campbell.

Il pensait à Adélaïde, ses grands yeux se confondaient avec ceux de la biche qu'il avait tuée. Le sacrifice du cerf accentuait ce qui, dans son départ, pouvait ressembler à une dérobade. S'il l'avait aimée, *vraiment*, serait-elle sauvée ? Le coït médical ! Impossible, quelle absurdité ; et pourtant...

« Il faut que je vous confie quelque chose, Hennery, reprit le docteur. Tant pis pour le secret médical. »

Ils s'étaient installés au jardin. Corinthe apportait les bouteilles. Le jour baissait rapidement, le ciel restait rose autour du sommet du Pietr Booth.

« Adl'aïd a voulu étouffer son bébé, dit le docteur, d'une voix sourde.

– Quoi ?

– Un réflexe malheureux, geste d'une femme qui a beaucoup souffert, expliqua Campbell. C'était pendant l'accouchement. Elle voulait un garçon, n'est-ce pas ?

– Vous pensez que c'est cela qui a provoqué sa maladie ?

– Entre autres choses, fit le docteur. Il y a la mort de son père aussi, et le meurtre de... (Il allait dire : de son amant.) de Gaétan. Sir Arthur estime comme moi que...

– Vous avez reçu sa lettre ? demanda Oudinot.

– Ne vous l'ai-je pas encore dit ? Pardonnez-moi. En vérité, il ne m'apprend pas grand-chose, il confirme ce que je pense, Adl'aïd s'enferme dans le silence pour ne pas avoir à confesser une faute, celle dont je vous ai parlé, mais surtout, et c'est sans doute le véritable mobile, parce qu'elle se persuade, inconsciemment, qu'en parlant elle dénoncerait son père, elle le livrerait à la police.

– Vraiment ? souffla Oudinot.

– Ce ne sont évidemment que des spéculations médicales, reprit le docteur. J'ajoute que... »

Devait-il continuer ? Que pouvait comprendre le malheureux Hennery à des considérations sur l'équilibre sexuel d'une femme, lui qui... La pénétration !

« ... Adl'aïd n'a sans doute pas été très heureuse, je parle du bonheur physique, n'est-ce pas, ce qu'on appelle le plaisir...

– Le plaisir ?

– Les plaisirs d'un couple, précisa Campbell non sans embarras, c'est important, sur le plan nerveux, pour les femmes aussi, on commence à l'admettre, certaines maladies sont imputables à des manques, disons d'affection. Dans l'inconscient d'Adl'aïd cela pouvait compliquer les choses. Elle n'était pas aussi *heureuse* qu'elle l'espérait...

– Et l'enfant ? suggéra Oudinot.

– Naturellement, confirma Campbell, elle se persuadait qu'elle ne trouvait pas son bonheur de femme parce qu'elle était coupable, et parce qu'elle devait être punie.

– A cause de Gaétan aussi ?

– Sans doute, dit le docteur. C'est complexe, n'est-ce pas ? Et en même temps très simple. Il suffirait de peu je pense... »

Il serra le bras d'Oudinot :

« Il m'est arrivé de penser, Hennery, qu'elle pourrait... »

Il tourna court.

« C'est impossible », dit-il.

Puis :

« Une émotion, Hennery, il suffirait sans doute d'une grande émotion, qui trancherait ce nœud gordien. Savez-vous ce qui me donne le plus de confiance ? Qu'elle ait accepté la présence de la petite. Vous savez qu'elle n'avait jamais voulu la voir, auparavant.

– C'était navrant. Pascaline en souffrait.

– Elle est ravissante, dit le docteur. Si maintenant Adl'aïd' oublie qu'elle a voulu l'étouffer, elle peut aussi effacer les autres traces de culpabilité. Il faudrait qu'elle retrouve un but.

– C'était vous, murmura Oudinot. Elle voulait vous revoir.

– C'est vrai, admit Campbell après un long silence. Pourtant, Hennery, je ne suis rien d'autre pour elle qu'une impression enregistrée lors d'un moment difficile. Elle souffrait, c'était pendant l'accouchement ; en principe, j'apportais un soulagement, un réconfort, cela s'ajoutait au reste, elle s'est persuadée, inconsciemment toujours, que je représentais ce qui lui manque. »

Il baissa la voix :

« Vous lui apporterez bien plus que moi, Hennery, vous avez eu beaucoup de choses en commun. »

Après un silence :

« Elle n'attend rien, je pense, de son époux. Ou plutôt : il ne peut rien pour elle. Il le sait, je crois.

– C'était un mariage absurde, admit Oudinot.

– Vous irez la voir, demain ?

– Naturellement, murmura Oudinot.

– Dans peu de temps, affirma le docteur, l'impression que je lui ai faite sera effacée.

– La Grande Mahaut tient à m'accompagner, reprit Oudinot. Et vous ne savez pas... »

Après avoir raconté l'étrange cérémonie de l'exhumation des restes du père Laval, il dit au docteur que la mère avait subtilisé un clou du cercueil et qu'elle comptait sur cette amulette pour guérir Adélaïde.

« Qui sait, murmura le docteur, tout cela est tellement psychique. »

Il cherchait à se dégager de ses scrupules et de ses remords. De quoi était-il responsable ? La guerre s'emparait de lui, il n'y pouvait rien. N'empêche qu'il ressentait un soulagement qui le gênait. Il restait obsédé par l'image du cerf dressé à l'orée du bois, le défiant : tue-moi puisque la vie a perdu tout sens pour moi. Je n'ai aimé personne, se reprochait-il, oh ! très rapidement, cela le traversait un instant, mais cela revenait. Ai-je aimé ma mère ? se demandait-il aussi. Il n'approfondissait pas ce sentiment assez pénible d'avoir moins de cœur qu'un cerf ; cela se traduisait par un malaise confus ; n'avait-il jamais agi que par ambition ? Réussir, réussir. Pourtant son comportement lui paraissait plutôt généreux dans l'ensemble. Il pensait aussi à Paulina, qu'il avait revue une dernière fois. Elle avait pleuré. Que pouvait-il faire pour elle ? Rien. Pour Absalon, son fils ? Il l'était si peu, elle ne l'oubliait pas, certes, mais elle ne se sentait pas concernée par son destin. Elle l'avait mis au monde, et puis, fini, ou presque, elle l'avait laissé à ses parents, que ne la comprenaient pas. Pouvait-elle rester à la Nouvelle Hollande à la disposition de *Missiémâquis* ? Campbell extrapolait en tentant de comprendre Paulina. Il se sentait bien avec elle, voilà ce qu'il retenait. Avec elle ne comptait que le moment présent. Pas d'avant, pas d'après, un chat qui ronronne sous la main, une couleuvre au soleil. La mémoire avait ce formidable inconvénient : elle empêchait l'homme de vivre sa vie moment par moment, elle établissait des comparaisons, elle créait des angoisses ; est-ce que ce sera mieux, moins bien ? La mémoire d'Adl'aïd' la paralysait. Aucun danger que Paulina fasse une dépression nerveuse.

Le dîner fut rapidement expédié. Corinthe avait préparé pour le docteur des crevettes qui baignaient dans une mayonnaise rougie par le piment.

« Vous n'avez pas oublié ceci, ou cela, Oliver ? » demandait Elvira à chaque instant.

Des sourires de chrétienne dans la fosse aux lions. Quand Corinthe annonça que Joséphin attendait dans le landau, elle se leva pour prier :

« Oliver, il faut remercier le Seigneur pour les grâces qu'il nous a données dans cette maison. Hennery le comprendra. »

Sa voix s'affermissait, elle parvint à dire le *Notre Père* normalement. Pourtant, elle ne prêtait plus aucun sens aux mots. Dans une heure, dans une heure... Les minutes se retranchaient inexorablement de *leur* vie. Je serai seule. C'était effrayant, elle se souvenait d'une histoire illustrée qu'elle avait lue quand elle était jeune : une horloge dont les aiguilles étaient des lames de couteau. A minuit, la grande aiguille devait trancher la tête du héros. En dénouant ses mains, après la prière, elle se toucha le cou.

La nuit était belle.

« Nulle part au monde les étoiles ne sont aussi brillantes qu'ici », affirma Oudinot.

Il cherchait à rompre le silence. Elvira levait la tête vers le ciel :

« On voit bien Cassiopée, dit-elle.

— Cassiopiée ? dit Oliver.

— Là, voyez, ces étoiles qui forment un W.

— Et l'Étoile polaire ? demanda Campbell.

— On ne peut pas la voir, nous sommes dans l'hémisphère Sud », remarqua Elvira, avec une véhémence qui prouvait qu'elle demeurait au bord des larmes.

Ils descendirent vers le port par la place d'Armes. Campbell était ému. En quittant l'Ile, il rentrait dans le monde mais il perdait tout ce qui, à son insu, avait pris de l'importance pour lui. Adl'aïd' surtout, bien qu'il tentât de minimiser ce qui l'attachait à elle, et qu'il n'avait jamais analysé avec assez d'attention. La réussite, certes... C'était vite dit, ou pensé. Quand il se penchait sur elle :

« Répétez, Adl'aïd'... »

Il la tutoyait, en fait :

« Répète, répète, *I, I, I love, I love, I love you.* »

Oui, oui, oui, c'était *médical*, il tentait d'exploiter la tension que sa sensualité imposait, mais...

« Qu'est-ce que ça sent ? demanda-t-il à Oudinot. Cette ville a un parfum très, très... »

556

Il cherchait.

« Ça sent le sucre, dit Oudinot. Le vesou. Avec quelque chose de poivré, peut-être.

– Ça sent la marée », dit Elvira.

Ils arrivaient sur les quais. La nouvelle du départ de Campbell s'était répandue comme une traînée de poudre. On l'attendait, des fonctionnaires, le révérend McCarthy et d'autres partenaires du golf, des habitués du manège, Tom naturellement, qui patientait au whisky, Prem aussi avec sa grosse femme, la Suissesse débordante d'affection ; Prem devait sa situation à Campbell qui l'avait recommandé à Dietr von Buchkowitz. On avait apporté des fleurs pour Elvira. Elle recevait les adieux comme des condoléances qui la réconfortaient ; tout le monde est venu, pensait-elle.

La voiture qui amena les Fireground s'arrêta devant la passerelle du *Rawalpindi*, un vieux rafiot propulsé par une roue à aubes, montée à l'intérieur de la coque. Leur nièce Ivy, la fille de Sir Richey, adjoint au gouverneur de Bombay, allait voyager avec Campbell.

« Nous avons pu lui trouver une cabine à bord, expliqua Mrs. Fireground à Elvira. Ses parents souhaitent qu'elle rentre, on les comprend, n'est-ce pas ? On n'aime pas être séparé pendant une guerre.

– En effet », balbutia Elvira.

Campbell présenta Ivy à Oudinot avec un détachement qui l'étonna. Une toute jeune fille, blonde et rose, une voix haut perchée, vêtue de clair, une veste courte, pincée, baleinée, une longue jupe, un chapeau de paille et une voilette-moustiquaire.

« Oliver m'a parlé de vous », dit-elle à Oudinot.

Un ton de possession, déjà ; une façon de prononcer le prénom de son ami, Oudinot se sentit comme trahi par Campbell. Le regard qu'il échangea avec lui confirma qu'il y avait, ainsi qu'on disait en pareil cas, anguille sous roche. Cette pimbêche ! Il en voulait à la jeune Anglaise comme à une rivale, une réaction comparable à celle qui l'avait éloigné de Gaétan quand il avait compris que Gaétan aimait Adélaïde. S'en souvenait-il ? Il se sentait mal à l'aise, pressé de partir, soudain. La sirène, heureusement, venait de retentir. Le *Rawalpindi* s'ébranlait avec des frémissements qui faisaient vibrer tous ses boulons.

« Venez, Hennery », dit Elvira en entraînant Oudinot par le bras.

Elle avait promis à son fils de ne pas s'attarder sur le quai.

« Que pensez-vous d'elle, Hennery ? »

Elle n'avait pas supporté les deux visages rapprochés, celui d'Ivy et celui d'Oliver, alors qu'ils se penchaient par-dessus le bastingage.

« Elle est charmante, dit Oudinot d'une voix glacée.

– Très jeune, n'est-ce pas ? » souffla Elvira.

Elle ne résista cependant pas au plaisir de préciser qu'Ivy n'était pas seulement la nièce des Firestone, mais aussi celle de Lord Northington, célibataire et sans autre parent qu'elle.

« Vous savez, Elvira, que vous pouvez compter sur moi », dit Oudinot en la déposant chez elle.

Il allait baiser sa main ; elle l'attira pour l'embrasser, et puis, très vite, se retourna pour cacher ses larmes. La grande aiguille avait dépassé le XII sans trancher sa tête, mais que restait-il de sa vie ?

LE comte flemmardait dans sa chambre, il n'était pas pressé de retrouver la Grande Mahaut; elle montait moins facilement chez lui, elle évitait les escaliers. Que voulait-elle? Pourquoi avait-elle demandé qu'on aille la chercher? Depuis la mort de Jéroboam, Absalon conduisait le tilbury, avec le vieux Madagascar c'était sans risques.

Le comte grignota une tartine, reprit une gorgée de thé. Comment réagirait Mahaut s'il acceptait la proposition du vieux Singh? Président de l'Office du Sucre, à Paris. Pourquoi pas, après tout? Singh au moins lui marquait de la considération.

A Paris avec Muguette. Le bonheur, une autre vie. Muguette à lui, enfin, et complètement. Sa femme, même s'il ne pouvait pas l'épouser. Dans son lit, toutes les nuits. Disponible à chaque instant. Maintenant, tout de suite. Il s'excitait. Quand Judith entra pour reprendre le plateau, il ouvrit son peignoir:

« Regarde! »

– Non, *Missiémâquis*, pas aujourd'hui, je ne peux pas. »

Il la ramena vers lui en se calant dans son fauteuil:

« Sois gentille, si tu veux travailler pour Muguette », dit-il d'une voix sourde.

Muguette! ô Muguette! Son délire fut abrégé par le pas d'un cheval qui résonnait sur les dalles de la cour. Il repoussa Judith:

« Qui arrive? »

Un pressentiment l'avertissait, c'était Prem, sûrement, qui apportait les comptes de la Grande Plaine, comme Dietr le faisait régulièrement.

« C'est le cheval de M. Dietr, dit Judith à la fenêtre.

– L'étalon gris?

– Oui, *Missiémâquis*.

– Je m'en doutais, », grogna le comte en rejoignant Judith.

Prem, l'Indien, sur l'étalon de Dietr... Comme si ! Et il avait le culot de jeter les rênes à Absalon en lui faisant signe d'emmener le cheval à l'ombre.

« Ça ne se passera pas comme ça », gronda le comte.

Son regard s'attarda sur ses Purday, alignés dans leur étui sur un râtelier spécial, en ébène. Il mettait en joue, en imagination, soulevait ses mains, un claquement de la langue, Prem effacé.

« J'en ai marre », grogna-t-il.

Mahaut était venue pour les comptes. Elle se trouvait toujours présente quand Dietr les apportait. Pour Pascaline, expliquait-elle. En fait, elle était de connivence avec Adélaïde, la preuve... Elle approuvait l'intérim de l'Indien. Comme si je n'existais pas, hurla le comte.

« Fiche le camp ! » lança-t-il à Judith, affolée.

Elle n'eut pas le temps de pleurer, déjà il la ramenait vers la baignoire.

« Brosse-moi le dos », dit-il en s'asseyant dans l'eau presque froide.

Il se coupa en se rasant. Il ne cessait pas de monologuer, l'Indien ! ah ! on lui laisserait la Grande Plaine, eh bien, que l'on ne s'étonne pas si lui...

« Tu veux que je t'emmène à Paris ? » demanda-t-il à Judith.

Il éclata de rire :

« Ça ferait ton affaire, hein, d'aller courir la gueuse à Paris ! »

Il se leva :

« Fais-moi la révérence », dit-il.

Il se reluquait, nu, dans la glace de sa mère, au-dessus de la coiffeuse.

« Monsieur le président, dit-il, vous en êtes un autre. »

Il aspergea Judith qui poussa des pépiements joyeux.

« Sèche-moi bien partout », dit-il.

Il s'énerva en s'habillant. Que manigançaient-*elles* avec *lui*, en bas ? l'Indien ! L'Indien !

« Tu les aimes, les Indiens, Judith ?

— Oh ! non, *Missiémâquis*, je n'en voudrais pas, ce sont tous des voleurs ! »

Le vieux Singh aussi, bien sûr, et il faudrait lui tenir la dragée haute. Muguette affirmait que les Singh étaient des aristocrates, issus d'une famille royale. Gujpat lui avait raconté qu'on avait fêté son grand-père pendant un mois, lorsqu'il s'était installé à Maurice, et cela bien qu'il fût pauvre.

Le comte s'attardait dans sa chambre, resserrait sa

cravate, reprenait une lime. Pas pressé. Que *leur* dirait-il, au demeurant ? De penser que Mahaut le trahissait... Pas croyable, Adélaïde, elle, bon, bien, elle avait toujours eu peur pour son argent, mais Mahaut, Mahaut la soutenant contre lui... Le comte se sentait poussé à la rue, dépouillé, aussi humilié que lorsqu'il se retrouvait nu dans un rêve.

Un bruit de moteur le ramena à la fenêtre : Oudinot sur la machine de Campbell, ça alors ! Il se débrouillait bien. Comment Adélaïde allait-elle prendre le départ de Campbell ? Tout avait été tenté pour la guérir, vraiment tout, le possible et l'impossible. Le comte n'approfondissait rien de ce qui concernait la santé de sa femme.

Alors qu'Oudinot montait le perron, Prem sortit de la maison. Déjà ! Tant mieux, le comte se sentit soulagé. Combien de temps était-il resté avec *elles* ? Une petite demi-heure malgré tout. Qu'avait-il pu leur raconter ? Il se persuadait qu'Adélaïde retrouvait ses esprits quand on parlait de ses intérêts. Il ne comprenait rien à sa maladie.

Si Oudinot était arrivé plus tôt, alors que Prem se trouvait chez la comtesse, le comte l'aurait accusé de comploter contre lui avec Mahaut et Adélaïde. Il connaissait l'Indien. Ils se parlaient après s'être serré la main. Ah ! les sourires de l'Indien ! Oudinot aussi fera une drôle de tête quand il saura ! se dit le comte en se précipitant à sa rencontre. Il l'attaqua bille en tête :

« Toi aussi tu le soutiens ? Contre moi ? »

Préoccupé par sa rencontre avec Adélaïde, Oudinot ne pensait plus à Prem. Tout au long de la route, il s'était répété la formule qu'il comptait utiliser : Adélaïde, vous allez m'en vouloir, Adélaïde, j'ai quelque chose à vous dire, Adélaïde, il faut que vous compreniez...

« Qu'est-ce que tu chantes, Bubu ? Je soutiens qui ?

— L'Indien, gronda le comte. Je t'ai vu avec lui. Tu le connais ?

— Un peu, dit Oudinot, à peine.

— Et pourtant tu lui fais confiance, plus qu'à moi ! »

Comme Oudinot demeurait muet de stupeur, le comte explosa :

« Vous êtes merveilleux, tous ! Ça ne vous a pas suffi d'installer un espion allemand à la Grande Plaine, vous voulez maintenant l'abandonner à un caqueux !

— Je ne comprends rien à ce que tu racontes, dit Oudinot sèchement.

— Tu ne lis pas le journal ? grogna le comte.

— Pourquoi ?

– Tu sais ce qu'on a trouvé dans les papiers de Dietr ? Les factures de charbon ?

– Une facture, corrigea Oudinot.

– Il n'a pas eu le temps de la détruire, ricana le comte. Quand les corsaires allemands couleront nos transports, on saura qui les ravitaille. On viendra peut-être me le reprocher ? Toi, tu t'en moques, tu n'es pas responsable de la Grande Plaine.

– Toi non plus, risposta Oudinot sèchement. Et la Grande Plaine n'est pas responsable de Dietr von Buchkowitz.

– Elle appartient à la comtesse de Kergoust ! lança Bubu.

– Quelle mouche t'a piqué ? demanda Oudinot. Qu'est-ce que je t'ai fait ? »

Avec un sourire chargé d'ironie amicale, Oudinot s'inquiéta :

« Tu n'es pas heureux ce matin ? »

Le comte haussa les épaules, insensible à l'ironie.

« Tu sais pourquoi je suis là, dit Oudinot. Je viens annoncer à Adélaïde que Campbell...

– Mahaut est avec elle.

– Tu crois qu'elle lui a parlé ?

– Je n'en sais rien », avoua le comte.

Il mesurait une fois de plus combien il s'était détaché de sa femme, jusqu'à oublier qu'il était marié. Il n'avait pas pensé à elle une seule fois, en ruminant la proposition du vieux Singh. Et sa fille ? Lui manquerait-elle s'il s'établissait à Paris ? Il y songea parce que Pascaline venait de surgir en tempête. Elle se jeta dans ses bras et le couvrit de baisers en cherchant sa bouche.

« Voyons, Pascaline, dit-il en la déposant, qu'est-ce que cette nouvelle façon d'embrasser ? »

Elle passa dans les bras d'Oudinot, toujours aussi impétueusement démonstrative.

« Tu viens nager, parrain ? tu viens ?

– Assez, Pascaline, dit Oudinot en éloignant la fillette à bout de bras, tu as entendu ce que vient de dire ton père ? On n'embrasse pas comme ça.

– Comme maman embrasse le docteur », dit Pascaline.

La veille, effectivement, pendant le bain, Oudinot en avait été le témoin embarrassé, la comtesse avait cherché la bouche de Campbell à plusieurs reprises. Oudinot espérait que Pascaline n'avait rien vu. Elle se jetait et se rejetait dans l'eau, les bras en avant :

« J'ai nagé ! Tu as vu, parrain ? J'ai nagé. »

Pour l'entraîner à l'écart, Oudinot avait demandé à Absalon de lui apprendre à nager. Il s'était assis dans l'eau, devant elle et devant Absalon, qui montrait les mouvements de bras à faire. Qu'avait vu Absalon ? Pour les mouvements de jambes...

« Un autre jour », avait décidé Oudinot.

Il se trouvait ridicule dans le maillot que le comte lui prêtait, coiffé d'un chapeau de paille qui s'effilochait.

« Quand maman sera guérie, elle m'embrassera aussi, comme le docteur, dit encore Pascaline.

— Tais-toi, tu dis des bêtises », bougonna Oudinot.

Le comte, qui n'avait pas immédiatement réagi, se fâcha cette fois :

« Fiche le camp, lança-t-il à Pascaline, laisse-nous tranquilles, va retrouver ton moricaud ! »

Interdite, Pascaline demeurait comme pétrifiée ; ses lèvres se mirent à trembler ; elle retenait ses larmes ; il était rare qu'elle pleure.

« Absalon n'est pas un moricaud », bégaya-t-elle enfin.

Oudinot lui faisait signe de la main : va ! il vaut mieux que tu t'éclipses.

« Je vais le dire à maman, décida-t-elle en se dirigeant vers la chambre de la comtesse.

— Laisse ta mère tranquille, gronda le comte, tu es insupportable. Ta mère n'a pas besoin de toi. »

Malgré lui, il insista méchamment :

« Elle ne te veut pas, ta mère, elle n'a jamais voulu de toi.

— Bubu ! » protesta Oudinot.

Deux larmes avaient jailli des yeux de Pascaline, dressée sur ses ergots devant son père :

« Ce n'est pas vrai ! »

Le comte la gifla :

« On ne dit pas ce n'est pas vrai à son père. »

Pascaline ne rompit pas d'un pouce, elle continuait à défier le comte :

« Si, maman me veut ! C'est toi qui ne nous aimes pas ! »

Oudinot empêcha le comte de la gifler encore. Il la poussa vers la chambre de la comtesse.

« Allez, Bubu, dit-il en prenant son ami par les épaules, calme-toi, tout ça est absurde.

— J'en ai marre, grommela le comte.

— De quoi ? »

Question absurde, qu'Oudinot regrettait d'avoir posée. Qui prenait le pauvre Bubu au sérieux ? Il ne comptait pour personne dans sa maison, pas même pour les domestiques, pensa Oudinot en voyant Jézabel, apparaître avec Pascaline dans ses jupes.

« J'en ai marre, marre, répéta le comte en s'engageant dans l'escalier pour regagner sa chambre.

– Reste donc avec nous, suggéra Oudinot, mollement.

– Vous serez bientôt débarrassés de moi », balança le comte par-dessus la rampe.

Jézabel lui jeta un regard chargé de tendresse et, peut-être, de pitié, mais ce n'était pas de lui qu'elle se préoccupait.

« C'est vrai, monsieur Henri, que le docteur ne viendra plus ? » demanda-t-elle.

Elle s'était assise, ses jambes se dérobaient. Depuis l'enterrement de Jéroboam, comme pour marquer que la mort tragique de son compagnon modifiait ses rapports avec la Nouvelle Hollande qui le lui avait pris, elle portait sa robe grise de dame, garnie de flaflas mauves. Pour ne pas la tacher, elle mettait un tablier blanc dont les bretelles se croisaient dans son dos.

« Il ne faudra pas le dire à madame la comtesse, murmura-t-elle.

– Mais, Jézabel, elle se rendra compte que le docteur ne vient plus, dit Oudinot.

– Elle peut attendre, monsieur Henri. »

Comme il ne la comprenait pas, elle ajouta :

« Elle n'aurait plus envie de vivre si elle cessait d'attendre. »

Oudinot comprit ce qu'elle avait saisi instinctivement, à savoir qu'on ne pouvait pas étouffer l'espoir dont Adélaïde vivait, celui de recommencer de zéro, un jour, avec *lui*. Elle attendait de renaître, disait Campbell, mais différente, purifiée ; propre, avait dit Campbell, lavée des fautes et des péchés dont le souvenir embrouillé faussait ou bloquait ses commandes.

« Tu penses qu'il vaut mieux que je ne la voie pas aujourd'hui ? » demanda Oudinot à Jézabel.

Elle prit sa main pour se relever, lourdement :

« Oh ! si, monsieur Henri, il faut voir madame la comtesse. Madame supérieure vous attend. »

Adélaïde était installée dans son fauteuil roulant. Souriante ? Accueillante en tout cas. Elle ne me prend pas pour Campbell, se dit Oudinot. Pour lui tendre la main elle lâcha un pendentif emprisonné contre sa paume. Oudinot se tourna vers la mère : le clou ! C'était le clou du cercueil du père Laval qu'elle lui avait montré à l'église. Elle l'avait glissé d'abord sous l'oreiller de la comtesse, et puis Jézabel avait proposé de le coudre à un ruban qu'on passa à son cou, afin qu'elle ait le talisman sur elle en permanence, et surtout pendant le bain. Touchante association entre la foi et la médecine, pensa Oudinot en escamotant un sourire plutôt ironique. Une amulette !

« Il était tombé par terre, murmura la mère, en arrangeant le clou sur la chemise de la comtesse.

– Allez vous préparer, Henri », dit-elle à Oudinot, d'un ton sans réplique.

Bien, ma mère ! Il gagna la salle de bain pour mettre le costume que Bubu lui avait prêté ; il n'avait pas eu le temps encore de s'en procurer un autre, à sa taille. Une angoisse imprévue précipitait les battements de son cœur. Saurait-il soutenir Adélaïde sur l'eau ? Avait-il le droit de se substituer au docteur ? Si elle regimbait ? Si elle réclamait Campbell ?

« Elle m'oubliera vite, avait prévu le docteur, elle veut revivre maintenant. »

Peut-être, mais... Revivre pour qui ?

Il décida d'enfiler un peignoir. A cause de la Grande Mahaut, se dit-il, mais était-ce vraiment le regard de la religieuse qu'il redoutait ?

Adélaïde sourit quand il reparut. Cette grande bouche rouge. Avide ? Oudinot pensait au baiser qu'elle cherchait à prendre à Campbell, lors du dernier bain, et que Pascaline avait surpris. Si elle... Si elle recommençait ? Avec moi ? Idiotie. Qui l'aurait crue malade ? Elle appuyait sur la roue gauche pour faire avancer le fauteuil vers la porte-fenêtre où Pascaline venait d'apparaître :

« On va nager, parrain ?

– Tu seras sage, toi, bougonna la mère. Tu resteras près de moi.

– Je veux nager avec maman », protesta Pascaline.

La mère haussa les épaules :

« Tu vas devenir un poisson, dit-elle, il te poussera des nageoires. »

Elle resta à l'ombre, sous les lilas sauvages, tandis qu'Oudinot et Pascaline poussaient le fauteuil jusqu'aux vaguelettes qui venaient mourir sur le sable blanc. Un temps radieux, la mer immobile, turquoise et émeraude jusqu'à la barre ; et si incroyablement *vide* au-delà. Pourquoi est-ce que cela frappait Oudinot ? On voyait rarement des bateaux au large de Baie Bleue, leur route passait plus à l'ouest. L'isolement de l'Ile lui paraissait oppressant, soudain. Si loin du monde. En fait, c'était l'absence de Campbell qu'il ressentait tout à coup. Où se trouvait-il ? La veille encore il occupait tant de place et, plus rien, pfuit ! escamoté. Est-ce que cela ne valait pas mieux ? A supposer qu'Adélaïde guérisse... Et pourquoi pas ? Elle guérirait, Oudinot s'en persuadait. Supporterait-elle l'absence de Campbell si elle se retrouvait ? Moi je reste, je serai toujours là. Oui, il l'avait promis. Quelle importance pour elle ?

Elle lui parut légère, quand il la prit dans ses bras pour aller dans l'eau ; elle s'arrimait bien à son cou. Sa chaleur. Sa vie. Radieuse, et si normale, si incroyablement normale. Une des petites – Judith ou l'autre ? – affirmait qu'elle avait tenu une tasse de sa main droite et puis qu'elle l'avait lâchée sans raison apparente :

« ... comme si madame la comtesse s'était souvenue tout à coup qu'elle ne pouvait pas se servir de cette main. »

Pascaline tira sur le peignoir d'Oudinot :

« Tu ne l'enlèves pas, parrain ? Tu as froid ? »

Elle riait, elle courait et bondissait dans l'eau ; elle gardait son pantalon noir, elle avait jeté la blouse sur le sable.

« Sois sage, lui dit Oudinot, ne nous éclabousse pas. »

Tant pis, il ne retirerait pas le peignoir. A cause de la mère ? Il ressentait un plaisir complexe en portant Adélaïde. Un sentiment de sa force, qui était nouveau. Elle a besoin de moi. Comme autrefois. Comme avant son mariage. Il se rétractait, les frissons qui la parcouraient au contact de l'eau passaient en lui. Il ne la regardait pas dans sa chemise mouillée, plus nue que nue. Il levait la tête. Ses mains, en glissant sur la soie collée à la peau d'Adélaïde, se souvenaient du corps d'Orak.

« Ça va, Adélaïde ? »

Il avait commencé par dire *Adl*, comme Campbell ; il s'était repris, en répétant : Adéla-laïde. Elle leva la tête. Ses lèvres ? La bouche ? Non ! Il la laissait flotter, ses mains la soutenaient aux aisselles. Utilisait-elle son bras ? Le droit ? Il s'écartait, revenait. Vivre seul, à deux. Oudinot regrettait de ne pas savoir nager. Se perdre au large, rejoindre le ciel à l'extrémité de la mer. Avec Adélaïde ?

« Vous avez dit quelque chose, Adélaïde ? »

Avait-elle ri ?

« Elle rit ! » cria Oudinot, vers la Grande Mahaut.

Que pouvait-elle entendre ? Trop loin. Oudinot apercevait sa silhouette blanche. Elle abandonnait Bubu. A cause de Muguette ? En vérité, mais Oudinot ne pouvait le deviner, elle se sentait assez lasse depuis quelque temps, moins certaine de son immortalité. Que deviendrait

Pascaline si elle devait *partir* ? Que Votre Volonté soit faite, Seigneur, non la mienne. Cependant, Seigneur, vous ne pouvez pas laisser Pascaline seule. Bubu ne comptait pas, surtout depuis qu'il s'était amouraché de cette petite... Qui pouvait savoir ce qu'elle avait en tête ? Et la pauvre Marlyse, sa sœur, toujours folle. Par Henri, la Grande Mahaut savait que Gladys, la mère de Bubu, s'occupait de Marlyse. Si Gladys rentrait ? Si ces *deux-là*, Muguette et Marlyse, la ramenaient à la Nouvelle-Hollande ? Gladys était leur tante. Bubu laisserait faire, très certainement. Même si les appréhensions qu'elle nourrissait n'étaient pas aussi nettement formulées, la Grande Mahaut, moins vaillante jour après jour, plus vite fatiguée, revenait tout naturellement vers Adélaïde, qu'elle n'aimait pas mieux qu'avant sa maladie (un peu mieux ? oui, un peu mieux, pour recouvrir les remords) mais qu'elle estimait. Elle se souvenait de l'alliance tacite conclue avant la naissance de Pascaline : désormais, la Nouvelle Hollande ce sera toi. Il fallait donc qu'elle guérisse. Assez curieusement, alors qu'elle l'avait si longtemps crue perdue, et pis, irrécupérable, la mère se persuadait qu'elle ne tarderait plus à revenir. Le clou du père Laval. N'était-ce pas un signe ? Qu'elle eût marché dessus, elle ? Elle marmottait son chapelet avec une humilité agressive. Ne lui devait-on pas ce qu'elle demandait ? N'avait-elle pas consacré sa vie entière à Dieu ? Le père Laval pourrait-il refuser le miracle qu'elle attendait (exigeait !) alors qu'il avait exaucé les vœux d'une petite créole ?

« Madame supérieure... Madame supérieure... »

Plongée dans ses prières, la mère n'avait pas entendu Absalon s'approcher en toussotant pour attirer son attention. Il tendait la main vers la mer :

« Monsieur Henri va trop loin, madame supérieure », dit-il d'une voix que l'émotion faisait trembler.

Si la mère ne s'était pas trouvée présente, il se serait déjà porté vers Pascaline.

« Mademoiselle Pascaline ne sait pas nager, reprit-il, elle croit qu'elle sait et elle ne sait pas, madame supérieure. »

La mère avait froncé son visage en découvrant Absalon, mais Pascaline en danger ! Il avait raison, ce, ce... La mère s'affolait en s'énervant. Elle détestait Absalon. Plus exactement, elle se sentait affreusement mal à l'aise quand elle le voyait et elle lui en voulait d'éprouver des sentiments ausi peu chrétiens que ceux qu'il lui inspirait. Quelle importance ? Pascaline ! Pascaline ! La mère allait vers la mer en criant, elle entrait dans l'eau, elle appelait :

« Revenez, revenez ! »

Elle s'étonnait qu'Absalon n'eût pas encore ramené Pascaline sur la grève. Il paraissait pétrifié :

« La bête ! » souffla-t-il.

Il désignait l'aileron noir d'un requin aventuré dans les basses eaux. Celui qui, déjà, avait surpris le docteur et qui récidivait pour rafler des poissons faciles ? Absalon fila comme une flèche, à la recherche d'une arme. Il trouva une pelle près des rosiers, et revint aussi vite qu'il avait disparu pour s'avancer à la rencontre de la bête, qu'il cherchait à effrayer en tapant dans l'eau avec le fer de la pelle.

« La bête ! »

Oudinot comprenait enfin (mais tout se passait si rapidement qu'il devait regagner la plage au plus vite). Il voyait la Grande Mahaut marcher dans l'eau en soulevant sa robe blanche.

« La bête ! »

Un requin ? Pascaline répercutait les cris d'Absalon de sa voix pointue. Elle avait dû perdre pied, elle disparaissait, restait au fond. La rattraper ? En lâchant Adélaïde ? L'affolement, la panique. D'un instant à l'autre, la tragédie, imprévisible.

« Maman ! Maman ! »

La tête de Pascaline. Elle reparaissait, elle appelait, elle repartait au fond. Absalon tout près, avec sa pelle. Et le requin ! Devant Absalon ! L'horreur !

« Ici ! Viens ! »

Oudinot essaya encore d'attraper Pascaline, et puis... En heurtant un corail qui lui déchira le dessus d'un pied, il perdit l'équilibre et, à son tour, se retrouva au fond, tout de suite étourdi par l'eau avalée, par le choc. C'était fini. Qui criait ? Absalon frappant avec sa pelle.

Il se retrouva à quatre pattes, sur les genoux et sur les mains, dans très peu d'eau, juste de quoi recouvrir ses mains. Encore inconscient. On tirait sur le col de son peignoir.

« Monsieur Henri, monsieur Henri... »

La voix d'Absalon. Que s'était-il passé ? Où suis-je ? Et surtout cette question angoissée : d'où est-ce que je reviens ? Où étais-je ? Pendant combien de temps ? Il sortait d'un néant. Sans force. Il s'aplatit, le visage dans le sable mouillé.

« Adélaïde ? »

Et dans un souffle encore :

« Pascaline ?

– Elles sont là, monsieur Henri, elles sont là. »

Absalon. Il l'entendait, sans le voir même quand il tournait la tête vers la voix ; tout restait brouillé.

« Elles sont là. »

Il se souvenait. Pascaline accrochée à lui, le paralysant, le requin tout près, Absalon avec sa pelle. Avait-il lâché Adélaïde pour prendre l'enfant ? Elle s'était dégagée d'elle-même, elle avait... Oui, elle avait crié. Il l'entendait : Pascaline ! Elle appelait : ma petite fille ! L'image revenait. Oudinot avait vu Adélaïde avec Pascaline dans ses bras. Avant de mourir. Il allait mourir.

« Parrain, parrain, tu m'entends ? »

La voix perçante de Pascaline. Il sentait la petite main sur sa tête. Il tentait de se soulever, il avait atrocement mal au ventre. Il vomissait.

Adélaïde. Ressuscitée. Sauvée pour sauver la petite fille dont elle ne voulait pas. Complètement épuisé, Oudinot s'était affaissé sur le ventre. Absalon le retourna sur le dos en s'efforçant de le dégager de l'eau.

« Henri, Henri. »

La voix d'Adélaïde. Elle parlait ! Debout ! Elle se penchait sur lui. Campbell l'avait prévu. Elle renaîtrait par son enfant.

« Henri. »

Oui, oui.

« Vous vous sentez mieux ? demandait Adélaïde.

– Je vous vois, souffla-t-il.

– Alors, Henri, demanda la mère d'un ton presque agressif, on retrouve ses esprits ? »

Elle l'embrassa. Il n'en revenait pas.

« Merci, murmura Adélaïde, vous avez sauvé ma petite fille, Henri.

– Mais Adélaïde... Je... Je... »

Il balbutiait, d'une voix blanche, atonale.

« Vous... Vous... »

Elle s'était accroupie près de lui, une serviette autour de ses épaules. La mère, à quelques pas, dirigeait Absalon qui plongeait selon ses indications :

« Plus à droite... Reviens un peu... Tu ne vois rien ? »

Adélaïde avait perdu son talisman miraculeux, le clou du cercueil du père Laval. Il fallait absolument le retrouver.

CAMPBELL se penchait sur le sillage du bateau, que survolaient encore quelques mouettes.

« A quoi pensez-vous, Oliver ? demanda Ivy.

— A rien, affirma-t-il.

— Vous regrettez Maurice ? »

Comme il ne répondait pas, elle insista :

« Quelqu'un ? »

Après un silence :

« Votre mère, sans doute ? »

Il l'entraîna vers la salle à manger.

« Vous m'avez dit qu'on avait sonné la cloche ? Je n'ai rien entendu, dit-il.

— Vous ne voulez pas me dire à quoi vous pensez ? insista Ivy avec une petite moue charmante.

— Ce n'est rien, dit-il, une histoire de chasse.

— Vous êtes chasseur ?

— Non, non, fit Campbell, et je peux vous dire que je ne toucherai plus jamais un fusil.

— Qu'est-ce que vous avez tué ? demanda Ivy.

— Une biche, répondit Campbell.

— C'est affreux, dit-elle. Il paraît que les biches pleurent en mourant, c'est vrai ?

— Elle était en pleine lune de miel, reprit Campbell, d'une voix lugubre.

— Qu'est-ce que vous racontez, Oliver ?

— Son amant est sorti des bois, continua Campbell.

— Quelle horreur ! protesta Ivy.

— Ils n'étaient pas mariés, plaisanta Campbell.

— Vous êtes odieux, bouda Ivy, vous vous moquez de moi.

— J'ai tué l'amant aussi, un beau cerf. »

Puis :

« Il voulait mourir, Ivy, sa vie, sans sa bien-aimée, n'avait plus de sens. Il est allé s'allonger contre elle. Elle était couchée sur le flanc, le cou tendu, avec ses pattes comme ça... »

Il repliait ses mains.

« ...il a placé la tête sur son cou. »

Campbell se secoua. Les yeux de la biche. Les yeux d'Adélaïde.

« C'est affreux, Oliver, soupira Ivy, c'est une histoire, n'est-ce pas ? Ce n'est pas vrai ? Quand est-ce que cela s'est passé ?

– Avant-hier matin, dit Campbell.

– Dimanche matin, Oliver ? Vous avez chassé un dimanche ? »

Elle paraissait très choquée. Idiote, pensa Campbell.